국학현대문학연구총서 ①

한국 현대경향시의 형성/전개

金 容 稷

국학자료원

이것은 앞서 낸 나의 책 『현대 경향시 해석·비판』의 증보 개정판이다. 이에 앞선 것은 1991년에 발행되었다. 강산도 변하는 세월이 그 동안에 흘러간 셈이다. 이 10여년 동안에 그 동안 한반도를 에워싼 정치와 사회 정세에는 엄청난 지각 변동이 있었다. 이 책 초판이 나올 때만 해도 상상 조차 허용되지 않은 사태로 남북의 정상이 서로 자리를 같이 하는 국면이 열렸다. 그 동안 금제로 된 북쪽의 작품들도 이제는 큰 불편 없이 열람이 가능하게 된 것이다.

이 책 초판을 계획할 때 내가 노린 것 가운데 하나가 겹겹으로 가린 풍문과 잡보로부터 한국 경향시를 건져내자는 것이었다. 그 동안 빚어진 새로운 사태가 우리에게 새로운 국면 개척을 가능하게 만들고 있다. 금제로 되어온 북쪽의 시와 시인들을 검토할 상황이 열린 것이 그것이다. 이에 힘입어 나는 여기서 8·15 이후 북에서 발표된 여러 시인의 작품들을 검토하는 새 장을 마련했다.

구체적으로 이 책의 제7편이 그에 해당된다. 그 가운데는 趙基天의 〈백두산〉이나 金嵐人의 〈강철청년부대〉와 같이 한 권의 단행본이 될 분량의 장편 서사시가 포함되어 있다. 또한 카프 출신인 林和의 장시 '너 어느 곳에 있느냐' 등도 전문을 수록했다. 초판에서부터 그랬지만 나는 모든 작품에 해설·비평의 말을 부쳤다. 그런 경우의 내 입장은 남쪽이나 북쪽 그 어느 쪽의 이데올로기와도 거리를 둔 가운데 시도된 것이다. 시와

4

문학을 이데올로기의 시녀상태가 아닌 독자적 가치체계로 보려한 것이
내 기본적인 태도였다. 상당수의 작품이 기존의 가치 평가와 다르게 된
것은 그런 까닭에서이다.

　앞서 낸 나의 책은 여러 시인들을 배열한 순서에도 문제가 있었다. 가
령 金海剛의 다음에 趙碧巖과 曹雲을 놓은 것이 그런 경우였다. 이들 두
시인은 日帝治下에서 저항시나 계급의식에 입각한 시를 쓴 적이 없다.
그럼에도 나는 그 이름을 朴石丁이나 李燦 앞자리에 두었다. 아무런 단
서도 없이 呂尙玄이나 白石 다음에 李庸岳과 李貞求를 놓은 것도 그랬
다. 뒷 자리의 두 시인은 분명히 식민지 체제하에서 일종의 경향시를 쓴
경우였다. 그러나 呂尙玄이나 白石은 그 무렵 현실과 거리를 둔 채 순수
시에 속하는 작품을 발표한 시인들이다. 이 책에서는 이들과 앞선 경우
의 시인들을 다른 유형에 속하는 경우로 처리하였다.

　이 밖에도 이 책 초판 여기 저기에는 교정이 잘못된 곳이 있었다. 심한
경우로는 한 작품에서 몇 연이 단서도 없이 빠져 버렸다. 이런 사실들을
발견하고 나는 전면적인 개정작업을 꾀하지 않을 수 없었다. 우선 나는 어
설프게 시대순으로 나열한 시인들의 작품을 몇 개의 유형으로 구분했다.
그 나머지 1편에서 7편에 이르는 경향시의 종차 구분이 가능했다. 그와 아
울러 부실한 설명·해석이나 교정 상의 잘못도 가능한 한 바로 잡았다.

　그러나 무엇보다도 큰 개정은 책의 이름을 『한국 경향시의 형성/전개』
로 한 일일 것이다. 불충분한대로 나는 이 책 한권을 통해 우리 경향시가
형성되어 오늘에 이르기까지의 모습을 추적·제시하고자 했다. 책을 내
기까지 힘이 되어 준 도서출판 새미의 정찬용 사장과 관계자들에게 감사
한다. 이것으로 우리 현대문학의 한가닥인 경향문학과 경향시에 대한 인
식의 새 기틀이 열리기를 기대한다.

2002년 4월 30일
김용직

　이 책은 우리 현대시사에 등장, 활약한 좌파들의 시를 검토, 파악하기 위해 꾸며본 것이다. 흔히 말하는 계급주의에 입각한 시인이나 그 동조자들의 시가 이 작업의 대상인 셈이다. 대부분 여기서 다룬 것들은 그 동안 우리 주변에서 자유스럽게 논의되지 못한 시인들의 작품이다. 그 간 우리 주변에서는 이들에 대해 일종의 풍문, 또는 잡보가 횡행한 터였다. 어떤 사람들은 좌파의 시를 이데올로기의 앙상한 잔해일 뿐이라고 심하게 폄하했다. 그런가 하면 그 반대의 입장이 된 사람들 가운데는 필요한 검토 절차도 거치지 않은 채 경향색을 띤 작품이면 무조건 박수, 상찬의 말을 나열한 예도 나타났다. 새삼스러운 말이지만 詩는 문화의 가장 강도 높은 결정체이며 그 꽃이다. 그런 詩의 의미와 가락을 풍문과 잡보에 내어 맡기는 것은, 아무래도 무책임한 일이 아닐 수 없다. 이런 생각에서 이 작업이 계획, 시도된 것이다.

　구체적으로 이 책이 다룬 것은 1920년대 초두부터 1970년대 초까지에 걸친 기간 동안 한국 시단에서 등장, 활약한 시인의 작품들이다. 그 가운데도 한국 경향시의 이해, 파악을 위해 유의성이 크다고 생각되는 것들과 그와 강한 연계성을 지닌 작품을 다루고자 했다. 다만 경우에 따라서는 경향시가 아닌 것도 포함된 것이 있다. 그 이유는 별 것이 아니다. 현대 한국의 경향시 제작자 가운데는 애초에 좌파 이데올로기와 무관한 입장에서 詩를 쓴 경우도 있는 것이다. 뿐만 아니라 한동안 경향시

6

를 쓴 다음 우선회로 돌아서 순수의 입장을 취한 예도 없지 않다. 그 실
상을 이해·파악하는 일은 경향시의 참 모습을 파악하는데 매우 요긴한
지렛대 구실을 한다. 그런 생각이 일부 제작자의 비경향시도 검토, 분석
의 대상으로 잡은 것이다.

　돌이켜 보면 우리 경향시의 테두리를 파악하는 일은 오랫동안 내 숙제
가 되어 왔다. 그동안 나는 한국 근대시의 맥락을 더듬기에 골몰해 왔는
데 그 한 가닥인 경향시의 모습을 파악하는 일에는 적극적이지 못했다.
이유는 그 동안 우리 주변이 경직된 이데올로기의 지배 체제로 익숙해져
있었기 때문이다. 이 작업은 그런 경향시 소외와 무비판 상찬 현상에 다
같이 종지부를 찍으려는데 그 목적이 있다. 본래 이와 아울러 애초에 내
가 계획한 것은 경향시의 총체적 역사를 기술하려는 데 있었다. 그러니
까 이 작업은 내가 처음 기도한 경향시의 사적 체계화를 위한 정지과정
(定地過程) 내지 중간보고의 성격을 띠는 것이다. 항용 그런 것을 세상
살이라고 얼버무리면서 그 동안 나는 너무 자주 본업(本業)에서 벗어나
는 세월을 살아왔다. 그러다가 막상 이 작업이 시작된 것은 신록이 싱그
럽게 피어난 올해 5월 말부터다. 서둘러 작업을 진행 시켰는 데도 어느
새 철이 장마와 무더위를 몰고 온 가운데 이 작업은 막바지를 맞았다.
이 일을 위해서는 내 곁에서 성가신 심부름들을 해 준 몇몇 대학원의 후
배들이 있었다. 이 자리를 빌어 그들의 노고를 기리는 바이다.

1991년 8월 10일

金 容 稷

한국 현대 경향시의 발자취

제1편 경향시의 형성

제3편 순수 시인들의 좌선회

제5편 일제 말기의 시인들

제6편 8 · 15와 새 세대의 경향시

제7편 인민정권과 경향시

한국 현대 경향시의 발자취

1. 경향시의 형성

여기서 말하는 경향시란 계급의식을 바닥에 깐 작품들을 가리킨다. 두루 알려진 것처럼 계급의식은 사회를 두 개의 계층, 곧 유산자와 무산자로 나누어 보는 것에서 비롯된다. 유물사관에 따르면 유산자란 자신들의 부를 축적하기 위해 끝없이 무산 계급을 착취하는 계층을 가리킨다. 그리고 무산자는 그런 모순을 의식하고 사회를 바로잡기 위해 혁명의 대오를 편성할 사람들이다. 이런 사회의식. 세계관은 우리의 모든 행동이 혁명의 도구가 될 것을 요구한다. 詩와 文學도 그 예외는 아니다. 유물변증법적 계급 사관에 따르면 詩와 小說은 문장을 가다듬고 가락을 고르기에 앞서 사회의 모순을 타파하고 세계를 변혁하는 구심점으로서의 이데올로기에 철해야 하다. 여기서 다룰 경향시는 바로 그런 정신의 테두리와 의식 선상에서 쓰여진 詩들이 중심을 이룬다.

한국에서 경향시가 형성·전개되기 시작한 것은 1920년대 초부터이다. 그 이전에도 단편적인 현상으로 계급의식을 지닌 詩가 전혀 나지 않은 것은 아니다. 우리 주변에서 오래 전승되어온 각설이나 장타령 가운데는 상당히 강하게 개인이나 집단의 신산한 생활상을 노래한 것이 있다. 그러나 이들은 그 세계 인식의 次元으로 보아 본격적인 의미의 근대시가 못 된다. 그 지양·극복이 이루어지면서 근대시의 이름에 값하는 경향시가 나타난 것이 1920년대 초 무렵인 것이다.

한국에서 이 무렵에 근대적인 경향시가 나타난 데는 그 나름의 까닭이
있었다. 1920년대 벽두부터 우리 주변에는 러시아 혁명의 성공에 자극
된 몇 개의 운동단체와 조직들이 나타났다. 1920년도에는 朝鮮勞動共濟
會가 (4월) 발족을 보았다. 이어 6월에 조선교육협회와 조선청년연합회
가 조직, 발족한 것이다. 이를 전후해서 각 지방에는 뚜렷하게 계급 타파
를 표방한 형평사 운동이 전개되었다. 다음 1921년도에는 그 벽두에 서
울청년회가 발족되었고, 이어 사상연구회(5월), 경성인쇄직공무회도 결
성된 것이다. 또한 이무렵에는 우리 주변의 동경 유학생 수도 급격하게
증가했다.

구체적으로 1912년에는 279명에 그친 그 숫자가 1920년도에는 715
명에 이르렀고, 1922년에는 1,667명에 달하게되었다.1) 이들 가운데 상
당수가 당시 일본에서 유행한 신흥과학 사조, 곧, 사회주의 이론의 신봉
자, 또는 동조자가 되었다. 이에 곁들여 우리 주변에서 간행되는 몇 몇
발표매체도 좌파의 주장에 앞장서거나 동조했다. 즉, 이 무렵 우리 주변
에는『開闢』,『新天地』,『新生活』,『朝鮮之光』,『生長』등의 잡지가 간행
되었다. 그리고 이들 대부분은 그 편집 경향이 계급 사상에 경도하는 단
면을 들어냈고 아울러 경향적인 詩와 소설을 게재한 바 있다. 1920년대
에 나타난 경향문학과 경향시는 이런 여건들을 토대로 빚어진 것이다.

2. 新傾向派의 단계

초기의 한국 경향시 형성에는 그 주역이 된 두 개의 문학 집단이 있었
다. 그 하나가 焰群社였고 다른 하나가 PASKYULA였다. 염군사는
1922년 9월에 발족을 본 프로문학 조직으로 그 구성원이 李赤曉, 李浩,

---

1) 1932년도 동경 유학생 감독부 조사, 姜東鎭『日帝의 韓國侵略政策』(한길사, 1976),
   p.197에서 인용

金紅波, 金斗洙, 崔承一, 沈大燮, 金永八, 朴容大 등으로 이루어졌다. 이 문학 집단의 정신적 지향은 그 행동 강령 일부인 〈本社는 解放文化의 硏究 급 運動을 目的으로 함〉에서 단적으로 드러난다.[2] 여기서 해방이란 말뜻을 단순하게 1920년대의 민족적 상황만을 생각한다면 그것은 범박한 의미의 노예상태 배제를 뜻할 것이다. 그러나 그 위에 다시 "文化"가 첨가되는 경우 거기에는 계급의식을 바닥에 깐 문학, 예술 활동의 뜻이 내포된다. 염군사 동인들은 그들의 문학 활동 일환으로 곧 『焰群』 발간을 시도했다. 그 가운데는 李赤曉, 〈지새는 새벽에 어린애 죽었어요〉, 李浩, 〈가로를 넘어서〉, 朴世永, 〈楊子江畔에서〉 등이 포함되어 있었다고 한다.[3] 일제의 규제, 간섭에 의해 이들 작품은 『焰群』을 통해 발표되지는 못했다. 그러나 뒤에 다른 발표 매체를 통해 활자화된 것을 보면 그 질적인 수준은 별로 높지 못한 것으로 나타난다.

PASKYULA는 焰群社 보다 그 발족이 조금 뒤늦었다. 鴛峰山人의 위의 글에 따르면 이 조직이 발족된 것은 1923년이라는 것이다. 그러나 그 가능성은 일찍부터 마련되어 있었다. 즉, 李益相이나 金炯元은 1920년대 초두부터 명백하게 경향적 색채를 띤 시와 소설을 발표했다. 또한 金復鎭 과 延鶴年 등은 그 이전에 계급주의를 지향한 사회조직에 관계하고 있었다. 여기에 기폭 장치를 마련한 것이 동경 유학생 신분의 金基鎭이다. 그는 당시 일본에서 유포된 신흥사회과학에 빠져든 다음 특히 계급주의를 지향한 『씨뿌리는 사람』에 탐닉하게 되었다. 그리고는 그 정신적인 동조자를 찾아 나서서 먼저 배재고보의 동창생인 박영희(朴英熙)를 이끌어 드렸다. 그와 동시에 이상화(李相和), 안석주(安碩柱) 및 상기 네 사람을 더 가담시켜서 구성원들의 이름 두문자를 딴 PASKYULA를 발족시킨 것이다.[4] PASKYULA는 작품 활동 능력으로 보아 염군사보

---

2) 鴛峰山人, 新興藝術이 싹터 나올 때, 『文學創造』 (1934. 6), p.70
3) 상게서, p.30에서 재인용
4) 金基鎭 나의 文學靑年時代, 『新東亞』, (1934. 9) , p.133

다 우세했다. 그 가운데도 이상화(李相和)와 김형원(金炯元), 김기진(金基鎭) 등의 작품은 당시 우리 시단 전체 수준으로 보아도 주목에 값하는 것이 포함되어 있었다.

특히 金基鎭은 습작기의 작품인 〈가련아〉에서부터 계급 의식의 단면을 들어냈다. 그는 영탄과 몽환을 일삼는 『白潮』를 와해시키기 위해 『백조』의 동인이 되었다. 그리고는 그 3호에 〈한 갈래의 길〉 이하 경향성이 강한 시들을 발표한 바 있다. 그와 동시에 그는 계급 투쟁의 실제 활동에 나서는 대신 공허한 논리만을 일삼는 지식 청년들을 풍자, 비판한 〈白手의 歎息〉을 쓰고, 사회 개혁의 강한 의지를 바닥에 깐 〈花崗石〉을 발표했다. 이들 작품은 관념, 내지 행동 철학만이 생경하게 드러나는 것이 아니라 어느 정도 시가 요구하는 가락 같은 것도 지니고 있었다. 그리하여 초기 한국 경향시의 토대를 닦는데 적지 않은 기여를 했다. 두루 알려진 것처럼 李相和는 백조파의 최대 시인이다. 그리고 그 무렵의 대표작인 〈나의 寢室로 〉는 탐미적이며 세기말적인 분위기를 거느린 시로 이름이 높다. 그럼에도 PASKYULA에 참가한 후 그의 작품 경향은 일변하여 〈폭풍우를 기다리는 마음〉, 〈街相〉에 나타나는 바와 같이 뚜렷하게 계급 의식을 지니기 시작했다. 그의 경향시는 그 후에 그가 백조 시대에 터득한 기법과 신경향파 참가 이후의 이데올로기 지향이 상승 작용을 하여 〈빼앗긴 들에도 봄은 오는가〉와 같은 수작을 낳았다

이 단계에는 또한 金佑鎭과 趙明熙·金東煥 등의 기억할 만한 人員의 참여가 있었다. 金佑鎭은 시를 전공한 것이 아니라 극작을 위주로 했다. 金水山이란 필명으로 그는 초기 프로 희곡의 중요 유산으로 일컬어진 〈이영녀〉, 〈山돼지〉 등을 썼다. 그러나 그 틈틈이 그는 시를 썼고 그 가운데는 〈古의 파괴〉와 같이 경향적인 것이 있다.[5] 趙明熙는 1924년 사화집 〈봄 잔디 밭 위에〉로 등단한 시인이다. 이 무렵의 대개의 시인이 그랬던

---

5) 이에 대해서 자세한 것은 金容稷, 자연발생기 프로 詩 출현의 안팎사정. 『韓國近代詩史』(학연사, 1986), pp78~79 참조.

것처럼 애초에 그는 경향시 작가가 아니었다. 1925년 〈온 저잣 사람이〉
를 발표한 것을 경계선으로 그는 경향적인 작품을 쓰기 시작했다. 그후
그는 소설에 주력해서 목적 의식기 소설의 대표작인 〈洛東江〉을 발표했
다. 후에 그는 쏘련으로 탈출했고 스타린의 비밀경찰에 의해 투옥당하고
처형되었다. 다음 金東煥은 매우 이색적인 시인이다. 그는 1924년 5월호
인 『金星』 3호에 〈赤星을 손가락질 하며〉를 들고 시단에 등장했다. 이 작
품에는 뚜렷이 북국의 정취와 함께 식민지 지배 아래 한국의 신산한 생활
감정이 바닥에 깔려 있었다. 말하자면 그는 집단 활동, 또는 경향 문학 단
체에 가담하기 전부터 경향적인 측면을 지닌 작품을 쓴 시인이다.

3. 目的 意識期의 시작과 본격 경향시의 시대

본래 경향시란 계급적 투쟁을 통해 프롤레타리아 독재를 실현하는데
그 목적을 둔 작품을 가리킨다. 이때 투쟁은 물론 지배 계층의 규제, 박
해 속에서 시도되고 전개되는 것이다. 따라서 계급 투쟁에 참가하는 모
든 사람들에게는 가열한 상황을 견디면서 싸우는데 필요한 목적의식이
요구된다. 신경향파 단계에서 한국의 경향시는 이런 유형의 목적의식을
확고하게 지니지 못한 상태였다. 그리하여 이 시기를 흔히 일컬어 자연
발생기라고 한다. 한국의 경향시와 경향문학이 이 자연발생기를 넘어서
목적의식기에 접어들기 시작한 것은 1925년 朝鮮프롤레타리아藝術聯盟,
약칭 KAPF가 결성되고 나서부터다. 카프는 형식상 염군사와 PASKYULA
의 통합으로 이루어진 것이었지만, 내용면에서 보면 현대 한국 사회에서
규모가 가장 큰 계급집단의 성립, 발족을 뜻했다. 이 조직체는 발족과 동
시에 자연발생적인 계급 문학운동을 지양. 극복하고, 그들 나름의 목적
의식론에 입각한 행동강령도 내세우고자 시도 했다. 특히 전자에 대해서
는 그 무렵 자칫 배타적이며 소수의 고립적 행동에 그치기 쉬운것이 계

급집단의 성격이었던 것을 감안하면 KAPF의 발족 의의가 매우 컸다.

본래 염군사는 그 조직 계보가 北風會에 속해 있었다. 그에 반해서 PASKYULA는 金復鎭이 그 간부인 서울청년회 쪽이었다. 북풍회와 서울청년회는 계급운동을 지향한 점에서 공동 목표를 가진 단체들이었다. 그러나 실제 활동에서는 자주 이해가 상반되어 알력, 마찰을 일으키고 있었다. 이 충돌이 KAPF를 통해서 극복된 셈이다. 다만 행동이념 수립이라는 면에서 발족 당시의 KAPF는 다소간 미숙한 점이 있었다. 초기 KAPF의 주두권을 장악한 것은 金基鎭과 함께 朴英熙였다. 그런데 이들은 계급문학이 바로 유물변증법적 역사 철학의 작품화인줄 알고 있었을 뿐, 구체적으로 그것이 어떻게 이해·적용될 수 있는가에 대해서는 확실한 방법을 터득하지 못한 상태였다. 이에는 물론 프로문학 이론을 이해, 파악한 그들의 知的 水準이 문제될 수 있을 것이다. 그러나 그보다 더 큰 빌미는 KAPF의 철 이른 발족 시기에도 있었다.

앞에서 이미 지적된 것처럼 KAPF의 발족은 1925년도의 중순경이다.6) 그런데 러시아의 경우 KAPF에 해당되는 전러시아작가협회(약칭 와프)가 결성된 것이 1925년 초였다. 그리고 일본에서 프로문예연맹이 발족한 것은 1925년 12월 초다.7) 이런 사실에 비추어 보면 KAPF의 발족은 상당히 일찍 이루어진 셈이다. 그런데 여기에는 얼마간 내재적인 사정이 있었다. 본래 KAPF의 발족을 서두른 것은 焰群社 쪽이었다. 그리고 그들에게는 그럴만한 속사정이 있었다. 그들은 PASKYULA에 한 발 앞서 프로문학 운동을 표방했지만 그 실적은 미미한 편이었다. 그리하여 이 무렵의 한국 계급문학 운동은 염군사가 PASKYULA와의 合同을 통해 일종의 조직보강작업을 꾀할 필요가 있었다.

合同 당시 염군사는 물론 PASKYULA도 제대로 계급 문학운동의 속

---

6) 全州事件記錄公判, <조선중앙일보> (1935. 10. 2)에 따르면 KAPF의 발족이 1925년 8월 23일로 적혀 있다.

7) 平出木, 『프로文學運動에 관한 研究』(일본 사법성 조사부, 1940), p.524

성을 이해, 파악하고 그 나름의 행동 철학을 세운 상태가 아니었다. 그리
하여 그 발족 후 곧바로 계급시와 그 文學運動이 시원스럽게 새 地平을
타개하지 못한 것이다. 다만 KAPF의 발족과 함께 그 詩部에는 차례로
새 얼굴들이 나타나기 시작했다. 그들이 바로 金昌述, 柳完熙 등과 함께
金海剛, 洪陽明 등이다. 金昌述은 카프가 결성되기 직전 경향시를 쓰기
시작했고, 뒤에는 〈展開〉, 〈五月의 훈풍〉 등 호평을 받은 작품을 남겼다.
柳完熙는 호를 赤驅리고 했으며 경직된 구호시를 썼다. 한편 金海剛은
20년대 초두부터 경향시를 썼으나 중앙 조직에는 관계하지 않은 듯 하
다. 양적으로 많은 작품을 남겼음에도 KAPF에서 제대로 평가받지 못한
탓도 그런데 있었을 것이다. 洪陽明은 일본 유학생 출신으로『無産者』와
KAPF 동경지부에서 발간한『藝術運動』에 시를 발표했다. 국내에 돌아
와서는 2차 검거 때 투옥된 다음, 곧 작품활동이 중단상태에 들어갔다.
  목적의식기의 한국 경향시에 새 지평이 뚜렷한 선으로 나타나기 시작
한 것은 1920년대 말경에 접어들고 나서부터다. 그 주역을 담당한 것은
林和였다. 그는 朴英熙, 金基鎭 등 구 KAPF의 지도분자들 추천으로 중
앙위원이 된 다음 곧 그들을 비판하면서 주도권을 잡고 權煥, 金南天 등
과 함께 소장파를 이루었다. 林和 이전에 KAPF의 노선 비판은 李北滿
과 金斗鎔등을 주축으로 한 第三戰線派에 의해서도 시도되었다.[8] 그러
나 이때의 비판은 朴英熙, 金基鎭의 전면 후퇴가 아니라 그 지도체제를
보강하는 선으로 매듭이 지어졌다. 또한 제3전선파는 작품 활동의 실제
에서 보다 이론이 앞선 쪽이다. 그리하여 詩와 기타 창작 활동에서는 뚜
렷한 새 지평이 타개되지 못했다. 이런 사정은 林和의 등장과 함께 근본
적으로 달라졌다. 그 이전까지 KAPF의 시부활동은 소설에 비해 아주
열세였다. 그것을 林和는 1927년에 발표한 〈曇― 1927年〉을 통해 뒤엎
었다. 그리고 다음 해에는 〈젊은 巡邏의 편지〉에 이어 1929년도에 〈네거

---

8) 구체적으로 제 3전선파는 李北滿, 洪陽明, 趙重滾, 韓植, 洪曉民 등을 가리킨다. 이에
  대한 자세한 것은 김용직,『韓國近代詩史』(下), pp,130~132 참조

리의 順伊〉,〈우리 오빠와 火爐〉,〈어머니〉,〈雨傘 쓴 요꼬하마 埠頭〉 등을 발표했다.

　본래 경향시는 그 속성 때문에 私的인 감정의 토로에서 시작하는 순수 서정시와는 달라야 했다. 거기에는 반드시 집단, 또는 계층의 감각이 곁든 公的 世界가 요구되었던 것이다. 林和는 그 것을 무산계급 주변에 일어난 이야기를 이끌어드리는 것으로 살려 나갔다. 또한 그 이전의 경향시들은 대개가 생경한 관념적 구호에 그쳐 시의 필수 요건인 가락이 빚어지지 못했다. 그것을 林和는 〈네거리의 順伊〉나 〈雨傘 쓴 요꼬하마 埠頭〉에서 기능적으로 극복했다.

　　順伊야! 누이야!
　　근로하는 靑年 勇敢 한 산아히의 연인아……
　　생각해 보아라 오늘은 네 귀중한 靑年인 용감한 산아히가
　　젊은 날의 싸홈에 보내든 그 손으로
　　지금은 적은 피로 담에다 달력을 그리겠구나
　　그리고 이 추운밤 가느다란 그 다리가 피아노 같이 떨겠구나

　　　　　　　　　　　　　　　—〈네거리의 順伊〉

　이런 작품 실적과 함께 林和는 행동 이론으로도 KAPF의 선배 맹원들을 압도할 기회를 포착했다. 1929년 그는 朴英熙의 주선으로 일본에 건너가 그 이전 카프동경지부를 운영하면서 사회주의 운동의 이론 파악에도 앞장선 李北滿, 金斗鎔을 접할수 있었다. 또한 납프에도 관계하여 경향문학의 시야를 넓혔던 것이다. 뿐만 아니라 이때 林和는 그가 펼친 경향문학의 든든한 동지까지 얻었다. 그들이 바로 金南天, 安漠, 權煥, 韓載德,등 신진기예의 프로문학도들이다. 1930년 林和는 이들과 함께 서울에 돌아와 곧 구카프계를 향한 포문을 열었다. 그 무렵 구카프계는 밖으로 일제의 거듭되는 탄압을 받아 정상적으로 작품 활동을 할 길이 없

는 상태였다. 또한 안으로는『群旗』사건으로 대표된 일부 맹원들의 조직 교란 활동 때문에 큰 상처를 입은 터이다.

  여기서『群旗』사건이란 1931년 梁昌俊, 閔丙徽, 李赤曉 등에 의해 야기된 사태다. 이가운데 양창준은 애초 KAPF의 맹원이 아니었다. 그 무렵 카프는 기관지를 갖지 못한 터여서 그 돌파구를 모색해 마지 않았다. 그런데 양창준이 그의 소유인『詩와 音樂』을 KAPF의 기관지로 개편, 『群旗』를 발간하자는 제의를 했다. 이에 구카프계인 朴英熙와 金基鎭 등이 이를 수락한 바 있다. 그런데 양창준은 KAPF 개성 지부를 충동하여 『群旗』발간과 함께 중앙위원회의 활동을 전면 비판하기 위한 카프쇄신동맹을 만들었다. 뿐만 아니라 그 사태 수습을 위해 개성지부를 찾은 박영희와 김기진에 대해 타락간부로 규정하고 전면적인 조직전복을 시도했다. 이 사태는 박영희와 김기진등에 의해 일단 수습되기는 했다. 그러나 이를 계기로 구카프계의 KAPF 내 영향력은 크게 실추한 것이다[9] 林和의 프로예맹중앙위 장악은 이런 상황에서 이루어졌다. 그리고 그 기민성으로 곧 그는 동조직의 강력한 지도 분자가 되었다. 그는 또한 자신의 주력분야인 시를 통해서 계급문학 활동을 전개했다 이를 계기로 한국 경향시가 본격적인 모습으로 탈바꿈하게 된 것이다.

4. 본격 경향시의 전개 양상

  林和의 프로 예맹 장악과 함께 한국 경향시는 자못 활발한 양상을 띠기 시작했다. 이때부터 신경향파 이래의 경향시 제작자 이외에도 우리 주변에는 林和를 비롯한 소장파로서 權煥, 安漠 등과 염군사 출신인 朴世永 ,朴八陽 그리고 李燦, 白鐵, 趙碧巖, 李洽, 尹崑崗, 宋順溢 등이 차

---

9) 이에 대한 자세한 것은 상게서, pp147~179, 참조

례로 작품을 발표, 활약하기 시작했다. 또한 이들 보다 약간 늦게 국내 경향시 활동에 참가한 朴石丁, 李貞求, 安含光, 閔丙均, 韓植 등의 이름 도 기억될 필요가 있다. 이 가운데 權煥은 매우 교조적인 입장에서 계급 의식을 노래한 시인이다. 그의 작품은 같은 소장파인 林和의 시가 갖는 가락을 확보하기에 이르지 못했다. 그 대신 매우 엄격하게 프로시가 요 구하는 계급적 시각을 지키고 있는 것이다.

朴世永과 朴八陽도 비슷한 성향의 작품을 썼지만 〈山제비〉나 〈봄의 先驅者〉는 호평을 받았다. 다음 白鐵은 동경고사 때 일본의 경향시단에 서 활약했다. 그의 활동은 국내에 돌아온 다음 비평 쪽으로 기우러져갔 지만 그런 가운데도 〈가을밤〉, 〈災川 아래서〉(『第一線』, 1932), 〈봄, S 地區〉(『동아일보』1933.4) 등 몇편의 수준 작을 남겼다. 李燦의 경향시 활동은 1920년대 말경부터 시작되었다. 그는 동경 유학생 출신이었지만 제3전선파나 林和를 주축으로 한 소장파의 일원은 아니었다. 그리하여 KAPF 내에서는 별로 빛을 보지 못했다. 그의 시가 의식내용에서 경향 적이면서 작품으로서의 질적 수준도 확보하게 된 것은 KAPF가 해산되 고 난 다음이다. 〈國境一折〉(『詩建設』1935. 10) 이나 〈눈내리는 堡城 의 밤〉(『朝鮮文學』, 1937. 1)은 이무렵의 작품이다.

朴石丁과 韓植, 李貞求 역시 일본 유학생 출신이다. 李貞求 는 경도에 서 공부했고, 그 무렵에 유물변증법적 역사철학에 경도된 듯 하다. 그는 비평이 위주였고, 시작 활동은 별로 활발하지 못했다. 韓植은 1920년대 전반기에 이루어진 일본 쪽의 프로文學活動에 참여한 다음 KAPF의 동 경지부 발족에도 중심 인원으로 관계했다.10) 그후 그는 오래 동안 구금 생활을 하거나 지하에 잠복한 듯 보인다. 그리하여 국내에서의 작품 활 동은 별로 활발하지 못했다. 그의 활동이 다시 활기를 띠게 된 것은 8· 15가 있고 나서의 일이다. 이와 비슷한 경우에는 납프의 투사 시인으로 일컬어진 金龍濟가 있다. 그는 1920년대 말부터 납프의 산하인 여러 문

---

10) 高峻石, 『在日朝鮮人革命運動史』(拓植書房, 1985), p.125.

학 단체에 관계했고, 『프롤레타리아 詩』를 중심으로 경향색이 짙는 작품들을 발표했다. 그러나 몇 차례 일제에 의해 투옥 당한 다음 국내로 강제 송환되었다. 그 후 그는 경향문학 활동을 포기하고 일제의 지배체제에 협력하는 전향자가 되었다.

이들 시인이 등장 활약한 기간은 1920년대 말경부터 1930년대 중반기에 걸치는 약 5년 간이다. 이 기간 동안 한국 경향시가 활기를 띤 까닭은 대체로 두 가지 각도에서 이야기될 수 있을 것이다. 그 하나는 KAPF를 중심으로 한 프로문학 활동단체의 집단활동이 그런 결과를 낳은 것이다. 신경향파 단계에서 한국의 경향시는 공연히 목소리만 높을 뿐 소수파의 활동에 지나지 않았다. 그러나 시간의 경과와 함께 프로예맹 주변에는 새로운 경향 시인들이 차례로 모여 들었다. 그리고 집단 활동의 틀을 유지한 KAPF는 그들을 어떻든 영입, 수용했던 것이다. 그 결과 KAPF 중심의 경향시 활동이 활성화 되기에 이른 셈이다. 이 경우에 손꼽아야 할 또하나의 사유에 1930년대 이후 KAPF의 주도권을 잡은 소장파의 역할도 있다. 그 가운데 林和의 역할은 거의 결정적인 것으로 보인다. 역량 있는 시인인 그는 성공적인 몇 개의 작품을 통해서 동료와 후배 경향 시인들을 정신적으로 고무, 분발케 했다. 또한 그는 자신이 주재한 출판활동을 통해서도 경향시의 한 磁場을 마련하는 일에 기여했다. 그 단적인 보기가 되는 것이 1931년에 발간된 『카프詩人集』이다. 이 시집은 그 표지에 朝鮮 프롤레타리아 藝術同盟文學部편이라는 표시가 있다.

그러나 이 시집을 기획 발간한 것은 林和 자신이었다. 이 시집에는 흔히 이런 책이 부칠 법한 편찬 취지의 말이 없다. 그러나 내용으로 보아 이 책이 편집 의도가 어디에 있는가를 살피는 일은 아주 손쉽다. 단적으로 말해서 그것은 그 무렵까지 경향시의 세계라든가 형태에 대해 암중 모색만을 한 KAPF 맹원들에게 한 기준을 제공하기 위해서 만든 것이다. 참고로 이 시집에 수록된 작품은 金昌述 〈汽車는 北으로 北으로〉, 〈五月의 薰風〉, 〈가신뒤〉, 〈앗을대로 앗으라〉, 權煥, 〈停止한 기계〉, 〈그대〉, 〈우리를 가난한 여자이라고〉, 〈가랴거든 가거라〉, 〈少年工의 노래〉, 〈墮落〉, 〈머리를 땅까지 숙일 때까지〉, 林和, 〈다 없어졌는가〉, 〈네 街里의 順伊〉, 〈우리 오빠와 火爐〉, 〈제비〉, 〈양말 속의 편지〉, 〈雨傘 쓴 요꼬하마 埠頭〉, 朴世永, 〈누나〉, 安漠, 〈三萬의 兄弟들〉, 〈百萬中의 同志〉 등이다. 이와 같은 해에 林和는 『캬프 小說集』도 출간했다. 이것은 얼핏 프로예맹이 그 집단 활동의 어느 시기에 일종의 사화집을 낸 것에 그친 것으로 생각될수 있을 것이다. 그러나 이 사화집이 나오기까지 KAPF는 경직된 이론만을 휘두르면서 작품 활동을 독려한 듯한 느낌이 없지 않았다. 그런데 이들 사화집으로 적어도 그들의 작품 활동에 한 준거가 마련된 것이다. KAPF의 시와 소설을 위해서 이것은 상당한 기여를 한 것으로 평가해 마땅하다.

30년대 중반기에 접어 들면서 KAPF의 시와 문학은 점차 성숙되는 국면에 접어 들기 시작했다. 그러나 이런 상황은 일제의 거듭된 탄압으로 하루 아침에 뒤바뀌었다. 1930년대 초두에 일제의 군부는 급격하게 군국주의 체제를 구축하고 만주사변 등을 일으켜 침략의 마수를 중국 전역으로 뻗치기 시작했다. 그들은 국내에서 일체의 사회주의, 자유주의 운동을 박해, 말살하고 나섰을뿐 아니라 한반도에서는 더욱 강하게 압제정책을 폈다. 그 결과 민족운동과 계급운동에 거듭되는 탄압이 가해졌다. 일제는 1934년 2월을 기해 KAPF의 맹원을 깡그리 투옥한 일제 검거 선풍을 일으켰다. 이때 검거의 표면적인 이유는 금제로 된 KAPF의 연극 단체, 新建設의 삐라를 가진 학생이 전북 錦山에서 체포되었기 때문이다. 그러나 그 속사정은 말할 것도 없이 일제의 KAPF 해체를 위한 공작의 결과였다. 이때 피검되어 전주 형무소에 수감, 복역한 KAPF 맹원은 朴英熙, 李箕永, 權煥, 白鐵 등, 20여 명에 이르렀다.11) 이것은 바로 KAPF의 중앙위원 대부분이 구금, 투옥되었음을 뜻한다. 일제의 탄압은 이에 그치지 않고 1935년 다른 사건에 연루되거나 건강 악화로 구금이

---

11) 이에 대해서는 金允植, KAPF 全州事件, 『韓國近代文藝批評史硏究』(일지사, 1976), pp.192~193, 참조.

유보된 金基鎭, 林和, 金南天 등을 협박하여 KAPF의 해산계를 내게했다. 이것으로 1920년대 중반기 이후 한국 문단을 재패한 경향문학단체 KAPF가 형식상으로는 소멸되어 버린 것이다.

5. 30년대 후반기의 양상

KAPF의 해산 후에도 일제는 경향문학 활동에 사사 건건 규제, 간섭의 손길을 뻗쳤다. 그리하여 목적의식을 내포시킨 경향시는 1930년대 중반기를 고비로 급격히 퇴조 상태에 들어갔다. 그러나 그 바닥에 계급적 의도를 깐 詩가 아주 사라진 것은 아니다. 구카프계나 소장파 등 캬프 출신 시인들은 KAPF가 해산된 뒤에도 현실의식을 가진 시를 씀으로써 넓은 의미의 경향시를 발표했다. 또한 이 무렵에는 몇 사람의 새로운 경향시 제작자도 등장했다. 그 가운데는 상당한 역량을 가지고 있어서 경향시로서 뿐만이 아니라 전체 한국 시단의 수준 향상에도 기여한 예가 나타났다. 전자의 보기로 우리는 林和를 들 수 있을 것이다. 林和는 1935년 7월달 『조선중앙일보』에 발표한 〈다시 네거리에서〉를 고비로 작품에 직접적으로 계급의식을 포함시키는 일을 유보했다. 그 대신 그는 넓은 의미의 민족적 현실, 또는 역사를 그의 시에 수용했던 것이다. 그 단적인 보기가 되는 것이 1936년에 쓴 〈현해탄〉, 〈달밤〉, 〈敵〉 등이며, 그 다음에 나온 〈바다의 讚歌〉, 〈별들이 合唱하는 밤〉 등이다. 이들 작품의 대부분은 1938년에 나온 시집 『玄海灘』에 수록되었다. 다음은 그 가운데 하나인 〈바다의 讚歌〉의 한 부분이다.

바다야!
너의 기픈 가슴엔
思想이 들었느냐!
억센 反抗은 무슨 意志이냐!

나는 한울을 向한 너의 意味 보다도
날뛰는 肉體를 사랑한다.
詩人의 입에 마이크 대신
재갈이 물려질 때
노래하는 열정이
沈默 가운데
최후를 의탁할 때,

바다야!
너는 몸부림치는
肉體의 곡조를
伴奏해라.

　본래 경향시의 발판이 되는 것은 현실 그 자체라고 볼 수 있다. 이 작
품에서는 그 현실이 경직된 당파성에 의해 재해석되는 대신, 그 이전의
단계로 생각되는 보편적 감각에 의해 상당히 강하게 내실화된 느낌이 있
다. KAPF의 시는 목적의식의 강조와 함께 경직된 이데올로기나 당파성
이 천박하게 적용된 나머지 그들의 시는 대개 개설적인 말들에 그쳤다.
그런데 여기에서 나타나는 바와 같이 林和의 시에는 그런 단면이 기능적
으로 극복되어 있는 것이다. 이것은 이들 작품이 경향시로서 새로운 국
면을 타개했음을 뜻한다. 이와 함께 이 무렵에 새롭게 나타난 경향시의
제작자로는 李庸岳, 安龍湾, 白石 등이 있다.
　먼저, 李庸岳은 짧은 습작기를 거친 다음 1937년 『分水嶺』을 들고 시
단에 등장한 시인이다. 다음 해에 그는 재빨리 제 2시집 『낡은 집』을 발
간했다. 이들 두 시집에 수록된 많은 작품에서 그는 한반도의 변경 지대
인 함경도 지방의 서민들이 겪은 각박한 현실을 題材로 삼았다. 또한 그
의 작품에는 여러 체험 내용이 매우 기능적으로 집약되어 독특한 가락을
빚어내기도 하는 것이다.

새하얀 눈송이를 낳은 뒤 하늘은 銀色의 鄕愁처럼 푸르다.
얼어죽은 山토끼처럼 지붕 지붕은 말이 없고 모진 바람이 굴뚝을 싸고 돈다.
강건너 소문이 그 사람보다도 기대려지는 오늘
폭탄을 품는 젊은 思想이 피에로의 비에 숨어 와서 유령처럼 나타날 것 같고
눈 우에 크다아란 발자욱을 뚜렷이 남겨줄 것 같다.
오늘.

— 〈國境〉 전문

安龍灣은 1935년『조선일보』와『조선중앙일보』에 당선작을 동시에 내어 시단에 등장한 시인이다. 그때의 작품인 〈江東의 봄〉에 대해서는 林和가 「이런 괴로운 摸索의 혼돈 중에서 安龍灣의 시 〈江東의 봄〉(『조선중앙일보』, 신년 당선시)은 찬연히 빛나는 것이었다. 나는 이 작품 일편을 생각할 때 우리가 이 一年을 무난히 보냈다고 생각하지 안흔다. 이 시에는 여태까지의 조선프롤레타리아 시의 최초의 발전이 있다.」[12]라고 이례적인 호평을 가했다.

초기에 안용만이 쓴 작품은 모두가 동경의 빈민가를 배경으로 한 것이다. 그는 또한 이야기 줄거리 같은 것을 시에 도입하면서도 그것을 정서적 가락이 되도록 말들을 골랐다. 그리하여 그 이전의 경향시가 갖는 관념성이 어느 정도 극복되면서 서정의 폭도 넓어지게 된 것이다. 다음 白石은 여느 경우의 경향시인들이 쓴 작품과는 달리 상당히 이색적인 시를 썼다. 그가 쓴 대부분의 시편들은 인적이 드문 산골짜기거나 우리 주변에서 전혀 주목을 받지 못한 甲男乙女들의 생활이다. 그들을 다루면서 白石은 행동철학이나 사회의식을 직접적으로 들어내지도 않았다. 다만 매우 독특한 말씨로 후미진 우리 주변의 일들을 감성으로 포착, 제시하고 있는 것이다. 그리하여 그의 세계는 경향시의 테두리를 넘어 있으면서도 매우 기능적으로 우리 서민들의 생활에 밀착되었다.

1930년대 중반기 이후의 한국 경향시, 또는 현실에 대한 경사를 보이

---

12) 林和, 曇天下의 시단 일년, 『文學의 論理』(학예사, 1940) p.641

고 있는 시를 이야기하는 자리에서 우리는 吳章煥 이나 林學洙를 비롯
하여 薛貞植, 李貞求, 金容浩, 金朝奎, 閔丙均, 金北原, 楊雲閑, 金哲洙
등의 이름도 잊어버릴 수 없다. 이들은 좋은 의미에서 예술적인 것을 추
구한 시인들이었으나 작품 바닥에는 항상 현실 수용을 시도한 자취가 포
착된다. 물론 일제의 삼엄한 감시, 규제 아래서 쓰인 작품들이었으므로
이들의 시에 그것이 제대로 줄기를 이루지는 못했다. 그러나 몇몇 작품
에서 검출되는 성향으로 보면 그 가능성은 언제나 보유되었던 것이다.
한편 한국의 경향시가 넓은 의미에서 현실을 다룰 수 있었던 시기에는
그래도 거기에는 얼마 간의 문화적 여유가 있었다. 1930년대 막바지에
접어들면서 일제는 세계 제패를 노린 침략 전쟁의 음모에 여념이 없었
다. 그 나머지 그들은 우리 詩와 문학의 말살을 뜻하는 우리 말 사용 자
체를 금제로 했다. 이것은 詩와 文化의 차원을 넘어 민족의 명맥 조차를
끊으려는 음모였다. 이런 상황에서 한국 경향시는 다른 경우와 마찬가지로
더 서식해갈 길이 없었다. 일제에 의해 어느 시인이 노래한 것처럼 〈꽃 한
송이 피어낼 지구〉[13]도 없는 암흑기가 닥쳐온 것이다.

6. 8 · 15와 文學家同盟系의 시

　1945년 8월 15일 일본 제국주의자들은 연합국을 향해 무조건 항복을 수
락했다. 이로써 일제는 패망하고 우리에게는 자유가 주어졌다. 우리 시인은
다시 우리 말을 구사해서 그들의 작품을 쓸 수 있게 된 것이다. 8 · 15와 함
께 빚어진 이런 상황은 경향시의 세력 형성과 확장에 아주 큰 힘으로 작
용했다. 30년대 중반기에 된서리를 맞고 명맥을 유지하기에도 힘이 부
친 한국의 경향시는 그 기세가 다시 크게 떨치게 되었다. 그리고 그 목소
리 또한 매우 쉿되게 울리면서 다른 성향의 시들을 뒷전으로 물러서게

---

13) 辛夕汀, <슬픈構圖 >, 『朝光』(1939. 10), p.54. 시집 『슬픈 牧歌』(남주문화사,1947), p.32

할 듯, 세력화되었다. 해방 직후의 한국 시단에도 물론 경향시에 손을 대
지 않은 시인들이 없지 않았다. 그러나 그들은 숫적으로 경향 시인들에
비해 소수파에 속했다. 또한 그들은 차분하게 말을 다듬고 가락을 고르
는 편이어서 목적의식에 철한 가운데 다수 대중을 들먹이는 경향시의 제
작자들처럼 요란스럽게 독자들을 이끌어들이지도 못했다. 그리하여 상대
적으로 경향시가 8·15직후의 한국 시단을 주도하는 듯 생각 되었다.

  이 무렵의 경향시들이 이렇게 기세 등등해진 데는 거기에 몇 가지 사
유가 있었다. 우선 그들의 대항 세력인 순수 시인들은 어디까지나 조직
이나 집단 활동을 부차적인 것으로 돌렸다. 그런데 경향시를 쓴 쪽에서
는 林和를 중심으로 재빨리 집단 활동에 들어갔다. 그 구체적인 형태가
된 것이 조선문학가동맹이다. 林和는 8·15 다음 날에 이미 카프 시대의
동지들을 찾아 다니면서 조직 활동에 착수했다. 그리고 그 다음 날에는
문학가동맹의 예비 단계인 文學建設本部를 출발 시키기에 성공했다. 그
는 매우 기민한 솜씨로 지난 날의 카프계 문학인들 뿐만 아니라 그동안
순수시의 길을 걸었거나, 이데올로기에 대해 별 意見이 없는 문학인들까
지를 다수 문학가동맹에 이끌어 드렸다. 그리하여 당시 그 쪽에 가담한
문학인의 숫자가 전체 문단인의 거의 3분의 2선에 육박할 정도였다. 또
한 해방기 문단에서 순수 문학인들의 활동이 문학가동맹계에 비해 떨치
지 못한 빌미는 그 자체에도 있었다. 林和등의 문학가동맹은 인민을 위
한 문학을 외치면서 그것을 전면적인 현실수용과 정치에의 참여라고 규
정했다 (물론 이때의 정치는 계급의식에 입각한 것이다). 그런데 右派에
속한 순수 문학인들은 그것과 무관하게 예술성 추구가 文學의 正道라고
주장했던 것이다. 8·15와 함께 우리 사회는 커다란 정치의 소용돌이를
이룬 감이 없지 않았다. 그런 상황에서 초정치주의, 예술을 위한 예술의
느낌을 주는 순수 문학인들의 주장이 외면 당하는 것은 당연했다. 문학
가동맹계의 경향문학 활동은 이런 논리의 토대위에서 기세를 떨친 것이
다.

한편, 해방기 문단에서 문학가동맹에 가담하여 한 동안이나마 경향시를 쓴 시인은 세 유형으로 나누어 볼 수 있다. 그 하나는 카프 때부터 계급시, 내지 경향시를 써왔고 8·15후에도 그 활동을 계속한 사람들이다. 이에는 林和, 權煥, 朴八陽, 朴世永, 安漠, 趙碧岩, 李燦, 朴芽枝, 朴石丁, 李洽, 韓植, 尹崑崗. 宋完淳, 安龍灣 등이 있다. 다음 또하나의 유형으로는 순수 문인 출신을 손꼽을 수 있다. 이들은 일찍 한국 시단에 등단하여 일제 말기에 이르기까지 시의 예술성 추구에 최대한의 노력을 기울인 사람들이다. 8·15와 함께 이들은 그 방향을 바꾸어 현실 수용을 기하고 人民에 복무하는 시를 쓰려고 들었다. 그에 속하는 경우로는 정지용과 金起林,을 필두로 吳章煥, 曺雲, 林學洙, 閔丙均, 趙虛林, 趙靈出, 呂尙玄, 金相瑗, 李庸岳, 金哲洙, 薛貞植, 金東錫, 曺南嶺 등이 있다. 해방기 시단에서 경향시의 제작자가 된 세 번째 유형에 속한 시인으로는 新人에 속한 일군의 시인들이 있었다. 그 가운데는 일제 말기에 습작정도의 작품을 발표한 경우도 있기는 했다. 그러나 대체로 그 이름이 8·15후에 다시 나옴으로써 시인으로 인정을 받은 경우가 이에 속하는 것이다. 그런 예로 뒤에 전위 시인으로 호칭된 金尙勳, 李秉哲, 金光現, 朴山雲, 兪鎭五를 비롯하여 金常民, 裵仁哲, 朴贊日, 柳鍾大, 崔夕斗, 朴文緖, 趙仁行, 林炳哲 등이 있다. 뿐만 아니라 여기에는 8·15 후 북쪽에서 새롭게 경향시인으로 변신했거나 그 쪽에서 신인으로 등장한 시인들이 추가되어야 한다.(이에 대해서는 뒤에 밝혀짐.) 그 숫자는 거의 50명 선에 육박하고 있다. 이것으로도 8·15직후 한 때 문학가동맹계 시의 세력이 실감될 수 있을 것이다.

다만 이와 같이 표면으로 나타나는 기세에도 불구하고 문학가동맹계의 작품 수준은 그에 상응하지 못했다. KAPF 이래 한국 경향시가 극복하지 않으면 안 된 과제의 하나가 시의 이데올로기, 내지 현실의 수용 문제였다. 되풀이되지만 시도 엄연하게 예술의 한 갈래였다. 그리고 예술에서 이데올로기나 예술이 반드시 1:1의 상태에서 대응되지 않는 일도 엄연한 진실이었다. 그럼에도 KAPF와 비슷하게 8·15후 林和가 주도한 문학가동맹에서는 기능적으로 시가 이데올로기와 현실을 수용하는 길에 거의 맹목이었다. 그리하여 그들은 그 상의 조직인 공산당, 후에는 남로당의 정치적 지령을 거의 그대로 작품 활동에 반영시킬 것을 맹원들에게 요구했던 것이다. 그러나 문학가동맹의 대부분 맹원들은 기능적으로 당의 행동 지침을 수용할 줄을 몰랐다. 그 결과 문학가동맹계의 시는 그 양적인 우세에도 불고하고 질적인 성과가 수반되지 못했다.

문학가동맹계의 시와 문학활동은 1947년을 고비로 심하게 상황의 영향을 받게되었다. 그 무렵 문학가동맹의 지휘 통제부 구실을 한 좌파 조직은 거듭되는 군정청의 규제를 받아 정상적인 작품 활동을 계속 할 수 없게 되었다. 대부분의 맹원들은 시인이나 작가이면서 공산당이 지령하는 실제 운동에 관계했다. 그리하여 그들은 구금, 투옥되거나 지하로 잠복 또는 38선을 넘어 북쪽 길을 택하지 않을수 없었다. 1947년부터 이루어진 군정청의 좌익 규제정책은 문학가동맹계 시인들에게 크게 불리했다. 설상가상격으로 그들의 상부 기관인 남로당이 더욱 경직된 실제 행동 지령을 하달했다. 그리하여 이미 그들은 남쪽에서 말을 다듬고, 그 가락을 고르면서 이데올로기의 기능적인 수용을 꾀할 정도로 한가롭지 못했다. 이런 사태를 당하자 일부 시인들은 경향시와 그 문학을 포기했다. 이에 해당되는 시인이 윤공간, 김용호 등이다. 또한 상당수의 시인들은 북행길을 택하거나 전향하고 붓을 꺾었다. 이것으로 남쪽의 경향시는 긴 겨울을 맞이한 것이다.

7. 인민정권과 경향시—북한의 詩

우리 민족은 8·15를 장미 빛 꿈으로 맞이했다. 곧 우리는 자주독립의 나라를 세우고 세계사의 무대에서 주역이 될줄 알았다. 그러나 이런 소망이나 기대는 아랑 곳 하지 않은 채 미군과 소련군은 우리 영토를 38선

으로 양단해 버렸다. 8·15와 함께 남쪽 문단을 제패하게 된 것이 문학
가동맹계였음은 이미 밝힌 바와 같다. 그들이 지향한 것은 사회주의 체
제의 구축이었고 그것은 자유민주주의 체제를 추구하는 미군정 당국과
이해가 서로 어긋났다. 문학가동맹은 공산당 지령하에 거듭 군정 반대
투쟁을 벌였다. 이에 맞서 미군정 당국도 그들에게 활동을 규제, 봉쇄로
대응했다. 이런 상황으로 하여 1947년도부터 남쪽의 경향시와 경향문학
활동은 급격하게 지하로 잠복하기 시작했다.

정권주도 체제와 북쪽의 문학

남쪽과는 달리 북쪽에서는 8·15와 더불어 경향문학과 경향시의 봄이
시작되었다. 거기서는 쏘련 군정 당국의 비호 아래 사회주의 사회건설의
행보가 재빠르게 구축되었다. 혼란의 도가니가 된 남쪽과는 대조로 이
무렵부터 북쪽에서는 김일성을 중심으로 한 인민정권의 기틀이 잡혀갔
다. 1946년 10월에는 이미 김일성이 사회주의 체제 구축의 대강령이 되
는 20개 정강의 뼈대를 내어놓았다(북조선 공산당 중앙조직위원회 창
립 총회에서 정식 선포, 1946년 3월 23일). 거기에는 〈문화인들은 문화
전선의 투사로 되어야 한다〉는 구절이 포함되었다. 여기서 문화인에 시
인과 작가가 포함됨은 말할 것도 없는 일이다.

이와 같은 김일성 선언의 의미를 초기에는 좌익 작가들도 심상하게 받
아들인 것 같다. 우파들은 흔히 있을 수 있는 정치 입문생의 문화에 대한
수사적 언급으로 돌렸다. 그러나 이 발언은 그 실에 있어서 사회주의 체
제가 문학과 문인에 요구한 기본 입장이며 대전제와 같은 것이었다. 본
래 사회주의 혁명노선에서는 문학과 문화를 혁명의 북과 나팔, 또는 사
회변혁의 도구로 본다. 그 교의에 따르면 시와 문학은 반동과의 투쟁이
요구되는 경우에 대중을 조직, 선동하여 적을 격파하는 무기가 되어야
한다. 그리고 이미 쏘련과 같이 사회주의 체제가 구축된 경우에 그것은
당의 문예정책, 창작지침에 따라 움직이는 충직한 당의 손발이어야 하는

것이다. 8·15와 함께 북쪽에도 사회주의 체제가 구축 중이었다. 그런 이상 북쪽의 시와 문학은 당연히 당의 정책 결정에 따른 혁명의 수단이며 방편이 될 수밖에 없다. 이때의 김일성 선언에는 이런 속뜻이 내포되어 있었다.

북쪽 시와 문학의 변화 단계

그 대전제를 혁명의 전위수단, 혁명의 충실한 일꾼으로 보며 시작한 북쪽의 문학과 시는 그후 곧 독특한 전개를 시작했다. 이제 그 실상을 살피면 그 첫째 단계는 8·15에서 6.25가 일어나기까지의 기간이다. 이 기간 동안 북쪽은 이른 바 새나라, 새사회 건설에 모든 힘을 동원했다. 남쪽에서는 문학가동맹계에 의해 미군정, 그 후에는 한국정부와 그 지지 세력을 타도하려는 투쟁이 전개되었다. 그러나 북쪽에서는 이른바 민주기지 건설을 목표로 정치, 경제, 사회, 교육, 특히 군사 부문에서 착착 사회주의 체제를 다지고 굳혀 갔다.

이 무렵 북쪽에서는 사회주의나 공산주의라는 말 대신 민주주의라는 용어를 썼다. 그런데 그 민주주의 사회건설을 위해서 당의 구령과 함께 전 인민이 동원되는 체제가 구축된 것이다. 그리하여 북쪽 문학사에서는 이 시기를 민주건설기라고 한다. 민주건설기는 북쪽의 문학자가 당의 지침을 충실히 이행하는 초입이었다.

북쪽의 문학사에서 제 2단계는 1950년 6월부터 1953년 7월 판문점에서 휴전 조인이 있기까지에 걸친다. 6.25가 일어나자 그 초기에 인민군은 단숨에 서울을 점령하고 수원, 대전을 거쳐서 호남을 석권하고 추풍령과 죽령을 넘었다. 그러나 가을이 되면서 전세는 역전되었다. 처음 북쪽은 조국해방전쟁으로 일컬은 이 전쟁이 8·15까지는 끝이 날 것으로 믿은 것 같다. 그러나 엄청난 물량을 밑받침으로 한 미군과 유엔군의 전력은 막대했다. 8월 초에 이르기까지 왜관 남쪽 포항과 영천 외곽, 마산 서북쪽까지 진출한 인민군은 유엔군의 폭격과 화력 앞에 그 이상의 공격

능력을 상실했다. 9월에 이르자 전세는 역전되었고 그들은 한때 한만 국
경까지 내몰렸다. 그것을 抗美援朝의 기치 아래 참전한 중공군이 만회시
켰다. 그리하여 1951년 여름 이래 전선은 다시 38선 언저리에서 교착되
었다. 이 기간 동안 북쪽의 손실은 막대했다. 戰史에 따르면 북쪽은 150
만 가까운 인명 피해가 났다. 당시 북쪽의 총인구가 1000만명 정도였다.
이는 실로 여덟 명에 한 명꼴로 인명피해를 입었음을 뜻한다. 이 전쟁 기
간 동안 김일성과 당은 모든 힘을 동원하여 전쟁 수행에 안간힘을 다했
다. 작가와 시인이 그 예외가 아니었음은 물론이다. 구체적으로 김일성
은 1950년 12월 24일 열린 〈작가, 예술인, 과학자들과의 담화〉 석상에
서 〈우리 예술은 전쟁 승리를 앞당기는 데 이바지하여야 한다〉고 말했다.
또한 다른 자리에서 작가와 예술인들이 전쟁에 임하여 〈종국적 승리에 대
한 확고한 신심을 뚜렷이 표현하여야 하며 자기들의 작품이 싸우는 우리
인민의 강력한 무기로 되게 하며 그들을 최후의 승리에로 고무하는 거대
한 힘으로 되게 하여야 합니다〉라고 지시한 바도 있다. 이런 당의 요구에
따라 작가들도 전쟁수행과 후방 인민의 선동, 고무에 총력을 기울였다.

 북쪽 시와 문학의 제 3기는 50년대 말경부터 60년대를 거쳐 오늘에
이른다. 이 시기 초두에 북쪽 당은 패전의 책임을 묻지 않을 수 없었다.
그 결과 남로당계가 미제의 고용 간첩, 공화국 정부 전복 음모죄로 처형
되었다. 이때 김남천, 이원조와 함께 그 무렵까지 카프의 최대 시인인 林
和가 단두대의 이슬로 사라졌다. 그와 동시에 이용악, 이병철, 김상훈,
임학수, 김동석, 박찬모, 오장환, 박태원, 설정식, 양운한 등 남로당계의
거의 모든 작가, 시인들이 집필정지를 받고 집단농장으로 추방당했다.
이에 이어 1956년에는 한설야에 의해 이태준계가 추방되었다. 그리고
1962년네는 한때 북쪽 문단을 주름잡은 박팔양, 한설야 등이 숙청되었
다. 이들과 함께 이때 추방된 시인 작가는 이북명, 이근영, 황건, 김영
석, 안회남, 현덕, 송영, 신고송, 한태천, 김북원 등 무려 30여명에 이른
다. 이들의 명단을 보면서 우리가 지나칠 수 없는 것이 있다. 여기서 우

리는 이 시기가 김일성 우상화와 관계되는 점을 주목해야 한다. 북쪽에서 1960년대부터 〈우리 혁명은 우리 식으로〉라는 사업구호가 고창되었다. 이때 우리 식의 표준이 된 지도자가 김일성이다. 김일성의 이념을 북쪽에서는 주체사상이라고 선언했다. 주체사상에 살을 붙이고 옷을 입히는 일이 작가에게 맡겨졌다. 그리하여 이때부터 북쪽의 작가들은 김일성의 유일체제 구축에 동원되었다. 이를 계기로 북쪽에는 기성 작가에 대체되어 신인들이 대거 진출할 틈새가 생겼다. 유일주체체제에 십분 호응하고 나서기에는 카프 출신이나 8·15 직후부터 활동한 기성작가는 부적절했다. 그들은 이미 창작 활동의 경력에서 오는 관습이 몸에 배였던 것이다. 그러나 신인들은 그런 잔재를 지니지 않은 사람들이었다. 이에 당은 작가학원을 설립하고 다수의 창작적 재능이 있는 신인들을 뽑아 훈련시켰다. 이들이 양성되자 당은 다수의 기성작가들을 추방하고 그에 대체하여 작가학원출신들을 문단에 등장시켰다. 이 시기부터 제 3세대에 속하는 시인, 작가들이 북쪽 문단을 주름잡기 시작하기 시작한 것이다.

8. 북한 경향시의 전개

북쪽의 시가 형성, 전개된 각 시기에는 그때마다 주역으로 떠오른 이름들이 있다. 평화적 민주건설기에 나타난 북쪽의 최대 시인은 趙基天이다. 그는 쏘련의 조선족 2세 출신으로 김일성부대의 문화 일꾼으로 8·15 직후 북한에 들어왔다. 처음 그는 쏘련 군청정의 신문발간 일에 종사했다. 그런 가운데 김일성의 항일 빨치산 활동에 바탕한 장편 서사시 『백두산』을 썼다. 이 작품은 때마침 김일성을 민족의 지도자로 만들기에 고심한 북로당의 입장에서 보면 둘도 없는 모범 작품이었다. 그리하여 탈고와 동시에 『로동신문』 연제가 이루어졌다. 또한 단행본으로 나오자 삽시간에 20만부가 팔렸다.

조기천과 함께 이 무렵 북쪽 문단에는 한설야, 이기영 등 카프 출신 소설가와 함께 박세영, 박팔양, 이찬 등의 원로급 시인들이 있었다. 또한 일제 때 등장 활약한 시인으로 새롭게 북쪽 시단에 참여한 白石, 李貞求, 金嵐人, 金北原, 金朝奎, 閔丙均, 安龍灣 등도 활약했다. 이 가운데 이찬은 〈김일성 장군〉의 노래를 지어 위대한 혁명 송가 작가로 군림했다. 또한 박세영은 인민공화국이 수립되자 그 국가를 지어 문단의 위치를 확고하게 굳혔다. 이 시기에 1차 월북파들도 북쪽 시단에 참여하여 김일성의 우상화에 한 몫을 했다. 즉 1947년 이후 남한 정세가 악화되자 임화, 오장환 등이 38선 북쪽에 넘어간 것이다. 이후 여러 남쪽의 경향시인들이 월북하여 단연 북쪽은 좌파 시인의 집결지가 되었다.

다음 6.25와 함께 북쪽의 작가들은 100여명이 전선 체험을 가졌다. 이 가운데 안용만은 자진해서 낙동강 도하작전에 참가했다고 한다. 임화도 대구 북방의 도하작전 체험을 노래한 것이 있다. 또한 마산 북방 남해를 굽어 보는 최전선의 돌격조 전사들을 기린 시도 남기고 있는 것이다. 이때는 남쪽에 잔류한 문학가동맹계의 시인, 작가도 다수 전선에 나갔다. 그리고 유엔군의 반격으로 50년 가을, 서울이 수복되자 그 대부분이 38선을 넘어 2차 월북문인이 되는 것이다. 이때 월북한 문인들은 박태원, 안회남, 임학수, 김영석, 이용악, 이병철 등 50명이 넘는다. 이들과 이정구, 백석등이 어울리는 가운데 6.25 동란 중 북쪽의 시인, 작가들은 전선보고를 쓰고 시와 꽁트를 만들어 발표했다.

북쪽 문학사에서는 6.25동란 체험을 시로 만든 최대의 시인으로 金嵐人을 손꼽는다. 그는 일찍 『詩建設』 동인으로 일제시대에는 거의 무명의 지방출신 시인이었다. 그런 그가 6.25와 함께 강철청년부대의 종군시인으로 출전했다. 그는 낙동강 도하작전에 참전했고, 그후 이른바 전략적 후퇴기에는 유엔군 후방에서 싸운 것으로 나타난다. 1951년 6월 14일 그는 동부전선에서 전사했다. 그런데 그 동안의 전투체험을 장편 서사시로 엮어 『강철 청년부대』를 남겼다. 이 시집은 후에 북쪽 당중앙의 특별

배려에 따라 출간되었다.

이밖에 한국동란 시기에 나온 전선시로는 趙基天의 〈조선은 싸운다〉와 김조규의 〈이 사람들 속에서〉, 안용만의 〈포화소리 드높은 700리 낙동강〉, 이용악의 〈원쑤의 가슴팍에 땅크를 굴리자〉 등이 있다. 그러나 이런 유형의 시 가운데서도 그 어느 것보다 문제작이 된 것은 林和의 전선시들인 〈너 어느 곳에 있느냐〉, 〈바람이여 전하라〉, 〈흰눈을 붉게 물들인 나의 피 위에〉, 〈한번도 본일이 없는 고향 땅에〉 등일 것이다. 이 시는 林和 자신의 전선 체험을 바탕으로 하면서 적에 대한 적개심과 피붙이나 고향 사람들에 대한 그리움을 그와 교직한 가운데 노래한 것이다. 이들 작품에서 林和는 〈가슴이 종이장처럼 얇아/ 항상 마음 아프던/ 엄마를 생가하여/ 해저무는 들길에 섰느냐〉 또는 〈악독한 원쑤의 손에/ 사랑하는 남편과 어린 것들과/ 그밖에 살아 있는 모든 것을 잃어/ 홀로 망현한 어머니들께〉 등의 행들을 포함시켰다. 이것을 북쪽의 당료 출신 비평가가 트집잡았다. 그에 따르면 이것은 싸우는 인민군대의 전의를 꺾고 감상주의를 전파시키려는 퇴폐적 작품이다. 후에 林和는 공화국 전복음모죄로 처형된다. 그런데 그 기소처결의 사유 가운데 하나가 위에 인용된 전선시의 부분들이다.

50년대 이후 북쪽의 당과 정책 담당자들은 전후 복구 사업에 안간힘을 다하지 않으면 안되었다. 6..25는 한반도 전역을 문자 그대로 초토화해 버렸다. 그 피해는 특히 북쪽이 심했다. 한때 유엔군 폭격기들은 북한 상공을 날면서 이제는 새롭게 공격할 지상 목표가 없다고 보고를 할 정도로 북쪽 전역이 초토화되었다. 전 국토가 한 뼘의 땅도 제대로 남지 못하고 잿더미로 화한 것이다. 북쪽으로서는 설상가상격으로 1953년도에 스탈린이 사망했다. 그것은 급격한 체제변화를 예고하는 사태였고 그런 사태 속에서 쏘련의 경제원조는 기대할 수가 없었다. 북쪽으로 보면 중공은 그들의 최대 혈맹이었다. 그러나 그들에게 한국전쟁의 부담은 워낙 엄청났다. 이에 북쪽은 모든 것을 자력으로하지 않으면 안되었다. 천리마, 속도전이 이때부터 제창되기 시작했다. 또한 엄청난 인원과 물량이 소요되는 복구사업을 차질없이 이루기 위해서는 김일성 중심의 강력한 지배력이 구축될 필요도 있었다. 이에 〈우리 혁명은 우리 식으로〉라는 구호가 내걸렸다. 그와 함께 유일사상, 주체철학이 표방되고 작가들에게도 그 형상화가 요구되었다.

이 시기에 이르자 북쪽 문단에는 6.25 세대에 속하는 새로운 시인들이 나타났다. 그 이전까지 북쪽의 시인들은 대체로 8·15 직후까지 시단에 나온 세대들이었다. 북쪽 시단의 제 1세대는 박세영, 박팔양, 이찬, 조벽암 등 카프 출신들이었다. 그에 이은 제 2세대가 김조규, 김우철, 김상오, 강승한, 안용만 등이었고 이어 조기천과 이병철, 김상훈, 김상민 등의 해방후 세대가 포진하고 있었다. 한국동란을 거치면서 북쪽 시단에는 이들 다음에 속하는 세대의 시인들이 나타났다. 그들이 백인준, 동승태, 김귀련, 허남기, 정문향, 김철, 오영재 등이다. 이 가운데서 동승태나 김귀련 등은 일제 시대에 전문대학이나 중고등학교를 다닌 사람들이다. 그러나 그 시단 진출은 6.25 이후부터로 나타난다. 허남기는 재일교포 출신으로 조총련계이기도 하다. 그러나 그가 북쪽에서 제대로 시인의 평가를 받게 된 것은 6.25 이후의 일이다. 백인준도 그에 준한다. 8·15를 맞이했을 때 그는 학병에서 돌아왔다. 그는 또한 윤동주 사건에 연루되어 일제경찰에 연행, 구금된 경력을 가진다. 8·15 직후에 그는 북쪽의 문예정책을 충실하게 이행, 적용하는 비평가로 등장했다. 그리고 6.25가 되자 미군과 남쪽의 보수세력을 향해 거침없이 욕설을 퍼붓는 시를 써서 발표했다.

북쪽에서는 6.25 이후의 전후 복구기를 대건설 약진기라고 한다. 이 시기가 시작되면서 북쪽 당은 재빨리 작가학원을 발족시켰다. 그리고 거기에 다수의 작가 지망생을 입교, 훈련시켰다. 80년대에 이르면 북쪽의 문단은 이 작가학원 출신들이 뚜렷한 세력을 이루게 된다. 그들이 김석주, 김송남, 이광선, 동기춘, 황성하, 안정기, 염우봉, 백하, 홍현양 등이다. 오영재와 김철은 이들 가운데서도 그 능력이 매우 탁월한 것으로 평가된 시인들이다. 오영재는 6.25 동란 때 전라남도 장흥의 한 중학생이었다. 인민군의 진주와 함께 그느 북쪽 대오에 편입되었다. 그리고는 전선을 누비는 가운데 시를 쓰다가 작가학원에 입교하여 시인이 된 사람이다. 그의 시는 목적의식이 뚜렷하면서 정서가 포함된 것으로 평가받고 있다. 김철은 오영재와 달리 함경북도 출신이다. 그 역시 학생 신분으로 동란의 틈바구니에서 입대했고 전투의 틈틈이 작품을 쓴 것으로 전한다. 그는 사상이나 관념만이 앙상한 뼈대를 드러내는 북쪽 시단에서 그 나름으로는 정서의 함량도 있는 시를 쓰는 시인이다. 특히 단형시에서 인정의 기미를 잘 짚어낸 몇 편의 시가 있다.

1970년대를 거쳐 80년대와 90년대에 이르면서 북쪽의 문단에는 또다른 변화의 조짐도 나타났다. 그것이 시론에서 정지용과 윤동주 등 극히 제한된 범위이기는 하지만 순수 서정시인들도 다루기 시작한 점이다.

8·15 직후부터 북쪽에서는 사회주의적 사실주의 문학만이 창작방법으로 인정되어 왔다. 그리고 문학사에서 그 계보에 드는 시인들은 카프와 그 이후의 프로문학 활동가들, 그리고 8·15 이후 북쪽 문단에서 등장, 활약한 사람들이다. 카프 이전 몇 사람의 신경향파에 속하는 시인들이 평가된 바는 있다. 그 구체적 보기가 되는 사람들이 이상화나 김소월이다. 여기서 이상화와 함께 김소월이 비판적 사실주의 시인으로 손꼽힌 데는 좀 미묘한 사정이 개입했다. 신경향파로 한국문학의 근대시를 논하는 경우 그 줄기가 아무래도 가늘 수밖에 없다. 그 나머지 북쪽 문학사는 의병가사와 신채호의 시를 포함시키기도 했다. 그러나 이때에도 『창조』에서 『백조』와 『금성』 등의 시가 배제된다. 그 결과 북쪽 문학사는 아무래도 單線的인 것이 되어 버린다. 이것을 보완, 극복하기 위해 북쪽에서는 김소월도 비판적 사실주의 시를 쓴 것으로 평가했다. 그리고 80년대 이후에는 북간도 출신으로 적지에서 죽은 윤동주와 6.25 동란 때 북쪽에서 죽은 정지용을 다루기 시작한 것이다.

북쪽에서 일어난 이들 시론의 영역 확대는 하나의 의미에서 주목되는 일이다. 이미 살핀 바와 같이 북쪽에서 작품활동은 당의 창작지침에 따라서 이루어진다. 그리고 비평에서 창작지침의 표상이 되는 것이 작가 또는 시인론이다. 북쪽의 문예정책이 이데올로기 일체주의였을 때 정지용과 윤동주는 논의되지 못했다. 이 장벽의 일부가 열렸다는 것은 북쪽의 시 해석이 조심스럽게 이데올로기에 곁들여 기법에 대해서도 손길을 뻗치기 시작했음을 뜻한다.

이와 함께 북쪽에서는 또 다른 시단의 변모양상도 나타난다. 80년대에 접어든 후 북쪽에서는 일부 작품을 전문성을 지닌 개인이 아니라 여러 사람의 합작으로 발표하는 예도 나타났다. 이것을 집체창작이라고 한다. 본래 북쪽에서는 사상성을 강조한 나머지 작품들이 경직된 이데올로기 옹호로 쏠리게 되었다. 이것을 극복하기 위해 도식주의 배제가 논의되었다. 그런데 도식주의의 극복은 그 반사 현상으로 개인의 창작적 재능 추구, 곧 개성 발휘로 나타나기가 일쑤였다. 그것은 불가피하게 북쪽이 경계하는 특정 개인이 큰 모습 되기에 이르는 것이다. 김일성 유일체제만이 진실인 북쪽에서 이런 현상은 바람직한 것이 아니었다. 그 조정 장치로서와 다수 작가들의 공동참여로 쓰여지는 창작이 지시되었고 그것이 집체창작이 된 것이다.

이밖에도 북쪽에서는 기회가 있을 때마다 전국 규모의 창작시 공모대회를 갖는다. 이때 특선이나 입상이 되면 그 당선자에게는 상당한 혜택이 돌아간다. 이와 함께 전문 연출가에 의해 집체시 낭송이 이루어지며 무용이나 연극과 공동으로 펼쳐지는 시 축제도 있다. 그것으로 북쪽은 시 분야에서 그들이 남쪽보다 훨씬 앞섰음을 과시하고자 한다. 어떻든 북쪽에서 시는 아직도 이데올로기의 표현형태거나 그 등가물이다. 이런 추세는 북쪽의 정권이 존속하는 한 그대로 유지될 것이다. 이렇게 보면 한반도에서 경향시의 상록지역은 여전히 북쪽인 셈이다. 그것이 바람직한 경우가 아니라고 하더라도 우리 민족문학의 한 국면인 점은 부정될 수 없다. 이런 이유에서 북쪽 시의 오늘과 내일은 끝내 우리의 관심일 수밖에 없다.

제1편

경향시의 형성

김기진(金基鎭)

김형원(金炯元)

이상화(李相和)

조명희(趙明熙)

김우진(金祐鎭)

김동환(金東煥)

김창술(金昌述)

김기진(金基鎭)

(1903. 6. 29 ~ 1985)

八峰·具準儀·東樵·東初·여덟 뫼·八峰山人 등 여러 개의 필명, 또는 아호를 가진다. 충청북도 청원군 출생으로 배재고등보통학교 졸업, 이때의 동창이 바로 박영희로 뒤에 프로문학 운동의 굳은 동지가 외었다. 1921년 동경으로 건너가 릿교오대학(立敎大學) 영문학과 수학, 박승희·이서구와 함께 신극운동단체 토월회를 창립하여 한국 연극의 근대화에 기여했고, 당시 일본에서 유행한 신흥과학, 계급 사상에 감연되어 『폐허』, 『백조』의 퇴폐적이며 몽환을 일삼는 문학을 폐기하고 대중의 생활에 파고 드는 대지의 문학, 빵을 위한 문학을 제창하고 나섰다. 1923년 계급문학운동 써클인 파스큐라를 결성, 그 구성원은 박영희·안석영(安夕影)·김형원(金炯元)·이익상(李益相)·김복진 등이었다. 파스큐라라는 명칭은 그 구성원의 이름 첫글자들에서 취한 것이다. 1925년 박영희와 함께 조선 프롤레타리아예술동맹을 창립. 그 이전의 두 개 프로문학 단체 파스큐라와 염군사를 통합하고, 대중을 위한 계급문학를 지향하고 나섰다. 1930년도까지 계속 카프의 지도적인 이론분자로 활동하면서 〈白手의 탄식〉·〈화강석〉 등 경향색이 짙은 시와 함께 〈붉은 쥐〉·〈젊은 이상주의자의 죽음〉등 목적의식이 강한 소설들을 쓰는 한편, 수상과 평론을 통해서도 우파 기성 문단을 공격하고 카프 맹원들의 결속을 강화하는데 기여했다. 그러나 1930년도에 접어들면서 임화·김남천·권환 등 소장파가 카프의 주도권을 잡고 철저한 조직 우선, 이데올로기 제일주의를 표방하자 차츰 조직 활동에서 멀어지기 시작했다. 1926년 중외일보에서 근무하였으며 그 후 일제의 거듭된 탄압을 받고 프로문학운동이 전면적으로 봉쇄당하자 1935년 경기도 경찰부에 임화·김남천과 함께 카프 해산계를 냈다. 그 후에는 차츰 프로문학운동과 계급주의에서 멀어져갔다. 뿐만 아니라 6·26동란 때는 남침한 인민군에 체포되어 사형 선고를 받고 시체로 방치되었다가 살아나기까지 했다. 1989년 문학과 지성사에서 그의 전 저작을 망라한 다섯권의 『김팔봉 문학전집(金八峰文學全集)』이 간행되었다.

작품 白手의 歎息

카페 의자에 걸터 앉아서
회고 흰 팔을 뽑내어가며
우·나로드!라고 떠들고 있는
60년 전의 노서아 청년이 눈앞에 있다.....

Café Chair Revolutionist
너희들의 손이 너무도 희구나!

희고 흰 팔을 뽑내어 가며
입으로 말하기는 우·나로드
60年前의 노서아 청년의
헛되인 탄식이 우리에게 있다!
Café Chair Revolutionist

너희들의 손이 너무도 희구나!

너희들은 '白手'—
가고자 하는 농민들에게는
되지도 못한 '味覺'이라고는
조금도, 조금도 없다는 말이다

Café Chair Revolutionist,
너희들의 손이 너무 희구나!

아아! 60년 전의 옛날
노서야 청년의 '백수의 탄식'은
미각을 죽이고서 내려가 서고자 하던
全力을 다하던 全力을 다하던 탁신이었다.

Ah! Café Chair Revolutionist
너희들의 손이 너무도 희어!

해석·비평

이 작품은 김팔봉의 시가 본격적인 계급문학의 양상을 띠고 나타나게 한 최초의 것이다 김팔봉의 문학 활동은 1920년 4월 『동아일보』에 〈가련아〉라는 시를 발표하는 것으로 시작되었다. 그리고 그 후에는 『백조』 3호에 〈한갈래의 길〉·〈한 개의 불빛〉 등 여러 편의 작품을 발표했다. 그러나 이들 작품에는 막연한 상태의 빈궁의식이 있었을 뿐이다. 그에 반해서 여기에는 뚜렷한 민중의식과 그를 바탕으로 한 투쟁의 촉구가 있다. 그리하여 이 작품은 김기진이 본격적으로 경향시 활동을 시작하기 전과 그 후의 작품을 구분짓는 분수령에 해당되는 것이다.

이 작품과 그 이전 작품을 견주어 보면 변치 않은 면과 함께 변한 면을 동시에 검출해 볼 수 있다. 먼저 변치 않은 면은 이 작품이나 그 이전에 쓰여져 발표된 것 등 모두가 빈궁 계층의 편에 선 의식의 단면을 지닌 것으로 나타난다. 그리고 변한 면은 단순한 빈궁의식의 토로가 행동에 대한 요구를 수반시킨 점이다. 여기서 〈白手〉란 이론만을 일삼는 지식 청년들을 가리킨다. 그들은 이른바 피지배 계층의 비참한 생활상이 극복되어야 할 과제임을 입으로만 되풀이해서 주장한다. 그러나 그 실현은 구호나 토론으로서가 아니라 행동을 통해서 밖에 이루어질 수가 없는 것이다. 그럼에도 행동이 요구되는 그 단계에 이르러 선뜻 투쟁을 실제 행동으로 옮겨내는 자는 없다. 결국 김기진은 탁상 공론에 그치는 지식 청년의 사회 개혁론을 이 작품으로 비판하고 있는 것이다.

참고로 밝히면 이 작품은 일본의 초기 프로문학자 가운데 한 사람인 이시카와(石川啄木)의 시 〈끝없는 토의 끝에〉를 수용한 결과다. 이시카와의 작품은 1911년 6월에 발표되었고, 그 후 일본 좌파에게 널리 읽혀진 것이다. 김기진은 동경 유학 때 이 작품에 접하고 그에 자극되어 〈백수의 탄식〉을 쓴 것이다. 참고로 그 번역을 보이면 다음과 같다.

> 우리들 읽으며 討論하기는
> 그리하여 우리들 눈 빤짝이기는
> 50年前 露西亞 靑年 들에 지지 않는다.
> 우리들은 무엇을 할 것인가를 論議한다.
> 그러나, 누구 한 사람 꽉 쥔 주먹으로 탁자를 치며
> "V NAROD!"라고 부르짖는 자 없다.
>
> 우리들은 우리를 求하는 것이 무엇인지 알고,
> 오직 民衆이 求하는 것이 무엇인지 알고,
> 그리하여 우리들이 무엇을 할 것인가를 안다.
> 실로 50年前 露西亞 靑年 보다도 더 많이 알고 있다.

그러나 어느 한 사람 주먹을 꽉 쥐어 탁자를 치고
"V NAROD!"라고 외치는 자 없다.

여기에 모이는 자는 모두 靑年뿐,
항시 세상에 새로운 것을 만들어내는 靑年
우리들은 노인들의 먼저 죽는다는 것과,
그리하여 우리가 끝내는 이긴다는 것을 알고 있다.

보라, 우리들의 눈의 빤짝임을, 또 論議의 激烈한을
그러나 누구 한 사람 주먹으로 탁자를 치면서
"V NAROD!"라고 부르짖는 자는 없다.

아아 촛불은 세 번이나 바뀌어지고
마시는 찻잔 속에 작은 날버러지는 屍體로 뜨고
젊은 婦人의 열심에는 변화가 없지만
그 눈엔 끝없는 論議 뒤의 피로가 있다.
그러나 누구 한 사람 주먹을 꽉 쥐어 탁자를 치면서
"V NAROD!"라고 외치는 자 없다.

작품 花崗石

나는 보고 있다—
역사의 페이지에 나타나 있는

화강석과 같은 인민의 그림자를,
언제든지 인민의 대가리 위에는
별별색색의 탑이 서가지고
그것들이 인민을 심판하고 있었다.
나는 알고 있다—
인민의 생활이 뒤흔들릴 때에는
애처롭게도 탑은 부서진다는 것을,

정치가보다도 시인보다도
꾹 다물고 있는, 화강석과 같은
인민이야말로 더 훌륭한 편이 아닐는지—

오오, 역사의 페이지에 나타나 있는, 화강석과 같은
인민의 그림자를, 최후의 심판자를,
나는 지금, 눈앞에 놓고 생각하고 있다.

해석 · 비평

〈백수의 탄식〉과 같은 호의 『개벽』에 실린 작품이다. 그러니까 카프가
결성되기 전의 자연발생기 프로시에 속한다. 이 무렵 프로시는 김기진·김
형원(金炯元)·이익상(李益相)·김우진(金佑鎭)·조명희(趙明熙) 등에
의해 쓰여졌으나 질적인 수준은 높지 못했다. 그 가운데서는 비교적 수준
작이라고 할 수 있는 것이 이 詩다. 여기서 화강석은 물론 인민 대중을 가
리킨다. 이 작품에서 그들은 몇 개의 복합적인 심상으로 제시되어 있다.
우선 그들은 탑이나 건물로 표상 되었고, 그런 나머지 인류 역사의 기초
내지 바탕과 동격을 이루었다. 그와 동시에 화강석은 말없는 가운데 착실
히 제몫을 담당하는 의식 내지 정신의 상징이기도 하다. 그리하여 이 작품
의 의도가 계급 사관에서 이른바 기본 계층으로 지칭하는 서민 대중의 편
에 서고자 한 데 있음을 짐작하게 된다.

문학사 메모

카프 2차 검거 때 김기진은 집행 유예의 몸이었다. 그리하여 임화·김
남천과 함께 전주형무소 수감을 면할 수 있었다. 그런데 이때 일제는 카

프의 정식 해산을 강요했고, 그것은 서울에 남아 있는 김기진이 담당하지 않으면 안되었다. 그런 빌미로 그는 스스로 발족시키고 오래 그 구심점이 되어온 카프의 해산계를 내는 악역을 맡았다. 또한 ML당과 카프 양쪽에 모두 관계했기 때문에 일제 말기에는 사상범의 관리 기구인 보도연맹에 가입하지 않을 수 없었다. 뿐만 아니라 국책문학단체인 조선문인보국회에도 참여했다. 이것이 빌미가 되어 6·25때에는 인민 재판에 회부되어 사형언도를 받았다. 이때 김기진을 죽음 직전에서 처형을 면하게 한 것이 인민군의 정치장교로 인민재판 형장에 나온 허진이었다. 그러니까 한국 프로문학 운동의 개척자가 반역자로 처단된 것이다. 이것은 아주 특수한 역사의 아이러니라 할 수 있다. 후에 김기진은 그의 평생을 회상하는 회고록을 썼다. 그것을 보면 파란 중첩한 한국 근대사의 축소판을 보는 느낌이 든다.

참고문헌

1. 장편 소설, 『靑年 金玉均』(한성도서, 1936)
2. 장편 소설, 『海潮音』(박문서관, 1938)
3. 장편 소설, 『深夜의 太陽』(한성도서, 1952)
4. 수필집, 『心頭雜筆』(영문사, 1954)
5. 수필집, 『金八峰隨筆集』(경기문화사, 1958)
6. 수필집, 『金八峰文學全集』(문학과 지성사, 1988)
7. 金允植, 『韓國近代文學批評史硏究』(일지사, 1981)
8. 權寧珉, 〈카프 시대의 文學, 그 실상과 허상—팔봉 김기진의 경우〉 『小說文學』1982. 12)
9. 洪廷善, 〈우리의 가슴을 치는 마지막 북소리—팔봉 김기진의 人生과 文學〉『小說文學』(1986. 5)
10. 金容稷, 『한국근대시사』(학연사, 1986)

김형원(金炯元)

(1901. 11. 16 ~ ?)

石松이라는 호로 널리 알려져 있다. 충남 논산군 강경 출생으로, 보성
고보를 중퇴했다. 최초의 작품은 〈곰보의 노래〉(『三光』, 1919.12)로
나타난다. 이어 〈離鄕〉(『개벽』, 1920.12), 〈작은 돌의 노래〉(『學之光』,
1921, 1) 〈죽음의 美〉(『개벽』, 1921 ,2) 등을 발표. 1924년 파스큐라
에 가담하면서 경향적인 시를 발표. 문예지 『生長』을 주재하기도 했다.
중외일보, 동아일보, 매일신보 기자를 거쳐 조선일보 편집국장을 역임했
다. 영탄과 감상이 풍미하던 당시 시단에 처음부터 민중 시론을 제창하
고 등장. W.휘트먼의 민주주의 시론을 수용하여 신경향파 시론 형성에
크게 이바지했다. 휘트먼과의 관련은 1922년 『개벽』에 휘트먼의 시를
번역하면서 더욱 뚜렷해진다. 무엇보다도 그가 강조한 것은 휘트먼의 미
래를 향한 낙관적 신념이다. 여기서 이끄러진 그의 〈力의 詩〉의 개념은 〈
문학과 실생활의 관계를 논하여〉로부터 배태되어 팔봉, 월탄 등에게 영
향을 끼쳤다.

작품 無産者의 절규

나는 無産者이다!
아모 것도 갖지 못한

그러나 나는
黃金도, 土地도, 住宅도,
地位도, 名譽도, 安逸도,
共産主義도,
社會主義도,
民主主義도,
아! 나는 願치 안는다!

사랑도, 家族도,
社會도, 國家도,
現在의 아모 것도,
아! 나는 咀呪한다!
그리고 오즉
未來의 合理한 生活을
아! 나는 要求한다

해석 · 비평

  김석송의 작품 중에서 빈번하게 논의의 대상이 되는 것의 하나로, 1921
년 6월 『개벽』에 발표되었다 이 작품은 그가 초기에 즐겨 소재로 택한 〈무
산자〉계 詩의 시작이 되는 것이다. 계급의식이 앞선 나머지 관념적 서술과
생경한 시어가 빈번하게 노출되고 있어 예술적 형상화에 기능적이 못된 작

품이다. 그런 한편 〈민주문예소론〉에 비추어 보면 W. 휘트먼의 강한 영향을 느낄 수 있다. 다만 휘트먼이 폭넓게 민중의 세계를 지향한 데 반해서 이 〈무산자의 절규〉에는 단지 미래에 대한 합리적인 생활의 영위, 인간의 권리를 보장하는 물질적, 정신적 회복을 전제로 한 시민 생활이 기대될 뿐이다. 그러나 이 경향은 그 후에 그 외 시에서 변화되는 양상을 보인다.

작품 햇빛을 못 보는 사람들

햇빛은 우리의 구석구석에
빈틈 없이 비추는 햇빛이다.
오! 그러나 그러나
햇빛 못보는 사람들!

그대들은 얼마나 不幸일까.
春夏秋冬의 分別조차 없이
어름위 바람이 살을 찌르는
흰 곰만 사는 北極에도
아! 자비한 햇빛은 구석구석에 비추인다.

새벽별을 머리 우에 이고
저녁달 그림자를 밟으며,
저마다 바쁜 듯이 돌아다니는
새하얀 친구들의 얼굴들이어.
오! 햇빛 못보는 얼굴들이어.
나는 疑心이 벌컥 난다
그대들이 囚人이나 아닌가.
저 鐵窓 속에서 손발까지 묶인

法의 反逆者나 아닌가.
아! 나의 疑心은 더욱 깊어간다.

해석 · 비평

한 때 김석송이 수용한 W.휘트맨식 평등 사상은 그 후의 그에게 사회적 현실과의 괴리를 느끼게 했다. 그 지양. 극복을 시도한 가운데 이루어진 것이 〈햇빛 못 보는 사람들이다〉이다. 여기서 김석송은 현실에서 평등 사상이 실현될 수 없는 계층이 존재한다는 것을 인정하고 있다. 그러나 이런 인식이 다음 단계에서 유물변증법식 계급 철학을 인식한 차원에는 이르지 못했다. 그리하여 김석송은 이후에도 계속 평등 사상과 계급 사상 사이에서 방황하는 모습을 보여주었다.

작품 숨쉬이는 木乃伊

오! 나는 본다!
숨쉬이는 木乃伊를
'現代'라는 옷을 입히고
'制度'라는 藥을 발라

'生活'이라는 棺에 넣은
木乃伊를 나는 본다

그리고 나는 自身 이 이미
숨쉬이는 木乃伊임을
아! 나는 弔喪한다!

해석·비평

  1922년 3월『개벽』에 발표된 것으로, 김석송의 대표작으로 손꼽힌다.
식민지를 살아가는 우리 민족의 삶의 폐쇄성이 '목내이', 즉, 미이라에 비
유되어 있다. 이전의 시에서 보이는 언어의 생경함이 다소간 지양된 낌
새가 엿보인다..

문학사 메모

  김석송의 시는 빈궁의 문제를 다루며, 빈밍층에게 깊은 애정을 갖고
있다. 그러나 가난의 문제를 해결하는 방법으로 살인, 방화 등의 극단적
인 방법이나 계층적인 이념의 문제로 대처하고 있지는 않다. 오히려 그
의 시는 평등주의의 이념을 실현하는 데 목표를 둔다. 빈민층에 대한 애
정은 후에 그가 신경향파 맴버들을 주도해서 파스큐라를 결성하게 되는
결정적인 계기로 작용한 것이기도 하다. 다만 이 단계에서 김성송은 시
가 요구하는 서정성 학보에 기능적으로 대처하지는 못했다.

참고문헌

1. 吳世榮, 〈민중시와 파토스의 논리―석송 김형원론〉, 『冠岳語文硏究』
   (1978. 12)
2. 한계전, 『한국현대시론연구』(일지사, 1983).
3. 金容稷, 『韓國近代詩史』,(學硏社, 1986).

이상화(李相和)

(1901. 4. 5 ~ 1943. 4. 25)

尙火, 無量, 想華, 無星, 白啞, 무뉘 등의 호를 가지고 있다. 경상북도 대구에서 출생. 1919년 경성 중앙학교 3년을 수로했다. 3·1 운동이 일어나자 백기만 등과 함께 학생 운동에 참여했다가 실패. 서울에 피신. 1921년 현진건의 추천으로 『백조』 동인이 되었다. 『백조』 창간호에 〈말세의 희탄〉, 〈단조〉를 발표. 2호에 〈가을의 풍경〉, 3호에 〈나의 침실로〉 등을 발표했다. 이 가운데 〈나의 침실로〉는 백조시대의 이상화 작품을 대표하며 그의 문단 위치를 어느 정도 굳힌 작품이다. 그 이듬 해 渡日해서 불문학을 공부했으나 관동 대지진의 충격으로 귀국. 1925년 회월, 팔봉과 함께 카프에 참여했으며, 이 시기에 항일 민족 저항시 〈빼앗긴 들어도 봄은 오는가〉를 발표했다. 평론 〈무산 작가와 무산 작품〉, 〈문예의 시대적 변이와 작가의 의식적 태도〉를 발표한 것도 이 시기이다. 1927년 대구에 돌아 갔으나 의열단 李鍾岩 사건에 연루되어 피검 되었고, 1934년 조선일보 경북 총국을 경영했으나 실패한 후 1935년에 중국으로 건너갔다. 1937년 이후 교원 생활을 하다가 그만두고 『국문학사』, 『불란서시 평석』 등을 기획했으나 실현시키지 못했다. 1943년 사망. 1984년 지식산업사에서 『이상화·이장희·박영희』 공동 시집이 나왔고, 1985년 『이상화 시집』(범우사)이 출간 되었다.

작/품   가장 悲痛한 祈慾

아, 가도가, 가도다, 쫓겨 가도다
잊음 속에 있는 間島와 遼東 벌로
주린 목숨을 움켜쥐고, 쫓겨 가도다
진흙을 밥으로 햇채를 마셔도
마구나 가졋드면, 단잠을 얽맬 것을—
사람을 만든 검아, 하로 일즉
차라리 주린 목숨 뺏어 가거라

아, 사노라, 사노라, 취해 사노라
自爆 속에 있는 서울과 시골로
멍든 목숨 행여 갈가, 취해 사노라
어둔 밤 말없는 돍을 안고서
피울음을 울드면, 설음은 풀릴 것을—
사람을 만든 검아, 하로 일즉
차라리 취한 목숨, 죽어 버리자!

해석 · 비평

이 작품에는 식민지 체제 하에서 겪는 우리 민족의 처절한 생활감정이
그 나름대로 제시되어 있다. 그런 의식은 生 자체에 대한 저주를 수반시
키고 나타난다. 본래 경향시가 추구한 것 가운데 하나가 빈궁의식이다.
그리고 그에 수반되는 도전과 저항성이 그 내용의 주소를 이룬다. 이 작
품에서 그 心象의 주조가 되고 있는 것은 밤이다. 그리고 그 함축적인 의
미는 〈차라리 취한 목숨, 죽어버리자〉의 구절에서 단적으로 드러나는 바

와 같이 식민지 체제 하에서 신음하는 우리 민족의 현실에 결부되어 있
다. 이런 의미에서 이 작품 역시 신경향파의 갈래에 포함시킬 수 있는 경
우다. 그러나 이런 작품을 읽고 우리가 감정이 고조되는 경지에 이를 수
는 없다. 또한 좋은 시가 지니고 있는 체험의 독특한 조직도 얻어내지 못
한다. 무엇보다 그 말들이 너무 안이하게 쓰여진 듯 생각되는 것이 이 작
품이다.

  이 시의 그 의미 내용이 일제의 수탈에 의한 우리 민족의 비참한 생활
를 제시하려는 데 있었으리라는 점은 쉽게 짐작이 간다. 그러나 그걸 "진
흙을 밥으로 햇채를 마서도/ 마구나 가젓드면, 단잠을 얽맬 것을"이라고
한 것은 아무래도 손쉽게 수긍이 되지 않는다. 여기서 〈마구는〉은 "마구
라도"가 되어야 했을 부분이다. 또한 "얽맬 것을"은 "얽을 것을"으로 고쳐
져야 제대로 뜻이 통하는 부분이다. 물론 시가 그 말씨를 반드시 학교 문
법에 맞도록 써야 하는 것은 아니다. 때로 시는 그 말을 학교 문법의 테
두리를 넘어선 상태에서도 쓸 수가 있다. 그러나 그런 경우에도 그 바닥
에는 반드시 한 가지 사실이 선행되어야 한다. 그것은 그런 말의 사용을
통해 한 작품이 우리에게 주는 감동의 계수가 배가되어야 한다는 점이
다. 그런데 李相和의 작품에서 우리가 읽을 수 있는 것은 감정이나 의도
를 앞세운 토막글 투다. 이 것은 이 작품이 말에 대한 배려를 거의 배제
한 상태에서 쓰여졌음을 뜻한다.

  이 단계의 경향시에 나타나는 한 특징적 단면은 그 말이 직설적인데에
있다. 그 의미 내용은 아주 용이하게 포착될 수 있다. 뿐만 아니라, 거기에
는 통상 시가 지니고 있어야 할 정서의 함량도 넉넉하지 못하다. 그런 의
미에서 이 작품은 부정적 각도에서 이 무렵의 경향시를 대표한다.

작품 빼앗긴 들에도 봄은 오는가

지금은 남의 땅— 빼앗긴 들에도 봄은 오는가
나는 온몸에 햇살을 받고
푸른 하늘 푸른 들이 맞붙은 곳으로
가르마 같은 논길을 따라 꿈 속을 가듯 걸어만 간다
입술을 다문 하늘아 들아

네가 들었느냐 누가 부르더냐
답답워라 말을 해다오.

바람은 내 귀에 속삭이며
한자욱도 섰지마라 옷자락을 흔들고,

종다리는 울타리 넘어 아가씨같이 구름 뒤에서 반갑다 웃네.

고맙게 잘 자란 보리밭아
간밤 자정이 넘어 내리던 고운 비로
너는 삼단같은 머리털을 감았구나 내 머리조차 가뿐하다

혼자라도 기쁘게 나가자
마른 논을 안고 도는 착한 도랑이
젖먹이 달래는 노래를 하고 제혼자 어깨춤만 추고 가네

나비 제비야 깝치지 마라 맨드라미 들과 꽃에도 인사를 해야지
아주까리 기름을 바른 이가 지심매던 그 들이라 다 보고 싶다

내 손에 호미를 쥐어다오
살찐 젖가슴과 같은 부드러운 이 흙을
발목이 시도록 밟어도
보고 좋은 땀조차 흘리고 싶다

강가에 나온 아이와 같이
짬도 모르고 끝도 없이 닿는 내 魂아
무엇을 찾느냐 어디로 가느냐 우서웁다 답을 하려므나

나는 온몸에 풋내를 띠고
푸른 웃음 푸른 설움이 어울어진 사이로 다리를 절며 하루를
걷는다
아마도 봄 신명이 잡혔나보다

그러나 지금은 들을 빼앗겨 봄조차 빼앗기네

해석 · 비평

1926년 이후 이상화의 시작들은 민족 감정을 앞세운 저항의식을 바닥
에 깔았다.〈빼앗긴 들에도 봄은 오는가〉는 항일 민족 저항시의 대표작으로
손꼽히는 작품이다.여기서 〈빼앗긴 들에도 봄은 오는가〉는 杜甫의 〈春望〉
허두를 이루는 〈國破山河在 城春草木深〉을 연상하게 한다. 두보의 작품
은 크게 비장미를 지니는 것이 특색이다. 이상화의 이 작품 역시 비장한
감정이 문맥속에 배어있다. 그것은 일제에 강점당한 우리 겨레의 화자의
비통한 심정을 기능적으로 들어낸다. 또한 그 보조 매체로 '삼단같은 머
리털', '아주까리 기름을 바른 이가 지심 매던'등 한국적인 정서에 어울리

는 풍경과 풍물이 등장하다. 빼앗겨 남의 땅이 되어버린 나라에서 봄을
맞는 민족의 착잡한 심정과, 국토는 일시적으로 빼앗겨도 민족혼을 불러
일으키는 봄은 빼앗길 수 없다는 의지가 잘 어우러져 있다.

문학사 메모

이상화의 문학적 경향은 초기의 퇴폐적, 몽환적 세계에서 민족주의 경
향으로 바뀐다. 여기에는 임정의 요원이었던 그의 백형 李相定 장군의
영향이 컸던 것으로 보인다. 이상화 역시 한때 학생운동에 가담하고, 이
종암 사건에 연루되어 옥고를 치르는 등의 체험을 가지고 있다. 이런 경
험이 저항시인의 면모에 어울리는 강인함을 만들어내고 있는 듯하다.
1948년 그를 기리는 상화시비가 대구 달성 공원에 세워졌다. 또한 1970
년대 이후 그의 전집이 간행되고 연구도 활발하게 진행중에 있다

참고문헌

시집, 『이상화, 이장희, 박영희』 (지식산업사, 1984).

백기만, 상화의 시와 그 배경, 『自由文學』 (1959.11).

신동욱(편), 『李相和의 서정시와 그 아름다움』(새문사, 1981).

李起哲(편), 『李相和全集』(문장사, 1982)

金容稷, 『韓國近代詩史』(학연사, 1986).

조명희(趙明熙)

(1894. 8. 10 ~ 1942. 2. 20)

　호는 포석(抱石), 충청북도 진천군 진천면 벽암리에서 출생. 서울 중앙고보에서 수학. 1914년 국권을 찬탈한 일제를 구축하기 위해 중국으로 탈출하여 북경사관학교 입학에 뜻을 두었다. 고국을 탈출하고저 했으나 가족이 탐지하는 바람에 실패. 1919년 3·1만세 시위에 참가, 또한 이 해에 친구의 도움으로 일본 동양대학 철학과에 입학, 학자와 생활을 위해서 막노동을 하는 한편 문학 수업을 시작하고 동경 유학생들 사이에 일어난 연극 운동에도 참여했다. 1923년 귀국. 1924년 1월 『폐허이후』에 〈경이〉, 〈영원의 애소〉등 4편의 시를 발표하여 시단 등단. 같은 해에 시집 『봄 잔디밭 위에서』를 간행. 1925년 경향성을 띤 소설 〈땅 속으로〉를 발표했으며, 이어 카프의 조직 활동에도 참가하여 그 중앙 위원회의 지도 분자가 되었다.

　1926년 〈마음을 갈아 먹는 사람〉, 〈농촌 사람들〉, 〈새거지〉 등을 발표하여 이른바 목적의식기에 접어든 프로문학의 전형을 이루었다. 이어 다음 해에 발표한 〈낙동강(洛東江)〉은 사회주의적 사실주의 창작 원리에 잘 부합되는 작품으로 평가 받기에 이르렀다. 1928년 7월 소련으로 망명, 이 해 9월에 장판 소설 〈붉은 깃발 아래서〉를 탈고 했다. 이 작품은 그러나 경직된 스탈린 지배 체제 아래서 검열에 걸려 햇빛을 보지 못했다. 1934년 소련작가동맹의 맹원이 되었고, 1936년 소련작가동맹원동 지부 소속으로 활동, 또한 『로력자의 조국』 편집위원이 되었다. 제 2차 대전 발발과 함께 스탈린의 조선인 강제이송정책에 따라 중앙 아세아 타 슈켄트 지방으로 옮겨 앉아 그곳 한인 학교의 교장으로 근무하였고, 계 속 정력적인 창작 활동을 펼쳤다. 그러나 1937년 9월 스탈린의 경찰에 의해 강제 연행된 다음 오랜 영어의 생활 끝에 1942년 2월에 사망했다. 그 후 그가 생전에 써서 남긴 작품 가운데 수집 가능한 것을 수록한 『포 석 조명희 선집』이 소련 과학원 동방 도서출판사에서 발행되었다. 그러 나 거기에는 그가 국내와 오랜 망명 생활 속에서도 끈질기게 써낸 여러 개의 작품이 누락된 채로 발간되었다.

작/품 봄 잔디밭 우에

내가 이 잔디밭 우에 뛰노닐 적에
우리 어머니가 이 모양을 보아 주실 수 없을까
어린 아기가 어머니의 젖가슴에 안겨 어리광함과 같이
내가 이 잔디밭 우에 짓둥글적에
우리 어머니가 이 모양을 참으로 보아 주실 수 없을까

미친듯한 마음을 견디지 못하여
'엄마 —엄마—' 소리를 내였더니
땅이 '우에—'하고 하늘이 '우에—' 하오매
어느 것이 나의 어머니인지 알 수 없더라.

작/품 어둠의 검에게 바치는 序曲

어둠의 검! 어둠의 검!

그대에게야 설마 이 말세 인간의 더러운 냄새같은 흐푸성스러운 말이 있사오리까.

말이 있사오리까?

그대는 다만 검은 하늘 빛과 같은 침묵이 있을 뿐일 줄로 압니다.

어둠의 검! 어둠의 검!

그대에게야 설마 옳곧지 않은 만족에 망둥이 같이 날뛰는 어리석은 자의 웃음이 있사오리까

웃음이 있사오리까?

그대는 다만 촛농 같이 흐르는 눈물에 두 눈은 빛잃은 태양같이 끔벅거릴 뿐일 줄로 압니다.

어둠의 검! 어둠의 검!

그대에게야 설마 생쥐 인간이나 좋아하는 맛같지도 않은 행복이 있사오리까

행복이 있사오리까?

그대는 다만 검은 피옷을 두르고 단두대 우에 선 대장부와 같을 뿐인 줄로 압니다.

어둠의 검! 어둠의 검!

그대는 이 철없는 세상의 말과 빛과 행복을 다 몰아 가소서.

그리하여 이 세상을 아픈 침묵으로만 잠가 주소서

다만 거짓 없는 령혼들의 소리 없는 통곡만이 땅 우에 사무치도록……

해석·비평

위의 두 편 작품은 각각 1924년 4월호와 1925년 4월호 『개벽』에 발표된 것이다. 발표 시기로 보면 조명희가 이미 계급의식을 지니기 시작했을 때로 계산될 수 있다. 그럼에도 불구하고 이 두작품에는 그런 단면이 거의 검출되지 않는다. 우선 〈봄 잔디밭 우에〉는 〈어머니〉로 지칭된 어떤 마음의 의지처같은 것에 대한 정을 노래한 작품이다. 물론 그 동기가 되고 있는 것은 〈미칠 것 같은 마음〉이기는 하다. 그러나 그것은 프로문학의 한 전제를 이루는 빈궁의식에 뿌리가 닿아 있는 것이 아니라 그 이전의 상태인 것이다. 〈어둠의 검에게 받치는 序曲〉에서는 사정이 조금 다르게 나타나기는 한다. 이 작품에서는 좀더 절박한 한계의식 같은 것이 내포되어 있다. 그러나 그런 정신 성향을 가진 화자가 부르고 있는 것은 출구가 마련되지 않은 채 〈소리 없는 통곡〉만을 요구하는 〈어둠의 검〉일 뿐이다. 이것은 데까당스에 뿌리가 닿는 의식성향일 것이다.

후에 이때의 조명희가 지닌 창작 태도를 평가한 한 비평가는 이 무렵 그가 지닌 세계에 대해서 〈조명희는 아직 자기 세계관의 미숙으로 말미암아 착하고 아름다운 인간과 그의 행복하고 평화로운 생활을 동경하면서 그 죄상의 실현을 현실 그 자체 속에서 구하는 것이 아니라 영혼의 세계, 즉 종교·윤리적 관념의 세계에서 구하려고 하였다. 그리하여 그의 사고의 날개는 현실을 떠나서 주로 우주, 무한, 영혼, 고독 등의 개념으로만 날아오르고 있었다. 이로 말미암아 조명희의 시들 특히 초기의 시들이 종교적 신비주의적 경향을 가지고 있다.〉라고 지적한 바 있다(황동민, 작가 조명희, 『포석 조명희 선집』, 권두의 글). 이들 작품의 위와 간은 성향은 조명희가 같은 무렵에 발표한 산문 작품들과는 아주 좋은 대조가 된다. 동경 유학 당시 연극 활동의 대본으로 쓴 희곡 〈김영일의 사〉에는 이미 상당히 짙은 빈궁의식이 내포되었다. 또한 1923년 11월호와 12월호 『개벽』을 통해 발표한 〈파사〉에서는 전제적 지배계층에 대한 강한 적의가 나타난다. 그러나 시에서는 사정이 다르다. 이들 작품 뿐만 아니라『봄 잔디밭 위에서』에 실린 초기의 포석 시가 모두 현실성이 희박하다. 뿐만 아니라 이들 작품을 기법으로 보아도 두드러지게 양질의 것은 아니다. 이렇게 보면 체질적으로 포석은 시인으로서 보다는 소설가로서 활동하는 것이 더 적격이었을지 모른다. 그 결과가 카프 참여 이후 작품 활동이 주로 소설로 나타난 셈이다.

작품 짓밟힌 고려

일본 제국주의의 무지한 발이 고려의 땅을 짓밟은 지도 벌써 오래다. 그놈들은 군대와 경찰과 법률과 감옥으로 온 고려의 땅을 얽어놓았다. 칭칭얽어 놓았다――온 고려 대중의 입을, 눈을, 귀를, 손과 발을.

그리고 놈들은 공장과 상점과 광산과 토지를 모조리 삼키며 노예와 노예의 떼를 몰아 채찍질 아래에 피와 살을 사정없이 긁어먹는다.

보라! 농촌에는 땅을 잃고 밥을 잃는 무리가 북으로 북으로, 남으로 남으로 나날이 쫓기여 가지 않는가?

뼈품을 팔아도 먹지 못하는 그 사회이다. 도시에는 집도 밥도 없는 무리가 죽으러 가는 양의 떼 같이 이리저리 몰리지 않는가?

그러나 채찍은 오히려 더 그네의 머리 우에 떨어진다――

순사에게 눈 부라린 죄로, 지주에게 소작료를 감해 달란 죄로, 자본주에게 품값을 올려 달란 죄로.

그리고 또 일본 제국주의에 반항한 죄로, 프로레타리아트를 위하여 싸워가며 일한 죄로!

주림과 학대에 시달이여 빼빼마른 그네의 몸뚱이 우에는 모진 채찍이 던지여 진다.

*   *   *

어린 복남이는 저의 홀어머니가 진고개 일본 부르죠아 놈에
게 종노릇하느라고, 한 도시안 가깝기 지척이었만 벌써 보름이
나 만나지 못하여 보고 싶어서, 보고 싶어서 울다가 날땅에 쓰
러지여 잠들었다.

젊은 순이는 산같이 믿던 저의 남편이 품팔이 하러 일본 간
뒤에 4년이나 소식이 없다고, 강고꾸베야에서 죽었는가 보다고
감독하는 일본 놈에게 총살당하였나 보다고 지금 일본 관리놈
의 집의 밥솥에 불을 지펴 주며 한숨 끝에 눈물 짓는다.

아니다. 이것은 아직도 둘째다—

기운 씩씩하고 일 잘하던 인쇄 직공 공산당원 성룡의 늙은
어머니는 어느 날 아침 결에 경찰서 문턱에서 매맞아 죽어 나
오는 아들의 시체를 부둥켜 안고 쓰러졌다—

그는 지금 꿈에도 자기 아들의 이름을 부르며 운다.

아니다. 또 있다—

십년이나 두고 보지 못하던 자기 아들이 정치범 미결감 삼년
동안에 옷 한벌, 밥 한그릇 들이지 못하고 마지막으로 얼굴이
나 한번 보겠다고 철리 밖에서 달려와 공판장으로 기여들다가
무지한 감수놈의 발길에 채여 땅에 자빠져 구을며 하늘을 치어
다 보며 탄식하는 흰 머리의 노인도 있다.

이것 뿐이냐? 아니다.

온 고려 프로레타리아 동무 몇 천의 동무는 그놈들의 악독한
주먹에 맞아 죽고 병들고 쇠사슬에 매여 감옥으로 갔다.

그 놈들은 이와 같이 우리의 형과 아우를, 아니 온 고려 프
로레타리아트를 박해하려 든다.

고려의 프로레타리아트! 그들에게는 오직 주림과 죽음이 있
을 뿐이다. 주림과 죽음!

그러나 우리는 낙심치 않는다. 우리의 힘을 믿기 때문에

우리의 뼈만 남은 주먹에는 원수를 쳐 거꾸러뜨리려는 거룩한 싸움의 힘이 숨어 있음을 믿기 때문에 옳도다 다만 이 싸움이 있을 뿐이다―

칼을 칼로 잡고 피를 피로 씻으려는 싸움이 힘세인 프로레타리아트의 새 기대를 높이 세우려는 거룩한 싸움이!

그리고 우리는 또 믿는다―

주림의 골짜기 죽음의 산을 넘어 그러나 굳건한 걸음으로 걸어 나아가는 온 세계 프로레타리아트의 상하고 피묻힌 몇억만의 손과 손들이.

저 ― 동쪽 하늘에서 붉은 피로 물들인 태양을 떠받치여 울릴 것을 거룩한 프로레타리아트의 새날이 올 것을 굳게 믿고 나아간다.

해석 · 비평

이 작품 꼬리에는 1928년 10월이란 표시가 있다. 이로 미루어 보아 포석이 시베리아에 거주할 때 쓴 것으로 추산된다. 이 작품 바로 다음 자리에는 괄호로 〈산문시〉라는 표시를 해놓았다. 그리고 작품 끝자리에는 〈간고꾸베야〉를 풀이해서 〈로동자들의 숙사를 감방과 같다하여 말한 것임.〉이라고 주를 달았다. 전반적으로 보아 한반도를 강점한 일제에 대한 적의가 잘 나타난다. 특히 〈칼을 칼로 잡고 피를 피로 씻으려는 싸움이〉와 같은 부분으로 들어나는 바와 같이 일제치하에서는 꿈에도 쓸 수 없는 항일 투쟁의 결의도 여러 곳에 표출되어 있다. 그러나 그런 의식은 매우 개설적으로 노래되어 있을뿐 기능적으로 예술적 의장을 갖추지는 못했다. 또한 부분적이기는 하지만 제대로 문맥이 통하지 않는 곳도 있다.

〈그리고 우리는 또 믿는다.〉 이런 단정 다음에는 당연히 그 믿음을 실체화시킬 수 있는 행이 이어져야 했다. 그런데 이 작품에는 그것이 〈프로레타리아트의 상하고 피묻힌 몇 억만의 손과 손들이.〉식으로 개념화 되어 있다.

이보다 더욱 큰 문제는 포석이 이 작품을 산문시로 이름 부친 점이다. 새삼스레 밝힐 것도 없이 산문시라면 보오드렐을 손꼽고 투르게네브를 생각하지 않을 수 없다. 물론 포석은 계급문학을 지향했기 때문에 보오드렐은 인정하지 않았을지 모른다. 그러나 적어도 러시아 문학의 근대화에 기여한 투르게네브는 잘 알고 있었을 것이다. 그런데 투르게네브의 산문시를 보면 거기에는 산문적인 문장 속에 인정의 기미를 건드리는 시적 감각이 도사린다. 그리하여 그들이 곧 산문으로 쓰여졌지만 시일 수 있는 산문시가 된 것이다. 그런데 포석의 이 작품에는 그런 단면이 거의 검출되지 않는다. 포석의 고국 탈출은 어떻든 일제의 질곡을 벗어나 자유로운 입장에서 모국어를 표현매체로 한 작품을 쓰기 위해서 이루어진 것이었다. 그런데도 그가 그 가능성을 믿으며 간 소련에서 쓴 이 작품이 전혀 그렇지 못한 까닭은 무엇인가. 어렵사리 우리가 접할 수 있는 이들 작품은 이런 의문을 제기케 한다.

문학사 메모

동경 유학 무렵 조명희는 김우진과 매우 두터운 우의로 연결되어 있었다. 그는 매우 빈한한 가정 출신으로 전해진다. 그런 그가 상당한 학자금이 필요한 동경 유학을 한 것부터가 김우진의 도움이 아니었는가 추정되는 것이다. 그런데 김우진은 후에 여류 가수 윤심덕과 깊은 관계가 되어 현해탄에서 투신 자살을 했다. 그리고 조명희는 그보다 훨씬 앞서 여난을 겪었다. 동경에서 돌아온 다음 그는 개성에 있는 사립학교에 취직을 했다.

그런데 그 학교의 여선생 하나가 포석에게 적극적인 구애 작전을 펴고 나섰다. 본래 그 학교에는 그 여선생과 장래를 약속한 다른 남선생이 있었다. 그런데 포석이 나타나자 이 여선생의 태도가 표변해버렸다. 처음 포석은 동료 선생에 대한 의리로 보아 여선생의 접근을 견제하지 않을 수 없었다. 그런데 얼마후 포석은 지하 운동에 연류되어 철창 신세가 되었다. 그러자 당사자인 여선생이 변심해 버렸다. 포석이 감옥에 있는 동안 그녀는 유행가 가수가 되었고 그 후 자기를 잊어 달라는 편지를 띄웠던 것이다. 이 사건은 포석에게 매우 큰 충격을 준 듯하다. 그리하여 출옥 후 고국을 등지고 망명의 길을 떠났다.

참고문헌

시 집, 『봄 잔디밭 우에』(춘추각, 1924).
소설집, 『그 전날 밤』(박문서관, 1925).
소설집, 『洛東江』(백악사, 1928).
趙重滾, 〈洛東江과 제 2기 작품〉, 『朝鮮之光』(1927. 10).
한설야, 〈抱石과 民村과 나〉(『中央』, (1936. 2).
민병기, 〈趙明熙論〉(『현대문학』, 1987. 7).

김우진(金祐鎭)

(1897 ~ 1926)

水山, 水山散入, 焦星 등의 호를 가지고 있다. 1897년 전남 장성에서 출생. 와세다 대학 예과를 거쳐 1924년 3월 동대학 학부 영문과를 졸업했다. 1920년에 조명희, 홍해성 등과 함께 극예술협회를 결성, 활약했다. 한국 근대의 대표적인 극작가, 연극인으로 이름이 높았으며, 희곡 〈李舜女〉, 〈山돼지〉등이 그의 대표작이다. 이외에도 시 40여편, 논문 20여편, 번역 3편 등을 남기고 있다. 서구 근대극에 영향을 받아 1925년 〈창작을 권합내다〉에서는 세가지 기본적 창작 방향을 제시하고 있다. 첫째, 윤리면에서 전통적 유교 모랄을 깨고 사회개혁을 테마로 할 것, 둘째, 여성의 문제로서 연애, 결혼, 모성을 테마로 삼을 것, 셋째, 생명, 죽음, 신 등 인간의 근원적이 문제를 테마로 해야 한다는 것 등이다. 김우진의 극은 신파극의 차원을 극복하고 본격적 근대 연극을 위하여 다양한 시도를 한 것이다. 구체적인 테마로는 가부장제 대가족 제도에 대한 비판과 반항을 주로 하고 있다. 1926년 여류 성악가 윤심덕과 사이에 애정이 빚은 번민으로 현해탄에 투신 자살했다.

작품 이단의 처녀와 방랑자

머리 노래

광풍 몰아들어 오는 난리 저녁
석모(夕暮)의 희미한 장(墻) 밑에 걸터앉아
하 가지의 애끗한 눈물로
그를 위로하며,
고운 말 따뜻한 손으로
그의 영을 가다듬는 자 있도다.

그 이의 이름은 이단의 처녀,
굽은 무릎 밑에는
동경의 자리를 펴놓고,
그들이 앉은 뒤에는
희망의 꽃봉오리와
영광의 잎이
진리의 나무 위에
울울하게 성하여
지나는 석풍(夕風)과 이야기 하도다.

그리고 그의 애인의 이름은
영의 방랑자,
걸터앉은 상궤(床几)는
이 세상에 다시 없는
낭간(琅玕)의 동굴로부터
집요로 값주고 사온 것,
그들의 위에는

궁륭(穹窿)의 높은 심연 속,
천색으로 물들인
영원의 운하를 뚫고
비애의 별배(星船) 찬란하게 달리도다.

두 애인은
자리를 바꾸며
손과 뺨을 마주 하여
다문 입,
감은 눈,
열정의 술과
침묵의 안주로
에덴 최초의 행복을
이 세상의 잔치로 맛보려 한다.

해석·비평

  극작가로 더 널리 알려진 김우진의 시들은 두드러지게 독자적인 특색
을 보여주지는 않는다. 시기상으로나 의식 내용면으로 보아 그의 시는
신경향파 작가의 일반적인 테두리에 드는 것들이다. 김우진은 자신의 시
를 1922년 1월에 쓰여진 〈사상의 수의(壽衣)를 조상하는 수난자의 탄식〉
을 경계로 해서 후기를 프로문학 쪽에 연결시킨다. 그러나 전자와 후자
의 사이에 뚜렷한 경계가 보이지는 않는다. 굳이 구분한다면 전자에는
낭만적인 색조가 두드러지는 반면, 후자에서는 부정적이고 음울한 색체
가 보다 강조된다는 것이다. 전자에 속하는 대표작이 〈이단의 처녀와 방
랑자〉이다. 1921년 8월에 쓰여진 이 작품은 머리 노래, 夕沒, 朝書, 끝

노래 등 네 부분으로 이루어져 있다. 이단의 처녀와 방랑자가 노래를 주고 받는 형식으로 이루어진 이 시는 방랑과 영탄, 애욕의 분위기를 지니고 있어서 『백조』의 퇴폐적 경향에 직결된다.

작품 古의 파괴

오 파괴여 파괴여!
장대한 힘으로
태산은 넘어진다!
자연이여! 자기의 손으로
모든 것을 건설하였던
그는 조만간 모든 것을
다시 파괴시킨다.
이것이 자연인가?
또는 인간 발전의 길인가.

모든 것이 파괴된다.
자기 속에 장치하였던
다이나마이트는
자기 자신을
서서히 유력하게, 또 확실히
파괴시킨 후, 쉼 없이
또다시 건설한다.
오 자연의 힘이여!
모든 헌(古) 것은 파괴된다.

해석 · 비평

1923년 9월 발표된 시로 김우진 자신의 구별에 따르면 신경향파 시기의 의식을 내포시킨 작품이다. 그러나 옛 것에 대한 부정·파괴와 새 것의 건설 등이 그만의 목소리로 형상화되지는 못하고 있다. 신경향파의 일반적인 작품 경향에 속한다고 하겠다.

문학사 메모

김우진은 신파극을 극복하고 우리 연극을 극대화시키려 한 선구자였다. 그와 아울러 사생활로도 많이 알려진 작가이다. 그는 갑부의 아들로서 와세다 대학을 졸업한 수재 극작가였다. 그런 그가 우리나라 최초의 소프라노 가수로 명성을 날린 윤심덕과 사랑에 빠졌다. 그녀에게는 고향에 대가의 규수출신인 부인이 있었고 봉건 윤리를 지키는 부친이 그의 변질된 애정을 인정하지 않았다. 그로하여 심한 번민에 싸인 나머지 그는 자살을 택했다. 이런 사건은 당시 우리 사회를 떠들썩하게 만들었다. 전통적 관습을 극복하고 사회 개혁을 골자로 한 그의 문학적 테마로 볼 때, 전통 윤리와 자유 연애 사이에서의 갈등을 견디지 못한 그의 자살은 아이러니가 아닐 수 없다.

참고문헌

『김우진 전집』(전예원, 1983).
徐淵昊, 극작가 김우진론,『고려대 인문논집』(1981.12).
柳敏榮,『한국현대희곡사』(홍성사, 1982).
金容稷,『韓國近代詩史』(학연사, 1986)

김동환(金東煥)

(1901 9. 21 ~)

　巴人·江北人·白山靑樹 등의 호를 가지고 있다. 함경북도 경성에서 출생했고, 서울 중동학교를 거쳐 일본 토오요오(東洋) 대학 문과 수료. 1924년『금성』에 시 〈赤星을 손가락질하며〉를 발표해서 문단에 데뷔했다. 1925년 카프에 가담하는 한편 첫시집『국경의 밤』을 발간했다. 〈국경의 밤〉은 柳葉의 〈소녀의 죽음〉에 이어 나온 것으로 우리나라 근대 서사시의 출범을 알리는 작품이다. 이후 곧 그는 계급의식에 입각한 작품 제작을 주장하는 것과 아울러 경향시들을 발표했다. 그의 카프 활동은 경직된 이데올로기 일변도의 창작지도를 김동환이 반발하여 끝이났다. 카프에서 축출된 후로는 순수 문학적인 경향으로 바뀌었다. 1929년『삼천리』를 발간했고, 한 때 조선일보 기자로 활약하기도 했다. 일제 말기에는 어용 문인 단체인 조선문인보국회 간사를 지냈다. 해방 후에는『삼천리』를 복간, 6·25당시 납북되어 평남일보 교정원 겸 잡부, 재북 평화통일촉진협의회 중앙의원 등을 지내다가 1985년 12월 평북 집단수용소에 수용된 후, 생사를 확인할 수 없다. 소설가 최정희의 부군이기도 하다.

작품   赤星을 손가락질하며

北國에는 날마다 밤마다 눈이 오느니
灰色 하늘 속으로 눈이 퍼부슬 때마다
눈속에 파뭇치는 항—연 北朝鮮이 보이느니

가끔가다가도, 당나귀 울니는 눈보래가
漠北江 건너로 굵은 모래를 쥐여다가
추움에 얼어붙은 白衣人의 귀뿔을 따리느니

춥길내 멀리서 오신 손님을
부득이 挽留도 못하느니
봄이라고 개나리꽃 보러온 손님을
눈발퀴에 실어 곱게도 南國에 돌녀 보내느니

白熊이 울고 北極星이 눈깜빡일 때 마다
제비 가는 곳 그립어 하는 우리네는
서로 부둥켜 안고 赤星을 손까락질 하며 氷原 벌에서 춤추느니
모닥불에 비치는 異邦人의 샛파란 눈알을 보면서

北國은 춥어라, 이 추운 밤에도
江녁에는 密輸入 馬車의 지나는 소리 들리느니
어름짱 갈리는 소리에 방울 소리는
잠겨지면서

오, 흰눈이 또 내리느니 보—얀 눈이
北塞로 가는 移舍꾼 짐 우에
말없이 함박같은 눈이 잘도 내리느니.

해석 · 비평

김동환이 『금성』에서 추천을 받은 작품이다. 이 시의 무대, 배경이 되고 있는 것은 국경 지방이며, 계절상으로는 봄이 오기 전의 겨울철이다. 이 작품의 무대 배경은 당시 우리 민족의 현실을 비유한 것으로, 실감나는 체험 내용이 이루어졌다. 이 시가 같은 무렵의 다른 시에 비해서 적지 않은 호소력을 지니고 있는 까닭이 여기에 있다. '북극'의 이미지는 따뜻한 '남국'과는 대조적으로 추위와 어두움의 표상으로 요약된다. 이에 대해 '남국'은 밝음과 따뜻함의을 유츄케한다. 이런 두 개의 대조가 시를 돋보이게 하고 있는데 여기서 북쪽은 국경선을 넘은 이국이며 남국이 바로 우리 겨레의 고장이다. 이 詩는 경향시를 의도하고 쓰지는 않았지만 그런 의식의 단면과 가락이 느껴지는 점도 주목된다.

작품 國境의 밤

1

아아, 무사히 건넜을까.
이 한 밤에 남편은
豆滿江을 탈 없이 건넜을까.
저리 國境 江岸을 경비하는
外套 쓴 검은 巡警이
왔다 갔다
오르며 내리며 분주히 하는데
발각도 안 되고 무사히 건넜을까?
소금실이 密輸出馬車를 띄워놓고

밤 새 가며 속 태우는 젊은 아낙네,
물레 젓던 손도 脈이 풀려서
파아 하고 붙은 魚油 등잔만 바라 본다.
北國의 겨울밤은 차차 깊어 가는데

2

어디서 불시에 땅 밑으로 울려 나오는 듯
〈어어이〉 하는 날카로운 소리 들린다.
저 서쪽으로 무엇이 오는 군호라고
村民들이 넋을 잃고 우두두 떨 적에
젊은 아낙네만은 잡히우는 남편의 소리라고
가슴을 뜯으며 긴 한숨을 쉰다—
눈보라에 늦게 내리는
營林廠 山林 실이 筏夫떼의 소리언만,

3

마지막 길 가는 병자의 부르짖음 같은
애처로운 바람소리에 싸이어
〈어디서 '땅〉하는 소리 밤하늘을 잰다.
뒤 이어 요란한 발자국 소리에
백성들은 또 무슨 변이 났냐고 실색하여 숨 죽일 때
이 젊은 女人만은 강도 채 못 건넌 채
얻어 맞은 남편의 일이라고
문지방을 쓰러안고 흑흑 느껴 가며 운다—
겨울에도 한 三冬 별빛을 따라
고기잡이 얼음짱 끄는 소리언만.

4

불이 보인다 새빨간 불빛이
저리 강 건너
對岸의 把守幕에서
옥수수 태우는 빠알간 불빛이 보인다.
까아맣게 타 오르는 모닥불 속에
胡酒에 취한 순경들이
월월월 李太白을 부르면서.

5

아하, 밤이 점점 어두어 간다.
國境의 밤이 저 혼자 시름 없이 어두어 간다.
함박눈조차 다 내뿜은 맑은 하늘엔
별 두어개 파래져
어미 잃은 少女의 눈동자 같이 감박거리고,
눈보라 심한 江벌에는
외가지 白楊이
혼자 서서 바람을 걷어 안고 춤을 춘다.
가지 부러지는 소리조차
이 젊은 女人의 마음을 홧! 홧! 놀래 놓으면서,

6

電線이 운다 이잉 이잉 하고
國交하라 가는 電信줄이 몹시도 운다.
집도, 白楊도, 山谷도, 오양간 당나귀도 따라서 운다.
이렇게 춥길래
오늘 따라 間島 이사꾼도 별로 없지.

얼음짱 깔린 강 바닥을
바가지 달아 매고 건너는
咸鏡道 이사꾼도 별로 안보이지.
會寧서는 벌써 마지막 車고동이 울리는데

7

몸이 와도 꽃 한 폭 필 줄 모르는
강 건너 山川으로부터
바람에 눈보라가 쏠려서
강 한 복판에
泰始王陵 같은 무덤을 쌓아 놓고는
이내 雁鴨池를 파고 달아난다.
하늘 땅 모두 晦暝한 속에
白雪로 五百里, 月光으로 三千里.
豆滿江의 겨울밤은 춥고도 고요하더라.

8

그 날 저녁 어스름한 때였다.
어디서 왔는지 憔燥한 靑年 하나
갑자기 이 마을에 나타나 오르며 내리며
구슬픈 노래를 부른다―
'달빛에 잠자는 豆滿江이여!
눈보라에 깔려 우는 옛날의 거리여,
나는 살아서 네 품에 다시 안길줄 몰랐노라.
아아, 그리운 옛날의 거리여!'
애절한 그 音調 밤하늘에 울려
靑霜寡婦의 하소연 같이 슬그게 들렸다.

그래도 마을 사람들은
또 못된 녀석이 왔다고.
수군거리며 문을 닫아 매었다.

9

높았다 낮았다 울었다 웃었다 하는
그 소리 廢墟의 재 속에서
날개를 툭툭 털고 일어나는 白鳥의 노래 같이
마디 마디 눈물을 짜아 내었다. 마치
'애들아, 마지막 날이 왔다'하는 듯
'모든 것이 壞滅할 때가 왔다'하는 듯도.
여럿은 어린 애고 어른이고
화로불에 마주 앉았다가 약속한 듯 고요히 눈을 감는다.
그리고 하느님을 찾는 사람처럼
(저희들을 구해 줍소서.)
그러다가 발소리와 함께,
'아아!' 울부짖는 청년의 음성이 다시 들리자
'어익! 빌어 먹을 놈!'하고 침을 배앝는다.
그 찰나 머리 속에선 〈密偵〉하는 소리가 번개 치듯 지나 간다.
― 그네들은 壓制者부터 두려운 과거를 가졌었다.
생각하기에도 참혹한 기억을 가졌었다.
그래서 그물에 놀랜 참새처럼
늘 두려운 가슴을 안고 지내 간다.
불상한 族屬의 가슴이 늘 얼어서!

10

청년의 노래는 그칠 줄 몰랐다.

'옛날의 거리여!
부모의 무덤과 어릴 때 글 읽던 書堂과 訓長과
그 보다도 물방아간에서 만나던 아가씨 사는
고향아, 달빛에 파래진 S村아!'
여러 사람은 더욱 놀랐다. 그 대담한 소리에,
마치 어느 피 묻은 입이
〈리벤지〉를 웨치는 것 같애서.
마을 사람들은 장차 올 두려운 運命을 그려 보면서
不安과 恐怖에 떨었다.
그리하여 핫! 하고 머리를 깊은 채 숙으렷다.

11

바람은 이 조그마한 S村을 삼킬 듯이 심하여 간다.
S村 뿐이랴, 江岸 左右 두 다른
國土와 人家와 風景을 시름 없이 덮으면서.
筏夫의 소리도, 고기 잡이 얼음짱 끄는 소리도,
모닥불에 마주 선 中國巡警의 주정소리도,
守備隊 步哨소리도
檢問 맡는 〈필름〉같이
뚝뚝 중단되어 가면서, 그래도
이 속에도 어린애 안고 우는 아낙네의 소리만은 더욱 분명하게
또 한가지 放浪者의 呼訴도 더욱 뚜렷하게
울며 짜며 한숨 짓는 이 모든 騷音이
깨진 〈피아노〉의 鍵盤같이
산산이 깨뜨려 놓았다. 이 마을 平和를—

12

女人은 두렵고 심산하고 참다 못하여

문을 열고 하늘을 내다 보았다.
하늘은 불 켜 놓은 방 안 같이 화아히 밝은데
가담 가담 黑汁 같은 구름이 백여 있었다.
(음, 길고 맑기는 하건만......)
하여 멀리 山 모퉁이를 바라 보았으나
아까 나갔던 남편의 모양은 다시 안보였다.
바람이 또 한번 咆哮하며 지나 간다.
그 때 이웃집에서 기와짱 떨어지는 소리 들리고
우물가의 버드나무 째지는 소리 요란히 난다.
처마 끝에 달아 맨 고추 꿰미도 흩어지면서,
그는 '에그, 추어라!'하고 문을 얼른 닫았다.

13

먼 길가의 酒幕에서 널문 닫는 소리 들린다.
이내 '에익......허......하......'하는 酒酊꾼 소리도.
(춥길래 오늘 저녁 문도 빨리 닫는가 보다.)
하고 속으로 외우며 아낙네는
돌부처 같이 가만히 앉아 있었다—
근심 없는 사람 모양으로.
이렇게 시산한 밤이면은
사람소리가 그립느니
웨엑 웨엑 거리고 지나는 주정군 소리도.

14

아낙네는 생각하는 양 없이
出嫁한 첫 해의 일을 그려 보았다—
밤마다 밤마다 저 혼자 베틀에 앉았을 때
남편은 곤해 코 골고—

고요한 밤거리를 불고 지나가는
머슴아이의 玉洞簫 소리에
九谷의 靑제비 우는 듯한 그 애절한 곱調를 듣고는
그만 치마폭에 얼굴을 파묻고 울기도 하였더니,
그저 섧고도 안타가워서—.
산으로 간 남편이 저물게 돌아 올 때
울타리에 기대여 먼 山기슭을 바라 보노라면
오시는 길을 지키노라면
멀리 울리는 강아지 소리
저도 모르게 한숨을 지었더니,
갖난 애기의 첫 해가 자꾸 서러워서—.

그 보다도 가을 밤 옷다듬다가
뒷 書堂 老訓長 외우는 '孔子曰, 孟子曰' 소리에
빨래 다듬이도 잊고서 그저 가만히 엎디어 있노라면
'마을돌이'*하다 늦게 돌아 오는 남편의
구은 감자 갖다 주는 것도 맛없더니,
그래서 그래서 저 혼자 이불 속에서
鷄鳴 때 지나게 울기도 하였더니,
(아, 옛날은 꿈이었구나!)
하고 그 젊은 아낙네는 세상을 다 보낸 노인 같이
撫然히 한숨을 내쉬였다.
그러한 생각을 하며 아낙네는 운다,
오랜 동안을 사내를 속이고 울던 마음이
오늘 밤 따라 터지는 것 같애서,
—그는 어릴 때 아직 머리태를 두었을 때

---

* 촌가에서 밤이면 이집 저 집 놀러 다니는 것.

도라지 뿌리 씻으려 샘터에 가면
강아지 몰고 오는 머슴아이 만나던 일,
갈잎으로 풀 幕을 짓고
둘이서 풀싸움 하던 일,
해 지는 것도 모르고
물장구 치며 풀싸움하며 그러던 일.

그러다가 아낙네는 꿈을 꾸는 듯한 눈으로
(옳아, 그이, 그 諺文 하는 선비! 어디 갔을까.)
하며 무릎을 친다, 그리고 입 속으로
(옳아, 옳아, 그이!)
하고는 방그레 웃는다,
꿈길을 따르면서―옛날을 가슴에서 파내면서.

15

바깥에선 밤 개가 컹컹 짖는다, 그 서슬에
(아뿔사, 내가 왜?)
하며 아낙네는 황겁히 일어나 문턱에 매 달린다,
罪 되는 일을 생각한 것 같이.
그러나 달과 바람 밖에는 아무 것도 없었다.
南山 烽燧臺 꼭대기에 선
星座들이 陣을 치고 한 장 楚漢을 다투는데.

16

(아하, 설날이 안 오고, 또 어린애 아니었더면
國禁을 破하고까지 남편을
이 한밤에 돈벌이로
강 건너 되땅으로 보내지 않았으려만

무지한 兵丁에게 들키면 그만이지,
가시던대로나 돌아 오시랴.
에그, 寡婦는 싫어. 喪服 입고 山所에 가는 과부는 싫어.)
빠지직 빠지직 타 오르는 心火에
앉아서 울고 서서 맴 도는
시골 아낙네의 겨울밤은 지루하기도 하여라
다시는 인기적 조차 없는데
뒷 山谷에는 곰 우는 소리 요란ᄒ고.

17
이상한 청년은 그 집 문간까지 왔었다.
여러 사람의 惡罵하는 눈살에 쫓겨
따귀 찾는 미친 개 모양으로 우돌 우돌 떨면서
오막사리 집 문 앞까지 왔었다. 누가 보았던들
亡命하여 온 異邦人이 捕吏의 눈을
피하는 것이랴 않았으랴.
그는 돌연
'여보, 주인!'
하고 굳어진 소리를 빽 지른다.
그 서슬에 地獄에서 온 使者를 맞는 듯이
온 마을이 프드득 떤다.
그는 이어서 白骨을 도둑질하려 墓地에 온 자처럼
연해 눈살을 사방에 펴치면서 날카로운 목소리로
'여보, 주인! 문을 열어 주시오'

18
달가달 달가닥 울려 나오는 그 소리
萬人의 가슴을 무찌를 때

모든 것은 기침 한 번 없이 고요하였다,
天地 創造前의 大空間같이......
그는 다시 눈을 부릅뜨고 삼킬 듯이 쏘아 보더니
'여보, 주인! 주인! 주인?'
아 그 소리는 맥이 풀어져 고요히 앉아 있는 아낙네의 魂을
약탈하고 말았다.
남편을 死地에 보내고 정황 없어 하는 아낙네의—.

19

아낙네는 그 소리에 놀랐다. 그리고 떨었다.
밖에선 더 급하게
'나를 모르시오? 나요! 나요!'
하는 소리가 계속되었다. 그러면서
주먹이 똑 똑 똑 하고 문지방에 와 닿았다.
아낙네의 가슴마저 똑 똑 똑 때리면서,
마치 세상 버린 젊은 여자가 있는
僧房문을 똑 똑 똑 두드리듯.

20

아낙네는 어쩔줄을 몰랐다.
그래서 거의 기절할 듯이 두려워 하였다.
그렇지 않아도
아까 남편이 떠날 때
마을 區長이 달려와 말고삐를 붙잡고
'오늘 저녁엔 떠나지 마오. 부디 떠나지를 마오.
이상한 청년이 나타나 무슨 큰 변을 칠 것 같소.
부디 떠나지 마오.

작년 일을 생각하거든 떠나지를 마오.'
그러기에 또 무슨 일이 있는가고
미리 겁내어 앉았을 때 그 소리를 듣고는
그는 아이그! 하고 겁이 덜컥 났다.
죽음이 어디서 빠안히 보고 있는 것 같아서
몸에 오싹 소름이 친다.

21

그의 문 두드리는 주먹을 쉬지 않았다. 똑 똑 똑—
'여보시오, 나요! 나라니까.'
그리고는 무슨 대답을 기다리는 듯이 가만히 있었다, 한참을
'아, 나라니까, 나요. 어서 조금만.'
'아아! 아아!'
청년은 그만 쓰러진다.
凍死하는 거지 넘어지듯이.
그 때 아낙네는 자기 가슴을 만지며
(아이, 어쩌나, 죽나 보다......)
하고, 마음이 쓰려났다.
'아아, 아아, 아하!'
땅 속으로 꺼져 가는 것 같은 마지막 소리
차츰 히미하여 가는데 어쩌나! 어쩌나? 아하!
'나라니까, 나요. 아, 조금만......'
그것은 확실히 마지막이다.
알 수 없는 청년의 마지막 부르짖음이다.
이튿날 첫 아침 흰 눈에 묻긴 송장 하나가 놓이리라.
가마니에 말아 江물 속에 띄워 보내리라.
아낙네는 이렇게 생각하매
(아이, 차마 못 할 일!)

하며, 가슴을 뜯었다.
어쩔까? 들여 놓을까? 내버려 둘까?
間諜 일까, 馬賊일까, 아니, 착한 사람일까?
아낙네는 혼자 얼마를 망설이었다.
'아아, 나를 몰라, 나를 이 나를……'
그 소리에 그는 감짝 놀랐다.
어디서 꼭 한 번 들어 본 것 같기도 해서.
그는 저도 모르게 일어 섰다,
물귀신에게 홀린 濟州道 海女같이,
그래서 문고리를 잡았다.
금속성소리 딸가닥 하고 난다.
그 소리에 다시 놀라 그는 뒷걸음 친다.

22

그러나 그 보다 더 놀란 것은 청년이었다.
그는 창문에 비치는 아낙네의 그림자를 보고는
미친 듯 일어서며 다시
'나요! 나요!' 부른다.
溺水者가 배를 본 듯 외마디 소리, 정성을 다한.

23

아낙네는 그래도 결단치 못하였다.
열지 않으면 불상하고 열면 두렵고,
그래서 문고리를 쥐고 삼삼 돌았다.
'여보시오. 어서 조금만, 아아……'
그러면서 마지막 똑똑을 두드린다.
마치 파선된 배 기관같이
차츰 차츰 약하여져 가면서—

24

아낙네는 될대로 되라는 듯이 문을 열고 있다.
지켜 섰던 바람이 획 하고 귓뿌리를 때린다.
더벅머리에 눈가루가 뿌려졌고,
바지는 흙투성이.
달빛에 石膏彫像 같이 꿋꿋하여진 그 放浪者의 몰골!

25

魚類불이 솨아 하고 두 사이를 흐른다.
모든 騷音이 죽은 듯 하품을 친다.
'누구세요, 당신은, 네?'
청년은 한 걸음 닥아 서며
'나요, 나요, 나라니까.'
그리고는 서로 물끄럼이 치어다 본다.
아주 대담하개, 아주 沈着하게.

26

그것도 순간이었다.
'앗! 당신이, 아이그머니!'
하며, 아낙네는 놀라 문에 몸을 던진다.
청년도
'역시 옳았건가, 아, 順伊여.'
하고, 문지방을 쓰러잡는다.
'로단)의 유명한 彫像 같이 둘은 가만히 서 있다.
달빛에 파래져 하게, 거룩하게.

27

아아, 그리운 한 옛날의 追憶이어!
두 塑像에 덮이는 한 옛날의 따스한 기억이어!

팔년 후 이 날에 다시 불 탈 줄 누가 알았으리.
아, 處女와 總角이어,
꿈나라를 건설하던 處女와 總角이여!
둘은 고요히 바람 소리를 들으며
지나간 따스한 날을 둘춘다―
國境의 겨울밤은 모든 것을 싸안고 다라난다.
거의 십년 동안을 울며 불며 모든 것을 壞滅시키면서 다라난다.
집도 헐리고, 물방아간도 갈리고, 산도 변하고, 하늘의 白狼
星 위치조차 조금 서남으로 비틀리고,
그러나 이 청춘남녀의
가슴 속 깊이 파 묻혀 둔 기억만은 잊히지 못하였다.
불꽃이 져도, 가을 열매 떨어져도
8年은 말고 80年을 가 보렴 하듯이 고이 고이 깃들였었다―
아, 처음 사랑하던 때!
처음 가슴을 마주 칠 때!
팔년 전의 아름다운 그 기억이어!
(.....................................)

46

少年은―
날마다 꼴 단 지고 오다가
그 집앞 돌각담 위에 와 앉았다.
땀 씻을 때에 부르는 휘파람 소리는
어여쁜 少女에게 전하는 그 노래여라.
사랑하는 이의 사랑 받으면서
꿈나라의 王宮을 짓는 하루 이틀,
아침은 저녁이 멀고 저녁은 아침이 그리운
萬里長城 쌓일 때―

47

王子와 王女 같은 사랑의 城을
쌓기는 두 少年 少女가 쌓았건만
헐기는 在家僧의 定則이 헐기 시작하였다.
꽃에는 벌레가 들기 쉽다고
아, 둘 사이에는 마지막 날이 왔다.
벌써부터 와야 할 마지막 날이
傳統은 一社會制度는
人間 不平等 의 한 따님이라고
在家僧의 자녀는 在家僧 집으로
그래서 같은 씨를 十代 百代 千代를,
順伊도 在家僧의 씨를 받아 전하는
機械로 가게 되었다.
죽기를 한하는 順伊는
울고 떼쓰다가 아버지가 絞殺된다는 말에
할 수 없이 그 해 겨울에 洞里 尊位 집에 시집 갔었다.
(................................)

59

바로 그 때였다.
저리로 발자국소리 요란히 들리었다.
아주 급하게 아주 惶怯하게.
女人과 청년은 놀라 하던 말을 뚝 그치고
발자국 소리 나는 곳을 향해 바라 보았다.
새벽이 가까운지 바람은 더 심하다.
나무에 덮인 눈 더미가
두 사람이 뺨을 탁 치고 달아 났다.

60

발자국의 임자는 나타났다.
그는 어떤 屈强한 남자였다. 등에 무엇을 업은—
女人은 반가이 내 다르며
'아이, 인제 오시네!'
하며 안을 듯한 자세였다.
청년은(저 사람이 順伊의 남편인가) 하매 한 끝 분했다.
가슴에는 때 아닌 모닥 불길.
'왜 혼자 오셨오? 우리 집 사람은?'
女人의 묻는 말에 남편과 같이 갔던 車夫는 얼굴을 숙인다.
'네? 어째 혼자 오셨오, 네?'
그 때 車夫 는 할 수 없다는 듯이
등에 업힌 것을 조용히 가리킨다.
여인은 무엇을 깨달은 듯이
'이게 무언데?'
하고 몸을 떤다. 어떤 예감에 눌리우면서.

61

여인은 하들 하들 떠는 손으로 가리워진 헌겊을 벗겼다.
거기에는 선지피가 얼어 붙은 송장이 업혀 있었다.
'앗!'하고 여인은 그만 쓸어진다.
'불행히, 胡賊에게 射殺되었오, 되땅에서'
하면서 車夫도 주먹으로 눌물을 씻는다.
白金 같은 달빛이 三十 壯男인
胡賊에게 총 맞은 順伊 남편의 송장을 비쳤다.
天地는 모두 죽은 듯 고요하였다.

62

'그러면 끝내 에그 오랫던가'
아까 銃소리, 그 馬賊놈, 에그 하느님 맙소서!
江녁에선 또 어름땅이 깔린다
밤내 길게 우는 세사람의 눈물을 얼니며

63

이튿날 아침—
해는 잿듯이 떠 뫼고 들이고 草家고 깡그리 기어오를 때
멀리 바람은
 間島移徙꾼의 옷자락을 날렸다

64

마음 서는 그때
 굵은 칡배 장삼에 묶인 송장 하나가 여러 사람의 어깨에 메
이어 나갔다
 눈에 싸인 山谷으로 첫눈을 뒤지며

해석 · 비평

〈국경의 밤〉은 72절에 이르는 긴 작품이다. 이 가운데는 27절까지가 제1부이며, 28절에서 50절까지가 제 2부, 51절에서 72절인 마지막까지가 3부를 이룬다. 작품의 무대는 두만강 유역인 국경 지방이며 겨울철이다. 주인공으로서 여진족의 후예인 밀수꾼의 아내와(순이) 그를 찾아 옛 고장에 돌아온 청년이 등장한다. 두 사람은 어렸을 때 소꿉 친구였다. 그리고 철이 든 후 둘은 좋아하게 되지만, 여진족의 후예는 여진족끼리

만 통혼이 가능한 인습 때문에 두 사람은 사랑을 맺지 못한다. 〈국경의 밤〉제 2부는 두 사람 사이에 벌어진 불운의 사랑을 노래하고 있다. 이미 청년이 된 남자는 남의 아내가 된 여자를 찾아와 문을 열어달라고 간청하지만, 여자는 사회의 계율이 두려워 그 간청을 거절한다. 제3부는 청년과 이 여자의 주고받는 말들로 시작한다. 청년이 지난날을 들추어 노래하면 여인이 이에 대답하는 형식으로 대사 중심의 구성을 취하고 있다. 결말은 이 두 사람 앞에 밀수꾼 남편이 시체로 나타나는 것으로 되어 있다. 또한 이 작품에 나오는 順伊는 〈국경의 밤〉의 여자 주인공이다.

그녀는 在家僧의 딸이라고 명시되어 있는 바와 같이 여진족의 후예다. 새삼스레 밝힐 것도 없이 〈國境의 밤〉이 쓰여질 무렵까지 여진족의 후예가 살고 있는 지방은 두만강 상류 지역에 국한되어 있었다. 이런 사실은 이 작품이 바로 토속적인 무대, 배경 위에 그 이야기를 설정하고 있음을 뜻한다. 뿐만 아니라 여기 등장한 생활 습속들에 대해서도 비슷한 이야기가 가능하다. '멀구 광주리'인 처녀라든지 "콩쌀금" 곧 "콩사리"를 하는 등의 생활 습속들은 우리 자신의 재래적인 모습들이다. 이런 소재, 내용을 통해서 우리는 金東煥의 작품에 나타나는 토속미 내지 향토 정조를 확인하게 된다. 그와 함께 이야기시의 형태를 취한 것이 장편 서사시 『국경의 밤』이다.

문학사 메모

〈國境의 밤〉을 낸 다음 金東煥은 카프에 가담했다. 그러나 얼마뒤 그는 제명 처분을 당하고 카프에서 물러났다. 그 까닭의 상당부분은 그의 문학적 입장에 관계되는 것이었다. 참고로 시집 『국경의 밤』이 나왔을 때 김기진은 그 것을 평가해서 다음과 같이 적었다.

朝鮮은 그 地理上에 있어서 남북으로 伸長된 長方形의 토지임으로 그

言語風俗上에 同等한 面積을 가지고 있는 어떤 地球上의 다른 국가나 지방보다고 懸隔한 차이가 있다. 하이마트 쿤스트의 운동은 정히 朝鮮에 熾烈하여야 할 地理上 條件을 가지고 있다 하여도 과언이 아니다. 巴人 金東煥 君의 詩集 『國境의 밤』은 如上의 意味에 있어서 조선에서 처음으로 誕生된 鄕土的 文藝品이라는 것을 단언한다. 나는 그의 시집에서 어떤 장에서든지 北國的 豪悍한 氣風이 있는 무딘 哀愁와 北國人的 性格의 陰影을 발견한다.

신경향파 시대에 金東煥의 시가 드러낸 이와 같은 단면들은 궁극적으로는 그 이익이 프로시의 이데올로기 지향성과 상충되는 것이다. 당연히 金東煥에게도 시를 포기할 것인가, 프로문학의 조직 기구에서 탈피할 것인가, 양자 선택이 이 다음 단계에서 강요되었다. 그리고 이 단계에서 그는 『봄 잔디밭 위에』의 작자와는 다른 입장을 취했다. 즉, 그는 프로시의 경색된 이데올로기 지상주의에 맞서 그 나름의 입장을 주장하다가 끝내는 프로문학의 조직 기구에서 떨어져 나와 시와 예술의 길을 택했다. 앞에서 살핀 바와 같이 金東煥은 그 기질로 보아서 서민층에 가까운 작품을 쓴 시인이었다. 그럼에도 신경향파로 시작한 프로시의 경색된 이데올로기 지향성은 그것조차를 조직의 테두리에서 추방할 정도로 심하게 경직되어 있었다. 그들이 표방한 것은 언필칭 꿈꾸는 문학 대신 고민하는 문학, 대지에 발을 딛고 선 시였다. 그러나 실제에 있어서 신경향파 이후의 한국 프로 시론가들은 작품 활동을 통한 이데올로기를 위해 서슴없이 시와 예술을 포기해 버릴 수 있을 정도로 경색된 정론가들 이었다. 金東煥이 이데올로기의 일방 통행에 맞선 사실은 따라서 그가 시인으로 남기 위한 한 방편에 해당한다.

그러나 이런 체질상의 문제점이 있었음에도 金東煥은 한 때 상당히 열정적으로 경향시를 썼다. 그 구체적인 보기로 〈우리 四男妹〉를 들 수 있다. 이 시는 아버지를 잃은 4남매의 삶을 줄기로 한 것이다. 아버지는 나랏일을 하다가 죽은 분이다. 이 때부터 언니는 동지를 규합하여 그 원수를 갚고자 한다. 그러나 그녀는 철장 신세가 되고 동생은 좀도둑으로, 그리고 누이는 색주가에 팔려간다. 이를 화자는 거지 비렁뱅이가 되어 그들 남매의 이야기를 하는 것이다.

  이외에도 〈쫓겨가는 무리〉, 〈시체를 안고〉 역시 경향적 색채가 두드러진다. 그러므로 巴人의 경향시 제작은 카프 이전부터 그 자신에 의해 의도된 것으로 추측된다. 시 창작 이외에도 김동환은 자신의 생각을 시론으로 발표하기도 했다. 그에 속하는 것으로는 〈애국문학에 대하여〉, 〈망국적 가요 소멸책〉, 〈시조배격소의〉등이 대표적이다.

참고문헌

시집, 『국경의 밤』(한성도서, 1925)
시집, 『승천하는 청춘』(신문학사, 1925)
시가집(이광수・주요한 공저), 『삼인 시가집』(삼천리사, 1929)
시집, 『海棠花』(삼천리사, 1939)
巴人金東煥文學硏究, (논문자료사, 1999)
吳世榮, 『한국낭만주의 시연구』(일지사, 1980)
金容稷, 파인 김동환의 시론과 작품, 『한국문학』(1981. 12)

김창술(金昌述)

(1903 ~ 1950)

전북 전주 출생, 시골에서 보통학교를 나온 후 정식 교육과정을 밟지 못한채 노동과 독학을 아울러 했다. 1925년 2월호 『개벽』에 〈大道行〉을 발표하고 시단에 등장. 그의 등단 시기에 한국의 프로문학은 아직 뚜렷한 목적의식을 지니지 못한 상태였는데 그는 처음부터 강하게 계급의식을 내포한 시를 썼다. 카프의 조직 발족에 관계하였고, 그 중앙 위원으로 활약하였으며, 1차 검거 때 구금, 투옥되었다. 그 틈바구니에서도 〈청년동맹에게 보내는 시〉, 〈앗을 대로 앗으라〉 등 일련의 계급의식에 입각하면서 가락도 지닌 시를 써서 윤기정 등 카프 내의 비평가가 호평을 가했다. 1931년도 『카프詩人集』에는 〈汽車는 북으로 북으로〉, 〈五月의 훈풍〉, 〈가선 뒤〉, 〈앗을 대로 앗으라〉 등 네편이 권두에 수록되었다. 일제 말기에도 전향은 하지 않았으나 빈궁을 극한 생활을 한 것으로 추정되며 1950년 6·25동란의 틈바구니에서 사망한 것으로 전해진다.

작(품) 展開

봄볕이 강렬한 힘을 땅 우에 던진다.

여름도 三伏도가니 같이 더운 날 숨이 칵칵막히는 이 더위밑
에 우리의 部隊는 나아간다. 이 세기에 이 사회에 온 세상 사
람의 마음에 '미래의 모순'이 움직인다. 삐르적인다. 커라 어서
커라
우리는 모순의 元素—그 불ㅅ길이 바쁘게 變革하고 있나니
이 무리의 물ㅅ결이 퍼진다. 도회에 공장에 빌딩에 농촌에
거리에 수풀에 들에 시내에 바다에

이 무리를 실고 올라가는 裝甲車가 구을러 구을러 올러간다.
우리의 마음과 피와 힘을 상징한 깃발이 바람을 따라 퍼얼럭
퍼얼럭 여름 공기에 부대치는 이상한 리듬이 淸新한 향기를 뿌
린다.

'展開!
동무야 살피라—모순의 전개를
나가는 우리의 길에 光明이 비최인다.
프로레타리아의 광명의 때는 점점 가차워 온다
裝甲車 고동이 뚜— 뚜—
노래하자! 기쁨의 노래 인터네쇼날의 노래
三三五五 떼를 진 모든 동무여

해석 · 비평

김창술은 다른 카프 시인과 달리 노동계급 출신이다. 노동계급은 계급운동에서 기본 출신으로 평가한다. 그런 점 김창술은 카프에 참가하면서 곧 프로문학 진영의 주목을 받았다. 이 작품의 계절적 배경은 얼핏 보아도 나타나는 바와 같이 봄이다. 봄볕은 더워도 숨이 칵칵 막힐 정도는 아니다. 그것을 이 작품 허두에서 金昌述 은 필요로 하는 예비 절차 없이 〈숨이 막히는 이 더위 밑에서〉라고 했다. 이것은 물론 〈우리 部隊〉로 지칭된 투쟁 대오가 발산하는 열기를 부각시키기 위한 표현일 것이다. 이것으로 우리는 이 작품이 처음부터 목적의식에 입각했음을 알게 된다. 그 다음의 〈우리는 모순의 元素— 그 불ㅅ길이 바쁘게 變革하고 있나니〉도 문제다. 여기서 모순은 시인이 의도한 바 계급 사관의 그것일 것이다. 그러나 이때 사회개혁의 전위가 되는 행동자가 그 자체로 모순이 되는 것은 아니다. 그는 사회의 모순을 인식한 자일 것이다. 그렇다면 여기서 이 부분은 일상어로 하면 〈우리는 모순의 극복자〉 정도가 될 것이다. 그것을 선언투의 단전적인 어조로 말하게 하여 이 詩이는 경향시가 요구하는 굵강함을 빚어내게 했다.

이 작품에 대해서 당시의 카프 측 비평가 가운데 한 사람인 윤기정은 〈多少라도 우리의 案에 응하는 작품〉이라고 호평을 했다. 그의 평은 이 작품의 의도를 산 결과일 것이다. 윤기정의 평에는 상당한 논거가 마련된 면도 있다. 우선 김창술이 이 작품을 쓸 무렵 카프의 시는 모두가 평면적인 내용을 안이한 가락에 담아 노래했다. 그런데 이 작품에는 대담한 비약이 있고 굴강한 말씨가 나타나는 것이다. 특히 〈'미래의 모순'이 움직인다〉 다음의 〈삐르적인다 커라 어서 커라〉와 같은 부분은 당시의 다른 카프 시에서는 찾아 볼 수가 없는 기법이 적용된 경우다. 이것으로 숨가쁘게 행동하는 한 무리 행동자들의 모습과 호흡이 구체적으로 느껴지는 것이다. 이런 작품이 발표되기 전까지 김창술은 카프의 조직 활동에서 별로 중요한 위치를 차지하지 않았다. 또한 다른 맹원들에 비해 특별히 많은 양의 작품을 발표한 바도 없다. 그런 그의 작품이 『카프 詩人集』의 허두를 장식했다.
그 까닭은 이들 작품의 의식적 단면으로 미루어 수긍되는 일이다.

작품 앗을 대로 앗으라

불가치 뜨거운 햇빛 밑에서 살을 태우고 피를 말리며
모든 힘을 다하고 오장을 다 태우면서
알뜰이 지어 노흔 쌀은 누구에게 빼앗겼는가

왼 일년의 정력도 모다 소용이 없었고
또 봄이 왔구나 봄이!
작년 같은 흉년에도 제×들이 욕심것 빼앗어 갓섰다
그리고 그리고도 부족해서 눈이 벌커쿠나

그리하여 우리들은 우리들은 당연히 소작료의 인상을 거절하
엿드니라
우리들은 우리들은 방위할 ××를 만들엇고 그 빗나는 의론
속에 항쟁을 계속하엿다

그러나 우리는 ××놈이요 소작인이기 때문에
용감한 사나히요 근로하는 우리이기 때문에
거더 채이고 뚜드려 맛지 안으면 안되는가

놀래엇으리라 떨었으리라
더러운 공기 속에 신음하는 우리들의 리ㅡ다ㅡ를 다시 ×기
위하야
나붓기는 깃발미테 장엄한 데모가
×××를 포위하고 또 ×격하고……

앗을대로 앗어 보아라
네놈들의 잔×한 ××가 잇지 안느냐
그러니 염려도 업겟고 주저할 것도 업스리라
그러나 우리들은 ×復을 하지안으면 안될 것이 아니랴

벗아!
똑가튼 기ㅅ발 아래에서 움직이는
세계의 벗들아 그러치 아니하냐
우리의 희망은 분노는 깃븜은 불으짖음은 모다 우리들의 것
이 아니냐

해석 · 비평

얼핏 보아도 나타나는 바와 같이 이 작품의 화자는 농민이다. 그는 이른바 지주 계급의 끝없는 착취에 견디지 못하여 투쟁을 선언한다. 뿐만 아니라 그 투쟁의 결의 속에는 전세계의 동지들에게 호소하는 부분도 포함되어 있다. 〈벗아! /똑같은 깃발 아래서 움직이는 /세계의 벗들아...〉 이렇게 보면 이 작품은 이데올로기 면에서 〈전개〉보다 진일보한 것이다. 그러나 기법면에서 보면 적지 않게 한계를 가진다. 여기서 작자의 생각들은 평면적으로 길게 연결되어 있다. 말씨 역시 너무 설명적이며 단조롭다. 그럼에도 『카프 詩人集』에는 이 작품이 수록되어 있고 〈전개〉는 제외되었다. 이것은 편자인 林和의 의도적 계산 결과였을 것이다. 소장파로 귀국하여 카프의 헤게모니를 장악했을 때 그에게는 여러 가지 해결해야 될 문제가 있었다. 그 가운데서도 가장 중요했던 것이 이데올로기와 예술성의 조화문제였다. 그 이전 카프는 볼셰비키의 길을 치달림으로써 예술을 뒷전으로 돌린 이데올로기 일체 주의에 기울게 되었다. 그

결과 시와 소설이 이데올로기의 앙상한 잔해로 떨어졌던 것이다. 그 주역인 박영희나 김기진 자신이 이 사태에 대해서 한가닥 회의를 느끼게 된 것이 1930년 초였다. 그런데 林和는 이 문제에 대해 목적의식 우선, 예술적 형상화 문제, 부수적 과제의 입장을 취했다. 그가 카프의 지도부의 일원이 아닌 김창술을 이례적으로 우대한 까닭이 여기에 있다. 이것이 『카프 詩人集』에 이 작품이 포함된 까닭의 모두다.

문학사 메모

『조선문학사』의 일제 시대 시문학을 논한 부분을 보면 그 허두에 김창술의 〈展開〉와 함께 〈지형을 뜨는 무리〉가 손꼽혀 있다. 그 평가 부분은 『조선문학사』가 대체로 그런 것처럼 요령 부득이다. 「시 〈전개〉는 당대 현실의 내적 모순의 첨예화에 따라 더욱더 적극적인 형태로 전개되어 나가는 노동운동의 기세찬 흐름을 통하여 근로인미대중의 위력과 승리적 전진을 확인하고 있다」. 앞에서 살핀 바와 같이 〈전개〉는 계급의지에 불타는 어느 집단의 투쟁 의욕을 노래한 것일 뿐이다. 그 주체가 노동자인지, 또는 그 의욕이 승리적 전진과 결부 될 수 있는 것인지를 확인할 근거는 〈전개〉자체에 나타자지 않는다. 본래 『조선문학사』가 이 부분에 의도한 것은 식민지적 모순의 자각과 그에 상응한 계급투쟁의식을 반영한 작품을 드는 일이었다. 그렇다면 그 예로는 〈전개〉보다 위의 작품이 한결 더 적절했을 것이다.

참고문헌

白 鐵, 『朝鮮新文學思潮史 現代篇』(백양당, 1948).
金載弘, 『카프시인비평』(서울대출판부, 1990).

제2편

목적의식기의 프로 詩

권 환(權 煥)	박세영(朴世永)
임 화(林 和)	김해강(金海剛)
안 막(安 漠)	박석정(朴石丁)
유완희(柳完熙)	이 찬(李 燦)
박팔양(朴八陽)	백 철(白 鐵)

권 한(權 煥)

(1903. 1. 6 ~ 1954. 7. 30)

본명은 권경완(權景完) 또는 윤환(允煥). 경상남도 창원군 진전면 오서리 출생. 일본 야마카타(山形) 고등학교와 경도제국대학 독문학과를 졸업. 학부 재학 때 독서회 사건으로 구금, 투옥된 바 있다. 1925년 일본 유학생 잡지『학조(學潮)』에 작품을 발표하였고, 1929년『학조』필화 사건으로 일경에 구금됨. 이 무렵을 전후해서 이북만이 주도하는 동경 쪽의 지하당 조직에도 관계했다. 또한 유학 중인 김남천, 안막과 임화를 알게 되어 친교를 맺었고 이북만이 관계한『무산자(無産者)』발간에도 참여하여 사회주의 문학 운동에 투신했다. 일본측의 계급 문학 조직인 납프에도 가입한 바 있다. 1930년 임화 등과 함께 귀국, 이른바 카프의 소장파로서 구카프계인 박영희, 김기진 등을 뒷전으로 돌리고 카프의 주도권을 장악, 〈가랴거든 가거라〉(『조선지광』1930. 3) 〈머리를 땅까지 숙일 때까지〉(『음악과 시』1930. 8) 등 목적의식 일변도의 시를 발표하는 한편, 〈무산 예술 운동의 별고와 장래의 전개책〉(『중외일보』 1930.1-10-31) 〈조선 예술 운동의 당면한 구체적 과정〉(『중외일보』 1930. 9. 2-16)등 강경 계급문학이론을 골자로 한 비평을 썼다.

1931년 카프 1차 사건 때 검거되어 불기소 처분을 받았고, 1935년 제3차 검거 때에는 유죄 판결을 받았으나 집행 유예로 석방되었다. 그를 전후에서

『중외일보』, 『조선중앙일보』기자, 조선여자의학강습소 강사, 경성제대 도서관 사서직 촉탁 등을 역임. 1943년 제 1시집『자화상(自畫像)』(조선출판사)을 냈으며 다음 해에『윤리(倫理)』를 성문당 서점에서 발행, 일제 암흑기에는 보도여맹에 가입하기는 했으나 적극적인 친일은 하지 않은 것으로 나타난다. 8·15 직후에 다시 계급문학운동을 재개, 처음에는 임화, 김남천과 노선을 달리하는 프로예맹측이었으나 곧 방향을 바꾸어 전국문학자대회 때는 대회의 집행부 서기장이 되었고, 조선문학가동맹의 농민문학부위원장으로 취임했다. 일제 때부터의 지병인 폐병이 악화되어 대한민국정부 수립 후에도 월북하지 못하고 남한에 잔류했다. 마산 폐병 요양소에서 투병 생활 끝에 6·25 휴전 직후에 사망. 남로당계임에도 불구하고 북쪽 문학사에서 긍정적으로 언급되는 카프출신 시인 가운데 한 사람이다.

작품 가랴거든 가거라
—우리 진영 안에 있는 小부루조아지에게 주는 노래

小 부루조아지들아
못나고 비겁한 小부루조아지들아
어서 가거라 너들 나라로
幻滅의 나라로 沒落의 나라로

小 부루조아지들아
부루조아의 庶子息 푸로레따리아의 적인 小부루조아지들아
어서 가거라 너 갈데로 가거라
紅燈이 달린 '카페로

따뜻한 너의 집 안방 구석에로
부드러운 복음자리 너편네 무릎위로!

그래서 幻滅의 나라 속에서
달고단 낮잠이나 자거라

가거라 가 어서!
적은 새양쥐 같은 小부루조아지들아
늙은 여호 같은 小부루조아지들아
너의 假面, 너의 野慾 너의 모든 지식의 껍질을 짊어지고.

해석 · 비평

　그가 일본 유학에서 돌아와 카프의 주도권을 잡은 소장파로 등장하자
권한의 시는 문단 안팎의 비상한 관심의 대상이 되었다. 우선 그는 대개
가 중학졸업생이거나 대학 중퇴자인 여느 프로문학자와 달리 경도제대를
졸업한 학력의 소유자였다. 뿐만 아니라 그는 고등학교 재학 때부터 계
급투쟁 선상에서 활약한 투쟁 경력의 소유자였다. 또한 일본에서 납프에
관계했을 뿐 아니라 1920년 후반기 이후 카프에서 최대 긴급 과제로 대
두된 문학의 볼셰비키화를 위해서도 가장 강도 높은 이론을 펴고 있었
다. 이 작품은 그런 권환이 국내에 들어와서 발표한 것 가운데는 허두에
속하는 시다.
　얼핏 보아도 나타나는 바와 같이 이 작품은 30년대 초두에 이르기까지
카프가 시에 요구한 문법을 아주 착실하게 지킨양 보인다. 이른바 기본
계층인 노동자, 농민을 의식화시키는 선전, 선동의 문학이 되기 위해서
카프 맹원의 시는 대체로 구호 형태의 말들을 선호하는 경향이 있었다.
　그나머지 대부분이 카프 시인들은 계급의식을 앞세우고 명령조의 말을
썼다. 그것으로 투쟁의욕이 고취된다고 믿은 결과였다. 이 작품에도 〈…
들아 …가거라〉식의 말씨가 사용되어 있다. 뿐만 아니라 당시 계급문학

은 그 독자층인 노동자, 농민의 독서 능력이 높지 못하다고 판단했다. 그리하여 난해한 詩的 意匠을 피하고 가능한한 평이한 말들로 시를 쓸 것을 요구했다. 그런 각도에서 보아도 이 작품은 넉넉하게 합격 점수를 얻을 수 있는양 생각된다. 또한 계급투쟁의 논리에 따르면 그 진영 내의 소부르주아지들은 제일 먼저 배격, 타도되어야 할 대상이다. 계급투쟁의 주체는 물론 피지배계층인 노동자, 농민이다. 그들이 적으로 돌리고 싸워야할 부르주아지들은 막강한 힘을 가지고 있다. 그들과 맞서 싸우고 이기기 위해서는 약삭빠른 계산이나 일삼고 결정적 국면에서 몸을 사리는 일은 절대 금기 사항이다. 그런데 소부르주아지들은 빈번하게 그런 작태를 일삼는다. 그리하여 그들의 좌고 우면(左顧右眄)하는 성향을 지적, 공격하는 것은 볼셰비키의 중요 과제로 주장되어 왔다. 그런데 이 작품은 바로 그런 의식을 골자로 삼고 있는 것이다.

이상 도식적인 각도로 보면 〈가라거든 가거라〉는 프로시의 요건을 모두 갖춘 시다. 그러나 실에 있어서 이 작품은 너무 뚜렷한 한계를 지닌 경우다. 우선 이 시는 아주 초보적인 계급의식을 토막글 형태로 썼을 뿐, 전혀 가락이 없고 체험의 새 국면이 타계되지 않았다. 그리하여 같은 무렵에 쓴 金昌述이나 林和의 경향시에 견주어 보아도 그 질적인 수준이 크게 떨어진다. 프로 시도 시임에는 틀림이 없다. 그렇다면 거기에는 의미의 울림이 있어야 하고 그 자체로 우리를 긴장케 하는 국면이 포함되어야 한다. 그럼에도 이 시는 처음에서 끝까지 한 목소리로 사이비 계급 운동가를 비판하고 있을 뿐이다. 귀국 직휴 우리 문단은 적지 않게 권환을 주목했다. 그의 학력과 프로문학경력이 그렇게 만든 것이다. 그러나 그것은 이둘 시의 질적 수준으로 곧 희석화 된다.

작품 머리를 땅까지 숙일 때까지

젔다 기어만 지고 말었다
기어만 지고 말었다
이번지면 두 번째
두 번째나 기어만 지고 말었다.

하기야 작년 금년 두 번이 모다
그 ××자와 마찬가지로 죄만코 미운
墮落幹部
背叛者
우리 ××을 安協으로 팔어먹은 그 놈들
그 놈들 때문에 자기야 젔지만
그러치만 그놈들은 믿어 일을 맡기고
그런놈 들을 진작 안쫏고 둔 것은
우리의 책임이다 우리의 허물이다

젔다 기어만 지고 말었다
두 번째나 지고 말었다
그러치만 우리는 지고난 ××을 공연히 忿하다만 하지말고
다시 이러날 準備나 하자

墮落幹部
背叛者
그놈들을 모조리 모라내 버리고 쪼차내 버리고
이놈의 ××에나 이기도록 하자
그래서 열 번을 지면 열 번을
백번을 지면 백번을
일으나고 일으나서
이길 때까지 싸워 보자
××× 머리를 땅까지 숙일 때까지

![해석 · 비평]

그 내용이나 형태면으로 보면 이 작품은 크게 주목될 것이 없다. 먼저 이 작품은 노동쟁의에 패배한 원인을 파헤친다. 그것은 투쟁을 와해시킨 배반자와 타락간부 때문이다. 그러나 보다 큰 요인은 그 자들을 조직에서 축출하지 않은채 쟁의를 벌린 〈우리〉 지신이라고 말한다. 그러면서 이 작품은 투쟁에 패배했다고 해서 주저앉을 수 없다고 주장한다. 패배를 교훈 삼아서 거듭 일어나 적대세력, 곧 부르부아지가 머리를 땅에 숙이며 항복할 때까지 싸우기를 다짐한 것이 이 작품의 내용이다. 단적으로 말해서 불굴의 싸움을 다짐하는 볼셰비키의 정신을 노래한 것이 이 시다. 또한 다른 작품에서처럼 이 작품의 각행은 비약 없이 연결되어 있고 그 말투 역시 평이하다. 그런 점에서 평면적인 가운데 목적의식을 강조하는 권환의 다른 작품과 다를 바가 없는 것이다.

그러나 이 작품이 『음악과 시』라는 게재지에 실린 속사정과 그로하여 빚어진 결과는 매우 특수한 데가 있다. 『음악과 시』는 그 발행인이 카프의 개성지부 소속 梁雨庭이었고, 그 주변에는 엄흥섭, 민병휘 등이 있었다. 그리고 그 창간호 필진으로는 申鼓頌, 金昌述, 朴世永 등과 함께 권환이 동원된 것이다. 이 잡지는 1930년 8월에 한 호를 내고는 곧 카프 중앙위원회 기관지인 『群旗』로 탈바꿈했다. 그 무렵 카프 중앙위원회는 가혹한 총독부의 검열에 허덕인데다가 경영난이 겹쳐 기관지를 갖지 못했다. 그런 판에 양우정이 『음악과 시』를 개편하여 카프의 기관지를 만들겠다고 나섰다. 카프 측에서 크게 환영하며 그것을 수락한 것이다. 그런데 양우정 등은 『군기』의 발간을 맡으면서 곧 카프 쇄신동맹을 만들었다. 그들은 노골적으로 1925년 이래 카프 중앙위원회를 주도해온 박영희와 김기진에 반기를 들고 조직의 개혁을 외치고 나선 것이다. 이것이 세칭 〈군기사건〉으로 프로문학운동사의 한자리를 어지럽힌 일이다. 사태가 이렇게 되자 박영희, 김기진등 구카프계는 책임을 지고 퇴진하지 않을 수 없었다. 그리고 그 틈바구니 속에서 임화와 김남천 권환 등이 카프의 주도권을 장악하게에 이른 것이다. 그런데 재미 있게 생각되는 것이 이 기틀을 만든 양우정이 『군기』를 내기 몇 달전 『음악과 시』를 발간할 때 박영희, 김기진 등을 배제한채 권환에게 원고 청탁을 한 사실이다. 『군기』를 발간하면서 그는 카프의 주도권을 자신이 틀어쥐고저 했다. 그러나 개성지부의 힘으로 그것이 일거에 이루어질 수가 없다는 사실도 짐작했을 것이다. 그 나머지 염군사 계인 신고송이나 박세영과 함께 소장파로 귀국한 권한에 다리를 놓기 위해 원고 청탁을 한 것이다. 물론 그런 의도는 그가 뜻한대로 구카프계 타도의 직접적인 연대 투쟁을 유발시키지는 못했다. 그러나 그런 분위기 속에서 『군기』가 발간되고 양우정 주도의 카프 쇄신동맹이 나타난 것이다. 그 결과 박영희와 김기진이 퇴진했다. 권환 자신은 애초 그런 낌새를 채리지 못했을 것이다. 그러나 결과는 묘하게 그가 소속된 소장파의 카프 장악을 가능케 했다. 이런 의미에서 보면 이 작품의 게제지 문제는 매우 재미 있는 계급문학운동의 비화일 수가 있는 것이다.

작품 노들 江

노들강은 흘러가다
어제도 오늘도
흘러가다 말없이
노들강은 흘러가다
搾取의 피를 실고
三千萬서 빨아낸!

노들강은 흘러가다
壓迫의 기름 실고
四千年 동안 짜아낸!

흘러가다 먼 바다로
屈辱, 侮蔑, 虐待…… 의 누른 개수풀이
흘러가다 먼 바다로
帝國主義의 비린내 썩은 내 구린대

다시 못오리라
永遠히 흘러가리라
맑고 푸르러졌다 노들강물은
江언덕의 감나무 숲 마을엔
한낮에 곳곳이 들리다
닭우는 소리와 함께

우렁차게 들리다
자유 조선의 자장가 소리
자유 조선의 解放歌 소리
오! 힘차게 흘러가다 인젠
맑고 푸른
노들강물이

古宮에 보내는 글
—미·소 공동위원회에

높은 담밑 흰눈도 마지막 살아지고
연못가 버들가지 푸른 古宮에
그대들은 왔구려 봄을 찾아서

그대들은 거룩한 園丁들
팟쇼의 억센 가시나무를

軍國主義의 모진 독초를
모조리 베버리고 뿌리채 뽑아버린
勝利의 園丁
세계의 민주주의의 씨를 뿌리고
세계의 민주주의 꽃에 물을 주는
민주주의 園丁

훌륭하게 복돋아 주리라
조선의 꽃
민주주의 꽃
40년 동안 제국주의 발밑에 짓밟혀
잎은 꽃도 되어보지 못한
한떨기 朝鮮의 꽃
봉실봉실 피리라 朝鮮의 꽃
아름답게 피리라 民主主義의 꽃
오랫동안 서리맞고 거치러진
조고마한 花園에도

흰 무명옷 입고
黃土 밭밑 얕은 초가집에 사는
순한 양 얼굴같은 이 百姓들은
실상 모두다 민주주의를 사랑하니까요

아서라 어서 가거라
한 마리도 덤비지 못하리라
민주주의 잎을
민주주의 꽃을 갈거먹는 벌레
민주주의 뿌리를 파먹는 벌레
팟쇼, 독재, 지배욕의 화신인 벌레

    힛트러, 무쏘리니, 화신의 벌레
    모조리 밟아 버리라 쫓아버리라
    조선 花園의 모든 검고 푸른 害蟲을
    그래서 봉실봉실 피리라
    아름답게 피리라
    조선의 꽃
    민주주의 꽃

해석 · 비평

　〈노들강〉은 해방 기념 시집으로 발간된 『횃불』에 수록된 것이며 〈古宮에 보내는 글〉은 문학가동맹 기관지 『文學』 창간호를 통해 발표된 것이다. 두편 다 권환이 8·15직후의 특수한 상황 속에서 쓴 작품이 되는 셈이다. 8·15를 맞았을 때 카프 이래의 오랜 계급문학운동가인 권환에게는 두 가지 과제가 부과되어 있었다. 그 하나는 새로운 상황 속에서 그가 어떻게 기능적인 문학운동의 방향을 파악·정립하는가 하는 문제였다. 그리고 다른 하나가 그의 시에 새 차원을 개척하는 과제였다. 8·15의 상황은 권환이 1930년대 초에 소장파로 귀국 카프의 주도권을 잡을 때와 사정이 크게 달랐다. 8·15직후부터 문학가동맹은 조선공산당의 외곽 조직이 되었다. 그 결과 문학가동맹의 행동 방향은 권환과 같은 개인이 모색·정립시킬 필요가 거의 없었다. 그러니까 이 무렵 권환이 자기 위상을 정립하는 일은 주로 후자에 관계되는 일이었다.
　카프 시대에 권환이 쓴 딱딱하고 도시적 이데올로기의 시에 비한다면 위의 두 작품은 다소간 나아진 부분이 나타난다. 〈노들강〉에서 노들강은 물론 한강의 한 부분이다. 그리고 한강은 새삼 밝힐 것도 없이 자연의 한 부분이다. 그것을 권환은 우리 민족의 고난에 찬 역사에 대비시키고 있다. 그러니까 이 작품에는 시의 한 자격일 수 있는 비유적 전이가 이루어지고

있는 것이다. 그런가 하면 〈古宮에 드리는 노래〉에도 비슷한 기법이 쓰여
졌다. 그 부제로 나타나는 바와 같이 이 시는 미·소 공동위원회의 활동에
기대를 건 작품이다. 위원회의 구성은 물론 미군과 소련군이었다. 그런데
그들을 이 작품에서는 민주주의의 원정에 비유했다. 카프 시대에 권환이
쓴 작품에는 이 정도의 비유도 쓰인 적이 없다. 그런 의미에서 이 작품은
그의 구작 보다는 얼마간 정서화된 부분을 지니고 있는 셈이다.

그러나 이런 평가가 곧 8·15 후 권환 시의 새 국면 타개라는 말을 성
립시키지는 않는다. 〈노들강〉에서 권환은 본격적인 의미의 새 체험을 제
시하지 못했다. 이 작품에서 노들강은 두 개의 다른 심상으로 제시되어
있다. 전반부에서 그것은 제국주의의 모진 수탈을 표상하는 강이다. 그
리고 그 역사는 민족의 해방을 상징하는 닭 우는 소리로 끝난다. 닭소리
와 함께 노들강은 새 역사를 따라 흐르는 맑고 푸른 보람의 강이 된다.
그러나 어떻게 그것이 가능했는가를 보여주어야 할 부분에서 이 작품은
아주 안이한 생각을 펼친다. 〈우렁차게 들리다 / 자유 조선의 자장가 소
리〉. 이것은 권환이 8·15후에도 기능적으로 역사와 현실을 수용하는
기법을 터득하지 못했음을 뜻한다. 다음 〈古宮에 드리는 노래〉는 이보다
더욱 그 세계가 평면적이다. 이 작품의 의도는 신생 조국의 산파역인 미
·소 양국 대표들을 고무·예찬하자는 데 있었을 것이다. 그런데 그 표
현이 〈그대들은 거룩한 園丁들 /팟쇼의 억센 가시나무를 /군국주의의 毒
草를/ 모조리 베버리고 뿌리채 뽑아버린 승리의 園丁〉으로 그친다. 이런
정도의 생각은 당시 신문의 정치면 기사에도 흔하게 쓰여진 것이다.

문학사 메모

8·15후 북쪽에서 나온 문학사 가운데서 가장 그 분량이 큰 것이 『조선
문학통사』다. 그러네 거기에는 권환이 일제 시대에 쓴 시 〈책을 살으며〉,
〈히틀러의 부른 노래〉, 〈그대〉, 〈소년공의 노래〉등 네 편의 작품이 언급되

어 있다. 이 무렵의 카프시인 가운데 『조선문학통사』에서 네 편의 작품이
거론된 예는 박팔양이 있을 뿐이다. 이로 미루어 보면 일제 시대의 계급시
인으로 권환이 북쪽에서 매우 큰 비중을 차지하고 있음을 짐작하게 된다.
그 무렵에 활약한 계급시인으로서 권환보다는 윗수인 시인으로 생각되는
임화가 제외된 까닭은 물론 남로당 숙청 사태에서 빚어진 것이다. 그러나
나머지의 상당수 비남로당계 시인이 일제 시대에 활약했음에도 불구하고
권환이 이처럼 크게 부각된 이유는 그의 시가 지닌 속성으로 해석될 수 있
다. 이미 살핀 바와 같이 권환의 대부분 작품은 그 제재를 직설적으로 다
룬 것들이다. 북쪽의 비평가나 문학사가들은 이런 작품들을 매우 좋아한
다. 우선 그들은 말의 정서적 사용이 (이 경우 정서적이란 의미의 함축성
을 토대로 한 것을 가리킨다.) 의미 내용을 애매하게 만드는 부르주아 취
향이라고 생각한다. 뿐만 아니라 그것을 이해, 파악하는 일에도 그들은 별
로 기능적이 못된다. 그런데 권환의 작품은 대부분이 그 반대편에 선 것들
이다. 북쪽 문학사에서 권환이 우대된 또 하나의 속사정은 여기에 있다.

참고문헌

시집, 『카프 詩人集』(집단사, 1931)
시집, 『自畵像』(조선출판사, 1943)
시집, 『倫理』(성문당서점, 1944)
시집, 『凍結』(건설출판사, 1946)
林和, 1932년을 당하여 朝鮮文學, 『조선중앙일보』(1931. 1. 1-28)
金容稷, 『해방기 한국시문학사』(민음사, 1989)
金允植, 『해방 공간의 문학사론』(서울대출판부, 1990)
金載弘, 『카프시인비평』(서울대 출판부, 1990)
金容稷, 『한국현대시인연구』(서울대출파부, 2000년)

임 화(林 和)

(1908. 10. 13 ~ 1953. 8)

본명은 임인식(林仁植), 필명은 星兒, 鐵夫, 金鐵友, 林唯, 靑爐, 林華, 雙樹台人 등이며, 1947년 월북 후 한 때 남로당의 대남 공작 문건에 실린 상당수의 글은 양남수로 서명, 발표된 바도 있다. 서울 낙산 밑 중류 가정 출신으로 1921년 보성고보 입학. 학교에서는 미술반으로 활동했으나 학교 성적은 크게 떨치지 못한 듯하다. 1925년 졸업 직전에 보성고보를 중퇴. 1926년 12월경 이미 그 맹원으로 활동 중인 중학 동창 윤기정의 권유로 카프에 가입. 그 열성적인 활동분자가 되는 한편 카프 산하 단체가 벌린 영화에도 관계하여 〈유망〉, 〈혼가〉 등에 주연으로 출연. 1929년 박영희의 후원으로 동경행, 동경에서는 이북만이 주도한 〈무산자〉에 관계하고 카프 동경지부의 일도 보는 한편 납프의 맹원이 되기도 함. 이때 그의 창작 능력이 납프 측에 인정되어 한국프로시인의 대표로 지칭된 바 있다. 또한 이북만의 누이 동생 이귀련과 사랑에 빠져 그녀와 동서 생활이 시작되었다.

1930년 말경 귀국, 곧 김남천, 안막, 권환 등과 소장파를 형성하고 카프의 주두권을 장악. 1931년 카프의 1차 검거에(속칭 신건설사 사건) 걸려 구금, 투옥되었으나 9월경 불기소 처분으로 석방. 1932년 4월경 카프의 서기장으로 취임. 김기진 등 구카프계의 이데올로기 완화, 예술성 추구론을 배제하고 가일층 철저한 목적의식 중심의 문학 활동론을 펴면서 기관지『集團』

을 발간하였으나 그 창간호는 전량이 압수되고 이어 발간호 2호 역시 삭제 투성이의 것이 되었다. 이 무렵을 전후해서 일제의 사상 운동 통제 강화로 카프는 중앙위원회의 소집 조차 불가능한 상태에 들어 갔고, 맹원들 중에도 이탈자가 속출했다. 그 위에 설상 가상격으로 카프의 2차 검거에 중앙위원 의 대부분이 전주 형무소에 투옥되었다. 이때 임화는 지병인 폐병을 구실로 구금·투옥만은 면했으나 곧 총독부의 강력한 요구로 김남천, 김기진과 함 께 경기도 경찰부에 카프 해산계를 제출(1935년 4월 28일)하였다.

  1937년 마산 요양소에서 돌아와 도서출판 학예사를 대리 경영, 김기 림, 김태준, 김남천, 박태원, 이효석, 최명익 등 여러 문인 학자들의 저 서를 발간토록 했다. 1943년 일제의 국책회사인 문인보국회에 관계하였 으며, 이와는 별도로 조선영화사에도 촉탁으로 근무, 일제의 암흑기를 요시찰 사상범으로 어렵게 보내지 않을 수 없었다. 1945년 해방을 맞자 곧 동지를 규합하여 문학건설본부를 발족시키고 다수 순수 문학인들까지 이끌어들여 전국적인 조직으로 확대시켜 나갔다. 이어 문학동맹을 창설, 1946년 2월에는 정식으로 전국문학자 대회를 소집하고 문학동맹의 발전 적 조직 기구인 조선문학가동맹을 결성, 그 주도권을 장악함으로써 실질 적으로는 해방직후 한국 문단을 주도한 바 있다. 1947년 초 군정청에서 체포령이 내려진 박헌영, 이강국 등 공산당의 고급 간부 뒤를 따라 월북, 해주에 근거를 둔 남로당의 대남 공작에 관계하는 한편 북쪽 문예조직 활동에 참여했다. 6·25 사변이 발발하자 종군 작가로 서울에 나타났고, 이어 낙동강 전선에까지 이르렀으나 유엔군의 반격으로 다시 월북, 1951년 5월 김남천이 책임자로 있는 문화전선사에서 전선 시집『너 어 느 곳에 있느냐』를 출간하였다. 일곱편이 담긴 이 시집 작품은 북쪽에서 한 때 빛나는 전선시로 널리 전선과 후방에 배포되었으나 곧 남로당계 숙청의 회오리에 말려들었다. 1952년 말경부터 열린 노동당 전원회의에 서 이승엽 일당과 내란 음모, 미제의 고용간첩 활동을 했다는 죄목으로 기소되어, 그 다음 해 8월 6일 형장의 이슬로 사라졌다.

曇— 一九二七
—작코, 반젯티의 命日에

뿌르죠아지의
一九一八
三百萬의 푸로레타리아를 웰탄 要塞에서 ××한
그 놈들의 ××행위는 惡虐한 手段은
스팔타키스트의 용감한 투사
우리들의 칼. 로—사를 빼앗았다.
世界의 가장 위대한 푸로레타리아의 동모를
혁명가의 묘지로 모라넣었다
그러나 강철 같은 우리의 戰列은
×人者—그들의 暴虐도 궤멸케 하지를 못하였다.

그러나 아직도 그놈들은 완강하다
그놈들의 허구수단과
××행위는 아직도 지구의 도처에서 범행되어 간다.

一九一七 태양이 도망간 해
세계의 우리들은 八月二十日 지구발 전보를 작성하였다.

제일의 동지는 뉴욕 시크라멘트등 등지에서 수십층 死塔에
폭탄세례를 주었으며
제이의 동지는 휜랜드에서 살인자 米國의 상품에 대한 非賈
同盟을 조직하였고
제삼의 동지는 코펜하겐에서 아메리카 犯罪者 을 습격하였으며
제사의 동지는 암스텔담 宮殿을 파괴하고 軍隊의 銃 끝에 목
숨을 던졌고

제오의 동지는 巴里에서 數百名 警官을 ××하고 다라났으며
제육의 동지는 모쓰코바에서 激烈한 第三인터내슈낼의 命令
下에서 大示威運動을 일으키었고
제칠의 동지는 도—쿄에서 ××者의 大使館에 협박장을 던지
고 갔으며
제팔의 동지는 스이스에서 地球의 강도 國際聯盟本部를 습격
하였다.
(그때의 ㄴㄴ들은 한 장에 二百兩 짜리 유리창이 깨어진 것
을 탄식하였다.—눈물은 염가다.)

오오 지금 世界의 도처에서 우리들의 同志는 그놈들의 폭압
과 ××에 얼마나 장열히 싸와가고 있는가
그러나 / 人類의 犯罪者
역사의 屠殺者
아메리카—뿌르죠아의 政府는
사랑하는 우리의 同志
세계 무산자의 最大의 동모
작코·반젯티의 목숨을 빼앗았다
電氣로—
(프로레타리아트의 發電하는 電氣로)

그러나
第二 인터내슈낼은
드디어 兩同志救命 아메리카委員會의 全世界勞動者의 쩌너랠
스트라잌의 要望을 모반하였다.
그들은 이미 우리의 힘이 아니다.
푸로레타리아의 조직이 아니다.
롬펜 인테리켄차의 허울 좋은 도피굴이다.

우리들은 새로운 힘과 계획을 가지고 戰場에로 가자
우리들은 작코·반젯티를 죽인 電氣의 發電者 아니냐
우리들은
世界의 一切을 破壞하고
世界의 一切을 建設한다.
그놈들은 우리들에게 ××을 敎唆하였다
가장 미운 ××의 敎唆者
그놈들을 裁判하여라
地球의 强盜 人類의 犯罪者에게 死刑을 주어라

그리고 우리들은 發電을 하자
우리의 戰列의 새로운 힘을 보내기 위하야
동모여 그 놈들에게 生命을 도적마진 우리들의 사랑하는 前衛여
조금도 염려는 마러라
뒤에는 無數한 우리가 있지 않느냐
가장 偉大한 世界 푸로레타리아—트의 組織이

오오 우리는 안다
작코·반젯티 君等이 죽지 않은 것을
街里마다 가득한 그대들의 屍體를
太陽을 물드린 그대들의 핏물을

暴風雨다 ××이다
우리들의 進擊하는 戰列을 向하야 두 同志는 웨치지 않느냐
世界의 同志야—
—一九二七—
××에 對하기를 ××으로
우리들은 동모와 같이 勇敢하게 戰場으로 가자

해석·비평

　林和는 이 작품을 발표하기 전에도 『조선일보』를 통해 〈雪〉, 〈赫土〉 등를 발표했다. 그러나 그들은 의식이나 질적인 수준으로 보아서 과도기적인 것으로 본격적인 林和의 시는 이때부터 시작된다. 한편 이 작품에는 그 부제로 〈작코·반젯티의 命日에〉가 붙어 있다. 여기 나오는 작코 Nicolas Sacco와 반젯티 Bartolomo Vanxetti는 다같이 이탈리아에서 출생했다. 그들은 성장한 다음 미국에 건너갔지만 곧 공산주의를 신봉하게 되었다. 얼마 동안 노동조합 운동에 투신하던 중 경찰에 의해 구금되어 살인 강도란 죄목에 의해 1927년 사형에 처해졌다. 따라서 林和의 이 작품은 제재로 보아 상당히 농도가 짙은 계급의식이 담겨 있다. 먼저 이 작품은 국제 공산주의 운동의 투쟁상을 노래했다. 그리고는 그 과정에서 죽은 이름 가운데 하나로 작코와 반젯티의 이름을 들고 있는 것이다.

　여기 강도, 살인자, 범죄자로 규정되고 있는 것은 작코와 반제티를 사형한 미국 경찰인 동시에 세계의 부르주아지들이다. 林和는 그들을 적이라고 부르면서 프롤레타리아의 단결 투쟁을 외치고 있다. 그러니까 이 작품은 이미 자연발생기 프로문학의 충동적인 반항문학에 그치지 않는다. 여기에는 목적의식기 볼셰비키 문학의 조직, 단결, 당파성에 의한 전위적 투쟁의 도식이 명백하게 나타나는 것이다. 이런 의미에서 林和의 프로시는 1927년 말경부터 시작되는 것으로 잡혀져야 한다. 林和의 시가 이때부터 볼셰비키화 되었다는 것은 재미있는 일이다. 이를 계기로 그는 폭력, 반항의 초기 프로 문학 의식을 정리했다. 그 결과 그의 시가 카프 주류파의 교의에 충실한 쪽으로 탈바꿈을 하게 된 것이다.

작품 네거리의 順伊

네가 지금 간다면 어디를 간단 말이냐
그러면 내 사랑하는 젊은 동무
너 내 사랑하는 오즉 하나뿐인 동생 順伊 너의 사랑하는
그 貴重한 산아히
勤勞하는 모든 女子의 戀人......
그 靑年인 勇敢한 산아히가 어디서 온단 말이냐

눈바람 찬 불상한 都市 鍾路 복판의 順伊야!
너와 나는 지내간 꽃피든 봄에 사랑하는 한 어머니를 눈물나는
가난 속에서 여의었지!
그리하야 너는 이 믿지 못할 얼굴 하얀 오빠를 염녀하고 오빠는
너를 근심하는 가난한 날 속에서도
順伊야! 너는 네 마음을 둘 미덤성 있는 이 나라 靑年을 가
졌었고
내 사랑하는 동무는......
靑年의 戀人 勤勞하는 女子 너를 가졌었다.

그리하야
찬 눈보라가 유리窓을 때리는 그날에도 機械 소리에 지워지
는 우리들의 참새 너의들의 콧노래와
눈ㅅ길을 밟는 발소리와 함께 가슴으로 기여드는 靑年과 너
의 귓속에서 우리들의 젊은 날은 흘러갔으며
또 언발이 가난을 울니는 그날에도
우리는 바람과 같이 거리에서 만나 거리에서 헤매며
골목 뒤에서 의론하고 工場에서 ××하는 그 때가
그 중 즐거운 젊은 날의 行進이었다

그러나 이 가장 貴重한 너 나의 사이에서 하나 우리들 동무
를 잡어간 ×은 누구며 그 일은 웬 일이냐
　順伊야! 이것은……
　너도 잘 알고 나도 잘 아는 멀정한 事實이 아니냐
　보아라! 어늬 ×이 도××인가
　이 눈물 나는 가난한 젊은 날의 가진 이 불상한 즐거움을
노리는 ×하구
　그 조금한 風船보다 단 꿈을 안깨치려는 간지런 마음하구
　말하여 보아라 이 나라에 가득찬 고마운 젊은이들아!

　順伊야! 누이야!
　勤勞하는 靑年 勇敢한 산아히의 戀人아……
　생각해 보아라 오늘 네 貴重한 靑年인 勇敢한 산아히가

　젊은 날을 싸홈에 보내든 그 손으로
　지금은 정든 피로 벽돌 담에다 달력을 그리겠구나
　그러고 이 추운 밤 가느다란 그 다리가 피아노 줄 같이 떨
리겠구나

　또 여봐라 어서
　이 산아히도 네 크다란 오빠를……
　남은 것이라고는 때묻은 넥타이 하나 뿐이 아니냐

　오오! 눈보라는 도락구처럼 길거리를 다라나는 구나
　자 조타 바루 鐘路 네거리가 아니냐!
　어서 너와 나는 번개같이 손을 잡고 또 다음일 計劃하러
　또 남은 동모와 함께 거문 골목으로 드러가자
　네 산아히를 찾고 또 勤勞하는 모든 女子의 戀人인 용감한
靑年을 찾으러……

그리하야 끊이지 않는 새롭은 用意와 계획으로 젊은 날을
보내라

해석·비평

이 시는 계급시인으로서 林和의 위치를 튼튼하게 보장한 것이며 카프
의 시에 새 가능성을 보여주었다. 林和의 이 작품이 나타나기까지 카프
가 시 분야에서 가장 많이 고민한 것이 이데올로기와 예술성 확보의 이
율 배반성이었다. 소설에서는 당파성에 강한 인물을 그리고 그들의 활동
을 부각시키면 이데올로기가 그에 부수되어 강조될 수 있었다. 그러나
시, 특히 서정시에서는 그것이 불가능했던 것이다. 林和의 이 작품은 이
문제에 어느 정도 기능적인 돌파구를 마련한 최초의 시였다. 이 작품에
서 화자가 부르고 있는 것은 계급의식을 지닌 소녀 순이다. 그녀는 한 차
례 투쟁을 벌린 나머지 아끼는 오빠와 그 동지들을 경찰에 빼앗겼다. 그
리하여 그녀의 가슴에는 뼈저린 아픔, 계급적인 분노가 간직된다. 그러
나 그에 머물지 않고 소녀인 순이는 다시 동지를 구하고 전투를 준비한
다. 이렇게 보면 이 작품은 이데올로기에 있어서 프로 문학의 교의에 충
실한 경우다. 그리고 그걸 노래하는 기법으로 종래의 프로시가 그랬던
도시적 언어를 쓰지 않았다. 적어도 이 작품은 내용을 전달하는 정감을
만들어 내고 있으며 가락도 지니고 있는 것이다. 이데올로기의 앙상한
잔해가 아니라 예술적 차원도 어느 정도 구축된 셈이다. 그리하여 이후
林和는 상당 기간을 〈네거리의 順伊〉 작가로 지칭되기까지 했다.

직품 우리 오빠와 火爐

사랑하는 우리 오빠 어저께 그만 그렇게 위하시든 오빠의
거북紋이 火爐가 깨어졌어요
언제나 오빠가 우리들의 〈피오닐〉 조그만 旗手라 부르든 永
男이가 地球에 해가 비친 하루의 모든 時間을 담배의 毒氣 속
에다 어린 몸을 잠그고 사온 그 거북紋이 火爐가 깨어졌어요

그리하야 지금은 火젓가락만이 불쌍한 永男이하구 저하구처럼
또 우리 사랑하는 오빠를 일흔 男妹와 같이 외롭게 壁에가
나란히 걸렸어요

오빠……
저는요 저는요 잘 알았어요
왜 그날 오빠가 우리 두 동생을 떠나 그리로 드러가실 그날
밤에 연겁허 마른 卷煙를 세 개씩이나 피우시고 계셨는지
저는요 잘 아렀어요 오빠

언제나 철없는 제가 오빠가 工場에서 도라와서 고단한 저녁
을 잡수실 때 오빠 몸에서 新聞紙 냄새가 난다고 하면 오빠는
파란 얼골에 피곤한 웃음을 웃으시며
……네 몸에선 누애 똥내가 나지 않니 하시든 世上에 偉大하고
勇敢한 우리 오빠가 왜 그날만
말 한마디 없이 담배 煙氣로 房 속을 메워 버리신 우리 우리
勇敢한 오빠의 마음을 저는 잘 알았어요
천정을 向하야 기여 올라가든 외줄기 담배 연기 속에서 오빠
의 鋼鐵 가슴 속에 박힌 偉大한 決定과 聖스로운 覺悟 저는 分
明히 보았어요

그리하야 제가 永男이의 버선 하나도 채 못기웠을 동안에 門지방을 때리는 쇠ㅅ소리 마루를 밟는 거치른 구두소리와 함께 가버리지 않으셨어요.

그러면서도 사랑하는우리 위대한 오빠는 불쌍한 저의 男妹 근심을 담배 煙氣에 싸두고 가지 않으셨어요

오빠! 그래도 저도 永男이도
오빠와 또 가장 偉大한 勇敢한 오빠 친구들의 이야기가 세상을 뒤엎을 때
저는 製絲機를 떠나서 百장의 一錢짜리 封筒에 손톱을 뚜러트리고
永男이도 담배 냄새 구렁을 내쫓겨 封筒 꽁문이를 뭅니다
지금 萬國 地圖 같은 누더기 밑에서 코를 고을고 있습니다.

오빠! 그러나 염려는 마세요
저는 勇敢한 이 나라 靑年인 우리 오빠와 핏줄을 같이한 계집애이고
永男이도 오빠도 늘 칭찬하든 쇠같은 거북紋이 火爐를 사온 오빠의 동생이 아니에요

그리고 참 오빠 아까 그 젊은 나머지 오빠의 친구들이 왔다 갔습니다.
눈물 나는 우리 오빠 동모의 消息을 傳해주고 갔어요
사랑스런 勇敢한 靑年들이었습니다
火爐는 깨어져도 火적갈은 旗ㅅ대처럼 남지 않았어요
우리 오빠는 갔어도 貴여운 〈피오닐〉 永男이가 있고
그리고 모든 어린 〈피오닐〉의 따뜻한 누이품 제 가슴이 아즉도 더웁습니다

그리고 오빠……
  저뿐이 사랑하는 오빠를 잃고 永男이 뿐이 굳센 兄님을 보낸
것이겠습니까
  설지도 않고 외롭지도 않습니다.
  世上에 고마운 靑年 오빠의 無數한 偉大한 친구가 있고 오빠
와 兄님을 잃은 數없는 계집아히와 동생
  저희들의 貴한 동무가 있습니다
  그리하야 이 다음 일은 지금 섭섭한 慣한 事件을 안고 있는
우리 동무 손에서 싸와질 것입니다
  오빠 오늘 밤을 새어 三萬장을 부치면 사흘 뒤엔 새 솜옷이
오빠의 떨리는 몸에 입혀질 것입니다

  이렇게 世上의 누이동생과 아우는 健康히 오늘날마다를 싸흠
에서 보냅니다
  永男는 엿해 잡니다. 밤이 느젓어요.

해석 · 비평

〈네거리의 順伊〉에 이어 다음 호 『조선지광』에 발표된 작품이다. 이
작품으로 林和의 계급시 제작 능력이 자타가 공인하는 바 되었다. 얼핏
보아도 나타나는 바와 같이 이 작품은 편지글 형식으로 되어 있다. 편지
의 발송자, 또는 화자는 제사 공장의 여직공으로 생각되는 소녀다. 그녀
는 인쇄공장 노동자이며 노동조합운동에 관계하는 것으로 짐작되는 오빠
를 경찰에 빼앗겼다. 아마도 그는 어떤 지하 조직에 관계하면서 집단 투
쟁을 모의·기도한 듯 싶다. 그것이 빌미가 되어 어느 날 저녁 〈門지방을
때리는 쇳소리, 마루를 밟는 거치른 구두소리와 함께〉 끌려 가버린 것이

다. 그들 남매에게는 가족의 따뜻한 사랑을 상징하는 〈거북무늬 火爐〉도
깨어져 버렸다. 그리고 오빠를 잃은 집에는 편지를 쓰는 누이와 그 남동
생인 永男이만이 남아 있을 뿐이다. 이렇게 어둡고 외로운 상황 속에서
도 그러나 오빠에게 편지를 쓰는 화자는 제 나름의 결의와 각오를 세우
고 다짐한다. 그러니까 여기에는 프로문학이 요구하는 계급투쟁의 의지
가 있는 셈이다. 뿐만 아니라 이 작품의 말씨는 서술적이면서 일종의 가
락을 가지고 있다. 얼마간의 이야기를 통해 읽는 이를 공감케 하는 면도
지니고 있는 것이다.

　이 작품이 발표되었을 때 카프 내의 비평가들은 프로 시의 한 보기가
되는 것으로 상찬을 아끼지 않았다. 그 선봉이 된 것은 카프의 지도적인
이론분자이며 그 자신도 일찍부터 계급시를 쓴 김기진이다. 그는 당시로
보면 특례에 속하는 일로 이 작품 한 편만으로 독립된 시론을 작성했다.
거기서 八峰은 〈우리 오빠와 火爐〉가 계급시의 이상 형태인 단편 서사시
에 속한다고 전제했다. 그리고는 그 질적인 수준에 대해서 다음과 같은
찬사를 아끼지 않는다.

　　〈우리 오빠와 火爐〉는 그 골격으로서 있는 사건이 현실적이요 실제적
　이요 오빠를 부르는 누이동생의 감정이 조금도 공상적, 과장적이 아니며
　전체로 현실, 분위기, 감정의 파악이 객관적, 구체적으로 되었고 그리고
　그것은 한 개의 통일된 정서를 傳播하는 동시에 감격으로 가득 찬 한 개
　의 소설적 사건을 안전에 전개하고 있다.

　이런 김기진의 찬사는 얼핏 생각하면 좀 지나치다고 생각될 수도 있다.
우선 이 작품은 시가 지녀야 할 말씨의 탄력감이라든가 가락을 자아내는
일에 기능적인 편이 아니다. 뿐만 아니라 그 구조에도 난점이 있다. 이
작품에서의 화로란 등장 인물 가운데 하나인 막내동생 永男이가 사온 것
이다. 그것이 깨어졌다고 함으로써 林和는 한 가족이 처한 비참한 상황
을 심상으로 제시하려고 꾀한 것 같다. 그러나 여기서는 요구되는 기법

이 그것을 밑받침하지 못했다. 화로가 깨어지고 남은 화적가락을 〈깃대〉
로 남았다고 한 것이 그 단적이 예가 된다. 이런 사정에도 불구하고 김기
진이 이 작품을 이례적으로 호평한 까닭은 무엇인가 그 사유는 林和의
이 작품이 나오기까지 한국 프로문학 측의 시분야 활동이 감안되면 그
사정이 명백해진다.

이 무렵에 이르기까지 카프는 행동구호를 요란하게 내걸었으나 작품의
실적이 그 뒤를 제대로 따르지 못했다. 그런 느낌은 소설보다 시 분야에
서 한결 더했던 것이다. 구체적으로 카프의 입장에서 보면 그들이 소설
분야에서 올린 성과로는 최서해의 몇몇 초기 작품이 있었다. 그리고 이
어 趙明熙가 나왔고, 李箕永, 韓雪野 등도 등장, 활약 중이었다. 그럼에
도 시 분야에서는 그에 맞먹을 정도의 문제작, 평판물을 만들어내지 못
한 실정이다. 그런 사정 속에서 어느 정도의 수준작으로 나온 것이 林和
의 이 작품이었다. 그러니까 김기진 등이 이례적으로 이 작품을 호평한
것이다. 또한 이 경우에는 카프의 핵심 구성원들이 무의식적으로 지녔으
리라 생각되는 시 선호 경향도 고려되어야한다. 널리 알려진대로 카프의
조직과 활동에 주동 역할을한 분자들, 곧 朴英熙, 金基鎭 등은 모두가 시
인 출신들이다. 그들에게는 문학 양식 가운데 시가 가장 원초적이며 으
뜸간다는 생각도 은연 중 품고 있었을 것이다. 뿐만 아니라 한국 프로문
학운동의 성격에 비추어 보아도 시는 가장 요긴한 몫을 담당할 수 있는
양식이었다. 일제치하라는 특수 상황 하에서 한국의 프로문학운동은 항
상 일제의 규제, 탄압에 신경을 써야 했다. 그 위에 대중의 조직, 선동이
라는 이중 삼중의 과제가 그 어깨에 지워져 있었던 것이다. 그런데 그런
목표, 과제를 기능적으로 수행하기 위해서는 소설이나 희곡처럼 제작에
소요되는 절차, 시간이 복잡하거나 길게 잡히고 부담도 많이 드는 경우
보다는 시가 좀더 바람직했다. 시는 그 분량이 적고 또 어디에서나 낭독
하여 일반에게 전달될 양식이었다. 그리하여 카프의 경우 이 양식에 대
한 관심은 다른 양식보다 한결 그 비중이 컸던 것이다.

그러나 카프 내의 이와 같은 요구에도 불구하고 林和 이전 카프의 시는 별로 떨치지 못했다. 그 빌미로 가장 크게 작용한 것이 프로문학운동 자체의 속성 같은 것이다. 프로문학이란 말을 바꾸면 계급사관에 입각해서 작품 활동을 하는 문학이다. 계급 사관에 따르면 문학 예술에 상관되는 상부 구조는 경제적 토대의 지배를 받도록 되어 있다. 그리고 20세기에 접어들면서 세계의 경제 체제는 자본주의의 단계가 난숙하게 되었던 것이다. 자본주의는 보다 많은 상품을 축적하고 그것을 판매 소비시키기 위해서 한편으로는 피지배 계급인 노동자를 극도로 착취한다. 그리고 다른 한편으로는 시장의 개척, 확보를 위해 수탈, 침략을 일삼는 제국주의로 탈바꿈하는 것이다. 이렇게 되면 노동자, 농민 등 피지배 계급은 지옥 같은 노예 생활을 감수해야한다. 그리고 세계는 제국주의자들의 전쟁 마당이 되어버린다는 것이다. 변증법적 유물사관은 이것을 역사의 모순이라고 믿는다. 그리고 이 모순을 격파해야 할 것을 역사의 요구라고 생각하는 것이다.

계급투쟁의 이와 같은 원칙에 따르면 문학은 사회 체제가 지닌 모순을 기능적으로 폭로, 고발할 필요가 있다. 그리고 나아가 대중에게 전위의 눈, 전위의 머리로 조직에 가담하고 행동하도록 교양하는 도구가 되어야 하는 것이다. 이런 계급문학의 원칙에 비추어 보면 詩는 산문 문학인 소설에 비해서 여러 가지로 비기능적인 양식일 수 밖에 없다. 우선 현대에 들어와서 우리가 시라고 말할 때 그것은 대체로 서정시를 가리킨다. 그런데 서정시는 그 속성이 심하게 상징성이 강한 언어, 또는 집약적인 의미의 말들을 쓴다. 뿐만 아니라 서정시는 본래부터가 강하게 私的인 세계를 노래하는 양식이며 아울러 主情的이다. 그런데 계급문학이 의식화의 대상으로 삼는 대중은 그 교양이 별로 높지 못하다. 그들에게는 집약적인 언어, 상징성이 강한 말씨는 읽을 능력이 없다. 또한 계급적 모순이라든가 전위성, 당파성의 감각은 어떤 형태로 이야기되든지 私的인 次元을 넘어서 있다. 계급문학의 입장에서 보면 시라는 양문식에는 이와 같은 결손 부분이 있는 것이다. 이렇게 보면 사회주의계 문학활동에서 시가 떨치지 못한 것은 카프에 국한된 것이 아니다. 그런 사정은 이웃 일본에서도 나타났고 계급문학의 종주국에 해당되는 소비에트 러시아에서도 빚어졌다.

　이런 상황 속에서 林和가 나타나기까지 카프는 이 분야에서 요구되는 타개책을 놓고 암중 모색 상태에 있었다. 그런데 林和에 의해서 그 돌파구가 어느 정도 마련되었던 것이다. 이에 구 카프계의 대표격인 김기진이 그에 대해서 이례적으로 큰 박수를 보낸 것이 된다.

직(품) 雨傘 쓴 요꼬하마 부두

　　　港口의 계집애야! 異國의 계집애아!
　　　〈독크〉를 뛰어 오지마러라 〈독크〉는 비에 젖었고
　　　내 가슴은 떠나가는 서러움과 내어 쫓기는 분함에 불이 타는데
　　　오오 사랑하는 港口〈요꼬하마〉의 계집애야!
　　　〈독크〉를 뛰어 오지마러라 난간은 비에 젖어 있다.

　　　〈그나마도 天氣가 좋은 날이엇드라면?〉……
　　　아니다 아니다 그것은 所用없는 너만의 불상한 말이다
　　　네의 나라는 비가 와서 이 〈독크〉가 떠나가거나
　　　불상한 네가 울고울어서 좁드란 목이 미어지거나 異國의 青年인
　　　나를 머물너 두지 않으리라
　　　불상한 港口의 계집애야—울지도 말어라

　　　追放이란 標를 등에다 지고 크나큰 이 埠頭를 나오는 네의

산아희도
　모르지는 않는다
　네가 지금 이 길로 도라가면
　勇敢한 산아희들의 우슴과 아지 못할 情熱 속에서 그날 마다를
　보내이든 조그만 그집이
　인제는 구두발이 들어나간 흙 자죽밖에는 아무것도 너를 맞
을 것이 없는 것을
　나는 누구보다도 잘 알고 생각하고 있다

　그러나 港口의 계집애야!—너 모르진 않으리라
　지금은 〈새장 속〉에 자는 그 사람들이 다 —네의 나라의 사
랑 속에 살았든 것도 아니었으며
　귀여운 네의 마음 속에 살았든 것도 아니었다.

　그렇지만—
　나는 너를 위하고 니는 나를 위하야
　그리고 그 사람들은 너를 위하고 너는 그 사람들을 위하야
　어째서 목숨을 맹세 하였으며
　어째서 눈오는 밤을 몇 번이나 街里에 새었든가

　거기에는 아모 까닭도 없으며
　우리는 아모 因緣도 없었다
　더욱이 너는 異國의 계집애, 나는 植民地의 산아희
　그러나—오즉 한가지 理由는
　너와 나 —우리들은 한낫 勤勞하는 兄弟이었든 때문이다
　그리하야 우리는 다만 한 일을 위하야
　두 개 다른 나라의 목숨이 한가지 밥을 먹었든 것이며
　너와 나는 사랑에 사라왔든 것이다

오오 사랑하는 〈요꼬하마〉의 계집애야
비는 바다 우에 나리며 물결은 바람에 이는데
나는 지금 어머니 아버지 나라로 돌아갈라고
太平洋 바다우에 떠서있다
바다에는 긴 날개의 갈매기도 오늘은 볼 수가 없으며
내 가슴에 날 듯 〈요꼬하마〉의 너도 오늘로 없어진다

그러나 〈요꼬하마〉의 새야―
너는 쓸쓸 하여서는 아니된다. 바람이 불지를 않느냐
하나 뿐인 너의 조희 우산이 부서지면 엇지느냐
어서 드러가거라
인제는 네의 〈게다〉 소리도 빗소리 파도소리에 무쳐 사라졌다
가보아라 가보아라
내야 쫓기어 나가지만은 그 젊은 勇敢한 녀석들은
땀에 젖은 옷을 입고 쇠창살 밑에 앉아 있지를 않을 게며
네가 있는 工場엔 어머니 누나가 그리워 우는 北陸의 幼年工
이 있지 않느냐
너는 그 녀석들의 옷을 빠라야 하고
너는 그 어린것들을 네 가슴에 안어주어야 하지를 않겠느냐―
〈가요〉야! 〈가요〉야 너는 드러가야 한다.
벌서 〈싸이렌〉은 세 번이나 울고……
검정옷은 네손을 몇 번이나 잡아다녓다
인제는 가야한다―너도 가야하고―나도 가야한다

異國의 계집애야!
눈물은 흘리지 말어라
街里를 흘러가는 〈데모〉속에 내가 없고 그 녀석들이 빠졌다고―
섭섭해 하지도 마러라

네가 工場을 나왔을 때 電柱 뒤에 기다리든 내가 없다고
　거기엔 또다시 젊은 勞動者들의 물결로 네 마음을 굿세게 할
것이 있을 것이며
　사랑에 주린 幼年工들의 손이 너를 기다릴 것이다—
　그러고 다시 젊은 사람들의 입으로 하는 演說은
　勤勞하는 사람들의 머리에 불같이 쏘다질 것이다

　드러 가거라 어서 드러 가거라
　비는 독크에 나리우고 바람은 덱기에 부디친다
　雨傘이 부서질라
　오늘—쫓겨가는
　異國의 靑年을 보내 주든 그 雨傘으로 來日은 來日은 나오는
그 녀들을 맞을게다 소리 높게 京濱街頭를 걸어가야 하지 않겠
느냐
　오오 그러면 사랑하는 港口의 계집애야
　너는 그냥 나를 떠나보내는 서러움
　사랑하는 산아희를 離別하는 작은 생각에 주저앉을 데가 아
니다
　네 사랑하는 나는 이 땅을 쫓겨나지를 않았는가
　그 녀석들은 그것도 모르고 갇혀 있지를 않는가 이 생각으로
　이 慣한 事實로 비달기 같은 가슴에 밝게 물들어라
　그리하여 하얀 네 살이 뜨거서 못 견딜 때
　그것을 그대로 그 얼골에다 그 대가리에다 마음껏 메다 쳐버
리어라
　그러면 그때는 지금은 가는 나도 벌써
　釜山, 東京을 거쳐 동무와 같이 요꼬하마를 왔을 때다
　그리하여 오랫동안 서러웁든 생각 疲困한 생각에 네 귀여운
머리를

내 가슴에 파묻고 울어도 보아라 웃어도 보아라
港口의 네의 계집애야!
그만 독크를 뛰어오지 마러라
비는 연한 내 등에 나리우고 바람은 네 雨傘에 불고 있다

해석 · 비평

　이 작품의 배경은 한반도나 서울이 아니라 일제의 본거지인 동경 · 요
꼬하마 지방이다. 작중 화자가 부름의 대상으로 하고 있는 것도 우리나
라 사람이 아니라 일본 소녀인 가요다. 그녀는 노동운동 · 계급투쟁의 동
반자로 화자인 조선 청년을 사랑했다. 그러나 그 애인인 화자는 일제에
의해 강제 추방되어 고국으로 돌아가야 할 신세다. 그가 일본 소녀 가요
에 대한 애정과 그에 곁드려 느끼는 노동운동의 감정을 노래한 것이 이
작품이다. 또한 이 작품은 〈네거리의 순이〉와 〈우리 오빠의 火爐〉 다음
에 나왔으면서 기능적인 언어구사로 임화의 시 세계를 더욱 확충시킨 것
이다. 우선 허두에서 이 작품은 명사에 호격을 되풀이시키고 때로는 부
정사를 거듭 썼다. 또한 그 사이에는 절박한 감정을 집약된 말들로 표현
함으로써 작품의 분위기를 긴장에 쌓이게 했다.
　林和의 이런 말솜씨는 같은 무렵의 다른 카프 시인들 작품과 좋은 대
조가 된다. 구체적으로 1929년도 한 해에 계급성향이 시를 쓴 예로는 林
和 이외에도 金麗水, 金大駿, 赤駒, 金海剛, 李相和, 李燦, 權煥, 金東煥
등이 있다. 그런데 이들의 작품은 대개가 언어를 정서화시키지 못한 채
이데올로기가 담겼다고 생각되는 말들을 나열하는 데 그치고 있는 것이
다. 그러나 林和의 이 작품에서는 그것이 기능적으로 극복되면서 가락에
생동감이 빚어지고 작품 전체에도 일종의 역동성이 확보되었다. 또한 계
급문학의 필수 요건인 저항 감각도 검출 된다. 또하나 주목되는 것은 이

작품의 말씨다. 구체적으로 〈비달기 같은 네가슴〉의 주인공은 물론 화자를 사랑하는 이국 소녀 가요다. 그녀의 가슴이 〈밝았게 물들었다〉는 것은 두 가지 의미를 가진다. 그 하나는 계급의식, 곧 공산주의를 상징하는 것이며 그 다른 하나가 저항과 분노를 그런 빛깔로 심상화해 본 것이다. 그런데 그런 분노와 의식이 공격 대상으로 삼는 것은 〈그 얼골〉, 또는 대가리이다. 이것은 天皇으로 상징되는 일본 제국주의자들을 가리킨다. 이런 분노와 반항의식은 그 다음 연에서 더욱 강도가 높아진다. 화자는 여기서 일제의 패퇴를 예견하고 그때 추방된 자신도 당당하게 다시 제자리에 설 것이라고 노래한다. 그리하여 〈네거리의 順伊〉 이하 몇 개의 작품과 함께 〈우산쓴 요꼬하마 부두〉는 林和의 대표작이며 카프의 성공 시로 일컬어질 수 있는 것이다. 이런 사실은 이 작품의 제작 동기가 되었을 것으로 보이는 中野重治의 시와 대비되는 경우 더욱 그 윤곽이 확연하게 드러난다. 구체적으로 그 작품은 1929년 8월 2일 『改造』에 실린 〈비나리는 品川驛〉이다.

辛이여 잘 가거라
金이여 잘 가거라
그대들은 비오는 品川驛에서 차에 오르는구나

李이여 잘 가거라
또 한 분의 李여 잘 가거라
그대들은 그대들의 부모의 나라로 돌아가는구나
그대들의 나라의 시냇물은 겨울 추위에 얼어붙고
그대들의 ×× 반항하는 마음은 떠나는 일순에 굳게 얼어

바다는 비에 젖어서 어두워가는 저녁에 파도성을 높이고
비달기는 비에 젖어서 연기를 헤치고 창고 지붕 위헤서 날아 나린다

그대들은 비에 젖어서 그대들을 쫓아내는 일본의 ××을 생각하다.

그대들은 비에 젖어서 그대들을 쫓아내는 그의 머리털 그의 좁은 이마
그의 안경 그의 수염 그의 보기 싫은 꼽새 등줄기를 눈앞에 그려본다

비는 줄줄 나리는데 새파란 시그넬은 올러간다
비는 줄줄 나리는데 그대들의 검은 눈동자가 번쩍인다
그대들의 검은 그림자는 改札口를 지나 그대들의 하얀 옷자락은 침실로
푸랏트홈에 훗날려

시그넬은 색을 변하고
그대들은 차에 올라탄다

그대들은 출발하는구나
그대들은 떠나가는구나
오오!
조선의 산아이요 계집아인 그대들
머리끝 뼈끝까지 꿋꿋한 동무
일본 푸로레타리아트의 앞잡이요 뒷군
가거든 그 딱딱하고 두터운 번질번질한 얼음장을 두드려 깻쳐라
오랫동안 같히었던 물로 분방한 홍수를 지어라
그리고 또다시
해협을 건너 뛰어 닥쳐오너라
神戶 名古屋을 지나 동경에 달려드러
그의 신변에 육박하고 그의 면전에 나타나
×를 사로 ×어 그의 ×살을 움켜 잡고
만신의 뛰는 피에
뜨거운 복×의 환희 속에서
울어랏! 웃어라.

  이것은 『改造』에 게재한 작품을 한국어로 옮긴 것이 아니라 『無産者』
에 실린 것을 그대로 든 것이다. 본래 中野重治는 이 작품이 완성되자 한
국인 동지들에게 그것을 보였다고 한다. 그리고 그것은 뒤에 일문으로
활자화된 것보다 원형이 더 명확하게 드러나는 것이었다. 구체적으로 中

野는 이 작품을 『改造』에 발표하면서 검열 관계로 상당히 많은 부부을 복자화지 않을 수 없었다. 한 조사에 따르면 5연에 29자, 10연에 37자가 점선으로 나와있을 정도이다. 그러니까 이 작품은 『改造』에 실린 원작보다 『無産者』 게재분이 훨씬 더 원전에 가깝도록 된 것이다. 한편 〈우산 쓴 요꼬하마 부두〉와 〈비나리는 品川驛〉 사이에 개재한는 상관 관계는 여러 가지 증거를 통해서 포착된다. 우선 中野의 작품이 『改造』와 『무산자』에 실렸을 때 林和는 동경에 체재중이었다. 또한 林和가 그의 작품을 『朝鮮之光』에 발표한 것은 中野의 것이 나온지 7개월후의 일이다. 현해탄을 사이에 두고 원고가 보내진 기간을 고려해 넣어본다고 해도 林和가 中野의 작품에 제작 동기를 얻었을 공산이 넉넉히 서는 셈이다.

뿐만 아니라 두 작품에는 그 제재 선택이라든가 발상이나 심상 제시의 각도로 보아도 여러 가지 면에서 상통하는 바가 있다. 〈우산 쓴 요꼬하마 부두〉에서 우산은 물론 궂은 날씨, 곧 비를 상징한다. 그런데 中野의 작품에서 무대 배경이 되고 있는 것 역시 비가 내리는 동경의 한 역이다. 또한 앞에서 살핀 바와 같이 「비나리는 品川驛」의 골격 모티프에 해당하는 것은 사람을 떠나보내면서 느끼는 석별의 감정이다. 그에 대해서 林和의 작품 역시 이별의 정념을 읊조리는 것으로 그 허두가 시작된다. 또한 후자에서 화자가 바닥에 깔고 있는 것은 단순한 석별의 감정이 아니다. 이미 첫째연부터 나타나는 바와 같이 거기에는 일제에 대한 저항의식, 적개심 같은 것이 짙게 내포되어 있다. 그와 병행 상태에서 후자에도 〈그 딱딱하고 두터운〉 〈얼음장을 두드려 깨쳐라〉라든가 〈갇히었던 물로 분방한 홍수를 지어라〉라는 구절이 있다. 특히 林和는 그의 작품 마지막 부분에서 주인공으로 하여금 자신이 다시 일본에 돌아올 모습을 가정하여 해협을 넘고 한국과 일본에 있는 몇 개 도시를 차례로 거치게 했다. 그것으로 자신의 행동이 갖는 속도감과 역동성을 두드러지게 나타낼 수 있다고 생각했기 때문일 것이다. 그런데 이런 구절 역시 中野의 작품에서 분명하게 검출된다. 이들 몇 가지 사실만으로도 두 작품 사이에 개재한 상관 관계가 의심의 여지없이 드러나는 셈이다.

그러나 이와 같이 林和의 것이 그 제작 동기를 中野의 것에서 얻었다고 해서 그것이 곧 전자의 후자 모작이라든가 아류설을 가능케 하지는 않는다. 실제 작품을 검토해 보면 林和의 것이 몇 가지 점에서 中野의 작품을 능가하는 면을 가진다. 우선 中野의 작품에서 계급의식과 그 표출 형태인 행동은 일차적인 비유로 푸는 경우 곧 그 의미 내용의 테두리를 드러낸다. 구체적으로 〈얼음장〉의 분쇄나 〈분방한 홍수〉의 속뜻 파악으로 그것이 가능한 것이다. 그러나 〈우산 쓴 요꼬하마 부두〉는 그와 다르다. 가령 이 작품에서 비는 독점 자본주의의 추구, 옹호자인 일제의 규제, 간섭과 탄압을 상징한다. 그리고 우산은 추방에 처해진 식민지 노동자인 화자를 거기서 막아주는 상징인 동시에 그의 일본인 애인 〈가요〉와 그 동지들의 방패막이기도 하다. 그것은 연약한 화자의 애인 〈가요〉의 손에 주어져 있다. 그렇다면 일제와 같이 억세고 사나운 제국주의 권력 체제에 의해 언제 찢겨질지도 모른다. 이 작품을 읽는 독자들은 적어도 여기서 일종의 역설에서 오는 마음의 긴장 상태에 빠져든다. 그리고 이 작품과 같이 이야기 내용을 가지고 상당히 많은 말을 동원해야 하는 작품에서는 그것이 상당한 강점일 수가 있다. 적어도 그것은 자칫 장시가 빠져들기 쉬운 구조상의 해이성을 보완, 극복케 해주는 것이다. 이런 구조상의 긴장감의 中野의 작품에서는 잘 조성되지 못했다. 이런 의미에서 이 작품은 〈비나리는 品川驛〉보다 한 수 윗길의 것이다.

작품 玄海灘

이 바다 물결은
예부터 높다.

그렇지만 우리 青年들은

두려움보다 용기가 앞섰다.
山불이
어린 사슴들을
거친 들로 내몰은 게다.

對馬島를 지내면
한가닥 수평선 밖엔 티끌 한점 안 보인다.
이곳에 太平洋 바다 거센 물결과
南進해온 大陸의 北風이 마주친다.

몽브랑보다 더 높은 파도,
비와 바람과 안개와 구름과 번개와,
亞細亞의 하늘엔 별빛마저 흐리고,
가끔 半島엔 붉은 신호등이 내어걸린다.
 아무러기로 靑年들이
평안이나 행복을 구하여,
이 바다 험한 물결 위에 올랐겠는가?

첫 번 항로에 담배를 배우고,
둘쨋번 항로에 돈 맛을 익힌 것은,
하나도 우리 靑年이 아니었다.

靑年들은 늘
희망을 안고 건너가,
결의를 가지고 돌아왔다.
그들은 느티나무 아래 傳說과,
그윽한 시골 냇가 자장가 속에,
장다리 오르듯 자라났다.

그러나 인제
낯선 물과 바람과 빗발에
흰 얼굴은 찌들고
무거운 任務는
곧은 잔등을 농군처럼 굽혔다.

나는 이 바다 위
꽃잎처럼 흩어진
몇 사람의 가여운 이름을 안다.
어떤 사람은 건너간 채 돌아오지 않았다.

어떤 사람은 돌아오자 죽어갔다.
어떤 사람은 영영 生死도 모른다.
어떤 사람은 아픈 敗北에 울었다.
—그중에 희망과 결의와 자랑을 욕되게도 내어판 이가 있다면,
나는 그것을 지금 기억코 싶지는 않다.

오로지
바다보다도 모진
大陸의 삭풍 가운데
한결같이 사내다웁던
모든 青年들의 명예와 더불어
이 바다를 노래하고 싶다.

비록 청춘의 즐거움과 희망을
모두 다 땅속 깊이 파묻는
비통한 매장의 날일지라도,
한번도 玄海灘은 青年들의 눈앞에,

검은 喪帳을 내린 일이 없었다.

오늘도 또한 나 젊은 靑年들은
부지런한 아이들처럼
끊임없이 이 바다를 건너가고, 돌아오고,
내일도 또한
玄海灘은 靑年들의 해협이다.

삼등선실 밑 깊은 속
찌든 寢床에도 어머니들 눈물이 배었고
흐린 불빛에도 아버지들 한숨이 어리었다.
어버이를 잃은 어린 아이들의
아프고 쓰린 울음에
대체 어떤 죄가 있었는가?
나는 울음 소리를 무찌른
외방 말을 역력히 기억하고 있다.
 오오! 玄海灘은, 玄海灘은,
우리들의 운명과 더불어
영구히 잊을 수 없는 바다이다.
靑年들아!
그대들은 조약돌보다 가볍게
玄海의 큰 물결을 건어찼다.
그러나 관문해협 저쪽
이른 봄 바람은
과연 半島의 北風보다 따스로웠는가?
정다운 釜山 부두 위
大陸의 물결은,
정녕 玄海灘보다도 얕았는가?

오오! 어느 날
먼먼 앞의 어느 날.
우리들의 괴로운 역사와 더블어

그대들의 불행한 생애와 숨은 이름이
커다랗게 기록될 것을 나는 안다.
一八九〇年代의
一九二〇年代의
一九三〇年代의
一九四〇年代의
一九××年代의
모든 것이 과거로 돌아간
폐허의 거칠고 큰 비석 위
새벽별이 그대들의 이름을 비칠 때,
玄海灘의 물결은
우리들이 어려서
　고기떼를 좇던 실내처럼
그대들의 일생을
아름다운 傳說 가운데 속삭이리라.

그러나 우리는 아직도
이 바다 높은 물결 위에 있다.

해석 · 비평

　林和의 처녀 시집 『현해탄』의 간판 작품이 된 詩인 동시에 카프 시대의 다음 단계에 林和 보인 변모를 알리는 것이기도 하다. 카프 시대의 임화의 시에는 대체로 그 말씨에 감상적 느낌이 깔려 있었다. 그것이 이 작품에서는 가시어진 대신 긍정적인 청년상 같은 것이 부각되었다. 여기서 인물의 심상에 변화가 일어난 점에는 주의가 필요하다. 〈네거리의 순이〉나 〈우산 쓴 요꼬하마 부두〉 등 카프 시대의 임화 시에 등장하는 인간상은 모두가 계급의 테두리에 드는 것이었다. 그런데 이 작품에서는 그 심상이 좀더 포괄적인 쪽으로 이동되어 나타난다. 구체적으로는 이 작품 제2연에는 행동하는 청년의 모습을 〈山불이 어린 사슴을/ 거친 들로 내몰은 게다〉라고 한 부분이 있다. 이것은 일반적인 의미의 상황의식이며 거기서 빚어진 반항의 심상으로 청년이 제시되고 있는 것이지 반드시 계급적 저항을 뜻하지는 않는다.

이와 비슷한 이야기는 그 다음 연들에도 그대로 적용될 수 있다. 가령 역사적 상황의 요구에 따라 한 몸을 내어던진 사람들이 8연에서는 〈낯선 물과 바람과 빗발에/ 흰 얼굴을 찌들고/ 무거운 任務는/ 곧은 잔등을 농군처럼 굽혔다〉로 제시되어 있다. 여기에서 이른바 계급혁명의 기층 계급인 농민이 제재로 쓰이기는 했다. 그러나 그것은 직접적인 농민의 심상화가 아님에 주의해야 한다. 여기서 농민은 저항운동자들인 청년을 좀더 선명한 심상으로 드러내기 위한 매체로 쓰였을 뿐이다. 물론 이 작품에는 핍박받는 계층의 고통 받는 모습이 부각된 부분이 있다. 그것은 후반부 일부를 이룬 다음과 같은 부분이다.

> 삼등선실 밑 깊은 속
> 찌든 寢床에도 어머니들 눈물이 배었고
> 흐린 불빛에도 아버지들 한숨이 어리었다.
> 어버이를 잃은 어린 아이들의
> 아프고 쓰린 울음에
> 대체 어떤 죄가 있었는가?
> 나는 울음 소리를 무찌른
> 외방 말을 역력히 기억하고 있다.

여기서 삼등선실 밑에 구박받으며 현해탄을 내왕하는 사람들이란 물론 우리 민족이며 그 가운데도 가난으로 제 대접을 받지 못하는 하층 민중들이다. 그들을 등장시킨 점으로 보아 이 작품은 전적으로 계급의식과 무관한 것이 아니다. 그러나 이 역시 현해탄의 지배적 심상으로 생각되는 저항의식을 고조하기 위한 일부를 이룰 뿐이다. 그 단적인 증거에 해당되는 것이 이 연 마지막에 나오는 두 줄이다. 〈나는 울음 소리를 무찌른 외방 말을 역력히 기억하고 있다.〉 그 어세로 보아 이 연의 역점은 앞쪽이 아니라 마지막 두 줄에 놓여 있다. 그러니까 이 부분에서도 비탄에 잠기고 울음을 통하는 하층계급의 모순은 피착취자들의 모습에 국한된 것이 아니라 식민지적 질곡에 신음하는 우리 민족 전체의 심상으로 나타나는 셈이다.

다음 우리가 주목해야 할 것이 이 작품의 질적 수준이다. 30년대에 접어들면서 林和는 거듭 정지용과 김기림 등 모더니즘 시에 대해서 비판, 공격을 가했다. 상대적으로 보면 그가 국민문학파의 작품에 대해서 비판을 가한 예는 잘 나타나지 않는다. 이데올로기상으로 보면 그와 그가 시도하는 계급문학에 정반대가 되는 쪽은 모더니스트들이 아니라 국민문학파였다. 그럼에도 그는 국민문학파의 의식상 퇴영성을 문제 삼았을 뿐 구체적으로 작품을 들어 비판, 공격을 가하는 일은 즐겨하지 않았다. 이런 사실을 우리는 우리 문학사에 차지한 모더니즘의 의의에서 찾을 수 있을 것이다. 카프가 그 경직된 이데올로기 지상주의 때문에 시의 동맥경화증 현상 같은 것에 빠져들어 있었을 때 金起林 등은 새로운 감성을 추구하고 나섰다. 그리고 그것으로 그들은 카프의 이데올로기 경도에서 빚어지 편내용주의를 극복하고자 했던 것이다. 이런 金起林 등의 경향문학 비판은 그 실에 있어서 카프의 지도분자인 林和의 가장 아픈 곳을 찌른 행위였다. 그 대응책으로 그는 金起林과 그가 기회 있을 때마다 옹호, 추거해 마지않은 鄭芝溶, 辛夕汀 등을 비판, 공격했다.

林和가 이런 비판, 공격을 모더니즘에 가했을 무렵 다른 한편으로 그

는 그 어느 때보다 왕성하게 시를 발표하고 있었다. 그가 시를 쓰지 않고
비평 활동만을 했다면 모더니즘에 대한 비판은 비판으로 끝나도 그만이
었다. 그러나 어떻든 그는 시를 썼고 그에 대한 정열 역시 그 어느 때보
다도 뜨거웠다. 그렇다면 그의 모더니즘 공격은 金起林과 말싸움을 하는
데 그칠 것이 아니라 실제 작품에 반영되어야 했다. 그리하여 제2단계의
林和의 시에는 하나의 과제가 부과된 셈이다. 그것이 카프 시의 지양을
시도한 모더니즘의 극복이었다. 이 문제를 해결하기 위해 林和는 두 가
지 시도를 동시에 펼치지 않을 수 없었다. 그 하나가 모더니즘의 순수 문
학적 경향에 대해 역사, 현실을 수용하는 일이었다. 그와 동시에 金起林
의 비판으로 구체화된 이데올로기 지향, 편내용주의를 보완할 방편으로
예술성 확보에도 손을 뻗치게 된 것이다. 〈玄海灘〉은 이 무렵 林和가 안
게 된 여러 과제를 기능적으로 풀어내고자 한 작품에 해당된다. 이 作品
에서 그는 식민지적 체제에 갈등을 느끼고 반발하는 청년을 등장시켰다.
그리고 현해탄을 매개체로 그와 그 주변의 사람들의 생활 감정 등을 통
해 그것을 보편적 사실내지 감정으로 집약시켰다. 이것은 이 작품이 넓
은 의미로 보아 그 나름대로 역사, 현실에 입각했음을 뜻한다.

다음 또하나 주목되어야 할 것이 이 작품의 기법상 특성이다. 林和는
이 작품에서 강조의 필요가 있다고 생각되거나 유의성이 크다고 믿는 사
실이나 사건들을 일종의 반복법이나 캐도로킹으로 노래했다. 그 구체적
보기가 되는 것이 〈어떤 사람은 건너간 채 돌아오지 않는다/ 어떤 사람
은 돌아오자 죽어갔다/ 어떤 사람은 영영 生死도 모른다/ 어떤 사람은
아픈 敗北에 울었다〉라든가 〈一八九〇年代의/ 一九二〇年代의/ 一九三
〇年代의/ 一九四〇年代의/ 一九××年代의〉와 같은 부분이다. 이들 몇
개의 토막글이나 구절들은 물론 일제하의 식민지 체제 아래서 우리가 겪
은 年代를 표상한다. 또는 그런 연대에 일어난 사건에 관계된다. 그러나
이들이 그저 나열되는 것만으로는 시가 요구하는 가락이나 박자가 생기
지 않는다. 그리하여 그것은 카프 시대에 양산된 개념적 토막글로 되돌

아가 버린다. 林和는 거기서 빚어질 수 있는 부작용을 막기 위해서 그들을 총괄, 집약시키거나 심상화시키는 기법을 사용했다.

　가령 앞서의 경우에 그는 180°속성이 다른 어법을 써서 〈희망과 결의와 자랑을 욕되게 내어판 이가 있다면〉이라고 했다. 넉줄의 직설법 다음에 나오는 이런 가정법으로 앞부분이 모두 통괄되어 한 가닥에 엮어진다. 그리고 그에 이은 〈나는 그것을 지금 기억코 싶지 않다〉로 앞에 든 네 개 유형의 행동 양태가 더욱 뚜렷하게 부각되는 것이다. 똑같은 이야기가 뒤의 경우에도 그대로 되풀이 될 수 있다. 이 다섯 줄은 관형어 형태로 그쳐 있다. 그리하여 그 다음 자리에는 각기 〈이름〉 정도의 명사가 추가되어야 그 뜻이 제대로 드러날 것이다. 그런데 林和는 의도적으로 그것을 생략했다. 그를 통해 명사로 나타날 부분을 특히 강조하고 대문자로 부각시키기 위해서였을 것이다. 뿐만 아니라 그는 곧 그것을 〈폐허의 거칠고 큰 비석 위/ 새벽별이 그대들의 이름을 비칠 때〉와 같이 심상화 시키고 있는 것이다. 林和의 이런 시가 나오기 이전에는 대부분 카프 출신 시인들의 작품은 진술 형태로 이데올로기를 노래하는 데 그쳤다. 그런데 일제의 탄압으로 카프가 해소되고 이데올로기가 표출될 수 없는 상황이 닥친 것이다. 범용한 계급시인의 경우 이에 대처하는 길은 두 가지로 나타났다. 숫제 붓을 꺾고 침묵하는 길이 그 하나였다. 그리고 다른 하나의 길이 이데올로기를 포기한 상태에서 혜식은 심정의 토로에 그치는 작품을 쓰는 일이었다. 전자는 차라리 일제에 대한 소극적 반항의 명분이 설 수있었다. 그러나 후자 식의 행동 양태는 기법면에서 볼 때 시의 수준만을 저하시킬 뿐이었다. 林和의 〈玄海灘〉은 그 어느 쪽에도 속하지 않는 작품이다. 적어도 여기서 그는 역사를 시에 수용하면서 그것을 정서화한 솜씨를 보여주고 있다. 그리하여 변형된 형태로 그의 맑시즘과 사살주의 문학론이 살아남게 된 것이다.

작품 발자국

그대들은 정년 붉은 군대 붉은 영웅
방금 만주 국경을 넘어왔는가
약한 민족에 대하여
이리 같었든 군국주의자

주린 만주 사람과
유랑하는 우리 동포가
개같이 使役되든 벌판
오만한 장군이 눈을 부릅뜨고
호령하든 저 點點한 砲壘
우리의 피와 원한의 성곽들이
낱낱이 틔끌처럼 흩어졌는가
말을 타고 戰車를 타고
그대들은 빛나는 旗ㅅ발 날리며
하이랄 평원 北滿의 삼림
黑龍江 松花江을 건너
아아 피에 젖은 우리의 국토
함경도 평안도로 들어오는가

질거움도 반가움도 모르든 우리 동포
그대들의 무거웁게 이끄는 군화를 바라보는 우리 동포
파시즘을 짓밟은 힘찬 발길엔
서구의 검은 흙이 미처 털리지 않었고
찌드른 군복 우 불똥처럼 빨간 별은
레―닌그라―드의 탄환 자욱이냐

모스크바 교외의 칼 흠집이냐
아아 승리와 영광에 빛나는 스타―린그라드의 용사도 왔구나

일흠이 그대로 노래인 나라의 군대여
일흠이 그대로 희망인 나라의 군대여
그대들이 들고 오는 것은 우리의 영토인가
그대들이 들고 오는 것은 우리의 旗ㅅ발인가
그대들이 부르고 오는 것은 우리의 노래인가
우리는 어느 것이 그대들의 것인지
어느 것이 우리의 것인지 알 수가 없다

꽃다발을 한아름 안은
어린 아이처럼
손에 쥐인 旗ㅅ대를
흔듬조차 잊고 저벅저벅 울려오는
그대들의 발자국 소리
멀리 北方에 들으며
영토보다도 旗ㅅ발보다도 노래보다도
그대들의 것이면서 세계의 것이었든
큰 정신이 따듯하게
우리 옆에 왔음을 느끼고 있다.

해석 · 비평

　8·15후 임화가 쓴 시 가운데는 질적인 수준이 비교적 높은 것으로 평
가될 작품이다. 8·15를 맞고 나서 임화의 시에는 몇 가지 변화가 일어났

다. 첫째 단편 서사시의 형태에서 그 길이가 좀더 짧은 쪽으로 바뀌어진
것이 그 하나이다. 그리고 또 하나의 변화 현상이 〈현해탄〉에서 확보된
감성의 폭이 축소되면서 이데올로기 내지 관념의 뼈대가 들어나기 시작한
점이다. 이것은 8·15 직후부터 그가 문예조직에 관계하고 좌익 정치활
동에 깊숙이 발을 뻗친 결과로 보인다. 이 무렵에 그는 여러 계급 문화조
직에 관계하고 나아가 당의 일에도 발을 뻗치고 있었다. 따라서 구조·형
태상 면밀한 배려를 가하고 시간도 오래 걸리는 장형의 시가 쓰여질 수
없었을 것이다. 또한 그가 정치 활동에 관계한다는 것은 당파성을 강조하
는 투쟁 제일을 택하는 것과 동의어 형태였다. 그런 입장에서는 당연히
작품이 이데올로기의 뼈대에 기댈 수 밖에 없었을 것이다. 그런데 이 〈발
자욱〉은 그런 테두리에서 약간 벗어난 작품이다. 이 작품의 주제 내용이
되고 있는 것은 8·15 와 함께 북쪽에 진주한 소련군이다. 그들이 이 작
품에서는 끝없는 축복, 또는 환희와 감격으로 노래되어 있다. 이런 이 작
품의 입장은 임화와 그가 속한 좌익 진영의 공통된 감정이었다.

　본래 카프에 참여한 이래 林和와 그의 동지들, 그리고 계급투쟁에 참
여한 모든 사람들이 줄기차게 노린 것은 사회주의 사회의 실현이었다.
그런데 일제 치하에서 그것은 일본 군국주의자, 또는 총독부에 의해 언
제나 금압되고 철저하게 봉쇄당했다. 그런데 8·15 가 되어 북쪽에서는
그런 시도가 가시적인 상태로 떠오르기 시작했다. 그것을 가능하게 만든
것은 38선 북쪽에 진주한 소련군이다. 林和로 본다면 그들은 당연히 벅
찬 감격, 환영, 감사의 마음으로 노래될 수 밖에 없었다. 이 작품에서는
허두 부분에서 그런 붉은 군대의 전투경력이 제법 속도감을 느끼게 하는
가락에 실려 노래되었다. 또한 그에 잇달은 화법도 인상적이다. 구체적
으로 소련군을 맞아서 느끼는 감정을 〈그대들이 가져오는 것은 우리 영
토인가〉식으로 비슷한 문맥을 겹쳐쓴 것이 그 좋은 보기이다. 이것으로
林和는 우리가 흔히 잔칫마당에서 느끼는 흥청거리는 가락 같은 것을
자아내고 있는 것이다.

　이런 가락은 그와 동시에 전반부를 차지하는 소련군의 전적 열거로 더욱 그 분위기가 고조된다. 그리고 후반부에서 거기에 다시 이 작품의 화자가 느끼는 감정이 겹쳐진다. 그 감정은 물론 공통된 이데올로기, 공통된 목표를 지니는 사람들이기 때문에 가능한 것이다. 그런데 그 감정을 임화는 〈그대들이 가져오는 것은 우리의 영토인가/ 그대들이 들고 오는 것은 우리의 旗ㅅ발인가/ 그대들이 부르고 오는 것은 우리들의 노래인가〉식으로 병렬시킴으로써 독자에게 일종의 정신적 도취감을 맛보게 한다. 그리하여 8·15 직후 문학가동맹의 한 과제가 되어온 사회주의적 감정, 곧 소련과 한국 좌파의 완전한 일체감을 벗어내기에 기능적인 상태가 되고 있는 것이다. 참고로 밝히면 1953년에 林和를 처형시킬 때 북쪽의 당 관료들은 이 작품이 소련군의 영웅적인 투쟁을 모독한 것이라고 규정하였다. 그들에 따르면 이 작품 6연의 마지막 두줄이 구체적 보기라는 것이다. 그러나 이 부분은 작품의 전후 맥락과 그 어세에 비추어 볼 때 소련군에 대한 최대의 찬사인 동시에 한반도 내의 좌파들이 그들에게 보내는 전폭적 믿음을 노래한 것이다. 이것을 반소비에트로 본 것은 너무 터무니 없는 정치적 왜곡에 지나지 않는다.

작품 우리들의 戰區

　　침입자를 방어하라
　　저항하거든 대항하라
　　그래도 들어오거든

　　생명이 있는 한 싸우라
　　全線 노동자는 우리에게 이것을 요구하고
　　투쟁 사령부는 우리에게 이것을 명령한다.

승리냐 그렇지 않으면 패배냐

주림과 박해에 신음하는
남조선 인민의 운명이 걸려 있는 총파업
침략자와 매국노의 跳梁에 抗拒하여 일어선
남조선 노동자의 승패를 決하는 이 투쟁

우리는 실로 참을 수 없는 모욕에 대한 긴 인내와
야만스런 박해에 대한 오랜 수난 끝에 일어선 것이다
우리들이 사랑하는 鐵道로 하여금
자유의 나라의 대동맥이 되게 하기 위하여
일제의 악한들이 남기고 간 파괴의 흔적과 營營히 싸우고
있을 때

인민의 원수들은 이 철도로 재빨리 친일파와 반역자를 실어다가
인민의 자유를 파괴할 온갖 密議를 여는 데 분주하였다.
우리들이 사랑하는 철도로 하여금
새로운 공화국에 문화와 과학을 실어올 大路가 되게 하기
위하여

밤과 낮을 헤아리지 않고 근면하였을 때
인민의 원수들은 이 철도로 썩어빠진 전제주의와 파시즘의
독소를 실어다가
평화로운 조국에 내란의 씨를 뿌리려고 음모하였다.
우리들이 사랑하는 철도로 하여금
신생하는 조국의 富가 集散하는 運河가 되게 하기 위하여
형언할 수 없는 기아의 고통과 싸우고 있을 때
인민의 원수들은 외방 물자와 虎列刺를 실어다가

苦難한 동포 가운데 가난과 불행을 펼쳐놓았다
아아 인민의 영구한 원수들아
드디어 우리들이 사랑하는 철도는 온전히
조국의 새로운 불행과 동포에게 거듭하는 노예화를 위하여
움즉 이었고
우리에겐 다시금 헤어날 수 없는 기아와 벗어날 수 없는 철
쇄가
너이들이 사육한 저 폭력단의 야수들과 함께
이빨을 갈며 달려들었다

물러슬 길 없는 투쟁의 막다른 길 우
붉은 별 빛나는 철도노동조합의 旗발은 어느새 機關庫에 나
부끼고
一九四六年 七月 二十四日 午前 零時 쩨네·스트로 들어가라
준엄한 지령 第一號는 벌써 全線에 나리었다

사랑하는 전우여 여기는 機關區의 警備線
南朝鮮鐵道總罷業鬪爭司令部
全線 철도노동자의 온갖 명예가 걸려 있는
아아 적과 더불어 싸워서 죽을 영광이
가는 곳마다 흩어져 있는 우리들의 戰區여
침입하는 모든 적에게
잔인한 운명을 선사하고
발자욱마다를
야수들의 피의 또랑을 맨들자

機關區는 우리들의 불멸한 성곽이리라.

작품 높은 山 봉우리 마다

밤중이면
짐승들 요란히 울고
낮이래야 이따금 기러기
그 우를 건너가는
산마루

우리 모두 한자루 낫을 갈어
허리에 차고
丁丁한 소리
나무를 베어 불을 지르면

타오르는 불ㅅ길
걷잡을 수 없어
몸으로 몸으로
고함치며 몰려가든 밤
더운 피 흘리며 죽은
동무의 소름끼치는 비명
잠결에도 귀에 쟁쟁하여

아아 원수보다도
잔인한 마음을 지니고
農軍의 두터운 가슴
골작마다에 있고
번개처럼 빛나는
人民抗爭隊의 눈이

남조선 높은 산
봉우리 봉우리에 있구나

해석 · 비평

　1946년 7월 조선공산당이 이른바 신전술을 채택, 지령한 다음 빚어진 일련의 사태를 배경으로 쓴 작품들이다. 조선공산당의 신전술은 1964년 5월 정판사 위폐 사건이 일어나고 그에 부수된 공산당의 대응 투쟁이 군정 당국으로 하여금 다수의 당간부 연행, 구금과 함께 그 최고 간부인 박헌영에게 체포령을 내리게하자 채택된 것이다. 이때 공산당은 그 전위 조직인 全評을 동원하여 총파업을 단행하게 했다. 그 결과 전평의 최강 조직인 철도 노조가 파업에 들어갔다. 〈우리들의 戰區〉는 용산 기관구에 그 본부가 설치된 철도노동자들을 선동, 고무하기 위해 쓴 작품이다. 다음 이 9월 총파업은 그 계기 현상으로 대구 사건을 시발로 하는 10월 폭동에 이어졌다. 이 폭동은 경상북도 일원뿐만 아니라 영남지방 전역과 서울·경기와 호남 일부까지에 파급되었다. 이때 소요 사태는 시위·농성 정도로 그친 것이 아니라 지역에 따라서 무장폭동을 일으켰다. 이때 경찰지서가 피습되고 상당수의 공무원을 구타, 살상하는 예도 나타났다. 이것을 당시 좌파들은 인민항쟁으로 분식, 미화했는데, 〈높은 山 봉우리마다〉는 그런 의식을 작품화한 것이다.
　먼저 〈우리들의 戰區〉는 그 부제목이 〈용감한 기관구 경비대의 영웅들에게 바치는 노래〉로 되어 있다. 여기서 영웅들이란 바로 全評 지령 하에서 파업에 들어간 철도노동자들을 가리킨다. 林和는 그들을 영웅으로 부르면서 파업을 진압하려는 군정 당국과 경찰을 〈人民의 영원한 원수〉 또는 〈적〉이라고 지칭했다. 그리고 그들에게 〈잔인한 운명을 선사하고〉라고 외치는데 그 내용은 다음 부분에서 좀더 직접적인 말로 표현되어 있

다. 〈발자욱 마다를/ 야수들의 피의 또랑을 맨들자〉. 신전술 단계의 표현
이라고 하지만 아직도 남한에서는 전평과 문학가동맹, 공산당 등이 지하
로 잠복하기 전의 일이다. 말을 바꾸면 그들 조직은 공인된 정치단체 내
지, 문화단체로 행세하고 있었던 것이다. 그럼에도 林和는 거침없이 군
정 당국과 우파들에 대해 피를 흘리는 투쟁을 선동했다. 이것은 어느 의
미에서 총파업을 지령, 전개케 한 공산당보다 한술 더 뜬 셈이다.

林和가 이 작품을 실제 파업 현장에 나가서 읽었는가 아닌가에 대해서
는 적실하게 알려진 것이 없다. 참고로 밝히면 용산 기관구 투쟁 본부는
9월 30일 새벽에 붕괴한다. 이날 새벽 군정 당국은 일부 미군이 조종한
탱크에 기관총을 장비시키고 무장 경관 2,000명과 대한노총, 대한민청,
독립촉성회 회원등 다수를 그에 가세시킨 다음 파업단 본부를 습격했다.
파업 본부와 경찰 사이에는 일대 격전이 벌어졌다고 한다. 그 결과 파업
노동자 3명 사살, 수백 명의 부상자가 생기고 1,700명의 전평원이 연행,
투옥되었다. 그리고 그것으로 철도 파업은 와해 상태에 들어갔다. 그의
사화집에 이 작품을 실을 때 林和는 그 꼬리에 〈1946. 10〉이라고 제작
일자를 밝혀놓았다. 이 일자 표시로 보면 〈우리들의 전구〉는 파업 현장
에서 낭독된 것은 아닌 듯 보인다. 그러나 작품에 담은 내용의 격렬성으
로 볼 때 이런 사실은 별로 중요하지 않다. 신전술 단계에서 좌파 시인들
에게 요구된 것은 강한 적개심이며 투쟁의욕의 고취 · 선동이었을 것이
다. 그런 의미에서 〈우리들의 전구〉는 문학가동맹이 공산당에 제출한 모
범 답안일 수가 있었다.

한편 林和와 문학가동맹은 10월 폭동에 대해서도 9월 총파업 못지 않
은 자세로 그것을 미화 · 선전하고 고무 · 찬양하는 입장을 취했다. 널리
알려진 바와 같이 10월폭동의 진원지가 된 곳은 대구였다. 그리고 당시
그곳에는 한국문단을 대표할만한 중견이나 소장 좌파 문학인들이 없었던
듯 보인다. 물론 그 무렵에 대구 지역에도 문학가동맹 지부가 있기는 했
다. 그러나 그들은 대개가 지방에만 그 이름이 알려진 사람들이었고, 또

한 사태가 워낙 갑작스럽게 일어난 느낌이 있다. 그리하여 뚜렷이 투쟁 현장에서 문학활동이 이루어질 게제가 아니었다. 이런 사정은 문학가동 맹이나 文聯의 중앙본부가 있는 서울에서도 똑 같았다. 그런 서슬에 林和나 그밖의 문학가동맹원들이 살인·방화·파괴가 일어나는 현장에 달려가 투쟁 선동용 시나 꽁트를 발표할 수는 없었다.

〈높은 山 봉우리 마다〉에서 우리가 놓쳐서는 안 될 것이 두 가지 있다. 그 하나는 3연과 4연으로 거기에는 농민들로 짐작되는 사람들의 시가지 습격과 그에 따른 유혈 사태가 노래되어 있다. 10월 폭동 이전에도 농민들이 일으킨 소요가 남한에서 전혀 없지는 않았다. 그러나 여기서는 그것이 불을 지르고 또한 단체 행동으로 미리 짜여진 계획에 의해 벌어진 듯 보이는 사실에 주목해야 한다. 이렇게 조직적인 투쟁 형태의 농민 활동은 1946년 가을 이전에는 존재하지 않았다. 그런 의미에서 이 작품은 10월 사건을 제재로 삼은 것이라고 판단된다. 다음 또 하나 간과될 수 없는 것은 이 작품에 담긴 강한 투쟁 의욕이다. 이 작품의 의미 내용에 따르면 읍을 습격한 투쟁대의 근거지는 山이며 골자기로 나타난다. 이것은 이 무렵에 의미 〈인민항쟁대〉, 곧 야산대로 일컬어진 공산당의 무장 부대가 형성되었음을 전제로 한 것이다. 그러나 실제에 있어서 남로당의 유격 조직은 이 무렵에 존재하지 않았다. 남한에서 좌익의 빨치산 활동이 본격화된 것은 이른바 단독 정부 반대 투쟁이 본격화된 1948년의 2·7투쟁 때부터이다. 그 무렵에 남로당은 대한미국 정부 수립의 토대를 이루는 총선거를 반대하기 위해서 구국 투쟁을 선언했다. 그리고 그 투쟁 내용에는 일체 적대 요소의 무자비한 파괴·제거·살해가 포함되어 있었다. 이것은 물론 군정 당국을 자극했고 그 결과 남로당과 그 외곽 단체의 구성원에게는 전면적으로 체포령이 떨어졌다. 그 결과 많은 투쟁 참가자가 입산해서 야산대 활동에 들어가는 것이다. 그 단적인 보기가 되는 것이 제주도에서 벌어진 4·3폭동이다.

제주도에서는 2·7투쟁의 연장 선상에서 4·3폭동이 야기되었고, 이

때부터 한라산을 근거지로 한 제주도 빨치산이 나타났던 것이다. 이런 사실에 비추어보면 〈높은 山 봉우리 마다〉는 임화가 이른바 10월 폭동 이후의 좌파 투쟁을 그 현실로 노래하고 있는 것이 아니다. 그는 이미 일제 말기에 변증법적 사실주의를 극복하고자 했다. 그리고 이때 배운 것이 계급 혁명을 위해서는 때로 문학이 현실을 떠날 수도 있다는 논리였다. 단 이때 계급문학이 반드시 지켜야 할 공리가 있었다. 그것은 혁명의 성공적인 전개를 위해서 전위적으로 역사와 세계를 파악하는 일이다. 林和는 10월 폭동을 무장 봉기의 전초 단계로 보고 싶었음에 틀림없다. 그리하여 그는 위의 작품에서 실재하지는 않았지만 그렇게 되기를 바라는 관점에서 야산대의 심상을 제시하고 있는 것이다. 이렇게 보면 이 단계에서 林和가 벌린 문학 활동의 성격은 명백해진다. 한마디로 그는 철저하게 공산당의 신전술 투쟁에 앞장서고 있는 것이다.

 한번도 본일 없는 고향 땅에......
　　　　—오득천 소대장 이하 6명의 돌격조 용사들을 위하여

　　한번도
　　본일이 없어
　　외방처럼 서투룬
　　고향땅에 나는 오늘

　　사랑하는 자동총을
　　탄환 가득 쟁여 등에 메고
　　그 중 굵은 수류탄을 골라 량손에 든채
　　미운 원쑤들의 검은 그림자가
　　나무 그늘에 어른거리는

풀섶을 헤치며

한걸음 한걸음
마루턱에 오르면
거제도 바다와 진동길이
눈앞에 보인다는 고지를 향하여
가슴 울렁거리며 오르고 있다

나의 늙은 아버지가
등곬이 휘도록 돌을 고르고 지심을 메든
논이랑 밭두던은 어디쯤이며
나의 불행한 어린 누이가
죽은 어머니를 그리여 석양마다
바라보는 뫼 언덕은 어디쯤이냐
앞에는 다만
첩첩한 어둠
머리 위에는 쉴새 없이
날아오는 원쑤들의 포탄
윙윙거리는 비행기의 폭음

미친 듯 란사하는 원쑤들의
중기 경기와 따꿍총들의
탄환 빗발치는 속을
다섯 사람의 전우와 나는
우리들 여섯명의 젊은 돌격병은
종일토록 우리를 괴롭히던
원쑤들의 포병진지와 중기화점을 찾아
그밑에 웅크리고 앉았을

미국강도단을 일거에 소탕하고
영예로운 ○○련대의 군기가
마산으로 진해로 전진하는 돌격로를
피로써 헤치고저
처음으로 밟는 령남땅
고향 마을로 가는 길을
걸음마다 숨길 삼키며
포복전진하고 있다

저 먼 동북으로부터
고국길을 걸어 몇백리
무도하게도 우리 조국강토에 뛰여든
흉악하고 악독한 미국 야수를 무찔러
다시 천여리
이제 패망한 원쑤들의
마지막 발판으로 되어 있는
나의 고향땅에서
영예롭고 고귀한 조국의 명령을
목숨으로 수행함은
얼마나 즐거운 일이냐

밤마다 꿈꾸는 조국 산천이여
어느 때도 잊지 않았던 고향 산이여

나의 탄환은
나의 수류탄은
나의 전우는
사랑하는 조국의 자유와

그리운 고향의 행복을 위하여
원쑤들의 웅거한 산과 포화 인종들을
불과 흙속에 파묻고
우리들의 자랑스런 련대기와
영예로운 우리 제6사단이
밀물처럼 앞으로 나아가기 위하여

불꽃으로 흩어져
늦은 여름밤 하늘을
찬란히 비칠 것이다

언제나 우리의 것인 야반산이여
진동마을이여 거제도 바다여
어느 때나 그대에게 충실하였던
어느 때나 그대에게 충성된
여섯 사람의 다정한 전우를 위하여

원쑤의 머리 위에 원쑤의 발 아래
억수로 내리는 불비가 되거라
화산으로 터지는 불길이 되거라
(1950. 8, 락동강 남부전선 ○○지점에서)

해석 · 비평

  林和의 전선 시집인 『너 어느 곳에 있느냐』에 실린 이 시는 〈밟으면 아
직도 뜨거운 모래밭 건너〉와 함께 전투 현장의 체험을 토대로 한 것이다.

이 작품을 기능적으로 이해하기 위해서는 (1950. 8. 락동강 남부 전선 ○○지점에서)라고 된 부분에 주목할 필요가 있다. 이것은 임화가 6 · 25 동란과 함께 종군하여 8월달 어느날 진주 남쪽의 전투현장에 섰음을 뜻한다. 그가 종군한 것은 인민국 6사단의 작전 지역이었음을 본문에서 파악할 수 있다. 본문에는 또한 〈고국 길을 걸어 몇백리〉라고 있다. 인민 군 6사단은 그 기간 병력이 중국의 팔로군 출신이었다. 그들은 만주에서 편성된 한인 부대였다. 그 사단장은 국공내전 때 용맹을 떨친 중공군 출 신의 方虎山이었다. 그러니까 앞의 행들은 그런 사실을 가리킨다.

인민군 6사단 일명 방호산 부대는 개성을 기습하고 임진강을 도하해서 한반도의 서부를 따라 남으로 내려왔다. 6 · 25 전쟁은 유엔군의 참전과 함께 그 주력 부대가 경부선에 연해서 배치되어 있었다. 전라도 쪽에는 경 찰 병력과 일부 한국군 부대가 배치되었으나 인민군과 어느 정도 싸운 다 음에는 전선을 정리하고 후퇴했다. 그 나머지 6사단은 7월말 까지는 기세 등등하게 호남지역을 장악할 수 있었다. 그러나 8월에 접어들어 섬진강을 넘고 경상도에 이르자 그때부터 유엔군의 저지가 거세어지기 시작했다. 그 에 따라 6사단과 다른 인민군부대가 고전을 하기 시작했다. 그 좋은 보기 가 되는 것이 하동전투다. 이때 미군의 포격과 폭격은 치열을 극했다. 그 리하여 인민군들이 인명, 장비에서 막대한 손실을 입었다. 그러나 어떻든 이런 상황을 무릅쓰고 인민군부대들은 사천과 고성을 거쳐서 마산 북방까 지 진출하게 되었다. 그리고 거기서는 이미 남쪽 바다가 보였다.

이 시의 내용으로 보아 이때 임화가 이른 곳은 6사단의 전방 진지인 진 동 부근으로 추정된다. 그 무렵에는 거듭된 유엔군의 혈전 강요로 인민군 의 전력이 이미 바닥에 이르러 있었다. 그것을 만회하는 길로 인민군은 병 사들을 독려하여 돌격전을 감행케 했다. 이 작품의 부제목이 〈오득천 소대 장 이하 6명의 돌격조 용사들을 위하여〉로 된 것은 그런 사정을 내포한 것 이다. 문맥으로 보면 이 시의 주인공인 오득천 소대장은 그 고향 땅이 거 제도 쪽으로 생각된다. 그곳을 일찍 그는 가본 적이 없다. 그러나 만주에서 자란 그에게 고향은 그곳 밖에 없다. 그곳에 이르러 마지막 남은 이른바 〈원쑤〉들을 소탕하기 위해 그는 돌격전을 감행하는 것이다.

이들 돌격조의 전투를 영웅적으로 부각하기 위해서 임화는 이 작품을 썼다. 그리고 평이한 말속에 전투원들의 각오를 부각시키면서 이에 성공 했다. 이 작품은 6·25때 나온 북쪽의 전선시 가운데서는 수준급이다. 그러나 이 작품에도 전연 남점이 없는 것은 아니다. 전선시는 싸우는 일선 병사의 모습이 최대한 생생하게 살아나야 한다. 그것을 위해서 말들은 장쾌한 가운데 박진감이 있어야 할 것이다. 그럼에도 이 시에는 적지않는 부분에 말이 느슨하게 되어 있다. 또한 이 시에는 말들이 적절하게 쓰이지 못한 부분도 있다. 그 보기의 하나가 되는 것이 〈원쑤들이 웅거한 산과〉로 된 부분이다. 본래 웅거란 말은 만만치 않은 전투기능을 보유한 전투부대를 두고 쓰는 말이다. 그런 적을 무찌르기를 기하는 것은 용이한 일이 아니다. 결과적으로 그것은 임화가 유엔군의 전력을 긍정하는 것이 된다. 명백히 이것은 이 시가 내포하고 있는 부분적인 흠이다. 사회주의적 사실주의 창작방법에서 부분적인 흠은 크게 문제되지 않는다. 창작에서 작가와 시인은 유물변증법적 세계관을 확고하게 지니고 있으면 된다. 그리고 그 문예활동 상의 일꾼인 작가는 당파성, 인민성을 뼈대로 투쟁의욕을 고취하면 그만이다. 이렇게 보면 이 작품에서 임화는 수준급의 북쪽 전선시를 만든 것이 된다.

作品 바람이여 전하라

전하라 바람이여
물결소리 들리는 듯
먼 남방 행양을 불어오는
이른 봄 바람이여

오늘도 초연 자욱하고 황진 일어
눈을 뜰수 없는
천장 얕은 하늘을 지나

총탄 빗발처럼
씽씽 머리 위를 날으고
포화 함부로 쏟아지는
여러 산맥들을 넘어
상기도
얼음 녹지 않아
찬 바람 겨울처럼
강위를 스쳐가는 먼 고향

해 저므는 저녁
달 지는 새벽에
불타 허물어진 폐허 위를
외로이 걸어갈
우리 사랑하는
머리 흰 분들에게
그 애처러운 사람들에게
반드시 전하라 우리의 마음을—

밤마다 당신들의
따뜻한 손길 어르만지던 흰 이마는
이미 비와 바람과 눈발에
돌처럼 찌들었고

원쑤의 피와 죽엄과
마지막 비명 소리를

노래처럼 그리워하여
돌과 쇠로 굳어졌으나

어찌 꿈엔들
송아지 울던 우리 시골의
버들 숲과 앞내 물소리와
종다리 울음을 기억하지 않으며

그속에 나서
그속에 커서
스무 해를 자란 당신들의
향그런 품을 잊을 수 있는 가고—

산을 넘어
들을 지나 강을 건너
어느 곳에나 자유로이
불어가는 바람이여

악독한 원쑤의 손에
사랑하는 남편과 어린것들과
그밖에 살아 있는 모든 것을 잃어
홀로 망연한 어머니들에게

불붙는 휘발유와
쏟아지는 총탄 폭탄속을
집과 낟가리와 마을까지 잃고
바람속에 섰는 어머니들에게

또한 참을수 없는 오욕 속에선

차라리 죽엄을 결심한
우리 순결한 어머니들에게
반드시 반드시 전하여달라

눈 비 뿌리는
야영의 찬 자리에서나
화약을 안고 원쑤를 찾아가는
풀 깊은 언덕에서나
언제나 우리의 두
당신들의 따뜻한 입김은
복수의 새로운 불길을
우리의 가슴속에 타오르게 하며

끊임없이 들려오는 당신들의
간절한 가슴의 고동 소리는
죽엄도 두렵지 않은 우리들의
용기의 영원한 원천이라고—

가까워 오는 봄
다가오는 승리속에
불어 끊이지 않는 이른 봄
바람이여, 전하라

너무나 많은 슬픔과
이길 수 없는 원한과 분노에
머리 더욱 희고 가슴 더욱 얇아진
우리 사랑하는 어머니들에게

아들의 돌아옴을

그보다도 더 반드시 승리할 것을
밤 낮으로 념원하여 잠 못이루는
우리 조국의 충실한 어머니들에게
원쑤의 죽엄과 멸망과
사모친 원한의 보복을 위하여
전사처럼 싸우는
우리 용감한 어머니들에게
눈물대신에
저주를
한숨 대신에 불을 뿜으시라고—
그리하여 영예와 승리가
모든 산과 들과 숲과
온갖 마을과 도시들에
태양으로 나는 날

당신들의 아들들은
당신들의 딸들은
반드시 그리운 고향으로
돌아가리라 전해 달라

해석 · 비평

林和의 시는 카프시대 때부터 편지투 형식을 택한 것이 많았다. 그의
대표작인 〈거북 무늬 화로와 오빠〉가 그랬고 〈우산 쓴 요꼬하마 부두〉도
그랬다. 6 · 25 동란때 쓴 임화의 이 작품 역시 그런 편지투로 되어 있
다. 여기서 바람에 소식을 전하고자 하는 자, 곧 발신자는 전선에 선 인
민군의 병사다. 그리고 그의 사연을 읽는 사람은 후방의 어른들이며 그

대표적인 어머니들이다.

여기서 화자, 곧 전선에 있는 인민군 병사는 〈총탄 빗발처럼/ 씽씽 머리 위를 날으고 포화 함부로 쏟아지는〉 싸움터에 있다. 그가 그리는 이는 〈우리 사랑하는 어머니〉들이다. 그 어머니는 〈불붙는 휘발유와/ 쏟아지는 총탄 폭탄 속을/ 집과 낟가리와 마을까지 잃고〉, 〈사랑하는 남편과 어린 것들과/ 그 밖에 살아 있는 모든 것〉을 잃은 분들이다. 그런 어머니를 그리는 〈나〉는 〈끊임없이 들려오는 당신들의/ 간절한 가슴의 고동소리〉에 병치되어 있다. 이것은 치열한 전투 속에서도 후방에서 싸우는 어머니와 전사인 〈내〉가 일치되어 있음을 말해준다.

이런 이 작품에 대해서 한설야와 엄호석이 호된 비판·공격을 가했다. 그들에 따르면 임화는 이들 전쟁시를 통해서 후방에서 싸우는 인민들, 부모의 모습을 〈염탄과 한숨〉, 부정적인 것으로 그려서 전선의 병사들 전투의욕을 저하시켰다는 것이다. 임화가 이 시에서 후방의 어머니를 고뇌에 찬 것으로 묘사하고 있는 것은 사실이다. 그 보기가 되는 것이 〈해 저므는 저녁/ 달지는 새벽에/ 불타 허물어진 폐허 위를/ 외로이 걸어갈/ 우리 사랑하는 머리 흰 분들에게〉와 같은 부분이다. 그러나 이런 부분은 그 자체에 그치는 것이 아니라 〈끊임없이 들려오는 당신들의/ 진정한 가슴의 고동소리는/ 죽엄도 두렵지 않은 우리들의/ 용기의 원천이라고〉에 나타나는 바와 같이 투쟁의욕과 일체화되어 있다. 이것을 염전사상의 전파로 모는 것은 한설야와 엄호석의 일방적인 비판·공격일 뿐이다. 적어도 이 작품에서 임화의 당파성이 의심될 여지는 없는 것이다.

전선시로 보아도 이 작품은 긍정적 평가각 가능하다. 전선시란 한마디로 싸우는 병사의 전투의욕을 기능적으로 고취시키는 것이어야 한다. 임화의 다른 전선시에는 적지 않게 이완된 말이 쓰였다. 그런데 전투의욕을 고취하기 위해서는 말이 박진하는 느낌을 주는 쪽으로 쓰여야 한다. 그를 위해서 작품이 굴강하며 감정을 고조시킬 필요가 있다. 군가의 가락이 이 경우에 감안되어야 한다. 그런데 다른 작품과 달리 이 작품의 말씨나 가락이 그에 가까운 것이다. 이런 점으로 보아 임화의 이 전선시는 6·25 동란 중에 발표된 북쪽 문학의 성과 가운데 하나로 보아야 한다.

 너 어느 곳에 있느냐
—사랑하는 딸 혜란에게

아직도
이마를 가려
귀밑머리를 땋기
수집어 얼굴을 붉히던
너는 지금 이
바람 찬 눈보라 속에
무엇을 생각하여
어느 곳에 있느냐

머리가 절반 흰
아버지를 생각하여
바람 부는 산정에 있느냐
가슴이 종이처럼 얇아
항상 마음 아프던
엄마를 생각하여
해 저므는 들길에 섰느냐
그렇지 않으면
아침마다 손길 잡고 문을 나서던
너의 어린 동생과
모란꽃 향그럽던
우리 고향집과

이야기 소리 귀에 쟁쟁한
그리운 동무들을 생각하여
어느 먼 곳 하늘을 바라보고 있느냐

사랑하는 나의 아이야
벌써 무성하던
나무 잎은 떨어져
매운 바람은
마른 가지에 울고
낯익은 길들은
모두 다 눈속에 묻혀
귀 기우리면 어데선가
들려오는 얼음짱 터지는 소리

아버지는 지금
물소리 맑던 락동강가에서
악독한 원쑤들의 손으로
불타고 허물어진
숱한 마을과 도시를 지나
우리들이 사랑하던
서울과 평양을 거쳐
절벽으로 첩첩한 산과
천리 장강이 여울마다 우는
자강도 깊은 산골에 와서
어데메에 있는가 모를
너를 생각하여
이 노래를 부른다

사랑하는 나의 아이야
은하가 강물처럼 흘러
남으로 비끼고
영광스런 우리 군대가
수도를 해방하여
자유와 승리의 노래
거리마다 가득 찼던
아름다운 여름 밤
전선으로 가는 길역에서
우리는 간단 말조차
나눌 사이도 없이
너는 전라도로
나는 경상도로
떠나갔다

이동안 우리들 모두의
고난한 시간이 흘러
너는 남방 먼 곳에
나는 아득한 북방 끝에
천리로 또 천리로 떨어져
여기에 있다 그러나 들으라

사랑하는 나의 아이야
이러한 도적의 침해에
우리 조선인민이 어느
한번인들 굴해본적이 있으며
한사코 싸워 물리치지
아니한 때가 있었는가
보라 우리 영웅적 인민군대는

벌써 청천강을 건너
평양을 지나
다시금 남으로 남으로 내려가고
형제적 우리 중국인민지원부대는
폭풍처럼 달려와
미구에 너의 곳에
이를 것이다
기다리라

사랑하는 나의 아이야

엷은 여름옷에
삼동 겨울바람이
칼날보다 쓰라리고
진동치는 눈보라가
연한 네 등에 쌓여
잠시를 견디기 어려운
몇날 몇밤일지라도
참고 싸우라
악독한 야수들의
포탄과 총탄이
눈을 뜰 수 없이 퍼부어 내려도
사랑하는 나의 딸아

경애하는 우리 수령은
무엇이라 말하였느냐
한치의 땅
한뽐의 진지일지라도
피로써 지켜내거라

한목음의 물
한톨의 벼알일지라도
원쑤들에 주지 않기 위하여
너의 전력을 다하거라
원쑤가 망하고 우리가
승리할 때까지 싸우라
그리하여 만일

사랑하는 나의 아이야

네가 죽지 않고 살아서
다시금 나와 만날 수 있다면
나부끼는 조국의 깃발 아래
승리의 기쁨과 더부러
우리의 만냄을
눈물로 즐길 것이고
불행히도 만일
네가 이미 이 세상에 없어
불러도 불러도 돌아오지 않고
목메어 부르는 나의 소리를
영 영 듣지 못한다면
아버지의 뜨거운 손이
엄마의 떨리는 손이
동생의 조그만 손이
동무들의 굳은 손이
외딴 먼 곳에서
아버지를 생각하여
엄마를 생각하여

동생을 생각하여
동무를 생각하여
고향을 생각하여
조국을 생각하여
외로이 흘린 너와
너희들의 피를
백배로 하여
천배로 하여
원쑤들의 가슴파기
최후로 말라 다할때까지
퍼내일 것이다

사랑하는 나의 아이야

한 밤중 어느
먼 하늘에 바람이 울어
새도록 잦지 않거든
머리가 절반 흰 아버지와
가슴이 종이처럼 얇아
항상 마음 아프던
너희 엄마와
어린 동생이
너는 생각하여
잠 못 이루는 줄 알어라
사랑하는 나의 아이야
너 지금
어느곳에 있느냐

(1950.12)

해석 · 비평

　이 작품은 임화의 전선시집에 수록되어 그 제목이 된 것이다. 참고로 밝히면 임화의 전선시집인 『너 어느 곳에 있느냐』는 6 · 25동란이 한창인 1951년 5월 평양의 문화전선사에서 나왔다. 이 시집에는 〈서울〉, 〈한번도 본일이 없는 고향 땅에〉 등 여덟 편의 작품이 수록되었다. 6 · 25와 함께 임화는 북쪽 당의 지시에 따라 인민군과 함께 서울에 왔고, 곧 전선을 따라 낙동강 선까지 종군했다. 이 때 종군작가단의 일원이 된 사람들이 李泰俊, 金南天, 金史良 등이다.

　6 · 25로 임화가 남쪽에 머문 기간은 2개월 남짓으로 생각된다. 그가 인민군을 따라 서울에 나타난 것이 7월 초순경이었을 것이다. 그리고 9월 중순에는 유엔군의 인천상륙이 감행되어 그는 서울을 떠나지 않으면 안 되었다. 전선시 〈너 어느 곳에 있느냐〉는 임화가 북쪽으로 내어몰리면서 창황한 패주, 후퇴의 겨를에 쓴 작품이다. 1950년 가을부터 6 · 25동란은 한국군과 유엔군의 일방적인 전세 장악으로 역전되었다. 이때 임화가 소속한 북쪽의 문예조직은 뿔뿔히 흩어진 상태에서 멀리 한만국경 북쪽으로 후퇴해 있었다. 이 작품은 임화가 그 틈바구니에서 이른바 적 후방에 남아 있으리라 믿은 딸을 생각하면서 쓴 것이다.

　임화의 시 〈너 어느 곳에 있느냐〉의 주인공이 된 〈蕙蘭〉은 그의 맏딸이었다. 시의 내용으로 보아 혜란이는 당시 인민군의 간호병으로 전선에 임한 것 같다. 창황한 후퇴 대열에서 그 딸은 임화와 헤어졌던 것이다. 그리하여 그를 그리워하는 생각에 전투 의욕과 적개심을 교직시키면서 이 시를 만들고 있는 것이다.

　딸을 부르는 아버지로서 임화는 지금 그 딸과 천리를 격한 만국경지대에 있다. 그와 딸 사이에는 헐벗은 산하, 매서운 추위가 있고 그 딸은 지금 포격과 폭격으로 아비규환이 된 싸움터에 있다. 그녀의 생사 조차가 분명하지 않다. 그러나 임화는 그런데서 빚어지는 근심, 걱정을 개인적인 차원에서 노래하지 않았다.

사랑하는 나의 아이야
네가 죽지 않고 살아서
다시금 나와 만날 수 있다면
나부끼는 조국의 깃발 아래
승리의 기쁨과 더부러
우리의 만남을
눈물로 즐길것이고
불행히도 만일
네가 이미 이 세상에 없어
불러도 불러도 돌아오지 않고
목메어 부르는 나의 소리를
영 영 듣지 못한다면
아버지의 뜨거운 손이
(· · · · · · · ·)
조국을 생각하여
외로이 홀린 너와
너희들의 피를
백배로 하여
천배로 하여
원쑤들의 가슴파기
최후로 말라 다할때까지
퍼내일 것이다

　새삼스레 밝힐 것도 없이 북쪽은 6·25전쟁의 성격을 조국해방전쟁이라고 했다. 이 경우 해방을 저해하는 적은 남쪽이며 유엔군일 터이다. 전투에서 적은 무찔러야 할 대상이며 그 동력원 가운데 하나가 되는 것은 전투의욕이다. 북쪽은 그 전투의욕을 적개심으로 집약시켰다. 그런 관점에서 보면 〈너 어느 곳에 있느냐〉의 한 부분인 위와 같은 행들은 북쪽의 전선시로서 매우 높이 평가되어야 할 것이다. 실제 이 작품을 포함한 임화의 전선 시집은 〈완숙한 전선시〉로 한때 격찬되었다. 그리하여 전선과 후방에 널리 배포되어 일선의 병사들에게 애송되기까지 했다는 것이다.

그러나 1952년 가을에 이루어진 북쪽 당의 전원 회의를 계기로 임화의 이들 작품은 반동의 발언으로 비판되었다. 이때 임화, 김남천 등을 비판 공격한 것이 한설야와 엄호석이었다. 엄호석은 한설야의 지시를 받고 김남천의 단편 소설 〈꿀〉과 함께 임화의 이 시와 〈바람이여 전하라〉를 염전사상을 전파한 반동적 작품이라고 공격했다. 그는 이 작품에서 아버지가 딸을 걱정하여 잠을 이루지 못한다는 구절을 문제삼았다. 그에 따르면 이 시를 읽는 전방의 장병들은 승리에 대한 확고부동한 믿음 대신 부모와 고향을 생각하게 되고 그 결과 전의를 상실할 수 있다는 것이다. 엄호석은 여기서 사회주의 체제하의 모든 문학은 인민을 공산주의로 고양시킬 것이라는 원칙을 내세웠다. 그럼에도 임화의 이 작품은 〈전쟁 현실을 비판적으로 노래하면서 비통한 심정과 애달픈 심뇌, 영탄과 한숨, 전쟁에 시달린 늙은 부모들의 흰머리와 슬픈 얼굴을 인민들에게 느끼게 하였으며 그것으로써 싸우는 인민들이 되도록 깊은 한숨과 함께 손에 쥔 무기를 땅바닥에 놓을 것〉을 기대했다는 것이다.

훗날 남로당계로 임화가 숙청된 때도 이 작품이 거론되었다. 북쪽의 판결문에 따르면 임화는 이들 작품을 통해 반전사상을 전파시킨 것이 된다. 임화의 이 작품에 전혀 한계가 없는 것은 아니다. 대범하게 보아도 이 작품에는 군데군데 의도가 앞서고 생각이 직설적으로 토로된 부분이 나온다. 사회주의 문학도 문학이다. 이런 대원칙이 움직일 수 없는 진실이라면 우리는 임화의 이 작품에서 제재의 정서화 정도가 미흡하다는 해석은 내릴 수 있다. 그러나 그와 맞먹은 상태에서 사회주의 체제하의 북쪽이 요구하는 전선시로서 이 작품은 적개심의 함량이 넘쳐날 정도이다. 그것을 불문에 붙인채 이 시를 염전사상의 전파로 모는 것은 숙청을 위한 낱말 주워 모으기에 지나지 않는다. 이런 점에서 이 시는 좀더 차분히 검토될 필요가 있다.

문학사 메모

　임화가 북쪽에서 간첩과 내란 음모죄로 체포·투옥된 것은 1952년 말
경으로 추정된다. 구속 후 조사·신문 과정에서 林和는 갖가지 고문을
당하고 혹독한 시련을 맛보았다. 그리하여 자살을 기도, 안경을 깨어 그
것으로 동맥을 끊고 스스로 목숨을 끊고자 했으나 실패했다고 한다. 林
和가 속한 이른바 이승엽 일파가 기소된 것은 이 해 7월 30일이었다. 이
들의 죄목은 최고검찰소 검사총장 李松雲 명의로 된 기소장에 따르면 〈피
심자 李承燁, 趙一鳴, 林和, 朴勝遠, 李康國, 裵哲, 尹淳達, 李源朝, 白亨
福, 趙庸福, 孟宗鎬, 薛貞植 등의 조선 민주주의 인민공화국 정권 전복
음모와 반국가적 간첩 테러 및 선전, 선동 행위에 대한 사건〉이며 그 죄
상은 ①미제국주의를 위해 감행한 간첩 행위, ②남반부 민주역량 파괴,
약화, 음모와 테러, 학살 행위, ③공화국 정권전복을 위한 무장 폭동 행
위 등 세 가지 내용으로 되어 있다. 북쪽에서 이때에 진술된 것으로 못박
힌 심문 조서에 따르면 林和는 검찰에서의 진술 내용을 재판정에서 모두
시인한 것으로 나타난다. 그러나 이런 기록의 신빙도에 대해서는 당시
사정을 적은 다음과 같은 글로 그 정도가 가늠될 수 있다.

　　1953년 8월 7일부와 8일부 『民主朝鮮』 지상에 실린 피고들의 범행
　진술과 함께 그 신문 내용이 밝혀지자 사람들은 〈이것은 거짓이다〉라
　고 하였다. 그러나 큰 소리를 할 수는 없었다. 만약 林和에 대한 기소
　장은 물론 심문을 부정한다는 것은 곧 당 정책을 부정하는 결과가 되
　기 때문에 그런 근거가 있더라도 부정할 수 없는 것이 북한 사회의
　생리였다. 그래도 사람들은 웅성거리고 마음으로 당의 재판을 부정하
　였다. 청년 예술 단원들은 그날 신문을 받아들고는 하는 소리들이

　　"이거 이럴 수 있나?"
　　"뭔데?"
　　"글세 피고 심문에 이런 말을 할 수 있나?"

나는 옆에서 들으면서 동감이었다. 동서 고금 어떤 법정 공판장에서도 재판장이 피고의 경력을 물었을 때 피고는 자기 경력을 간단히 답변은 하지만 林和의 경우처럼 자진해서 <日帝에 아첨했다> <일제와 결탁했다>느니 혹은 심문하지도 않은 문제, 즉 카프 해산 성명서를 제출했다느니 또는 반소·반공 행위를 했다는 식으로 진술한 예도 없거니와 더구나 林和의 경우처럼 간첩의 누명을 쓰고 재판을 받는 사람이 묻지도 않는 말에 스스로 반소·반공행위를 했다고 답변할리는 없는 것이다. 더구나 林和가 정신병자가 아닌 이상 첫 심문에서 그렇게 답변할 리 만무한 것이다.

(李喆周, 『北의 藝術人』에서)

이런 재판을 거쳐서 林和가 이른바 정부 전복 음모와 간첩죄로 처형된 것은 1953년 8월 6일의 일이다. 그에게 적용된 법적 근거는 인민 공화국의 형법 제78조, 제65조 1항과, 제76조, 제68조, 제50조 1항, 제86조 등이며 그에 따라 사형이 선고 집행된 것이다. 당시 林和의 나이 45세. 그후 그의 시체는 묻어주는 사람조차 없이 방치되었다. 그의 죽음은 그 자신이 등진 남쪽에서 뿐만 아니라 林和 자신이 그렇게 동경해 마지 않은 사회주의 조국에서조차 버림받고, 모독된 것이다.

참고문헌

金南天, 〈林和에 관하여〉『조선일보』(1933. 7. 22~25).

崔載瑞, 詩와 휴머니즘—林和의 시집 『현해탄』을 읽고, 『동아일보』(1938. 3. 25).

金東錫, 林和論, 『상아탑』(1946, 1).

白 鐵, 『文學自敍傳』(박영사, 1975).

金允植, 『林和硏究』(문학사상사, 1989).

金載弘, 『카프시인비평』(서울대 출판부, 1990).

金容稷, 『林和文學硏究』(세계사, 1991).

안 막(安 漠)

(1910. 4. 18 ~   )

본명은 안필승(安弼承). 호는 추백(萩白). 경기도 안성 출생, 경성 제2
보고를 중퇴하고 일본에 건너가 중등교육 과정을 마친 다음 와세다 대학
노문학과를 수학. 대학 재학 때 이북만과 김두용이 주재한 『무산자』에
관계하고, 카프 동경지부의 맹원으로 활약. 이때에 임화, 권환, 김남천
등과 알게 되었다. 1930년대 초두의 귀국과 함께 김기진, 박영희 등의
구카프계로부터 카프의 주도권을 빼앗아 제2차 방향 전환을 주도했다.
그의 카프 장악은 당시로서는 새로운 프롤레타리아 레알리즘을 제창한
것으로 시작되었는데 그 이전 카프는 막연하게 유물변증법적 창작방법론
에 의거하고 있었다. 그런데 이런 창작방법은 관념적 세계관이어서 실제
작품 제작에서는 재해석되어야 했다. 安漠은 이런 국면에서 프롤레타리
아 리얼리즘을 〈예술의 내용과 생산적 노동 과정으로 인하여 먼저 부여
된 형식적, 방법론적 기능과의 변증법적 교호관계〉라고 규정했다. 그 후
이 이론은 소비에트 문학에서 사회주의적의 사실주의로 극복되지만 당시로
서는 매우 진보적 창작 이론으로 평가되어 문단 주도권 장악의 결정적
힘이 된 것이다.
    安漠은 카프의 1차 검거와 2차 검 때 두번 다 피검었다. 특히 1차 검거 때
는 일경의 강요에 의해 〈조선프로레타리아 예술 운동 약사〉를 집필 ,제출한

바 있다. 동격 유학 때부터의 친구인 최승구의 동생 최승희와 결혼, 일제 말기에는 무용 공연을 돕기 위해 아내 최승희를 따라 북경에서 거주하게 되었다. 8·15후 연안파로 귀국 조선문학가동맹에 관계하다가 곧 월북, 그곳 문예총과 작가동맹에 관계하는 한편 김일성의 비호 아래 설립된 최승희 무용연구소의 후원자가 되었다. 그러나 남로당계 숙청에 이어 벌어진 연안파 거세에 연좌되어 60년대부터 추방되었고 이후 그의 활동상은 거의 나타나지 않는다. 본래 창작활동 보다 이론적인 견해를 펴는 쪽이 주였는데 북쪽 비평이 점차 경직된 개인 숭배에 치달리게 되자 그에 호응하지 못한 나머지 완전 거세된 것으로 짐작된다.

 三萬의 兄弟들
—北一農場의 일

十年이나 참고 참아 왔다구나
쌀 한톨 못먹고 속아만 왔다구나
그 ×놈들이 모다 ×아서가고 무얼 또 뺏으려누
또 속을 줄 아니 우리는 일어났다구나

××에 ××에 三萬의 兄弟가 모여든지 十年
밤낮 자갈밭 시궁창을 논밭으로 만들었구만
오오 마누라 자식 딸을 굶어 죽이지 않았누
또 ××를 논밭을 그저 ×길 줄 아나

비맞고 百里나 거러가든 지난 봄을 잊을가 부냐
그 ×들 그것들 다 ×들이었지
물안 대도 몇 달이나 뺏댔든 지난 해는 지고 말었지만
이번은 기어코 이기고 말테다

몰내 논에 물대는 ×는 누구냐
三만의 兄弟를 ×러 먹을려는 놈들
××의 동무 ××의 동무 ×들 때문에 젓다지만
우리는 그여코 이기고 말테다

　우리 땅을 ×이를 땅이라고 내 ×찌만
　××요 ×××쟁이가 ×를 휘둘르지만
　몇몇이나 몇 번이나 데모 때 ×여가든 兄弟는
　다시 도라오지 않지만
　우리는 기어코 이기고 말테다

　××을 끌고 모라 갈적에
　×들은 무서워 떨지를 안해
　××가 무에냐 ×××쟁이가 다 무에냐
　우리는 ×을 때까지 ×우자
　전조선의 兄弟가 ×겨라 ×겨라 한다쿠나
　한 ×이 ×으면 열×이 모이자
　열×이 모이면 백×이 모이자
　뭉치면 꼭 이 ×다구나

　××를 데모로 모×갈 때다.
　本×가튼 兄弟가 도라온다구나
　오늘은 ××마당에 모인단다
　×合×를 선두로 ×라 갈 때다.

해석 · 비평

　安漠의 작품은 『카프 詩人集』에 두 편이 실려 있다. 위의 작품과 함께 〈백만 중의 동지〉가 그것이다. 얼핏 보아도 이 작품은 복자가 많은 것이 특징이다. 그리고 지금 읽어보면 복자로 된 부분이 무슨 이유로 그렇게 된 것인지 이해가 되지 않는다. 가령 마지막에서 둘째 연 끝으로 석줄은 〈한 명이 죽으면 열명이 모이자/ 열명이 모이면 백명이 모이자/ 뭉치면 꼭 이긴다구나.〉로 읽을 수 있다. 그리고 이 정도의 내용으로 이루어진 작품의 예는 林和의 〈우산 쓴 요꼬하마 부두〉를 들 수 있다. 그런데 그것은 전문이 그대로 실려 있다. 이것으로 일제의 검열이 직설적인 부분에만 붉은 자를 쓴 것이 짐작된다. 또한 이 작품은 그 질적인 수준이 같은 시집에 실린 金昌述이나 林和의 것에 비해 상당히 떨어진다. 이런 작품이 카프의 시를 집약시킨 시집에 실린 까닭은 조직상의 이유가 아닌가 생각된다.

　임화 등이 소장파로 귀국해서 카프의 주도권에 도전했을 때 그 주측 가운데 한 사람이 안막이었다. 그는 창작활동에 떨치지 못한 반면 프로 문학운동에서 큰 힘이 되는 이론 전개에 매우 유능했다. 그 단적인 보기가 되는 것이 1930년도 한 해만도 〈프로 예술의 형식문제〉(『朝鮮文學』1930. 3~6), 〈맑스주의 예술 비평의 기준〉(『中外日報』1930. 4. 19~5. 30), 〈조직과 문학〉(『중외일보』1930. 8. 1~2), 〈조선 프로 예술가의 당면의 긴급한 임무〉(『중외일보』1930. 8. 16~22) 등 네 편의 글을 잇달아 발표한 점이다. 그 무렵 카프의 주도권은 이론 투쟁을 통해 상대방을 제압하는 것으로 장악될 수 있었다. 그 위에 안막은 임화, 김남천 등과 동경 체재 때부터의 동지였다. 이런 일이 상승 작용을 하여 그는 소장파의 일원이 되었다. 그리고 그 중심 분자인 林和가 카프를 장악하자 그 역시 카프의 주도권을 장악한 것이다. 『카프 詩人集』은 임화가 주재한 집단사에서 간행된 것이다. 이것이 질적인 수준이 높지 못한 안막의 이 시가 그 시집에 오른 이유다.

작품 그대는 북에서 나는 남에서

내 노들강 피어린 물결을 보고
대동강 굽이치는 맑은 흐름을 생각하노니
그대는 평양성 높이 승리를 노래하오려니
내 그대 뜻과 더불어 한양성을 지키오리다

내 그대 사랑하옴이 그대 나를 사랑함과 같건만
남북 멀리 떠나 이미 두번 七夕이 지났도다
내 팔을 펴 삼각산에 몰아드는 북풍을 안아보노니
그대는 남쪽 하늘에 인민항쟁의 불길을 보시리라

대양을 건너온 원수 넘나드는 곳
조상을 배반한 역도 구물거리는 곳
암운에 덮인 향토를 붙잡고 나는 싸우노니
북쪽 하늘을 우러러 조국을 나는 오직 믿나이다

옛날 논개는 드문 지성을 촉석루에 살리었다든가
계월향의 일편단심 청류벽에 맺혔다든가
나는 무궁한 조국의 아리따운 딸이 되어
민주조선에 바치는 작은 조약돌이 되오리다

내 조선의 정성된 딸이 되옴이
내 그대의 참된 아내가 됨이어니
그대 만난 지 三秋가 천주같이 길건마는
그대는 북에서 나는 남에서 한 뜻을 지켜 싸우리로다

해석 · 비평

　1948년 4월호『문학예술』에 실린 작품이다. 8 · 15직후 安漠은 중국
에서 연안파로 귀국했다. 그는 그 후 짧은 기간의 남한 체재 다음 월북했
고 이것은 그 직후 그 쪽 잡지에 발표한 작품의 하나다. 8 · 15 이전 그
가 쓴 작품에 견주어 보면 적어도 두가지 정도의 변모 양상이 검출된다.
우선 8 · 15 이전 안막의 작품은 매우 직설적이었다. 그런데 이 작품에서
는 화자가 살뜰히 사랑하는 남성을 북쪽에 둔 여인이다.　이 작품에서 화
자는 이른바 민주 건설에 참여하는 상대에게 〈무궁한 조국의 아리따운
딸〉이 될 것을 맹세한다. 이것은 이 작품이 그 배경, 여건 설정에서 허구
를 도입했음을 뜻한다. 다음 〈三萬의 兄弟들〉에서 들어난 바와 같이 카
프 시대에 안막은 매우 단정적인 말씨로 작품을 썼다. 그 무렵 프로 문학
이 요구하는 투쟁의욕의 고취, 선동이 그것으로 배가될 수 있으리라는
기대 때문이었을 것이다.
　그러나 이 작품에서는 그런 단면이 검출되지 않는 반면 그에 대체되어
다소간 고풍스러운 말법이 나타난다. 가령 어떤 행의 마지막 어미들이
〈—오리다〉 라든가 〈—나이다〉로 된 것이 그 단적인 보기다. 이것은 생
각하기에 따라 프로 문학이 요구하는 전투 의욕을 삭감시킬 가능성으로
작용할 수도 있다. 그럼에도 이 무렵 안막이 이런 형태의 작품을 쓴 까닭
은 별도로 있었을 것이다. 어쩌면 그는 모국어를 전혀 쓸 수 없었던 일제
말기와 종전 후 얼마 동안을 보낸 중국 생활을 통해서 한국어에 대한 애
정이 깊어졌을지 모른다. 그 결과 그는 이데올로기 상으로 프로 시를 쓰
되 형태 · 문체에서는 한국의 전통을 계승하고 싶었을 것이다. 그 결과가
이 작품으로 나타난 셈이다. 한 편 이 작품 다음 안막의 창작 활동은 별
로 떨치지 못했다. 그리하여 북쪽 문학사에서 그의 이름은 거의 나타나
지 않는다.

문학사 메모

일제 말기에 安漠이 최승희를 따라서 중국에 간 사실을 널리 알려진 일이다. 거기서 그는 상당히 큰 집을 장만하고 안정된 생활을 했다. 그리고는 8·15후 연안파의 일원이 되어 귀국한 것이다. 그런데 귀국 후 그 때 일을 안막 자신은 처음부터 항일 저항운동을 위한 망명 생활인양 말했다고 한다. 그러나 같은 무렵 신문사의 특파원으로 북경에 체재하면서 그와 자주 만난 白鐵은 다른 생각을 피력하고 있다. 그에 따르면 종전 무렵까지 안막이나 최송희는 일제의 지배 체제에 안주했다는 것이다. 그러던 것이 종전이 되자 재빨리 연안 쪽과 손을 잡은 것이 안막이라고 한다. 白鐵,『文學自敍傳』(박영사, 1975). 결국 그의 일제말기의 의도적 중국행설은 안막 자신이 과대 포장으로 선전한 증거가 되는 셈이다.

참고문헌

시 집,『캬프 詩人集』(집단사, 1931).
시 집,『카프 詩人集』(시대평론, 1988).
白 鐵,『文學自敍傳』(박영사, 1975).
金容稷,『한국현대시사』(한국문연, 1996).

유완희(柳完熙)

(1903 ~   )

호는 적구(赤鷗). 초기 프로 시인이나 염군사, 또는 파스큐라의 구성원은 아니었다. 최초의 작품 발표는 1927년 11월 5일자 『조선일보』에 발표된 〈나의 行進曲〉으로 나타난다. 그 작품 경향은 목적의식 일변도의 생경한 구호투가 주가 되어 있다. 〈타는 가슴/ 불붙는 심사!/ 그것은 民衆의 앞으로 民衆의 앞으로 굳세게 나가기를 요구한다/ 소리치는 나의 音響─音聲의 파동/ 그것은 멀리 더 멀리 民衆의 가슴을 뚫고/ 민중의 마음을 이끌어 나간다〉(─〈나의 행진곡〉 제1연). 그의 시작 세계는 대체로 세 단계로 나뉘어진다. 그 첫째 단계는 자연발생적인 입장에서 쓰여진 프로 시로 1927년도와 1928년경에 쓰여진 작품들이 이에 속한다. 이어 30년대 초두에 쓴 작품들에서는 목적의식기의 시가 지닌 단면이 검출되나 1934년 6월호 『문예창조』에 실린 〈5월의 태양〉에는 이미 계급성이 거세되어 나타나지 않는다. 그리하여 이 시기의 그는 낭만파에 속하게 된다. 소설과 비평에도 손을 대어 단편 〈현실〉(『조선지광』1928.4), 〈탈몽(脫夢)〉(『조선일보』1929.3.22)과 비평으로 〈현실에 대한 반역〉(『시대일보』1925.12.7), 〈신흥 문학의 예술적 가치〉(『문예운동』1926.5)등이 있으나 그 질적 수준은 높지 못하다.

직(품) 女職工

봄은 되었다면서도 아직도 겨울과 작별을 짓지 못한채
—낡은 민족의 잠들어 있는 저자 우에
새벽을 알리는 工場의 첫고동 소리가
그래도 세차게 검푸른 한울을 치바뜨며
三千萬 백성의 귓결에 울어나기 시작할 때

목도 메다 치여 죽은 남편의 상식상을
뭇처 치지도 못하고 그대로 달려온
애젊은 안악네의 갓븐 숨소리야말로……

惡魔의 굴 속같은 作業場 안에서
무릅을 굽힌채 고개 한번 돌리지 못하고
열두 時間이란 그 동안을 보내는 것만 하야도—오히려 진저
리가 나거든
징글징글한 監督놈의 음침한 눈짓이라니……
그래도 그놈의 뜻을 받어야한다는 이놈의 世上—

오오 祖上이여! 나의 남편이여!
왜 당신은 이놈의 世上을 그대로 두고 가셨습닛가?
—안해를 말리고 자식을 애태우는……

해석 · 비평

백철은 『조선 시문학사 현대편』에서 이 작품을 柳完熙의 대표작이라고

적어 놓았다. 그럼에도 작품의 질적인 수준은 다른 프로 시인의 것들에 비해서도 상당히 떨어진다. 이 작품의 대상이 되고 있는 것은 여직공이다. 이 작품의 뼈대를 이루는 것은 열악한 노동조건으로 생각된다. 그럼에도 이 작품을 읽는 이에게 여직공들의 괴로운 노동현장을 체험하도록 만들지 못했다. 이것은 이 작품이 당시 우리 시단의 일반적인 수준으로 보아서 별로 떨치지 못했음을 뜻하는 것이다. 유완희가 이 작품을 발표하기 전후해서 카프 내에서는 문학의 볼셰비키화를 위해 그 구성원들이 쉿된 목소리를 울렸다. 그들에 따르면 이데올로기가 일체이며 예술은 별로 중요하지 않은 것이었다. 그러나 이론상으로는 그런 주장을 하는 카프의 지도분자, 곧 박영희나 김기진, 윤기정, 조중곤 등은 그 실에 있어서 그들 작품을 이데올로기만으로 쓰지는 않았다. 그들이 평가하는 작품도 예외없이 예술적 형상화에 성공한 경우였던 것이다. 이것은 카프가 벌린 창작 활동의 이율배반성이었다. 그런데 유완희는 그런 카프의 생리를 약삭빠르게 터득하지 못한 것 같다. 그 결과 그의 시는 경향시로서 낮은 수준의 것에 그친 것이다.

작품 民衆의 行列

　　　行列! 프로레타리아의 행열
　　　家庭에서 田園에서 工場에서 또 學校에서
　　　街頭로 街頭로 흘러저 나온다
　　　營養에 주리여 蒼白한 얼골─그러나 熱에 뜨인 거름거리
　　　그들은 그들의 뛰노는 心臟의 鼓動을 듣는 듯하다

　　　비웃느냐? ×××무리들
　　　─그늘에 자라날 亨樂의 날이 아즉도 멀었다고
　　　그러나 그 거름 거리를 보라! 大地를 울리고 新生으로 新生으로

다름질하는 그 거름 거리를
그들은 인제는 너에의 覺醒을 더 바라지도 안는다
　―赤道가 北쪽으로 기울어지기를―사실 이외에 더 큰힘이 있
기를―바라지 안는다
　다만 힘으로써 힘을 이기고 힘으로써 힘을 얻으랴 할 다름이다
　그곳에 새롭은 世紀가 創造되고 ×××××××를 맛 볼 수
있으리니―

　빗켜라! ××들!
　그들의 行列을 더럽히지 말라! 굳세게 前進하는 그들의 앞길을

　行列! 푸로레타리아의 行列!
　家庭에서 田園에서 工場에서 또 學校에서
　街頭로 街頭로 흘러저 나온다
　하날에는 눈보라 감돌아 오르고 따에는 모진 바람 휩쓸어 드
는데
　―돼지무리 살가지 우슴 웃고……

해석 · 비평

　이 작품은 이른바 계급투쟁에 나서는 대중의 모습을 형상화하려는 의
도의 소산이다. 그리고 초기 유완희의 시로서 그 말씨에는 몇 군데 미숙
한 면을 들어낸다. 셋째 줄은 힘차게 움직이는 대중의 모습을 제시하고
자 한 부분인데 그것을 〈가두로 흘러저 나온다〉라고 한 것은 적절하지
못하다. 적어도 〈쏟아져 나온다〉정도가 되어야 했을 부분이다. 또한 마
지막 부분에도 비슷한 이야기가 성립된다. 여기서 〈돼지무리〉는 계급의

적인 자본가, 지주를 가리키는 것으로 보인다. 그런데 투쟁 대오에 나선 민중의 의기를 강조해야 할 자리에 그들이 웃음 웃는 것으로 이 작품이 끝나서는 말이 안 된다. 그것으로는 투쟁의욕이 고취되는 것이 아니라 오히려 김이 빠져버릴 것이기 때문이다. 이런 사실을 북쪽에서 나온『조선문학사』의 저자들도 느낀듯 보인다. 그리하여 필요하면 원작을 마음대로 뜯어고치는 솜씨를 살려 이 부분을 다음과 같이 고쳤다.

> 가정에서, 전원에서, 공장에서 또 학교에서
> 가두로, 가두로 흘러져 나온다
> 하늘에는 눈보라 감돌아 오르고
> 땅에는 모진 바람 휩쓸어드는데
> ─돼지무리 살가지 웃음 웃고 있지만
> 최후의 승리는 우리일 것이다.

이렇게 개작을 한 다음 북쪽 문학사의 저자는 이 작품에 대해서 다음과 같이 상찬의 말을 아끼지 않았다. 〈「시는 향락의 날이 아직도 멀었다.」고 믿고 있는 자본가 계급을 기어이 쳐물리치고 최후의 승리를 이룩하고야 말리라는 신념을 토로하고 있다. 시인은 "행렬! 프롤레타리아의 행렬!"이란 詩句와 그를 중심으로 이루어지는 동일한 내용의 시행을 첫 연과 마지막 연에서 반복함으로써 사람들의 심장에 프롤레타리아 행렬의 거세찬 흐름을 감촉케 하는 시적 운율을 조성하고 있으며 그를 통하여 시의 주제사상을 더욱 힘 있게 강조하고 있다. 또 다양한 반복법과 전도법을 적용함으로써 시의 주제사상을 더욱 예리화하고 있다.〉 인용된 부분으로 나타나는 바와 같이 북쪽 문학사가들은 이 작품의 의식 경향만을 상찬하고 있는 것이 아니다. 그들은 형태, 기법상으로도 이 작품을 명작으로 평가했다. 이런 그들의 판단은 대체 제대로 시를 알고 하는 것인지 하는 의문을 제기케 한다.

문학사 메모

유완희는 1930년대 후반기 이후 거의 시작 활동을 하지 않았다. 그리고 8·15 후에도 그 모습이 보이지 않는다. 이런 점으로 미루어 그는 한 번도 득의의 날을 맛보지 못한 채 은퇴, 병사한 것으로 생각된다.

참고문헌

白 鐵, 『朝鮮新文學思潮史 現代篇』(白楊堂 . 1948)

金載弘, 『카프시인비평』(서울대출판부, 1990)

박팔양(朴八陽)

(1905. 8. 2 ~   )

호는 여수(麗水). 필명은 김 니코라이로 경기도 수원 출생. 1920년 배재고등보통학교를 졸업한 다음 경성법학전문학교 입학. 이 무렵에 정지용, 박제찬등과 함께 동인지『요람(搖籃)』을 발간했다고 한다. 1923년 ≪동아일보≫ 신춘문예에 응모, 〈神의 酒〉가 당선되면서 문단에 등장, 이 무렵 본격화된 카프의 활동에 참가하여 그 중앙위원으로 활약하였고, 1926년 조선일보에 입사, 기자로 근무했다. 1928년 중외일보 사회부장을 역임하였고, 카프의 1차 검거 때와 2차 검거 때 모두 피검 당했으며, 그 후 한 때 전향하여 만주에서 발간되는 만선일보 기자로 근무한 적이 있다.

1940년 시집『여수시초(麗水詩抄)』를 발간했다. 카프 해체 후에는 이상, 김기림, 정지용, 박태원 등과 함께 9인회의 동인으로 활동한 적도 있다. 그러나 문학 세계는 카프 시대와 큰 차이가 나지 않는다. 그러므로 이때 순수문학 지향인 9인회에 관계한 것은 단순한 교우 관계로 생각된다. 8·15후에는 한 때 임화, 김남천의 문학가 동맹에 맞선 프로예맹의 주동자가 되었으나 곧 월북했다. 그 무렵 제2시집『朴八陽詩集』을 문화전선사에서 발행했다. 월북 후에는 문예총에서 일했고, 임화, 김남천이 거세되자 한설야와 함께 작가동맹을 장악했다. 그러나 그 후 다시 벌어진 숙청의 회오리에 말려 1966년 거세 추방되었는데 그때 그는 한설야가 위원장인 작가동맹의 부위원장이었다.

이때의 숙청 사유를 『조선문학사』는 다음과 같이 밝히고 있다. 〈당 안에 기여 들었던 반당·반혁명 종파분자들은 위대한 수령님께서 제시하신 우리 당 문예정책을 왜곡·집행하고 문학·예술을 통하여 부르조아 사상, 봉건 유교 사상, 수정주의를 비롯한 낡은 사상을 퍼뜨리려고 책동하였다〉. 이 숙청 이후 일부 월북 문인들 가운데는 복권이 된 예가 있다. 그러나 그 계기 현상으로 보이는 1979년도 판 『해방후서정시선집』에 박팔양의 작품은 한편도 나타나지 않는다. 이로 미루어 보아 그는 완전히 거세되었거나 또는 고령으로 사망했을 가능성이 있다.

작품 黎明 以前

　　　이제야 온단 말인가 이 사람들아
　　　나는 그대들을 기다려 기나긴 밤을 다 새엇노라
　　　까막까치 뛰어다니어 아침을 지저귈 때
　　　나는 그대들의 옴을 보려고 몇 번이나 洞口밖에 나갔든고

　　　그대들은 모르리라
　　　荒凉한 이 폐허, 이 거츠른 터에
　　　심술 궂은 비바람이 허공에 몸부림 치든 지난 밤 일
　　　아아 꽃같이 젊은 무리가
　　　罪 없이 이 자리에서 몇이나 피 토하고 죽지 않았느뇨

　　　光明한 아침을 못보고 죽은 무리
　　　그대들 오기를 기다리다가
　　　아아 옳은 사람 오기를 기다리다가 가버린 무리

그들의 피묻은 옷자락이
솟아오른 아침 볕에 붉게 빛나지 않느뇨

지나간 모든 일은 한바탕의 뒤숭숭한 꿈자리
고개 넘어 마을에 있는 적은 鍾이 울어
久遠의 길을 떠난 수난자를 吊喪할 때
보라 나와 그대들의 머리 우에 있는 해와 무지개!
폐허, 夜半의 비극을 모르는 것 같고나

밤새여 기다리든 이 사람들아
이제는 그 지루하든 어둔 밤을 다 지나 갔느뇨
千里 萬里 먼 곳으로 다 지나 갔느뇨
아아 지나간 밤의 자리하였음이여

해석·비평

　박팔양의 초기 작품 가운데 하나다. 정확히는 1925년 7월호『개벽』에 실린 것이다. 그가 거세되기 전에 나온『조선문학통사』에는 이 무렵 박팔양의 작품으로 이 시는 제외된 채 〈승리의 봄〉, 〈봄〉, 〈시냇물〉, 〈연설회의 밤〉 등을 들어 놓았다. 그런데 이들 작품은 생격한 관념만으로 이루어지고 있어 그 질적인 수준이 이 작품에 비해 떨어진다. 〈친구여! 그대는 아직도 기억하리라./ 겨울의 暴威가 왼 세상을 安全히 정복하였을 때./ 모든 생명이 숨을 죽이고 그 폭위 밑에 전율할 때/ 그대는 절망의 深淵에서 소리쳐 통곡하였다./ 하늘을 우러러 絶望되려는 목숨들을 붙들고 한없이 통곡하였다.(......) 봄은 마침내 우리를 찾아오고야 말았다./ 봄은 마침내 우리에게 돌아오고야 말았다./ 自然은 마침내 우리들의 승리를 선언하고야 말았다./ 오오 봄. 봄. 蘇生의 봄. 更生의 봄./ 山과 언덕과 드을에 꽃피고 새소리들리니./ 봄은 이제 完全히 勝利者의 봄이다.〉(―〈승리의 봄〉, 첫 연과 마지막 연) 여기 나타나는 바와 같이 이들 시에는 감성을 자아내게 하는 기법이 확보되지 못했다. 그럼에도 북쪽 문학사에서 이들 작품이 추거된 까닭은 별 것이 아니다. 여기에는 이름바 계급의식의 전망이 확보되어 있기 때문일 것이다.

〈여명이전〉에는 이들 작품과 달리 일종의 가락이 실려있다. 이 작품은 물론 역사의 새벽을 노래하고저 한 것이다. 그를 위해서 값진 희생들이 지불되었다. 그 희생이 어떤 성격의 것인지는 3연 마지막이 매우 암시적이다. 〈아아 옳은 사람 오기를 기다리다가 가버린 무리./ 그들의 피문은 옷자락이/ 솟아 오른 아침 볕에 붉게 빛나지 않느뇨.〉 카프에 참여하기 이전 박팔양은 ≪동아일보≫의 신춘문예를 통해서 등단했다. 그 후 곧 그는 계급사관에 물든 것 같다. 사회주의자에게 붉은 빛깔은 혁명과 투쟁의 상징이며 赤旗歌를 연상케 만든다. 위에 든 구절에도 그런 심상이 포함된 것이다. 이렇게 보면 이 작품은 계급문학의 필수 요건인 계층의식까지를 담고 있는 셈이다. 물론 이 작품도 부분적으로 부적절한 말씨가 쓰인 곳이 있다. 그러나 이런 단면은 이 무렵 프로 시가 가진 전반적인 한계에 속한다. 대체적으로 보아 이 작품은 한국 계급시의 수준 작에 속한다.

 ## 봄의 先驅者
—봄의 先驅者 진달래를 노래함

날더러 진달래꽃을 노래하라 하십니까
이 가난한 詩人더러 그 寂寞하고도 가엽슨 꽃을
일은 봄 산골짜기에 소문도 없이 피였다가

하루 아침 비바람에 속절없이 떨어지는 그 꽃을
무슨 말로 노래하라 하십니까

노래하기에는 너무도 슬픈 사실이외다
百日紅같이 붉게 붉게 피지도 못하는 꽃을
국화와 같이 오래 오래 피지도 못하는 꽃을
모진 비바람 만나 흐터지는 가엾은 꽃을
노래하느니 차라리 붓들고 울 것이외다

친구께서도 이미 그 꽃을 보셨스리다
화려한 꽃들이 하나도 피기 전에
찬바람 오고가는 산 허리에 쓸쓸하게 피여 있는
봄의 先驅者 연분홍의 진달래꽃을 보셨스리다.

진달래꽃은 봄의 先驅者외다
그는 봄의 消息 먼저 傳하는 豫言者이며
봄의 모양을 먼저 그리는 先驅者외다
비바람에 속절 없이 지는 그 엷은 꽃잎은
先驅者의 不幸한 受難이외다

어찌하야 이나라에 태여난 이 가난한 詩人이
이같이도 그꽃을 붓들고 우는지 아십니까
그것은 우리의 先驅者들 受難의 모양이
너무도 많이 나의 머리 속에 있는 까닭이외다

노래하기에는 너무도 슬픈 사실이외다
百日紅같이 붉게 붉게 피지도 못하는 꽃을
국화와 같이 오래 오래 피지도 못하는 꽃을

노래하느니 차라리 붓들고 울 것이외다
그러나 진달래꽃은 오라는 봄의 모양을 그 머리 속에 그리면서
찬바람 오고가는 산허리에서 오히려 웃으며 말할 것이외다
'오래 오래 피는 것이 꽃이아니라
봄철을 먼저 아는 것이 정말 꽃이라'고—

해석 · 비평

朴八陽 첫시집 『麗水詩抄』가 나온 것은 1940년의 일이다. 이때 일제는 태평양에서 전달을 열기 직전에 있었다. 그 전제로 그들은 식민지 한반도 내의 어떤 민족적 반항도 철저하게 봉쇄했다. 그런 상황의 빌미인지 『여수 시초』에는 박팔양이 카프 시대에 쓴 작품이 대부분 포함되지 않았다. 그러나 이 작품은 그 예외로 나타난다. 이 작품에서 진달래꽃의 심상은 선구자의 모습에 일체화 되어 있다. 그런데 여기서 선구자는 역사의 새 장을 열기 위해 고난의 길을 걷는 인격체일 뿐이다. 별도로 거기에 계급적 사상은 수반되지 않은 것이다. 그러나 형태, 기법 면에서 보면 이 작품은 앞의 작품을 능가한다. 여기서 선구자는 〈일은 봄 산골짜기에 소문도 없이 피었다가/ 하루 아침 바바람에 속절도 없이 떨어지는〉 희생의 꽃이다. 그리고 박팔양은 그것에 스스로의 감정을 불어 넣었다. 그에게는 일제 식민지 체제에 항거하다가 쓰러진 수많은 역사의 순교자들에 대한 기억이 있다. 그것을 진달래의 심상으로 제시하면서 일종의 비장미를 자아내게 하고 있는 것이다. 본래 진달래꽃은 한국의 산야에 피는 자연생 꽃의 하나에 지나지 않는다. 그것이 이 작품에서는 적어도 민족적 수난과 저항자의 모습을 띠고 나타나는 것이다. 이런 관점에서 보면 이 작품은 수준작이 많지 못한 카프 시대 시의 한 보기에 속한다. 다만 아쉬운 것은 이 작품의 제목이다. 이런 제목으로는 이 작품이 지닌 가락이나 어조가 그에 합치되지 못한다.

문학사 메모

북쪽에서 월북 문인들은 세 차례에 걸쳐 숙청되었다. 첫째 경우가 1954년도 여름에 벌어진 남로당계 문인들의 숙청이다. 다음 1956년 이태준계가 숙청되었고, 이어 1962년 한설야와 박팔양 등이 종파분자, 복고주의자로 몰려 숙청된 것이다. 이때 숙청된 문인은 이북만, 이근영, 황건, 김영석, 안회남, 현덕, 송영, 신고송, 한태천, 김북원 등 무려 30여명에 달했다. 그리고 이들은 70년대 중반까지 대개 복권이 되었다. 다만 한설야와 함께 박팔양 만이 이북 문단에서 영영 자취를 감추게 된 것이다.

참고문헌

시 집, 『麗水詩抄』(박문서관, 1940).

權寧珉, 『解放直後의 民族文學運動研究』(서울대 출판부, 1986).

李靑原, 〈휴머니즘의 역사적 전개〉, 『越北文人研究』(문학사상사, 1988).

金載弘, 『카프시인비평』(서울대출판부, 1990).

金容稷, 『한국현대시인연구』(서울대출판부, 2000).

박세영(朴世永)

(1907. 7. 5 ~   )

　호는 백하(白河). 경기도 고양군에서 출생. 1922년 배재고보를 졸업
한 후, 중국 혜령 소재 영문전문학교에서 수학. 귀국 후 초기 프로 문학
운동 단체인 염군(焰群)사 동인으로 활약. 이때 이미 사회 비평논설과
함께 시를 발표했다. 『염군』창간호에 〈양자강변에서〉를 게재 (이 작품
은 시집 『산제비』에 〈양자강〉으로 개작, 수록되었다). 그러나 본격적인 문
단 활동은 1925년도 목적의식기로 접어든 카프의 중앙위원이 되고난 후
로 잡아야 할 것이다. 카프 시대의 문학적 입장은 목적의식의 교조적인
옹호 쪽으로 경직되어 있다. 그런 의식 성향은 작품에도 그대로 나타나
그의 시에는 예술적 흥취보다 이데올로기에 대한 집념이 강하게 도사렸
다. 1931년 집단사에서 발간한 『카프 시인집』에는 김창술, 임화, 안막,
권환등의 작품과 함께 그의 〈누나〉가 실렸다.
　한 때 소년잡지 『별나라』를 주재하여 제 2세대를 위한 계급문학운동에 상
당한 역할을 했다. 1938년 〈山제비〉이하 40편을 담은 개인 시집, 『山제비』
를 중앙인서관을 통해 발행· 이 때 배제고보에도 근무한 적이 있다. 8·15
후에는 임화, 김남천과는 노선 해석을 달리한 조선프롤레타리아문학동맹을
발기, 뒤에 프롤레타리아문학동맹이 임화 등의 조선문학동맹과 합동하자 그
중앙위원으로 선출되었으나, 곧 월북하여 북쪽의 문예기구 조직활동에 중요

한 역할을 담당했다. 이어 북쪽에 이른바 인민정권이 발족하자 그 애국가를 작사했고, 6 · 25 동란 때는 종군 시인으로 참가하여 전쟁 체험을 노래한 작품들을 상당수 창작했다. 남로당계에는 비판적이었기 때문에 전후의 월북 문인 대숙청의 회오리 속에서도 무사했다. 그후 북쪽의 작가, 시인들에 대한 공식 평가로 나타난 해방 후 문학사나 일제 시대 문학사에서 그는 조국과 인민에 대한 사랑이 투철한 시인으로 평가, 기술되어 있다.

작/품 山 제비

南國에서 왔나,
北國에서 왔나,
山上에도 上上峰,
더 올를 수 없는 곳에 깃드린 제비
너이야말로 自由의 化身 같고나,
너의 몸을 붓들 者 누구냐,
너이 몸에 이른 체 한 者 누구냐,
너이야말로 하늘이 네것이요, 大地가 네것 같구나.

綠豆만한 눈알로 天下를 내려다보고,
주먹만한 네 몸으로 화살같이 하늘을 꾀어
魔術師의 채쭉같이 가로 세로 휘도는
山 꼭대기 제비야
너이는 壯하고나.

하로 아침 하로 낮을 허덕이고 올라와
天下를 내려다보고 느끼는 나를 웃어다오.

나는 차라리 너이들같이 나래라도 펴보고 싶고나.
한숨에 내닫고 한숨에 솟치여
더 나를 수 없이 神秘한 너이같이 되보고 싶고나.

槍들을 꽂은 듯 히디힌 바위에 아침 붉은 햇발이 비칠 제
너이는 그 꼭대기에 피어 올를 제,
山의 精氣가 뭉게뭉게 피어 올를 제,
너이는 마음껏 마시고, 마음껏 휘정거리며 씻을 것이요,
原始林에서 흘러나오는 世上의 秘密을 모조리 들을 것이다.

멧돼지가 붉은 흙을 파헬칠 제
너이는 별에 날러볼 생각을 할 것이요,
갈범이 배를 채우려 약한 짐승을 노리며 어슬렁거릴 제,
너이는 人間의 서글픈 소식을 傳하는,
이 나라에서 저 나라로 알려주는 千里鳥일 것이다.

山제비야 날러라,
화살같이 날러라,
구름을 휘정거리고 안개를 헤쳐라.

땅이 거북등같이 갈러졌다.
날러라 너이들은 날러라,
그리하여 가난한 農民을 위하여
그름을 모아는 못 올까,
날러라 빙빙 가로 솟치고 내닫고,
그름을 꼬리에 달고 오라.
山제비야 날러라,
활살같이 날러라,
그름을 헷치고 안개를 헤쳐라

해석 · 비평

〈山제비〉는 1963년 11월에 발간된 『낭만(浪漫)』에 실린 작품이다. 그리고 朴世永의 첫 시집 제목으로 쓰인 작품이기도 하다. 이로 미루어 보아 이 시의 작자가 그에 대한 애착을 느낀 정도가 짐작된다. 발표 시기는 카프의 해체 이후로 되어 있지만 이 작품에는 그런대로 프로시가 지녀야 할 요건이 어느 정도 확보되어 있다. 우선 일제 치하에서 모든 프로 詩는 일종의 빈궁의식을 담고 있어야 했다. 일제는 그 제국주의적 통치책으로 우리 민족, 특히 그 절대 다수를 차지하는 서민 대중들을 심하게 착취, 핍박했다. 그들의 수탈 때문에 우리 서민 대중은 모두가 심한 가난에 시달렸다. 프로문학이 그 바닥에 빈궁 의식을 담고 있어야 할 까닭은 이런 상황 해석에서 빚어질 수 있는 것이다. 그런데 이 작품 마지막 부분인 〈땅이 거북등 같이 갈라졌다.〉 〈그리하여 가난한 農民을 위하여〉와 같은 행간에는 빈궁의식이 포함되어 있는 것이다. 또한 모든 프로문학은 굴강한 느낌을 자아내도록 요구된다. 계급적 착취에 맞서 싸워 이기기 위해서는 한숨이나 눈물은 금기사항이다. 그 대신 억센 투쟁의 정신으로 적대 세력과 맞서 싸우고 이길 것이 요구되는 것이다. 이 작품에서 산제비는 〈자유의 화신〉이며 〈녹두만한 눈으로 천하를 내려다 보고〉, 〈화살같이 하늘〉을 나는 날짐승이다. 그것은 문자 그대로 두려움을 모르며 날랜 것의 상징에 해당된다. 또한 이 작품은 그 길이가 9연 40행이다. 그 말 역시 농축적이라기 보다는 산문 양식의 그것처럼 적지 않게 설명적인 편이다.

이 작품의 이런 성향에 대해서는 서문을 쓴 民村 李箕永이 〈군의 시집 "산제비"는 첫째로 알기가 쉽다. 가장 쉬운 말로 간결히 썼는 데도 불구하고 그것이 탈속하고 구체적으로 묘파되었다. 그리고 의미가 심원한 이상을 독자로 하여금 동경하게 하였다.〉라고 한 것에서 그 편모가 들어난다. 본래 프로 문학은 서민대중의 현실을 기능적으로 포괄할 수 있는 것이어야 한다. 그런데 그걸 효과적으로 이루어내기 위해서는 상징적 기능이 강한 말을 배제될 수 밖에 없다. 또한 의미의 집중을 요체로 삼는 서정 소곡보다는 서사시의 단면이 포함된 쪽을 택한다. 이렇게 보면 〈山제비〉는 프로문학의 도식에 대체로 맞는 작품이다. 그러나 이런 관점과 함께 이 작품에는 일종의 결격 사항도 포함되어 있다. 물론 프로문학은 현실주의를 토대로 한다. 그런데 현실주의의 기본 자산을 이루는 현실성은 목적의식이나 의도만으로 확보되지 않는다. 거기에는 적어도 개연성이 보유되어야 한다. 그럼에도 이 작품의 문맥으로는 산제비가 자유회 화신이며 투쟁의 상징, 승리의 표상일 가능성이 기능적으로 나타나지 않는다. 이것은 이 작품이 30년대 시의 일반적인 수준으로 보아 크게 성공작이 못됨을 뜻한다.

작품 委員會로 가는 길

비는 오고
날은 어두워
지척이 안보이는 논길로
나는 지금 위원회에 간다

우산도 없이.
등불도 없이.
다만 바람에 섞인 빗소리,
또랑물 소리만이 요란히 들릴 때,
그 옛날 연인과 같이 이 길을 걷던 때 보다도
나의 마음이 기쁘구나

지금 同志들은
나를 기다릴 게다

지나간 날 놈들은 독사와도 같이
우리를 물어 뜯었지!
이 밤엔 비, 바람이 또 해살을 노는거냐
그러나 가자
비는 오고
바람은 불어도

나는 이밤에 同志들과 같이
우리가 행동할 것을 그려보면서 간다.
同志들의 번쩍이는 그 눈동자들이
어쩐지 이 밤엔
내 길을 밝혀 주는 등불과도 같구나

가자 어둠의 밤,
비는 오고
바람은 불어도

해석 · 비평

이 작품은 1946년 1월호 『우리 文學』에 발표된 것이다. 『우리 문학』
은 조선문학가동맹 서울시지부의 기관지로 발행된 잡지다. 그러니까 이
작품은 박세영이 8·15후에 쓴 작품의 하나가 되는 셈이다. 이 작품을
쓴 다음 박세영은 곧 북쪽 길을 택해서 서울을 떠났다. 그 이유는 대충
두가지다. 하나는 8·15후 좌파 시의 판도에 관계된다. 8·15직후 그는
프로 예맹에 관계했는데 그것과 대치된 문학가동맹계 시인들 가운데는
상당히 밀도 있는 말을 구사하는 예가 나타났다. 그들이 곧 새롭게 계급

시인들로 부상하기 시작한 김기림과 이용악 이며 유진오, 이병철 등의
전위 시인들이었다. 뿐만 아니라 박세영은 프로예맹계에서 시인으로는
거의 유일한 존재였다. 그 이외의 예맹계 시인으로 朴芽枝가 있었을 뿐
이었다. 그렇다면 다같은 계급시인이라고 해도 그의 위상은 남쪽에서 상
대적으로 위축, 격하될 수밖에 없었던 것이다.

　뿐만 아니라 합동 후의 문학가동맹 내에서 그 위치 역시 매우 애매했
다. 8·15직후 재건파 공산당의 지도자가 된 박헌영은 9월 테어제를 통
해서 당의 지도 원칙을 인민 민주주의 노선이라고 규정했다. 그것은 위
장된 대중 포섭 정책이었지만 어떻든 박세영이 속한 프로예맹의 경직된
볼셰비키 혁명노선을 인정하지 않았던 것이다. 이것은 정치노선으로 보
아 박세영이 남쪽을 떠나게 할 빌미가 된 것이다.

문학사 메모

　월북 후에도 박세영의 활동은 크게 떨치지 못했다. 그가 38선을 넘었
을 때 이미 북쪽에는 소련파로 나타난 조기천이 등장했다. 그는 『백두
산』등 김일성의 항일 유격대 활동을 노래하여 8·15 후 북한의 시단을
풍미하고 있었다. 또한 김일성 찬가를 쓴 李燦도 당의 강한 비호를 받았
다. 뿐만 아니라 林和는 경향문학운동의 강한 무기 구실을 하는 비평 활
동에도 재빠르지 못했다. 그리하여 한동안 그는 북쪽에서도 뚜렷한 시인
으로 부상하지는 못했다. 그런 그가 보신의 길로 택할 수밖에 없었던 것
이 북쪽 당의 요구에 십분 순응하는 일이었다. 그리하여 그는 북쪽 애국
가의 작가가 될 수 있었다. 그리고 김일성의 유일체제 확립에도 충직한
문학자가 되었다. 6·25 동란의 체험을 담은 시집 『수령은 부른다』속의
한편 〈우리의 수령은 나를 승리에로 부르셨네〉에서 다음과 같이 썼다.

아 우리의 수령

김일성 원수이시여!

명령을 내려 주시라

어떠한 전투 임무도 내려 주시라

수령께서 항시 지척에 계시고

승리로 이끌어 주심으로해

우리는 굴할 줄 모르고 싸웁니다

조국 통일의 길에서

공화국을 수호하며

세계 평화를 위한 길에서

　이 작품에 대해 북쪽의 공식 문학사는 〈박세영은……고지를 사수하면서 적들에 타격을 주는 전투에서 항상 김일성 원수를 승리의 깃발로 우러러 거기에서 불굴의 의지와 용기를 얻는 전사들의 심정을 노래〉했다고 평가했다. 이런 그의 창작 경향이 월북 시인 중 그만이 끝내 거세되지 않은 비결로 작용한 것이다.

참고문헌

시집, 『카프 詩人集』(集團社, 1931. 월).

시집, 『횃불』(우리 문학사, 1946. 4).

시집, 『山제비』(中央印書館社, 1938. 5).

朴芽枝, 『朴世永論』(風林, 1937. 4).

權 煥, 朴世永 시집, 『山제비』를 읽고『동아일보』, 1938. 8. 17).

李 燦, 대망의 시집 『山제비』를 읽고『조선일보』, 1938. 8. 30).

金載弘, 신념파와 프로시인, 『카프시인비평』(서울대출판부, 1990)

金容稷, 『해방기 한국시문학사』(민음사, 1989)

金容稷, 『한국현대시인연구』(서울대출판학부, 2000)

김해강(金海剛)

(1903. 4. 16 ~ 1988)

본명은 김대준(金大駿). 전라북도 전주에서 출생. 1918년 보성고등보통학교에 입학했으나 3·1 운동으로 동교를 사퇴(이때 보성고보의 교장은 시인의 고모부인 崔麟이었고 그가 기미독립선언의 민족대표 중 33人이었다.). 전주사법학교로 적을 옮겨 1923년 졸업과 함께 진암초등학교 교사로 근무. 이후 전북 내의 여러 곳의 초등학교에서 교편을 잡는 한편 창작활동을 하였다. 그의 작품으로 최초의 것은 1925년 8월 21일『조선일보』에 발표한〈한낮〉이다. 그에 이어 1925년 11월호『조선문단』에〈달나라〉, 다음 해 3월호『조선문단』에〈무너진 옛 성터에서〉를 발표하면서 작품 활동이 본격화되었다. 초기에는 경향색이 짙은 작품을 발표하여 시인으로서는 유일하게 동반자 시인으로 지칭되었으나 1930년대 중반기에 카프 해산 후의 프로문학 퇴조와 함께 그 테두리에서 벗어났다.

1936년『시건설(詩建設)』동인으로 참가하였으며, 이 무렵부터 향수를 즐겨 작품의 제재로 잡는 서정시인으로 변모하게 되었다. 1937년 3월『조선문학』에 장편 서사시의 시도로『홍천모(紅天夢)』발표, 1940년 김남인(金嵐人)과의 공동 시집『청색마(靑色馬)』발간. 또한 같은 해에〈장운라〉,〈사랑의 여명(黎明)〉등을 연재한 바도 있다. 8·15 직후에는 별반 작품 활동을 하지 않다가 50년대 후반기부터『현대문학』과『자유문

학』등에 기고, 1963년 예총 전부지부장을 역임하였고, 1968년 단독 시
집으로는 최초의 것이 되는 『동방서곡(東方曙曲)』을 상재. 줄곧 고향인
전주를 지키면서, 전주고등학교, 전주사범학교 등에서 교편을 잡았다.
향리를 지킨채 중앙으로 자리를 옮기지 않았다. 1984년 만년의 작품들
을 모은 『기도하는 마음으로』를 출간. 중앙 문단에서는 소외되어 있었으
나 작고 직전까지 꾸준히 작품 활동을 한 보기 드문 초기의 경향시 제작
자 가운데 한 사람이다. 1986년 『表現』에서 그의 추모 특집이 나와 여느
경우와는 달리 그의 이력 사항이 자세히 밝혀졌다.

작품 東方曙曲

북을 울리라.
둥 두리 둥 둥 둥……
북을 울려라.
둥 두리 둥 둥 둥……

가슴과 가슴. 希望과 經論에 뛰는 우리 젊은이의 붉은 가슴.
팔과 팔. 부시고 세울 굵은 피ㅅ대 이어진 무쇠의 팔.

나아가라. 큰 발자욱으로 첫벅 첫벅 땅을 굴으며
더운 모래우를 長槍 들고 내닷는 아푸리카
검둥이 젊은 勇士들처럼

소리 처라. 東方이 터지는 구나!
창날 바람에 휩 쓸리는 잠 무든 꿈쪼각들.
밤은 멀리 숨을 죽이고 쫓겨가지 안느냐?
우렁차게 소리처라!

東方은 터진다!
한울을 찢어 誕生하는 새날 아드님을 두손 벌려 바뜰기 위하야.
향이 이 터에 君臨하올 새날 아드님을 아시울 새라.

팔 걸워
발 마쳐
나아가라. 나아가라!
우렁찬 소리로. 우렁찬 소리로.

눈ㅅ瞳子 번개 불 몇해를 첫드냐
우리를 삼킨 젊은 가슴 두근거리지 않느냐?

나아가는 앞길엔, 거더채는 泰山도 한 알 조약돌이라
뫼뿌리 千萬 칼날이란든 거칠 것이 무엇이랴!

팔걷워
발마쳐
나아가라, 나아가라 젓벅젓벅…
우렁찬 소리로, 우렁찬 소리로 쩌르렁 쩌르렁…

울려라. 북을 쇠북을
東方갓가워 온다.
울려라. 북을 쇠북을
東方이 갓가워 온다.

해석 · 비평

김해강의 초기 詩는 대개 목적의식이 앞선 나머지 형태, 기법에 대한 배려가 나타나지 않는다. 그러나 이 詩에서는 그것이 다소 지양되었다. 이 작품의 주제는 물론 시대 개혁의 의지를 노래한 것이다. 그것을 율조로 바꾸면서 김해강은 매우 경쾌한 가운데 힘이 느껴지는 리듬을 도입했다. 그 결과 이 작품을 읽는 사람은 마치 행진곡을 들을 때와 같은 율동감을 느끼게 된다. 초기에 김해강이 보인 시는 대개 그 말씨가 경직된 것이었다. 그러나 이 작품에서는 어느 정도 그것이 극복되어 있어 다른 제작자의 경향시에 대비시켜 보아도 수준급이라는 이야기가 성립된다. 이런 작품이 그러나 당시의 경향시단에서는 별로 주목되지 않았다. 그 빌미는 대충 두 가지로 추정될 수 있을 것이다. 우선 이 작품을 발표하기 전 김해강의 시는 대개가 범작에 속했다. 그런 가운데 다시 이 작품이 나왔으므로 그저 그런가 보다로 생각되었을 공산이 있다.

다음 또 하나의 빌미는 그가 카프의 정식 맹원이 아니라 동반자 시인에 그친데 있지 않았나 생각된다. 그 작품의 질로 보면 『카프 詩人集』에 실린 권환이나 안막의 시도 김해강의 것에 비해 뚜렷이 나을 것이 없었다. 그럼에도 김해강이 『카프 시인집』에 오르지 못하고 권환과 안막의 것이 수록된 까닭은 별 것이 아니었다. 권환이나 안막은 소장파로 귀국한 후 곧 카프의 주도권을 장악했다. 그 결과 그 조직 기구 안팎에서 그들 시가 프로문학의 대표작처럼 일컬어지게 된 것이다. 김해강의 시가 경향시단에서 소외된 이유는 동시대의 시에 대한 평가가 흔히 문학운동에 결부된 결과로 보인다.

 기대리는 그 밤

1

어제ㅅ밤 바람불고 찬비 뿌리옵드니

아침부터 흰눈은 풀풀 날리옵니다
당신의 일은 어느 날에나 끝을 보여주오리까
시원한 해결도 없이 이 해도 또한 저무러가옵니다

2

날시 치워지오매 당신의 건강이 더욱 마음에 얹히옵니다
—먼날에 뜻을 구울녀 근육을 어루만즈시오며
왼몸을 달구는 불같은 호흡을 눌러 죽이시올 때
한두 날 아니옵거든 얼마나 가슴이 답답하오리까

3

조곰도 제몸을랑 걱정을 잊어주소서
당신의 받는 괴로움에 비기오면 제몸의 그것 무엇이오리까
— 하기야 더러는 곡기를 못하고 어린 것을 안으온채
밤을 넘기는 적이 없는 것도 아니오나 그것이야 무슨 괴로움
이 오리까p

4

해빛 없는 싸늘한 판자 우에 젊은 날을 그대로 장사하시는
당신이 받는 괴로움에 비기오면 아모것도 아니온 것을
해 돋는 아침에 가벼운 공기를 마시는
그것만일지라도 오히려 넘치는 행복이옵거든—.

5

며칠 걸러 그이들은 찾아 주나이다
저녁에도 그이들은 량식ㅅ되와 나무ㅅ단을 주고 갔나이다
얼마나 적적하랴 싶어 여러가지로 인사를 베풀고 갔나이다
그이들을 생각하온들! —오—제 마음은 더둑 든든하옵거든—

6

'어머니 아빠 집에 언제나 돌아오시우?
나 아빠 오시는날 어머니하구 아저씨들 하구 마중나갈테우
지금도 어린 것은 이처럼 씩씩하게 재롱을 피웁니다
부대 밖알 일의 걱정이랑 닞어주소서

7

이해도 또한 저무러 가는데 얼마나 심신이 괴로우시리까

작품 五月의 노래에 合唱을 하며

1

여보. 당신은 젊은 사나이가 아니오?
바위라도 녹일 예전의 불같은 생각은 영영 찢어지고 말았단
말이요?
더운 맥박이 굵게 물ㅅ결 치든 당신의 근육은
죽어 나빠진 싸늘한 생선처럼 어이 이 마음에 소름을 끼처줄
뿐이오?

火口처럼 ×× 배앗든 당신의 거세인 입술과
우뢰같이 우렁찬 소리를 쏘다트리는 당신의 聲帶는
戰車같이 굴러가는 ××의 行進에 精力을 ××줌이 얼
마나 컸었소?
하거늘 우그러진 납통처럼 그대로 젊은 날을 썩은 수채에 장사
하려오?

더운 呼吸이 뽑힌 당신의 허파는 바람 빠진 죽은 風船과 같구려.

움직임이 없는 당신의 心臟은 깨어진 彈子 껍질과 같구려.

여보. 예전에 당신을 든든한 ××로 빛나는 날림을 바뜰든 이 마음은

오늘에 한개의 약한 사나이로 가벼운 早喪을 끼엇는 야릇한 안해가 되엇구려.

이렷틋 죽은 젊은 날을 멍에하게 됨은 무슨 까닭이었소?

당신이 약한 사나이가 아니란 것을 나에게 보여줄진대,

太陽이 꺼진 그 가슴을 턱 벌니고 들이 밀어

날카로운 활촉에 불을 먹여 활ㅅ줄을 퉁기는 이 안해의 뜻을 바더주오.

2

여보. 지루하든 겨울도 지나고 봄도 지나고,

이젠 기운 맑은, 가장 유쾌스러운 五月의 아침이외다.

푸른 빗 넘처넘처 좍—좍 흐르는 天空엔 太陽의 金살이 퍼지고,

저자에 여울치는 우렁찬 노래는 五月의 空氣를 힘껏 새롭게 흔들어 놋는구려.

이봐요. 五月의 노래는—저자에서 저자로, 마을에서 마을로

흐로고 넘치고, 넘치고 다시 흐을러

길로, 한울로—울을 넘스고, 장벽을 뚫코

주름 주름 젊음에서 멀어가는 당신의 얼골을 凝視하는 이 가슴에도 흘러 드는구려.

어이 할테요. 여보. 당신의 가슴에 最後의 경고를 당겨 주나

니 화약같은 젊은 날을 다시 살니려거든 화닥 문을 박차고 ××
×××
  그리하여야 ××의 행길에 넘처 흘으는 슴唱을 하며,
  유쾌한 거름거리로 다신 太陽을 이고나아가는 젊은 남편이
되어주오.

해석 · 비평

  위의 두 작품은 서간문 형식이 된 점에서 공통된다. 그 화자들 역시 여
성이다. 〈기대리는 그 밤〉의 화자는 남편 또는 동지를 감옥에 보내고 혼
자 겨울 밤을 지키는 여성이다. 그녀는 남편의 정신적 지향이 옳음을 믿
어 의심치 않는다. 〈五月의 노래에 슴唱을 하며〉에서도 그 화자는 여성이
며 그 말은 남편을 향한 것이다. 그러나 이 작품에서는 그 남편이 투쟁의
대열에서 떨어져 나간 낙오자다. 화자는 그에 대한 실망을 말하면서 다시
한번 그의 남편이 당당하게 싸워 줄 것을 요구한다. 그 내용과 형태가 비
슷함에도 불구하고 작품의 격으로 보아서는 〈기대리는 마음〉이 다소간 앞
선다. 〈五月의 노래에 슴唱을 하며〉는 너무 그 말이 산만하게 쓰여 있다.
남편에게 투쟁의 결의를 촉구하는 여성의 마음씨를 피력하는 차원에서는
말이 이보다 좀더 집약될 필요가 있는 것이다. 〈기대리는 그 밤〉에도 부
분적으로는 문제가 없는게 아니다. 가령 2연의 〈—머언 날에 뜻을 구을려
근육을 어루 만즈시오며〉는 옥중에서 절치부심 투쟁의 의지를 다지는 남
편의 모습을 심상으로 제시한 부분이다. 그런데 여기서 〈뜻을 구울려〉라
든가 〈근육을 어루 만즈시오며〉는 아무래도 적절하게 생각될 수 없는 부
분이다. 그러나 적어도 이 작품에는 감옥에 남편을 두고 집을 지키는 아
내의 애틋한 목소리가 담겨 있다. 金海剛은 그 나름대로 30년대 초까지
줄기차게 경향시를 썼다. 그러나 카프가 거듭 탄압을 받고 경향시를 발표
할 길도 막히자 그것을 포기한 것이다.

문학사 메모

  김해강이 동반자 시인인 것은 물론 그가 카프에 가맹하지 않았기 때문
이다. 그가 카프에 가맹했다면 그의 시는 프로시로서 좀더 크게 부각될
가능성이 있었다. 그렇다면 그가 카프에 가맹하지 않은 까닭은 무엇인
가? 이에 대한 대답으로는 그가 그 무렵 일제의 삼엄한 감시, 규제를 의
식한 나머지 적극적으로 가맹을 시도하지 않았기 때문이라고도 할 수 있
다. 그러나 달리 생각하면 그는 이미 색깔이 짙은 경향시를 쓴 시인이다.
그렇다면 가맹이 유보된 사정은 달리도 추정될 수 있겠다. 우선 그 하나
의 까닭으로 그가 일찍 보성고를 중퇴하고 고향인 전주로 학적을 옮긴
일을 생각해 보아야겠다. 만약 김해강이 서울에 있었고, 경향시를 써서
발표했다면 카프 본부에서 그에게도 손을 뻗쳤을 것이다. 그러나 서울이
아닌 지방에서 시를 발표했기 때문에 카프 가맹이 유보되었을 법하다.
이것은 카프의 조직이 갖는 한계에서 빚어진 것이다.

참고문헌

시집, 『靑色馬』(명성출판사, 1940)
시집, 『東方曙曲』(교육평론사, 1968)
李秉珏, 〈金海剛論〉, 『風林』(1973. 4)
李基班, 〈金海剛硏究〉, 『전주영생대학논문집』(1978. 8)
金載弘, 동반자 프로시인 金海剛, 『카프시인비평』(서울대출판부, 1990)

박석정(朴石丁)

(1903. 2. 2 ~ 1959. 6. 26)

경상남도 밀양에서 출생. 일찍 동경으로 건너가 노동운동에 관계. 1931년 박노갑, 신고송, 이찬 등과 동지사를 설립, NAPF의 후인이 KOPF에도 관계하여 활동을 하다가 1933년 피검, 사상범으로 구금되었다. 그런 사실은 〈독방음〉의 〈왼 하로의 동무가 책한 권 뿐/ 생각은 千里 萬里 달려 가것만/ 몸뚱이는 두 발자국 떼 놀 수 없으니/ 우리는 사랑의 호랑이든가〉에서 어느 정도 나타난다. 8·15 직후에는 林和 등의 문학 건설본부에 맞서 조선프롤레타리아 예술동맹 조직, 그 서기장으로 있다 가 문학가동맹과 합동, 시부위원으로 활약 하였으며 문학가 동맹 서울시 지부 기관지 『우리 文學』편집. 1946년도 판 조선문학가동맹의 연간 시 집에 〈해후〉가 실렸다. 1947년 4월 2차 전국문학자대회가 군정청의 금 지로 이루어지지 못하자 월북, 그후 북쪽에서 시작 활동을 하였다. 1959 년 조선작가동맹 출판사에서 선시집 『종다리』가 발간되었다.

작품 고향에 돌아와서

꿈에도 잊을 수 없는 故鄕이라
병든 몸을 가지고 이땅에 닥쳤드니
앞동산 嶺南樓가 미웁게 변해지고
거리마다 젊은 술꾼만 늘었네

심장은 말라지고 뼈만남은 내고향이
숨차게 都市化하는 꼴이야……
팔려가는 사랑하는 색시에게
손목잡고 호소하는 내 마음이네

죽어도 살아도 내 고향이니
정신없는 술꾼에게라도 물어볼까
못먹고 못살수록 가슴에 고동치던
이곳에서 유린 당한 심장을 어데서나 찾아 볼고

해석·비평

이 작품은 1939년 11월에 나온 『浪漫』 창간호에 실린 것이다. 같은 호
『낭만』에는 이 작품과 함께 〈독방음〉이 실려 있다. 그 꼬리에 〈구고〉라고
적은 것을 보아 동지사 사건으로 투옥된 체험을 노래한 것으로 보인다. 이
작품은 그 후 그가 더 이상 일본에서 계급투쟁조직에 관계할 수 없게 되자
실의, 낙담과 함께 귀향하여 쓴 것이다. 그 이전 그가 어떤 경로를 통해서
계급운동에 투신하고 이데올로기 문학을 하게 되었는가에 대해서는 자세
히 알려진 것이 없다. 다만 조선 총독부 경무국 발행 『高等警務報』 1호에

는 카프와 납프의 상관관계를 알리는 다음과 같은 기록이 있다.

昭和 6년 10월 日本無産者藝術團體協議會(전일본무산자예술연맹의 후 신)가 日本 프로레타리아 文化聯盟이 되자 무산자사의 잔당 분자인 金斗 鎔, 朴丁石, 李北滿 등은 동년 11월 <정당한 맑스주의적 예술 이론을 파 아하고 기술을 수렴할 연구> 단체로서, 일본 프로레타리아 문화연맹과 조 선 프로레타리아 예술 동맹을 적극적으로 원조, 지지하여 그 확대 강화를 위해서 투쟁함>이라는 강령 아래 동경 同志社라 칭하는 단체를 결성하고 기관지 『同志』를 발행하게 된 것인데 이 同志社는 동경에 있어서 <內鮮 양예술 단체는 필연적으로 통일 공동전선을 펴야 한다. 한 지역 내에서 민족적으로 두 개의 같은 종류의 단체의 存立은 불가능하다>라는 조직 이론의 반대가 있어 昭和 7년 2월 해체하게 되어, 日本 프로레타리아 예 술연맹(콥프) 내에 조선에 있어서의 혁명적 문예운동을 조성하기로 되어 각 기술 단위로 곱프 내의 각 분야로 해소할 것이다.

여기서 朴丁石은 두 가지 의미에서 朴石丁과 동일인으로 생각된다. 우 선 그는 김두용, 이북만 등과 함께 일찍부터 일본 동경에서 계급운동을 조직한 자이다. 뿐만 아니라 그는 투옥당한 경험을 가지고 문학 활동에 도 관계하고 있는 것이다. 朴丁石이 바로 朴石丁이라면 그는 계급운동 문학의 대 선배라고 할 수 있다. 그 투쟁 경력 역시 매우 오래된 것이다. 그러나 시를 쓴 그의 솜씨는 반드시 그의 투쟁 경력에 비례하지 않는다. 이 작품에서도 그런 단면이 각명하게 나타난다. 〈고향에 돌아와서〉는 식 민지 조선의 궁핍상을 그 바닥에 깔고 쓴 작품이다. 시인이 그 현실에 대 해서 비통한 생각을 지니기는 했다. 그러나 그뿐 그것을 계급의식으로 바꾼 다음 읽는 이로 하여금 일제에 맞서는 감정을 자아내도록 만들지는 못했다. 특히 일종의 넋두리에 가까운 말씨는 상당히 덤을 얹어 주어도 경향시가 지녀야 할 가락을 빚어낸 것으로 볼 수는 없다. 박석정의 작품 은 그나마 일제 치하에서 발표된 것이 매우 엉성하다. 이런 까닭으로 우 리는 그가 그 무렵의 유능한 시인이었다고 셈쳐 줄 수는 없다.

작품 어머니

아득한 옛일도 생각되누나
나랏일 옳은 일 아심인지
얼없이 작란 같은 일
구지 말리지 못하시던 어머니

서뿔리 감옥에 가친 몸 되자
새벽 하늘 어둠 속에 목욕하시고
하나님만 찾으시던 어머니.

하루 한끼의 가난도 참으셨고
뼈아픈 슬픔에 입술을 깨물 줄 아시면서
오직 자식 안타까워 못견디는 어머니

붉은 태양 그 아래 태극기 뵈옵시고
이젠 죽어도 한이 없으시다며
너펄 너펄 춤추시던 어머니

내마음 어두울 때 초생ㅅ달 되시고
내마음 사나울 때 봄ㅅ바람 되옵시기
나이가 사십을 바라보아도
어머니 품 속에서 울고 싶을 때도 있거니
오호 애닯은 어머니
둘도 없는 그이를 생각하여도
참다운 새 조선의 일꾼 되고 말리

작품 山으로 들로

千年 萬年 말없는 이 강산에
슬픔과 기쁨을 호소하자
우리네 살길도 물어보자

山은 허러진채 그대로이고
들은 추수 때도 늦었는데
길거리 담장에 붙은 삐라에
精神을 못채리고 왔다 갔다하면서
서울 좁은 여관방에
무슨 꿈을 꾸려느냐

끝없는 하늘 밑에 사나니
深呼吸도 해가며
산에도 올라 보고
들에고 나가 보자
한 주먹의 흙도 거룩하지 않느냐
한 포기의 풀도 새롭지 않느냐

해석·비평

　두 편은 우리문학사 발행, 해방기념시집『횃불』에 실린 것이다. 특히
〈山으로 들로〉는 9·5라는 숫자가 붙어 있다 .이것으로 우리는 이 작품
이 8·15의 감격을 다룬 시임을 짐작하게 된다. 그러나 질적 수준으로
보아서 이 시는 일제 시대에 쓴 것과 다를 바가 없다. 또한 이데올로기

상으로 보아도 주목할만한 부분은 나타나지 않는다. 이 시를 쓸 무렵 그
는 林和에 맞선 프로예맹에 소속되어 있었다. 그리고 이때 프로예맹은
林和등의 포섭 주의에 반대하여 계급적 이데올로기 일체주의를 표방했
다. 그 무렵 프로예맹의 이론분자 가운데 한 사람인 윤기정은 〈예술 운동
은 결국 계급적 진리의 인식과 실천 뿐이다. 이데올로기엔 假飾과 절충
이 있을 수 없다. 오직 하나 뿐으로 이 길의 성장을 위해 투쟁하면서 光
輝의 앞날을 바라보며 前進할 뿐이다.〉라고 선언했다. 그런데 이 작품에
는 이런 의식의 단면도 거의 검출되지 않는다. 이것은 경향시로서 〈山으
로 들로〉가 주목 될만한 것이 못됨을 뜻한다.

　〈어머니〉에 대해서도 〈山으로 들로〉와 거의 같은 이야기가 가능하다.
본래 박석정이 지향한 경향시는 넓은 의미에서 그 방법을 사회주의적 사
실주의에 의거하지 않을 수 없었다. 그런데 그 방법에 의하면 시에서도
한 인간은 전형적인 것이 되어야 했다. 여기서 전형이란 말할 것도 없이
계급적 의식을 집약한 인간을 가리킨다. 그리고 이런 일은 이미 1920년
대 중반부터 카프의 시가 어느 정도 이루어낸 것이다. 구체적으로 林和
의 일부 시들은 順伊를 등장 시키면서 그녀를 계급의식에 처한 여성의
한 상징이 되게 했다. 그리고 조명희나 이기영, 한설야의 소설에도 그런
주인공을 그리려는 시도가 끊임없이 나타난다. 그럼에도 박석정의 〈어머
니〉에는 그런 낌새가 거의 포착되지 않는다. 마지막 연은 이 작품이 경향
시라는 사실을 고려에 넣어 보면 제작 의도가 집중으로 강조되어야 할
부분이다. 그럼에도 여기서는 그것이 공연한 감상 정도로 들릴 뿐이다.
결국 박석정의 시 솜씨는 8·15 후에도 여전히 저미한데 그친 셈이다.

문학사 메모

　월북 후 얼마간 박석정의 작품 활동 양상은 뚜렷하게 나타나지 않는다.

그러다가 1950년도 중반부터 〈위대한 친선과 평화의 말〉(『조선문학』
1955. 8), 〈아리랑(『조선문학』1967. 11), 〈너를 두고〉(『조선문학』
1958. 9), 〈조국의 높이와 길이 그 무게를 두고〉(『조선문학』1964. 8),
〈그 눈 그 눈으로〉(『조선문학』, 1965. 9), 〈동해의 파도소리〉(『조선문
학』, 1968. 2), 〈장점의 어머니〉(『조선문학』, 1966. 4) 등 작품을 발
표했다. 그 시기는 대개 남로당계 거세와 때를 같이 한다. 이것은 그가
월북 후에도 林和, 金南天 등의 남로당계와는 거리를 두고 활동했음을
뜻한다.

참고문헌

시 집, 『햇불』(우리문학사, 1946)
오현주, 『해방기의 시문학』(열사람, 1988)
김용직, 『해방기한국시문학사』(민음사, 1989)

이 찬(李 燦)

(1910. 1. 5 ~ ?)

본명 李熙燦. 함경남도 북청군 북천읍에서 출생. 서울 제2고보 재학 때 『신시단(新詩壇)』에 〈봄은 간다〉를 발표. 1930년 제2고보를 졸업. 일본 와세다 대학 노문학과에 입학. 이때 이북만이 주재한 『무산자』사에 관계하고 카프 동경지부의 맹원이 되었다. 1933년 대학 중퇴 후 귀국하여 카프의 중앙위원으로 있으면서 프로문학운동에 참여. 카프 2차 검거 때 구금되어 수년간 감옥 생활을 하였고, 1937년 이후 북청·혜산진 등에서 인쇄업에 종사하며 간간히 중앙문단에 시와 비평에 속하는 글을 발표했다. 8·15 해방과 함께 조선문학가동맹 조직 활동에 참가. 이어 38선 북쪽을 택하여 엄청난 격변기에 매우 재빠른 전신을 하여 북쪽 창작계와 체제에 성공적으로 적응했다.

해방이 되면서 북쪽에는 진주군인 붉은 군대가 해방의 은인으로 부각되고 그들에 의해 김일성이 사회주의 체제 구축의 주역으로 부상했다. 이것은 이찬과 그밖의 모든 문학인, 예술인들에게 180° 다른 상황의 도래를 뜻했다. 이찬은 이런 상황에 재빨리 대처하여 〈김일성장군의 노래〉를 작사하여 일약 공화국의 대표시인으로 등장했다. 1946년 김일성 20개 정강이 선포된 이후의 북쪽 문단은 매우 독특한 상황 아래 놓였다. 이 무렵부터 북쪽에는 일체의 사태를 긍정적으로 노래하고 그리는 사회주의

적 사실주의가 요구되었다. 또한 북쪽을 한반도 통일 혁명기지로 다져나가기 위해서 모든 권력이 공산당과 그 구심점인 김일성에게 집중되어야 했다. 그것은 당시의 소비에트에서 벌어진 스탈린 숭배와 같은 개인의 우상화 작업을 뜻했던 것이다. 이런 사태는 일제 치하를 산 한국 문학인들에게 아주 심한 이질감을 줄 수 밖에 없었다.

본래 시인, 작가들은 권력, 특히 개인의 권력 장악에 대해 생리적인 거부감을 느낀다. 또한 일제 치하에서 한국 작가들은 수없이 역겨운 현실에 부딪쳐 왔고, 그들은 그것을 지적, 폭로하면서 그런 일이 시인과 작가의 올바른 임무라고 생각했다. 그런데 사회주의적 사실주의 창작 이론에 따르면 사회주의 체제 내에서 그런 일은 금기 사항이었던 것이다. 이런 사정 아래 8·15후 월북의 길을 택한 다수 문학인들은 한동안 창작 활동이 크게 위축될 수밖에 없었다. 그러나 이찬은 적어도 그 예외의 경우가 되었다. 그는 재빨리 북쪽의 창작 지침에 적응하면서 철저하게 당의 지도 방침에 부응하는 작품을 썼다. 그리고 북쪽 권력의 정점인 김일성의 찬양 지령에도 기능적으로 대처하여 〈김일성 장군〉의 노래 등 다수 개인 숭배물을 썼던 것이다. 이런 공적으로 그는 몇 차례에 걸친 북쪽의 숙청 선풍에도 휘말리지 않고 작품을 제작, 발표할 수 있었다. 그리하여 지금 북쪽에서 활동하는 시인 가운데는 가장 튼튼한 기반을 확보하고 있는 듯 보인다.

작품 일꾼의 노래

일꾼이여! 나아오라!
공장에서, 학교에서, 저자에서, 浦口에서—
그대들이 作日의 戰野에 패한 핏투성이의 기록과
쌀쌀한 계집애에게 채임 받은 戀의 쓰라림이
오늘엔 동전 한푼의 값이 없나니 쓸이 없나니

햇빛 못보는 陰鬱한 土窟 속에서
光明의 새 世紀를 찾으랴거든
허무러진 그대들의 花園에 새로운 봄을 마지하랴 거든
사벨을 펜을 뿔곽을 꼭갱이를 가지고서
이곳으로 그대들의 일터로 줄달음질 하여 나오라!
그러나 미적지근한 일꾼이거든
차라리 나오지 마라!
백에 하나라도 千에 단 하나라도
이글 이글 타오르는 太陽과 같은 힘찬 熱情과
하날 땅 마자 문허져도 무서움 업는 굳센 勇力을 가지고서
나아오라!
그리고 일군이여!
그대는 주린배를 허릿띄로 졸러 매고서라도
사랑스런 안해의 입술을 물리처버리고서라도
東으로 千里 北으로 三千里 하염없이 쏘아 다니며
뜻같은 동모를 찾아서―
그들과 손을 잡고 일하라!
밤낮을 헤아림 없이 죽을 힘을 다하야 일하라!
만일 불행히도 그대가 중도에서 거꾸러지더라도
白沙場에 물든 그대의 샛빨간 피가
街頭에 남는 그대의 거츠른 발잣최가
울고만 있는 어리석은 무리들의 가삼을 터지게 하리니
그리고 그대의 뒤를 따라 이러나게 하리니
그때 오래인 날 그대들의 눈앞에 자랑하든 무리
옥 살리든 무리 널덜대든 무리 모다 꼬리를 감초고서
미구에 어둠을 뚫고 光明의 세찬 북소리 요란히 들려오리니……

해석 · 비평

이 작품은 〈해질녘의 내 감정〉과 함께 1930년 4월호인 『學之光』 29
호에 실린 것이다. 『학지광』은 동경 유학생들의 기관지였으므로 이 詩는
李燦이 와세다대학에 입학하고 나서 쓴 작품이다. 뿐만 아니라 그는 그
이전에 『新詩壇』을 통해서 이미 한국 시단에 등장한 시인이다. 그럼에도
작품의 질적인 수준으로 볼 때 이 시는 아주 저조한 경우에 속한다. 여
기서 일꾼은 물론 압제를 박차고 새로운 역사의 국면을 타개할 시대의
역군을 가리킨다. 그런 그를 나오라고 웨치는 것으로 시종하고 있는 것
이 이 작품이다. 그러나 이 작품의 말씨는 너무 직설적이며 읽는 이를
매료시킬 가락을 지니기에도 이르지 못했다. 이런 작품을 굳이 예로 들
어 본 것은 초기 이찬이 쓴 시의 질적인 수준을 가늠해 보기 위해서다.

크게 나누면 이찬의 시는 대충 네 단계로 구분, 파악될 수 있다. 그 첫
째 단계가 1928년의 등장에서 시작하여 1930년까지에 이르는 시기의
작품들이다. 이 시기에 李燦이 쓴 작품들은 그 말씨들이 직설적이고 생
경해서 거의 습작 수준에 머문 것이었다. 1930년대 초부터 1935년경까
지가 李燦의 시의 제2단계다. 이 단계의 시들은 다소간 시로서의 모습을
갖추게 되었다. 그리고 그 의식의 단면에는 희미하게나마 일종의 빈궁의
식 내지, 계급성 같은 것이 포착된다. 셋째 단계가 30년대 막바지에서
부터 일제 말기까지의 시기에 쓰여진 작품이다. 이들 작품은 시대의식이
사상된 가운데 순수한 감정의 세계를 노래한 것들이 주류가 되어 있다.
그리고 마지막 넷째 단계에 속하는 것들이 8 · 15 이후에 쓰여져 발표된
것들이다. 이 단계의 시들은 강한 파당성, 특히 사회주의적 사실주의의
원칙을 의식한 가운데 쓰여진 것들이다.

국톰 國境의 밤

준령을 넘고 또 넘어
북으로 七百리
여기는 압록강
江岸의 一小村

冬至도 못됐건만 이미 積雪이 尺餘
오늘도 휩쓰러치는 눈보라에 零下로 30여도

江은 첩첩히 平地인양 어러붙고
일대에 밤은 깊어 오가는 행인의 삐걱이는 지욱소리도 끝이었다.

江가에 한 개 비뚜루선 장명등
희미한 등ㅅ불아래 간혹 나타나는 무장 삼엄한 日警들
오늘 밤은 몇이나 마적 떼가 처든다 하느냐

오오 江건너 아득히 휘연한 北滿 廣野
이름 모름 村村에 어렴풋이 꿈벅이는 점전한 燈火여
순아 여휜지 三년 너는 오직이나 컷겠니
오늘 밤은 몇번이나 우리 고향 오리강변
꿈에 소스라쳐 깨느냐

오 어듸서 울려 오는가 애련한 胡弓소리
산란한 내마음 더욱이나 산란쿠나

따러라 이 겦에 또 한잔을
루쥬 어여쁜 입을 갖고 짱꼬로 시악씨야
오호 나는 이 한밤을 마셔서 새이련다.

작(품) 눈나리는 堡城의 밤

시월 중순이었건만
함박눈이 퍼—ㄱ 퍽……
堡城의 밤은 한치 두치 積雪 속에 깊어 간다.

깊어 가는 밤거리엔 '誰何'ㅅ 소리 잦아지고

鴨綠江 구비치는 물결 귓가에 옮기듯 우렁차다

江岸에 錯雜하는 경비등, 경비등
그 빛에 閃閃하는 森嚴한 총검

砲台는 산비탈에 숨죽은 듯 엎드리고
그 기슭에 나룻배 몇척 언제나의 渡江을 경비코 있다
오호 북만의 十五도구 말없는 山川이여
어서 크낙한 네 비밀의 문을 열어라

여기 오다가다 깃드린 설음많은 한 사나이
맘껏 침통한 역사의 한 순간을 울어나 볼가 하노니

해석 · 비평

〈국경의 밤〉은 1936년 2월호 『朝光』에 실린 것이며 〈눈나리는 보성의 밤〉은 그 다음해 1월에 나온 『조선문학』에 수록된 작품이다. 시기적으로 비슷한 때 쓴 작품임을 알 수 있다. 그 밖에도 두 작품은 국경을 무대 공간으로 한점에서 공통된다. 뿐만 아니라 그 바닥에 식민지적 질곡이 빚어내는 경계의식과 한이 깔린 점도 같다. 이 두 작품을 북쪽에서는 〈항일 무장 투쟁의 혁명적 영향과 위력에 대한 인민들의 믿음과 신뢰를 노래한 시문학〉이라고 규정하여 그들의 문학사에서 대서 특필하고 있다. 구체적으로 1978년 판 조선문학사의 한 부분에서 〈국경의 밤〉은

> 날로 확대되는 항일 무장 투쟁의 위력과 그에 대한 인민들의 믿음과 기대를 일제의 학정으로 말미암아 헤어진 혈육과 상봉의 그날을 믿는 서정적 주인공의 확고한 신념을 통해 노래하고 있다.

라고 높이 평가했다. 또한 〈눈내리는 보성의 밤〉에 대해서도 비슷한 말이 되풀이 되어 있는 것이다.

> 시 〈눈내리는 보성의 밤〉에서는 항일무장 투쟁의 불패의 위력과 그에 대한 인민들의 신뢰를 항일 유격대의 적극적인 군사 정치 활동에 위압된 원수들의 불안과 공포 상태에 대한 시적 형상을 통하여 노래하고 있다.

李燦의 이들 작품에 대한 북쪽의 공식적 평가는 외재적 사실로 보아 허구에 속한다. 이찬이 이 작품을 쓸 무렵 이미 한반도 내에서는 삼엄하기 그지 없는 전시 체제가 구축되어 있었다. 그들의 전시 체제는 신문, 잡지와 모든 보도 매체에 철저한 사전 검열을 실시하는 것을 뜻했다. 그리고 이들 작품은 앞에서 이미 제시된 바와 같이 지하 출판물을 통해서 발표된 것이 아니라 엄연히 총독부의 허락을 받은 공간물을 통해 나온 것이다. 이런 초전시체제에 그것도 일제가 허가하는 발표매체를 통해 무장 유격대의 투쟁을 노래할 여지는 없었던 것이다. 이런 견해는 실제 작품을 검토해 보아도 그대로 되풀이 될 수 있다.

〈國境의 밤〉의 무대가 일제의 국경수비 지역인 한·만국경인 것은 사실이다. 거기서 이 작품의 화자가 느끼는 것이 식민지 치하의 얼어붙은

현실 감정인 것도 부정되지 않는다. 그러나 이런 감정이 무장 유격대의 국내 진입을 고대하는 마음에 직결된다고 보기에는 5연의 〈오늘 밤은 몇 이나 마적떼가 쳐든다 하느냐.〉가 너무 이질적이다. 또한 이 작품의 마지막 부분에 대해서도 똑같은 이야기가 가능하다. 여기서 이찬의 분신으로 생각되는 화자의 (이것을 북쪽에서는 즐겨 서정적 화자라고 한다.) 생각이 너무도 퇴영적이며 실의·낙담에 빠져 있다. 〈오 어듸서 울려오는가 애련한 胡弓소리/ 산란한 내 마음 더욱이나 산란쿠나/ 따러라 이 컵에 또 한잔을/ 루쥬 어여쁜 입을 갖은 짱꼬로 시악씨야/ 오호 나는 이 한밤을 마셔서 새이런다.〉 이것은 식민지 체제에 대한 불만의 한 형태일지는 몰라도 그 극복을 위한 의지의 표출일 수는 없는 부분이다. 무장투쟁의 위력과 그에 대한 인민의 믿음을 지닌 서정적 주인공이 왜 산란한 마음으로 술만을 마셔야 하는가. 북쪽이 견해는 그것을 논리로 설명해내지는 못했다.

다음 작품의 질로 보아 〈눈나리는 堡城의 밤〉은 〈국경의 밤〉에 비해 다소 윗길이다. 여기에는 적어도 국경 지방의 삼엄한 현실이 몇 개의 행을 통해 집약적으로 제시되어 있다. 그 가락 역시 전자에서처럼 산만하지 않고 집약적인 단면을 드러낸다. 뿐만 아니라 바닥에 깔린 생각으로 보아도 이 작품은 무장 유격대에 대한 의식의 자취를 느끼게 하는 면이 있다. 〈오호 북만의 十五도구 말없는 山川이여/ 어서 크낙한 네 비밀의 문을 열어라.〉 여기서 〈비밀〉이란 앞의 몇 개 행들이 국경 지역의 삼엄한 군사 배치를 나타낸 것으로 추정이 가능하다. 여기서 우리는 얼마간 국경을 넘나든 무장 유격대의 심상을 느끼는 것이다. 이런 점에서 이 작품은 1930년대 후반기에 접어든 후의 항일 무장투쟁에 제재의 일부를 택한 희귀한 시라고 할 수 있다. 그러나 이런 말이 곧 북쪽이 이 작품에 가한 평가를 전면적 진실로 판정케 하지는 못한다. 만약 북쪽 문학사의 지적처럼 이 작품의 화자가 무장 부대의 국내 진공을 확고한 믿음으로 기다렸다면 〈맘껏 침통한 역사의 한 순간을 울어〉 보는 데 그칠 수가 없다.

적어도 그는 기대와 자신감에 벅차 오르는 마음을 표출해내어야 했다.
이렇게 보면 이찬의 이들 작품에 대한 북쪽의 공식 평가는 필요로 하는
논리적 근거가 없는 것이다. 『조선문학사』의 집필자 역시 이 점에 대한
신경을 쓰기는 했다. 실제 이 책에는 위의 두 작품이 다음과 같이 손질되
어 실려 있다.

국경의 밤

준령을 넘고 또 넘어
북으로 7백리
여기는 압록강
강안의 한 마을

동지도 못되었건만
이미 적설이 자 가웃
오늘도 휩쓸어치는 눈보라에
영하로 30여도

강은 첩첩 평지마냥 얼어붙고
밤은 깊어 오가는 행인의
삐걱이는 자국소리도 그치었다
강가에 한 개 삐뚜로 선 장명등
희미한 등빛 아래 웅성거리는
오늘밤은 그 몇이나
전설의 대오가 쳐든다 하드냐

저 강 건너 아득히 뻗은
북만 광야
이름 모를 마을 마을에
어렴풋이 꿈벅이는 점점한 등화여

순아, 여읜지 3년
갈수록 그리운 순아

오늘밤도 우리 고향 오리강변 꿈에
몇 번이나 소스라쳐 깨느냐

그렇다, 그 꿈은
부풀은 네 가슴에 고이 간직코
기다려라 기다려라

이제 머잖아 충천하는 화염으로
밝아올 이 마을처럼
애끓는 고국에의 그 길은
마침내 휘연히 열리리라 열리리라

눈내리는 堡城의 밤

10월 중순이언만 함박눈이 펑펑
보성의 밤은 한 치 두 치 적설 속에 깊어만 간다
깊어가는 밤거리엔 "누구냐" 소리 잦아가고
압록강 굽이치는 물결 귓가에 옮기듯 우렁차다

강안에 착잡하는 경비등 경비등
그 속에 번쩍이는 삼엄한 총검
포대는 산벼랑에 숨죽은듯 엎드리고
그 기슭에 나룻배 몇 척 언제나의 도강을 정비하고 있다

오, 북만의 15도구 말없는 산천이여
어서 크낙한 네 비밀의 문을 열어라
여기 오다가다 깃들인 설움 많은 한 사나이
들어 목메던 그 빛, 그 소리로 한껏 즐거워보려노니

〈국경의 밤〉은 문학사에 제시된 개작으로 형태, 기법상 문자 그대로
새 작품이 되었다. 원작에서 순이를 부른 부분은 전후의 작품 구조로 보
아서 유기적인 관계를 맺지 못한 채 쓰여진 것이다. 그것이 개작을 통해
서 주제의 한 부분으로 밀착상태가 되었다. 또한 마지막에서 둘째연의

전면 삭제 역시 그와 같다. 이 것으로 순이의 심상이 무장유격대에 대한 기대와 믿음으로 변형될 수 있는 것이다. 그 밖의 〈一小村〉, 〈尺餘〉 등을 순수 한국어로 고친 것 역시 수긍되는 경우다. 그것으로 이 작품의 가락이 좀더 자연스럽게 되었기 때문이다. 그러나 전체적으로 볼 때 이 작품은 180° 다른 세계를 나타낸다. 일체 치하의 암담한 현실에 실의 · 낙담하고 있는 것이 원작의 세계였다. 그것을 의도적으로 유격대에 대한 기대와 믿음으로 고친 것이 개작인 것이다.

　다음 〈눈나리는 堡城의 밤〉에서 이런 현상은 좀더 폭이 크게 나타난다. 이 작품의 마지막이 〈역사의 한 순간을 즐거워보려하노니〉가 된 것은 물론 무장투쟁 부대에 대한 기대와 신뢰를 나타내기 위해 그렇게 고친 것이다. 그리고 〈퍽 퍽……〉, 〈「誰何」ㅅ소리〉, 〈누구냐 소리〉 역시 그런 계산에서 이루어진 개작의 결과일 것이다. 여기서 우리에게 명백하게 한 가지 문제가 제기된다. 그것이 어떤 대의명분, 훌륭한 목적의식이 있는 경우 이와 같은 개작이 이루어져도 좋은가 하는 질문이다. 이에 대해 그렇다고 답할 수 있다면 그것은 곧 문학과 시를 목적의식의 시녀로 떨어뜨려도 그만이라는 논리를 낳는다. 뿐만 아니라 목적의식에 따라 작품이 어떻게라도 개작될 수 있다면 시의 또다른 기능인 비판적 입장을 말소시킬 것이다. 그 결과는 문학이 문학이 아닐 뿐 아니라 아주 불순한 정책의 도구로 전락될 수도 있다는 논리를 가능케 한다. 결국 북쪽 문학사식인 작품 개작은 있어서 안 될 일이다. 〈국경의 밤〉이나 〈눈내리는 堡城의 밤〉은 원작 자체로 해석 · 평가되어야 한다.

작품 아우라지 나루

　　코스모스 욱어진 連川 마을에
　　한글 공붓소리 박넝쿨보다 더 낭자하고

아우라지 나루는 새 서울의 나루여서
夜半 峻嶺 오십리 길도 멀지 않았다.

나루는 旣望의 달 빛이 白沙를 깔고
渺茫한 金盤 우에 은장기를 두고

나룻배는 한척인데
서울 손은 천에도 또 몇몇천

기다려도 기다려도 못건너는 나루에
三七制의 새 소식이 새소식을 부르니

나루지기 할아버지의 늙은 볼에도 웃음이 돌며
휘연히 아우라지의 긴긴 밤도 밝아오는 것이었다.

해석 · 비평

이 작품은 李燦의 또 다른 작품인 〈祝宴〉과 함께 해방 기념 시집인 『횃불』에 실린 것이다. 〈축연〉은 그 꼬리에 달린 말을 보면 혜산진에서 열린 소련군 주최 축하 연회에서 제재가 택해진 것이다. 그리고 이 작품에는 〈1945. 9. 서울 途中記〉라는 꼬리가 붙어 있다. 결국 이 두 작품은 李燦이 8·15를 맞고 서울에 와서 발표한 시인 셈이다. 그 후 곧 그는 다시 북쪽에 돌아가 김일성 체제 구축의 주역이 되었다. 그러나 적어도 이때까지 그는 서울 문단에 강한 매력을 느낀 것 같다. 그 보기가 되는 것이 〈아우라지 나루는 새 서울의 나루여서〉라든가 〈나룻배는 한척인데/ 서울 손은 천에도 또 몇몇천〉 등의 부분이다.

8·15후 李燦이 서울에 머물지 않은 까닭에 대해서는 몇 가지 가설이

설수 있겠다. 우선 이 경우에는 생활 근거지설이 제기될 수 있다. 그의 고향은 함경북도였고, 또한 북쪽에는 이른바 그가 오래 염원한 인민정권이 들어 서있었다. 그것이 그를 평양 쪽으로 이끌어 갔을 공산은 적지않다. 다음 또 하나의 빌미로 행동 노선상의 문제도 고려되어야 할 것이다. 그가 서울에 도착했을 때 이미 林和등의 문학가동맹은 한국문단의 주도권을 장악하고 있었다. 그들의 진보적 민족문학론은 이른바 인민에 봉사하는 문학을 내건 사회주의적 사실주의의 원칙에서 볼 때 왜곡된 경우였다. 이에 불만을 품은 나머지 이찬의 북쪽 귀환이 이루어졌다고 보자는 것이다. 그러나 이런 견해는 차분히 검토되면 곧 그 논리적 근거를 잃는다. 8·15 직후 함경도 쪽에서 38선을 넘어온 사람으로는 李庸岳도 있다. 그럼에도 李庸岳은 끝까지 조선문학가동맹에 머물었는데 이찬은 왜 그렇지 못했는가. 이것으로 우리는 이찬이 철 이른 북쪽 귀환을 귀소 본능이나 북쪽에 인민 정권이 들어선 것만으로는 설명될 길이 없음을 짐작한다. 다음 이데올로기 문제는 더욱 그 논거가 희박해진다. 8·15 직후 임화계에 맞선 좌익 문학 조직으로는 프로예맹이 있었을 뿐이다. 그런데 그 중앙위원 명단에는 어디에도 이찬의 이름이 나타나지 않는다.

여전히 이찬의 재빠른 북쪽 귀환이 수수께끼로 남는 우리에게 한 해답 구실을 하는 것이 이 작품이다. 얼핏 보아도 나타나는 바와 같이 이 작품에는 8·15를 맞고 이찬이 새롭게 타개한 체험 내용이 전혀 없다. 그의 생각은 당시 북쪽 신문의 기사로 대서 특필되었음직한 토지 개혁, 3·7제의 실시를 담은 서정 소곡으로 읊어져 있을 뿐이다. 그런데 당시 서울 문단에는 다수의 카프 출신 시인과 함께 8·15후 새롭게 계급시인으로 변신한 김기림, 오장환, 설정식, 이용악과 전위시인들이 포진하고 있었다. 그리하여 이런 류의 안이한 가락으로 된 노래로는 전혀 주목을 받을 수 없었다. 결국 이 작품은 이찬이 남쪽에서 철수를 부득이하게 만든 한 증거 문서다. 이런 작품으로 나타나는 바 능력의 한계가 이찬으로 하여금 당시 뚜렷한 영웅이 없는 것으로 판단된 평양 중심의 북쪽 문단으로 그를 이끈 것이다.

文學史 메모

8·15후 북쪽에서 발표된 서정시를 추려서 편『해방후 서정시선집』을
보면 거기에는 이찬의 작품으로 〈달과 딸과 어머니와〉, 〈생각〉등 2편이
실려있다. 같은 시집에는 한 때 남로당계로 몰려서 추방당한 이용악의
작품 4편이 수록되어 있는 것이다. 이로 미루어 보면 양적으로 이찬의
활동은 크게 활발하지 못한 편이다. 뿐만 아니라 작품의 질적인 수준 역
시 그에 준한다. 다음은 〈생각〉의 일부다.

> 없어졌노라, 밤 안개처럼 말가니
> 크고 작은 생활의 걱정 근심은
> 갈수록 두터운 사랑으로 도움으로 눈시울 뜨겁게 하는
> 이 시대에 그 무슨 딴 괴로움인들 있을 것이랴
>
> 굴욕과 기한의 기나긴 그밤,
> 잿더미 우의 스산한 그 새벽만이 아니라
> 사람들의 마음 속 그 숱한 낡은 것까지
> 내 어린 것에게 옛 이야기로 들려주어야 하는
>
> 그럴 때마다 더욱 사무쳐
> 백번 천번 절하굽흔 당이여
> 은혜로운 어버이 수령님이시여!
> 이 화창한 날에도 그 높으신 뜻 다 못받드는
> 바뜰고 더빨리, 더 잘 못나가는 안타까움

이런 이찬이 그러나 북쪽의 문학사에서는 8·15직후 최대시인으로 부각
되어 나타난다. 바로 그 논거가 된 것이 〈김일성 장군의 노래〉다. 1994년
판『조선문학사』는 그 한절이 〈이찬의 창작과 불멸의 혁명송가『김일성 장
군의 노래』〉로 되어 있다. 일반적으로 노래말, 또는 가사는 근대양식의

하나인 시의 범주에 들지 못한다. 그런 혁명가사로 이찬의 북쪽의 최대
시인이 된 것은 이데올로기의 힘이다.

참고문헌

시 집, 『待望』(풍림사, 1937)
시 집, 『焚香』(한성도서, 1938)
金載弘, 『카프시인비평』(서울대출판부, 1990)
金容稷, 『한국현대시인연구』(서울대출판부, 2000)

백 철(白 鐵)

(1908. 3. 18 ~ 1985. 10. 13)

본명은 白世哲. 평안북도 의주군에서 출생. 신의주고보를 졸업한 후 도일, 동경고등사범학교 영문과 졸업. 재학 때『地上樂園』과『前衛詩人』동인으로 참여하여 시와 평론을 발표함으로써 문학 활동을 시작하였다. 일본에서 백철의 문학 활동은 NAPF 참여로 시작된 것이다. 구체적으로 그는 프로 시의 확립, 부르주아 시의 극복. 노동자 농민의 요구에 따른 시의 창작 등을 그 실천 목표로 내세운『프롤레타리아 시인회』에 〈다시 봉기하라〉라는 제목의 농민 선동시를 발표했다. 이와 함께 나프 중앙 위원회의 추천을 받아 정식으로 나프의 맹원이 되었다. 그러나 그의 일본에서의 문학 활동은 가족들의 귀국 요청으로 말미암아 동경고등사범학교를 졸업한지 반년만에 종결된다.

귀국 후 백 철은 〈가을밤〉, 〈염천아래서〉, 〈이제 오분〉 등의 시와 〈국민당 제26로군〉〈재건에〉 등의 희곡을 발표했다. 그리고 〈남가의 이별〉, 〈전망〉 등의 소설을 발표. 그러나 그의 주된 활약은 평론 쪽에서 이루어졌다. 1932년부터 카프의 중앙상임위원으로 활동하면서 〈투계〉라는 별명을 얻을 정도로 날카롭고 공격적인 평론을 썼다. 1934년 제 2차 카프 검거 사건에 연루되어 감옥 생활을 겪은 후 프로문학운동에 회의를 표시하고 전향했다.

1936년부터 인간 탐구가 문학의 본령임을 역설하면서 이른바 〈인간탐구

론〉을 주장하였으며, 1939년 매일신보 문화부장 취임을 전후로 신체제론에
빠져든 바도 있다. 해방기에는 한때 문학가동맹에 참가 하였고 그 기관지
『文化戰線』을 편집했다. 그러나 곧 중간파적 입장을 취하여 좌우 양측으로
부터 모두 비판을 받기도 했다. 그 후에 백철은 한국의 현대문학의 역사적
정리로 돋보이는 업적을 남겼다. 『조선신문학사조사』가 바로 그것이다.

작품 다시 봉기하라

A

얼어붙은 만주의 하늘에 쫓겨 내려온 눈보라
영하 20도를 내리는 가시같은 추위에
우리집은 그 속에서 떨고 있다.
차가운 은백의 눈과 얼음 밑에서 두더지처럼
우리들의 오막살이는 묵묵히 대지를 움켜잡고 있다.

온돌방—그것은 죽음과 같은 냉장고다!
그것은 이미 사람을 녹여주지 못한다—.
이 매서운 추위를 막아줄 나무가 없다.
우리들의 겨울을
언제나 아늑하게 해주던 땔감이—
연기가 나지 않는 겨울의 마을
생활의 맥박이 끊겨가는 참담한 북조선의 마을
으슴프레한 방구석에 움츠리고 있는
누이여! 아버지여! 또한 어머니여, 어린 동생이여!
얼음 섞인 차디찬 조밥에 겨우 끼니를 이으며 조그만 육신의
피와 피로
문밖의 눈보라 소리를 귓가에 흘려보내지 아니하려는가?

여름 옷가지 이불이고 모두 뒤집어 쓰고
그리고 저 패전의 분노를 불태워라.

B

일본 지주들의 삼림조합(森林組合)이란 무엇인가?
우리들의 땔나무를 착취해간 놈들의 약탈기관.
우리들의 소유였던 산들을
대삼림으로 하겠다는 이름 아래 빼앗아가버린 합리화 ×소(所)
─오개월전
그것을 부수려고 마을마다 형제들은 봉기하였다.

삼천의 군중들!
침묵 속에서
목숨을 함께 하는 학대 받은 민족의 신호
봉기!
군청은 우리들의 손에 장악되고
경찰서는 개미 구멍도 없을 정도로 ××하고
정의를 요구하는 우리들에게
승리는 곧 눈앞에 다가왔다.
그러나 놈들은 쇠망치를 들고 나왔다.
××을 힘주어 ××을!
×에 쓰러진 할아버지와 아이들
아! 피살된 열두 명의 동지들!
그 위에서 놈들은 외쳐댔다.
─반항자를 검거하라, 잡아넣어라!
─조사할 것도 없다. 폭동취체다.

C

눈보라 속에서도 꿈쩍도 않는 놈들의 사무소

괴물처럼 돌출한 벽돌집 연기가 깃발처럼 피어오르는데
놈들은 난로 곁에서 중얼거린다.
―문제없다.
―반항자들은 틀림없이 항복할 것이다.

그러나 놈들은 알지 못한다
우리 동지들이 얼마나 굳게 단결했는가를
패배로부터 생겨난 철통같은 조합을.
아, 보아라 우리들의 端川小作人組合을!
팔과 팔, 가슴과 가슴이,
굵은 쇠사슬같이 굳게 연결된 것을!

그렇다! 하루라도 우리들은
그날의 일들을 잊을 수는 없다.
그리고 다시 돌아오는 그날을.
오개월간의 끈질긴 투쟁
타오르는 분노의 불길은
바야흐로 하나로 뭉쳐져 불타오르는 것을.

D
형제들이여!
드디어 봉기의 날은 왔다.
폭압에 항거하여 다시 투쟁으로!
놈들의 조합이 부서지는가
아니면 우리의 힘이 부족한가를
패배하고 맞이하는 북선(北鮮)의 겨울은 한층 추우나,
여기 휘몰아치는 세찬 바람에 불타는 의지를 다지며, 형제
들이여!

제2의 결전의 날이 바야흐로 닥쳐온다.

준비는 어떠한가, 동지들이여!
폭풍을 뚫고
다시 봉기하라!

해석 · 비평

이 시는 白鐵이 일본 문단에서 활동하던 1931년 1월 『프롤레타리아』 제 2호에 발표했던 작품이다. 이 시를 통하여 백 철은 시인으로서 역량을 인정받아 NAPF에 가입할 수 있게 되었다. 말하자면 이 작품은 백철을 일본 문단에 알리는 데 결정적 역할을 한 작품인 셈이다.

이 작품을 이해하려면 193년 7월 함경도 단천에서 일어났던 농민들의 봉기 사건을 알아야 한다. 당시 일본 총독부는 삼림 자원의 보호 · 육성 관리를 조직화한다는 명분을 내세워 전국적인 삼림조합을 조직했다. 그것으로 산주들은 자기 산에서 나무를 베어낼 수 없게 되었고, 이에 따라 삼림 간수들과 농민들 사이의 충돌이 끊이질 않았다. 그러던 중 단천 지방의 농민이 자기 산에서 땔나무를 채취하다가 일본인 간수에게 구타당하는 사건이 벌어졌다. 농민들은 이에 항의하여 면사무소와 주재소를 찾아가 격렬한 시위를 벌렸고, 한 때 삼천여명의 농민들이 이에 가담하였다. 일본 경찰은 시위 농민들을 향해 발포함으로써 시위를 진압하기는 했으나 많은 사상자가 발생하고 학교가 휴교하는 등 심한 후유증을 남긴 사건이었다.

이러한 사건을 소재로 하여 혹한의 겨울에 불도 때지 못하는 단천 사람들의 모습과 일본인들의 잔혹한 탄압을 대비시켜 시로 형상화한 것이 바로 이 〈다시 봉기하라〉라는 작품이다. 이 작품에는 패배의 겨울을 이겨내고, 〈제2의 결전〉을 위하여 의지를 다지고 투쟁을 준비하는 내용이 아주 쉰된 목소리로 표출되고 있어 선동 시로서는 기능을 어느 정도 수행하고 있다. 특히 이 작품은 白鐵이 일본에서 발표했던 〈9월 1일〉이나 〈나는 알았다. 삐라의 의미를〉와 거리를 가진다. 여기서는 민족을 초월한 노동계급의 연대성이 표출되지 않고 일제의 탄압에 대한 민족적 분노가 두드러지게 나타난다. 이것은 白鐵이 자신이 신봉하고 있던 이데올로기보다도 민족에 대한 감정이 강하게 표출된 경우였던 것이다.

작품 炎天아래서

—

불덩어리가 되어
太陽은 하늘복판을 굴러가는
오오! 지금은 正午
흰한히 넓은 들이건만
불어오는 한갈기의 바람 조차 끝첫구나!

우리들의 職場은 끌는 물이된 논(畓)
불지옥같이 뜨거운 그 가운데서
미친 듯이 기를 쓰고
무거운 호미를 논바닥에 내여던지다가도
그레도 참어가자!
무거운 운명에 억매인 죄수와 같이
다시 호미를 집어들고
흙을 되재이며
雜草를 속구어내는 우리들!
스며드는 땀방울에 눈안이 쓰라리고
확근거리고 떠미러 안기는 그놈의 열기에
오오! 우리들의 의식은 몇 번이고 까무러친다

一年을 두고 한겨를을 못쉬는 이 생활!
어른 땅이 풀리고 그놈이 다시 어러들 때까지
밧갈기가 끝나면—거름 주기와 김매기
그리고 가을이면 거두어 드리기에 바쁜 우리들!
그러나 작년 같은 흉년에도
지주는 평년의 소작료를 ×아서갓다
그리하야 우리들은
추운 겨울 동안에도
눈을 헷치고 어른 땅을 뒤재면서
아―우리들은
소와 말과 같이
측뿌리를 먹고 나무……
겨울에서 봄
봄에서 이 여름까지
하루도 쌀밥은 구경도 못하고
에이 오늘 아침에도
우리들의 량식은 피게 죽이 한 공기
다―들
우리들은 쇠기계도 아니고 돌파우도 아니다
이 뜨거운 복드릿 날
먹지 못한 우리들의
팔
다리
눈
귀
전 정신
그 놈들에게 이 노동은 너무나 가혹하구나

二

호—이!
건너다 보이는 이층 개와집에서 들여오는 류성기(레코트)소리
지주의 집에서는 오늘도 淸凉宴이다!
날마다 즐비한 연회
김매기—멈추고 생각해보라! 한편에서는
그와 반대로…… 이 불지옥 생활!
그리고 집에는
병에든 늙은이와 안나는 젖을 찾는 餓鬼들
그나 그뿐이랴 ×한일 때문에 ×니어간 그들은
살머내는 이 더위를 그곳서 격지 안는가
측뿌리 먹는 이 짐승들을 사람답게 만드러 준다고
무한히 애를쓰고 ×워주든 그들이 간후
비개인 아침같이 이 촌은 고요해졌으나
오—냐, 두고봐라!
그들의 귀한 희생을 그대로 둘 우리들이랴!
어느 사이에 우리들 생활의 가치를 알고
지내간 그 일에 입술을 깨물면서
오오! 우리들은 아픈 허리를 잡어펴고 호연히 이러선다
그리고 무거운 침묵 가운데
우리들의 험악한 눈은 일제히 한 곳에 쏠린다
건너다 보이는 이층 개와집
그리고 그 맞은편의 벽돌집
×惡과……의 焦心
에이
이……밤식힐 때까지

해석 · 비평

이 시는 1932년 10월 『第一線』을 통해서 발표된 작품이다. 프로 시가 지니고 있어야 할 기본 요건들을 어느 정도 갖추고 있는 작품이라고 할 수 있다. 본래 일제 치하에서 창작된 모든 경향시는 일종의 빈궁의식을 지닐 필요가 있었다. 일제 치하에서 프로시는 지배계급에 의한 민중의 착취를 고발해야했기 때문이다. 그런데 이 작품에는 바로 그러한 지배계급에 의한 민중의 착취와, 착취당하는 민중의 비참한 현실이 대비되어 나타나 있다. 제1부에서는 피죽으로 연명해 가면서 뜨거운 태양 아래 노동을 해야 하는 농민들의 모습이, 제2부에서는 선풍기 아래서 음악을 들으며 연회를 즐기는 지배계급의 삶이 대조적으로 나타나 있는 것이다.

또한 프로 시는 현실를 고발하고 독자 대중의 투쟁의식을 고취시키기 위하여 눈물, 한숨, 체념 등의 감상적 태도를 배제하고 투쟁 의욕을 자아내도록 쓰여져야 한다. 프로시가 적대 세력에 대한 분노를 유발하고 그들과 맞서 싸워 이기기를 대중에게 요구하려면 이는 필연적인 요건이다. 이 시는 그러한 요건에 맞게 〈그러나 작년가튼 흉년에도/ 지주는 평년에 소작료를 ×아서갓다〉와 같은 구절로 지주계급에 대한 서민 대중의 분노를 담아 놓았다. 또한, 〈오—냐, 두고보라!〉〈우리들의 험악한 눈은 일제히 한 곳에 쏠린다〉 등과 같은 구절로 투쟁의식을 고취시키고 있는 것이다. 그러나 이 시는 지배계급의 삶과 착취당하는 농민들의 삶을 부각시키는 데는 성공하지 못했다. 그에 앞서 작가의 의도가 노출되어 문학작품이 지녀야 할 개연성이 결여 되어버린 것이다. 제1부 2연에 나오는, 호미를 들고 물에 찬 논에 들어가 잡초를 제거하는 일은(그것도 한여름에) 논농사에서는 있을 수 없는 일이며, 논에 김을 매기 위해서는 일단 물을 빼도록 되어 있다. 제2부 1연에 나오는 것과 같이 기와집의 레코드 소리가 논에까지 들린다는 것도 지나치게 과장된 표현이다. 또한 불필요하게 격정적인 부분이 많은 것도 경향성, 목성의식을 그 효과적으로 달성하는 데는 부정적으로 기능한다.

문학사 메모

白鐵이 우리 문학에 기여한 업적 가운데 잘 알려져 있지 않지만 중요한 것이 있다. 미국의 신비평을 우리 평단에 소개한 것이 바로 그것이다. 백철은 미국 예일대학과 스탠포드대학에 교환 교수로 다녀온 후인 1957년부터 한동안 〈뉴크리티시즘의 제문제〉, 〈뉴크리티시즘의 행방〉 등의 글을 발표하여 우리 문단에 뉴크리티시즘을 도입, 소개한 바 있다. 이것들은 개괄적이고 간략한 글들이어서 뉴크리티시즘의 도입이 심도 있게 이루어지지 못한 느낌은 있다. 그러나, 우리 나라에서 본격적인 의미의 현대 문학비평은, 특히 시의 비평은 이 뉴크리티시즘의 도입과 더불어 비로소 시작되었다고 해도 과언이 아니다. 이를 처음 도입, 소개한 백 철의 공적은 높이 평가되어야 한다. 한편 펜 클럽의 육성 및 한국 문학의 국제적 교류를 위해서 힘쓴 점도 백철이 남긴 업적으로 기억될 만하다.

이 밖에 그는 8·15 후 현대문학 강좌를 맡아 각 대학 국문과에서 후진을 양성했다. 문학교육에 끼친 그의 발자취가 매우 뚜렷한 것이다.

참고문헌

『白鐵文學全集』 4권 (신구문화사, 1972)

白鐵, 『文學自敍傳』(박영사, 1986)

김재홍, '백철의 생애와 문학—마르크스에서 리챠지까지,' 『문학사상』 (1985. 11)

권영민, 1930년대 일본프로시단에서의 백철, 『문학사상사』(1989. 9)

권영민, 『한국민족문학론연구』(민음사, 1988)

김용직, 『한국현대시사』(상)(한국문연, 2000)

제3편

순수 시인들의 좌선회

김기림(金起林)	오장환(吳章煥)
윤곤강(尹崑崗)	임학수(林學洙)
조벽암(趙碧巖)	백 석(白 石)
조 운(曺 雲)	여상현(呂尙玄)
박아지(朴芽枝)	

김기림(金起林)

$(1908. 5. 11 \sim \quad)$

 본명은 金仁孫. 호 片石村. 함경북도 학성군 임동면 276에서 출생. 임
명보통학교를 거쳐 서울 보성고등보통학교에 입학. 1921년 보성고보 중
퇴. 도일하여 일본 立敎中學에 편입. 1926년 日本大學 문학 예술학과에
입학. 이 무렵에『詩와 詩論』을 중심으로 이루어진 일본의 감각파·모더
니즘 문학에 관심을 기울이게 된 듯하다. 1930년 조선일보 기자로 입사.
주로『조선일보』를 통해서 〈가거라 새로운 생활로〉, 〈가을의 태양은 프
라티나의 연미복을 입고〉, 〈저녁 별은 푸른 날개를 흔들며〉 등 시와 〈오
후와 무명 작가들〉, 〈시인과 시의 개념 등〉 평론을 발표하여 문단에 등
장. 처음 그의 시작 경향은 초현실주의와 미래파의 단면까지를 들어낸
범모더니즘이었으나, 1933년 〈시작에 있어서의 주지적 태도〉를 발표하
면서 이미지즘—모더니즘 쪽으로 방향이 바뀌었다. 1933년도 이후 줄기
차게 시를 쓰는 한편 평론을 통해서 모더니즘의 이론적 근거를 마련하고
정지용, 신석정, 김광균, 장만영 등을 같은 유파로 묶어서 한국 현대시단
에 가장 강력한 시적 흐름을 이루게 했다.
 1936년 장시집『氣象圖』에 이어, 1939년에 시집『太陽의 風俗』을 간
행, 1936년 조선일보사를 그만 두고 재차 도일하여 東北帝大 영문과에
입학, 1939년 동교를 졸업하고 귀국, 다시 조선일보에 복직했다. 일제

말기 사회정세가 악화되자 고향으로 내려가 경성중학의 영어 교사로 재직했다. 8·15직후 지주계층으로 몰려 공민권이 제한된 상황에서 월남, 林和가 주도한 조선문학가동맹에 참여, 그 시부위원장이 되었다. 문학가동맹의 각종 행사, 활동에 참여한 한편 1930년대 일제 치하에서 쓴 작품과는 180° 방향이 다른 성격의 현실참여 시들을 발표하였다. 1948년 대한민국정부가 수립되자 좌익단체 가맹자의 전력 때문에 보도연맹에 가입, 그것이 빌미가 되어 6·25동란 때 서울이 인민군 수중에 들어가자 정치보위부에 소환된 후 납북, 그 후 소식이 끊긴 상태여서 사망했을 것으로 추측된다.

작품 太陽의 風俗

太陽아
다만 한번이라도 좋다. 너를 부르기 위하야 나는 두루미의 목통을 비러오마. 나의 마음의 문허진 터를 닦고 나는 그 우에 너를 위한 작은 宮殿을 세우련다. 그러면 너는 그 속에 와서 살어라. 나는 너를 나의 어머니 나의 故鄕 나의 사랑 나의 希望이라고 부르마. 그리고 너의 사나운 風俗을 쫓아서 이 어두움을 깨물어 죽이련다.

太陽아
너는 나의 가슴 속 작은 宇宙의 湖水와 山과 푸른 잔디밭과 흰 防川에서 不潔한 간밤의 서리를 핥어버려라. 나의 시내물을 쓰다듬어 주며 나의 바다의 搖籃을 흔들어 주어라. 너는 나의 病室을 魚族들의 아침을 다리고 유쾌한 손님처럼 찾어오너라.
太陽보다도 이쁘지못한 詩. 太陽일 수가 없는 설어운

　나의 詩를 어두운 病室에 켜놓고 太陽아 네가 오기를 나는
이밤을 새여가며 기다린다.

해석·비평

　30년대 중반기까지 김기림의 문학 활동은 2중의 형태로 이루어졌다.
시론을 통해서 그는 계속 사회, 현실에 대한 관심을 표명했다. 그러나 정
작 詩에서는 철저하게 역사, 현실을 배제하는 순수시의 입장을 고수했
다. 〈太陽의 風俗〉은 이 무렵 김기림의 그런 시작 태도를 집약적으로 보
여주는 작품이다. 산문시의 형태를 취한 이 작품에서 그는 우선 태양을
기다리는 간절한 그의 마음을 피력한다. 그리고 다음에 놓인 둘째 연에
서 그런 태양의 속성을 어느 정도 제시해 보인다. 그에 의하면 태양은 냉
기라든가 어두움, 정채, 건강하지 못한 것을 씻어버리는 명랑과 건강의
상징이다. 그것이 솟아나기를 바라는 마음이 상징성이 강한 말에 짧은
산문형의 문장으로 노래되어 매우 이색적인 정경을 느끼게 만든다. 그리
고 마지막인 셋째 연에서 그 태양은 결국 김기림 나름의 시에 대한 생각
을 제시하는 것으로 끝난다. 그에 따르면 결국 시는 건강, 명랑한 세계를
적실하게 노래하는 것과 동의어가 될 수 있는 것이다.
　이 작품을 제대로 이해 해내기 위해서는 적어도 두 가지 사실이 파악되
어야 한다. 그 하나는 왜 비평적 주장과 달리 그의 시가 이와 같이 탈정치
적, 순수의 단면을 들어냈는가 하는 점이며, 다른 하나가 아주 외곬으로
매달린 건강·명랑성의 추구가 어디에 근거한 것인가 하는 문제다. 앞서
경우는 김기림의 시가 『폐허』, 『백조』와 아울러 카프 다음 단계에서 시작
되었기 때문에 빚어진 것이다. 일본측『詩와 詩論』을 접하고 나서 그의 시
가 시작되었기 때문에 김기림은 적어도 자신의 시가 앞선 세대의 지양·
극복 형태로 이루어져야 한다는 사실을 인식하고 있었다. 그런데 『폐허』나

『백조』등의 시는 온통 꿈꾸며 흐느끼는 세계의 노래였다. 그 지양 형태로 나타난 것이 카프의 시였는데 그것은 이데올로기의 앙상한 잔해같은 것이 되어버렸다. 김기림은 그것을 偏內容主義로 못박은 다음 자신의 시는 적어도 그런 형태로 사회현실을 다루지 않으려는 생각을 가진듯하다. 그 결과로 나타난 것이 사회현실의 간접적인 문맥화가 시도였다. 그 한 양상으로 나타난 것이 〈太陽의 風俗〉으로 집약된 순수시의 단면인 셈이다.

한편 김기림의 명랑·건강성 추구는 그것이 그의 주지주의에 대한 인식과 상관관계를 가진다. 영미판 주지주의 시의 계보는 널리 알려진 대로 T.E. 흄으로 그 기폭 장치가 마련되었다. 그런데 그를 정점으로 하는 이미지즘—모더니즘계의 논리에 따르면 시는 마땅히 구체적인 세계를 다루어야 하며 애매·몽롱한 말들에서 벗어나야 한다. 흄의 〈고전주의와 종교적 태도〉에 따르면 서구의 근대 문학을 지배한 낭만주의는 잘못된 세계관에서 빚어진 것이다. 낭만주의는 르네상스의 논리적 근거가 된 휴머니즘에 의거한 것인데 거기에는 기독교 정신의 한 줄기를 이루는 원죄 의식이 망각되었다. 흄에 의하면 우리 자신의 정신 영역은 수학, 물리학 등으로 대표되는 ①무기물의 세계와, 생물학, 심리학 등 역사에 의해 지배되는, ②유기적 세계, 그리고 윤리·종교적 가치의 지배를 받는, ③신의 영역이 있다. ①의 영역과 ②의 영역 사이에는 명백하게 연속적이 아닌 깊은 수렁이 있다. 그리고 똑같은 불연속성이 ②와 ③의 영역 사이에도 개재한다. 구체적으로 나무나 돌 등 물질을 이해, 파악하는 것과 똑같은 차원의 이해 태도로 어떻게 인간의 영역이 파악될 수 있다는 것인가. 그와 똑같은 논리가 ②와 ③사이에도 성립된다는 것이다. 여기서 흄은 〈생물학은 神學이 아니며, 神이 「生命」, 또는 진보'에 의해 정의될 수 없다〉고 단정했다. 그에 따르면 생명이 아무리 긴축되고 고도로 연소되어도 그것이 신격으로 되지는 않는다. 神聖의 개념 속에는 이미 反生命的인 것이 포함되어 있다는 것이다. 낭만주의는 그 나름의 세계관에 의해 인간의 무한한 가능성을 믿고 영원 무궁한 세계를 노래했다. 그 詩의 말씨들 역시 고전주의에서 처럼 억제와 균형에 의거한 것이 아니라 애매·몽롱하고 신비스러워진 것이다.

이런 반낭만주의의 논리는 그 계기 현상으로 구체적이며 간결한 말씨, 명증스러운 문체, 신선하고 뚜렷한 심상의 제시를 요구했다. T.E. 흄은 또한 일종의 感泣癖이라고 할 수 있는 낭만주의의 감정 과다 현상이나 감상주의적 단면에 대해서도 제동을 걸고 나섰다. 김기림의 모더니즘은 전자에 대해서 매우 철저한 지지, 찬동의 태도로 나타났다. 그런 감각으로 그는 『氣象圖』의 허두에 나오는 바와 같은 〈비눌/ 돛인/ 海峽은 배암의 잔등/처럼 살아났고 아롱진/ 〈아라비아〉의 衣裳을 둘른/ 젊은 山脈〉 등 구절의 시를 쓴 것이다. 또한 반감상주의의 단적인 표현으로 나타난 것이 〈太陽의 風俗〉이다. 그러면서 이 작품은 그 이전까지 우리 시가 갖지 못한 특정적 가락도 지니고 있다. 그것이 건강·명랑한 생활 태도에 대한 희구를 매우 현대적인 말씨와 율조로 펴고 있는 점이다.

작품 바다와 나비

아모도 그에게 水深을 일러 준 일이 없기에
힌 나비는 도모지 바다가 무섭지 않다.

靑 무우 밭인가 해서 나려 갔다가는
어린 날개가 물결에 저러서
公主처럼 지쳐서 도라온다.

三月달 바다가 꽃이 피지 않어서 서거푼
나비 허리에 새파란 초생달이 시리다.

해석 · 비평

1930년대 후반기에 접어들면서 金起林은 그 무렵까지 추구해온 이미지 즘—모더니즘계의 주지주의적 시작 태도에 회의를 갖는다(이 경우 문제되는 주지주의의 갈래에는 T.S. 엘리엇까지가 포함되는 것이다). 그의 모더니즘이 순수시의 경향으로 흐른 사실은 이미 밝힌 바와 같다. 그 결과 김기림의 시는 사화와 역사를 배제한 단선적인 것이 되어버렸다. 이런 한계를 느낀 그는 오우든 그룹에 주목하고 특히 그 가운데서 스펜더의 입장을 수용하고저 했다. 〈바다와 나비〉는 김기림이 이 무렵에 쓴 시를 대표한다. 여기에는 그의 스펜더 수용이 극명하게 포착된다. 먼저 이 작품에서 주목되는 것이 그 발상의 특이성이다. 일찍 우리 주변에서 바나는 넓고 푸른 것, 힘이라든가 청춘의 표상이기 일쑤였다. 또한 그 이전 우리 詩人들은 그 위에 흔히 향수와 호기심, 이국 정조 같은 것을 읽어내는데 그쳤다. 金起林의 경우처럼 그것을 푸성귀에 가득찬 들판에 비유하고 나비를 대조시킨 예는 거의 나타나지 않는다. 그런데 이와 아주 비슷한 단면을 드러내는 것이 스펜더의 〈바다 風景〉이다. 그의 〈바다 風景〉 가운데서도 제 3연은 〈바다와 나비〉와 너무나 흡사한 단면을 지니고 있다.

> 그러자 두 마리의 편편 胡蝶이 海邊에서
> 길 잃은 들장미인양 눈부신 물기슭을 지나
> 반편이 된 소용돌이 속 바다 위에 치솟아 오른다.
> 되비친 하늘에 그들이 빠져 버릴 때까지.
> 그들은 익사한다. 어부들은 그런 날 것들이
> 굿풀이 제물로 沈沒하는 것을 안다.

金起林의 〈바다와 나비〉에서 우선 주목되는 것이 거기에 선명한 색채 감각이 제시된 점이다. 그 허두에서 나비는 흰 빛깔로 제시되었고, 그것은 곧 바다의 푸른 빛깔에 대조되어서 아주 인상적인 색채감각적 이미지

를 제시한다. 그런가 하면 이 詩에서 나비는 꽃의 이미지와 함께 죽음의
이미지를 수반시킨다. 靑무우 밭으로 오인된 바다 위를 가냘픈 날개로
나는 나비의 心象은 꽃에 해당된다. 그리고 이때 바다는 墓地의 분위기
를 연상케 한다. "꽃이 되지 않아서 서거픈"의 不毛感에 겹쳐진 초생달의
모습이 우리에게 그런 이미지를 제시한다. 그런데 정작 물을 생활의 터
전으로, 그리고 바다를 무덤으로 상정한 것은 스펜더였다. 또한 거기에
는 들판인 줄 잘못 알고 바다에 날아든 나비가 등장한다. 그 다음 그들은
하늘을 되비치고 있는 물 속에 빠져서 주검이 되는 것이다. 이렇게 보면
金起林의 작품과 스펜더의 〈바다 風景〉 사이에 개재하는 상관 관계는 거
의 의심할 여지가 없다.

　스펜더의 수용과 함께 김기림의 시는 그전 단계의 것과 근본적으로 다
름 속성을 띠기 시작했다. 오우든 그룹의 한 사람으로서 스펜더는 그 세
계 파악의 태도가 그 전까지 김기림이 의거한 흄이나 T.S. 엘리 엇과는
근본적으로 달랐다. 그가 문학 수업을 시작했을 때는 세계가 혼란의 소
용돌이에 휩싸여 있었다. 스페인 시민 전쟁과 나치의 정권 장악, 만주 사
변과 그에 이어 감행된 일제의 대륙 침공 등, 시대는 격변하고 있었던 것
이다. 그런 상황 속에서 스펜더는 한 때 스페인 내란에 의용병으로 출전
한 바 있다. 이른바 문학과 시를 적극적인 정치 참여와 동의어로 생각한
셈이다. 뿐만 아니라 그는 자신의 그런 태도를 당시 〈비엔나〉에 담아 읊
었다. 또한 이론서인 『파괴적 요소』, 『자유주의에서의 전진』 등에 나타
나는 바　시와 문학의 정치 수용을 시도했다. 『자유주의에서의 전진』은
그 무렵 세계를 휩쓴 파쇼와 자본주의의 횡포에 대해 스펜더 나름의 대
안의 제시였다. 그는 문학과 시의 정치 수용이 세계를 바로 잡기 위한 긍
정적 태도라고 생각했다. 그는 정치를 〈인간 모두에게 의해서 축적된 지
식의 보화를 同化시키고저 하는 노력〉이라고 보았다. 좀더 많은 사람들
이 그것을 이용함으로써 보다 좋은 사회를 만들 수 있다고 믿었던 것이
다. 또한 그는 정치 형태의 이상이 계급이 없는 자유·평등 사회의 건설

에 있다고 믿었다. 이런 의미에서 그는 한 때 직접적인 행동을 다루는 시를 주장한 바 있다. 김기림이 이런 스펜더에 경도되었다는 것은 그가 순수파 모더니스트에서 행동을 외치는 좌파의 입장으로 방향전환을 꾀했음을 뜻한다. 물론 〈바다와 나비〉에 그런 대사회적 요소는 나타나지 않는다. 그러나 어떻든 이 작품은 김기림이 모더니즘의 극복을 시도하고 있었을 때 쓴 것으로, 그 다음에 올 사태를 예비한 신호탄에 해당된다.

작(품) 아프리카 狂想曲

숨막히는 毒瓦斯에 썩은 띠끌이 쏠려긴 뒤에
聖都의 아츰에 王朝의 歷史는 간 데 없고
어느새 로—마의 風俗을 단장한 酋長의 따님의
숭내내는 國歌의 서투룬 곡조가 웬일이냐

급한 발길을 행여 막으려 다투어 던지는
眞紅빛 薔薇의 언덕을 박차며
熱沙를 뿜으며 몰려오는
검은 쇠바퀴..... 검은 말발굽 소리......

테—블에 쏟아지는 샴페인의 瀑布
'소생하는 로—마야 마셔라 이 피를......
正義도 象牙도 文明도 石油도 우리 것이다.'
法王의 鍾들과 라디오가 마을 마을에 요란하다.

다—샨 火山에 불이 꺼진 날
새로 엮인 페—지에 世紀의 犯行이 淋漓하고나.
입담은 證人인 靑 나일이 혼자

哀史를 중얼거리며 埃及으로 흘으더라

오늘은 三色旗의 行進을 祝福하는
沙漠의 太陽
차―나 湖 푸른 거울에
五月의 얼골이 태연하고나.

한니발도 짓밟고 칼타고도 불지르고
오늘은 千年 묵은 沙漠의 靜寂을 부시고 가는
피묻은 늙은 쇠바퀴야
너 달려가는 곳이 어디냐.

작품 連 禱

내 神은
잠든 아기의 얼골에서 우숨을 걷우는
즐거우려는 자라려는 날뛰려는
망아지와 薔薇를 시들게 하는
이 邪惡한 비바람을 가장 미워하는 神이리라.

내 神은
내마음 속의 주책없은 放心과
간사한 衝動과 親하려는 嬌態를
가장 怒하시는 神이리라.

내 神은
沙漠에 꺼꾸러저 웨치는 '아라비아'사람들의
캉캄한 마음에 떠오르는 太陽 ―

埃及의 채찍을 피해서 紅海에 막다른
‘이스라엘’ 사람들의 앞에 갑자기 걸이던 神이리라.

내 神은
내 港口도 避難處도 安息도 아니오
내 싸움 속에서 나를 지키고 鼓舞하는 소리리라.
연약하려는 落望하려는 나를 노려보는 엄숙한 눈살이리라.

해석 · 비평

　1935년에 접어들자 김기림은 〈새 人間性과 批評精神〉을 썼다. 여기서 그는 당시의 한국 문단을 비판하여 형식주의, 반정치가 지배하는 세계라고 못박았다. 그의 이런 지적은 얼핏 생각하면 우리를 매우 당혹하게 만든다. 따지고 본다면 그 이전 그가 옹호하면서 줄기차게 세력화한 모더니즘이 바로 형식주의에 속했고, 반정치주의 쪽의 것이었다. 또한 9인회를 통해서도 그는 스스로 반정치주의의 입장을 취했다. 그렇다면 위의 지적은 바로 제 얼굴에 침뱉기일 수 밖에 없는 것이다. 그는 어떤 연유에서 이런 발언을 한 것인가. 이렇게 제기되는 의문을 풀기 위해서 우리는 당시 상황을 고려에 넣어 보아야 한다. 바로 이 해에 우리 문단에서는 유일·최대의 정치적 문예 단체인 카프가 해산되었다. 일제는 만주를 손아귀에 넣고 중국 본토에도 전단을 폈다. 그런 그들은 전력 강화와 후방 단속을 위해서 한반도 전역에 삼엄하기 그지 없는 전시체제를 폈다. 일체의 민족적 감정 표명이라든가 정치적 발언은 그 자체로 구금, 투옥의 빌미가 되었다. 반체제의 움직임은 그 기미만 보여도 가혹하기 그지 없는 탄압이 뒤따랐던 것이다. 그런데 김기림도 이런 정치 정세, 상황에 대한 의식이 분명히 있었다. 그 단적인 보기가 8·15후에 나온 다음과 같은 말이다.

1930년대는 날로 심해가는 日帝의 정치적 공세 아래서 조선의 지식들이 그들의 최후 것을 잃지 않기 위해서 悲痛한 守勢로 들어간 것을 특징으로 한 시기였다. 정치와 경제에서 잃어버린 모든 손실 뒤에 民族文化에 있어서도 날로 存亡의 위기가 닥치고 있었던 것이다. 文學人들은 어찌 보면 크로노스의 추적을 피하여 어린 제우스를 山 속에 감춘 크레테 神話의 레아 女神의 故智를 닮아 藝術主義라는 연막에 가려서라도 그들의 文學을 지켜가려한듯 하다. 文學에는 따라서 內面化와 消極性이라는 時代의 정신적 징후가 짙게 흘렀다. 그러나 그것은 구라파의 예술 지상주의처럼 스스로 취한 길이라느니 보다는 차라리 강요된 遁身術인 듯하다. 그것은 현실의 심각한 영상이 유미적으로 항상 변신을 하고 나타난 메타포어의 文學이었다. 그러므로 나는 그것을 일종의 위장된 예술주의라고 부르고자 하는 것이다.

김기림의 이런 발언을 줄이면 30년대의 문학은 위장된 예술주의, 또는 메타포어의 문학이라고 된다. 즉, 그에게는 분명이 식민지 현시에 대한 인식이 있었던 것이다. 그것을 김기림이 직접적으로 표출하는 경우 日帝는 즉각 그를 체포, 투옥할 것이 분명했다. 그에 대한 대응책으로 현실과 상황에 대한 인식을 변형시켜 표현한 것이 그의 초기 詩였고 메타포어 문학설이 되는 셈이다. 우리가 알고 있는 메타포어에는 속뜻이 있어야 한다. 그것이 포착되지 않는 것이라면 김기림의 정치를 향한 선회는 한갓된 자기 기만 행위일 뿐이다. 이런 논리에 대해 아주 적절한 보기가 되는 것이 위에 든 두 개의 작품이다. 우선 〈아프리카 狂想曲〉은 뭇솔리니의 이디오피아 침공에서 제재를 삼은 듯 보인다. 여기서 이디오피아는 〈王朝의 歷史는 간데 없고〉로 나타나는 바 패망한 국가다. 그리고 침략군은 〈正義도 상아도, 문명도 석유도 우리 것이다〉에 나타나는 바와 같이 힘으로 모든 것을 획득하고저 한다. 그런데 김기림이 이렇게 피에 주린 침략자로 규정한 파시스트들은 그 실에 있어서 일제와 동맹 관계를 맺고 있는 뭇솔리니 도당이었다. 만주 사변 이후 일제 군부는 급격히 전체주의화하면서 파시스트나 나치와 손을 잡았다. 그리고 그 생리에 따라 침략 행위에 미처 날뛰기 시작했다. 따라서 이탈리아군의 이디오피아 침공을 이렇게 풍자한 것은 그 실에 있어서 군국주의 일본을 우회적으로 비판한 것이며 소극적 의미의 민족적 저항이기도 했다.

　이런 낌새를 느끼게 하는 작품에는 〈바다와 나비〉와 같은 시기에 쓰인 〈連禱〉도 있는 것이다. 이 작품의 주제어사는 물론 신이다. 그런데 여기선 신은 김기림의 정신 세계에서 절대자의 뜻을 지닌 것을 가리킨다. 이 작품 첫째 연에서 그것은 인간주의의 단면을 띠고 나타난다. 그러나 둘째 연에서 그것은 꿋꿋한 저항의 정신을 느끼게 하며 셋째 연에서는 출애급기(出埃及記)의 심상에 겹쳐진다. 본래 출애급기에 나오는 모세의 전설은 의식의 테두리에 속하는 것이 아니라 당당한 행동의 차원이다. 김기림은 어느 때고 불의나 폭정에 맞서 싸우는 행동의 길, 곧 저항이 고난의 가시밭길임을 알고 있었다. 그리하여 이 작품 마지막 연에서 그는 그것을 무릅쓰고 제길을 나서는 화자로 하여금 굽힘 없는 투쟁만이 절대적인 것이라고 노래하게 했다. 물론 이것은 김기림 자신이 말한 것처럼 직접적인 비판·공격은 아니다. 솔직히 우회된 표현이며 은유 형태의 행동 양태인 것이다. 그러나 그가 처한 시대의 각박한 현실을 생각하는 경우 이런 형태의 현실 감각이나 상황 의식도 분명히 일제에 대한 저항임에는 틀림없다. 그의 스펜더 수용은 김기림의 시에 이토록 명백하게 문학적 전환을 빚어내고 있는 것이다.

작품 어린 共和國이여

　　　식은 火山 밑바닥에서
　　　히미하게 나부끼던 작은 불낄
　　　말발굽 구루는 땅 아래서
　　　水銀처럼 떨리는 샘물
　　　인제는 牧丹같이 피어나라 어린 共和國이여

그늘에 감춰온 마음의 財産
우리들의 오래인 꿈 어린 共和國이여
음산한 '近代'의 列에서 빼앗은 奇蹟
歷史의 귀동자 어린 共和國이여

오— 명예도 지워도 富貴도 다 싫소
오직 그대 가는 길 멍에 밑 즐거운 勞動에 얽매어 주오
빛나는 共和國이여 그리고 안심하소서
젊은이 어깨에 그대 얹히셨으니—

어린 共和國
오— 우리들의 가슴에 차오는 꽃봉오리여
저 대담한 새벽처럼 서슴치말고
밤새워 기다리는 거리로 어서 닥어오소서

작/품 새나리 頌

거리로 마을로 山으로 골짜구니로
이어가는 電線은 새나라의 神經
일흠없는 나루 외따른 洞里
빠진곳 하나없이 기름과 피
골고루 도라 다사론 땅이 되라

어린 技師들 어서 자라나
굴둑마다 우리들의 검은 꽃묶음
연기를 올리자

김빠진 工場마다 動力을 보내서
그대와 나 온백성의 새나라 키워가자
山神과 살기와 염병이 함께 사는 碑石이 선 마을
마을에 모—터와 電氣를 보내서
山神을 쫓고 마마를 몰아내자
기름친 機械로 運命과 農場을 휘몰아 갈
希望과 自信과 힘을 보내자

熔鑛爐에 불을 켜라 새나라의 心臟에
鐵線을 뽑고 鐵筋을 느리고 鐵板을 피자
세멘과 鐵과 希望우에
아모도 흔들 수 없는 새나라 세워가자

녹쓰른 軌道에 우리들의 機關車 달리어
戰爭에 해여진 貨車와 트럭에
벽돌을 실자 세멘을 올리자
애매한 支配와 屈辱이 좀먹던 部落과 나루에
새나라 굳은 터 다져가자

해석·비평

김기림은 8·15후에 두 권의 시집을 냈다. 그 하나가 『바다와 나비』며 다음에 나온 것이 『새노래』이다. 〈어린 共和國이여〉는 『바다와 나비』에 실린 것 가운데 하나다. 참고로 밝히면 『바다와 나비』는 5부로 되어 있다. 그런데 이 시집의 2부 이하는 김기림이 8·15 이전에 쓴 것들이다. 1부만이 8·15 후에 쓴 작품들로 이루어져 있다. 다음 〈새나라 頌〉은 김기림의 제4시집인 동시에 살아 생전에는 그가 낸 마지막 시집이 된 『새 노래』에 실린 것이다. 이들 두 작품은 어떻든 김기림이 조선문학가동맹에 참여하여 그 시부 위원장으로 활약할 때에 쓴 작품들이다.

이들 작품에서 우리가 주목해야 할 것은 그 당파성이 매우 여리게 나타나는 점이다. 본래 프로문학은 계급의식을 토대로 쓰여진다. 계급의식에서 적대 계급은 반드시 배격, 타도의 대상이다. 金起林은 월남을 한 후 좌익 단체에 가담했다. 그가 문학가동맹의 행동원칙에 충실했다면 이들 시에도 반드시 계급주의에 입각한 당파성의 원칙이 그 줄기를 이루고 나타나야 했다. 그러나 8·15 이후에 쓰여진 金起林의 작품에는 이런 원칙이 반드시 지켜지지 않았다. 그렇다고 그의 8·15이후 작품이 그 전의 것과 똑같다는 것은 아니다. 8·15이전 김기림의 작품은 대체로 순수시의 유형에 드는 것이었다. 앞에서 본 바와 같이 그의 후기시에는 정치가 수용되었다. 그러나 거기에는 생활 감정, 또는 현실에 대한 의식이 잘 나타나지 않았다. 그러나 〈어린 共和國이여〉나 〈새나라 頌〉에 집약된 바 8·15 이후 金起林의 작품에는 그것이 주조가 되어 있다. 결국 8·15 이전과 이후의 金起林이 보여주고 있는 작품 세계의 차이는 이 한 점에 귀착된다.

문학사 메모

金起林이 월남한 것은 1945년말 경으로 짐작된다. 그가 월남한 동기는 지주로 그의 가산이 사회주의 정권에 의해 차압당한 데 기인한 것이다. 그런데 월남하고 나자 그는 곧 문학가동맹에 관계하고 작품 활동도 상당히 활발하게 전개했다. 구체적으로 이때 발표한 그의 시를 보면 1945년에 〈파도소리 헤치고〉(『신문예』(1), 12월호), 〈지혜에 바치는 노래〉(『해방기념시집』, 12월) 등을 발표한 것을 비롯하여 다음 해에 〈두견새〉(『학병』(1) 2월호), 〈순교자〉(『신문학』(1), 4월호), 〈무지개〉(『大

潮』(2), 6월호), 〈새나라 頌〉(『大潮』(2)), 〈어린 共和國이여〉(『文學』
(1), 7월호), 〈한 旗ㅅ발 바뜰고〉(『人民評論』(7)), 〈우리들의 八月로 돌
아가자〉(『독립신문』, 1946년 8월), 1947년에 〈詩와 文化에 부치는 노
래〉(『文化創造』, 3월호), 〈人民工場에 부치는 노래〉(『文學評論』, 4월호),
〈句節도 아닌 두서너 마디 더듬는 말인데도〉(『開闢』, 8월호), 〈希望〉(『新
天池』, 12월호) 등이 제작, 발표되었다.

이 무렵 金起林의 활동은 작품에 그치지 않는다. 그는 文盟의 간부로
서 전국문학자대회 때에는 시분야의 보고 강연을 했다. 그리고 직접 활
동과 비평을 통해서도 文盟의 사업에 적극적으로 나섰다. 또한 문학가동
맹의 조직 사업에도 상당한 열성으로 참여한 듯 보인다. 가령『前衛詩人
集』이 나오게 되자 그는 거기에 〈우리 詩의 새 世代의 한 部隊는 우리 詩
의 앞날을 위하여 한 굳은 約束을 던져준다. (......) 이 部隊가 多幸스럽
게도 가지고 있는 詩的 天分을 나는 믿는 때문이다〉라고 적었다. 그리고
1947년 文盟이 총력을 기울여 시도한 文化工作隊運動에는 沈影 등과 함
께 경북 지방을 담당하여 순회 강연을 했다. 그러나 월남의 전력이 있었
기 때문에 그는 다른 경향시인들처럼 38선을 넘어 갈 수가 없었다. 그리
하여 전향을 했고 그것이 6·25동란의 소용돌이 속에서 그를 죽음에 이
르도록 만든 것이다.

참고문헌

『金起林全集』, 5권, (심설당, 1988)
文德守, 『韓國모더니즘 詩研究』(詩文學社, 1981)
金學東, 『金起林研究』(새문사, 1989)
金容稷, 『한국현대시사』(한국문연, 1996).
金容稷, 『金起林』(건국대출판부, 1997).

윤곤강(尹崑崗)

(1911. 9. 21 ~ 1950. 1. 7)

　본명은 윤명원(尹明遠). 충청남도 서산읍 동문리에서 출생. 2천석을 하는 부유한 가정에서 성장. 1925년 보성고보에 편입, 1928년 동교를 졸업하고, 어어 혜화전문에 적을 둔 적이 있으나 곧 중퇴. 도일하여 일본 동경 소재 센슈우(專修) 대학 졸업, 귀국 직후부터 카프에 관계. 캬프 제 2차 검거 때에는 전라북도 경찰부에 구금되었고, 한 때 당진읍에 낙향했다가 1935년 다시 상경, 이때부터 작품 경향이 바뀌어져 순수시를 쓰기 시작하였다. 『詩學』 동인으로 이육사, 신석초 등과 친교를 가졌으며 제2 시집 『대지(大地)』를 1937년에 발간. 이 시집에는 〈갈망(渴望)〉 이하 22편의 시가 실려 있는데 대체로 그 정신적 색조가 음산하고 소외감에 젖은 것이 특색이다. 다음 해에 제2시집 『만가(輓歌)』상재. 이어 1939 년 제3시집 『동물시집』이 나와서 당시 우리 문단의 사정으로 볼 때는 세 권의 시집을 잇달아 낸 희구한 예가 되었다.

　일제 말기부터 시작과 함께 시평도 빈번하게 발표하면서 그 자신이 주장하는 서정시를 옹호한 바 있다. 일제 말기에 다시 낙향, 면서기로 근무하다가 8·15와 함께 상경하여 보성고등학교에서 교편을 잡는 한편 조선문학가동맹에 참가하여 그 시부위원으로 활약. 그러나 경향시의 교조적 이데올로기 시에는 동조할 수가 없어서 적극적으로 활동하지 않았다.

특히 8·15 이후에는 한국 고전에 관심을 기울여 그 연구에 손을 뻗치는 한편 시에도 옛날의 말씨와 가락을 수용하고저 노력했다. 그 구체적 보기가 되는 것이 1948년 정음사에서 나온『살어리』와 그 다음 해 시문학사에서 나온『피리』등이다. 한 때 중앙대학교 국문학과 교수로 재직한 바 있었으나 만년에는 건강을 상해서 얼마동안 투병 생활. 초기의 그의 시는 경향성이 짙었으나 중기부터 서정시로 기울어졌으며 8·15후에는 고전 작품 읽기에 힘쓰고 민족적인 정서를 작품화하는데 남달리 힘을 기울이게 되었다.

작품 눈보라 치는 밤

오늘도 바람이 분다.
고초ㅅ가루같이 매운 바람이
오늘도 또 콧끝과 귀뿌리와 발끝을 앗아갈 듯이 무러뜯는다.
아— 지금 그이는 얼마나 뼈끝이 저리도록 떨고 있을까
北極의 어름집 속보다도 더 추운 그곳에서……

그렇다!
그것을 생각한다면
이까진 추위가 무엇이냐? 눈보라가 무엇이냐?
零下 十九度를 오르나리는 이까진 추위가 다 — 무엇이냐
그러나 나는 삽사리는 안이다.

눈이오면 조와라 날뛰는 삽사리는 안이다.
삽사리기 때문에 낫이나 밤이나
비가 오든 바람이 불든 눈이 나리든

맥풀어진 손에 무겁디 무거운 가방을 들고 싸단이는 것은 안
이다!
　그러키에 나는
　오늘 밤도 '××'를 가지고
　그곳까지 달려가는 것이 아니냐!
　바람이 눈보래가 다— 뭐냐?
　바람에 찌저질듯한 내 귀엔
　다—만 바위같은 얼어붙은 거리 우으로
　종종 거름치는 뀌여진 구두ㅅ소리만이 들릴 뿐이다.

해석 · 비평

　尹崑崗의 시는 1931년 11월호 『批判』에 실린 〈옛성터에서〉와 그 다
음호 9월호의 역시 『비판』에 실린 〈아침〉으로 시작된다. 이 무렵 작품들
은 이데올로기의 관념적 해석에 그친 것들이 대부분이다. 또한 시에서는
금기가 된 말의 남용이 적지 않게 나타난다. 구체적으로 〈아침〉의 허두
를 보면 〈아침—黎明의 東天을 뚫고 무거운 沈默에 잠긴 暗黑의 荒野에/
한편 팔을 들어 북을 울리고/ 다른 한 손으로는 大地의 심장을 파헤치고
헷치일/ 그리고 이제것 잠자든 온갖 저주와 복수의 날카로운 화살을 들
어/ 세기를 두고 꽂고 꽂든 그 目標를 쏘아 떨굴…오, 용감히 뛰어나갈,
기운차게 열리는 아침의 서곡이다〉로 시작한다. 여기에 나타나는 바와
같이 초기 윤곤강의 시는 체험이나 소재를 정리하여 재조직하는 일에는
소략한 편이었다. 그것이 어느 정도 극복된 단면을 들어낸 것이 이 작품
이다.
　따지고 본다면 이 작품에서도 윤공간은 말을 축약적으로 쓰기보다 서
술체를 원용했다. 그러나 적어도 여기에는 여러 제재가 한 의미내용의

초점에 맞추어져 있다. 여기서 화자는 남편, 또는 동지를 철창에 보낸 여성이다. 그는 지금 철청 속에서 추위에 떨고 있는 사랑하는 〈그이〉를 생각한다. 그러나 그녀는 그것을 슬퍼만 하고 있는 것이 아니다. 여기서 복자로 된 부분은 〈삐라〉가 아닌가 생각된다. 그녀는 〈그이〉와 뜻을 같이하는 투쟁을 추운거리에서 수행하고 있는 것이다. 그런데 이 작품에는 그런 그녀의 모습이 어느 정동 윤곽을 띄고 나타난다. 이것은 이 시가 관념에 그친 것이 아니라 구체적인 심상을 거느리고 있음을 뜻한다. 그러나 이 작품은 어디까지나 윤곤강이 쓴 경향시의 한 가능성이었을 뿐이다. 이 무렵부터 카프는 거듭되는 일제의 강압에 직면하여 실질적으로 그 활동을 펼칠 입장이 아니었다. 그리하여 윤곤강의 경향시도 이 이상 신장·활충되지 못한채 휴면 상태에 들어가 버렸다.

 朝 鮮
　　　　—(혁명자 구원 "예술의 밤" 낭독시)

　　360년 보다도
　　아니 3,600년보다도
　　멀미나는 날과 밤이었다.

　　두손 높이 들어
　　만세를 부르자
　　만세를 부르자.

　　조선은
　　조선ㅅ사람의 것이다.
　　日本ㅅ사람의 것도

中國ㅅ사람의 것도
양당인의 것도
아라사ㅅ사람의 것도
조선을 팔어먹은
조선 사람의 것은 더욱 아니다.

씻처 버리자! 때묻은 마음을
넓히자! 옹졸한 생각을
버리자! 비굴한 정신을
되어가는대로
보고만 있지말고
뜯어 고쳐야 될 날이 온 것이다.

우리의 千年의 큰 바탕은
오늘 이 자리에서 이루어져야 된다.

수집은이여 속으로 빌라
씩씩한 이여! 뛰어나와 소리치라.

비바람 눈보라도
겁낼게 없으니
보라!
일곱 가지 빛으로 비눌 돚인 구름이

거리에
들에
산에
바다에

현란한 아침을 꾸미는 날
빛나는 조선의 아침이여
오! 그날을 위하여 우리는 싸우자.

해석 · 비평

8·15직후 윤곤강은 고향인 서산에서 자전거로 상경했다고 한다. 당시에는 물론 교통편이 좋지 않았다. 그렇다고 하드라도 좀 두서를 차렸다면 달구지를 얻어서라도 가솔을 데리고 상경할 수 있었을 것이다. 그가 단신으로 자전거를 끌고 상경한 사실은 8·15를 맞은 그의 감격이 얼마나 큰 것이었나를 말해준다. 한편 서울에 상경해서 그는 곧 프롤레타리아예술동맹측에 가담했다. 이 작품 역시 그 기관지인 『藝術運動』 창간호에 실린 것이다. 프로예맹은 잘 알려진 바와 같이 林和등의 文學建設本部와 그 행동 노선을 달리한 조직체다. 문학건설본부, 그 다음 단계의 문학가동맹이 내세운 행동 강령은 전문단인을 망라한 민족문학의 건설이었다.

그에 반해서 프로예맹측은 카프의 대통을 잇기를 기했다. 그리하여 그들은 문학건설본부의 통일전선론을 일축하고 계급의식에 철한 문학, 예술을 주장하고 나섰던 것이다. 따라서 윤곤강이 그 일원이 되었다는 사실은 8·15직후 한 때 그가 매우 강경한 입장의 유물사관 신봉자였음을 뜻한다.

그러나 〈조선〉에는 그런 8·15 직후 윤곤강의 의식의 단면이 잘 나타나지 않는다. 여기서 혁명자란 물론 계급운동, 민족 해방 투쟁의 노선에 입각하여 행동한 사람들을 가리킨다. 그들의 원호사업 일환으로 이 작품이 쓰여진 것이다. 그런데 이 작품에는 계급의식이 별로 두드러지게 나타나지 않는다. 뿐만 아니라 이 시는 다시 한번 윤곤강의 소박한 생각들을 들어낸다. 여기서는 기능적인 시에 요구되는 생각의 초점이 잘 나타

나지 않는다. 또한 〈되여가는대로/ 보고만 있지말고/ 뜯어고쳐야 될 날
이 온 것이다.〉 이런 부분에서는 시가 지니고 있어야 할 가락도 잘 느껴
지지 않는다. 본래 경향시는 두 개의 단면을 그 축으로 삼는다. 그 하나
가 투철한 계급의식이라면 다른 하나가 그것을 고조된 목소리로 읊어낼
수 있는 말씨다. 그런데 〈조선〉으로 나타나는 바 8·15직후의 윤곤강 시
는 그 이전의 것에서 별반 진전이 없다. 이것이 다른 경향시인들과는 달
리 그 후 그가 고전 탐구의 세계로 방향을 바꾼 까닭인지도 모른다.

문학사 메모

尹崑崗의 제3시집인 『動物詩集』에 대해서 그와 오랜 교분을 가진 李貞
求는 〈崑崗의 대담한 말의 구사는 『輓歌』에서 이러한 묘사의 무리와 조
장을 다분히 내포하고 있었다. 이런 점에서 『동물시집』은 일보 정진의
길을 나섰다. 그러나 崑崗은 『동물시집』에서 다시 중요한 재산을 잃어버
렸다. 그것은 사상이다.〉라고 했다. 돌이켜 보면 『大地』나 『輓歌』는 일종
의 음울주의에 해당되는 어두운 분위기에 싸여 있다. 그리고 이것은 현
실과의 상관 관계가 잘 포착되지 않는 점으로 보아 다분히 해외 것의 모
방, 아류에 속하는 느낌이 든다. 카프에서 물러서면서 윤곤강은 서정에
주목했을 것이다. 그리고 그것을 좀 안이하게 사상의 배제와 자연현상의
발견이라고 해석했을 공산이 있다. 일제 말기까지 그는 대체로 이런 세
계에 머물렀다. 그리고 해방과 함께 잠시 이데올로기를 다시 찾고저 했
다가 고전 지향이 된 것이다.

한편 1948년에 나온 『피리』에서 윤곤강은 그 나름대로 한국적 정서를 펴
고자 시도했다. 그 제1부는 〈빛을 기리는 노래〉(―〈모죽지랑〉에서), (〈찬
달밤에〉)(―〈정읍사〉에서), 〈피리〉(―〈동동〉에서), 〈월광곡〉(―〈정읍사〉에
서), 〈나뭇잎 밝고 가노라〉(―〈정과정곡〉에서), 〈새해노래〉(〈동동〉에서),

〈단장〉(―〈서경별곡〉에서), 〈秋風賦〉(―〈가시리〉에서), 〈孔雀賦〉(―〈정석가〉에서), 〈입추〉(―〈동동〉에서), 〈가을〉(〈동동세서), 〈사슴〉(―〈청산별곡〉에서), 〈밤의 노래〉(―〈청산별곡〉에서) 등으로 되어 있다. 이들 부제목으로 보아 이 무렵의 윤곤강 시는 모두가 그 제작 동기가 한국 고전에 닿아 있는 것이 있었다. 고어투의 사용도 두드러지게 눈에 띈다.

참고문헌

시　집, 『大地』(풍림사, 1937)

시　집, 『輓歌』(동관당서점, 1938)

시　집, 『動物詩集』(한성도서, 1939)

시　집, 『氷華』(한성도서, 1940)

고전주석서, 『近古朝鮮歌謠選』(생활사, 1947)

시　집, 『살어리』(시문학사, 1948)

시　집, 『피리』(정음사, 1949)

평론집, 『詩와 眞實』(정음사, 1949)

金容稷, 『한국현대시인연구』(서울대출판부, 2000)

조벽암(趙碧巖)

(1908. 5. ~ 1985. 11. 24)

　본명은 조중흡(趙重洽). 충청북도 진천군 벽암리에서 출생. 카프의 대표적 소설가이며 〈낙동강〉의 저자 조명희의 조카다. 경성 제2보고등보통학교를 거쳐 경성제대 법문학부 법학과를 졸업(1933년도 제5회). 대학 재학시『문학 타임즈』를 간행하고 습작 활동. 졸업 후는 화신백화점에서 근무했고, 같은 무렵에 9인회 동인으로 활약하였으며, 시와 소설을 병행시키면서 작품을 발표했다. 1938년 以文堂店에서 시집『향수(鄕愁)』를 출간. 일제 말기에 이르기까지는 대체로 프로문학 쪽과는 거리가 있는 편이었다. 8·15직후 한 때 문학건설본부와 맞서 프로예맹에 속했고 그 중앙위원을 지냈으나 곧 문학가동맹과 합동했다.

　해방과 함께 매우 경직된 입장의 계급문학노선을 주장하고 일제 치하에서 쓴 것과는 180° 다른 경향적 작품들을 보였다. 그 구체적 표현으로 나타난 것이 1948년 아문각에서 나온 시집『地熱』이다. 이 시집에는 〈故土〉이하 30편의 작품이 수록되어 있는데 제2부에 실린 〈地熱〉 한편을 제외하고는 모두가 해방 후에 쓴 것으로 나타난다. 그리고 그 의식 성향은 대체로 경향시의 단면을 들어낸다. 〈祖上들이 빨리던 논뚜렁 앉아/ 아직도 피땀을 받쳐야 하는 촌영감/ 어찌 되는 셈이냐고 물어놓고는/ 두리번 거리는 땅이 있다./ 자갈물린 村길 우에 해는 그대로 저물어/ 고양이처럼 울고 싶은 날이다.〉이 시집의 후기가 1948. 5. 1로 적힌 것으로 보아 조벽암의 월북은 대한민국정부 수립 직전으로 짐작된다. 북쪽에서는 6·25사변 후 평양 문학대학 학부장을 역임. 그 후 창작 활동도 계속하여 『해방후 서정시선집』에 〈삼각산이 보인다〉, 〈서운한 종점〉 등이 실려 있다. 이것으로 보아 끝까지 종파분자나 반동으로 단죄되지 않은채 살아남은 남쪽 출신의 문학인 가운데 한 사람인 듯하다. 특히 1981년 2월호 『조선문학』에는 김일성의 망부 김형직을 찬양한 내용의 〈조국은 새 아침을〉이 게재되어 있다. 주체사상, 우상화에 이바지한 공적이 그가 숙청을 면한 비결로 보인다.

작품 鄕愁

해만 저물면 바닷물처럼 짭조름이 저린 鄕愁
오늘도 나그네의 외로움을 車掌에 맡기고

언제든 갖떨어진 풋송아지 모양으로
안타가이 못잊는 鄕愁를 反芻하며

인윽히 살 어둠 깃드린 안개 마을이면
따스한 보금자리 그리워 포드득 날려들고싶어라

해석·비평

조벽암의 시는 1933년도 경부터 쓰여진 것으로 보인다. 이 해에 그는 경성제대를 졸업했다. 그리고 안정된 직장으로 화신상회에 취직자리도 얻었다. 문학은 그의 재학 때부터 꿈이었다. 그런 여러 가지 사정이 상승 작용을 일으켜 이 해 벽두부터 그는 〈애도곡〉, 〈금일의 분노〉(『全線』1월호), 〈2월의 상해〉(『文學타임즈』2월호), 〈갈비 긋는 내〉, 〈눈〉(『全線』3월호), 〈우울한 심정〉(『文學타임즈』3월호), 〈8월의 황혼가〉(『신동아』8월호), 〈해녀〉(『신동아』9월호)등 여러 편의 시를 발표했다. 이들 작품에는 시대적 고민을 반영한 결과를 보이는 음울한 분위기를 지닌 것이 대부분이다. 위의 작품도 그 연장 선상에 놓인 것으로 파악된다. 그러나 이들 작품이 카프의 것들처럼 계층의식과 투쟁의 감정으로 쓰여진 것은 아니다. 이 작품의 주조가 되고 있는 것은 화자가 마음 속에 살뜰히 그리는 고향이다. 그리고 그곳은 식민지적 빈궁의 표상이기 전에 언제나 가고 싶은 향수의 대상으로 나타날 뿐이다.

이 무렵 조벽암의 시가 이런 단면을 나타낸 까닭은 두 가지 각도에서 설명이 가능하다. 조명희와는 달리 조벽암의 부친은 매우 세속적이어서 그의 아들에게 출세와 경제적인 이익을 위한 길을 택하도록 강하게 요구했다고 한다. 그런 연유에서 그는 적지 않은 무리를 하면서 아들을 제국대학에 진학시킨 것이다. 그 위에 조벽암의 집안은 그의 숙부 抱石 때문에 늘 감시의 눈초리를 받으면서 살았을 것이다. 이런 일들이 연쇄 작용을 한 결과가 조벽암의 시에 적극적으로 현실 참여를 뜻하는 프로문학의 길로 들어서지 못하게 한 것이다.

다음 또하나의 빌미로 생각될 수 있는 것이 조벽암의 문단 진출 시기다. 그가 문단에 진출한 1933년도는 이미 카프가 실질적으로 활동 정지 상태에 있었고, 프로문학 자체가 퇴조한 때다. 그런 상황 속에서 조벽암은 순수문학 써클인 9인회에 관계했다. 이런 사정이 자연스럽게 그의 시를 정치 기피 쪽으로 본 셈이다. 다만 이 무렵 그의 시는 크게 떨치지 못했다. 위의 작품에 들어나는 바와 같이 조벽암에게는 정지용이나 김기림이 지닌 언어 감각도 두드러지지는 못했다. 그리고 이용악이 보여준 역사와 시의 기능적 접목도 시도되지 않았다. 그리하여 그의 시는 다소간의 정감에 소시민의 애수를 저며 넣은 것으로 그친 것이다. 그럼에도 이 작품은 조벽암의 대표작으로 손꼽히는 경우다. 조벽암의 경성제대 선배인 유진오는 〈滄浪亭記〉에서 이 작품 허두 한줄을 인용했다. 그리고 백철은 『조선신문학사조사 현대편』에서 이 작품을 예로 들어 한국 감각파 시의 갈래를 설명한 바 있는 것이다.

작품 기러기

들
넓은 들
눈덮인 벌판
흰 곰이 거니는 北國의 나라
'시베리' · '시베리아'

흰 눈위
소캐같은 하얀 털에 싸여
주먹 같은 뽀얀 알이 깨어질 제
붉은 피가 돌더라
너의 蒼生의 빨간 피가

湖畔에 얼음이 두텁고
白色의 世界

썰매 타고 마실 가는
너의 故鄕 '소비에트'의 나라
'볼가江에 흐름이 그치고
北極의 바다에 波濤가 잠 잘 때

'페치카'앞 찌그러진 때 묻은 卓子에서
'워카'(火酒)의 瓶 마개 빼는
解放의 무리
自由의 百姓
'마홀카'(卷煙) 태우면서
이 저녁, 이 밤을
平安히 쉬이리라
委員會에서 헤어진
'먀야코프스키'(人名)는
'콤소몰'의 노래를 부르며
山羊 털 안 넣은 '루바시카'를 헤치고
썰매 타고
들을 달려
고개를 넘어

眞紅의 心臟 뛰는 血管 속에
太陽같은 熱을 가뜩히 품고
기쁨에 차 집으로 달린다, 달린다.
썰매 소리와 개짖는 소리에

붉은 處女地의
새로운 世界의
젊은 赤衛隊

네가 끼―욱 하고
먼 南國의 길을 떠나 올제
아―니
'우다루니크'(赤衛隊)의 隊伍를 맞출 때

초가을의 밤
먼 南國의 하늘을 엄습할 제
너의 사랑스럼 '콤미니즘'
굳세인 그대들의 거룩한 任務
貴한 우리의 먼— 손님
'다와 릿시' —오! 동무여!

그는 이 미적지근한 溫帶
참깨같이 짜이고
北魚같이 마르는
주검같은 沈默속에
황소의 울음소리만이 엄메하고 나는
오 沈滯의 고장에
깨우쳐 주는 얼마나 아리따운 선물이냐

그러나,
우리에게도
火藥보다 무서운 不平과 不滿
義慣과 눈물이 있다
우리에게도
半萬年 歷史의 오랜 傳統과
남부럽지 않은 높은 文化가 있다.

우리에게도
붉은 피를, 아니 빨간 피를
흘릴 수 있는 勇氣가 있다.

깨어라! 동무야
나서라! 동무야

멀—리 동무 찾아와
때는 이미 홍시처럼 익고
우리의 主張과 權利는 온당하다.
밤
별조차 없는 어둔 밤
네 소리 끼—윽
穹窿에 차면
가슴엔 쿵·쿵·쿵, 피가 뛴다
가슴엔 쿵·쿵·쿵, 피가 뛴다.

해석 · 비평

8·15와 함께 조벽암은 봇물이 터진 듯 시를 써서 발표했다. 그들이 곧 〈故土〉(『建設』1945. 11), 〈초석〉(『藝術運動』, 1945. 12), 〈환희의 날〉(『人民』, 1945. 12)등과 이 작품(『우리文學』, 1946. 2)이다. 이런 양적 증가 뿐만 아니라 8·15후 조벽암의 작품은 질적인 면에서도 상당한 진전을 보인다. 일제 치하에서 발표한 그의 시는 대개 그 구조, 형태가 단선적이었다. 그것이 이 작품에서는 극복되어 있는 것이다. 얼핏 보아도 나타나는 바와 같이 이 시의 상관물이 되어 있는 것은 기러기다. 기러기는 북쪽 나라 시베리아에서 우리나라에 날아와 겨울을 지내는 철새다. 이 자연적인 사실에 조벽암은 그가 신봉하게 된 이데올로기의 종주국 소련의 심상을 복합시킨다. 그리하여 철새인 기러기는 〈새로운 세계의 젊은 赤衛隊〉가 되고 〈우다루니크〉의 표상일 수도 있는 것이다. 뿐만 아니라 이 작품 후반부에서 기러기는 단순하게 사회주의 종주국 소련의 표상으로 그치지 않은다. 그것은 다시 우리에게 사회 개혁, 혁명의 의지와 용기를 복돋우어 주는 정신적 상관물이 된다. 그리하여 이 작품의 마

지막에 나오는 것과 같은 행동 선언이 이루어지는 것이다. 〈네 소리 끼—
윽/ 穹隆에 차면/ 가슴엔 쿵·쿵·쿵, 피가 뛴다.〉 본래 한국 프로시의
일반 적인 한계는 직설적으로 이데올로기를 노래하는 데 그치고 거기에
예술이 요구하는 형태상의 배려가 모자라는 데 있었다. 그런데 이 작품
에서는 그런 한계가 상당히 기능적으로 극복되어 있는 셈이다.

　8·15후 조벽암의 시가 이렇게 질적 차원을 타개할 수 있었던 까닭은
대충 두 가지 각도에서 설명이 가능할 것이다. 우선 그는 여느 카프 출신
시인들과는 달리 9인회 동인으로 있으면서 시를 위한 예술적 의장 사용
도 어느 정도 익힐 수 있었다. 그리하여 이 작품으로 대표되는 바와 같은
이데올로기의 감성화가 이루어진 것이다. 다음 또하나의 요인으로 생각
될 수 있는 것이 조직 활동의 핵심에 그가 위치하지 않은 점이다. 그는
임화나 김남천 등 문학가동맹의 실질적인 지도분자와는 달라서 조직 활
동의 외곽에 맴돌고 있었다. 그런 나머지 그에게는 시간 상의 여유가 생
겼고, 그 여유를 작품 제작에 바칠 수 있는 이점을 지녔던 것이다. 그 결
과가 총망 중에 쓴 林和의 시보다는 그의 시가 안정된 노래로 나타난 셈
이다. 참고로 밝히면 8·15 직후의 문학가동맹에서 갖가지 좌익 행사에
동원된 시인들은 오장환, 이용악과 전위 시인들이었고 조벽암은 아니었
다. 이것이 그의 문학과 詩를 위해 긍정적 요소로 작용한 것이다.

작품　江을 건느며

　　으스름 달빛이 강물에 흐늘거리던 밤
　　갈 바람에도 서먹 가슴은 조바인다.
　　고요를 쪼개는 소리에
　　젓던 노 멈추고
　　넋 없이 얼어 붙은 몸

무겁히 입은 닫혀진채
상기된 눈은 남쪽 하늘에 못을 박는다.
황폐한 고토의 수 많은 백성을 위하여
고이 바뜰린 거룩한 피의 술잔
뉘를 위하여
어느 뉘를 물리쳐야 한다는 것을
역력히 아는 범구도 칠성이도 그 외 여러 여럿이

밀며 밀리며
영마루 영모롱이에
진히 흘려진 핏방울 방울들

명일을 위하여
물러서는 길우에 돗는 눈물은
무거히 지심(地心)을 뚫는구나.

같이 따르는 나 어린 동무
돌쇠야!
물푸레 몽둥이 들었던 손을 쥐어 보자.

불덩이 이는 눈과 눈이 서로 부디치는 순간,
줄— 더운 눈물은 흘러
우리
서로 쥔 손아귀가 영영 펴지지 않는구나.

연신 서리는 차거히 나리는데
상기도 소리는 멎지 않는구나
아직도 우리의 둘 없는 동무와 가족을 ×나보다

쭉 끼쳐지는 몸서리

죽는 것은 영영 죽는 것일까
사는 것은 영영 사는 것일까
역사는 피로 쌓인 길삼이어늘
우리는 다음의 바다를 위하여
비굴의 쓰디쓴 침에 목이메여
이 강을 건너야 하는 건가

돌쇠야!
우리 아래 웃 이 사이에 억몰린 뷰노와
두 주먹에 움켜 쥐인 정의의 쇠물을 녹여
굿자
기어이 가지고 돌아올 것을 굿자

해석 · 비평

　이 무렵에 나온 문학가동맹계의 시가 대개 그렇듯 이 작품 역시 몇군데에 서투른 말이 나온다. 구체적으로 〈아직도 우리 둘없는 동무와 가족을 ×나 보다〉에서 복자 부분은 〈쏘〉으로 생각될 수 있다. 그러니까 이 부분은 총격을 가리키는 것이 된다. 그렇다면 그 앞의 행이 단순하게 〈소리는 멋지 않는구나〉로 끝나서는 안 된다. 이 시의 문맥으로 보면 이 부분은 경찰에 의해 그의 가족과 동지들이 처형되는 사실을 나타내고저 한 것이다. 그렇다면 그 소리는 단순하게 〈소리〉가 아니라 좀더 충격적인 심상으로 제시되어야 했다. 또한 끝에서 둘째 줄에 나오는 〈비굴의 쓰디 쓴 침에〉도 문제다. 이 부분은 다음을 기약하면서 이루어진 일시적 후퇴를 노래한 부분이다. 그렇다면 그 주역들이 느끼는 감정을 비굴 쪽이라기보다 원한을 수반시키도록 되어야 했다.

   그러나 이런 한계에도 불구하고 이 시는 당시 문학가동맹계가 쓴 작품 수준으로 볼 때 주목할 만한 것이다. 참고로 이 작품 꼬리에는 1946. 10.20의 숫자가 붙어 있다. 이것으로 우리는 이 작품이 대구 폭동, 곧 문학가동맹 측에서 10월 항쟁이라고 부른 사건에 제재를 취한 것임을 짐작하게 된다. 10월 폭동은 경상도와 경기도, 호남 등 여러 곳에서 지서를 습격하고 공공 건물을 불타오르게 했다. 그것을 노래하면서 조벽암은 몇 사람의 인물을 등장시키고 그들의 심상을 부각시켰다. 뿐만 아니라 그들이 강을 건너가면서 느끼는 계급적 감정이 가락을 타고 읊조려져 있는 것이다. 이것은 적어도 한국 경향시의 한 특징적 양상일 수 있는 경우다. 우선 임화의 〈우리 오빠와 火爐〉 이후 한국 경향시는 서사적 형태 속에 서정적인 가락을 빚어내기에 힘을 썼다. 그런데 그 가운데 많은 작품이 이데올로기를 의식한 나머지 제대로 가락을 빚어내지 못했다. 조벽암의 이 작품은 그것을 어느 정도 극복하고자 한 것이다.

   다음 또 하나 주목되는 것이 이 작품의 농민시적 성격이다. 한국 프로문학은 카프 시대부터 그 문학적 기반으로서 농민들에 대해 주목해 왔다. 소설 쪽에서는 조명희, 이기영 등의 작가가 나와서 상당한 성과가 올랐던 것이다. 그러나 시에서는 그에 상응하는 작품이 나오지 않았다. 8·15를 맞고 나서도 그 사정은 거의 비슷했다. 북쪽에서는 토지개혁에 제재를 취한 여러 개의 과업 시가 나오기는 했다. 그러나 그들은 목적의식, 또는 의도가 앞선 나머지 자연스러운 가락 속에 농민들의 감정이 흐르는 경향시가 되지는 못했다. 그런데 이 작품에는 범구와 칠성이 돌쇠 등 농민의 모습이 뚜렷한 모습을 띠고 나타난다. 뿐만 아니라 그들은 〈불덩이 이는 눈과 눈이 서로 부딪치는 순간/ 줄— 더운 눈물은 흘러/ 우리/ 서로 쥔 손아귀가 영영 펴지지 않는구나.〉와 같은 부분에서 나타나는 바 계급적 투쟁의욕이 담기도록 쓰여져 있다. 이런 점으로 보아 조벽암은 남쪽에 채재한 몇 해 동안 적어도 해방 시단에 경향시의 주목할만한 작가가 된 것이다.

문학사 메모

그의 시가 올린 성과에도 불구하고 8·15 직후의 시단에서 조벽암은 거의 주목되지 않았다.그 이유는 우선 그가 문학가동맹에서 핵심적 위치에 있지 않았기 때문으로 보인다. 문학가동맹은 일종의 정치적 목표에 의한 조직이었지만 조직 초기에는 순수문인 출신을 영입하여 그들을 크게 부각시켰다. 그 대표적인 예가 정지용, 김기림, 이태준, 박태원등이다. 그런데 조벽암은 9인회 출신이었으나 그 명성이 크게 높지 못했다. 또한 문학가동맹의 뼈대는 구카프계에 있다. 그들은 일종의 파당적 표준에 의해 작품을 평가하고 시인을 저울질 했다. 다른 또 하나의 이유는 조벽암이 작품 활동에 주력하고 이론을 펴지 않은 것도 그 빌미었다. 문학가동맹처럼 목적의식이 강조되는 문단 조직에서는 작품도 선전의 흐름을 타야 했다. 그런데 조벽암은 그런 일에도 손을 쓰지 않았던 것이다.

참고문헌

시 집, 『鄕愁』(이문당서점, 1938)
시 집, 『地熱』(아문각, 1948)
尹崑崗, 詩와 현실의 起點, 『朝鮮文學』(1937. 8)
金容稷, 『해방기 한국문학사』(민음사, 1989)
金允植, 『해방공간의 문학사론』(서울대출판부, 1989)
蔡洙永, 불안의 정신지리, 조벽암론, 『解禁詩人의 精神地理』(느티나무, 1991)
金容稷, 『한국현대시인연구』(서울대출판부. 2000)

조 운(曺 雲)

(1898 ~ ?)

본명은 曺柱鉉이며, 靜州郎 이라는 호를 가지고 있다. 전남 영광군 영광읍 출생. 1921년 동아일보에 시 〈불살러 주어〉를 발표하면서 데뷔했다. 1923년 영광중학교 미술 · 작문 교사로 박화성과 함께 재직했다. 1920년대 중반에 국민문학파에 의해서 일어난 시조부흥운동에 참여한 시조 작가로, 1927년에는 이병기를 영광으로 초청해서 시조 강연회를 개최하기도 했다. 이러한 그의 입장은 〈병인년과 시조〉에 잘 나타나 있다. 즉 시조는 한국 고유의 문학 양식이며, 신문학 운동 이후 거의 무시되어 오다가 1925년도에 와서부터 비로소 시조 문학이 부흥하게 되었다는 것이다. 이병기 등과 입장을 같이 했으나 시조부흥운동의 후반기부터 활약한 작가이다. 해방 후에는 문학가동맹에 가담하여 시부위원회에 소속되어 있었고, 조선문학가동맹에서 엮은 『연간조선시집』에 시가 수록되어 있다. 1947년 『조운시조집』을 간행했고, 6 · 25를 전후해서 월북했다.

작품 해

어마한 그 얼굴에 감히 고개들으리까
부시는 그 빛살에 눈도 뜨지 못하리다
말씀도 없으시오니 더욱 두렵사외다

바로 보도 못하올 님 어쩌자고 그렸던고
수줍어 아리함을 외다고야 하시오리
돌앉아 머리숙인채 잔등이만 댑니다.

님은 옛이시되 빛은 매양 새론지고
다― 낡은 大地언만 呼吸이 香氣롤사
그 품에 태어난 마음 후둑후둑합니다.

해석·비평

조운이 초기에 쓴 시조로, 화자가 생전에 품은 어떤 이에 대한 추모의
정을 해에 겹치게 한 것이다. 그러나 그 대상이 사적인 차원에 머문 이성
이 아니라 공적인 감각을 내포한다. 이 외에도 같은 성향의 작품에 〈어머
니 회갑에〉, 〈사향〉등이 있다. 이 당시의 작품들은 제재가 된 관념들을
가락에 실어 감각화시키고 있다. 이것은 이들 시조가 서정시의 원리를
살리고자 한 것임을 말해준다.

작품 탈 춤

새넘은 달그림자 버언한 새 하늘 빛
드믄 별처럼 길바닥이 희미하다
발소리 내 발소리에 놀래 지겨딛고 하노라

窓에서 窓에서 새는 꿈을 다 다르렸다
골목으로 골목으로 인애처럼 흐르는 꿈깰세라
살어름 밟는 발가락이 가려워

허위허위 기여 올라 저마루를 딛고 서니
냅다 쪼는 붉은 햇살 반갑고 저어워라 내가야
이렇든 훤한 날잡아 이내 돌아오란다

해석 · 비평

1947년 4월, 『文學』3호에 발표된 작품이다. 여기서 붉은 햇살은 물론 이 무렵 조운이 신봉한 이데올로기가 승리한 국면을 뜻할 것이다. 그러나 그것이 얼마간 정서화되어 노래된 것이 주목된다. 말씨의 사용 역시 부드러운 가운데 힘을 느끼게 하는 가락에 실려 있다. 다른 문학가동맹의 시인들과 달리 조운이 이런 특색을 갖는 것은 그가 계속해서 서정적인 각도에서 시를 창작해 왔다는 데 비탕이 있는 듯하다.

작품 右阜 斗星山

斗星山 이언마는 녹두집이 그 어던데
뒤엄진 늙은이 대답은 하자 않고
고개를 삐트소름 하고 묻는 나만 보누나

솔잎 댓잎 푸릇푸릇 봄철만 여기고서
일어나 敗했다고 설거운 노라 마라
오늘은 百萬 農軍이 죄다 奉準이로다

해석 · 비평

문학가 동맹에서 간행한 연간시집에 실린 작품이다. 소재가 갑오동학 농민봉기로 되어 있다. 그 주역인 전봉준을 등장시킨 것은 계급의식을 바닥에 깐 것이다. 그러면서 〈오늘은 百萬 農軍이 죄다 奉準이로다〉라고 하여 당파성·인민성을 기능적으로 알렸다. 국민문학파 시기에 조운의 시조는 다분히 과거지향적이다. 그 말씨 역시 회고조였다. 그것이 여기 서는 어느 정도 극복되어 있다. 가령 둘째 수 〈솔잎 댓잎 푸릇푸릇 봄철 만 여기고서〉와 같은 것은 그 어조가 경쾌한 가운데 힘이 느껴진다. 이런 가락 다음에 〈百萬 農軍〉이 나오니까 동학봉기의 전통이 당시의 농민운 동에 연결될 수도 있겠다는 생각이 빚어진다. 8·15 직후의 문학가 동맹 활동에는 이병기, 조남령 등 시조시인들이 참여했다. 그러나 조운이 이 작품으로 빚어낸 것과 같은 어세와 가락으로 경향성이 느껴지는 시조를 쓴 때는 거의 없었다.

이렇게 보면 조운의 시조는 이 무렵 문학가동맹이 보여준 경향시의 한 성과에 해당된다.

문학사 메모

  조운이 시조부흥운동에 적극적으로 가담했다는 것을 당시의 글들에 잘
나타나 있다. 국민문학파가 역점을 둔 시조부흥운동에 참가했으면서도
촉망받는 시조 시인인 그가 해방 후 문학가동맹에 관여하기까지의 사정
은 자세히 알려져 있지 안다. 다만 시부 위원회에 소속되어 있었고,『연간
조선시집』에 시를 싣고 있는 점 등으로 미루어 볼 때, 문학가동맹에서의
위치가 어느 정도 공식적이었다는 것을 추측할 수 있을 뿐이다. 6·25때
월북했으나 그 후에 작품 활동을 한 자취는 잘 포착되지 않는다.

참고문헌

시집,『曺雲時調集』(조선사, 1947)
白鐵,『朝鮮新文學思史』(雅文閣, 1948)
金容稷,『韓國近代詩史(하)』(학연사, 1986)

박아지(朴芽枝)

(1905. 2. 2 ~ 1959. 6. 26)

본명은 박일(朴一). 함북 명천군에서 출생. 1926년 동경 토오요오대학
(東洋大學)을 중퇴하고 귀국하여 1927년 카프에 가담. 그의 문학 활동은 박
세영, 이찬 등과 함께 소년 잡지『별나라』에 편집 동인으로 참가하면서 시작
되었다. 정식 등단은 1927년 1월『習作時代』에 시 〈흰나라〉를, 2월『동아
일보』에 소설『눈 뜰 때까지』를 발표하면서 이루어졌다. 그러나 창작 활동
이 본격적이고 개성적인 면모를 드러내기 시작한 것은 1927년 3월『조선문
단』에 시 〈농부의 선물〉을 발표하고 나서부터다. 이어 〈농부의 시름〉, 〈農家
九曲〉, 〈農軍行進曲〉 등 일련의 농촌, 농민에 관한 연작시를 발표했다. 당시
카프의 시인들은 공장 근로자들이나 도시 빈민의 문제를 주로 다루었다. 그
에 반해서 朴芽枝는 주로 농촌의 피폐상과 농민들의 비참한 삶을 파헤쳐 나
갔다. 한때 경향문학론자들이 朴芽枝를「농민시의 선구자」로 평가한 이유가
여기에 있다. 초기 작품은 〈봄을 그리는 마음〉, 〈이방의 시조〉, 〈누리에 향
하여〉 등이며 그 뒤 서사시 〈만향〉에 이르러서는 어머니의 이미지를 강한
현실 변혁의 의지와 연결시키면서 공동체적 삶의 가능성을 실현시키고자 했
다. 일제 말기에는 10년 가까운 절필 중절 시기가 있었다.

해방 후 다시 〈들으시나이까〉 등으로 시작 활동이 계속되었다. 당시
혼란과 갈등을 겪은 사회 현실과 맞물리면서 시에 있어서도 강한 이데올

로기 지향의 단면을 보였다. 해방 후에는 프로예맹과 문학가동맹의 중앙위원을 역임. 8·15로 그의 문학노선이 이데올로기에 경도되기 시작했다. 첫 시집 『心火』(우리문학사, 1946)를 간행하면서 일단 초기의 시작 활동을 정리하게 된다. 그리고 임화, 김남천 등의 박헌영 계열이 주도하는 문학가동맹에서 구카프 계열인 박세영, 송영, 박팔양, 이찬 등이 주도권을 상실하고 북으로 가게 되자, 그도 제2차 북행길을 택했다.

작품 心 火

벗아! 그대의 맑은 눈에
이슬이 맺혀 방울방울
그 무슨 서름인가야

그대의 고운 눈섭
수심이 어리어 깊고 깊어
그 무슨 시름인가야

그대의 꼭담은 입
말 없이도 내 가슴 울리네
진정이 얽히인 탓이겠지야

소박한 나의 글발은
그대를 위로 할줄 모르네
아! 이 붓을 꺾어 버릴가야

눈물이길래 가슴에 스며들고
수심으로 해 소리없이 노래하네
소리없는 노래가 시가 아닌가야

해석 · 비평

이 작품은 1945년 12월 『藝術』에 실린 것으로, 문학가동맹 기관지인 『우리문학』에서 발간한 해방기념시집 『횃불』에도 〈노들강〉, 〈피〉 등 다섯 편의 작품과 함께 수록된 바 있다. 그의 첫 시집 『心火』의 제목으로 쓰이기도 하였다. 1930년대에 그가 계속 써 왔던 일련의 농촌, 농민에 관한 시들은, 계급적 모순에 눈 떠 반항적인 말들로 점철되었다. 그와는 달리 해방 직후에 쓰여진 박아지의 시들은 혁명적 낭만주의의 흐름 속에서 그 시적 대상이 현저히 시인의 내면 세계로 바뀌어진 것이다. 또한 해방이 가져다준 〈나라만들기〉의 열정과 희망에 거대한 현실의 벽에 부딪히기 시작하자 이런 내면화 양상은 더욱 두드러지게 된다. 8·15직후 해방은 좌파들에게 사회주의 사회 건설과 문학에서의 민족문학수립이라는 목표를 세우게 했다. 미·소 양대 이데올로기의 대립으로 인해 이런 목표는 제대로 수행되지 못했다. 이 때 좌파 시인은 붓을 꺾어버리거나 마음의 불길(心火)로써 그 울분과 절망을 토로할 수밖에 없었다. 이 시기에 이러한 시적 좌절의 모습은 당대의 다른 시인들에게도 많이 나타나는 양상이다. 이는 곧 민족국가 건설과 민족 문학 수립이라는 〈우리 경험〉 또는 계급의식이 축을 이룬 집단의식이 그 빛을 잃게 된 상황과 표리의 관계를 이루었다. 해방 직후의 상황은 〈나의 경험〉 곧, 자아 중심의 개인화된 세계가 인민 대중 지향의 문학을 대체시키게 만든 경우였다. 이런 〈나의 경험〉이 극단적으로 치달아 그의 사회적인 지향성, 혹은 의식의 사회적 원천을 상실할 위험 수위에까지 이르자 거기에서 벗어난 것이 〈들으시나이까〉, 〈그날의 데모〉 등 이데올로기적 지향성을 선명하게 다시 드러낸 작품이다. 〈해방의 첫 해를 보내며〉에서 朴芽枝는 새 조국 건설에의 희망을 조심스럽게 피력했다. 1945년 그가 본 현실이 절망과 분노를 던져주었다. 그러나 그에 절망하지 않고 그는 1946년 새해에 「그 아름답던 꿈」이 「새벽 빛 같이 찬란하게」 이루어질 것으로 기대한 작품도 썼다.

작품 농부의 선물

한 옛날 할아버지로부터 물려 받은 이 선물을
우리는 언제나 언제나 잊지 않고 귀해합니다.
석양 아래 유난히 빛나는 냇물의 흐름과 같이
우리의 핏속에 귀한 흙냄새가 흐로고 있는 이 선물을...

장엄한 적막에 잠들고 있는 이 넓은 벌판 위에
평화한 기쁨과 경건한 마음이 떠돌고 있는 석양이면
우리는 호미를 어깨에 걸고
꾸밈없는 오막살이에 돌아 듭니다.

우리에게 다시없이 친근한 땅을 잠시 떠나서......
할아버지의 땀냄새가 흙냄새와 같이 고요히 떠도는 듯한 땅!
안개에 쌓여 그윽히 울려오는 저무는 종소리!
맑은 하늘에 가엾이 떠돌아 가는 예조리(雲雀) 소리까지도
우리 농부만이 받을 수 있는 아름다움 선물입니다.

해석 · 비평

박아지를 `농민시의 선구자`로 볼 때, 이 작품은 그 맨 서두에 놓일 작품이다. 이 시의 핵심을 이루고 있는 것은 흙냄새와 땀냄새를 귀중하게 여기고 있는 점으로 보아 농민시에 속한다. 땅은 농민이 조상으로부터 물려받은 것이다. 그 땅을 갈며 사는 농민은 〈석양 아래에 유난히 빛나는 냇물의 흐름과 같이〉 땅을 온몸으로 느낀다 그들은 또한, 〈장엄한 적막에 잠들고 있는 이 넓은 들판위에〉 살아가는 기쁨을 가지며 소중한 선물의 의식에 이어진다. 여기서 땅은 현실적인 삶의 터전이면서 조상의 혼

이 살아 숨쉬는 신성한 공간이다. 뿐만 아니라 흙은 경건한 농민에게 자연의 음악과 조화를 이루어 힘차고 경쾌한 시적 분위기를 자아냄으로써 공동체적 삶에의 열망과 전망을 뚜렷이 드러내게 하는 매개체이다.

이 작품에서 시인의 농촌 현실을 보는 태도에는 다소간 목가적이고 전원적인 경향이 남아 있다. 그러나 이 작품은 그 이후에 朴芽枝가 쓴 일련의 농민시들의 출발점이 된다는 점에서 의의가 있다. 〈農家九曲〉에서는 흙의 사상, 노동의 사상을 〈春窮二題〉, 〈農軍行進曲〉에서는 농촌의 궁핍상과 계급적 각성을, 더 나아가 농민 투쟁이나 농민과 노동자의 연대 의식까지가 바닥에 깔리게 된다. 그리하여 박아지의 시는 점차 좌파 농민 시인으로서의 특징을 보여주게 되는 것이다. 해방 이후 그는 새사회 건설의 의지를 담은 시를 썼다. 그들 역시 앞의 시들과 일관된 맥락을 가진 것이라 할 수 있다.

문학사 메모

朴牙枝의 월북은 1950년으로 되어 있다. 그 후 그는 『조선문학』편집부에서 근무했고 〈그이 가시는 곳에 전변이 온다〉가 박종원, 류만의 『조선문학개관, Ⅱ』(사회과학출판사, 1986)에 언급되어 있다. 『조선문학사』(과학백솨서전출판사, 1981)는 〈나의 노래〉, 〈나는 떠날 수 없소〉 등을 높이 평가하면서 20년대의 선구적 프롤레타리아 시인으로 그 문학사적 의의가 인정된다고 평가했다.

박아지가 일관된 이데올로기 지향성을 가진 점은 〈어머니와 딸〉(『조선문학』1937. 1), 〈明日의 정서〉(『조선문학사』1937.8~39.3), 〈관촌〉(『비판』1938.11)등의 희곡을 통해서도 나타난다. 그 이전 한국 문단에는 대중에게 사회주의 이데올로기를 전달하고 대중의 조직 사업을 효과적으로 수행하기 위한 예술 운동의 대중화 논의가 이루어졌다. 그 효과적인 전

개를 위해 도시 노동자 뿐만 아니라 농민들에게까지 예술운동의 전반적
인 확산이 꾀해졌다. 그런데 당시의 한국적 현실에서는 대중의 개념에서
큰 비중을 차지하는 것이 농민이었다. 따라서 박아지가 농민들의 삶과
그들의 역사적, 현실적 문제를 시에서 지속적으로 현상화 하고자 노력했
던 사실은 매우 중요하다. 그것은 그가 카프 시대부터 경향문학의 중요
부분에 관심을 기울였음을 뜻한다.

참고문헌

시집, 『心火』(우리문학사, 1946)
시집, 『횃불』(우리문학사, 1946, 4)
김재홍, 농민시의 선구 박아지, 『한국문학』(1989. 12)
김용직, 『해방기한국시문학사』(한학문화. 1999)

오장환(吳章煥)

(1918. 5. 15~?)

충청북도 보은군 회북면 중앙리에서 출생. 해주 오씨 오학근(吳學根)의 3남으로 그의 어머니 한학수(韓學洙)는 정실이 아니었다. 훗날 경기도 안성으로 이주했고 보통학교 역시 그곳에서 다녔다. 1931년 14세 때 중동중학교 속성과 수료. 이어 휘문고등보통학교에 입학했으나 학비가 잘 마련되지 않아 휴학, 복학이 되풀이 되었다. 1935년 동경 유학의 명목으로 휘문고보 중퇴. 명치대학 전문부에 적을 두었으나 곧 귀국했다. 1936년 서정주가 주재한 『시인부락(詩人部落)』 동인으로 참여하여 〈성벽(城壁)〉 이하 일곱편의 작품을 발표함으로써 문단에 등단했다. 같은 무렵에 『낭만(浪漫)』, 『자오선(子午線)』 등에도 관계. 1937년 첫시집 『성벽(城壁)』을 풍림사에서 간행. 1938년 종로구 관훈동에서 남만서방이라는 책방을 경영하고 출판에도 손을 뻗쳤다. 그의 친구인 서정주의 『화사집』은 바로 이 출판사에서 발행한 것이다.

1939년 제2시집 『獻詞』를 남만서고에서 간행. 왕성한 작품 활동으로 시단 안팎의 주목을 받기 시작. 그러나 무절제한 생활로 건강이 악화되어 자주 병원을 들락거렸다. 8·15 해방을 맞은 것도 병원에서였다. 1946년 2월에 열린 전국문학자대회에 참석하였고, 이때부터 조선문학가동맹 시부의 중견간부로 활약하기 시작했다. 5월에 역시집 『에쎄닌 시집』(동향사), 7월에 제3시집에 해당되는 『병든 서울』(문헌사)을 발간. 1947년 장정인과 결혼. 6월에 『나 사는 곳』을 발간. 또한 문학가동맹과 그 상위 조직인 문련(文聯)이 벌린 문화옹호투쟁에 참가하여 주제 강연에 해당되는 〈시인의 박해〉를 발표하고, 문화공작대운동에도 적극적으로 참가했다. 1947년 하반기에 38선을 넘어 월북. 조선문학예술총동맹의 맹원으로 활약. 1950년 인민군 서울 침공 때에는 종군 문학인으로 나타났고 한청 빌딩에 본부를 둔 문학동맹에서 활동한 바 있다. 그때 오랜 친구인 김광균에게 이북에서 나온 그의 시집, 『붉은 깃발』을 보여주었다고 한다. 그러나 대인 관계는 부드럽지 못했다. 같은 무렵 남쪽에 잔류한 문인의 한 사람인 백철이 만났을 때 그는 인사 조차도 제대로 건네지 않을 정도로 교만한 자세였다고 전한다. 1953년에 일어난 남로당 숙청의 회오리에 휘말려 추방되었고, 그후 다른 다수의 월북 문학인들이 대개 복권되었음에도 불구하고 그의 이름이 나타나지 않는 것으로 보아 사망으로 추정된다.

작품 城 壁

    世世傳代萬年盛하리라는 성벽은 편협한 야심처럼 검고 빽빽하거니
    그러나 보수는 진보를 허락지 않어
    뜨거운 물 끼얹고 고춧가루 뿌리던 성벽은
    오래인 휴식에 인제는 이끼와 등넝쿨이 서로 엉키어 면도 않은 턱거리처럼 지저분하다.

해석 · 비평

吳章煥 자신은 이 작품을 매우 아낀 것 같다. 그의 첫 시집은 그 제목을 이 작품으로 하여 간행되었다. 이런 사실이 오장환이 이 작품에 보낸 애착의 정도를 단적으로 나타낸다. 그러나 실제 작품을 검토해보면 그 근거가 어디에 있는지 의아해진다. 여기서 작품의 으뜸 제재인 성벽은 한 인격적 실체로 파악되어 있다. 뿐만 아니라 그것은 〈보수는 진보를 허락지 않어……〉와 같은 부분에서 들어나는 것처럼 전통, 또는 역사를 표상하는 객체이기도 하다. 그러나 그런 의도는 이 작품에서 의도로 그쳐 있을 뿐 제대로 감성화되어 우리에게 독특한 체험을 선물하지 못한다. 참고로 밝히면 이 작품은 서정주가 주재한 『詩人部落』에 실렸다. 그런데 같은 『시인부락』에 서정주는 〈문둥이〉, 〈대낮〉등 매우 충격적인 내면 풍경으로 이루어진 작품을 발표했던 것이다. 그에 비해 본다면 이 작품은 너무 피상적이며 요령 부득인 말들로 이루어져 있다.

이 무렵 오장환의 작품은 대부분이 이런 모양의 것이었다. 그럼에도 당시 시단에서 그는 흔히 서정주와 아울러 손꼽히거나 더러는 그를 능가하는 시인으로 지칭되어 〈시의 황제〉라고 일컬어지기도 했다고 한다. 그 까닭을 우리는 두 가지 각도에서 찾아 볼 수 있을 것 같다. 그 하나는 작품의 발표 양에 관계되는 일이다. 가령 1936년 한 해만도 오장환은 『시인부락』과 조선일보 등을 통해서 〈성씨보(性氏譜)〉, 〈역(易)〉등 15편이 넘는 작품을 발표했다. 그리고 다음 해에는 같은 또래의 누구보다 재빨리 시집 『성벽』을 간행했던 것이다. 다음 또 하나의 까닭이 그의 자기 명성 관리라든가 서점 경영을 통한 문단 영향력 확보에서 온 것이 아닌가 한다. 그는 당시로 보아서 상당한 자기 선전수단일 수 있는 서점을 경영하고 있었다. 거기서 제작비가 크게 들지 않는 시집을 출판할 수 있었던 것이다. 그를 통해 상당수의 문인과 신문·잡지 편집자들과 사귀었을 공산이 나온다. 그것이 그의 명성을 얻게 하는데 작용한 셈이다. 그러나

그런 일은 어디까지나 겉치레, 내지 가식적이었음이 이 작품을 통해서
들어난다. 이 무렵 그의 작품은 아직 예술적으로 익지 못한 상태의 것들
이다. 이에 대해서는 작고전 소설가 이봉구(李鳳九)의 말이 기억난다.
그는 오장환과 같은 연배였고 꽤 오랫동안 그와 사귄 사이기도 했다. 그
런 그에게 〈성벽〉을 필두로 한 오장환의 초기 시를 어떻게 생각하느냐고
물어 본 적이 있다. "그게 어디 시라고 할 수 있습니까. 신문 스크랩에 가
까운 것이지요." 이봉구씨는 서슴없이 그렇게 말했다. 결국 한 때 오장환
이 누린 허명을 당시 문단인들은 알고 있었던 것이다.

 月香九天曲
　　　―슬픈이야기

　　오랑주 껍질을 벗기면
　　손을 적신다
　　향내가 난다.

　　점잖은 사람 여럿이 모이인 중에 여럿은 웃고 떠드나
　　妓女 호을로
　　옛 사나이와 흡사한 모습을 찾고 있었다.

　　점잖은 손들의 전하여 오는 풍습에 계집의 손목을 만져주는 것,
　　기녀는 푸른 얼골 근심이 가득하도다.
　　하얗게 품는
　　분 냄새를 지니었도다.

　　옛이야기 모양 그짓말을 잘하는 계집

너는 사슴처럼 차디찬 슬픔을 지니었고나
한나절 태극선 부치며
슬픈 노래, 너는 부른다
좁은 보선 맵시 단정히 앉어
무던히도 총총한 하로하로

옛 기억의 엷은 입술엔
포도물이 젖어 있고나.

물고기와 같은 입하고
슬픈 노래, 너는 조용히 웃도다

화려한 옷깃으로도
쓸쓸한 마음은 가릴 수 없어
스란치마 땅에 끄을며 조심조심 춤을 추도다.

순백하다는 소녀의 날이여!
그렇지만
너는 매운 회차리, 허기찬 禁食의 날
오 끌리어왔다.

슬픈 교육, 외로운 허영심이여!
첫사람의 모습을 모든 속에 찾으려 헤매는 것은
벌써 첫사람은 아니라
잃어진 옛날로의 조각진 꿈길이니
바싹 말른 종아리로
시들은 花心에
너는 향료를 물들이도다.

슬픈 사람의 슬픈 옛 일이여!
값진 패물로도
구차한 제 마음에 복수는 할 바이 없고
다 먹은 과일처럼 이틈에 끼어
꺼치거리는 옛 사랑
오 방탕한 귀공자!
妓女는 조심조심 노래하도다. 춤을 추도다.

졸리운 양, 춤추는 여자야!
세상은 몸에 이익하지도 않고
加味를 모르는 한약처럼 쓰고 틉틉하고나.

해석 · 비평

제1시집 『성벽』에 수록된 것 가운데 하나다. 또한 오장환의 초기 시로서
는 다소 이질적인 작품이기도 하다. 우선 오장환의 초기 시는 〈성벽〉으로
대표되는 바와 같이 대개 산문투의 말씨로 쓰여졌고, 또한 동시대 내지 현
대에서 그 제재를 취한 것이 많다. 그런데 이 작품은 다소간 회고적이며 운
률 같은 것을 지니고 있다. 행과 연에 대한 배려가 엿보인다든가 3연에서
〈─도다〉와 같은 의고체 어미를 쓴 것이 그런 단면을 들어내는 단적인 보기
다. 그리고 또 다른 단면이 주인공인 기녀를 가리켜 〈한나절 태극선 부치
며……〉라고 한 것으로 나타난다. 이것은 오장환 나름의 계산이 작용한 결
과로 보인다. 〈성벽〉으로 대표되는 유형의 작품에서 그는 의도만을 앞세운
생경한 말들로 시를 썼다. 그런데 이 작품에서는 그 마지막 부분인 〈세상은
/ 몸에 이익하지도 않고/ 加味를 모르는 한약처럼 쓰고 틉틉하고나〉와 같이
다소간 회고적인 시각을 의고체의 문장으로 소화하고자 한 것이다.

 그러나 이런 단면이 그대로 이 작품을 성곡작으로 판단케 하는 것이 아니다. 본래 현대시의 가락이란 의미의 기능적인 조직으로 뒷받침되어야 한다. 그런데 이 작품에서 말들은 너무 산만하다. 또한 그것이 너무 헤프게 쓰인 것이 이 작품이다. 가령 제2연은 〈점잖은 사람이 여럿이 모인 중에 여럿은 웃고 떠드나〉로 시작된다. 그런데 여기서는 같은 말인 〈여럿이〉가 두 번이나 되풀이되어 있다. 이것은 축약을 생명으로 하는 현대 서정시의 말로는 재고되어야 할 일이다. 그리하여 오장환이 의도한 것으로 보이는 재주는 지녔으나 이그러진 경력 때문에 시름으로 사는 기녀의 심상은 잘 나타나지 않는다.

작품 喪 列

> 고운 달밤에
> 상여야, 나가라
> 처량히 요령 흔들며
>
> 상주도 없는
> 삿갓 가마에
> 나의 쓸쓸한 마음을 싣고
>
> 오늘밤도
> 소리없이 지는 눈물
> 달빛에 젖어
>
> 상여야 고웁다
> 어두운 숲속
> 두견이 목청은 피에 적시어……

해석 · 비평

오장환의 시로서는 보기 드문 서정 소곡이며 아울러 깨끗한 시, 순수하게 정감을 노래한 작품이다. 그리고 잘 짜여진 음악시이기도 하다. 여기서 제재가 되고 있는 것은 어느 행상의 정경이다. 그러나 그 정경은 현실적인 생활을 반영하지 않았다. 다만 집약적으로 그 특징적 정경만이 제시, 노래되고 있는 것이다. 또한 이 작품은 매우 강하게 음악적이다. 이것은 오장환이 그에 앞선 세대의 시, 곧 정지용이라든가 김기림의 회화성이 강한 시를 의식한데서 이루어진 것으로 보인다. 정지용이나 김기림의 시는 영미계의 이미지즘—모더니즘계의 시를 수용한 결과 시가 깔끔해지고 언어의 집중화가 이루어진 것은 긍정적으로 평가되는 경우였다. 그러나 시의 또 다른 자산으로 생각되는 가락이 그들의 시에서는 크게 축소되어 버렸다. 오장환은 그에 대한 대응책으로 음악성의 회복을 꾀한 듯 하다. 이 작품은 그 결과로 쓰여진 詩인 것이다. 8 · 15 후에 등장하여 좌충우돌 식으로 공격의 화살을 날린 평론가로 김동석이 있다. 특히 그는 순수 서정시를 아주 싫어했다. 그에 따르면 인류 역사는 혼란과, 파괴의 도가니이며 그것은 탁류일 수 밖에 없다는 것이다. 그리하여 인간의 삶을 떠나 살수 없는 시 역시 탁류의 것이어야 한다. 그러니 어찌 순수 서정시가 있을 수 있겠느냐는 논조였다. 그런 김동석도 오장환론인 〈탁류의 음악〉에서 이 작품만은 전문을 인용했다. 그것은 이 작품이 얻어낸 예술적 성과에 말미암은 것이다.

작품 The Last Train

저무는 驛頭에서 너를 보냈다.
悲哀야!

改札口에는
못 쓰는 차표와 함께 찍힌 청춘의 조각이 흩어져 있고
병든 歷史가 화물차에 실리어 간다.

待合室에 남은 사람은
아즉도
누굴 기둘러

나는 이곳에서 카인을 만나면
목놓아 울리라.

거북이여! 느릿느릿 추억을 싣고 가거라
슬픔으로 통하는 모든 路線이
너의 등에는 地圖처럼 펼쳐 있다.

해석·비평

〈喪列〉과 거의 같은 무렵에 쓰인 작품이다. 1938년 4월호 종합지인
『비판(批判)』에 실렸다. 이것으로 그 이전까지 다분히 위태롭게 생각된
오장환의 시작 능력이 비로소 제나름대로 평가를 받게된 작품이기도 하
다. 사실 〈성벽〉의 단계에서 오장환은 그 산만한 언어 사용 때문에 허명
뿐인 시인이 아닌가 의심을 받을 수도 있었다. 그가 고운 정서의 노래를
쓸 수도 있다는 사실은 〈상렬〉로 일단 증명되었다. 그러나 그것만으로는
여전히 문제가 남았다. 그런 유의 아름답지만 갸냘픈 서정시는 그 이전,
김소월에 의해서도 이미 쓰여진 것이다. 그가 제나름대로 설자리를 마련
하기 위해서는 적어도 한 가지 사실을 입증할 필요가 있었다. 그것이 바

로 관념적인 내용, 또는 역사나 인간의 생활과 같은 내용을 작품에 수용하여 정서적인 풍경을 만드는 일이었다. 그런데 이런 과제가 이 작품에서 꽤 기능적으로 해결된 것이다. 1연과 2연에 나타나는 바와 같이 이 작품에서 제개가 된 것은 단순한 역두의 풍경이 아니었다. 거기서 화자는 우리 생활의 중요 부분인 희로 애락의 체험, 특히 고통의 감정을 노래했다. 그러면서 그것은 추상적인 형태가 아니라 이미 개찰의 가위로 짤린 차표라든가 화물차와 같은 구체적 물상으로 전이된 다음 노래되었다. 또한 그런 감정은 개인적인 테두리에 머물거나 한 시대의 현상에 그치지 않는다. 〈나는 이곳에서 카인을 만나면/ 목놓아 울리라.〉 이런 구절로 이 시가 바닥에 깐 의식 세계는 인간의 뿌리깊은 감정의 한 부분에 닿은 것임을 알 수 있다. 끝으로 마지막 연의 비약도 상당히 인상적이다. 〈거북이여! 느릿느릿 추억을 싣고 가거라〉. 다시 그것은 〈슬픔으로 통하는 모든 路線이/ 너의 등에는 地圖처럼 펼쳐있다〉에서와 같이 심성의 풍경을 이루고 있는 것이다.

작(품) 고향 앞에서

흙이 풀리는 내음새
강바람은
산김승의 우는 소릴 불러
다 녹지 않은 얼음짱 울멍울멍 떠나려간다.

진종일
나룻가에 서성거리다
行人의 손을 쥐면 따뜻하리라.

고향 가차운 주막에 들려
누구와 함께 지난 날의 꿈을 이야기하랴.
양귀비 끓여다 놓고
주인집 늙은이는 공연히 눈물지운다

간간이 잿너비 우는 산기슭에는
아즉도 무덤 속에 조상이 잠자고
설레는 바람이 가랑잎을 휩쓸어간다.

예 제로 떠도는 장꾼들이여!
商賈하며 오가는 길에
흑여나 보셨나이까.

전나무 우거진 마을
집집마다 누룩을 듸듸는 소리, 누룩이 뜨는 내음새……

해석 · 비평

이제까지 오장환의 시는 대개 반영론의 입장에서 이야기되어 왔다. 그에 따르면 이 시는 일제 치하의 우리 고향이 지닌 궁핍상을 노래한 것이 된다. 그것으로 이 작품은 성공작이 아니라는 평가를 내리게 했다. 어느 모로 보면 이런 해석, 평가를 빚어낸 빌미는 바로 오장환 자신에게 내재해 있었다. 우선 일제 말기에 이르기까지 그는 넓은 의미의 순수시인이었다. 그때까지 그의 경력에는 한번도 계급투쟁에 가담한 사실이 포함되지 않았던 것이다. 그런 그가 8·15와 함께 급진적인 左派詩를 쓰기 시작했다. 그 가능성이 어디에서 찾아지는 것인가, 이런 물음에 안성 맞춤으로 생각되는 해답의 실마리가 식민지적 현실을 인식한 자취를 지적하는 일이었다. 다음 또 하나의 빌미로 손꼽을 수 있는 것이 〈조선시에 있어서의 상징〉이라든가 〈素月詩의 특성〉 등 8·15후에 오장환이 쓴 몇 편의 비평적 산문들이다. 본래 소월은 순수한 민요조의 서정시를 쓴 시인으로 알려져 왔다. 그것을 오장환은 〈무덤〉, 〈우리에게 보습대일 땅이 있었더면〉 등을 이끌어 드려서 민족 의식, 도는 양심의 눈길이 엿보인다고 주장했다. 말하자면 순수시를 쓴 시인의 작품에서 대사회 의식의 가능성을 점친 것이다. 이런 발상이 오장환 자신이 일제 치하에서 쓴 작품의 해설일 수도 있다는 생각으로 논리의 비약을 일으킨 것이다.

그러나 이런 생각들은 모두가 논리적 근거가 박약한 것이다. 후자와 같은 오장환의 생각은 일종의 견강 부회일 뿐이다. 김소월의 많은 작품은 그저 사적인 감정을 가락에 실어 노래한 것들이다. 그것이 어떻게 공적인 감정의 특수 형태인 민족 현실의 형태화일 수 있는지는 설명될 길이 없다. 다음 앞서와 같은 주장은 더욱 말이 아니다. 이 작품의 주제가 식민지의 궁핍 감정에 직결되는 것이라면 그것은 시가 목적의식에 의해서만 쓰여지는 것으로 읽는 것이다. 이런 경우의 목적의식은 적에 대한 투쟁의 의욕을 내포하고 있어야 한다. 그런데 여기서는 그런 단면이 나타나지 않는다. 그저 〈양구비〉를 끓이는 늙은이나 〈누룩 뜨는 내음새〉로 표상되고 있는 것이 이 작품의 세계다. 그렇다면 정작 항일 저항의 의지를 보여야 할 자리에서 한갓된 마취, 망각만을 일삼는 것이 이 시라는 이야기가 가능하다. 그리하여 반영론으로는 이 시가 아주 보잘 것 없는 실패작이 되어버린다.

이 작품의 주제는 민족적 저항 감정이 아니다. 그 감정은 차라리 고향에 대한 인간적 애정인 것이다. 매우 따뜻한 마음을 가진 화자가 고향 앞에 선다. 그는 물론 고향의 정겨운 모양, 그 아늑하고 따뜻한 품이 그리운 것이다. 그럼에도 그가 봄이라고 하여 찾아간 고향에는 〈다 녹지 않은 얼음장〉이 떠나려간다. 그리하여 그는 몹시 강한 한기를 느낀다. 그런 심정을 지니게 된 그이니까 차가운 손으로 서성이다가 참으로 인정스러운 사

람이 나타나면 그의 손을 잡어주고 싶은 것이다. 2연의 〈진종일/ 나룻가
에 서성거리다/ 행인의 손을 쥐며 뜨뜻하리라〉는 그런 시인의 마음을 노
래한 것이다. 그리고 그런 감전이 당시의 다른 시인들 작품과는 다른 오
장환만의 몫을 이룬다. 또한 나머지 여러 구절은 이 제2연을 구심점으로
한 것으로 보아야 한다. 그래야만 일제 치하 고향의 궁핍상에 제재를 택
한 작품의 성공적인 감정의 표출 사례가 될 수 있다.

작(품) 너는 보았느냐

> 너는 보았느냐
> 마차발에 채어 죽은 마차꾼을,
> 그리고
> 장안 한복판에
> 馬肉을 싣고 가는 마차 말같이
> 人肉을 싣고 가는 폭력단을—
>
> 한 나라의 집결된 의사,
> 인민의 입,
> 신문이 있다.
> 그리고
> 아 끝까지 배지 못한 인육의 마부는
> 성낸 말들을 이곳으로 몰아넣는다.
>
> 너는 보았느냐,
> 타성의 뒷발질밖에
> 아모런 재조도 없는
> 이 마차 말조차 제어하지 못하는 늙은 마부를......

작품 共靑으로 가는 길

눈발은 세차게 나리다가도
금시에 어지러이 허트러지고
내 겸연쩍은 마음이
共靑으로 가는 길

동무들은 벌써부터 기다릴텐데
어두운 방에는 불이 켜지고
굳은 열의에 불타는 동무들은
나 같은 친구조차
믿음으로 기다릴텐데

아 무엇이 자꼬만 겸연쩍은가
지난날의 부질없음
이 지금의 약한 마음
그래도 동무들은
너그러이 기다리는데……

눈발은 펑펑 나라다가도
금시에 어지러이 허트러지고
그의 성품
너무나 맑고 차워
내 마음 내 입성에 젖지 않어라.

쏟아지렴……한결같이
쏟아나 지렴……
함박 같은 눈송이.

해석 · 비평

위의 두 작품은 8·15직후인 1946년에 쓰여진 것들이다. 후에 간행된
『病든 서울』에 전후하여 수록되었다. 그러나 기법에 있어서 두 작품은
다소간 다르다. 우선 〈너는 보았느냐〉는 비유에 의거하고 있는 작품이
다. 여기서 〈인육의 마부〉는 당시의 좌익세력에 맞선 우파 보수 정당의
지도자들이다. 그들은 좌익들을 봉쇄, 타도하기 위해서 폭력단을 거느리
며 배후에서 조종하고 이른 바 인민의 입으로 자처하는 좌파계 신문들을
습격하여 그 시설을 거덜냈다. 이 작품이 비판하고 있는 것은 그런 사태
다. 그러면서 정작 다음 단계에서는 그 폭력단이 그들을 배후에서 조종
한 우파 지도자들까지를 발길질 할 것이라고 노래한 것이 이 작품이다.
말하자면 은유를 통해서 좌파에 폭력을 휘두르는 우파 지도자들을 풍자
하고 있는 셈이다. 그러나 〈共靑으로 가는 길〉에는 이와 다른 단면이 들
어난다. 8·15를 맞았을 때 오장환은 그 나이가 스물일곱이었다. 그리고
그에게는 일부 계급문학운동 출신자처럼 어엿하게 내세울 투쟁 경력 같
은 것이 없었다. 그리하여 그는 곧바로 공산당의 정당원이 될 자격이 없
었던 것이다. 그 나머지 공산당의 외곽 조직인 공산청년동맹의 조직원이
된 것 같다. 그러나 달리 생각하면 그는 당시 상당한 성가를 누린 한국시
단의 중견 시인이었다. 그런 그가 정식 당원이 못된 자격으로 공청의 세
포조직에 참석하는 일은 어딘가 모르게 그 자신으로 하여금 〈겸연쩍은
마음〉이 되게 만들었을 것이다. 이 작품에서는 그런 오장환의 심정이 잠
복상태로 노래되어 있다.

한편 8·15 일주년의 기념 행사 가운데 하나로 조선문학가동맹은 우
수 작품을 선정하여 문학상을 수여하기로 결정했다. 그들이 우수한 작품
으로 보는 기준으로 가장 비중이 큰 것은 물론 진보적 민주주의로 일컬
어진 역사의식이 어떻게 형상화되었는가 였다. 그 바닥에는 인민성의 개
념이 도사리고 있었을 것이다. 그런데 이들 작품을 수록한 시집 『病든 서

울』은 그 문학상의 최종심까지에 올라 이태준의 〈해방전후〉와 경합을 벌였다. 이것은 이들 작품이 문학가동맹에서 매우 높이 평가되었음을 뜻한다. 그러나 지금 우리가 살펴보면 대체 그런 평가가 어떻게 이루어진 것인지 못내 의아해질 뿐이다. 〈너는 보았느냐〉와 같은 작품이 문학가동맹 시부의 요구에 기능적으로 부응하는 작품이 되기 위해서는 한 가지 사실이 전제되어야 했다. 그것이 좌파의 행동을 탄압, 방해하는 우파 보수 진영에 대한 철저한 적의였고, 가차없는 비판, 고발이었다. 그럼에도 이 작품에는 당시 좌파의 신문기사의 선에도 미치지 못하는 수준에서 우파를 풍자했다. 이에 대해서는 혹 시적 의장이 이 작품에 있지 않느냐고 반론을 제기할 사람이 있을지 모르겠다. 그러나 모든 프로 시의 시적 의장은 그 행동성을 증폭, 확충시키는 데 있다. 그럼에도 이 시에서 그것은 적지 않게 어정쩡한 말씨로 쓰여 있을 뿐이다. 뿐만 아니라 부분적으로 이 작품에는 적절하지 못한 어휘 사용도 포함되어 있다. 〈너는 보았느냐/ 마차발에 채어 죽은 마차꾼을〉은 그대로 읽으면 사람이 마차 발에 채어 죽는 것이 된다. 마차는 바퀴가 있을 뿐 발은 없으니까 이 부분은 적어도 마차말의 발에 채어 죽은 마차꾼이라고 해야 한다. 그것으로 이 부분의 리듬이 크게 훼손되지도 않는다.

다음 〈共靑으로 가는 길〉은 더욱 어정쩡한 작품이다. 8·15 직후 문학가동맹 맹원들이 택해야 할 작품 활동은 크게 두 가지 각도에서 이루어질 성격의 것이었다. 그 하나는 일제 잔재 소탕이라는 그들의 강령에 관련된 것이었다. 사실 일체 치하에서 국내에 잔류한 문학인들은 그 정도에 차이가 있기는 했지만 모두가 어느 정도는 일제의 전쟁 수행에 협력하지 않으면 안 되었다. 그 청산은 새 시대의 역군이 되기 위해서 당연히 필요한 일이었다. 그리고 그 통과제의 격으로 제기 된 것이 문학가동맹의 강령 중 하나로 채택된 일제잔재 청산이었던 것이다. 다음 이 경우 또 하나 문제되어야 할 것이 선동·선전의 시며 문학이었다. 문학가동맹이 지향한 것은 궁극적으로 진보주의적 민주주의 사회의 건설, 곧 사회주의 사회의 건설이었다. 그런데 그것을 남쪽에 진주한 미군정과 그 비호 아래 있는 우파 민족 진영의 세력이 가로막고 있었다. 그들을 배격·타도하는 것은 모든 좌파의 공통된 행동 목표였다. 좌파의 문학적 전위기관인 문학가동맹은 당연히 그 과업에 최대한 부응할 필요가 있었다. 이런 관점에서 보면 〈共靑으로 가는 길〉은 후자의 유형세 속해야 할 작품이다 그러나 이 작품은 그런 일에 기능적으로 대처한 단면이 검출되지 않는다. 전반부에서 이 작품은 다소간 자신을 향한 눈길을 지니고 있기는 하다. 하지만 그것은 막연한 기분으로 나타날 뿐이며 후반부에 〈눈〉을 제재로 이끌어 들이면서 그런 기분 마저가 자연현상에 용해되어 버린다. 8·15와 함께 카프계 출신의 시인들은 다시 이데올로기의 앙상한 잔해와 같은 말들로 시를 썼다. 오장환과 같은 예술파 출신의 시인들은 당연히 이데올로기와 예술을 효과적으로 포괄한 시를 써서 문학가동맹계 詩의 새 차원 구축에 이바지 할 필요가 있었다. 그럼에도 이 무렵 오장환의 시가 이 모양에 그쳤던 것이다. 이런 시를 그들의 대표작들인 것처럼 평가한 문학가동맹의 문학 인식 수준은 더욱 말이 아니었다.

문학사 메모

　전하는 말에 의하면 吳章煥은 여인들에게 상당한 인기가 있었다고 한다. 늦도록 총각으로 지내면서 그는 걸핏하면 병원에 입원했다. 그리고는 그때마다 문병을 오는 문학 지망 소녀라든가 간호부를 애인으로 만들었다는 것이다. 이것은 그가 소박한 의미의 정신적인 능력, 곧 생의 의욕과 정열을 체질적으로 타고났음을 뜻한다. 그러나 이것을 8·15후와 같은 중요한 국면에 그가 효과적으로 이용, 문학가동맹계 시의 새 차원 개척에 기여하지는 못한 것 같다. 오장환과 같은 순수파 출신의 시인들은 8·15 이전 일종의 배제적 입장에서 시를 쓴 경우라고 할 수 잇다. 그들은 시와 문학을 위해 정치나 이데올로기가 해독 작용을 한다고 믿었다. 그 나머지 그것들을 배제한 것이다. 그러나 30년대의 W.H 오우든 그룹이 시도한 것처럼 정치나 이데올로기도 보다 기능적인 시작활동을 위해서 수용되어야 했다. 이질적 요소의 문맥화야 말로 시에 새로운 힘을 자아내게 하는 가장 큰 동력원일 수 있었기 때문이다. 그럼에도 오장환은 이런 8·15 후의 좌파 시의 요구에 전혀 기능적으로 대처하지 못했다. 그리하여 그의 시는 30년대와 함께 그 사적인 의의가 끝나버리게 되었다.

한편 오장환의 월북은 1948년 2월 이전으로 추정된다. 이해 봄에 나온 북한의 조선문학예술동맹기관지 『문학예술』에 이미 그의 시가 실려 있다. 그 내용을 보면 그것은 오장환이 평양에서 쓴 것으로 나타나기 때문이다. 그리고 이에 대해서는 비평인 〈소월시의 특성〉과〈자아의 형벌〉이 47년 12월과 다음해 1월에 발표된 것을 들어 의의를 다는 예가 있다. 그러나 이것은 월북 전에 오장환이 쓴 원고가 가족이나 친구의 손을 거쳐 활자화되었을 가능성을 생각해야 한다.

참고문헌

시 집, 『城壁』(풍림사, 1937).
시 집, 『獻詞』(낭만서방, 1939).
역시집, 『에쎄닌 시집』(동향사, 1946).
시 집, 『병든 서울』(정음사, 1946).
시 집, 『나 사는 곳』(헌문사, 1947).
金東錫, 濁流의 음악, 『예술과 생활』(박문출판사, 1947).
金光均, 이미 죽고 사라진 사람들, 『동서문학』(1988. 8)
金容稷, 『韓國現代詩史』(한국문연, 1996).

임학수(林學洙)

(1911. 7. 7 ~ 1966)

어릴 때의 이름은 악이(岳伊)로 전라남도 순천군 순천면 금곡리 214번지에서 출생. 부친 林和日은 농업에 종사했으며, 신분은 평민으로 되어 있다. 그러나 기록상 자산이 일만원이라는 점과 임학수를 일제 시대에 서울 유학을 시켜 제1고보, 경성제대로 진학케 한 점으로 보아 뷰유한 가정 출신으로 생각된다. 1924년 학수로 개명. 1926년 순천보통학교를 졸업하고, 1931년 지금 경기고등학교의 전신인 제1고보 졸업, 1936년 경성제국대학 영문학과 졸업, 졸업 때의 논문은 영국의 낭만주의 시인 P.B 셰리에 관한 것이었다. 졸업후 경성대학 조수를 거쳐, 성신여고, 배화여고 교사를 역임.

그가 최초로 작품을 발표한 것은 〈우울〉(『동아일보』1931. 5. 23), 〈봄달〉(『新生』1932. 6) 등이나 그것이 본격화된 것은 1943년 경이다. 1937년 처녀시집 『석류(石榴)』를 발간. 이어 다음 해에 『八道風物詩集』을 내면서 중견 시인으로서의 위치를 굳혔다. 일제 말기에는 문인보국회에 관계. 일본군 위문 작가단의 일원이 되어 그 체험을 노래한 『戰線詩集』을 냈다. 그러나 8·15 직후 조선문학가동맹에 가입. 그 시부 위원으로 활약하면서 몇편의 경향적인 작품을 발표하여 좌파문학자가 되었다. 고려대, 이화여대, 숙명여대 등에 재직. 그와 아울러 한 때 고려문화사에서 편집 주간 일도 보았다. 대한민국정부 수립 후에는 전향하여 보도연맹에 가입, 6·25동란 중 북쪽 당국의 종용으로 다시 정치보위부에 자수했고, 그후 국군의 인천상륙 작전이 있자 북으로 넘어갔다. 한 때는 김일성 대학에서 영문학을 가르쳤으나, 1966년 종파분자로 몰려서 숙청되었다고 전해진다. 지금 서울대학에 비치된 그의 경성대학 때 성적을 보면 교양 과정에는 대개 양 정도의 성적을 받았고 전공 과정에서는 언어학개론이 유일하게 〈우〉로 되어 있다. 재학 때의 지도 교수는 최재서와 같은 일본인 사토오(佐籐)이다.

작품 人定閣

南海 쪽빛 섬을 헤치고 季節風은 왔다.
더운 빗(雨) 낱 꿀벌노래 풍경과 희롱하는 겹겹의 물결 사이로
좁은 길이 열리고 굳이 닫힌 창살 난에는 撞木도 걸렸다.
이제 곧 인경이 울리리라.

四月도 파일, 鐘路 네거리에는 靑紗 초롱이 꿈처럼 아득히
찬란하고, 北岳山 中마루로부터 瑞氣 일어난
장안의 하늘은 저녁 노을처럼 곱다.
이제 인경이 울리리라

한번 치매 먼지 흩어지고, 두 번 치매 녹과 이끼 사라지고,
세 번 치매 들을 넘어 山을 넘어 저 끝일 듯 끝일 듯
다시 反擊하는 부드러운 抑揚이 田婦의, 船人의 오랜 잠을
깨우치리라.

보라, 늙은이는 멀리 記憶을 더듬고 안악네는
婚筵에 나아간 듯 함부로 가슴을 두근거리며 少年은

전설의 나라에 온 듯 감탄의 눈초리를 반짝이지 않느냐?

그러나 門은 열리지 않았다. 인경은 울리지 않았다.
물결은 서로 불러 손짓하며 갈래갈래 헤여지고
이윽고 네거리는 식은 도간이처럼 적막하였다.

해석 · 비평

『八道風物詩集』에 수록된 작품이며 그 허두에 놓인 시다. 이 사실은 일제 시대의 林學洙 문학을 이해하는 데 매우 중요한 열쇠 구실을 한다. 『八道風物詩集』에는 〈북한산〉, 〈남한산성〉, 〈숭례문〉, 〈종로〉, 〈석굴암〉, 〈고려청자부〉, 〈朴淵〉, 〈海金剛에서〉, 〈만파식저〉 등 제목을 딴 작품들이 실려 있다. 이 제목들로 짐작되는 바와 같이 이 무렵의 林學洙는 우리 국토의 산하와 그 문화 유적에 대해 짙은 관심을 지니고 있었다. 그리고 그런 감정을 그 나름대로 형태화하고저 한 결과로 나타난 것이 위와 같은 작품들이다.

이런 작품에서 임학수가 스스로의 몫이라고 내세울 수 있는 것은 두 가지이다. 우선 그 이전에 이런 유의 국토 산하와 풍물에 대한 감정을 가락에 실어 펴고저 한 시도는 국민문학파에게도 있었다. 그런데 국민문학파는 형태 해석에서 한계가 있었다. 그들은 단군굴이나 만월대, 금강산을 노래하면서 대체로 제재를 직설하는 입장을 취했다. 최남선이 단군굴을 노래하면서 곧 배달 민족이 나온다든가, 금강산이 제재로 된 경우 그 아름다운 풍광을 언급한 예가 바로 그것이다. 그러나 이 작품에서는 사정이 그와 다르다. 여기서는 말들이 주제나 제재에 직핍하는 대신 〈남해 쪽빛 섬을 헤치고 季節은 왔다〉와 같이 일종의 우회 전략이 채택되어 있다. 그리고 그 것이 분위기를 이루어 가면서 그 말들이 제재를 살리는 쪽에서 작품이 제작되고 있는 것이다.

다음 또 하나 지나쳐버려서 안 될 것이 이 작품의 의식 성향이다. 국민문학파의 시는 대개 그 감정이 제재를 매체로 한 회고 쪽에 놓여 있었다. 이 경우 회고란 과거를 아름답게만 생각하는 정신의 일방 통행 현상을 가리킨다. 그런데 이 작품으로 대표되는 임학수의 풍물시는 그와 다르다. 여기서 인경은 물론 민족적 전통에 대한 회귀적 감정이다. 그러나 그 매체인 인경은 끝내 울리지 않는다. 그러니까 이 작품은 회고에 그치는 것이 아니라 그 한 자락에는 현실에 대한 의식이 눈떠 있는 것이다. 시기상으로 임학수의 시는 국민문학파의 다음에 쓰여진 것이다. 이것은 그의 시가 앞선 시기의 것에서 한걸음 나간 면도 지녔음을 뜻한다. 이와 아울러 영문학도 출신인 그가 이처럼 전통적인 정신세계를 보여준 점도 주목되어야 한다.

작품 曠野에서

너는 石鏡도 粉匣도 다 버리고
나는 손톱도 구렛나룻도 자라는대로
여기 와 다만 둘이서 살겠느냐?
진흙으로 움 이루고 새벽에 이슬을 헤쳐
왼 하로 씨 뿌리고 이윽고 거두며
모두들 멀리 떠나
東에서 해 뜨고 西으로 달 뜨는
이 曠野에 와
웃으며 살겠느냐?

봄에는 몬지 泰山
겨울에는 눈보라
高粱이 자랄 제면
밭고랑에 賊도 뛴다

燈없이 사는곳 技巧없이 사는 곳
소리쳐도 딩굴어도
깟딱도 없는, 反響 없는
曠野, 잿빛 하늘
아, 미칠듯한 이 고독을

가자 거긴
주검이 허리를 졸라 매지 않고
근심이 이마에
휘돌아가는 실개천을 피치도 않어
내몸을 누일 空地 있고
괭이 들어갈 大地도 있다!
이윽고 불빛의 여름 해가 지고
저 들 가 버들숲 위에 초생달이 걸릴 제
아, 밭고랑에 四肢를 내던지고
자잣구나, 너와 나와 코 골고.

해석 · 비평

그 기법과 의식 양면에서 林學洙의 일제 시대 시를 대표하는 작품이다.
여기서 주제격이 된 것은 광야다. 그리고 그 광야는 자잘구레한 일상적 규
범, 겉치레나 세속적인 계산을 벗어난 곳이다. 그곳을 그림으로써 이 작품
은 상당히 강하게 낭만파 의식의 단면을 들어낸다. 기법면에서 보면 이 작
품은 그 전편이 감정의 자연스러운 방출로 이루어져 있다. 이 역시 임학수
가 학부 때 전공한 낭만주의 시가의 기법을 그대로 살려서 쓴 결과일 것이
다. 참고로 밝히면 이 작품을 쓸 무렵 임학수는 엘리엇과 오우든, 스펜서

등 현대 영시인의 작품에도 관심을 가지고 그 일부를 우리말로 옮겼다. 그 구체적 표현이 된 것이 1939년판 『現代英詩選』이다. 그런데 이들의 시는 감정의 자연스러운 방출에서 벗어나고자 한 신고전주의의 갈래에 드는 것들로 이루어져 있다. 신고전주의에서는 감정의 등가물을 찾아내어 그것을 작품에 제시한다. 그리하여 그 시는 대개가 심상으로 이루어지는 것이다. 그런데 임학수는 그런 유형의 시를 알고 있었음에도 애써 낭만파의 입장을 취했다. 이것은 기질적으로 그가 낭만적이었을 가능성을 말해준다. 어떻든 이 작품에서 우리는 교양인, 체재의 태두리에 속하는 지식인이 자잘구레한 규범에서 떠나 일상적 절차를 벗어던지고 싶어하는 원초적 생명 충동에 사로잡혔음을 본다. 이 시는 그것을 무던하게 노래하고 있는 작품이다.

작품 언제나 오느냐

살기 좋은 날은 오느냐?
모든
언제나 기관을 우리 손으로
삼홉의 쌀은 배급되고
겨레의 좀들 말끔히 쓸어내
오리(汚吏)와 모리(謀利)라 하는 단어는 없어지고
전차는 타기 쉬웁고
기차 여행은 즐거웁고
들에는 풍년가 들리고
공장은 연기 뿜고
언론과 집회는 자유
아해들 다 학교에 가고
들에는 장미 피고
여인들 쾌활해

일하기 즐거웁고 살기 즐거운
언제나 보람있는 날은 오느냐?

작품 다시 8 · 15에

8 · 15!
8 · 15!
다시 한번 외어보자
얼마나 찬란한 날이었느냐?
얼마나 황홀한 날이었느냐?
어느듯 두 돌
하도 엄청난 가지가지 설계에
마음만 들떠 한 해는 보내고
일마다 뼈뚜러져 어긋나는 ××에
이듬해를 남몰래 울어서 보내려니
찢어져 붉은 석류알이랄까
벅찬 가슴에 칼자욱만 남았구나
눈 감으면 시원한 그 기폭 그 물결
귀 기울이면 우뢰처럼 들려오는 만세소리
트럭이 달리고 전차가 내닫고
지붕 위에 사람 태운 기차가 돌진해 모든 고을 들끓고 산이란
산우쭐대던
그 때가 그리워라
그일해 전이 그리워라!
8 · 15!
8 · 15!
또 하나 8 · 15는 언제 오느냐?

요망한 구름 골과 뫼 덮어도
그 위에는 째양한 볕 언제나 빛남을
오로지 믿는 마음에 나는 살으리!

해석 · 비평

우리 시인들에게 해방은 창작 여건으로 보아서 큰 축복이었다. 무엇보
다 일제 시대에는 금제가 된 우리 말과 글을 마음대로 구사할 자유가 그
들에게 주어졌다. 표현에도 큰 제약은 뒤따르지 않았다. 그리하여 일부
시인들은 봇물이 터진 듯 많은 양의 작품을 발표했다. 그럼에도 임학수
에게 해방은 그 역으로 작용했다. 그의 작품 발표량도 1930년대 후반기
에 비해 8 · 15 후 현저하게 줄었다. 그리고 그 말씨에도 생기가 줄어들
었다. 위의 두 작품에도 그런 단면이 들어난다.

〈언제나 오느냐〉는 8 · 15 후 우리 주변에서 펼쳐진 역겨운 현실에 대한
비판이다. 해방과 함께 우리 민족은 일제의 수탈과 착취가 종식되고 자유가
회복되면서 번영, 부강, 독립 국가가 될 것을 믿어 의심치 않았다. 그럼에도
무분별한 사람들의 행동과 정치 단체의 난립, 경제 정책의 부재, 사회상의
혼란등으로 민생은 도탄에 빠지고 통일 부강 국가의 꿈은 실타래처럼 엉켜
버린 정국과 함께 한갓 헛된 꿈이 되어 갔다. 〈언제 오느냐〉는 8 · 15 직후
우리 주변의 열망에 어긋나는 이런 사회적 모순, 갈등을 열거하는 형식으로
읊조려진 것이다. 그런데 일제 치하에서 임학수가 빚어낸 낭만시의 가락이
여기에는 제대로 빚어지지 않았다. 그저 당시의 세태나 사회상을 관념적으
로 노래한 시에 그친 것이다.

〈다시 8 · 15에〉는 1948년 2월에 발표된 것이다. 이 무렵 남쪽에서 좌익
의 활동은 대체로 지하조직 형태로 바뀌어졌다. 임학수가 소속한 문학가동
맹도 그런 사정은 똑같았다. 군정청이 작품 활동을 제한하고 문학가동맹을

불법단체로 규정하자 그 소속맹원들은 남쪽에서 설자리가 없었다. 그리하여 그 간부들은 1차와 2차 월북으로 서울을 등졌다. 그리고 그 후 비합법 투쟁에 들어간 문학가동맹은 1947년 이용악이 체포되면서 조직적인 활동에 실질적으로 막을 내렸다. 그 다음을 이어 이병철이 명목상 문학가동맹의 책임자 자리에 있기는 했다. 그러나 그것은 이미 선전 삐라를 제작, 살포한다든가 지하로 보급시키기 위한 선동 가요의 가사를 짓는데 국한되었다. 그런 이병철 역시 1948년 봄에는 체포되었다. 임학수의 〈다시 8·15에〉는 그런 상황 속에서 발표된 것이다. 여기서 〈또 하나의 8·15〉란 물론 미군정청의 지배 아래 있는 남쪽의 정치·사회가 또 다른 형태의 속박, 압제 속에 있음을 전제로 한 말이다. 그리고 그런 상황 속에서 〈째양한 볕 언제나 빛남〉을 믿는다는 것은 8·15 후 임학수가 신봉하게 된 이데올로기에 의해 지배되는 사회의 도래를 희구하는 심리 상태에 관계된다. 그런데 이 작품 역시 관념이 앞선채 경향시에 요구되는 선전, 선동의 가락이 빚어지지 않았다.

이들 시로 대표되는 8·15 후의 임학수 시가 일종의 부진 상태에 빠진 사실에 대해서는 두 가지 각도에서 그 빌미가 지적될 수 있다. 우선 이 무렵 임학수는 상당히 불안정한 정신 상태에 사로잡힌 것으로 보인다. 사정이야 어떻게 되었든 그는 1차 황군작가 위문단의 한 사람으로 일본의 침략 전쟁을 고무, 격려하기 위해 전선 시찰을 다녀온 사람이다. 그는 그 결과를 기행문으로 발표하고 『戰線詩集』으로 내기까지 했다. 그런 전력을 가진 그가 일제 잔재소탕을 행동 강령으로 한 조선문학가동맹에 가담한 것이다. 이런 전력은 그의 작품 활동에 상당 기간 동안 멍에가 될 수 밖에 없었다. 다음 일제 치하에서 그가 익힌 기법은 낭만파 쪽의 것이었다. 그런데 경향시가 요구하는 것은 시의 현실 수용이었고, 그 가능적인 실현을 위해 대담하게 체제를 비판·공격하는 일이었다. 林學洙에게 이와 같은 사실주의적 작품 제작·발표는 체질적으로 맞지 않았다. 이런 이유에서 8·15 후 그의 시가 질과 양 두각도에서 아울러 크게 떨치지 못한 것이다.

문학사 메모

6·25 때 林學洙는 인민군의 진주와 함께 하루 아침에 죄인 아닌 죄인의 신세가 되었다. 마침 그와 같은 전향자에게 이북에서 온 정치보위부는 자수를 명령하고 작가동맹에 출두하기를 요구했다. 그런 상황 아래서 인민군 진주 후 며칠 뒤 그와 비슷하게 곤경에 처한 白鐵의 집을 林學洙가 찾았다고 한다. 그때 林學洙는 여자사범대학 교무처장으로 있을 때 좌익계의 학생들과 대립한 일을 몹시 걱정했다고 한다. 그러면서 결국 백철과 함께 자수의 길을 택했다는 것이다. 그때의 일을 백철은『문학자서전』에 다음과 같이 적었다. 〈林學洙와 나 두사람이 文人들이 모이는 韓靑빌딩의 4층 홀에 들어섰을 때는 오후 2시가 조금 넘은 시각인데 홀에는 이미 많은 사람들이 나와서 둘러 앉아 있었다. 그 장소에 들어섰을 때 마치 나는 큰 죄나 짓고 있는 犯罪人의 기분이었다. 그러나 이것은 나만의 심정은 아닌 듯 했다. 거기 앉은 사람들은 모두가 서로 잘 알고 있는 文壇人들이었는데 누구하나 일어나서 서로 악수하는 사람도 없었다.〉 이것으로 미루어 보면 林學洙는 인민군을 두려움과 함께 맞은 것 같다. 그런 그가 전투상황의 진행에 따라 북쪽길을 택했다. 이것은 다른 좌익 문인들이 월북파가 된것과 함께 어떻든 역사가 빚어낸 비극이다.

참고문헌

金允植,『해방공간의 문학사론』(서울대출판부, 1989).
金容稷,『해방기한국시문학사』(민음사, 1990).
蔡洙永,『解禁詩人의 精神地理』(느티나무, 1991).
金容稷,『한국현대시인연구』(서울대학교 출판부, 2000).

백　석(白　石)

(1912 ~　　)

　평안북도 정주군 갈산면 익성동에서 출생. 본명은 기행(夔行)인데 백석이란 필명으로 널리 알려짐. 수원 백씨 용삼(龍三)의 장남으로 태어났다. 부친은 초창기의 사진 기술사로서 조선일보의 사진 반장을 지냈다. 1918년 중등교육 과정인 오산 소학교에 입학, 1924년 13세로 오산학교에 입학. 이 무렵부터 문학, 시에 관심을 가지기 시작했고 특히 선배시인 김소월을 매우 좋아했다고 전해진다. 오산고등보통학교로 개칭된 오산학교를 1929년에 졸업. 조선일보 후원의 장학생 선발에 합격하여 도일. 동경 소재 아오야마(靑山)학원에서 영문학을 전공. 1934년 아오야마학원을 졸업하고 귀국. 조선일보사에 가자로 입사하여 서울 생활을 시작. 조선일보 출판부 발간 『여성(女性)』에서 편집 일에 종사했다.

　1935년 8월 『조선일보』에 〈정주성〉을 발표하고 이어 같은 해 11월호 『조광(朝光)』 창간호에 〈산지(山地)〉, 〈주막〉, 〈비〉, 〈나와 지렝이〉등을 선보이면서 문단에 등단했다. 1936년 1월 시집 『사슴』을 자비 출판 형식으로 발간. 200부 한정판이었으나 특징적인 작품 세계로 하여 출간과 동시에 문단 안팎의 관심을 모았다. 1936년 조선일보 기자직을 사임하고 함경남도 함흥 소재의 영신여자고등보통학교에 부임하여 1938년까지 동교에서 재직, 이어 조선일보에 복직하여 『여성』지 편집에 관계하다가

1939년 연말 만주의 장춘 (長春), 당시의 명칭 新京)으로 옮겨가 新京市 車三馬路 시영주택 35에서 기숙. 1942년 10월 만주국 안동에서 세관 업무에 종사. 1945년 해방과 함께 귀국, 처음 신의주에 거주하다가 정주를 거쳐 평양으로 이주. 소련군 지배 체제하의 부득이 한 사정으로 문예총에 관계. 쏘련의 전쟁기 소설인 『낮과 밤』을 번역, 그러나 당의 신임은 두텁지가 못했는지 작품 활동은 크게 떨치지 못했다. 남쪽에서는 1948년 10월호 『文章』과 『學風』에 〈백중〉, 〈南新義州柳洞 朴時逢方〉등이 발표됨.

작품 定州城

山턱 원두막은 뷔었나 불빛이 외롭다
헌겊 심지에 아즈까리 기름의 쪼는 소리가 들리는 듯하다

잠자리 조을든 문허진 城터
반딧불이 난다 파란 魂들 같다
어데서 말 있는 듯이 크다란 山새 한 마리 어두운 골짜기로
난다

헐리다 남은 城門이
한울 빛같이 훤하다
날이 밝으면 또 메기수염의 늙은이가 청배를 팔러 올 것이다

작품 山地

갈부던 같은 藥水터의 山거리
旅人宿이 다래나무 지팽이와 같이 많다

시냇물이 버러지 소리를 하며 흐르고
대낮이라도 山 옆에서는
승냥이가 개울물 흐르듯 운다

소와 말은 도로 山으로 돌아 갔다
염소만이 아직 된비가 오면 山 개울에 놓인 다리를 건너 人
家 근처로 뛰어온다

벼랑탁의 어두운 그늘에 아츰이면
부헝이가 무거웁게 날러온다
낮이 된면 더 무거웁게 날러가 버린다

山너머 十五里서 나무뒝지 차고 싸리신 신고 山비에 촉촉이
젖어서
藥물을 받으러 오는 山아이도 있다

아비가 앓는가부다
다래 먹고 앓는가부다

아랫 마을에서는 애기 무당이 작두를 타며 굿을 하는 때가
많다

해석·비평

白石이 시단에 등장하면서 들고나온 작품들이다. 이 작품을 발표하기 전에 백석은 대체로 혼자 시를 읽고 습작을 한듯하며 동인지 활동이나 신문, 잡지에 투고하는 일은 하지 않았다. 그러니까 그의 시작 활동은 외로운 가운데 이루어진 셈이다. 그럼에도 이 작품을 들고 나선 그의 출현은 당시 우리 시단에 한 충격이 되었다. 그 지렛대로 작용한 것은 철저한 토속적 세계와 그것을 밑받침하기 위해서 끈덕지다고 볼 수 밖에 없을 정도로 우리말을 찾아 쓴 점이다. 우선 〈定州城〉은 백석이 태어나서 자란 고을 이름이다. 그곳은 평안북도의 한 고을이며 갖 가지 역사적인 사건의 무대이기도 하다. 특히 조선왕조 말기에 지방색 타파의 꿈을 안고 난을 일으킨 홍경래의 일은 정주성과 불가 분리의 관계에 있는 것이다. 그러나 백석은 이런 몇 가지 역사나 인문 지리상의 사실들은 전혀 외면한채 이 작품을 썼다.

이 작품에서 그가 소재로 쓴 것은 원두막이며 아주까리 기름을 연료로 삼은 등불이다. 물론 이 작품에서도 城터가 나오기는 한다. 그러나 그 성터는 正史나 野史의 어떤 사실과도 전혀 무관하다. 그에게 성터는 그저 무너진 자연의 일부일 뿐이며 그 심상은 반딧불이 나는 야간 풍경에 겹쳐질 따름이다. 뿐만 아니라 이 두 줄은 〈난다〉와 같은 동사를 통해 〈어데서 말 있는 듯이 크다란 山새 한 마리 어두운 골짜기로 난다〉에 직결된다. 그리고 이 부분의 기법은 매우 현대적이다. 본래 현대시는 형식적 논리에서 멀어져야 한다. 그 방편의 하나로 시는 거리가 먼 생각들을 문맥화시키는 비약의 기법을 쓴다. 그런데 〈반딧불〉과 〈어두운 골짜기〉를 나는 큰 새는 바로 그런 예에 속한다. 그리고 백석은 그것을 용의 주도하게도 동사 〈난다〉를 두 번 씀으로써 기능적으로 문맥화시키고 있는 것이다.

다음 〈山地〉는 그 말솜씨가 특정적이다. 허두부터 이 작품은 〈약수터 산거리〉를 〈갈부던 같은〉 이라고 전이시켰는가 하면 〈여인숙〉을 〈다래나무

지팽이와 같이 많다〉로, 그리고 〈시냇물 소리〉를 〈버러지 소리를 하며 흐르고〉식으로 심상화했다. 〈갈부던〉은 李東洵교수의 자세한 주석에 의하면 〈떡갈나무, 익갈나무 등이 양쪽에 우거진 층계길〉이다. (『白石詩全集』에 붙은 〈낱말풀이〉참조). 이렇게 보면 이 작품의 모든 소재를 백석은 일단 비유로 제시하고 있는 셈이다. 그리고 그 주지를 전이시킨 매체가 예외없이 철저하게 두메 산골 쪽의 것에서 택해져 있다. 말을 바꾸면 살골짜기 마을의 정경을 끈덕지게 그 나름의 말로 엮어낸 것이 백석의 작품이라 할 것이다. 본래 백석은 그 주변에서 평판이 있을 정도로 모던 보이였다고 한다. 그리고 당시 우리 문단의 풍속 자체가 시인이면 대개 서구적인 일면, 또는 근대적 풍모를 지니는 게 상식이었다. 그런 당시의 상황, 여건 속에서 의도적으로 토속성, 탈 근대적인 입장을 취한 듯 보이는 것이 이들 작품이다. 그런 의미에서 이들 작품은 한국 시단의 한 경치에 속한 것이다.

작품 여우 난 골族

　　명절날 나는 엄매아배 따라 우리집 개는 나를 따라 진할머니 진할아버지가 있는 큰집으로 가면

　　얼굴에 별자국이 솜솜 난 말수와 같이 눈도 껌벅거리는 하로에
　　베한 필을 짠다는 벌 하나 건너 집엔 복숭아나무가 많은 新里고무
　　고무의 딸 李女 작은 李女

　　열여섯에 四十이 넘은 홀아비의 후처가 된 포족족하니 성이 잘 나는 살빛이 매감탕 같은 입술과 젖꼭지는 더 까만 예수쟁이

마을 가까이 사는 土山 고무 고무의 딸 承女 아들 承동이

六十里라고 해서 파랗게 뵈이는 山을 넘어 있다는 해변에서 과부가 된 코끝이 빨간 언제나 흰옷이 정하든 말 끝에 설게 눈물을 짤 때가 많은 큰골 고무 고무의 딸 洪女 아들 洪이 작은동이

배나무접을 잘하는 주정을 하면 토방돌을 뽑는 오리치를 잘 놓는 먼섬에 반디젓 담그러 가기를 좋아하는 삼촌 삼촌엄매 사춘누이 사춘동생들

이 그득히들 할머니 할아버지가 있는 안간에들 모여서 방안에서는 새옷의 내음새가 나고

또 인절미 송구떡 콩가루차떡의 내음새도 나고 끼때의 두부와 콩나물과 볶은 잔디와 고사리와 도야지비계는 모두 선득선득하니 찬 것들이다.

저녁 술을 놓은 아이들은 외양간 섶 밭마당에 달린 배나무동산에서 쥐잡이를 하고 숨굴막질을 하고 꼬리잡이를 하고 가마 타고 시집가는 놀음 말 타고 장가가는 놀음을 하고 이렇게 밤이 어둡도록 북적하니 논다

밤이 깊어가는 집안엔 엄매는 엄매들끼리 아르간에서들 웃고 이야기하고 아이들은 아이들끼리 웃간 한 방을 잡고 조아질하고 쌈방이 굴리고 바리깨돌림하고 호박떼기하고 제비손이 구손이하고 이렇게 화디의 사기방등에 심지를 몇 번이나 돋구고 홍게닭이 몇번이나 울어서 졸음이 오면 아릇묵싸움 자리싸움을 하며 히드득거리다 잠이 든다. 그래서는 문창에 텅납새의 그림자가 치는 아츰 시누이 동세들이 욱적하니 흥성거리는 부엌으로 샛문틈으로 장지문틈으로 무이징게국을 끓이는 맛있는 내음새가 올라오도록 잔다.

작품 七月 백중

마을세서는 세불 김을 다 매고 들에서
개장취념을 서너 번하고 나면
백중 좋은 날이 슬그머니 오는데
백중날에는 새악시들이
생모시치마 천진푀치마의 물팩치기 껑추렁한 치마에
쇠주푀적삼 항라적삼의 자지고름이 기등렁한 적삼에
한끝나게 상나들이 옷을 있는 대로 다 내입고
머리는 다리를 서너 켜레씩 들어서
시뻘건 꼬둘채 댕기를 삐뚜룩하니 해꽂고
네날백이 따배기 신을 맨발에 바꿔 신고
고개를 멫이라도 넘어서 약물터로 가는데
무썩무썩 더운 날에도 벌 길에는
건들건들 씨언한 바람이 불어오고
허리에 찬 남갑사 주머니에는 오랜만에 돈푼이 들어 즈벅이고
광지보에서 나온 은장두에 바늘집에 원앙에 바둑에
번들번들하는 노리개는 스르럭스르럭 소리가 나고
고개를 멫이라도 넘어서 약물터로 오면
약물터엔 사람들이 백채일치듯 하였는데
붕가집에서 온 사람들도 만나 반가워하고
깨죽이며 문주며 섶가락 앞에 송구떡을 사서 권하거니 먹거니하고
그러다는 백중 물을 내는 소내기를 함빡 맞고
호주를 하니 젖어서 달아나는데
이번에는 꿈에도 못 잊는 붕가집에 가는 것이다
붕가집을 가면서도 七月 그믐 초가을을 할 때까지
평안하니 집살이를 할 것을 생각하고
애끼는 옷을 다 적시어도 비는 씨원만 하다고 생각한다

해석 · 비평

 그 의식의 단면으로 보면 이들 두 작품은 고향 탐구같은 것에 속한다.
어느 의미에서 고향에 대한 감정이란 종족이나 나라를 그리는 마음의 선행
형태라고 할 수 있다. 일제 치하의 우리 민족에게는 종족, 곧 민족이나 국
가를 파헤치고 다룬다는 것이 금제가 되어 있었다. 그런 까닭으로 우리 주
변에는 매우 흔하게 고향을 그리는 작품이 발표되었다. 특히 서정시에 있
어서는 제작 동기의 중요한 것 가운데 하나가 그리움이다. 그리고 그리움
의 공간 개념 가운데 가장 빈번하게 모습을 출몰시키는 것이 고향이다. 그
런 연유에서 우리 시에서는 고향에 대한 노래가 아주 흔하다. 그러나 고향
에 대한 감정이 직접적으로 토로되어도 그것은 좋은 시가 되지 않는다. 모
든 시에는 소재가 정서화되는 절차가 요구되기 때문이다. 일직 30년대의
『한국시인론』을 쓴 金鍾喆 교수에 따르면 白石은 그런 고향의 시를 쓴 시
인 가운데서 가장 우수한 경우가 된다. (『詩와 歷史的 想像力』,(문학과 지
성사, 1978.) 참조). 그 까닭은 다른 시인의 경우와는 달리 그가 고향의
의미를 객관적으로 묘사해낸 시인이었기 때문이다.
 우선 〈여우 난 골 族〉의 題材가 되고 있는 것은 가족, 또는 피붙이의 행
동양태 같은 것이다. 이 작품은 서정시로 쓰여진 것이기 때문에 그 피붙이
들을 파헤치는 쪽이 아니라 다소간은 감싼 입장에서 노래했다. 그러나 이
말이 곧 이 작품을 목가조의 여느 시인들 작품과 동격이라고 판정케 하는
것은 아니다. 그 구체적인 보기가 되는 것이 첫째 편의 세 고모, 곧 〈新里
〉, 〈土山 고모〉와 〈큰골 고모〉등이다. 이들 고모의 심상은 그 앞과 뒤에 붙
은 여러 연쇄적 말들을 통해 아주 토속적인 느낌을 주는 동시에 알게 모르
게 식민지적 궁핍에 시달리는 생활의 냄새도 풍긴다. 결국 백석은 매우 사
적이며 주정적인 쪽으로 기울 수 밖에 없는 서정시를 통해서도 고향의 올
바른 심상을 세우기에 기여하고 있는 셈이다. 이와 똑같은 이야기가 〈七月
백중〉에도 그대로 성립된다. 얼핏보아도 나타나는 바와 같이 이 작품의 제

재가 되고 있는 것은 우리 전통 사회의 세시풍속이 되고 있는 백중날이다. 전반부에서 그것은 적지 않게 들뜬 가락으로 노래되어 있다. 물론 여기서 주인공은 마을의 새악씨들이다. 그런데 이들은 〈생모시치마 천진푀치마, 물팩치기 껑추렁한 차마에/ 쇠주푀적삼, 항라적삼의 자지고름이 기드렁한 적삼에/ 한끝나게 상나들이 옷을 있는 대로다 내 입고〉에서 나타나는 바와 같이 상당히 고향 지향적인 몰가치의 세계를 이룬 듯 보인다. 그러나 이것으로 〈七月 백중〉이 지난 날의 고향이나 우리의 지난날에 대한 조건 없는 찬사 보내기 시로 오해되어서는 안 될 것이다.

백석의 이 시는 두 가지 점에서 독특하다. 우선 이 작품은 판소리 사설처럼 어세를 빌려 대상을 사실적으로 이야기하는 대신 한바탕 주워섬기 식으로 여러 소재들을 이끌어 들인다. 다음 또하나 주목되는 것이 그 제작 기법이다. 초기의 몇 개 작품에서 백석은 현대시의 요체가 되는 관계 설정을 대충 행 단위로 시도했다. 가령 〈定州城〉에서 〈헐리다 남은 城터 / 반딧불이 난다 파란魂 같다〉. 다음에 〈어데서 말 있는 듯이 크다란 山새 한 마리 어두운 골짜기 난다〉가 그 단적인 보기가 된다. 그런데 〈七月 백중〉에서는 그 관계 설정이 작품을 두 동강 낸 상태에서 이루어지고 있는 것이다. 이미 지적한 바와 같이 백중 날의 주인공들인 새악씨들은 이 작품의 〈고개를 몇이라고 넘어 백채일 치듯 하였는데〉에까지 그 가락에 젖어 나온다. 그러나 그 다음 자리에서 그런 어세는 일변하는 것이다. 〈...송구떡을 권하거니 먹거니 하고/ 그러다는 백중 물을 내는 소내기를 함뿍 맞고〉가 그 좋은 보기이다. 뿐만 아니라 이 작품 마지막 부분은 더욱 주목된다. 〈아끼는 옷을 다 적시어도 비는 씨원만 하다고 생각한다〉. 본래 우리 판소리 사설에서는 그 가락이 이야기의 전후문맥을 벗어나 그 자체로 의의나 의미를 갖는다. 거기서 선과 악이라든가 흥하고 망하는 일, 비판과 긍정등은 부차적인 일일 뿐이다. 그런데 여기서도 비를 맞은 여인들이 오히려 제멋에 겨워한다. 이렇게 보면 〈七月 백중〉은 그 가락을 통해 토속적인 정신 풍토를 한바탕 펼친 작품이다.

작품 南新義州 柳洞 朴時逢方

어느 사이에 나는 아내도 없고, 또,
아내와 같이 살던 집도 없어지고,
그리고 살뜰한 부모며 동생들과도 멀리 떨어져서,
그 어느 바람 세인 쓸쓸한 거리 끝에 헤매이었다.
바로 날도 저물어서,
바람은 더욱 세게 불고, 추위는 점점 더해 오는데,
나는 어느 木手네 집 헌 삿을 깐,
한 방에 들어서 쥔을 붙이었다.
이리하여 나는 이 습내 나는 춥고, 누긋한 방에서,
낮이나 밤이나 나는 나 혼자도 너무 많은 것 같이 생각하며,
딜옹배기에 북덕불이라도 담겨 오면,
이것을 안고 손을 쬐며 재 우에 뜻없이 글자를 쓰기도 하며,
또 문밖에 나가디두 않구 자리에 누어서,
머리에 손깍지벼개를 하고 굴기도 하면서,
나는 내 슬픔이며 어리석음이며를 소처럼 연하여 쌔김질하
는 것이었다.
내 가슴이 꽉 메어 올 적이며,
내 눈에 뜨거운 것이 핑 괴일 적이며,
또 내 스스로 화끈 낯이 붉도록 부그러울 적이며,
나는 내 슬픔과 어리석음에 눌리어 죽을 수밖에 없는 것을
느끼는 것이었다.
그러나 잠시 뒤에 나는 고개를 들어,
허연 문창을 바라보든가 또 눈을 떠서 높은 턴정을 쳐다보는
것인데,
이 때 나는 내 뜻이며 힘으로, 나를 이끌어 가는 것이 훨씬

힘든 일인 것을 생각하는 것인데,

이렇게 하여 여러 날이 지나는 동안에,

내 어지러운 마음에는 슬픔이며, 한탄이며, 가라앉을 것은 차츰
앙금이 되어 가라앉고,

외로운 생각만이 드는 때쯤 해서는,

더러 나줏손에 쌀랑쌀랑 싸락눈이 와서 문창을 치기도 하는 때
도 있는데,

나는 이런 저녁에는 화로를 더욱 다가 끼며, 무릎을 꿇어 보며,

어니 먼 산 뒷옆에 바우섶에 따로 외로이 서서,

어두어 오는데 하이야니 눈을 맞을, 그 마른 잎새에는,

쌀랑쌀랑 소리도 나며 눈을 맞을,

그 드물다는 굳고 정한 갈매나무라는 나무를 생각하는 것이
었다.

해석 · 비평

이 작품은 대한민국정부 수립 후 許俊의 소개로 『學風』에 게재된 것이
다. 당시는 아직 신생 대한민국정부가 정치나 국제 외교, 국내의 치안에
고루 신경을 쓸 겨를이 없었다. 그리하여 북쪽의 시인 백석의 시가 남쪽
월간지에 발표될 수 있었다. 또한 이 작품을 잡지에 소개한 許俊은 백석과
특수한 관계의 사람이었다. 그는 고향이 백석과 가까운 고을인 평안북도
용천이었다. 그리고 비슷한 무렵에 동경 유학을 떠나 백석이 아오야마학원
에 다닐 때 그는 호오세이(法政)대학에 적을 두었다. 뿐만 아니라 두 사람
은 거의 비슷한 무렵에 조선일보 근무를 했다. 그는 처음 시를 썼으나,
1936년『朝光』에 〈탁류(濁流)〉를 발표하면서 소설로 방향을 바꾸었다. 그
의 소설은 심리주의계에 속하는 것으로 근대 단편의 정석인 적확한 플롯

감각이라든가 성격 묘사를 뒷전으로 돌리고 자의식의 세계를 파헤치는 기법을 택한 것이다. 당시 우리 소설 문단은 김동인이나 이태준이 주도하고 있었는데 그 기법은 근대적인 것에 치중한 경우였다. 거기에 새로운 충격을 가한 것이 박태원이나 최명익이었는 바 허준의 소설 역시 그 물줄기에 가세한 것이었다. 특히 그의 소설은 멋을 지닌 문장이 특색이었는데 이 점이 시에서 새로운 스타일을 만들어낸 백석과 의기 투합한 관계를 이룬 듯 보인다. 그리하여 일찍 편지와 함께 우송되었을 것으로 짐작되는 이 작품이 그의 손에 의해 『학풍』에 소개된 것이다.

그의 다른 작품이 그런 것처럼 이 작품에도 방언에서 차용된 듯 생각되는 여러개의 백석식 시어가 나온다. 우선 〈딜옹배기에 북덕불이라도〉에서 〈딜옹배기〉는 〈아주 작은 자배기〉를 가리킨다. 또한 〈북덕불〉은 검불이나 잡초를 태워서 이루어진 불이며 〈나줏손〉은 〈저녁무렵〉이다.

한편 이 작품은 다른 백석의 작품에 비해·기법이 다소 다르다. 〈定州城〉이나 〈山地〉, 〈여우 난 골 族〉, 〈七月 백중〉등은 그 제재가 백석 자신이 아니라 제2의 것들이다. 그들은 문자 그대로 객체이므로 간접 화법을 쓴다든가 과거 시제화시킬 수 있는 대상이다. 그럼에도 거기서는 엄연히 현재 시제가 기본이 되어 있는 것이다. 그에 반해서 이 작품은 백석이 자기 자신을 노래의 대상으로 삼은 경우다. 그럼에도 각 문장의 종결 어미는 과거 시제로 끝났다. 본래 우리 자신은 스스로의 이야기를 하는 경우 심하게 감정을 개입시키게 된다. 거기다 서정시 자체가 자신의 감정을 표출하는 양식이다. 그런데 과거 시제는 역사 기술의 바닥에 깔린 문장 형태다. 그것으로 소재와 객관적인 거리를 갖게 되는 것이다. 이렇게 보면 이 작품에 나오는 과거 시제나 종결 어미의 사용은 백석이 그의 작품에 끼어들기 쉬운 감정 일변도의 분위기를 배제하기 위해서 의도적으로 쓴 것임을 알 수 있다. 다음 또하나 주목되어야 할 것이 이 작품의 마지막 부분이다. 여기서 백석은 한반도의 북쪽 변두리에까지 떼밀린 자신을 돌아보며 일종의 고독감에 사로잡혔다. 그리고는 저녁 무렵 나그네가 느끼는 겨울 정조를 다음과 같이 노래하고 있는 것이다.

나는 이런 저녁에는 화로를 더욱 다가 끼며, 무릎을 끓어 보며,
어니 먼 산 뒷옆에 바우섶에 따로 외로이 서서,
어두어 오는데 하아아니 눈을 맞을 그 마른 잎새에는,
쌀랑쌀랑 소리도 나며 눈을 맞을,
그 드물다는 굳고 정한 갈매나무라는 나무를 생각하는 것이었다.

앞 경우가 그랬던 것처럼 이 부분에도 백석이 의도적으로 쓴 향토어들이 있다. 〈어니〉는 물론 〈어느〉의 북쪽 사투리다. 그리고 〈갈매나무〉는 李東洵 교수가 밝힌바, 〈키가 2m쯤 자라는 낙엽 활엽 교목으로 경북·충남 이외의 우리나라 전역〉에 분포하는 나무라는 것이다. 이것으로 백석은 자신의 심상을 어느 산 속에 싸락눈을 맞으며 선 갈매나무와 일체화 시키고 있다. 그리고 이것으로 우리는 백석이 타고난 서정시인임을 실감하게 된다. 이 부분이 나오기 전까지 우리는 이 작품에 임한 백석의 기법에 대해서 상당히 의아한 느낌을 품게 된다. 그것이 서정시일 이 작품에서 무엇 때문에 백석이 지루하게 자신의 궁핍한 모습을 길게 내세웠는가 하는 점이다. 이 작품이 그런 것으로 끝났다면 그것은 신문기사에도 이르지 못한 개인적 넋두리의 서투른 형태가 되었을 것이다. 그러나 지루하게 생각되는 그 준비 과정을 거쳐 이 부분을 통해 백석은 마침내 변두리 지방의 나그네 신세가 된 자신을 갈매나무와 일체화시켰다. 그리고 그 갈매나무는 백석의 그 무렵 개인이 겪은 생활 체험과 함께 당시 우리 민족 전체가 겪은 고난의 심상을 동시에 수반시킨다. 그리하여 이 작품 역시 일제 암흑기의 어득신한 분위기까지를 거느린 희귀종 서정시가 되어 있는 것이다.

문학사 메모

8·15직후 얼마동안 백석은 북쪽 문단에서 활동했다. 그러나 그 쪽 문학사에는 일체 그 무렵의 백석에 대해서는 언급이 없다. 이것은 백석이 목

적의식 일변도의 작품을 쓰지 못한 탓으로 보아야 할 것이다. 그러나 일제 시대의 그의 작품은 위에서 본 바와 같이 간접적으로는 식민지적 궁핍상을 다룬 단면을 지닌다. 그럼에도 그들 역시 이북 문학사에서는 전혀 언급이 없다. 이런 현상은 두 가지로 그 원인이 추정될 수 있다. 북쪽 문학사는 일 제 치하의 경우 김일성의 개인 저작을 정점으로 한 계급문학사다. 그런데 그 무렵 백석은 직접적으로 그런 일에 관계하지 않았다. 이것이 북쪽 문학 사에서 백석이 소외된 첫째 이유가 될 것이다. 다음 또하나의 이유는 북쪽 의 문학사가들이 지닌 바 비평능력 자체에도 있는 듯 보인다. 그들 문학사 는 예외없이 모든 작품의 내용을 직접적으로 사회, 역사에 대응시키고 있 다. 그 이상의 기술이 이루어지지 못한 것을 보면 그들에게는 시의 필수 요건인 언어의 함축적 의미 파악이 불가능한 것이다. 이것이 북쪽 문학사 에서 백석의 시가 소외된 또 하나의 이유일 것이다.

참고문헌

시 집, 『사슴』(자비출판, 1936).

李東洵, 『白石詩全集』(창작사, 1987).

吳章煥, 〈白石論〉, 『風林』(1937. 4).

崔斗錫, 〈백석의 시세계와 창작방법〉, 『우리 시대의 문학 』(1987).

金允植, 백석론, 허무의 늪건너기, 『우리 소설을 위한 변명』(고려원, 1990).

고현진(편), 『백석』(세미, 1996).

김용직, 『한국현대시인연구』(서울대출판부, 2000).

여상현(呂尙玄)

(1214 ~   )

본명은 呂尙鉉. 필명을 여성야(呂星野)로 한 적도 있다. 전라남도 화순군 동면 천덕리에서 출생. 1935년 고창고보를 졸업. 1936년 서정주가 주재한 『詩人部落』에 참가하여 〈장(腸)〉, 〈호텔 앞 광장〉, 〈법원과 까마귀〉 등 세편을 발표. 1937년에는 『子午線』 동인이 되었다. 1939년 연희전문학교를 졸업. 일제 암흑기에는 『國民文學』에 〈공작〉을 발표했으나, 그 내용은 국책문학과 거리를 가지는 것이었다. 8·15후 조선문학가동맹에 가입, 그 시부 위원과 서기가 되었다. 이때에 〈農軍의 노래〉 이하 몇편의 경향시를 발표했다. 대한민국정부 수립과 함께 전향. 한때 『서울신문』교정 부장으로 근무, 6·25때 월북했으나 그 이후의 활동상은 포착되지 않는다.

직품 아카시아만 남기고

아카시아 숲이 욱어진 언덕
낡은 二層 집엔
아침마다 窓을 올리며 어른대는 洋女가 있어서
봄이면 말이지
몹시도 들뜨는 마을의 사내들
산양개처럼
산양개처럼

西洋집 밑에 사는 조선집 젊은 사내들
빨간 넥타이
마코의 煙氣
도·레·미·파를
도·레·미·파를
봄바람 속에 날리는 것
애써 微笑까지도
애써 微笑까지도

그랬든 것이었으나
그랬든 것이었으나
濟物浦로 왔으니
다시 濟物浦를 거쳐서 가는 것
洋女—
고려자기 몇조각을 손수건에 싸들고
해필에 눈보라 치는 겨울 날로
배를 타는 데

배를 타는 데
조선집 사내들은 하나도 없이
아카시아 나무를 심어만 놓고
洋女가 없는 아카시아 마을
다시 봄이 왔구나
西洋집 울안에 꽃 꽃 꽃
꼬마둥이 녀석들이 한아름 꺾어 왔다
洋菓子 냄새가 물신난대서
할머니 할어버질 한바탕 웃겼다

직픔 孔 雀

우수수 꼬리를 떨면
여울 물살 쏟아지는 소리 무지개를 이루고

촤르르 꼬리를 펴면
佛祠, 印度의 화려가 아련거린다.

조심 조심 모래밭 길에
女王처럼 아장거리는 異國의 가을

때때로 들려오는 獨立萬歲의 아우성소리
한발 접어들고 귀 기우려 듣는 청승

때마침 산보를 나온 駐屯 美兵이 한명
이 죄그마한 異彩를 한동안 지키고 있다.

해석 · 비평

　〈아카시아만 남기고〉는 일제 말기에 쓴 呂尙玄의 작품이다. 가락이 경
쾌하고 내용에 시대 상황이 인식된 자취보다 기교가 앞선 단면을 들어내
는 것이 특징이다. 8·15 후 여상현이 문학가동맹에 참여하고 반미투쟁
을 벌린 사실과 관련해서 이 작품을 반전적인 것으로 읽으려는 시도도
있다. 그런 발상은 이 작품의 무대 배경이 감안되는 경우에 나온 것이다.
태평양 전쟁이 발발하면서 일제는 한반도에 있는 영미계 사람들을 적성
국민으로 간주 그 모두를 일정지역에 감금하거나 본국으로 추방했다. 여
기서 〈아카시아만 남기고〉의 여자 주인공은 그에 해당되는 것으로 추정
된다. 이 작품은 일제의 비인도적 처사를 직접적으로 지직힐 수 없는 시
기에 간접적으로나마 외국인 추방의 사실을 건드리고 있다. 뿐만 아니라
이 무렵 일제는 우리 청장년들을 지원병, 보국대로 깡그리 끌고 갔다. 그
런데 〈조선집 사내들은 하나도 없이〉로 그런 사실 역시 간접적으로 암시
되어 있다. 이 시를 반전시로 보는 견해는 이런 사실에 관계를 갖는다.
그러나 이런 해석은 문자 그대로 속류 사회학적 단견이다.
　우선 이 시가 반전·항일 저항시의 경우가 되기 위해서는 적어도 추방
된 외국인에 보내는 동정심이 바닥에 깔려 있어야 한다. 그런데 여기서 그
외국인은 〈洋女〉로 지칭되어 있고, 그 심상에도 연민 같은 것은 전혀 없
다. 다음이 시가 반전 시일 수 있기 위해서는 무엇보다 강제 연행된 〈조선
청년〉의 심상에 짙은 아쉬움이 나타나야 한다. 그런데 전반부에서 그 심상
은 아카시아의 강한 향기와 일체가 될 정도로 원색적이다. 그리고 마지
막 자리에서 그것은 다시 〈꼬마둥이 녀석들이 한아름〉 꺾어 온 꽃으로
전이되어 나타나는 것이다. 이 시가 만약 반전의식을 그 바닥에 깐 것이
라면 여상현이 한반도에 남은 한국인의 표상으로 등장시킨 할머니 할아
버지가 그것을 보고 웃을 리가 없다. 그들은 적어도 어두운 표정으로 나
타나거나 풀이 꺾인 모습으로 제시되어야할 것이다. 이렇게 보면 이 시

는 반전 시이기 이전의 좀 육감적 심상을 지닌 서정시일 뿐이다. 이런 생각은 여상현이 『國民文學』에 실은 〈孔雀〉을 검토해보면 더욱 명백해진다. 참고로 『국민문학』에 실린 이 작품의 원형은 다음과 같다.

우수수 꼬리를 떨면
여울물살 쏟아지는 소리 무지개를 이루고

촤르르 꼬리를 펴면
佛祠, 印度의 화려가 아련 거란다

日曜日 散步도를 나온 누으런 兵丁이 한명
이 조그만 異彩를 한동안 노리고 있다.

이것을 8·15후 시집을 낼 때 여상현이 손질을 가한 것과 대비시켜 보면 몇 군데에 개작이 이루어졌음을 알 수 있다. 3연으로 된 원작이 5연으로 개작되었다. 그리고 셋째 연은 얼핏보면 동물원의 공작을 좀더 신선하게 심상으로 제시한 부분으로 생각된다. 그러나 실에 있어서 그것은 다음에 나오는 독립만세에 역점을 두기 위한 절차 같은 것이다. 원작에서 이 작품의 주인공 격인 공작은 아무리 덤을 언저도 이국의 새인데 그친다. 그런데 개작에서는 그것이 해방된 한국의 의식을 반영하는 상관물이 되었다. 이렇게 보면 앞 연의 가을은 8·15를 거친 계절을 가리킨다. 그리고 마지막 연의 〈누어런 兵丁〉이 〈駐屯 美兵〉으로 고쳐짐으로써 이 작품은 뚜렷이 시대의식의 반영으로 탈바꿈한 것이다. 결국 일제 말기에 여상현은 상황의식을 접어둔채 기교파의 단면을 지닌 시를 쓴 셈이다. 그 단적인 증거가 되는 것이 〈아카시아만 남기고〉이며 〈孔雀〉이다.

작품 榮山江

진달래 뿌리를 스쳐
가난한 마슬의 토담을 돌아
열두골 샅샅이 모여든
榮山江 오백리 서러운 가람아

먼 天心처럼 푸르고
어질디어진 靑春의 마음인 듯
푸른 바다로 푸른 바다로 가는 길이기에
밤낮없이 흘러가며
하냥 여울져 가느다란 경련을 일으킴이여

봉건의 티끌 처마 밑마다 쌓여 있고
제국주의 외적의 탯줄을 붙들어
지극히 영특한 〈뿌르〉의 웅거지
여기 전라도 부호가 사시고
여기 또 전라도 소작인, 선비의 자식, 상놈
사철 검정 무명 치마의 가시내도 무수히 산다.

소리 잘 한다는 전라도 사람
北聞島며 大阪이며 지향 없이 떠나갔던 이민들
소리도 없이 흐느꼈던 눈물에 섞여
구비 구비 영산강은 흘러가는 것이다.

한발과 홍수의 천재를 뉘 원망하랴
〈東拓〉의 손아귀를 뉘 막아내랴

왜병의 얕은 예측 상륙 작전은 더구나 무서운 전율의 백일몽
이었던가
돈이요 논이요 중추원참의라
쇠잔한 목숨들은
사뭇 궁하면 兵事係 면서기 성님이라도 있어야 했다.

기름진 국토, 늘어가는 헐벗은 계급이 있어
山에 올라 사슴도 될 수 없고
때론 풀 뜯는 송아지 뛰는 물고기도 부러운
人生의 크나큰 서름에
바다로 푸른 바다로 모두 해방을 찾았다.

오 얼마나 목메여 찾던 해방이었던가
바둑돌과 절벽밑을
크고 작은 들판과 어름짱밑을 감돌아
영산강 줄기찬 물결을 모르랴마는
바다는 아직도 저 먼곳에 있음인가
진정 눈앞에 해방이 없다

가을 햇볕에 항쟁의 피도 엉키었고
왜적과 더불어 호화롭던 놈이
또한 호화로운 外出이 잦어도
담양 죽세공, 화순 탄광부, 나주 소반공
도적이 버리고 간 옛땅만 바라볼 뿐인 무수한 농민들

봄이 오면 제비 날르고
풀뿌리 캐서 연명할 서름
열 두 골 줄기 줄기 모여든
예나 다음 없는 영산강 오백리 서러운 가람이여.

해석·비평

8·15를 맞고 나서 呂尙玄은 얼마동안 자유로운 입장에서 문학을 생각한 것같다. 그 구체적 증거가 되는 것이 『해방기념시집』에 그의 작품 〈봄날〉을 발표한 점이다. 그 발행자는 우파 보수 문화인들의 모임인 중앙문화협회였다. 뿐만 아니라 〈봄날〉의 내용 역시 〈바구니 낀 개집애들은 보리밭 고랑으로 기어들고/ 까투리는 쟁기 꼬리를 물고 山기슭을 내리는구나〉라든가 〈城隍堂 돌무데기 욱어진 찔레너머(?)엔/ 한철 하─얀 조이쪽이 나폴거리더니 꽃이 피였네/ / 느티나무 아래 빨간 自轉車 하나/ 자는 듯 고요한 마을에 무슨 소식이 왔다〉에서 들어나는 바와 같이 이데올로기와는 무관한 서정시다. 그런데 해가 바뀌고 문학가동맹이 전국 조직으로 확대된 1946년도에 이르러 여상현은 급격히 계급주의 족으로 쏠린다. 전국문학자 대회에서 그는 洪九, 박찬모, 이봉구, 金永錫 등과 함께 서기로 뽑혔다. 그리고 같은 해 공산당 지령 하의 9월 총파업과 10월 항쟁을 거치면서 급격히 좌파 이데올로기 선전, 선동 시를 쓰는 것이다.

〈榮山江〉은 1947년 10월호 『新天地』에 발표된 작품이다. 이 작품은 이무렵 여상현이 지닌 이데올로기를 반영하고 있다. 여기서 영산강은 단순하게 호남의 벌판을 흐르는 자연의 일부가 아니다. 전반부에서 나타나고 있는 것처럼 그것은 농민, 곧 가난한 사람들의 생활 터전이며, 수탈과 착취에 시달리는 서민들의 원한을 표상하는 강이기도 하다. 특히 후반부의 한 부분인 〈바다는 아직도 먼 곳에 있음인가/ 진정 눈앞에 해방이 없다〉라든가, 〈왜적과 더불어 호화롭던 놈이/ 또한 호화로운 外出이 잦어도〉등은 주목을 요한다. 이것은 미군의 관리 체제 아래 놓인 당시의 남한이 친일파가 득실거리는 곳이며 일제가 물러간채 또 다른 형태의 식민지 상태에 놓였다고 본 것이다. 이런 이데올로기 문제에 곁드려 도하나 주목해야 할 것이 이 작품의 형태, 구조다. 8·15 이전 여상현의 시는 이미 나타난 바와 같이 기법에 관심을 지닌 것이었고 모더니즘의 단면이 드러나는 경우였다.

그것이 이 작품에서는 180° 바뀌어 대부분의 말들이 서술적으로 쓰였다. 또한 이야기 줄거리 같은 것을 지니고자 한 자취를 들어낸다. 이른바 역사, 현실을 수용하기 위해서 단편 서사시 양식으로 이동이 이루어진 셈이다. 그러나 여상현의 이런 시도는 그 후에도 계속되지 못했다. 1947년부터 남한에서 좌익은 전면 규제, 추방되었고 그 파장은 여상현이 소속한 문학가동맹 쪽에 강하게 영향을 미쳤다. 그리하여 여상현은 자신의 행동 노선을 유보, 내지 포기하는 전향의 길을 택하지 않을 수 없었다.

문학사 메모

6·25 때 呂尙玄의 월북은 다분히 타율적인 느낌이 드는 경우다. 1949년 12월 2일자 조선일보를 보면 그는 정지용, 설정식, 김철수 등 문학가동맹 소속 시인들과 함께 보도연맹에 가입한 것으로 나타난다. 보도연맹 가입자는 북쪽에서 보면 반역자들이다. 반역자들의 월북을 그쪽에서 달가워하지 않는 줄 잘 알고 있는 전향자 출신 여상현이 즐겨 북행 길을 택할 리가 없었던 것이다. 또한 그의 부친인 呂奎炳은 6·25 직전까지 고향에서 면장으로 재직했다고 한다. 이것은 그가 우파 인사였음을 뜻한다. 그러니까 여상현은 북쪽에서 환영하지 않는 소부르주아 계층에 속해 있었다.

참고문헌

시집, 『七面鳥』(정음사, 1947)
朴洪元, 〈呂尙玄論〉, 『表現』(18)(1990. 6)
蔡洙永, 〈시대수용과 시인의 고뇌, 呂尙玄論〉, 『解禁詩人의 精神地理』(트티나무, 1991)
金容稷, 『해방기 한국시문학사』(민음사, 1989)

제4편

후발 경향시의 향방

김용제(金龍濟)

이 흡(李 洽)

설정식(薛貞植)

이용악(李庸岳)

이정구(李貞求)

김용제(金龍濟)

(1909. 2. 3 ~ 1994. 6. 21)

　　호는 지촌(知村). 일제 때의 창씨명은 가네무라(金村龍濟). 충청북도 음성
에서 출생. 1927년 고학을 목적으로 일본에 갔다. 1930년 일본 추우오대학
(中央 大學)을 중퇴하고 우유 배달 등의 노동생활을 실제로 체험하면서 프롤
레타리아 문학운동에 투신하였다. 1929년『新興詩人』 신인 현상 모집에〈鴨
綠江〉이 당선되면서 일본 좌익 문단에 등단하고『나프』,『프롤레타리아 文
學』,『文學案內』등의 지면에도 프로시를 발표. 특히『나프』지에 발표한 일문
시〈사랑하는 대륙〉은 그의 민족적, 역사적인 정열이 담긴 대표적 작품으로
평가를 받았다. 또한 후에 일본 츠키지 소극장에서 극화, 상연되기도 했다.
　　일본 프로시인회 간사, 일본 프로 작가동맹의 서기, 조선문인보국회 상
무이사 등을 역임했다. 일본에 있을 당시, 좌익 문학 활동으로 1932년 6
월 3차 검거되어 4년을 복역, 출옥 후 반년만에 4차 검거에 걸려 한국으
로 추방되었다. 1939년 귀국 후에는 주로 평문을 쓰면서 카프의 창작 방
법 논의에 참가. 1930년대 후반부터는 친일 문학 활동에 나서 제 2차 대
동아문학자대회에 유진오, 최재서 등과 함께 참가했고, 일문 시집『아세
아 시집』으로 제1차 총독 문학상을 수상하기도 했다. 한편, 1978년『한
국문학』 8월호에 자신의 "친일 문학적인 행적이 위장 친일"이며 정치·사
상계의 친일파 거두 朴熙道가 경영하던 인문 월간지 東洋之光社에서 주간

겸 편집국장으로 일한 것도 같은 맥락의 일이라고 주장했다. 『告白的 親日文學論』, 1945년 5월에는 시집, 『山無情』을 대신문화사에서 간행했다.

직품 사랑하는 大陸아

굶주린 平原
그것이 너의 가슴의 벌판이다
붉게 벗어진 山脈 그것이 너의 앙사한 등뼈대다
어머니의 품— 너의 자장가 寢床은 상처투성이
……死體로 즐비
鮮血에 홍건히 물들어서……
아아 植民地 地獄의 山野에는
한방울 물을 길을 自由도 없고
한다발 나무를 할 草木도 없다

굶주린 平原에 납작 주저 앉은
볏집 지붕밑 어둔 溫突房 속에
어떤 生活의 呻吟이
어떤 슬픔의 자장가가 있느냐
그리고 그 도가니에서 끓어오르는 鬪爭歌— 너의 정당방위에
어떤 殘惡한 强壓의 피가 흐르는가
우리의 어머니인 너 대륙은 알고 있다
너의 憤激은 大陸의 暴風
그 暴風에 불타는 불길을
日本海의 寒流놈이 끌 수 있으랴
植民地 가난한 백성의 叛逆의 山 사태를
帝國主義의 砲台놈이 막을 수 있으랴

大陸의 胴體를 뒤흔든다는 荒凉한 가을 바람이
식민지의 벼이삭에 슬프게 불어댄다.
이 10月의 싸늘한 空氣에
獄에 갇힌 아들들은
그리운 어머니 너의 젖가슴 내음을 가슴 깊이 마시며
벌레 먹은 獄庭樹의 단풍진 잎에
붉은 囚衣의 빛을 침통하게 견주어 보리라

사로잡힌 戰士— 獄中의 아들들을
사랑과 平和에 빛나는 품안에
되찾아 포옹할 그날을 잊지 마라

오오 어머니인 너
사랑하는 大陸아
너의 아들들을 激勵해서
植民地 가난한 民族의 忍苦의 노래를
國境 넘어 먼 저쪽—
세계의 心臟까지 힘차게 울려라

해석·비평

이 시는 1931년 『나프』 10월호에 바표한 것으로 세계 프롤레타리아 혁명의 완수와 민족 해방의 의지를 강렬하게 드러낸 작품이다. 당시 식민지 조선의 현실을 〈굶주린 平原〉과 〈붉게 벗어진 山脈〉 등으로 표현하고, 거기에는 〈한방울 물을 길을 自由〉도 〈한 다발 나무를 할 草木〉도 없는 것으로 나타냈다. 그것으로 〈우리의 어머니인 대륙〉, 곧 조국과 〈옥에 같힌 아들〉을 대비해 민족의 궁핍성과 그에 대한 울분을 비장하게 드러내고 있다. 시인은 식민지의 상황을 울분이나 좌절의 주관적인 내면으로 해소시키지 않고, 〈국경 넘어 먼 저쪽 세계의 심장까지 힘차게 울려라〉라고 노래함으로써 민족 해방의 의지를 그 나름대로 표현하고 있는 것이다. 카프 맹원들의 시가 대개 목적의식과 계급의식을 생경하게 드러낸 데 비해 김용제가 동경 시절에 쓴 시는 그 성향이 다르다. 〈현해탄〉, 〈晴天〉 등의 시는 뚜렷한 계급의식 보다는 민족의식을 담고 있는 점이 특징적이라 할 만하다. 이에 대해 일본 와세다대학 오무라(大村益夫) 교수가 1977년에 쓴 〈詩人, 金龍濟의 軌跡〉이라는 글이 있다. 거기에는 "형식은 비록 프롤레타리아 문학이지만 내부의 알맹이는 민족문학이다"라는 생각이 피력되었다. 이러한 점은 그가 프로문학을 '낭만적인 민족문학'으로 인식했을 공산이 있음을 뜻한다. 또한 그가 귀국 후 林和 등과 〈낭만주의론〉을 전개했던 것과도 관련을 가지는 것으로 보인다. 그러나 '위장적인 친일 문학'이라는 그의 주장의 성립가능은 미약하다.

문학사 메모

  김용제가 일본에서의 좌익 문학 활동으로 한국에 추방당했을 때, 한국에서는 카프 비평가들이 사회주의 리얼리즘을 둘러싸고 각자의 길을 모색하면서 전형기를 맞고 있었다. 이 때 김용제는 '사회주의적 리얼리즘이 설사 종합적 스타일지라도 그것은 어디까지나 사회적 사상적 입장에서 진실을 그리는 리얼리즘'이라는 주장의 편에 서서 자신의 논의를 전개해 나갔다. 〈문학에 있어서의 진취적 낙천주의〉(『조선중앙일보』 1936.9.22~27), 〈조선 문학의 신세대—레아리즘으로 본 휴머니즘〉(『동아일보』1937.6.11~16), 〈리아리즘 문학 전개론〉(『동아일보』 1937.9.14~16) 등의 글을 통해서 그는 〈한강에는 꽃잎도 떠있듯이 혁명에도 낭만은 있을 수 있으나 한강의 주류는 어디까지나 리얼리즘이며 이것만이 바른 길〉임을 경직된 목소리로 주장했다. 임화가 〈낭만주의론〉을 주장하다가 자기 비판을 함으로써 리얼리즘의 길로 귀환한 데 비해 김용제의 〈낭만주의론〉은 어떤 사상적 필연성에서 온 것이라고 보기는 어렵다. 이러한 김용제의 낭만적 현실 인식 태도는 그 이후 그의 행적에 대한 설명에도 상당한 암시를 준다.

한편, 한국문학사에 있어 '친일문학'의 존재는 부끄러움이자 당혹스러운 일이다. 이 경우 김용제는 그 중심부를 차지한다. 해방 이후 이른바 〈친일문학자〉들은 일제 시대의 자신의 친일 행위에 대해 그 나름대로의 변명과 논리적 근거를 내세우면서 스스로의 행위를 합리화 시키고자 했다. 이광수의 경우는 〈나의 告白〉을 통해서 〈민족을 위한 친일〉이라는 거창한 구실을 내세웠다. 채만식은 『민족의 罪人』이라는 소설에서 〈민족의 죄인〉과 〈죄인의 민족〉이라는 문제를 제기하기도 했다. 그러나 이들은 모두가 본질적이고 궁극적인 문제에 다가 서지는 못 했다. 8·15직후부터 우리 문단에서는 친일에 대해 시인, 작가의 내적인 자기 고민이나 지난 역사에 대한 반성보다는 민족문학건설이라는 거대한 구호가 그에 대치 되어온 느낌이 있다. 김용제는 자신의 친일 행위에 대해 해방 직후에는 절필로써 그것을 자책한 바 있다. 그리고 시간이 흐르자 그는 『방랑 시인』(개처사, 1953) 『김립 방랑기』(개척사, 1953), 『소월 방랑기』(정음사, 1959), 『임격정』(대한출판사, 1966)등의 소설류를 쓰면서 친일과 반역의 문제에 간접적인 참회의 정을 나타냈다. 다음은 그가 李光洙에 대해 쓴 시의 전문이다.

그리운 李光洙의 良心은
'나의 告白'을 피토해서 썼다
民族의 原罪와 싸우고 가신 넋

小心한 나는 解放後 33年만에야
비로소 벙어리 입을 열어 본다
反民獄中에서도 한 마디 변명 안한
僞裝 親日文學의 獨立運動 秘密을

한여름 또약볕에 타면서
生命熱만의 털같은 다리로
公罪도 모르며 地球를 굴린 自然兒
너의 이름은 이땅의 개미새끼다
울분과 生死를 모르던 나의 노래처럼

부끄러움 모르는 僞善들이
罪없고 말없는 개미새끼를
無慈悲게 밟아 죽이려고 하였다
그러나 老兵은 70토록 죽지 않고
沈默의 十字架를 지켜왔을 뿐
이제 아름다운 저녁 노을을 타고
시원한 샘터에 홀로 와서
고백의 허전함을 목추겨 본다

　　여기 나타나는 바와 같이 김용제는 자신의 친일문학에 대해 그것이 위장
이었다는 식의 변명을 했다. 그가 이광수를 〈실리파〉로 보든, 朴熙道를 독립
파로 보든, 혹은 그의 친일행위를 민족을 위한 친일로, 보든 그것은 중요하지
않다. 그가 자신의 친일이 지하독립운동을 위한 방편이었다고 주장한다면 그
논리적 근거가 정당하게 밝혀져야 한다. 말을 바꾸면 그의 친일이 정당화 되
기 위해서는 사실의 객관적 제시가 뒤따라야 한다. 그리고 이것은 김용제 개
인의 문제에 그치지 않고 전향문학, 친일문학의 총제적 문제다.

참고문헌

시　집, 『山無情』(대신문화사, 1954)
告白的　親日文學論, 『한국문학』(1978. 8)
김윤식, 『한국근대문예비평사연구』(일지사, 1976)
김용직, 『한국현대시사』(2) (한국문연, 1996)

이 흡(李 洽)

(1908~?)

충청북도 충주에서 출생. 1927년 서울 보성중학을 중퇴했다. 1933년
1월 『전선(全線)』 1호에서 시 〈피에로의 노래〉, 〈바다를 저주하는 어부〉
등을 발표하면서 등단했다. 1933년 5월에 간행된 『朝鮮文學』의 (주간·
이무영) 편집 책임자였으며 해방 후에는 조선문학가동맹에 가담했다. 그
이후 빨치산 활동을 하다 사살당한 것으로 알려져 있다. 해방기에 그는
문학가동맹 시부에서 발행한 공동 사화집 『三一紀念詩集』에 〈再拜하오
리〉를, 『年刊朝鮮詩集』에 〈뒤따르리라〉 등의 시를 발표한 바 있다.

작品 不安

街路樹 잎사귀는 가뿐 숨을 쉬고
계집은 乳房을 부끄럼도 없이 내놓고
나그네의 허전한 마음은 거리에 헤엄치오.
걸어온 발자욱은 흔적도 없이 스러지고
갈길 또한 蒼白한 불안에 떨으오
스탭도 한숨 섞여 타박타박하오.
찾으랴는 象牙塔도 허리가 부러지고
마음은 가난하고 琵琶조차 목쉬었소.
그 좋아하는 휘파람도 부를 수 없소.

공연히 마음은 바쁘나 발길은 무겁고
흐미한 앞길에 안개 조차 개었는가 아득만 하오.
아! 허전한 마음을 이끌고 어데로 갈건고.

밤은 子正이 넘고 새벽을 지새련만
빛은 東方에서 오고 生活은 마을에서 엄돋으련만
그윽한 두려움에 떠는 都下의 放浪者여!
(丙子年 八月四日 蓬萊旅舍에서)

해석 · 비평

이 작품은 당시의 불안 사조를 반영한 대표적인 詩이다. 이런 불안의
식은 이 무렵의 우리 문단에서 〈막연한 불안감〉을 저류로 형성시키면서
시, 소설 뿐 아니라 비평에서도 나타났다. 이것은 세스토프의 〈비극의 철

학)이 수용된 결과다. 이에 부수되어 나타난 것이 김오성, 백철 등의 휴머니즘론, 최재서를 중심으로 한 지성론 등으로 나타났다. 당시의 이와 같은 불안의식을 반영한 작품으로는 李洽 이외에도 이찬의 〈不安〉, 朴世永의 〈自畵像〉, 楊雲閑의 〈구두〉등이 있다.

이 작품에도 그런 〈막연한 불안감〉이 그 저변에 깔려있다. 이 불안 의식은 소외감, 고립감을 낳아 시인 자신을 '나그네', 곧 이방인의 존재로 인식시킴으로써 시 전체의 어조가 암울하고 무기력한 생각에 가득 차 있다. 이러한 그의 시풍은 그의 후기 시에까지 지속되는 것으로 나타난다. 다른 소장파 카프 시인들과는 달리 李洽의 시가 계급 의식과 목적 의식에 상대적으로 얕은 까닭이 여기에 있다. 이것은 그의 등단 시기가 카프 해산을 목전에 둔 무렵이었다는 사실과 상관관계를 가질 것이다.

작/품 뒤 따르리라

허위 넘어 찾아 돌아오시니
온통 반겨 맞이 하오리

버선 발로 뛰어 나아가
목 얼싸 안고 춤추고

뼈저린 설음에 북받쳐
목 놓아 엉엉 울기도 하였어라

허위 넘어 찾아 돌아오시니
오롯 기쁨에 추하기만 하오리

야윈 그 모습 하 애처로워
통치며 어루만지기만 하오리

의논성스리 머리 맞대고 앉아
깨끗한 새살림을 마련 하오리다
허위 넘어 찾아 돌아오시니
허울 벗기고 새 단장 시키오리

겨레 다 함께 임의 품에 안겨
시샘 없이 사랑을 소곤대오리
거문고 줄 골라 징둥당 타노니
미쁜 소리에 발맞춰 뒤따르리라
함께 뒤따르리라

해석 · 비평

이 작품은 『우리文學』 1946년 3월호에 처음 실렸으며, 문학가동맹시부 위원회에서 펴낸, 『햇불』(1946. 4. 20)과 『年刊朝鮮詩集』(1946. 12. 15)에도 실려 있다. 해방 직후에 쓰여진 대부분의 시들이 그렇듯이 이 시도 해방의 감격과 더불어 새 조국 건설에의 벅찬 희망을 가락에 실어 노래한 것이다. 시기적으로 보아 이 작품은 아직 미·소의 양대 이데올로기의 갈등과 문학가동맹이 투쟁문학의 구호를 뚜렷하게 드러내기 전에 쓰인 것이다. 그리하여 〈의논성스리 머리 맞대고 앉아〉〈깨끗한 새살림을 마련〉할 희망에 부푼 시인의 열망이 어느 정도 드러나 있다.

李洽의 시작 태도는 카프계 시인이라는 사실을 염두에 두지 않는다면 반드시 경향시 계열이라고 판정할 필요가 없는 단면을 지닌다. 〈故鄕〉, 〈마냥 서 있는 밤이 있다〉 등 1930년대에 발표된 서정적이고 감상적인 정감을 드러내는 작품들 뿐만 아니라 해방 이후에 쓰여진 〈피리와 닥터〉등은 다소 초현실주의적인 모더니즘계 시풍을 느끼게 한다. 그의 시는 현실을

직설적으로 노래했다기 보다는 대상을 의식의 세계로 전환시켰다. 여기에
도 나타나는 바와 같이 그의 시는 현실을 객관적으로 노래하기 전에 내면
화시킨 면이 더 강하다. 본래 권환, 임화, 박세영 등의 경향시 해석은 〈주
어진 상황의 객관적인 의미와 인간의 상상 속에서 주관적으로 경험된 상황
사이의 일치〉라는 과제에 집중되어 있었다. 그런 기준으로 보면 이흡의 시
는 한국 경향시의 작품세계에서 한 발짝 비켜 선 것이 된다.

문학사 메모

한국프로詩史에서 일제시대의 경향시를 일별해 보면, 그 전개 과정이 크
게 세 단계로 나누어진다. 첫째 단계가 구카프계였던 팔봉, 회월과 그에 준
하는 시인들의 시, 둘째로는 카프의 방향 전환을 계기로 주도권을 잡게 되는
소장파들, 곧 김창술, 권환, 임화, 박세영, 박팔양 등의 시, 그리고 세 번째
시기가 『카프 시인집』이 나온 이후 활동하게 되는 이찬, 조벽암, 윤공강의
시들이다. 이흡의 시는 이들 셋째 유형의 경향시와 같은 시기가 된다. 이들
의 시는 제2단계의 프로 시와는 달리 생경하고 관념적인 계급의식을 시에서
두드러지게 노출시키지 않았다. 한편, 해방 이후 이흡의 행적은 그다지 알려
져 있지 않으나, 신문학사에서 주최한 창작합평회에 송영, 채만식, 김남천,
이원조, 윤세중, 박영준 등과 함께 나와 사회자의 입장에서 〈문학인의 자기
비판〉 문제와 〈창작 태도〉의 문제를 논한 적이 있다.

참고문헌

시집, 『횃불』(우리문학사, 1964. 4)
시집, 『年刊朝鮮詩集』(어문각, 1964. 120)

설정식(薛貞植)
(1912 ~ 1953)

함경남도 단천에서 출생. 농업학교에 재학 중 광주학생 사건을 주도한 빌미로 퇴학을 당했다. 만주 봉천으로 건너가서(1930) 중학 과정을 그곳에서 마친 것으로 알려져 있다. 1932년 서울 연희전문학교를 졸업. 이 무렵을 전후하여 〈거리에서 들려 주는 노래〉(『東光』1932. 3), 〈새 그릇에 담은 노래〉(『東光』1932. 4), 〈물긷는 저녁〉(『新東亞』1932. 8) 등 시를 발표했으나, 그 수준은 높은 편이 못되었다. 1936년 미국 오하이오주 소재 마운트 유니온 대학에서 영문학 전공. 그 후 컬럼비아대학에서 2년 연구. 전공은 셰익스피어와 낭만주의 시로 전한다. 그런 연구과정이 기틀이 되어 8·15후 『해므릿트』를 번역 발간한 바 있다. 해방과 함께 3·8선 남쪽에 미군이 진주하자 그 영어 실력으로 미군정청 공보처에 취직하여 공보처 여론국장으로 있었다. 한편 조선문학가동맹에 참가하고 이대부터 본격적인 시작 활동을 시작했다. 한동안 문학가동맹의 외국문학 위원장이 되는 한편 그 조직 활동에도 적극 관계하여 반군정 투쟁에도 참여한 바 있다. 6·25 동란으로 월북 휴전회담 때에는 북쪽의 대표로 나타났다. 그 후 남로당 숙청 때 연루되어 반김일성 세력으로 처형되었다.

직품 鍾

萬 生靈 신음을
어드메 간직하였기
너는 항상 돌아 앉어
밤을 직히고 새우느냐

무거히 드리운 침묵이어
네 尊嚴을 뉘 깨트리드뇨
어느 權力이 네 등을 두다려
목메인 嗚咽을 자아내드뇨

권력이어든 차라리 살을 아스라
囹圄에 물어진 살이어든
아 權力이어든 앗갑지도 않은 살을 점이라

自由는 그림자보다는 크드뇨
그것은 영원히 歷史의 遺失物이드뇨
한아름 空虛여
아 우리는 무엇을 어루만지느뇨

그러나 무거히 드리운 忍從이어
洞穴보다 깊은 네 의지 속에
민족의 堪耐를 살게하라
그리고 모든 요란한 法을 拒否하라

내 간 뒤에도 民族은 있으리니

스스로 울리는 자유를 기다리라
그러나 내 간 뒤에도 빼咎은 들리리니
네 破漏를 소리없이 치라

해석 · 비평

　다른 대부분의 일제시대에 등장한 시인들이 그런 것처럼 설정식도
8 · 15 시단에 재등장했다. 일제 시대, 곧 1930년대 초에도 설정식은 얼
마간의 시를 발표한 바 있다. 그 보기 가운데 하나가 되는 것이 1932년
『東光』에 실린 〈바다에서 죽은 사나이〉와 〈안해의 우는 것을 보고〉이다.
〈안해의 우는 것을 보고〉는 일종의 경향시다. 그 내용은 포승에 얼키어
가는 남편인 나를 보고 우는 아내에게 연약함을 꾸짓는 것이 줄거리를
이룬다. 〈안해여 그대는 그날 울지를 않았던가(……) 말른지 오래인 눈
물을 왜 그날은 흘리어/ ×들의 ××로 가는 우리를 섭섭하게 하였는가/
그대여 그날 그대의 눈물이 우리에게 落望을 주어/ 그대 우리의 안해가
어쩌면 그때의 눈물을 흘리었든가〉. 이런 그의 시는 그러나 그후 계속되
지 않았다. 그것은 기법상으로도 진전없이 설정식의 시가 초기의 소박한
단계에 머물러 있었음을 뜻한다. 그 후 설정식이 다시 국내 문단에 작품
을 발표한 것은 1940년대를 접어들고 나서의 일이다. 그는 1940년 10
월호『조광(朝光)』을 통해서 〈현대미국 소설〉을 썼고, 다음해 2월호『인
문평론』에는 〈토마스 울프에 관한 노트〉를 발표했다. 그러나 이것은 비
평이었지 시가 아니었다. 그러니까 그가 8 · 15후 다시 시를 발표하고 시
집『鍾』을 낸 것은 한 때 변죽만 울려 놓은 시를 다시 시작한 새출발인
동시에 설정식이 가장 크게 역점을 둔 정신적 지향이 시에 있었음을 알
린 것이기도 했다.
　한편 이 작품은 문학가동맹의 기관지『文學』의 창간호에 게재된 것이

다. 그런데 그때의 게재 순서가 주목된다. 즉 김기림, 권환, 박세영의 작품 다음에 이 〈鍾〉이 놓여 있는 것이다. 이 순서는 프로 문학운동의 경력이 감안되었다든가 문학가동맹의 조직 활동이 고려된 결과로 보인다. 설정식의 이 작품 다음에는 金光均과 李庸岳의 작품이 계속된다. 이런 사실로 보아 문학가동맹에서 설정식의 시는 상당한 비중으로 다루어졌음을 알 수 있다. 그러나 문학가동맹이 표방한 반제, 인민을 위해 투쟁하는 문학활동의 선상에서 볼 대 이 시가 어느정도 성공적인 것이었나에 대해서는 논란의 여지가 생긴다.

　작품 첫머리에 나타나는 바와 같이 여기서 〈종〉은 부당한 권력의 압제를 참고 견디는 객관적 상관물, 또는 상징이다. 그것은 또한 권력의 압제가 자아낸 밤에 항거하여 스스로의 살을 베이고 저미는 아픔도 불사한다. 그것으로 압제자의 〈요란한 法〉을 거부해 나가는 것이다. 이렇게 보면 이 시가 넓은 의미에서 서민대중의 편에 선 것이며 저항의 작품인 것은 사실이다. 그러나 그런 의도가 기능적으로 이 시에 수용되었다고는 생각되지 않는다. 설정식이 의도한 대로 여기서 〈종〉이 기능적으로 압제에 맞서 사우는 상징이 되기 위해서는 우선 그것이 굴강하고 박진감이 있는 말씨로 노래되어야 했다. 그럼에도 이 작품에는 그에 도움이 되지 않는 〈一뇨〉라든가 〈들리리니〉등 적지 않게 고어투의 어미가 쓰이고 있는 것이다. 이렇게 보면 이 작품에 대한 문학가동맹 측의 이례적 우대는 착오였던 것이다. 단적으로 말하면 이 시는 8·15 후 설정식이 본격 계급시인으로 태어난 것을 알리는 신호등인데 그친다. 이 단계에서 그는 아주 결정적인 차원을 개척할 필요가 있었다. 그러나 시의 형태에 대한 안이한 해석으로 그것은 기능적으로 이루어지지 않았다.

짝품 해바라기 쓴 술을 비저 놓고

두고 두고 노래하고
또 슬퍼하여야 될 8月이 왔오
꽃다발을 엮어
아름다운 첫 記憶을 따로 모시리까
술을 비저놓고 다시
몸부림을 치리까
그러나 아름다운 8月은 솟으라
도로 찾은 것은 날으라 그러나

아하
숲에 나무는 잘리우고
마른 山이오 눈보라 섣달
4月 첫소나기도 지나갔건만은
어데가서 씨았을 담어다
푸른 숲을 일굴 것이오

아름다운 8월 太陽이
한번 소사 넓적한 民族의 가슴 우에
둥글게 타는 記錄을 찍었오

그는 해바라기
해바라기는 목마른 사람들의 꽃이오
그는 不死鳥
괴로움 밖에 모르는 人民의 꽃이오
오래 오래 견디고
또 기다려야 될 새로운 8월이 왔오

해바라기 꽃다발을 엮어
이제로부터 싸호려 가는
人民 十字軍의 머리에 얹으리다

해바라기 쓴 술을 비저놓고
그대들 목을 축이라 올 때까지 기다리리다
8월은 가라 앉으라
도루 찾은 깃을 접고 바람을 품으라
붉은 山 黃土 벌도
역사의 나래 밑에 그늘진 自由
방자 엄돗는 人民의 꽃 해바라기에 물을 기르라
자유가 두려운 자
아름다운 思想과 때에 反逆하는 무리만이
이기지 못하는 무거운 역사의 그림자

8월은 영화로운 8월의 그림자를 믿으라
죽엄을 모르는 人民들은
죽엄을 모르는 8월의 꽃
해바라기에 물을 기르라

해석 · 비평

8 · 15직후 한국 문단에는 일종의 파당 비평이 성행했다. 그리고 그 정
도는 우파인 문필가협회나 청년문학가협회보다 문학가동맹 측이 훨씬 심
했다. 그들은 우파의 시를 깡그리 반인민적 유희문학으로 매도, 배척해
버렸다. 그리고 좌파에 속하는 사람들이 작품을 발표하기만 하면 진보적
세계관에 입각한 훌륭한 작품이라고 추켜세웠던 것이다. 薛貞植 역시 그

예외는 아니었다. 그의 작품은 그 무렵 발표된 문학가동맹계의 것으로는 상당한 수준의 것으로 생각된다. 그럼에도 요란하게 좌파 옹호에 목소리를 높인 그들이 이에 대해서는 별반 언급을 가하지 않았다. 이것은 그들의 비평이 아주 심한 선입견을 앞세운채 제대로 작품을 검토·분석하지 않은 증거다.

본래 좋은 문학 작품이란 기능적인 상상력의 힘을 입어야 한다. 그리고 효용론의 입장에서 볼 때 그런 상상력이란 세계의 새 해석에 기여할 수 있는 것이다. 설정식의 이 작품에는 적어도 그런 종류의 불씨가 묻혀 있다. 이 작품의 제재는 말할 것도 없이 해바라기다. 설정식은 1946년 9월에 조선공산당에 입당했다고 한다. 이런 사실을 그의 문학가동맹 참여와 함께 이 시 해석에 대입시켜 보면 하나의 재미있는 해석이 가능해진다. 우선 그가 계급 정당의 일원이 되었다는 것과 해바라기를 제재로 한 시를 쓴 것은 결코 우연이 아니다. 널리 알려진 바와 같이 해바라기는 사회주의 세계의 종주국인 소련의 국화다. 그러나 이 작품에서 그것은 그와 겹쳐지면서 상당량의 새 의미층이 형성되도록 제시되어 있다.

여기서 해바라기는 10월 혁명으로 상징되는 소련의 심상을 제시하는데 그치지 않고, 8월의 꽃으로 전이되어 있다. 그 8월은 물론 우리 민족이 일제의 사슬에서 풀려난 해방의 달이다. 그러나 일제는 물러가도 궁핍과 바람직하지 못한 상황은 완전히 극복되지 않았다. 〈아하/ 숲에 나무는 잘리우고/ 마른 山이오 눈보라 섣달/ 4月 첫 소나기도 지나갔건만은/ 어데 가서 씨앗을 담어다 푸른 숲을 일굴 것이오.〉 이 바람직하지 못한 상황에 대해서 문학가동맹 맹원인 설정식은 그 극복과 그를 위한 투쟁을 주장한다. 〈8月은 가라 앉으라/ 도루 찾은 깃을 접고 바람을 품으라. 붉은 山 黃土 벌도/ 역사의 나래 밑에 그늘진 自由/ 방자 엄돗는 人民의 꽃 해바라기에 물을 기르라.(……) 8월은 영화로운 8월의 그림자를 믿으라./ 죽음을 모르는 人民들은/ 죽음을 모르는 8월의 꽃/ 해바라기에 물을 기르라.〉 결국 설정식은 이 작품을 통해서 8·15를 거친 우리 민족과 그 민족이 앞으로 치루어야 할 또하나의 싸움의 뜻을 해바라 기에 겹치도록 만든 것이다. 설정식이 이 시를 쓴 것과 같은 무렵에 북쪽에서는 여러 시인들이 해방된 감격을 노래하고 그 은인으로서 소련과 붉은 군대를 다루었다. 그리고 남쪽에서도 구 카프계에 속한 시인들이 비슷한 성향의 작품들을 썼다. 그런데 그 대부분은 직설적이며 도식적인 입장에서 소련을 예찬하고 사회주의의 진보성을 노래했을 뿐이다. 그것은 물론 개념이었지 시일 수가 없었다. 그런데 설정식의 이 작품은 적어도 그 테두리에서는 벗어난 것이다. 그럼에도 이 작품이 다른 작품과 달리 문학가동맹계에 의해 묵살된 이유는 그들의 비평이 선입견에 사로잡혔고 작품읽기에 피상적이었음을 말해준다.

작품 太陽 없는 땅

곡식이 익어도 익어도 쓸데없는 땅
모든 人民이 등을 대고 돌아선 땅
물줄기 도리혀
우리들 입술 찾어 흐르기도하고
흘러도 그러하나
벌서 모래 가득찬 아가리
荒土에 널리기도한 땅—

다못 아는 것은 땅은 永遠히
우리들의 것이기
숲을 찾는 바람같이 달려갈 歷史이기
백번 천번 어미네 품속같은 흙
갈어 갈어 槍끝 번득이듯

보삽 어루만지는
손가락 매듭만이 굵어진 것을
황소 소 너는
언제까지 어질기만 하랴느냐
가까이 가까이 서로 彷佛한 그림자들 한군데로
南山 어느 고을에도 있는 南山으로
바람은 비바람은 어데든지
숲 鬱盛 곳으로 몽였다
땀을 흘여도 흘여도 쓸데 없는 땅
太陽 없는 땅
너이들 무시무시한 無知지굿 지굿
흰 잇발자국 이문살 멍드른
아 소같이 둔하다는 無識한 우리들의 등
더운 피 흘린 抗拒를 위해서는
10月은 오히려
서리 내리기조차 躊躇하였다
太陽없는 땅

굵어진 손매듭 손톱 자국 자국
꼬즌 감자 눈
뜬 부릅뜬 황소 뉘 배불리기 위해 아,
성난 南山·숲 어데서나 이는 거센바람 일드시
버리고 다러난 槍끝같은 보삽들이 꽂인대로
길게 길게 도라누운 땅

곡식이 익어도 익어도 쓸데없는 땅
모든 人民이 등을 대고 돌아선 땅

해석 · 비평

薛貞植 스스로가 적어 놓은 것에 따르면 이 작품은 1947년에 쓴 것으로 나타난다. 그리고 작품 안에서 〈10월〉이란 말이 쓰인 것을 보면 그 시기가 이해 가을 무렵으로 잡혀진다. 시기적으로 보면 〈鐘〉보다 한 해를 더 지나 쓰인 작품이 되는 셈이다. 〈鐘〉과 이 작품을 대비해 보면 그 시간상의 상거가 설정식의 정신 세계에도 매우 큰 변화를 자아냈음을 알 수 있다. 피상적으로 보면 이 작품이 노래하고 있는 것은 땅이다. 그런데 〈곡식이 익어도 익어도 쓸데 없는 땅/ 모든 人民이 등을 대고 돌아선 땅〉에서 나타나는 바와 같이 그것은 자연의 한 갈래에 그치지 않는다. 그것은 〈우리〉로 표상된 화자의 것이다. 구체적으로 그것은, 흙을 〈어미네 품속〉으로 생각하게 만들기도 한다. 또한 〈보삽 어루만지는/ 손가락 매듭만이 굵어진〉 사람의 심상을 자아내는 그것이기도 하다.

이것으로 이 작품의 〈우리〉가 땅의 주인인 농민임을 알 수 있다. 그런데 그 농민들이 땅에 대해 품은 감정은 매우 부정적이다. 그 이유는 명백하다. 곡식이 익어도 人民이 그것을 먹을 수 없기 때문이다. 그리하여 그 인민들이 항거를 준비한다. 이것은 이 작품이 문학가동맹이 요구한 바 강도 높은 인민성을 뼈대로 하고 있음을 뜻한다. 그리고 그 말씨는 상당히 집약적인 동시에 기능적이다. 특히 땅에 대한 애정과 그에 비례하는 상태에서 강조되고 있는 수탈 집단에의 반항 감정이 노래된 제3연은 8·15직후 대부분의 좌파 시들이 그랬던 것과는 달리 설명적 차원을 극복한 것이다(그들의 이런 시작 태도는 그 후에도 오히려 가속화된 듯 보인다.). 그러면서도 화자의 감정이 집약된 심상으로 노래된 것은 이 시가 문학가 동맹계의 시가운데 하나의 문제작이 될 가능성을 점치게 한다. 그러나 통틀어 볼 때 이 시의 말은 생경하다. 이것은 이 단계의 설정식 詩가 지닌 한계였다.

문학사 메모

설정식은 민군정에서 한동안 홍보처 여론국장으로 근무하다가 파면되었다. 그의 영어 실력에도 불구하고 계급정단 조직에 관계한 것이 빌미가 된 것이다. 그 후 그는 계속 문학가동맹의 활동에 참여했다. 특히 林和, 金南天 등이 월북하고 난 뒤에 문학가동맹의 지도층이 약화되자 그 빈터를 메우기 위해서 한 동안은 지도 이론도 담당하지 않으면 안 되었다. 그 보기가 되는 1948년 6월 『조선중앙일보』를 통해서 발표한 〈實事求是의 詩〉다. 이 글은 그 제목으로 보면 현실에 입각하지 않은 공리 담당을 일삼지 말고 생활의 편에 선 문학을 하라는 것에 그친다. 그러나 실제 그 내용은 인민에 봉사하는 문학을 하라는 주장을 담은 것이었다.

설정식은 대한민국 정부가 섰을 때 곧바로 월북의 길을 택하지 못했다. 그 나머지 그는 전향자로서 보도연맹에 가입했다. 그리고 〈서울타임즈〉의 주필이 되었다. 6·25 사변 때 그는 전향자였기 때문에 인민군의 일개 보충병인 의용군으로 입대했다고 한다. 그러나 곧 그의 영어 실력이 인성되어 인민군 최고 사령부 문화 훈련국 제7부 요원으로 발탁(?)되었다. 그리하여 휴전 회담 때는 소위 계급장을 달고 회담장에 나타나 통역을 담당했다는 것이다. 그러나 1953년 8월에 빚어진 남로당계 숙청 때 그 역시 미제의 고용 간첩이라는 죄목으로 林和, 金南天과 함께 처형되어 단두대의 이슬로 사라졌다. 물론 문학 가동맹이나 남로당에서 차지한 비중으로 보면 설정식이 林和나 金南天에 견줄 바 못되었다. 뿐만 아니라 북쪽의 집권세력 입장으로 보면 그의 어학 능력은 휴전 후에도 계속 이용할만한 것이었다. 그럼에도 그가 무고한 죄목에 의해 처형된 까닭은 아주 어처구니 없는 데에 있었다. 북쪽 권력장악자들은 남로당계 저형의 가장 큰 빌미로 미제를 위한 간첩 행위를 들었다. 그런데 그걸 얽어내기 위해서는 미국 유학생 출신이며 한 때 군정청의 요직을 지낸 설정식을 포함시켜야 했다. 결국 설정식은 정치적 조작극의 희생양으로 처형된 셈이다.

참고문헌

시 집, 『鐘』(백양당, 1947)

시 집, 『葡萄』(정음사, 1948)

시 집, 『諸神의 憤怒』(신학사, 1948)

티보 메레이, 한 詩人의 추억, 『思想界』(1962. 9)

金容稷, 『해방기한국시문학사』(민음사, 1989)

吳世榮, 〈薛貞植論〉, 『現代文學』(1990. 3)

이용악(李庸岳)

(1914. 11. 23 ~   )

함경북도 경성읍에서 출생. 향리에서 보통학교를 졸업한 후 서울에 상경하여 중등교육 과정을 마친 듯 하나, 학교 명칭은 잘 알려지지 않고 있다. 졸업후 일본에 건너가 동경 소재 상지대학(上智大學) 신문학과를 졸업. 이 기간중 〈패배자의 소원〉을 『新人文學』에 발표했고(1935. 3), 이어 〈너는 왜 울고 있느냐〉(『신가정』1935. 7), 〈林檎園의 오후〉(『조선일보』1935. 9. 14), 〈북국의 가을〉, 〈동상〉 등으로 문단에 등장. 같은 무렵 명천(明川) 태생이며, 같은 시기의 동경 유학생인 김종한(金鐘漢)과 함께 동인지 『二人』을 5·6회에 걸쳐 발간하는 등, 시작 활동의 강한 열의를 보였다. 1937년 일본 동경 소재 三文社에서 처녀 시집 『分水嶺』을 발간. 다음 해에는 같은 출판사에서 『낡은 집』을 펴내었다. 이들 두 시집은 독특한 언어 구사와 식민지적 궁핍감을 기능적으로 제시하여 상당한 평가를 받았다.

귀국 후 최재서가 주관한 『人文評論』에서 근무. 그후 〈두메산골〉, 〈뒷길로 가자〉, 〈전라도 가시내〉, 〈오랑캐꽃〉 등 일련의 가작을 발표하여 서정주, 오장환과 함께 한국 시단의 삼총사로 평가 받았다. 『人文評論』이 폐간되자 귀향. 그 사이 사이에 『國民文學』에 일종의 친일 경향시를 발표. 8·15 해방과 함께 상경하여 임화 주동의 조선문학가동맹에 참가. 그 중견 전위 분자로 활약했고, 한 때 좌익 신문인 중앙신문의 기자로 근무. 이 무렵 그가 쓴 경향시는 조선문학가동맹 시부의 한 보기가 되었다. 제1차 해방기념문학상의 후부작이 된 바 있다. 1947년 아문각에서 제3시집 『오랑캐 꽃』을 발간. 그 후 남로당계의 지하 조직에 가담한 일로 피체, 투옥되었다가 6·25로 서울에 진주한 북쪽 군대에 의해 석방되었다. 6·25동란 때는 이른바 조국전쟁의 성공적 수행을 위해 격렬한 선동시를 썼고, 국군의 서울 재탈환에 밀려 월북. 남로당계 숙청의 회오리에 휩쓸려 한동안 거세되었다가 복권된 바 있다. 1979년도에 나온 『해방 후 서정시전집』에 〈덕치마을에서〉, 〈두 강물을 한 곳으로〉 등이 수록되었다. 그 말들은 생경한 쪽이어서 이미 옛날 그가 구사한 계급시의 가락을 찾아 볼길 없는 것들이다. 또한 80년대 이후에는 그가 펼친 작품 활동의 자취도 잘 포착되지 않는다.

작품 北 쪽

북쪽은 고향
그 북쪽은 女人이 팔려간 나라
머언 山脈에 바람이 얼어붙을 때
다시 풀릴 때
시름 많은 북쪽 하늘에
마음은 눈감을 줄 모른다.

해석·비평

李庸岳의 처녀 시집인 『분수령(分水嶺)』의 권두에 실린 작품이다. 이 작품을 처음 대했을 때 소감을 이용악의 고향 후배이며 8·15후까지 그와 가까이 지낸 유정(柳呈)은 다음과 같이 회상했다. 〈고보 2학년생인

문학 소년이었던 나는 다음과 같은 6행짜리 시를 읽고, 그만 넋을 잃고
말았다. 꼭 이물질을 삼킨 것만 같은 충격이었다. …… 詩 〈北 쪽〉은 나
에겐 분명 〈이물질〉이었다. 그때까지 내가 알고 있던 〈고향〉을 그린 시
편들과는 다른 그 무엇이 있었다. 그 무엇이 무엇인지는 당시의 나로선
미처 해명해낼 재간이 없었다.〉 여기서 이물질의 개념은 특질이라고 바
꾸어 놓아도 좋을 것이다.

　李庸岳이 이 작품을 발표할 때 우리 주변의 서정 단곡은 대개 사적인 세계
를 목가조가 아니면 순수 감성의 가락에 실어 노해한 것이 대부분이었다. 거
기에는 공적인 생활의 새계 또는 서민 대중의 현실이 개입하지 않았던 것이
다. 그런가 하면 이와는 다른 경향시가 있기는 했다. 그것이 민중의 현실을
충실하게 반영하기를 기한 경향시들이다. 그러나 경향시는 현실이 앞서고
서민에게 읽히기를 기해야 할 것이라는 명분 아래 그 말들이 해설적이 되어
농축성이 모자라게 되었다. 이런 한계가 이용악의 시에는 어느 정도 극복된
듯 보인다. 이 작품에 나타난 것과 같이 그는 초기 시에서 우리 주변의 식민
지적 빈궁을 노래함으로써 순수 서정시들의 사사로운 감정 토로에 맴도는
한계를 극복했다. 그와 함께 긴축된 말속에 시적 가락까지를 저며 넣기에 성
공하고 있는 것이다. 이것은 이 무렵의 한국 서정시가 있어야 할 한 방식을
제시한 것으로 이해될 수가 있다.

작품 풀버렛소리 가득차 있었다

　　우리집도 아니고
　　일가집도 아닌 집
　　고향은 더욱 아닌 곳에서
　　아버지의 寢床 없는 最後의 밤은
　　풀버렛소리 가득차 있었다

露嶺을 다니면서까지
애써 자래운 아들과 딸에게
한마디 남겨두는 말도 없었고
아무을 灣의 파선도
설룽한 니코리스크의 밤도 완전히 잊으셨다
목침을 반듯이   벤 채

다시 뜨시잖는 두 눈에
피지 못한 꿈의 꽃봉우리가 깔았고
얼음장에 누우신 듯 손발은 식어갈 뿐
입술은 심장의 영원한 停止를 가르쳤다
때늦은 醫員이 아모 말 없이 돌아간 뒤
이웃 늙은이 손으로
눈빛 미명은 고요히
낯을 덮었다

우리는 머리맡에 엎디어
있는대로의 울음을 다아 울었고
아버지의   寢床 없는 最後의 밤은
풀버렛소리가 가득차 있었다.

해석·비평

  얼핏 보아도 나타나는 바와 같이 이 작품은 李庸岳이 아버지의 임종을
노래한 것이다. 그 아버지는 〈우리 집도 아니고〉로 시작하는 허두로 미
루어 보아 고향을 떠나 헤맨 사람이다. 그러나 그는 끝내 뜻을 이루지 못

한채 허망하게 죽어간 것이며, 그런 그의 최후를 화자를 포함시킨 그의 가족이 지킨다. 이것은 어기차게 슬픈 정경이다. 그것을 화자인 시인은 〈아버지의 寢床없는 最後의 밤은/ 풀버렛소리 가득차 있었다〉로 처리해 놓았다. 이 작품에는 어떻든 한 등장인물의 모습이 나타나고 그의 평생도 어렴풋하게 떠오른다. 그를 에워싼 또 다른 사람들, 곧 가족들의 그림자도 그에 겹쳐서 나타나는 것이다. 이 작품의 문장은 상당 부분이 서술적이다. 그런 의미에서 이 작품은 카프 시대에 계급시인들이 즐겨 택한 단편 서사시 양식에 대비될 수도 있을 것이다. 그러나 좀더 차분하게 검토해보면 林和 등의 단편 서사시와 이 작품 사이에는 근본적인 거리같은 것이 있다.

임화의 단편 서사시, 가령 〈거북무늬 화로와 오빠〉나 〈네거리의 順伊〉는 이데올로기를 뼈대로 한 인물의 이름이 관념적 명칭으로 먼저 나타나고 그것을 감성화시키는 절차가 대개 생략되었다. 〈거북무늬 화로와 오빠〉에서 오빠는 투사로 설정되어 있지만, 그것이 구체적인 심상으로 나타내는 것은 아니다. 〈네거리의 順伊〉에서 순이는 왜 그녀가 계급운동의 전위적인 인격체인지 제대로 형상화되기에 이르지 않았다. 그러나 여기서 아버지는 적어도 그런 無意匠性에서 벗어나 있는 것이다. 뿐만 아니라 여기서 〈풀버렛소리로 가득차 있었다〉는 더욱 주목되는 부분이다. 이것으로 아버지의 임종과 그에 따른 가족의 처절한 심정, 그리고 그에 이어지는 피압박 민족이 겪어야 하는 어기찬 현실이 객체화되고 감각적인 차원에 이르고 있는 것이다. 이것은 이 작품이 목적의식의 도식적인 표출에 급급했던 카프의 차원을 극복한 것임을 뜻한다. 참고로 밝히면 이용악의 제1시집과 제2시집에는 정도의 차이가 있기는 하나 대부분의 작품이 이런 가락을 주조로 하고 있다.

작품 꽃가루 속에

배추밭 이랑을 노오란 배추꽃 이랑을
숨가쁘게 마구 웃으며 달리는 것은
어디서 네가 나즉히 부르기 때문에
배추꽃 속에 살며시 흩어놓은 꽃가루 속에
나두야 숨어서 너를 부르고 싶기 때문에

작품 江가

이들이 나오는 올겨울엔 걸어서라두
청진으로 가리란다.
높은 벽돌 담 밑에 섰다가
세 해나 못본 아들을 찾아오리란다.

그 늙은인
암소따라 조이밭 저쪽에 사라지고
어느 길손이 지은 자촌지
끄슬은 돌 두어개 시름겨웁다

해석 · 비평

〈꽃가루〉 속에나 〈江가〉는 다같이 짤막한 작품이다. 그러나 그 의식의
단면으로 볼 때 두 작품은 다소간 이질적이다. 〈꽃가루〉는 애정 세계로
지칭될수 있는 개인적 감정을 노래 부른 시다. 다만 그 말을 통해서 최대

한 작자가 나타내고자 한 작품의 가락을 빚어내기를 기한 경우로 보인다. 말을 바꾸면 작품의 호흡, 형태에 역점이 놓여진 가운데 쓰여진 것이다. 그에 반해서 〈江가〉에는 가락에 대한 배려가 적지 않게 완화되어 있다. 그 대신 아들을 형무소에 보낸 늙은이를 등장시킴으로써 이 작품은 당시의 식민지적 상황, 곧 일종의 公的 感覺을 그 바탕에 깔고 있는 것이다. 물론 〈江가〉도 그런 감각을 매우 감성화시키기는 했다. 특히 아들을 잃은 늙은 이를 암소와 함께 퇴장시키고 그 자리에 취사 때의 그으름으로 생각되는 돌을 등장시킨 것은 자칫 관념화로 떨어지기 쉬운 식민지적 현실에 대한 인식이 감각적 실체로 제시되기에 성공한 것이다. 결국 이 두 작품을 통해서 우리는 다음에 쓰여질 이용악 시의 가능성을 점칠 수 있다. 그것이 상당히 고조된 가락과 함께 公的인 세계를 수용한 작품을 쓸 것이라는 예상같은 것이다.

작품 오랑캐꽃

　　— 긴 세월을 오랑캐와의 싸흠에 살았다는 우리의 머언 조상들이 너를 불러 `오랑캐꽃`이라 했으니 어찌 보면 너의 뒷모양이 머리태를 드리인 오랑캐의 뒷머리와도 같은 까닭이라 전한다—

　　아낙도 우두머리도 돌볼 새 없이 갔단다
　　도래샘도 띳집도 버리고 강건너로 쫓겨갔단다
　　고려 장군님 무지 무지 처들어와
　　오랑캐는 가랑잎처럼 굴러갔단다

　　구름이 모여 골짝 골짝을 구름이 흘러
　　백년이 몇백년이 뒤를 이어 흘러갔나

너는 오랑캐의 피 한 방울 받지 않았건만
오랑캐꽃
너는 돌가마도
털메투리도 모르는 오랑캐꽃
두 팔로 햇빛을 막아줄게
울어보렴 목놓아 울어나 보렴 오랑캐꽃

해석·비평

이 작품은 1940년 10월호의 『人文評論』에 발표된 것이다. 그리고 같은 무렵의 작품들을 주로 엮은 이용악의 제3시집 제목 자체가 되기도 한 작품이다. 이용악의 대표작일 뿐 아니라 당시 우리 주변에서 상당한 충격이 되기도 했다. 시인 유정(柳呈)은 이 작품이 발표되고 났을 때의 사정을 다음과 같이 밝힌 바 있다. 〈용악의 작품 생활에 있어서 가장 회심의 시절이었던 것은 시 〈오랑캐꽃〉을 발표한 1939년쯤이 아닌가 한다. 이 작품이 발표되자 시단과 독자층은 크게 찬탄했다.(……) 실은 용악의 『오랑캐꽃』과 전후해서 정주의 시 〈귀촉도(歸蜀途)〉가 발표되어 이 역시 시단의 화재를 모았었다. 어느 쪽이 앞섰던지 기억이 확실치 않으나, 두 시편이 서로 대항의식을 갖고 쓰여진 것이 두 작품을 보면 역력하다. 시의 주제나 구상에 닮은 면이 있으며, 특히 둘다 여느 때 없이 시 제목에 해제(解題)를 붙였는데 그 해제가 하나같이 멋진 詩句를 이루었다하여 야단들이었던 것이다. 〈오랑캐꽃〉의 "발표지를 보았느냐"면서 사뭇 만족해 하던 용악의 표정이 지금도 선연하다. "정주·장환·용악이 현 시단의 삼재(三才)로 일컬어지고 있음을 아느냐." 그런 말도 하고 그는 유쾌한 듯 웃었다.

흔히 그렇듯 이런 후배 시인의 회상에서 약간의 오차현상 비슷한 것이 나타난다. 우선 〈오랑캐꽃〉에 붙인 해설 부분은 제목에 대한 것이지만 〈귀촉도〉의 것은 작품에 포함된 단어들에 관한 것이다. 뿐만 아니라 전자의 주제가 강하게 역사 쪽에 그 정신의 닻을 드리운 것 임에 반해서 후자는 다분히 그것을 초월한 것으로 보아야 한다. 또한 가락으로 보아도 〈귀촉도〉가 끈끈하면서도 애절한 느낌을 주는 것인데 대해서 〈오랑캐꽃〉은 적지 않게 박진하는 감정을 자아내게 만든다. 그러나 위와 같은 회상의 말을 통해 적어도 우리는 한 사실을 짐작할 수 있다. 그것이 발표와 함께 이 작품이 얻어낸 문단 안팎의 반응이다. 그동안 이용악과 같은 사회 수용 시인에게는 한 가지 과제가 부과되어 있었다. 그것이 현실, 또는 역사를 작품 속에 수용하되 고조된 가락으로 노래할 것이라는 일이었다. 이용악의 〈오랑캐꽃〉은 상당히 기능적으로 그런 과제를 해결해낸 작품이다.

작품 전라도 가시내

알룩조개에 입맞추며 자랐나
눈이 바다처럼 푸를뿐더러 까무스레한 네 얼골
가시내야
나는 발을 얼구며
무쇠다리를 건너온 함경도 사내

바람소리도 호개도 인저 무섭지 않다만
어드운 등불 밑 안개처럼 자욱한 시름을 달게 마시련다만
어디서 흥참한 기별이 뛰어들 것만 같애
두터운 벽도 이웃도 못미더운 북간도 술막

온갖 방자의 맘을 품고 왔다

눈포래를 뚫고 왔다
가시내야
너의 가슴 그늘진 숲속을 기어간 오솔길을 나는 헤매이자
술을 부어 남실남실 술을 따르어
가난한 이야기에 고히 잠거다오

네 두만강을 건너왔다는 석 달 전이면
단풍이 물들어 천리 천리 또 천리 산마다 불탔을 겐데
그래두 외로워서 슬퍼서 치막폭으로 얼굴을 가렸더냐
두 낮 두 밤을 두루미처럼 울어 울어
불술기 구름 속을 날리는 앙 유리창이 흐리더냐

차알삭 부서지는 파도소리에 취한 듯
때로 싸늘한 웃음이 소리없이 새기는 보조개
가시내야
울듯 울듯 울지 않는 전라도 가시내야
두어 마디 너의 사투리로 때아닌 봄을 불러 줄께
손 때 수집은 분홍 댕기 휘 휘 날리며
잠깐 너의 나라로 돌아 가거라

이윽고 얼음길이 밝으면
나는 눈포래 휘감아치는 벌판에 우줄우줄 나설 게다
노래도 없이 사라질 게다
자욱도 없이 사라질 게다

해석·비평

이 작품은 단편 서사시의 단면을 내포시키고 있다. 여기서 주인공이 되고 있는 것은 화자 자신이 아니라 그가 노래부른 〈전라도 가시내〉다. 그녀는 또한 전라도에서 먼 〈북간도〉로 팔려온 몸이다. 화자는 그녀를 노래 부르면서 식민지적 궁핍 감정을 곁들이고 있다. 이것은 이 작품이 서사시의 한 요건이 公的 世界, 역사 감각을 그 날로 삼았음을 뜻한다. 한편 이 작품은 이용악이 즐겨 노래부른 우리 민족의 신산한 생활 감정을 그 바닥에 간 것이다. 그런데 일부 작품에서처럼 그것이 그 자신이라든가 피붙이의 일들을 소재로 한 것이 아니라 〈전라도 가시내〉라는 제3자를 등장시킨 가운데 시도된 것이다. 그것으로 이 작품에 한결 더 객관적 차원이 마련된 셈이다. 그리고 그에 대한 감정을 기능적으로 문맥화시킨 가운데 이 작품은 시가 지니고 있어야 할 정서의 확보에도 성공적이다. 이용악의 시 가운데서 대사회적 시각을 지닌 것이면서 서정시로 성공한 보기가 된다.

작품 노한 눈들

불빛 노을 함빡 갈앉은 눈이라 노한 노한 눈들이라

죄다 바서진 창으로 추위가 다가서는데 몇 번째인가 어찌하여 우리는 또 밀려나가야 하는 우리의 회관에서

더러는 어디루 갔나 다시 황막한 벌판을 안고 숨어서 쳐다보는 푸르른 하늘이며 밤마다 별마다에 가슴 맥히어 차라리 울지도 못할 옳은 사람들 정녕 어디서 움트는 조국을 그리는 것일까

폭풍이어 일어서는 것 폭풍이어 폭풍이어 불길처럼 일어서는 것

구보랑 회남이랑 홍구랑 영석이랑 우리 그대들과 함께 정들인 낡은 걸상이며 책상을 둘러메고 지나간 데모에 휘날리던 깃발까지도 소중히 감아 들고 지금 저무는 서울 거리에 갈 곳 없이 나서련다 ·

내사 아마 퍽도 약한 시인이길래 부끄러이 낯을 돌리고 그저 울음이 복받치는 것일까

불빛 노을 함빡 갈앉은 눈이라 노한 노한 눈늘이라〈1946년〉

작품   機關區에서

피빨이 섰다 집마다 지붕위 저리 산마다 산머리 우에 헐벗고 굶주린 사람들의 피빨이 섰다.
누구를 위한 철도냐 누구를 위해 통트는 새벽이냐

멈춰라 어둠을 뚫고 불을 뿜으며 달려온 우리의 기관차 이제 또한 우리를 좀먹는 놈들의 창고와 창고 사이에만 느러놓은 철길이라면 차라리 우리의 가슴에 안해와 어린것들 가슴팍에 무거운 바퀴를 굴리자 피로서 무르리라 우리의 것을 우리에게 돌리라고 요구했을 뿐이다. 생명의 마지막 끄나푸리를 요구했을 뿐이다

그러나 아느냐 동포여 우리에게 총부리를 견우고 닥아서는 틀림 없는 동포여 자욱마다 절그렁거리는 사슬에서 너이들까지

도 완전히 풀어놓고져 인민의 앞재비 젊은 전사들은 원수와 함
께 나란히 선 너이들 앞에 섰어라 강철이다 다 쓰러진 어느 동
무의 소리가 바람결에 들릴지라도 귀를 모아 천길 이러설 강철
기둥이다.

며츨째이나 농성한 기관구 테두리를 직히고 선 전사들이여 불
꺼진 기관차를 끼고 옳소옳소 외치며 박수하는 똑같이 기름배인
검은 손들이어 교대 시간이 오면 두 눈 부릅뜨고 일선으로 나아
갈 전사 함마며 핏켙을 탄탄히 쥔 채 철길을 베고 곤히 잠든 동
무들이여

피빨이 섰다. 집마다 지붕위 저리 산마다 산머리 우에 억울
한 모든 사람들이 우리의 승리를 약속하는 피빨이 섰다.

해석 · 비평

이들 작품은 이용악이 8·15후 참여한 조선문학가동맹의 열성적 활동
분자로서 쓴 것들이다. 〈노한 눈들〉은 그 문맥으로 보아 문학가동맹의
회관 이전 때의 심정을 다룬 작품으로 보인다. 그리고 〈기관구에서〉는
1946년 9월에 시작된 미군정 반대 투쟁의 한 가닥으로 이루어진 철도
총파업을 다룬 것이다. 8·15 해방을 맞자 이용악은 곧 38선을 넘어왔
고 林和 등의 조선학가동맹에 적극 참여하여 활동했다. 그런데 그 문학
가동맹은 발헌영계의 재건파 공산당이 주축이 된 계급정당의 외곽 조직
가운데 하나였다. 그리하여 문학가동맹은 당의 전술, 투쟁 방침에 따라
활동하는 형태를 취하게 되었다. 1946년에 접어들자 조선공산당은 전평
·전농·민청 등 외곽 단체들의 조직을 마무리 짓고, 그 자체 조직 역시

전국적인 것으로 되었다. 또한 이해 5월달에 접어들자 그들에게는 큰 장애 요인이 나타났다. 그것이 공산당 부속 인쇄소인 정판사에서 위폐를 찍은 사건이 일어난 것이다. 그 이전에 미군정 당국은 이미 거듭되는 좌파·공산당의 반군정 투쟁에 골치를 앓고 있었다. 그런 참의 위폐사건이라 군정 당국은 그것으로 좌파·공산당을 전면적으로 몰아붙이는 계기로 삼았다. 그에 따라 다수 공산당과 그 외곽 조직의 간부들이 연행·구급되고 그 사무실과 회관들이 수색되거나 폐쇄되었다. 〈노한 눈들〉은 그런 상황을 이용악의 시각에서 노래한 작품으로 생각된다.

〈기관구에서〉는 일종의 선동시에 해당된다. 정판사 위폐 사건을 계기로 군정청의 전면적인 공산당 봉쇄 정책이 취해지자 그들은 곧 〈신전술〉을 채택한 투쟁을 선언하면서 그 구체적 투쟁 방식의 하나로 전국에 걸친 파업과 반군정청 시위를 지령했다. 이때 가장 대규모로 나타난 파업이 철도노조 산하에서 이루어졌다. 그리고 그 파업 본부는 용산기관구였다. 철도 노조는 9월 24일부터 총파업에 들어가 곧 전국의 노선이 정지되었고 그 본부인 용산기관구는 전평 산하의 조직원에 의해 몇겹의 바리케이트가 쳐진 가운데 투쟁 본부가 되었다. 처음 군정 당국은 얼마간의 병력으로 파업의 해산을 시도했다. 그러나 오히려 경찰관이 그들에게 붙들려 구타당하는 사태가 야기되었다. 이에 9월 30일 무장경관 약 2천명과 대한노총·건청·독촉 등 우익계 인원이 동원된 용산기관구 포위, 공격 작전이 시행되었다. 이용악의 〈기관구에서〉는 그 이전 철도 노조원들의 투쟁을 고무·격려하기 위해서 쓰여진 것이다.

〈노한 눈들〉이나 〈기관에서〉는 이용악이 이른바 인민에 복무하는 문학 노선을 택하면서 쓴 작품이다. 이때 인민이란 말할 것도 없이 계급적인 의미의 피지배 계층이다. 그들을 의식화시키고 적대 세력에 대한 증오의 감정을 노래하는 데에 위의 두 작품의 목적이 있었다. 그러나 그런 작품들의 의도에 견주어 볼 때 〈노한 눈들〉은 반드시 전면적인 성과를 올린 작품같지는 않다. 이 작품 첫머리와 마지막에 나오는 〈노을 함빡 갈앉은 눈〉은 말할 것도 없이 〈노한 눈〉의 객관적 사물화인 동시에 시각적인 심상화다. 그 함축적인 뜻이 타오르는 불길과 일체라고 할 수 있는 짙은 핏빛이다. 그러나 그런 함축적 의미는 자연 현상의 하나에 지나지 않는다. 투쟁의 열기가 소멸의 심상에 관계되는 〈노을〉로는 제대로 살아나지 못한다.

〈기관구에서〉에 대해서는 이와 상당히 다른 이야기가 가능하다. 이 작품은 그 제작 동기의 역점이 적대 세력에 대한 사무치는 적의와 그것을 강조하면서 그들 자신의 투쟁의욕을 고조시키려는 데 있는 것이다. 시인의 이런 의도는 그 이전 이용악이 익힌 고조된 가락으로 3연 전반부까지에서 상당히 기능적으로 처리되었다. 특히 3연에서 〈우리를 좀먹는 놈들의 창고와 창고 사이에만 느러놓은 철길이라면 차라리 우리의 가슴에 안해와 어린 것들 가슴팍에 무거운 바퀴를 굴리자〉는 조직과 힘의 우위를 확보한 지배 체제에 맞서려는 계급투쟁의 정신을 비극적 감정에 결부해서 노래한 것이다. 그 가락이 박진감을 자아내기에 성공한 경우다. 이런 이유들은 이 작품은 문학가동맹계가 가진 시 가운데 최상의 것으로 평가되어야 할 것이다.

문학사 메모

이용악은 6·25 사변을 형무소에서 맞았다. 그러니까 그는 다른 비월북파 문학가동맹의 맹원들처럼 전향을 하지 않은 상태에서 인민군의 서울 진공을 맞이한 것이다. 그리하여 그는 3개월 간의 인민군 세상에서 당당하게 활동을 할 수 있었던 많지 못한 남쪽의 문학자 가운데 한 사람일 수가 있었다. 그러나 전세가 역전되어 유엔군의 서울 탈환 작전이 시작되자 그는 다시 창황한 패주의 대열에 끼이지 않으면 안 되었다. 그리고 남로당계가 숙청될 때는 그역시 호된 비판을 받고 집필 정지를 당했다. 그후 그는 복권되었지만 이미 창의성을 살린 작품 활동은 허용되지 않았다. 그래도 주체 사상의 기치 아래 개인의 창작 활동이 뒷전에 돌려

지고 집체작 형태로 작품 제작이 바뀌어지기까지는 때때로 그의 작품이
이북의 간행물에 나타났다. 그러나 북쪽에서는 1970년도 후반부터 온통
구호 시의 범람 시대가 도래했다. 개인 서명의 작품도 현저하게 줄어들
었다. 그런 가운데 이용악 역시 그 소식을 알 길이 없다.

참고문헌

시 집, 『分水嶺』(三文社, 1937).

시 집, 『낡은 집』(三文社, 1938).

시 집, 『오랑캐꽃』(雅文閣, 1947).

시 집, 『李庸岳集』(同志社, 1949).

柳 呈, ― 암울한 시대를 메운 외로운 詩魂, 『李庸岳全集』(창작과 비평사,
       1988)

蔡洙永, 민족 정서의 시적 감응, 『解禁詩人의 精神地理』(느티나무, 1991)

金容稷, 『한국현대시인연구』(서울대출판부, 2000)

이정구(李貞求)

(1910 ~   )

평안도에서 출생. 경도제대 불문과를 졸업, 학생 때 독서회 사건에 연루되어 일제의 요시찰인이 되었다. 1930년도부터 주로『조선일보』를 통해서 〈나아갈지어다〉, 〈아버지시여〉, 〈어머니시여〉, 〈黑點〉, 〈자루 빠진 호미〉 등의 작품을 발표했다. 그후 도일하여 일본 유학 중에도 시를 썼다. 1939년도부터는 윤곤강, 박노춘 등과 교분을 가지고『詩學』에 관계, 거기에 매월 시, 또는 비평을 개재했다. 이 무렵부터 그의 시작 경향 역시 방향이 바뀌어 이데올로기가 유보된 상태의 서정 단곡을 주로 제작했다. 8·15때는 38 이북에 있어 곧 소련군정 체제 하의 사회주의 문학 활동에 참여. 북쪽 정권 수립 시기를 전후해서 평양사범대학의 교수로 재직하는 한편 과업시 제작에 협조.

8·15 직후에 이정구의 활동중 가장 크게 기억되어야 할 것이 조기천의『백두산』에 대한 비판이다. 이때 그는『백두산』이 시적 형상화라는 면에서 수준 미달이라고 평했다. 이에 대해서 조기천이 사상성을 방패로 하여 반격이 가해졌다. 이 무렵부터 북쪽의 정책 당국은 김일성의 우상화를 시도했다. 그런 북쪽 문단의 대세로 인하여 이정구는 판정패가 되었다. 6·25 동란 때에는 이른바 종군 작가로 서울을 거쳐 낙동강 전선까지에 이르렀다. 1960년 조선작가동맹출판사에서 선시집『꽃밭에 서서』를

발간. 그러나 1970년 판『해방후 서정시선집』에 그의 작품이 나타나지 않는 것으로 보아 주체 사상 전면화 이후 거세·숙청된 것으로 보인다.

작품 나아갈 지어다

지금 그대의 가슴에
가만히 손을 얹어볼지어다.
항상 무엇이 숨차게
앞으로 앞으로
뛰어 나갈려고 안하리

오오! 그대여 보나이까
저 鑄造工場에 정지시켜 둔 모—터가
날로날로 녹스러가는
그 참담한 기계의 최후를……

오오! 지금
그대의 가슴에서 뛰고 있는 숨찬 모—터의 疾走를
그대는 왜 모르고 있는가

나아갈 지어다 나아갈 지어다
그대의 가슴에서 뛰고 있는 그것이
떠밀어 주는 때
녹스러버리기 전
한발이라도 더
힘차게 달려 나가
길을 닦으소서

해석·비평

이 작품은 1930년 1월 6일자 『조선일보』에 발표된 것이다. 이정구의 초기 작품으로 아직 습작의 때를 시원스럽게 벗어버리지 못한 단면을 들어낸다. 이 무렵에 이르면 카프는 모든 경향시가 명쾌하게 목적의식을 들어내어 주기를 요구했다. 그럼에도 이 작품에는 그것이 불분명하게 나타날 뿐이다. 구체적으로 여기에서는 전진, 또는 진보를 위한 행동이 요구되어 있다. 그러나 그 진보가 어떤 이데올로기에 입각한 진보인지는 잘 나타나지 않는다. 또한 이 작품에는 적절하지 못한 말도 지적될 수 있다. 가령 2연에 나오는 〈그대의 가슴에서 뛰고 있는/ 숨찬 모—터의 疾走〉는 아무래도 이상하다. 상식적으로 생각하면 모터, 곧 발동기는 질주하는 게 아니라 기계를 돌리는 원동기 구실을 할뿐인 것이다.

이런 작품들은 발표한 다음 이정구는 한동안 시를 발표하지 않았다. 그 까닭은 아마도 그가 경도에 유학한 데 있었을 것이다. 그가 다시 국내 문단에 작품을 발표하기 시작한 것은 1936년도 경부터다. 이해 11월에 나온 『浪漫』에는 그의 작품 〈비지키는 밤〉과 〈病友〉가 실려 있다. 그런데 이들 작품에는 이미 생활의 실제에서 얻는 고통이 일종의 감상적 시각에서 노래되어 있다. 이것은 그의 시의 경향성이 카프의 해산과 그에 따른 상황, 여건의 압박 속에서 무력화된 것으로 볼 수 있을 것이다. 이런 현상은 일제의 암흑기에 가까워지면서 더욱 가속화된다. 1930년대 말, 『詩學』 3호에 발표된 〈빈 車〉는 이런 경우의 좋은 보기가 된다.

새벽 停車場에
汽車는
와 다앗것만
새벽에 떠나는 손은
하나도
안 와

오늘도
새벽에는
빈 車만 간다.

작(품) 밤ㅅ길
—예술공작대의 트럭은 밤에도 마을을 찾아갔다

60리 밤ㅅ길
博川에서 寧邊으로 가는 60리 밤ㅅ길
어둠 속에 후연하이 줄을 그으며
트럭 한 대가 달리고 있다.

工作의 밤은 다사로워 고단한 다섯 동무가
보채는 荷物自動車 우에 몸을 맡겨
이 밤ㅅ길을 다음 계획의 마을로 찾아간다.

"藥仙 東台가 어데메요"
곤한 몸에도 내고장 명물은 잊혀지지 않아
김은 일어서고 이는 부축하고
멀리 바라보는 검은 뫼뿌리 하나

巍然하이 滿星夜空 우뚝 솟은 山
뫼뿌리 뒤에 숨어 있다.
내 웃으리 마중나오는 스므날 밤달
오래 못 만난 안해의 얼굴처럼
그리운 藥山東台 달아

달은 잘 화장한 얼굴로 구름 강을 비춰
구름 다리 위에서 만나는 달

우리들의 트럭은 달을 싣고
접동새우는 夜밤 밤ㅅ길을.
내일 날의 계획의 마을로 찾아간다.

工作 밤은 다사로워 깊은 밤
자도 않고 산속을 달리는 젊은 예술부대의 트럭
내일은 또 하나의 우리들의 집터가
저 山속 寧邊이란 마을에 닦아진다

해석 · 비평

〈밤ㅅ길〉은 이정구가 8 · 15후 북쪽에서 쓴 과업시 가운데 하나인 작품이다. 8 · 15 직후부터 남쪽에서는 문학, 예술 분야에서도 이데올로기의 대립이 격화되어 있었다. 그러나 북쪽에서는 소련군의 비호로 일사분란하게 사회주의 체제가 굳혀졌다. 그 결과 1946년 3월에는 이미 조선로동당(정확히는 공산당 북조선 분국)이 북조선 문학예술총연맹을 조직하게 했다. 그리고 그 강령 중 하나에 〈인민대중의 문학적 · 창조적 · 예술적 계발을 위한 계몽운동의 전개〉가 포함되었다. 이 행동 강령은 그대로 북쪽의 전 문학 · 예술인에게 과업으로 주어졌고, 그들은 모두가 그 착실한 실행자가 되어야 했다. 이정구의 이 작품은 그런 상황 속에서 이루어진 문학 · 예술인의 활동 가운데 하나를 제재로 한 것이다. 이어 1946년 5월 24일에 열린 각도 선전 · 선동원을 대상으로 한 회의에서 당시의 북조선 임시 인민 위원회 위원장인 김일성은 〈문화 예술은 인민을 위한 것이 되어야 한다〉는 제목으로 보고 연설을 했다. 거기에는 다음과 같은 부분이 포함된 바 있다.

당신들은 오늘 낡은 사회를 진보적 사회를 만들며 파시스트의 잔여를 숙청하고 민주주의 사회를 만들기 위하여 싸우는 사람들입니다. 당신들은 전체 조선인민이 당신들에 대한 기대가 얼마나 크다는 것을 잘 알아야 하며 또한 당신들이 민주주의 건국 운동에 있어서 얼마나 중요한 사명을 가지고 있는가 하는 것을 잘 알아야 할 것입니다.

이런 지시와 함께 북쪽은 이른바 민주기지 건설운동에 총력을 기울이기 시작했다. 과업 문학과 과업 시란 이 체제에 호응해서 필요한 장소 어디에나 시인과 작가가 달려가 중앙당이나 문예총이 요구하는 사업을 벌리는 일을 뜻했던 것이다.

문학사 메모

1930년대 전반기에 이정구의 시작 발표는 활발하지 못했다. 그 작품들은 대개 순수시의 단면을 연 것들이었다. 그러나 이 무렵에 그는 시평을 몇 편 썼다. 그런데 거기에는 시의 경우와 달리 그의 시에 대한 생각이 경직된 이데올로기 옹호의 단면을 띠고 나타난다. 그 좋은 보기가 되는 것이 1933년 2월 23일자 『조선일보』에 실린 〈시에 대한 정당한 이해〉이다. 이 글에서 그는 김동명이 김기림의 작품 〈새날이 밝는다〉가 현실을 정확하게 반영, 제시했다고 평한 것을 문제 삼았다. 그에 대해서 이정구는 다음과 같이 변증법적 유물사관에 입각한 예술론을 폈다.

우리는 미인이나 부인이나 주정군의 얼굴을 무조건하고 촬영하기를 수긍하는 明鏡이 필요했을까? 아니다 결코 우리는 무자비한 평이 필요하다. 평은 평인 동시에 作品을 억세게 인도하는 힘이 있어야 한다. 물론 내가 이렇게 말할 때 정당한 관점을(유물 변증법적) 기초로 한 평을 말함이다. 정당한 관점을 떠나서 정당한 평은 존재하지 않는다.

이정구는 결국 창작활동의 실제와 비평에서 다른 관점을 가졌던 것이다.

참고문헌

李喆周, 『北의 藝術人』(계몽사, 1968).

해방후 조선서정시집 (문예출판사, 1979).

김성윤 편, 『카프 시전집』(11)(시대평론, 1988).

김용직, 『해방기한국시문학사』(민음사, 1990).

제5편

일제 말기의 시인들

안용만(安龍灣)   양운한(楊雲閑)
조영출(趙靈出)   김북원(金北原)
김조규(金朝奎)   김철수(金哲洙)
김동석(金東錫)   이수형(李琇馨)
김용호(金容浩)   조남령(曺南嶺)
민병균(閔丙均)

안용만(安龍灣)

(1916~   )

평안북도 압록강 연안에서 출생. 신의주 보통학교를 졸업하고 서울에
올라와 명치정(明治町)이라고 부른 충무로 쪽에서 양화 연구소에 일년
반 남짓 다녔다. 그후 일본에 건너가 역시 학업을 계속했다고 하는데 그
학교나 과정 내용은 알려지지 않고 있다. 당시 학제라든가 기타 사정으
로 미루어 보면 정규 학력이 요구되는 고등학교나 전문대학에서 공부한
것 같지는 않다. 1935년『조선일보』와『조선중앙일보』에 시가 당선되어
시단에 등장. 그를 신춘문예 당선자로 추거한 林和가 이례적인 호평을
가하고 그 후 간행한『대표시인작품사화집』에도 실어 문단의 주목을 받
게 되었다. 일제 말기에는 거의 작품 발표가 없었다. 8·15 후 이북 시
단에 등장. 북쪽 문학의 정석에 따른 당과 사회주의 제도를 찬양한 작품
을 발표했다. 6·25 때에는 전선 체험에 입각한〈나의 따발총〉,〈포화소
리 드높은 7백리 락동강에〉등을 써서 조선문학사에 한자리를 차지하게
되었다. 다만 1970년대 후반기부터 거의 작품 발표가 없는 것으로 보아
거세되었거나 병사하지 않았나 생각된다.

江東의 봄

직품

—생활의 江 아라가와여

가장 매력있는 地區였다. 江東은
南葛의 낮은 하늘을 옆에 끼고 아라까라(荒川)의 흐릿한 검
푸른 물살을 안은 지대다
수천 각색 살림의 노래와 감정이
몬지와 연기에 쌓여 바람에 스며드는 거리—이곳이 내 첫
어머니였다.

내기 사랑턴 지구— 강동…… 아라가와의 물이여!
세 살먹은 갓난애쩍…… 살 곳을 찾아 북국의 고향을 등지
고 玄海灘에 눈물을 흘리며 가족 따라 곳곳을 거쳐 대인 곳이
너의 품이었다

누더기 모멩옷 입고 끊임없이 싸이렌이 하늘을 찢는 소란한
거리 빠락에서 맨발벗고 놀 때 '석양의 노래'를 너는 노을의
빛으로 고요히 다듬어 주었다.

아빠 엄마가 그 콩구리담 속에서 나옴을 기다리며
나는 아라가와의 깊은 물살을 바라보았다.
너는 내 어릴 그때부터 황혼의 구슬픈 어려운 살림의 복잡
한 물결의 노래를 들려주었다.

내가 컸을 때 강가에 시들은 풀잎이 싹트고 낮게 배회하든
검은 연기 틈에 따뜻한 볕이 쪼이는 봄!
나는 아라가와의 봄노래가 스며드는 금속의 젊은 직공으로
오야지—그에게 키워 當任에까지 올랐다. 곤란한 몇해를 겪어서
강동…… '아라가와'의 흐름이어!

네, 봄은 따뜻한 陽光에 飽滿된 노래를 가득히 싣고 흐르는
푸른 얼굴을 바라볼 때조
　몇 번—보지 못한 半島江山 그리고 고향의 북쪽 하늘ㅅ가 멀리
……얄루(鴨綠)강의 흐름을 그리었는지 너는 안다.
　너는 잔디 위에 누워 약조 마칠 때 설움의 마음으로 속삭이
던 고향의 이야기를 깨어지는 물거품에 실어갔다.

　가장 매력 있는 地區였다. 江東은…… 그리하야 지구를 전전
키도 몇 번 中部, 城南, 城西로——城西의 四節을 아름답게 물
들이는 무사시노(武藏野) 벌판도 네 살림의 물결! 어머님 품
인 아라가와에는 비할 수 없었다.
　아라가와여! 네 상류—물살에 단풍이 낙엽지고 우리들의 지
낸 날의 일을 추억의 품속에 되풀이하던 가을 날
　나의 갈곳은 고향—— 얄루 강반(江畔)으로 결정되었다.
　내 일생의 기록의 페이지에서 사라지지 않을 그날 나는 너
를 버리었다.

　그리하야 수평선 아득한 玄海의 해협을 건너
　고향의 산천도 바라볼 틈 없이 베르트의 반주 속에 너의 그
리움의 노래 기쁨과 설움의 멜로디를
　내 아라가와여! 오늘은 어떤 동무가 가쁜 숨을 쉬이며 고요
히 네 노래에 귀를 기울일지
　너는 언제나 근로자의 가슴에서 버림받지 않으리라 네 어깨
위를 제비가 날겠지……

　광막한 대륙의 한 모퉁이에 끼인 반도에도 봄이 찾어왔다.
　얄루 강도 녹아 뗏목이 흘러나린다.
　강산에 뻗힌 젖가슴 속에 꿈을 깨며 자라나는

처녀지의 기록을 따뜻한 품속에 안어주려고
오! 江東이어! 나는 회상 속에 불길을 이루어 간다.

작품 저녁의 地區

저녁의 地區는 소란하다
동쪽 평야의 어둠, 서산의 빨간 殘光이 반사된 강물......
기울어진 황온이 엷어간다
저녁 짓는 소리에 섞여 여편네들의
여덟시—기쁨의 싸이렌을 기다리는 가슴의 즐거운 정열이
떠돈다.
나의 약한 신경은 날카롭게 시달리었다
이골 저골의 살림의 음향을 찾아 헤매였기로.
어떻게 나의 가슴의 핏줄은 뛰고 감정의 물결이 높은 것인가
여편네들의 웃음소리에도 융기된 젖가슴에도 어린애들 코묻은
볼에도 뜨거운 노래가 굴러나온다.
겨울의 추운 햇발이 넘어감이 길어지며
북국의 봄—
전에는 별들이 총총한 밤하늘에 쪗던 고동이 황혼의 나라에
안기운다
자연과 살림의 아름다운 조화!
나는 홀린다. 보드라운 입김에 싸인 어여쁜 거리여!
나는 왔다. 저녁의 품이여!
나를 맞아고......
네, 입김은 소생의 뜨거움 같다.
녹아지는 대지, 속삭이는 바람,

白銀色의 연기—싹트는 네 입은 희망을 아뢰고
나는 네 품, 자연의 향기 속에
노동자들의 가슴을 생각한다.
새로운 정열로 끓으는 감정을
너는 따뜻하게 키워가는 것이지.
여덟시—싸이렌!
......흐르는 파란 나빠服의 떼
우스운 농지거리, 그 바람에 실려가는 생활의 노래, 이들을
안은 저녁의 거리, 사랑하는 품이여! 나를 맞아다고—
생생한 정열을 읊으려는 내 가슴은
저녁 거리의 사랑에 터질 듯이 뜨겁고나.

해석 · 비평

〈江東의 봄〉이 『조선중앙일보』에 당선된 작품이며 〈저녁의 地區〉가 『조선일보』에 당선된 것이다. 이들 작품에 대해서는 林和가 연평을 통해서 〈이러한 괴로운 모색의 혼돈 중에서 안용만의 시〈江東의 봄〉은 찬연히 빛나는 것이었다. 나는 이 작품을 생각할 때 우리는 이 1년을 무단히 보냈다고 생각하지 않는다. 이 시에는 여태까지의 조선 프롤레타리아 시의 최초의 발전을 볼수 있다〉라고 이례적인 호평을 가했다. 이런 말은 위의 작품들을 읽어보면 어느 정도 수긍될 수 있는 일이다.

얼핏 보아도 나타나는 바와 같이 〈江東의 봄〉은 그 중요 무대 배경이 일본 동경이다. 화자는 그 체험을 고향인 한반도 북쪽에서 회상조로 노래 부르고 있다. 그에 대해서 〈저녁의 地區〉는 한반도 북단으로 생각되는 어느 공장 지역이다. 거기서 느낀 서민들의 생활을 제재로 삼은 것이 〈저녁의 地區〉인 것이다. 그리고 이들 두 작품은 그 형태와 기법에 있어

서 매우 특징적이다. 안용만 이전에 나온 프로 시들은 대개 그 의미 내용
이 단선적이면서 강하게 통사적이었다. 한 주제에 대해 외가닥의 의미맥
락으로 이어지는 게 통예였던 것이다. 그러나 이 두 작품은 그와 다르다.
구체적으로 〈江東의 봄〉은 각 연이 설명적인 의미 내용으로 연결되어 있
는 것이 아니라 여러 관련 부분에서 필요한 제재들을 모아 심상화를 기
한 것이다. 그리고 사이 사이에는 심상 제시에 기여하도록 여러 제재들을
차례로 주워섬기는 기법이 쓰여졌다. 그리하여 그 가락이 프로 문학이 요
구하는 바 역동적인 것이 되면서 매우 포괄적이라는 느낌을 준다. 또한 아
라가와를 에워싼 생활 감정을 광막한 대륙의 한 모퉁이 반도에서 수련시킨
것으로 끝을 맺은 것도 매우 인상적이다. 이것으로 자칫 산만한 느낌을 주
기 쉬운 이 작품의 짜임새가 어느 정도 긴축적인 것이 되었다.

　〈저녁의 地區〉는 〈江東의 봄〉에 비해 좀더 서정적이다. 이 작품이 역
점을 두고 있는 것은 어느 공장 지대의 저녁 무렵이다. 물론 이 작품은
그것을 서민 대중, 또는 노동 계층의 편에서 노래하고 있다. 그런데 그
이전의 프로 시에서처럼 그것이 진술의 차원에서 읊어진 것이 아니라 여
러 개의 인상적인 장면의 제시로 시도되었다. 이것은 이 작품이 프로 시
인 동시에 모더니즘의 기법도 수용했음을 뜻한다. 안용만이 한 때 그림
을 그린 사실은 그의 이력서 사항을 통해 이미 지적된 바와 같다. 뿐만
아니라 동경 체재 기간 동안 그는 현대시의 기법도 어느 정도 터득한 것
같다. 그리하여 다른 경향시들처럼 제재를 설명하려는 쪽이 아니라 집약
적인 체험을 심상으로 제시하려는 시가 쓰여진 것이다. 본래 林和 자신
이 다다와 초현실주의의 세계를 거친 다음 계급문학에 투신한 사람이다.
동시에 그는 얼마간의 이야기를 지닌 가운데 속도감을 갖는 시를 쓰고자
시도한 적이 있다. 그 단적인 보기가 되는 것이 〈雨傘쓴 요꼬하마 부두〉
다. 본래 이 작품은 中野重治의 〈비내리는 品川驛〉 다음에 쓴 작품이다.
中野의 작품에서 노동계층의 모습은 선명하게 나타난다기 보다 단편적이
며 설명적이다. 林和는 그의 작품에서 이런 일본 프로 詩이의 어조를 극

복하고자 했다. 이런 林和의 입장에서 보면 안용만의 시는 상당히 매력적이었을 것이다. 〈江東의 봄〉이나 〈저녁의 地區〉를 이례적으로 호평한 것은 이런 이유에서였을 것이다.

작(품) 꽃 수 놓던 요람

이른 봄도 江南의 벌판은
다시로이 초록으로 띠를 달고 웃는다
이 철 들어 처음의 피크니크!
오늘의 아름다운 자연의 품은 우리들의 입김에 젖어 흘러라.

생각하노니 지내간 눈밤 火爐ㅅ가에서
봄날의 짙어가는 빛깔과 높아가는 일을 그리었느니
오오 陽光도 따뜻하다. 또한 맑은 공기!
葡萄 빛으로 젖어 수풀의 가지 사이사이로 빛의 花紋을 짜놓은 아래 젊은 날의 노래는 3월에서 터지노나.

꾀꼬리인양 이름 모를 새들은 반주를 하고
물오른 잔디는 보드라운 방석이 되어
시간 전에 와 '消費'의 동여 싸준 과자 봉지 한 구석 터쳐
뺏어들 먹으며
피우는 말의 꽃은 불을 안는가
봄의 노래는 불인가!
이때에 문득 눈에 띈 개나리꽃 한포기여!
너는 집단의 정열이 피여진 것!
방긋이 웃는 뿌리채 꺾어 코 끝에 대고 아득한 저 끝 하늘

가를 치어보면
　향내는 과즙의 달콤한 물내음새로 높아가며 회상의 실마리를
고향으로 끄은다.

　삼년 전의 봄 아아 벌써 제비에 흘러가버린 그날
　동넘어 볼록이 싹트는 잔디에서 그곳 동무 말들으며
　살며시 치어보든 개나리여! 이꽃에서 기록은 지워졌었다.
　노을이 빨갛게 타는 저녁은 오리江 두던에
　벽돌 오층이 쩻쩻이 비최는 地區의 골목길 어떤 집에서 등잔
불 아래 꽃 피우려는 이야기가 있었다
　꽃은 피고 花辨은 날르고
　살림의 입김에 무르녹은 거리에 꽃은 퍼져
　골목에 선 포푸라여! 개구리며 돌담에도 사랑은 뜨거워 이끼
(苔)를 덮었다.
　그리하여 단풍이 지는 가을에도 우리 의지는 시들 줄 몰라
　낙엽지는 河畔에는 젊은 손들이 엮는 꽃으로 수놓아질 무
렵—

　드디어 눈보라는 꽁꽁 얼음장으로 붙었다.
　꽃순도 향내를 잃어……
　오오 사랑하는 요람 지나간 날의 빛나는 꿈의 화환은 반도
짜지 못했건만
　눈속에도 싹은 트리라! 내 고향 북국에도 流氷이 흘러흘러
　젊은 꽃들아 네들의 향물은 덮이운 얼음장을 깨치려 가슴의
입김으로 넘치게 흘러라.
　시간은 定刻 다 모였다
　우리의 ‘로이도’ 안경(眼鏡)도 와 검은 얼굴에 웃음 띠고
　—이 사람! 뭐? 로맨틱한 생각해

놀리는 말에 혀끝 차며 回想을 끊고 개나리꽃 `캪`에 꽂을
때 大空의 종달이도 序曲을 그치니 꽃피우려 높아갈 江南의 계
절은 早春의 분수령을 넘었다.

해석 · 비평

1939년 10월호 『詩建設』에 게재된 작품이다. 안용만이 한국 시단에
프로 시인으로 등단하고 나서 다섯해 다음에 쓰여진 것이 되는 셈이다.
그 시간의 상거에도 불구하고 이 작품은 등단 초기의 것에 비해서 큰 진
전이 발견되지 않는다. 우선 그 주제 내용으로 보면 이 작품은 봄의 표상
으로 개나리 꽃을 내세웠다. 그리고 그것은 〈집단의 정열〉을 상징하는
꽃이다. 이 작품이 노리는 바 속뜻은 〈노을이 빨갛게 타는 저녁은 오리강
두던에/ 벽돌 5층이 쨋쨋이 비최는 地區의 골목길 어떤 집에서 등잔불
아래/ 꽃피우려는 이야기가 있었다〉에 어느 정도 나타난다. 그것은 햇볕
아래서 이루어진 것이 아니라 은밀스럽게 시도된 것이다. 그러면서 〈얼
음방을 깨치려는 가슴〉과 〈개나리〉로 표상된 것으로 보아서 계급의식을
희미하게 나마 나타낸다. 그러나 그런 의도나 의미내용은 매우 미약하게
나타날 뿐이다. 이것은 이 시가 쓰여진 시대 상황에 직결된다. 이 시가
쓰여질 무렵 일제는 태평양에서 전단을 벌리려는 야욕에 불타고 있었다.
한반도에서 그것은 철저한 후방 통제로 나타났다. 그런 상황 아래서는
일제에 대한 적의라든가 계급의식이 이 정도로 밖에는 표현되지 못했다.
한편 그 기법으로 보면 이 작품은 안용만의 초기작보다 수등이 떨어지
는 시다. 전편이 회상투이기는 하지만 이 작품의 가락은 너무 느릿하다.
또한 부분적으로는 적절하지 못한 말이 쓰인 예도 있다. 〈大空의 종달이
도 序曲을 그치니…… 江南의 계절은 早春의 분수령을 넘었다〉 이것은
우리에게 심상을 제시하는 것이 아니라 서투른 연설 원고와 같이 어색한

느낌을 줄 뿐이다. 결국 안용만은 출발 당시의 보폭을 그 다음 단계에서 유지해내지 못한 셈이다.

문학사 메모

안용만은 스물 다섯 살 때 6·25를 맞았다. 그때 그는 북쪽 문예총 소속 시인이었다. 그리하여 당의 명령에 따라 종군 작가가 되어 전선에 나섰다. 이때 다른 종군 작가처럼 여러 편의 작품을 쓴 듯한데 그 가운데 〈나의 따발총〉은 북쪽 비평가들이 전선 시의 대표작으로 추커 세웠다. 그리고 〈포화소리 드높은 7백리 락동강〉 역시 그에 준하는 작품으로 북쪽의 8·15 이후에 나온 대표 서정시선에 수록되었다. 그 전문을 보면 다음과 같다.

> 락동강 푸른 물결
> 굽이 돌아 7백리
> 흘러흘러 7백리
> 령남의 하늘도 결전이 벌어져
> 몇날 몇밤이련가
>
> 빗발로 퍼붓는 탄막
> 불바다 이루운 화염
> 원쑤의 마지막 벌버둥치는
> 강언덕을 눈앞에
> 전진에 또 전진—
> 물결을 건넌다 강을 건넌다
>
> 기름진 옥야천리를 꿰여
> 어머니의 따사로운 젖줄기인가
> 푸르러 맑은 락동강아

산줄기 타고
준령을 넘어
험산고지 이름없는 숲속에도
용맹한 싸움의 자국을 아로새기며
우리 영웅의 대오는 시방
네 품을 찾아왔다

가난한 겨레들이 그전 날
살뜰히 정들은 고향 마을과
아름다운 네 류역의 언덕 받이와
그리운 터전을 뒤에 두고
밤이면 밤마다
쪽박을 차고 북행차에 올라
류랑의 구슬픈 노래 울리던 강이여

영예로운 승리의 제1선
장엄히 추켜든 총창 앞세워
남쪽으로 향한 전렬에서 나아가던
유격대 부대장이던 동무가
오매에도 못잊어 그리웁던 고향의 강물—

푸른 물결 스치는 모래강반을
보금자리로 자란 이 나라 청년이
항쟁의 홰불 울려
이깔나무 깊은 밀림 아지트에서 싸운
전투의 기록을 너는 알리라

삼동 긴 한철 눈보라 쌓이는
산속에서 지새운 밤
북녘하늘 우러렀고
네 물줄기 흘러내리는
성주 고령을 지나 고향에 이르렀을 때

눈앞에 보이는 폐허의 마을과
쓰러져 다시 일어날줄 모르는 안해와
같이 싸우던 동무들 무덤앞에
복수의 맹세를 다지며
우리의 부대는 전진의 앞장섰거니

강물에 포화소리 울린다
사단포는 포효하고
땅크부대 지동친다
장엄타 밤을 이어 싸워온 승리의 포성
가열타 새벽으로 전진한 돌격의 함성

인민의 무력 영웅의 대오는
원쑤를 무찔러 앞으로!
전사들이 울리는 진격의 고함소리에
동터오는 락동강 7백리 푸른 물이여

우리는 가리라
남쪽끝 수평선의 다도해 지나
제주 한나산 저멀리
조선 해협 현해탄 거센 파도끝까지

　얼핏 보아도 나타나는 바와 같이 이 작품은 경향시의 요건을 갖추고
있다. 안용만이 〈江東의 봄〉이나 〈저녁의 地區〉에서 보여준 말솜씨에 좀
더 직설적으로 생각되는 의욕이 포함되어 있다. 〈장엄타 밤을 이러 싸워
온 승리의 포성/ 가열타 새벽으로 전진한 돌격의 함성〉과 같은 행이 그
좋은 보기다. 다만 그 가락이 너무도 평이하다. 북쪽의 대표적인 시인이
쓸 말은 아닐 것이다.
　그럼에도 이들 작품은 한 때 북쪽의 궁정 비평가와 문학사가들에 의해
서 〈인민군 병사들의 조국을 위한 영웅적 위훈을 고무했으며, 승리에 대

한 확고한 신심을 안겨 주었다〉고 평가되었다. 뿐만 아니라 1962년 8월에 있었던 김일성의 평북 창성 지방에서 벌린 현지 지도를 제재로 한 〈낙원산수도〉는 〈위대한 수령님의 현명한 령도와 따뜻한 배려에 의하여 지난날 사람 못살 곳으로 알려져 있던 두메 산골 창성 땅이 행복한 락원으로 꽃피여난 력사적 전변에 대하여 노래〉한 것으로 격찬되었다. 또한 그 후에 발표한 몇 편의 시와 함께 안용만의 작품은 러시아어로 번역되기까지 했다는 것이다.

참고문헌

金允植, 문학쟝르와 인류사의 이념, 『韓國近代文思想史』(한길사, 1984)
김대행, 『북한의 시가문학』(문학과비평사, 1988)
한국비평문학회, 납·월북 문인 그후(신원문화사, 1989)

조영출(趙靈出)

(1913. 11. 10 ~   )

충청남도 아산에서 출생. 예명으로 조명암, 이가실 등을 썼다. 1935년
보성고보를 졸업. 이때의 소감을 적은 것이 〈항로〉(혜화 林을 떠나면서)
인데 그의 초기 작품은 그보다 거슬러 올라가 1932년 12월호 『신동아』
에 실린 〈이 동굴 안을 거니는 자여〉로 나타난다. 이 무렵 그의 작품은
경향적이라기 보다 모더니즘의 색조가 더 강했고 기교에 치우친 단면도
나타난다. 1941년 와세다(早稻田)대학 불문과를 졸업. 일제 말기에는
『조선문학』, 『인문평론』 등에 시를 발표하는 한편 대중가요 작사에 손을
뻗쳤다. 또한 연극의 연출에 관계하였으나 그 수준은 높지 못했던 것으
로 알려져 있다. 8·15 직후에는 프로예맹에 관계 『예술운동』 창간호에
시 〈슬픈 역사의 밤은 새다〉를 발표했다. 문학가동맹과의 합동으로 그
시부 위원이 되었다. 또한 문학가동맹과 동격인 연극동맹의 부위원장.
이때 김일성의 항일 빨치산 활동을 주제로 한 희곡 〈독립군〉을 썼고, 그
것을 나웅(羅雄)의 연출로 무대에 올린 바 있다. 1948년 8월경 월북.
6·25동란 중에는 종군작가단의 일원으로 참전, 그 체험을 밑천으로 〈조국
보위의 노래〉를 썼는데 그것이 林和의 〈인민항쟁가〉와 함께 정쟁시기의
북한에서 가장 널리 가창된 작품이었다. 1954년 동독에서 열린 쉴러 기
념행사에 참석했다. 이어 60년대에는 소위 북쪽의 혁명 전통극 중 5대

가극으로 손꼽힌 작품들을 무대에 상영케 하는데 필요한 대본의 창작 책임
자로 일했다. 1973년에서 81년까지 문학예술총동맹 부위원장을 역임. 또
한 북한의 최고 훈장인 국기훈장 제1급을 탔으며 그와 함께 김일성상을 타
서 공화국 계관시인의 칭호도 받았다. 당의 신임은 매우 높은 편이며 주체
사상을 다지는 일에 열성적인 것으로 알려져 있다. 그 때문에 남쪽에서 대
부분의 월북문인이 해금된 마당에서도 그는 제외되었을 정도다.

작품 Nostalgia

가을 밤의 긴 허리를 안고
나는 누에와 같이 追憶의 실을 뽑노라

알콜에 취한 나의 가슴을 어루 만져가며
헛된 悲哀의 제물이 된 적도 있었드란다

찬 燈불 아래 식지 않는 노스탈챠여
이 밤은 푸른 잉크로 詩의 圖形을 그릴 뿐이오

窓門과 窓門 달빛을 물고
마음과 마음은 꿈의 만조를 기다리는 船舶

나는 한 개의 보헤미안이다
松茸의 냄새를 따라 가을의 젖꼬지를 물고

流浪의 꿈같은 이야기를 듣는
오오 스러진 날의 사랑은 물에 뜬 燈불 같고나

해석 · 비평

백철은 그의 『朝鮮新文學思潮史現代篇』에서 이 작품을 모더니즘의 갈래에 드는 것으로 보았다. 그의 문학사는 물론 개설적인 입장을 취한 것으로 작품 자체에 그런 해석의 논거를 구해서 밝히지는 않았다. 그러나 이 작품은 그 허두부터 관념적인 사실, 곧 추억이 구체적 현상인 심상으로 제시되어 있다. 그런 의미에서 백철의 지적은 정곡에서 크게 빗나가지 않았다. 하지만 다같이 30년대의 모더니즘 시라고 해도 조영출의 이 작품은 명백하게 정지용이나 김기림 김광균 등 그에 선행한 시인의 것과는 다른 변별적 특성을 갖는다. 우선 이 작품의 주제에 해당되는 것은 노스탈챠, 곧 향수다. 그런데 그 향수를 이 작품은 〈비에의 제물〉, 꿈의 만조를 그리는 선박같은 〈마음과 마음〉, 〈나는 한 개의 보헤미안〉, 〈유랑의 꿈같은 이야기〉, 〈스러진 날의 사랑〉 등 구절을 수반 시켜서 나타냈다. 그것으로 상당히 짙은 정신적 색조를 띠고 있는 것이다.

그 주제나 제작의 동기를 이룬 경우로 보면 향수는 한국 모더니즘 시에서 매우 애용된 매출 품목의 하나였다. 정지용의 한 작품은 그 제목 자체가 〈향수〉다. 김광균이나 신석정에게도 이에 준하는 보기는 얼마든지 나타난다. 그러나 정지용의 경우 향수는 어느 편인가 하면 인생, 또는 현실적인 생활 체험과 밀착되지 않았다. 그는 대개 그것을 그 한 발자국 앞 단계에서 미화시키고 심상으로 제시하는 입장을 취했다. 다음 김광균이나 신석정은 좀더 그것을 물리적인 차원으로 전이시켰다. 그들은 향수의 감정을 바다 가까운 노대나 아네모네, 또는 푸른 잔디, 노오란 은행잎 등 가시적 사물에 연결시킴으로써 그들의 시를 물리시에 머물게 만들었다. 그러나 조영출은 이 작품에서 똑같은 향수의 감정에 인생파식 내면 세계의 고민같은 것을 혼합시키려한 자취가 있다.

김기림은 한국 모더니즘의 형성, 전개에 결정적인 역할을 한 비평가다. 특히 그는 그 유파가 형성되기 전의 모더니즘 시에 이름을 붙이고 그 테두리안에 정지용을 위시한 여러 우수한 동시대의 시인을 입적시켰다. 그리하여 30년대의 한국 시사에서 모더니즘이 가장 큰 흐름을 이루게 한 것이다. 그럼에도 그런 김기림이 이 시로 집약된 조영출의 시에 대해서는 전혀 언급을 가하지 않았다. 이와 매우 유사한 일면이 경향문학자에게도 나타났다. 林和라면 기교파 논쟁으로 대표되는 것처럼 그 문학적 입장이 김기림식 모더니즘과는 근본적으로 달랐다. 그가 1930년대 말경에 그 무렵에 이르기까지 한국 현대 시단의 발자취를 정리한 사화집을 냈다. 그것이 학예사판으로 나온 『現代朝鮮詩人選集』이다. 그런데 거기서 그는 조영출의 것을 포함시키지 않았다. 이것은 어떻든 경향파나 기교파가 다같이 가한 조영출 푸대접이다.

 그런데 이렇게 푸대접을 받을 빌미가 그 실에 있어서 조영출의 시 자체에 내포되어 있었다. 우선 조영출은 그 출발 초기에서부터 경향시와는 무관한 작품을 썼다. 그의 처녀작으로 생각되는 〈이 동굴 안을 거니는 자〉는 좀 막연하게 생각되는 인생파시다. 그리고 그 후에도 그는 시에 좌파 이데올로기를 포함시키지 않았다. 다음 김기림이 그를 소외시킨 데는 두 가지 일이 빌미로 작용한 것 같다. 우선 조영출이 〈Nostalgia〉계 작품을 쓴 것은 1930년대 후반기부터다. 그런데 이 무렵에 김기림은 차츰 그가 추구한 이미지즘—모더니즘계 詩에 회의를 느끼고 있었다. 그 무렵부터 그는 엘리엇까지에 한계를 읽었고, 그 나머지 오우든 그룹, 특히 S. 스펜더에 경도되어 갔다. 그런 시기에 나타난 조영출의 모더니즘 시였으므로 김기림이 주목하려 들지 않았다. 또한 조영출은 이 유형에 속하는 작품을 많이 제작 발표하지도 못했다. 그는 시를 쓰는 한편 대중가요의 작사에 열을 올리고 공연 예술에도 관계했다. 그리하여 그의 모더니즘 시는 군소 문학사적 사실로 그쳐버린 것이다.

작품 모든 강물은 바다로 흐른다

모든 강물은
바다로 흐른다
백두산 위에 떨어진 빗방울이
바다로 흘러가는 그 이치를 아느냐
오 동무여 조선인민이여

우리는 서른 여섯 해 동안
무서운 악몽에 놀려 살아왔다
헐 말을 못하고
쓸 말을 못쓰고
우리 부형이
남편이
귀한 아들이
피흘린 몸으로 도라올 적마다
처참한 형(刑)터에서 백골이 되어 도라올 적마다
이 원수가 누구냐고
소리쳐 울어본 일이 있느냐

그러나 봄은 오고 가을은 오고
북망묘지에 봄풀은 해마다 푸르고
고향 뜰 앞에 봉선화는 해마다 피어 있어
금수산천의 모든 강물은
바다로 흘렀다

모든 강물은
바다로 흐른다
대관령 위에 떨어진 빗방울이

바다로 흘러가는 그 이치를 아느냐
오 동무여 조선인민이여

우리는 서른 여섯 해 동안
가진 모욕과 가진 구박에서 살아 왔고
뜻있는 사람끼리 손을 잡으면
웃는 것이 웅변이었고
뜨거운 눈물이 손등 위에 깨어질 적마다
가슴에 끓던 피가 그냥 용솟음쳤다

이 끓든 피가 치안유지법이란 그물에 걸려
용수를 쓴 동무들이
북망산천으로 갔느니라

오호 이 치욕 이 울분
종로 한복판에서 누구나 다 한번 소리치고 싶었으리라
'일본아 조선을 내 놓으라'

그러나 조선을 죽어 있지 않았고
조선의 맥박은 세월을 따라 뛰고
화려강산의 모든 강물은
바다로 흘렀다

모든 강물은 바다로 흐른다
추풍령 위에 떨어진 빗방울이
바다로 흘러가는 그 이치를 아느냐
오 동무여 조선인민이여

이 강물이 조선의 독립과 자유를 부르짖고
조선의 참된 행복이 물결치는 바다로 흘러간 것을 아느냐

그것은 붉은 피 쏟아지는
혁명지사의 혈투

오호 역사의 날 팔월 십오일
드디어 조선은 해방되었다
잃어버린 태극기의 물결
눈부신 조선독립의 여명
강물처럼 몰리는 인민의 발소리
누구나
종로 한복판에서 소리쳤다
보아라 저 떨어지는 일본 깃발을

그러나 강물은
이 시각에도 흐른다 바다로 바다로
오호 동무여 조선인민이여
우리도 흐르자 강물처럼
모든 흥분과 당파적인 싸움을 참고
역사의 지리(地理)를 따라
조선건국과 새조선의 행복이 물결치는
바다로 향해
흘러라
종로 한복판에 나서 부르짖는 그 혼돈의
웅변을 멈추고
강물이 되어
나가자
흐르자
오호 삼천만 인민아 모든
강물아
바다로 흘러라

작품 총총히 배긴 별들아

총총이 배긴 별들아
너는 조선의 별이다

허나
이 푸른밤에
바람은 조용하고
골목 안엔
강도가 들어 담을 넘고

그보다 더
무서운 총알이
피붉은 심장을 찾아 눈을 떴으니

어제처럼
옥에서 풀린 사람들이
다시 미쳐야 하겠느냐

별들아
오오 조선의 별들아
그렇게 높이 매달려만 있을게 아니다

쏟아져라
내 또한 여윈 두 다리 이끌고
다시 물결치는
저 거리에 서리라

해석·비평

〈모든 강물은 바다로 흐른다〉는 8·15 직후에 쓴 작품이다. 이 작품은
두가지 점에서 조영출의 시적인 방향 전환을 말해준다. 우선 일제 치하에서
그의 시는 대개가 순수시의 단면을 들어냈다. 그것이 이 시에서는 〈조선인
민아〉를 부르고 역사와 현실을 향해서 행동하려는 의지를 내포하고 있다.
또한 30년대에 발표한 그의 시는 이미 앞에서 살핀 바와 같이 말을 맵시 있
게 쓰는 일에 그 나름대로 신경을 쓴 편이다. 그러나 이 작품에서는 그런
감각도 크게 사상된 것으로 나타난다. 그 보기의 하나로 들 수 있는 것이
첫 련이다. 〈모든 강물은〉으로 시작하여 〈그 이치를 아느냐〉로 조영출 자신
은 상당한 감정적 호응이 이루어질 줄 생각한 모양이다. 그러나 이런 정도
의 비유 사용은 우리가 일상 생활의 대화에서도 얼마든지 부딪치는 것이다.
그럼에도 다음 자리에 〈오 동무여〉가 계속된 것은 범상한 솜씨다.

이 작품으로 조영출은 두 가지 효과를 노렸을 공산이 있다. 그 하나는 8
·15후 그가 비로소 표방하게 된 경향시의 이네올로기, 곧 인민성을 작품
의 뼈대로 삼고저 한 점일 것이다. 그런데 그 무렵까지 그는 경향시에 익
숙하지 못했다. 그 결과 조영출은 서술적인 문체에 역사적 사실을 저며 넣
는 단편 서사시의 형태를 원용코저 한 것이다. 그러나 경향시의 또다른 원
리는 굴강한 말씨 속에 그 나름대로 이루어진 체험의 집약과 그를 통해서
박진감 있는 가락을 빚어내는 데 있다. 그럼에도 이 작품은 평면적이 구도
속에 산만한 생각들을 펼쳤을 뿐이다. 그리하여 이 詩는 8·15후 나온 경
향시 가운데서도 범용한 것에 그쳐버렸다.

이런 사정은 〈총총이 배긴 별들아〉에서 좀 극복된 듯 보인다. 이 작품
에서는 앞의 시가 지닌 서술형 말씨가 상당히 정리된 것으로 나타난다.
여기서 별은 밤의 상징인 동시에 그 밤이 빚어낸 갖 가지 역겨운 현상을
배제, 극복하는 데 필요한 용기와 투혼의 상징이기도 하다. 여기서 밤이
란 담을 넘는 〈강도〉라든가 피붉은 심장을 쏘는 〈총알〉로 집약되는 상활

을 가리킨 것이다. 이것은 물론 조영출이 이 무렵에 소속한 문학가동맹의 공식적 정세 판단에 의거한 당시의 남쪽 현실을 뜻한다. 그것을 인민의 투사로 자처하는 이 작품의 화자가 배제, 항거하고저 하는 것이다. 별은 그 상징인 동시에 객관적 상관물로 제시된 것이다. 장시형의 작품에서 조영출이 실패한 것에 반해서 이런 짧막한 시가 얼마간 성공을 얻은 듯 보이는 것 은 매우 시사에 찬 일이다. 결국 조영출은 〈Nostalgia〉계 모더니즘류의 감각을 살리는 서정 단곡을 썼으면 제격인 경우였다.

문학사 메모

일제 치하에서 조영출이 만든 대중 가요의 노래말에는 〈낙화유수〉, 〈낙화삼천〉, 〈진주라 천리길〉, 〈코스모스 탄식〉과 함께 〈신라의 달밤〉이 있었다. 이 가운데 신라의 달밤은 본래 그 제목이 〈인도의 달밤〉이었다. 그러나 그가 월북하자 남쪽에서 의도적으로 그 가사의 일부와 제목을 바꾸었다는 것이 조영출의 주장이다. 그가 주장하는 본래의 가사는 다음과 같다.

> 아! 인도의 달이여
> 마드라스 교회의 종소리 울리다
> 지나가는 나그네야 걸음을 멈추어라
> 달빛어린 수평선 흘러가는 파도에
> 마음을 실어보자 방랑의 이 설음……

참고문헌

李喆周, 『北의 藝術人』(계몽사, 1966)
한국비평문학회, 『혁명전통의 부산물』(신원문화사, 19890).

김조규(金朝奎)

(1914. 1. 20 ~ 1990. 12. 3)

평안남도 덕천에서 출생. 1927년 숭실중학교 입학. 광주학생사건에 연루되어 1929년 투옥 당한 바 있다. 숭실전문 영문과를 졸업. 그의 문단 진출은 1932년 『신동아』에 산문시 〈猫〉와 〈피곤한 풍속〉, 〈해안의 기억〉, 〈고독〉 등을 발표함으로써 이루어졌다. 그러나 본격적으로 작품활동을 한 것은 『조선문학』이 나온 1930년대 중반기 경부터다. 이 무렵 그의 시는 다소간 경향적인 것이었지만 林和나 金昌述의 경우처럼 목적의식이 뚜렷한 선으로 나타나지는 않았다. 1938년 평안도 지방의 작가들이 중심으로 발간한 『斷層』 동인으로 참가. 그 이전 평양에서 정양중인 林和와 자주 접촉했다. 이어 만주에 건너가 간도 소재의 예문사에서 낸 『在滿朝鮮人詩集』을 발간했다.

8·15 후에는 최명익·김병기·유향림 등과 함께 평양예술문화협회를 발족시키고 순수예술활동을 벌리고자 했으나 소련군의 간섭으로 해산 당하고 문예총으로 통합되었다. 이 무렵 趙基天의 원고를 정정한 것으로 전해온다. 이후 작가동맹에 소속되어 활동. 6·25 발발과 함께 종군. 775부대를 따라 강원도 금화를 지나 낙동강 상류·영천 지구 전선에까지 이르렀으며, 이때의 체험을 바탕으로 시집 『이사람들 속에서』를 펴냈다. 동란이 끝나고 『승리의 역』등을 발표했으나 1956년 이태준 숙청 때

연루되어 집필 금지를 당했다. 1960년에 복권, 이어 〈포삼, 나루터〉, 〈미 제국주의를 단죄한다〉 등 경직된 이데올로기 시를 발표했다. 그후 양강도 창작교실에서 교편을 잡으며 후진 양성. 1979년 판 『해방후 서정시선집』에 그의 작품이 〈물길〉 한 편만 실린 것으로 보아 당의 신임은 두텁지 못한 것으로 추정된다.

작품 延吉驛 가는 길

벌판 우에는
갈잎도 없다.
高粱도 없다.
아무도 없다.
鍾樓 넘어로 한울이 묽어져
黃昏은 싸늘 하단다
바람이 외롭단다.

머얼리 停車場에선 汽笛이 울었는데
나는 어데로 가야 하노!

호오 車는 떠났어도 좋으니
驛馬車야 나를 停車場으로 실어다다고
바람이 유달리 찬 이 저녁
머언 포풀라 길을 馬車 우에 홀로

나는 외롭지 않으련다.
조곰도 외롭지 않으련다.

 NOSTALGIA

感情이 顚覆하는 黃昏이 기면
슬픈 習性은 부두에 나와 머언 海愁를 불은다

알섬(卵島) 아득히 넘어오는 붉은 돛이 외롭다
호— 호— 휘바람이 차고나, 담배를 물어라.

―나는 大同江에 장미를 띄우고 왔단다.
―나는 西京, 옛마슬에 귀한 靑春을 묻고 왔단다.

열손가락을 펴서 여윈 뺨을 만져보노니
千里 千里 北海의 水平線에 보프른 어린 〈노스탈지아〉

흰 손수건도 없이 이대로 멀리 어댄가 가고싶고나
갈메기야 갈메기야 오오 슬픈 바다의 詩人아

夕暮에 빗긴 쓸쓸한 나의 健康 旅路가 고달프다.
머언 海岸路를 걸어가는 沈默한 黃昏의 슬픈 行列……

오오 靑鶴島도 돌아서는 商船의 마스트가 서러워
눈을 감으니 솨—波濤가 귀속으로 밀려든다.

해석 · 비평

일제 치하에서 쓴 金朝奎의 작품은 크게 두 유형으로 나뉘어진다. 그 하나는 시대 상황에서 빚어졌으리라고 생각되는 암울한 분위기를 지닌 것들이다. 이 유형에 속하는 시들은 대개 추상적이며 관념적인 말들을 많이 썼다. 그 말씨도 요설스럽다. 말씨들이 심상 제시 쪽으로 쓰여지기 보다 진술 형태를 취한 것이 대부분인 것도 특징이다. 그리고 다른 유형에 속하는 작품들이 사적인 감정을 노래하면서 언어를 축약 사용하고 있는 경우다. 〈延吉驛 가는 길〉은 이 유형에 속하는 시를 대표한다. 이 작품의 주체격이 되고 있는 것은 타국에서 느낀 화자의 고독감이다. 얼핏 보아도 나타나는 바와 같이 이 작품의 무대 배경은 만주로 생각되는 대륙이며 그 시각은 황혼 무렵이다. 마침 그 시각에 여수를 부채질 하는 기차의 기적이 운다. 화자는 그 소리를 들으면서 놓쳐버린 기차 대신 역마차를 타고 싶어 한다. 그걸 타고 미루나무가 늘어선 길을 달리면서 외로운 스스로의 모습을 되새기는 것이 이 작품의 의미 내용이다. 그런데 이런 의미 내용을 김조규는 몇 개의 심상을 통해 제시했다. 그리하여 이 무렵 한국 시단의 전체 수준으로 보아도 수준작이라고 할 수 있는 抒情小曲을 빚어낸 것이다.

〈NOSTALGIA〉는 의미 내용으로 보아서는 〈연길역 가는 길〉과 거의 같은 작품이다. 앞 작품이 그런 것처럼 이 작품에서도 화자는 고향을 떠나 타관에 왔다. (타국은 아니다.) 그리고 그 시간은 황혼 무렵이다. 앞 작품에서 화자는 마차를 타고 가면서 여수에 젖었다. 그에 반해서 이 작품의 화자는 바닷가에 서서 갈매기를 바라보면서 나그네의 심사를 달래는 것이다. 그러나 이런 제재상의 유사성에도 불구하고 이 작품은 〈연길역 가는 길〉과 다른 단면도 들어낸다. 우선 이 작품은 앞의 것과 달리 비슷한 심상의 말들이 적지 않게 반복되어 나온다. 구체적으로 〈黃昏이 가면〉으로 이미 이 작품은 그 시간을 심상으로 제시해 놓았다. 그럼에도 그 다음 줄에 다시 돌아오는 배를 〈붉은 돗〉이라고 한 것은 중복이다. 또한 〈―나는 大同江에 장미를 띄우고 왔단다./―나는 大同江 옛 마슬에 귀한 靑春을 묻고 왔단다.〉에도 비슷한 이야기가 가능하다. 앞에 놓인 한 줄로 이미 화자의 입장이 집약 제시되어 있다. 그렇다면 그 다음 자리에서는 〈西京〉과 〈青春을 묻고 왔단다〉가 이어질 것이 아니라 좀더 이질적인 체험 내용이 제시되어야 했다. 널리 알려진대로 시의 기법상 요체는 이질적인 것을 통한 문맥 설정이라고 할 수 있다. 그리고 현대 시에서 그것은 뜻밖이라고 생각이 되는 것, 거리감이 있는 것을 이용해야 한다. 그것으로 역동성이 커진다. 더욱이나 〈NOSTALGIA〉와 같은 서정 단곡에서는 축약과 함께 그런 기법이 반드시 도입되어야 했다. 그럼에도 이 작품은 그런 원리를 돌보지 않은 채 비슷한 말들의 행을 잇달아 쓰고 있는 것이다.

결국 일제 치하에서 김조규는 〈延吉驛 가는 길〉과 같은 시를 썼는가 하면 〈NOSTALGIA〉와 같이 다소간 해이한 말씨의 시도 쓴 셈이다. 이런 사정은 그의 감정이 시대 상황에 결부된 경우에 더욱 두드러지게 나타난다. 가령 〈귀향자〉를 보면 그 허두는 〈귀향자―/ 그는 지금 외아들 잃은 과부와 같이 넋 잃은 가슴을 안고/ 고향의 거리를 헤매인다〉로 시작한다. 그리고 그마지막이 〈얼어 붙은 두 갈래로 찢어지라./ 파리한 여인이여 얼굴을 돌리고 창백한 달빛 아래 우는 귀향자/ 그는 지금 터진 심장의 피를 눈길에 띄우며/ 낯설은 고향의 거리를 울며/ 헤메인다/ 울며 비틀거린다.〉로 끝난다. 이런 보기로 들어나는 바와 같이 김조규의 일부 작품은 거의 평면적으로 자신의 감정을 읊조린데 그친 것이 있다. 이것은 이 무렵 그의 시가 극복될 단면도 지녔음을 뜻한다.

문 학사 메모

그 연보를 보면 일제 치하에 이루어진 金朝奎의 시작 활동은 『在滿朝鮮人詩集』을 엮은 다음 곧 중단된다. 그 이후 일제가 우리말과 글의 사용을 금지 했기 때문이다. 그 후 우리 시인이 자유롭게 우리 말을 사용, 우

리 시를 쓸 수 있게 된 것은 8·15 이후의 일이다. 그리고 8·15는 金朝
奎와 같은 시인에게 이중 삼중의 의미에서 축복이었다. 그는 중단된 시
를 쓸 수 있었을 뿐 아니라, 일찍 그의 시가 내포한 부정적 요소를 극복
할 기회도 얻었다. 그리하여 아름다운 서정시로 그 자신과 겨레, 역사를
노래할 기회가 찾아온 것이다. 그리고 그 전제가 된 것이 〈延吉驛 가는길〉
에서 보여준 좋은 의미의 시적 자질내지 기법을 개발, 신장해 가는 일이
었다. 그러나 해방과 함께 그가 처하게 된 상황이 그것을 허락하지 않았
다. 이미 밝힌 바와 같이 8·15와 함께 북쪽에는 문학예술총동맹이 조직
되었고, 김조규는 그 중앙상임위원 가운데 한 사람으로 지명되었다. 그
런데 이 조직 기구는 철저하게 당과 행정부의 지도 통제를 받았다. 참고
로 6항으로 된 그 강령을 제시하면 다음과 같다.

(1) 진보적 민주주의에 입각한 민족예술문화의 수립
(2) 조선문예운동의 전국적 통일조직의 촉성
(3) 일제적 봉건적 민족반역적 팟쇼적 또는 반민주주의적 반동예술의
    세력과 그 관념의 소탕
(4) 인민대중의 문화적 창조적 예술 계발을 위한 광범위한 계몽운동의
    실시
(5) 민족문화 유산의 정당한 비판과 계승

이런 강령과 함께 북쪽의 모든 시인, 작가는 작품 제작에서 발표에 이
르기까지 철저하게 당과 행정부의 지도 방침을 따라야 했다. 그리하여
이른바 과업 문학의 체제가 구축된 것이다. 그런데 이 때의 문제는 과업
의 최우선 내용이 상위 기관에서 결정된 정책 내용의 반영이며 이행이었
다. 말을 바꾸면 주제 내용의 절대성이 선행한 것이다. 이런 경우 기법의
문제는 주제 내용을 기능적으로 표현·전달하는 종속 개념에 그칠 뿐이
다. 그리하여 8·15후 김조규의 경우와 같이 기법 신장을 통한 작품의

본격화하는 북쪽에서 전혀 문제가 될 수 없었던 것이다. 이런 상황 속에서 김조규가 그의 시를 위해 어떻게 만들고자 고민했는가는 지금 우리로서 알 길이 없다. 다만 북쪽 시집에 실린 그의 작품 〈물길〉을 통해서 그 일부를 추정해 볼 수는 있다.

온 길이 천리라오/ 굽이굽이 일만굽이
물빛이 하도 고와 언덕위 능수버들
탐스런 그 머리채 물속에 드리웠소

가는 길도 천리라오
홀러홀러 천만 줄기
어찌 바다로 그저사 갈 것인가
산도 넘었다오 절벽도 올랐다오
동무네들 보았소? 산에 산상봉
후치령 산마루에 물결치는 강물을
동무네들 들었소? 층계층계 밭이랑
떠가든 흰구름도 물속에 잠이드니
파릇파릇 애기 모가 속삭이는 소리를.

예전에사 올 이도 갈 이도 적어
사람 그리운 밤이면
산짐승도 우는 소리도 반갑더라던
산수나 갑산 두메 산골
이즘엔 찾는 이 어찌면 그리 많소?

군당 위원장이 부엌 방안까지 돌보고 가자
농산 기사가 새 밀종자 들고 왔고
통신원 아바이가 자전거 꽁무니에
조산원 처녀를 태우고 왔는데
어느새 들어섰나, 예술단 배우들이
물빛 곱다 검은 머리 치렁치렁 풀어 씻으니

좋구나! 우리 고장
물맛 좋다 한바가지 들이키고 달리는
또락 또르 운전수의 머리우를 나는
산새도 산이 좋아 산에 취해 살더니
이제는 물이 좋아 물에 취해 물새가 되었다오

참고문헌

시　집, 『在滿朝鮮人詩集』(예문사, 1942)
한국비평문학회, 『혁명전통의 부산물』(신원문화사, 1989)
『조선문학사』(과학백과종합출판사 1994)
吳養鎬, 『한국문학과 간도』(문예출판사, 1988)

김동석(金東錫)

(1913 ~   )

　경기도 인천에서 출생. 인천상업 중퇴. (동맹휴학선동 주도가 빌미가
됨) 중앙고등보통학교를 졸업한 후 경성제국대학 법무학부 영문과에서
수학. 대학 졸업 후에는 중앙고보 영어 교사로 재직. 해방이 되면서 조선
문학가동맹에 가담하여 활발한 문필활동을 벌였다. 해방 전에 여러 잡지
를 통하여 수필을 발표하기도 하였으며 1946년 시집『길』과 수필집『해
변의 시』등을 상재했다. 8·15 후 노성식의 도움으로 잡지『象牙塔』을
간행하였다. 그러나 문단에서 그가 주목받기 시작한 것은 청년문학가협
회 측의 순수 문학론을 공격하고 金東里와 논쟁이 벌리고 나서부터이다.
〈순수의 정체〉라는 제목으로 발표된 김동리론에서 그는, 순수 문학이란
〈나치스 문학자, 일본·이태리 등의 戰犯 문학자들이 자기의 정체를 캄
플라지하기 위하여 이용하는〉 것이며, 김동리 같이 일제의 강압에 못이
겨 기형적 작가가 된 사람의 위축된 삶에서 빚어진 것이라고 지적했다.
우파 문인들이 인간성의 옹호니, 문학정신이니 하는 추상적인 개념만 앞
세워, 문학이 근거하고 있는 사회·현실의 물질적 조건을 무시한 채 현
실 도피적인 문학만을 고집하고 있다고 비판하였다. 그러나 그의 주장은
때때로 인신 공격에 가까운 문장으로 이루어져 우익 쪽 문인들의 강한
반박을 받게 되었다.

1947년 그는 『예술과 생활』이라는 평론집을 상재했으며, 1949년에는 다시 『뿌르조아의 인간상』을 발행했다. 이 두 권의 평론집에는 상당량의 작가론 및 작품론이 포함되어 있는데, 8·15 후 文盟 측이 내어 놓은 평론들이 대부분 원칙론이거나 그것에서 파생된 명분들이었음에 비추어 볼 때 이는 주목할만한 것이었다. 또한 프로문단의 평론가 답지 않게 독특한 말솜씨를 구사한 점도 긍정적으로 평가될 만한 것이었다. 그러나 정지용의 〈카페 프란스〉를 항일 저항시로 규정하는 등 실제 비평에서는 한계가 있었다. 1950년 서울에서 인민군을 맞고 그후 가족과 함께 월북했다.

작품 길

달은 없어도 별이 총총 해
은하가 머리 위에 동서로 뻗치고
반디불 하릿하게 나르는데
나는 혼자서 밤길을 걷는다.

마을은 어둠 속에 잠들고
버레 울음소리에 밤은 깊어 가는데
멀리 보힐 듯 말듯한 불빛은
남편 기다리는 안해 있음이리라.

길은 수수밭 사이를 지나
포도 향기 그윽히 풍겨오는데
어데서 개 한 마리 요란히 짖음은
내 발자국 소리에 놀라 깸인가.

나무 나무들도 잠든 듯 한데

바라뵈는 산들의 침묵은 무겁고
가도가도 끝 없을 나그네ㅅ길임으로
주저앉어 목놓아 울고만 싶다.

그래도 이 길이 별빛에 희고
여러 동무가 내 앞에 걸어 갔음에
나는 어둠 속에서 헤매지 않고
또 다시 용기를 얻어 발을 옮긴다.

길은 흰 강물처럼 구비쳐
어둠 속을 감돌아 산 속에 들고
이 밤이 다하는 산봉우리에선
붉은 태양이 홰치며 솟으리라.

해석 · 비평

김동석의 시는 청년문학가협회 측과의 논쟁에서 보여준 경직되고 과격한 내용의 평론에 비추어 볼 때 의외라고 생각될 정도로 서정 소곡에 해당하는 작품들이 많다. 그의 시집에서는 사회·현실의 구조적 모순을 고발하고, 지배 계급에 의해서 착취당하는 민중들에게 투쟁의식을 고취시키려는 시는 거의 눈에 띄지 않는다. 또한 그의 시집에 담긴 정서는 가볍고 상상력도 격이 높은 것이 못된다.

시집의 제목과 같은 제목인 〈길〉이라는 이 시는 시집에 수록되어 있는 시들 가운데 그래도 우수한 편에 속하는 작품이다. 시집 후기에 김동석은 〈나는 그 때가 올 것을 믿어 의심치 않고 앞으로도 또 몇핸지 몰라도 밤길을 묵묵히 걸어 가련다〉고 밝힌 부분이 있는데, 이를 통하여 미루어

보면 여기서의 길이란 이른바 인민에게 봉사하는 일이라고 유츄될 수 있다. 그 길을 김동석은 붉은 태양이 솟아오르는 아침에 통한다고 보았다. 이것으로 그가 바라는 새 사회 건설의 열망을 읊은 셈이다. 그러나 이 정도의 말솜씨라면 당시 우리 주변의 시의 수준으로 보아 그다지 두드러진 편이 못되는 경우다. 이 시 전체의 핵심 구도는 〈가도 가도 끝 없을 나그네ㅅ길임에/ 주저앉어 목놓아 울고만 싶〉지만 〈여러 동무가 내 앞에 걸어갔음에/ 나는 어둠 속에서 헤매지 않고 또 다시 용기를 얻어 발을 옮〉기려는 의지라고 할 수 있다. 그런데 이 시의 1,2,3연은 이같은 구도에 거의 기여를 하지 못하는 군더더기 같은 부분으로, 이 세 연을 제거하더라도 이 시가 주는 효과에는 별다른 영향이 없다. 시 한편 중 절반 정도가 불필요한 부분으로 짜여져 있다면, 그것을 좋은 시리고 할 수는 없을 것이다.

당대의 일반적인 시의 수준에 비우어 볼 때 자신의 작품이 높은 수준에 속하지 못한다는 점은 김동석 자신도 알고 있었던 것같다. 그리하여 그는 곧 평론에 주력하기 시작했다.

작품 나는 울었다
─學兵 영전에서

학병 영전에서
나는 울었다.
약하고 가난한 겨레
아름다움이 짓밟혀 슬픈 땅
조선의 괴로움을 안고
눈물을 깨물어 죽이며
마음에 칼을 품고 살아왔거늘

불의의 싸움터로
그대들 목매여
왜노 한테 끌리어 갈 때도
나는 울지않은
악독한 마음을 가진 놈이었거늘

그대들 돌아와
왜노를 쫓고
독사 숨은 풀밭을 걸어
꽃씨 뿌리며
새로운 조선을 노래할 때도
나는 모른척 도사리고 앉아 있었거늘

아아 이 어인 눈물이냐.
마음에 품었던 칼을 번득여
독사를 버히라.

겨레의 피를 빠는 징그러운 배암,
저 독사가 보히지 않느냐.
쌍갈래 갈락진 혀ㅅ바닥이
널름거리는 것을 보라.
그러나 나는 울었다
울기만 한 것이 원통해서
나는 또 흐느껴 울었다.

해석 · 비평

　이 작품은 드물게도 『자유신문』(46. 2. 4)에 발표되었다가 시집에 수록된 작품이다. 〈학병 영전에서〉라는 부제가 말해주 듯이 학병은 일제에 의하여 전쟁에 강제 징집당한 사람들을 가리킨다. 그들이 8 · 15 이후의 정치적 소용돌이에 휘말려 죽게 되자 그때에 느낀 작자의 슬픔과 분노를 표현한 작품이다. 좀처럼 울지 않는 강한 마음을 지닌 사람으로 자신을 묘사해 놓은 다음, 그래도 학병 영전에서는 울지 않을 수 없다고 말하여, 젊은 나이에 숨져간 좌익 학병들의 죽음을 애도하고 있다.

　그런데 이 작품에서 우리가 주목해야 할 부분이 있다. 〈마음에 품었던 칼〉과 〈독사〉라는 부분이 그것이다. 언뜻 보기에는 〈독사〉는 일제를 가리키는 말이며 〈칼〉은 일제를 향한 분노의 표현인 것 같지만 좀 더 자세히 이 작품을 살펴보면 〈독사〉는 부르주아 계급을 가리키는 말이며, 〈칼〉은 그들을 향한 적개심의 표현임을 알 수 있다. 이미 일제가 물러간 뒤에, 작가가 바라는 〈새로운 조선〉의 건설에 방해가 되고 〈겨레의 피를 빠는〉, 〈독사〉는 부르주아계급 밖에는 없는 것이다. 그것을 시인이 마음에 품어 왔던 〈칼〉로 〈버히려〉하는 것은 말할 것도 없이 스스로 프롤레타리아 혁명을 통한 부르주아 계급의 타도에 나서겠다는 것을 뜻한다. 다시 말해서 이 작품은 단순히 학생들을 강제로 징집하여 죽음으로 이끈 일제에 대한 분노를 표현하는 데 그치지 않고 작가가 신봉하는 이데올로기의 구현을 강하게 희망하고 있는 작품인 것이다.

　그러나 이 작품 역시 〈길〉과 마찬가지로 시인이 말하고자 하는 의도가 효과적으로 표현되지 못한 작품이다. 학병의 죽음을 보고 느끼는 분노가 부르주아 계급에 대한 분노로 바뀌는 부분의 솜씨가 산뜻하지 못하다. 시인 자신의 의지 표명도 대단히 어설픈 방법에 의존하고 있다. 특히 마지막 연은 서투르다. 첫째 연에서 유발된 슬픔이 구조상의 관련을 통해 유기적 상관관계로 이 부분에 밀착되지 못하고 시인의 감정만이 토로된 아쉬움을 남기고 있다.

문학사 메모

시집 『길』을 통해서 보면 김동석은 문학가동맹의 일반적인 경향과는 상당한 거리가 있는 경우였다. 그는 본래 영문학과 출신으로 매슈 아놀드의 교양론이 졸업 논문의 주제였다. 또한 해방 이전에 카프에 관계하지도 않았고, 프로 문학에 경도되었던 자취가 드러나지도 않는다. 이런한 여러 가지의 정황으로 미루어 볼 때 그는 본질적으로 투철한 프로 문학가가 되기는 어려운 사람이었다. 혼란스럽고 어지러웠던 시대 상황 속에서 지식인이면 누구나 느낄 수 밖에 없었던 사회・현실에 대한 사명감이 그를 문학가동맹에 참가하도록 만들었다고 보는 편이 옳을 것이다.

월북한 이후의 행적에 대해서 자세한 것은 알길이었다. 다만 한때 판문점 통역관으로 일하다가 박헌영계가 숙청당할 때 함께 숙청당한 것으로 알려지고 있다. 비록 잘 다듬어지지는 않았지만 그의 수필에는 상당한 재기가 내비친다. 그가 영문학을 계속 공부하여 대학에 강의할 기회를 얻었다면 김동석은 그의 재능을 십분 발휘하여 우리 문학에 공헌할 수 있었을 지도 모른다.

참고문헌

시 집, 『길』(정음사, 1946).
평론집, 『藝術과 生活』(박문출판사, 1947).
평론집, 『뿌르조아의 人間像』(탐구당, 1949).
수필집, 『海邊의 詩』(박문출판사, 1946).
權寧珉, 『韓國民族文學論硏究』(민음사, 1988).
金容稷, 『해방기한국시문학사』(민음사, 1989)
송희옥, '金東錫論', 『현대문학』(1990. 7).

김용호(金容浩)

(1912. 5. 26 ~ 1973. 5. 14)

萬石이라는 아명 외에 鶴山, 野豚, 秋江이라는 호가 있다. 경남 마산에서 출생했고, 마산상고를 졸업. 1935년경부터 시작에 손을 대어 노자영이 주재한 『신인문학』에 〈첫여름밤 귀를 기울이다〉를 발표했다. 1938년에 金大鳳과 알게 되어 『貘』동인이 되었다. 이때부터 문학에 뜻을 두어 박노춘의 소개로 시집 『饗宴』을 동경에서 발행. 1941년 일본 메이지대학 전문부 법과를 졸업했고, 다음해 같은 대학 신문고등연구과정을 수료, 귀국 후 만주에 있는 鮮滿經濟 통신사 기자로 활약. 8·15와 함께 귀국. 한때 조선문학가동맹의 시부 위원으로서 강하게 현실을 비판·공격하는 시를 썼다. 또한 1946년부터 1950년까지 예술신문사 주간을 지냈다. 일제에 압수 당해 간행이 불가능했던 시집 『부동항』외에 『해마다 피는 꽃』, 『푸른 별』, 『남해찬가』, 『날개』, 『의상세례』등의 시집을 발간했다. 1956년 자유문학상 수상, 1958년부터 단국대에 재직, 문단활동과 함께 교직에 몸을 담았다.

작품 낙동강

1

내 사랑의 강!
낙동의 강아!

칠백리 굽이굽이 흐르는 네 품속에서
우리들의 살림 살이는 시작되었다

그리하여 너 함께 기리기리 살 약속을
오목조목 산 비탈에 깃발처럼 세웠다

내 사랑의 강!
낙동의 강아!

너는 얼마나 아름다운 요람이었더냐
너는 얼마나 그리운 자장가였더냐

앞 집 영이와 풀 싸움하던 그 언덕에는
언제나 우리들의 꿈을 재우던
황혼의 보금자리가 비좁게 따뜻하였고

툇마루처럼 올라 다니던
동리 어구 ―전설의 할머니
세아람이나 되는 은행나무엔
우리들의 콧물이 마를 사이가 없었다

2

그러나 내 사랑의 강!
낙동의 강아!
별은 얼마나 총명한 하늘의 아들이었더냐
우리들은 얼마나 총명한 이땅의 아들이었더냐

'하늘천 따따지 가마 솥에 누른 밥'하며
콧물이 점점 소매 끝에서 줄어 들고
수박 참외를 하루밤 호올닥 매어 놓았던
그 원두막 '호랑이 딱딱' 할아버지가
어딘줄 모르게 시원 섭섭이 떠나가고
나룻배 사공─한룡이의 멋드러진 노래가
저 건너 '갈미봉'에서
무언가 '아이다사 미다사'로 바뀌져 갈 때
우리들은 어린 양만 피워서는 안될
어머니의 한숨을 기─ㄴ 겨울 밤 호롱불 밑에서 보았다.

3

이듬해 봄!

우리들은 삶의 고달픈 행로의 첫 걸음을
지게에 걸머쥐고
마을 뒷산을 올라가지 않으면 안되었다

물이 촉촉히 올라 붙은
포푸라 나무 가지로 끊어 만든
우리들의 쌍나팔─피리가

순이들 산나물 대나물 쑥들을 캐는
산 기슭을 헤쳐지나
멀리 마을을 헤엄쳐 내려갈 때
보리밭 두덕 얼룩 송아지 '엄매!'하는 소리는
마을의 춘궁을 또 한번 알리었다
그 봄은 그렇게도
우리들에게 잊혀지지 않는 하나의 슬픈 교훈이었다

팔월 한가위―아버지가 우리들의 노리개
땅총을 사가지고 온 읍내

정월 대보름! 줄 싸움 구경을
엄마 등에 업혀 갔다는 읍내

인제 우리들은 나무를 등에 업고
읍내를 찾아 가는 씩씩한 일군이 되었다

삼십리 길―읍내의 못 보던 경이는
우리들의 얼마나 동경의 세계였더냐

햇곱한 지게에 찾아드는 어둠과 적로를 안고
돌아오는 논두덕 위엔
피로와 배고픔이 가시밭처럼 얽혀졌는데……

내 사랑의 강!
낙동의 강아!
이때부터 너는 하나의 슬픔을 안고 흘러 갔다
황혼은 언제

조그만 어린 가슴에 명상의 연꽃을 피었더냐

그리하여 나무하다 말고
쇠줄 두 가닥이 머얼리 합치는 그곳에도
가차는 자빠지지도 않고
용하게 달리는 이유가 몹시도 알고 싶었다

4
내 사랑의 강!
낙동의 강!

우리들의 설움이 너 함께 얼어 붙고
또 다시 너 함께 풀리고

세월은 하나의 밀물이던가
삼십리 밖 읍내에 못보던 경이는
차츰차츰 이곳에도 몰려오기 시작하였다

붉은 기!
흰기!

돌돌 말렸다 풀렸다 하는 땅을 재는 자
어느새 새끼 쇠줄이 논바닥에 들어 눕고
흙 구루마는 영이와 풀 싸움하던 그 언덕을 짓밟고 달아났다

기어이 귀신이 산다는
은행나무 목이 달아난 그날 아침

마을의 할아버지 할머니들은
'이젠 동리 사람이 모두 죽는다'고
땅을 두드리고 통곡하였다

그러나 우리들의 경이의 탐색은
그런 것에 눈도 거듭떠 보지 않았다

……그것은 크고 뻗는
우리들의 푸른 하늘의 의욕이 아니고
무엇이었던가

그너나 내 사랑의 강!
낙동의 강아!

그 경이의 밀물도
끝내 제살부치는 되지 않았다

조삼모사가 우물가에 모이고
가로수 헛바닥에 귓속말이 찾아갈 때
고향은 하루 하루 호박넝쿨 시들듯 시들어 갔다

그리하여
노래 속에도 읊지 못한 노래가
세월을 안고 너 함께 흘러 갔다
아! 초조와 희망은
우리들의 숙명이던가

5

내 사랑의 강!
낙동의 강!

오리온의 별들이 일찍
우리들게 들려 준 이야기는 무엇이며
약속은 무엇이더냐

우리들은 그것을 안다
우리들은 그것을 잊지 않았다
두팔을 벼개 삼아 밤 하늘을 처다 볼 때마다
그는 우리들의 앞길을 밝히는 하나의 등대였다

아! 그러나......그러나......
그것마저 영원한 동경의 세계였다

우리들은 얼마나 착한 백성이었더냐
우리들은 얼마나 어리석은 무리었더냐

6

내 사랑의 강!
낙동의 강!
밀물과 밀물의 부닥침 속에도
일찍 우리들은 절망의 노래를 부른 적이 없다.
너 하나만은
최후까지 지켜 줄
우리들의 단 하나의 희망이었기 때문에—

그러나
그 희망마저 하루밤 사이
아—니 순간의 거품처럼

사라질 운명이었던 것을
가슴을 천 만번 뜯고 뜯어도 알길이 없다

초조와 불안과 공포가
나흘 낮—사흘 밤—
우리들의 앞 가슴을 차고 뜯고

울대처럼 선 온 산맥의 침묵이 깨어질 때
고슴도치처럼 뻣뻣한 대지를
한손에 휘어 잡고 메어친
'꽝'하는 너의 최후의 선언은
우리들의 절망 그것이었다

언제 너는 노아의 주구가 되었더란 말이냐
언제 너는 폭군 네로를 꾀하였더란 말이냐

7

내 사랑의 강!
낙동의 강아!
우리들은 너에게 고함친다
너의 폭위는
우리들 하나의 크나큰 시련에 불과하였다는 것을

한 마리 참새도 너의 폭위 앞에
그의 생명을 능히 상우지는 않았다

하물며
우리들의 새빨갛게 타는 생명을 짓밟기엔
네 힘은 너무나 약하였다

우리들은 사무치는 원한과
절망의 구덩이 속에서

또 다시 털고 일어 설
하나의 신념을 찾았다

구름은 한갓 하늘을 떠도는 유랑민은 아니었다
그는 희망과 추구의
생명의 깃발을 싣고
설계하고 건축하고
마음에 들지 않으면 파괴하고
또 다시 탐구의 이동을 꾀하는
아! 지혜롭고 자유스런
선망할 하나의 생명이 아니었더냐

8

내 사랑의 강!
낙동의 강아!

이제 좀 지나면
돈냉이 상추쌈에 봄잠이 잦을 때다

우리들은 숟가락 몇 개 바가지를 찼다
그렇게도 가뜬한 우리들의 살림살이였다

북쪽—

북쪽은 구름이 깃들인 고향
우리들은 구름이 의도를 따라 북쪽으로 간다

할머니 어머니
'쇠마차 타면 서울 구경 내일 아침 한다지?'하던
당신들의 평생 소원
그렇게도 타고 싶어하던 '쇠마차'가
지금 철교를 구을고 달려오지 않습니까?

아하!
기쁨의 물결이 일 당신들의 얼굴 얼굴이
왜 그렇게도 앙상한 나무 가지처럼
뻣뻣하고 어둡고 차단 말씀입니까?

9

내 사랑의 강!
낙동의 강아!

삼월에도 산진 날
흥부에게 줄 행복의 씨를 물고
제비가 틀림없이 이 마을을 찾던 그때는 어느 때며
'용 못된 강철이'가 산다는 그 바위가
우리들게 영원을 이야기한 때는 그 어느 때냐?......

10
아! 그리운 내 사랑의 강!
낙동의 강아!

너는 왜 말이 없느냐

너의 슬픔은 무어며
너의 기쁨은 무어냐

해석 · 비평

〈낙동강〉은 1938년 『四海公論』에 발표된 작품으로 민족의 암담한 현실을 담은 것이다. 전 10장으로 이루어져 있는 이 시는 1∼2장— 어린시절 낙동강의 추억, 3∼5장— 가난과 파괴되는 낙동강, 6∼8장—강의 범람과 새로이 살아가야 하는 사람들의 생활, 9∼10장— 결말(회고조)로 나뉘어질 수 있다. 민족의 삶을 낙동강과 그 주변의 사람들의 삶을 토해 묘사하고 있다. 1,2장은 일제의 침략으로 인해 우리의 공동체가 깨어지기 이전의 평화스러운 모습이 유년 시절의 추억을 통해 그려졌다. 그러나 이 평화는 다음해 봄 춘궁과 배고픔으로 바뀌고, 이곳에도 철로 부설과 새로운 토목공사가 시작되면서, 공동체는 산산조각으로 부셔져 버린다. 5장에는 이 현실 앞에서 뼈아프게 반성하는 모습이 나타나 있다. 6장∼7장에는 낙동강이 범람을 하고, 그 어려움 속에서 다시 살아가려는 토착민의 의지가 암시된다. 강의 범람은 민족의 분노의 표출로 볼 수도 있겠다. 이어 낙동강 유역의 사람들이 유랑민이 되는 모습이 노래되었고 그에 이어 회고조로 다시 낙동강을 끌어들이면서 결말이 이루어진다. 서사시로 보기에는 다소 미흡하지만, 일제 하의 현실과 울분을 어느 정도 기능적으로 형상화시킨 작품으로 평가된다.

작품 山

턱 버티고
앉었는 것은
여간 해 끄덕않을
미듬성 있는 자세다

웃머리를
하늘 높이 뻗힌 것은
추구의 행방이
어디인가를 알리는
솔직한 신호다
그렇기에 산은
촉새들의 짓거림에
귀를 기우리지 않는다.

명상은 높아 높아
가을 호수처럼 맑다.

해석 · 비평

　8·15 다음 해의 작품을 수록한 문학가동맹의 『1946년도 연간시집』
에 수록된 작품이다. 여기서 보이듯 8·15 후 김용호의 작품들은 비교적
질박한 문체에 저항의 의지를 담고 있다. 이는 자본주의 예술의 장식성
이나 감상성이 배제되어 있다는 점으로 그와 소속을 같이 한 문학가동맹
평론부 소속의 맹원들에게 격찬을 받았다. 김동석은 『해마다 피는 꽃』을

두고 다음과 같은 평을 하기도 했다.

　　日帝가 그의 第三詩集『不凍港』을 압수한 것도 그 까닭이었다. 그때
이미 反抗하던 詩人이니 시방 南朝鮮에서라.(……) 詩人이 숙명적으로 질
머진 詩라는 슬픈 유산을 지닌 채 또다시 밀려드는 더 큰 ××主義에 항
거하는 몸부림을 이 이상 더 표현하기는 어려울 것이다.

문학사 메모

　김용호는 많은 작품을 남긴 시인이다. 그의 일제시대 詩들은 〈낙동강〉
을 비롯해서 대개가 저항시의 성격을 가지고 있다. 1942년 시집『부동
항』 발간이 일제에 의해 금지되기도 했고, 이런 상황으로 해서 해방 후
문학가동맹 측의 호평을 받기도 했다. 그러나 문학가동맹이 불법 단체로
규정되고 맹원들에게 체포령이 내려지는 상황에 이르렀다. 김용호는 이
데올로기를 버리고 시와 생활을 택한다. 이후 그의 작품은 남한의 자유
민주주의를 긍정하는 테두리에서 발표되었다. 이와 아울러 민족전통에
대해서도 관심을 기울인 바 있는 작품도 썼다. 시집『洛東江』으로 이미
들어난 바와 같이 金容浩는 일찍부터 현실을 향한 서사적 경사를 가졌
다. 그 보기가 되는 것이『남해찬가』다. 이 작품은 임진왜란 때의 구국의
영장인 이순신 장군이 주제가 된 것으로 한권의 단행본을 이룬 장시다.

참고문헌

시　집,『饗宴』(동경, 1941).
시　집,『해마다 피는 꽃』(시문학사, 1948).

시 집, 『푸른 별』(남광문화사, 1952).

시 집, 『南海讚歌』(남광문화사, 1952).

시 집, 『날개』(대문사, 1956).

시 집, 『衣裳洗禮』(일조각, 1962).

시 집, 『김용호 시전집』(대광문화사, 1983).

수필집, 『시원산책』(정연사, 1964).

文德守, 金容浩詩硏究, 『시문학』(1984. 4).

민병욱, 〈김용호의 서사적 세계와 갈래 체계〉, 『현대시학』(1984. 4).

김용직, 『해방기 한국시문학사』(민음사, 1989).

민병균(閔丙均)

(1914 ~　)

　황해도 신천에서 출생, 1932년 1월호『東光』에 〈장날이 오면〉, 다음 달『新東亞』에 〈고적(孤寂)〉을 발표하여 시단에 등장. 그후 1935년『매일신보』에 소설 〈三鳳이와 도야지〉가 신춘문예 당선작으로 뽑혀 소설에도 손을 뻗치게 되었다. 이 무렵에 그는『동아일보』와 〈풍림(風林)〉 등을 통해서 시와 비평을 발표했는데, 초기의 시가 시대 현실에 관심을 표명한데 반해서 일제 말기의 시는 다소간 순수시의 경향을 띠게 되었다. 8·15후 북쪽에 머물면서 북조선 문학예술총동맹 창립에 관계. 그 서기장을 역임. 조선문학가동맹 발행. 1946년도판『연간조선시집』북한편인 제2부에 그의 작품 〈인민의 기치〉가 수록되어 있다. 6·25때에는 종군시인으로 전선에 나갔고 그 체험을 서사시 〈조선의 노래〉로 제작 발표했다. 1960년대 후반에도 작품 활동을 했으나 지금은 그 자취가 나타나지 않는다.

작품 들노리

病든 고슴도치가 遠山 나드리를 오는
푸른 誘惑은 멋진 季節입니다.

하물며 물고기처럼 살찐 당신들의 透明한 두다리가
어찌 가비엽게 뛰고 싶지 않겠습니까.

구김없는 綠陰의 향응입니다.
어서 젓떨어진 어린 노루새끼들의 입내를 내십시오.

개싱아, 소리채 푸른 綠情을 한입 따물고
음매 누런 송아지의 긴— 영각을 배워도 좋겠습니다.

이윽고 당신들의 행복이 넘치는 喜悅에 지치거든
송사리떼 모히는 바위밑 여울가로 가십시오.

눈부시는 햇볕에 정한 몸을 고이 잠그고
深山 할미새 새끼들처럼 짓거리고 싶지 않아요?

오 헤렌— 당신은 어째 오늘 하루 종일
느티나무 그늘처럼 그렇게 우울만 하십니까?

불어드는 南風에 무거운 옛 기억을 흘린 후
당신의 명랑한 來日을 카메라에 기념하십시오.

작품 황 새

털의 아름다움도
날개의 燦爛함도 없이
네 혼잣소리로
무엇이라 왜각 왜각
적고 가벼운 날새들과는 섞이려고 하지 않으며
때로 閑散한 눈둑에 홀쩍 앉아
끝없는 哀想을 먹음은 듯
흰목을 청승맞게 길게 뽑고
푸른 두 눈알을 스스로 내려감는
황새야
너의 晩年을 구름속에 묻자
狂風 부는 날 떼구름 속에 묻자.

해석 · 비평

閔丙均의 초기 시들은 말들이 깔끔하지 못했다. 서술적인 문체로 산만한 생각들을 펼쳐서 그 격이 높다고 할 수 없는 것들이다. 그것이 어느 정도 절리 된 것은 30년대 후반기부터인데 〈들노리〉는 그 가운데 하나다. 이 작품은 시민들이 일상 생활 속에서 맞는 야유회를 題村로 삼은 것이다. 그 특징적 단면은 두 가지라고 할 수 있다. 그 하나는 대상을 완전하게 물리적인 차원에서 다룬 것이 아니라 다소간 생활 감정을 곁드린 점이다. 이것은 그의 선배 시인인 정지용이나 김광균과는 달리 그가 시에 인생을 얼마간 수용했음을 뜻한다. 또한 이 시에는 적지않게 부정적으로 작용하는 수사취미가 있다. 구체적으로 〈물고기처럼 살찐〉이라든가 사람들의 이야기를 〈梁山 할미

새 새끼처럼〉이라고 한 비유 등이 그런 것이다. 이것은 이 시가 기법상에서 별로 고수가 되지 못한 것임을 말해준다. 다만 그 가운데서 전혀 주목되는 句節이 없는 것은 아니다. 그것이 〈느티나무 그늘처럼 그렇게 우울만 하십니까?〉라고 한 부분이다.

〈황새〉는 그 마지막 행이 요를 얻고 있다. 이 작품은 허두에서 그 전반부에 이르기까지 상투적인 생각에 산만한 가락을 지닐 뿐이다. 그러나 그런 사정은 후반부의 〈흰 목을 청승맞게 길게 뽑고/ 푸른 두 눈알을 스스로 내려감는/ 황새야〉에 이르면 사정이 달라진다. 여기서부터 이 작품의 제재인 황새는 명백하게 심상으로 제시되었다. 그러나 그 심상은 그뿐 제격을 갖춘 작품이 지니는 사상, 관념을 바닥에 거느리지 못한채다. 그것이 다음 줄에 이르러서는 〈哀愁을 구름속에 묻자〉로 탈바꿈을 시도한다. 그리고 〈狂風 부는 날, 떼구름 속에 묻자〉로 상당히 기능적인 실체화가 이루어진 것이다. 일제 말기에 이르기까지 민병균이 쓴 시 가운데는 이 작품이 가장 양질에 속한다. 그리고 이것은 우리에게 한 가지 이야기를 성립시킨다. 결국 그는 이 무렵까지 군소 시인의 한 사람에 지나지 않았다. 일제가 우리말 사용을 금제로 한 1940년대에 접어들자 이 시인이 그 이상의 차원도 구축할 수가 없었다. 그리하여 민병균의 작품 활동 역시 이 언저리에서 동면 상태를 들어간 것이다.

작품 인민의 旗幟

이 영광을 다시 물찔러
늬들의 검은 욕창(慾倉) 속에
길이 구겨 박으려는
남조선 반역의 무리들아

푸덕이는 조국의

날개를 찍어
늬들의 그 적은 피값을
천배 만배 빨려드는
세기의 흡혈귀들아
겨레의 자유와 해방이란
늬들만을 살찌우는
인민의 헐벗음은 아니리라
또 다시 거리에 철컥이는
폭군의 쇠사슬은 아니리라

너희 이제 머리 들어 말하라
우리 온갖 지성을 바쳐
이 나라를 높이 세워 온
지난 삼백 육십 오일을
늬들 무엇을 하였던가를

오 오늘 8 · 15
이제 정직한 역사의 일년은
늬들과 우리의 흑백을
천지광명 앞에
뚜렷이 드러내었거니

그렇다!
북조선 방방곡곡에 펄럭이는
이 의로운 인민의 기치만이
왼 땅을 늬들의 욕된 자욱에까지
물결쳐 물결쳐 흐를 날이 오고야 말리라

해석·비평

1946년도판 조선문학가동맹의 『年刊詩集』에 북쪽 시인들 것으로 발표된 작품 가운데 하나다. 얼핏보아도 나타나는 바와 같이 의도, 또는 목적의식이 앞선 나머지 시적인 형상화가 제대로 이루어지지 못한 작품이다. 이 작품의 주제는 말할 것도 없이 남쪽의 이른바 인민의 적으로 규정된 〈반역의 무리들〉에 대한 적개심이다. 그런데 경향시도 분명히 시이며 예술의 하위 개념이다. 그렇다면 그 적개심이 혼자만의 감정이나 그가 속한 조직, 집단만이 느끼는 폐쇄적 성격의 것이어서는 안 된다. 특히 계급시는 대중을 선동, 고무하여 혁명적 사업의 역군으로 이끌어드려야 할 것이 요구되는 문학 양식이다. 그런데 이 작품에서는 〈지난 삼백육십 오일을/ 늬들 무엇을 하였던가를〉 식으로 개인적 차원에 머문 감정 토로에 그친 부분이 여러곳에 나타난다. 또한 마지막 두 연에는 작품자체로도 상당한 난점을 지닌 부분이 포함되어 있다. 〈오늘 8·15/ 이제 정직한 역사의 일년은/ 늬들과 우리의 흑백을/ 천지광명 앞에/ 뚜렷이 드러내었거니〉. 여기서 흑백이란 물론 민병균이 속한 북쪽이 옳고, 남쪽이 틀렸다는 생각을 전제로 한 것이다. 문학에서는 이런 규정이 문제가 아니라 이 작품을 읽는 이로 하여금 그것도 감각적 실상으로 그런 사실이 느껴지도록 만들어야 한다.

앞에서 우리는 8·15에 이르기까지 민병균의 작품 실적이 크게 떨치지 못했음을 살폈다. 또한 이 작품으로 나타나는 바와 같이 그 후에도 그의 시를 쓰는 능력에는 획기적인 진전이 이루어지지 않았다. 그럼에도 이 무렵부터 그는 북쪽의 문예 조직에서 아주 중요한 위치를 차지했다. 문예총의 서기장이 된 것이 그것이다. 그의 시는 북쪽에서 간행되는 여러 발표 매체에 차례로 실렸고 그들은 또한 대개가 그 쪽 비평가에 의해 호평되었다. 이런 사실에 대해서는 한 가지 해석이 가능하다. 본래 북쪽은 투쟁 경력이나 출신 성분 문제에 대해 매우 엄격했다. 8·15을 맞이 했을 때 38선 북쪽에 남은 시인은 숫자상 별로 많지 못했다. 카프계 출신으로는 李燦 정도가 고작이었고, 순수계로는 白石이 있었을 정도다. 그런데 白石은 공산당이 배제의 대상으로 삼은 부르주아 계층 출신이었다. 그를 제외하고는 한설야, 이기영 등이 모두 요직에 앉은 판이다. 이 인력난이 민병균으로 하여금 문예총 서기장자리를 차지하게 만든 것이다. 또한 이 무렵 북쪽에서는 경직된 사회주의적 사실주의 문학이 판을 치고 있었다. 그에 따르면 시와 소설은 사회주의 조국 건설을 위한 북과 나팔이 되는 것으로 족했다. 그런데 민병균의 8·15 이후 시는 이 교의에 매우 충직한 편이었다. 이런 일들이 그로 하여금 북쪽 문단에서 큰 자리를 차지하도록 만든 셈이다.

문학사 메모

6·25 이후의 문학을 북쪽의 문학사에서는 전후 복구 시기라고 통칭한다. 이 시기에 민병균은 장편 서사시 『조선의 노래』를 발표했다. 이 작품은 민병균으로서는 〈얼러리 벌〉에 이은 두 번째의 서사시였다. 또한 같은 무렵에 나온 홍순철의 〈어머니〉, 김학연의 〈소년 빨치산 서강렴〉, 주태순의 〈중기 사수〉, 한명천의 〈노한 바다〉 등과 함께 전후 복구 시기의 큰 문학적 수확으로 평가된 작품이다. 이 작품의 무대 배경은 6·25이다(이 시기를 북쪽에서는 조국 해방전쟁 시기라고 함). 거기에는 장명과 한순이라는 두 주인공이 등장하는 데 그 허두는 다음과 같다.

> 진해, 마산으로 가자
> 진해, 마산으로 가자
> 조국을 침범한 원쑤를 무찔러
> 전사들아 결전의 총검
> 다시 한번 남해로 고누라!
> 리 순신 장군께서
> 삼도 왜적을 물리친
> 선조의 자랑찬 조국의 바다가
> 우리를 부른다!
> 조국의 강토를
> 피바다 불바다 속에 바다가

우리를 부른다!

조국의 강토를
피바다 불바다 속에 잠그는
원쑤놈들 모조리 남해로 쳐넣자!

진해, 마산으로 가자!
진해, 마산으로 가자!

우리 거기 가서
남해 깊은 물에
원쑤의 피묻은 칼을 씻고
우리 거기 해안선 굽이굽이
공화국 깃발 높이 휘날리며
자유의 노래 유쾌히 부르자

이 작품은 이렇게 시작하여 6·25 때 전 전선에 걸친 싸움과 후퇴 상황, 그리고 정전과 함께 이루어진 열병식에 이르기까지의 여러 장면을 다루었다고 한다. 그 마지막은 〈이 노래의 마지막 악장을/ 서울의 광장에서 부르리라〉로 전해져 있다. 여기 나타나는 바와 같이 『조선의 노래』는 그 바닥에 북쪽 이데올로기에 의한 남쪽의 병탄과 그것을 전제로 한 흡수 통일을 지향한 작품이다. 미루어서 이 작품의 경향성이 어느 정도인가를 가늠될 수 있을 것이다. 또 『해방후 서정시선집』에는 그의 작품이 나타나지 않는다. 이로 미루어보면 그는 상당한 기법을 원용해야 하는 서정시를 쓰는 데는 별로 유능하지 못한 듯 하다.

참고문헌

李喆周, 『北의 藝術人』(계몽사, 1966).
오현주, 『해방기의 詩文學』(열사람, 1989).
한국비평문학회, 『혁명전통의 부산물』(신원문화사, 1989).

양운한(楊雲閑)

(1903. 6. 29 ~ 1985)

　　평안남도 평양에서 출생. 평야고보와 평양 숭실전문학교 문과를 졸업했다. 1930년대 중반기경부터 『조선문학』, 『조선중앙일보』에 시를 발표하면서 문단에 등장. 한 때 〈단층(斷層)〉에도 관계했으나 활동은 활발하지 못했다. 초기의 작품들은 대개 생활 주변의 감정을 순편하게 노래한 쪽이었고, 경향시의 색채를 들어낸 것은 없다. 8·15와 함께 조선문학가동맹에 관계, 그 시부 위원으로 활동하는 한편, 무학여고 교사로 재직. 6·25동란 때 월북, 남로당계 숙청 때에는 거세되었으나 그 후 곧 복권되었다. 그의 시 〈첫 기둥을 세고〉, 〈황금벌에 서서〉, 〈산넘어 영넘어〉, 〈목장 풍경〉, 〈딸에게〉, 〈그는 폭약을 지피어 간다〉, 〈아들에게〉 등은 북쪽 문학사에 그 이름이 올라 있다. 이 가운데 〈그는 폭약을 지피어 간다〉는 〈세계의 혁명적 인민들의 투쟁을 적극 지지 성원하고 반미·반제 투쟁정신을 힘 있게 표현하는 데서 성과를 보여 주었다〉고 평가되었다. 〈딸에게〉, 〈아들에게〉 등은 미군 철수를 주장한 내용이다. 최근의 작품 활동은 거의 나타나지 않는다.

작품 惡

너처럼 사람들에게 미움을 받으며서도 치근치근히 따러다니는 것은 世上없을 것이나 그 꼴에 白痴같이 비겁한 사람일랑 돌아도 안보고 强盜, 殺人, 射殺, 饑餓, 馘首 등등의 장쾌한 설계만을 넌즛이 불으노라니. 내가 자나 깨나 항상 너에게 대드는 말이지면 그러면 어찌하야 몸소 비겁스럽게도 聖母마리아의 탈을 쓰고 行世할 이유가 무엇이며 또는 너의 이단자에게 너의 教訓服을 입히는 이유가 어데 있느냐. 그처럼 네가 世上없이 꼿꼿한 놈이라고 한것만은 大體 그 잔인하고 壯快한 설계자를 위하야 變名까지 할 必要는 무엇이냐 말이다.

憤하게도 驢馬는 自己의 아버지의 아버지가 하든 연잣간의 終身職을 아버지에게서 遺言 도 아모것도 없었건만 애매한 歲月을 집어 먹은 탓으로 世襲의 覆面을 하고 맴도리친다. 할아버지가 처음 발자욱을 내고 아버지가 그 다음 꽁꽁다진 길을 驢馬는 작고만 돈다 돌고도니 하늘이 따라 돌고 땅이 또한 따라서 뱅글뱅글 돈다. 드디어 驢馬는 돌면서 自己는 멋은 줄 안다. 驢馬의 覆面 驢馬의 眩氣 그때 驢馬는 할아버지와 아버지가 꼬박꼬박 돌아간 그길을 無條件하고 돌터인가.

작품 소 라

소라의 배앵 뱅 꼬인 네키는
바다의 年輪

나는 오늘도 소라를 주어
바다의 나를 세이다

해석 · 비평

〈惡〉과 〈소라〉는 다같이 모더니즘의 단면을 지닌 작품이다. 그리고 양운한의 시작 역정으로 볼 때 제2기에 속하는 경우로 생각된다. 30년대 중반기 경에 , 〈대동강(大同江)〉, 〈창(窓)〉(『조선문단』1935. 4. 5)을 들고 나온 직후 양운한의 시는 그 길이가 길고 말도 서술적인 형태를 취한 것이 많았다. 구체적으로 1936년 11월호 『浪漫』에 실린 〈洞里의 개들이 짖었다〉는 그 허두가 〈오늘도 洞里의 개들이 짖었다./ 검정개, 흰개, 삽살개, 똥개⋯⋯/ 그라고 이름하는 개들은/ 열집이 못차는 이 洞里가/ 한꺼번에 떠나갈 듯이 짖었다.〉로 시작된다. 그리고 그 행수가 117행에 이르는 것이다. 이 시기의 이런 경향은 양운한이 그의 시에 현실 수용을 의도한 결과로 생각된다. 이 유형에 속하는 시가 제작될 무렵을 그의 詩의 제1기라고 볼 수 있을 것이다. 위의 두 작품은 1기에 이은 양운한 시의 변모 양상을 나타낸다. 이 시에서는 현실 대신 그 자신이 유의성을 지닌다고 생각한 개성적 세계가 다루어져 있다. 또한 그 말 역시 서술적인 테두리에서 벗어나 있다.

얼핏 보아도 나타나는 바와 같이 〈惡〉은 산문시로서 쓰여진 것이다. 그리하여 그 말과 행들은 특별히 상징적 기능을 염두에 두고 쓰이지 않았다. 그러나 이 작품에는 좀 독특한 기법이 원용되어 있다. 우선 전반부에서 이 작품은 강도, 살인을 그 제재로 했다. 그리고 후반부의 제재가 되고 있는 것은 연자매를 끄는 당나귀다. 그런데 이 시는 그런 다루면서 독특한 시각, 곧 상상력을 구사했다. 구체적으로 그것이 강도를 백치 아닌 〈장쾌한 설계〉의 몫으로 돌린 점이다. 본래 시는 상상력을 통해서 제재를 새롭게 해석, 전이하는 일이다. 그런 점에서 이 작품은 양운한 나름의 독특한 시도라고 할 것이다. 다음 〈소라〉는 그 형태부터가 쟝 · 꼭또를 연상하게 만든다. 양운한이 이 시를 쓰고 있었을 무렵 우리 주변은 〈내 귀는 소라껍질/ 바다 소리를 그리워합니다〉로 된 꼭또의 시가 꽤 널리

퍼져 있었다. 이 작품은 그 패러디이면서도 양운한 나름의 독특한 말씨
가 담겨 있다. 특히 그 이전 헤프게 쓰인 느낌을 준 말이 여기에서 축약
의 조짐을 보인 것도 주목될 일이다.

작품 팔일오에 부치는 노래

우리 모두 다같이
오래 오래 그리웠던 하늘이기에
이제는
네 푸르른 푸른 구름 속에서 살리라 했더니
달일랑 별일랑
농부랑 태양일랑
우리 모두 다같이
네 푸르른 푸른 속에서 살리라 했더니
세 번째 맞이하는 팔일오 이 날
꽃다발 한아름 마음에 안고
하늘 푸르른 푸름 속에
높이 퍼덕이는 우리의 깃발을 쳐다 보려던 이날
남부의 조선은 점점 위태롭게
'맘몬'의 흡반인 쬤차에 실리어
대체 어데로 가려는 것인가
내 나랏말보다 아직도 왜말과 영어를
더 잘 지절대는 무리들이여
내 나라 찾으려는 동족과 정의를
왜놈께 팔아먹던 무리들이
또 다시 눈알엔 비수를 품고
양팔엔 외세를 들고 대드는 남부의 조선이여

'맘몬'의 흡반인 찦차를 타고
그대들은 대체 어데로 가려는 것인가
황금의 정의라는 나라
원자탄을 가지었다고 울러메는 아메리카런가
억압과 두개골로 성을 쌓고
피로 丹靑을 한다는 戰神의 궁전이런가
정의와 민족을 저버리고
외세와 간통을 하던 무리들이여
상습을 버리기 싫거던
땅개같은 찦차를 탄 채로
옛날의 정부를 찾아서 이 땅을 떠나거라
그리하여 달일랑 별일랑
농부랑 태양일랑
우리 모두 다같이 마음놓고
높이 퍼덕이는 우리의 깃발을 쳐다보리라.

작(품) 체 온

내가 찾어서 가는 것은
그늘진 마음에
슬픔이 낙엽처럼 쌓이는 까닭입니다.

세월과 더부러 세어가는 나의 머리칼은
갈밭처럼
차거운 바람에 나부끼는데

가난에 시달리여도
위태로웁도록 의젓하렵니까

두손을 찌른
양복 호주머니의 뚫어진 구멍으로
겨울이 파고 든다고 해서
나의 죄될 것이야 있겠습니까.

가난의 계보를 같이 한 우리들이
의젓한 양들처럼
서로 몰리어 체온을 유지하려는 것이
어찌 미움이야 되겠습니까

내가 체온을 찾으려는 것은
그늘진 마음에
억울이 낙엽처럼 쌓이는 까닭입니다.

세월과 더부러 단풍들은 계절이
바람처럼
분주히 황혼을 불으는데

가난에 볶이어도
슬프도록 의젓하렵니까.

해석 · 비평

〈팔일오에 부치는 노래〉는 1948년 8월호 『개벽』에 실렸으며, 〈체온〉은 그 다음해 4월호 〈민성(民聲)〉에 실린 것이다. 앞 작품이 발표된 때 양운한이 소속한 문학가동맹이 처한 이른바 객관적 정세는 지극히 좋지 않았다. 그 이전 유엔은 이미 남쪽 가능한 지역만이라고 선거를 실시하는 방안을 채택, 대한민국정부 수립의 일정을 발표했다. 이에 대해서 남로당은 전면적인 단독정부 수립 반대투쟁을 선언했다. 그들은 이른 바 2·7 구국 투쟁과 5·10 단선 반대투쟁을 전개했다. 그러나 이미 대중은 그들의 편이 아니었다. 남로당이 총력을 기우린 선거 방해 투쟁도 제주도를 제와한 몇개 지역에서만 불이 붙는데 그쳤다. 그리하여 양운한이 소속한 문학가동맹의 대부분 맹원들도 북쪽으로 넘어갔다. 문학가동맹의 조직 활동은 그리하여 지하로 잠입한 채 이용악을 중심으로 한 비밀 투쟁 조직으로 바뀌었던 것이다. 양운한은 이 무렵 문학가동맹이 남쪽에 남겨 두고 작품을 발표토록 한 몇 안 되는 맹원 가운데 하나였던 것으로 보인다. 그런 각도에서 보면 이 작품의 이데올로기상 색깔이 어느 정도 들어난다.

단적으로 말해서 〈팔일오에 부치는 노래〉는 해방 셋째돌을 맞이해서 남쪽 현실을 비판한 노래다. 여기서 〈맘몬〉이란 물론 황금 만능주의의 상징으로 쓰인 말이다. 양운한은 당시 남쪽의 보수정치 세력을 〈내랏 말보다 아직도 왜말 양어를/ 더 잘 지절대는 무리들〉이라고 보았다. 그는 그들에 대한 적개심을 〈땅개같은 짚차를 탄채로/ 옛날의 정부를 찾아서 이땅을 떠나거라〉라고 했다. 그것으로 그가 바라는 것, 곧 〈달일랑 별일랑/ 농부랑 태양일랑/ 우리 모두 다 같이 마음놓고/ 높이 퍼덕이는 깃발〉을 보는 일이 가능하다고 믿은 것이다.

한편 〈체온〉에 이르면 양운한의 인민성에 입각한 투쟁의욕은 크게 후퇴한다. 그가 이 작품을 썼을 때 제주도에서도 국회의원이 선출되고, 또한 여순 반란 사건도 일단 진압된 뒤였다. 그리하여 지난 날의 좌익 활동가들은 모두가 보도연맹으로 수용되었다. 또한 반공 이데올로기가 철저하게 실천된 이승만 정권 하에서는 어떤 형태의 경향문학 활동도 허용되지 않았다. 그런 상황이었으므로 양운한 역시 〈팔일오에 부치는 노래〉와 같은 작품을 더 써낼 게 제가 아니었다. 그러나 이데올로기가 전면적으로 표출되지 않았을 뿐 이 시에도 다소간 경향적 색채가 그 바닥에 깔려 있다. 얼핏 보아도 나타나는 바와 같이 이 시를 지배하고 있는 것은 신선한 생활에 대한 의식이다. 이런 것에 인민성이나 당파성이 가세하면 적대 세력을 비판하고 그 타도를 외치는 투쟁의 노래가 될 수 있을 것이다. 〈체온〉에는 그런 의식이 거세되었지만 그 바닥에는 적어도 가난에 대한 불만감 같은 것이 깔려 있다. 그 결과가 〈세월과 더 부러 단풍들은 계절이/ 바다처럼/ 분주히 황혼을 불으는데/ 가난에 볶이어도 / 슬프도록 의젓하렵니까〉와 같은 일말의 거부 감정으로 나타난 셈이다.

문학사 메모

　6·25가 났을 때 양운한은 공산당이 가장 싫어하는 전향자 가운데 한 사람이었다. 그와 함께 월북하지 않은 채 남쪽에 있다가 6·25를 맞은 문학가동맹 맹원은 鄭芝溶, 薛貞植, 金哲洙, 金尙勳, 林學洙, 李鍾山, 呂尙玄, 林虎權 등의 시인과 池奉文, 姜亨求, 鄭人澤, 李根榮. 엄흥섭, 김영석, 朴魯甲, 임서하, 김만선 등의 소설가, 극작가인 박로아, 비평가인 동시에 번영가인 윤태웅, 김병규 등이다. 그런데 이들 가운데 吳制道, 鄭喜澤등 반공 검사가 주도한 국민보도연맹에 정식으로 가입한 경우는 정지용, 설정식, 김상훈, 김철수, 강형구, 정인택, 엄흥섭, 임서하, 윤태웅, 김병규, 박로아 등이다. 양운한의 입장서서 보면 다행스럽게도 그는 보도연맹가입자가 아니었다. 이것이 유력하게 작용하여 그는 60년대 후반의 복권 때 일단 당의 신임을 다시 얻은 모양이다. 또한 거기에는 그의 언어 구사 능력이 단단하게 한 몫을 했을 공산이있다. 어떻든 그는 북쪽에서 복권 후 남로당 계로서는 이례적이라고 할 정도로 많은 양의 작품을 발표했다.

참고문헌

李喆周, 『北의 藝術人』(계몽사, 1966).
한국비평문학회, 『혁명전통의 부산물』(신원무화사, 1989).
金容稷, 『해방기한국시문학사』(민음사, 1989).

김북원(金北原)

(1911 ~   )

　함경북도 경성에서 출생. 고향에서 한문을 수학하면서 문학을 수업. 1935년경부터 작품을 중앙 문단에 발표하였다. 이해 3월당 단편 소설 〈완구〉를 『신인문학(新人文學)』에 발표. 이어 같은 해 11월호 『학등(學燈)』에 작품을 그리고 12월호 『삼천리(三千里)』에 단편 소설 〈유랑민〉이 추천을 받았다. 이때의 추천자가 현민 유진오였다. 이후 『시인춘추(詩人春秋)』, 『맥』 등 시전문지의 동인으로 참가. 일제 말기에는 만주에 거주. 1942년판 『在滿朝鮮人詩集』에 〈봄을 기다린다〉, 〈看護婦〉, 〈山〉, 〈旗〉, 〈그 넓은 들에〉가 실려 있다. 8·15 해방과 함께 38선을 넘지 않고 북쪽에 머문체 활동. 그와 같이 행동한 金友哲, 최명익 등과 함께 이른바 재북파로 호칭되었다.

　해방 직후에는 『문화전선』과 『아동문학』지의 창간 작업에 관계했으며, 6·25 동란 중에는 〈전선문고〉의 책임자로 복무. 또한 개전 초기에는 종군작가단의 일원으로 수원, 대전, 추풍령, 낙동강 등에 이르는 전선 체험을 가졌다. 이때의 체험을 살린 작품이 훗날 이북의 전쟁시에서 대표작 가운데 하나로 평가된 〈낙동강 칠백리〉가 된 것이다. 동란이 끝난 후에는 월간 문학 전무지인 『조선문학』의 복간에 관계. 그와 아울러 평론 활동도 병행하면서 북쪽 서정시의 문제점을 지적하고 그 기능적인 전개를 위한 제안을 한 바 있다.

작품 봄날을 기다린다

바라다 보아야 끝없는 地平이 끝없는 地平이
하이얀 눈속에 가로 누어 봄을 기다린다.
도로기 쥐여매고 마음 가든이 벌판에 서면
눈부신 寂寞이 視野 서린다.
호졸하니 마을의 面貌가

그러나 덤직한 이야기가
마을의 班史가
한줄기 香煙 속에 풀린다.

고지깨의 草原이
高粱의 平原이 되고
高粱의 平原이
벼이삭의 바다가 되는 동안
내사 수염과 靑春을 바꾸었고
안해는 세 아이의 어머니가 되었다.

잔뼈가 굵어진 故鄕말이뇨
洛東江 물을 에워 젖처럼 마시며
아배사 할배사 살엇드란들
그것이야 아스런 옛 이야기지.
오붓이 點點한 우중충한 집웅이
五色旗 揭揚臺 아레 마을이
봄을 기다린다.

작품 山

언제든 아람 가득한 덕 높은 어버이였다.
매마른 입술이 날리는 휘파람은 야위어도
장작불은 다정하였고 푸초 맛은 變함이 없어
모두고 피우고 빨고 피우기에 靑春이 갔다.
푸른 수풀이 이야기로 무성하았고 그윽하니
湖水와 꿈을 함께하는 머리 우에 해와 달이 속삭이였다.

해석·비평

두 작품은 『재만조선인시집』에 실린 것들이다. 그런 까닭에선지 이 무렵 만주에 거주한 문인들, 특히 金北原의 작품에는 두만강이나 압록강을 격해서 느꼈음직한 이국 정서 또는 향수같은 것이 그 바닥에 깔려 있다. 특히 〈봄을 기다린다〉에는 그 농도가 매우 짙게 나타난다. 여기서 눈 속에 가로 누운 끝없는 벌판은 말할 것도 없이 한반도가 아닌 광야다. 그 광야가 꼬지깨의 草原에서 고량의 평원으로 바뀐 것으로 보아 만주를 말하는 것이다. 그 만주는 〈벼이삭의 바다〉로 짐작되는 바와 같이 우리 동포가 생활의 닻을 내린 고장이다. 그리고 이 작품의 화자 역시 그 가운데 하나인 것이 〈내사 수염과 草原을 바꾸었고, 안해는 세아이의 어머니가 되었다.〉로 유추될 수 있다. 그가 그리운 고국의 상징인 낙동강을 생각하는 곳은 〈五色旗 揭揚臺 아래〉 봄을 기다리는 〈마을〉이다. 여기 나오는 오색기는 만주국의 국기다. 이것으로 우리는 이 시가 적극적인 의미의 저항의식을 지니지 않았음을 알 수 있다. 이 작품의 주조가 되고 있는 것은 그저 이향에서 느끼는 망향의 정 정도에 그치고 있는 셈이다.

〈山〉은 〈봄을 기다린다〉와 성향이 다소간 다른 작품이다. 여기서 산은 일종의 비유적 기법을 통해 시인 자신과 동격화되었다. 이 작품의 화자는 처음 그 듬직한 모습에서 어버이를 느낀다. 그러나 다음 줄 〈메마른 입술이 날리는 휘파람〉으로 그것이 화자의 일체화되는 것이다. 뿐만 아니라 마지막 2행을 통해서 그것은 다시 거대한 자연, 또는 우주적 심상을 지니게 된다.

이 작품을 쓰기까지 김북원은 중앙 문단에서 거의 이름이 알려지지 않는 존재였다. 그 빌미는 두 가지로 생각될 수 있을 것이다. 그가 시단에 본격적으로 작품을 쓰기 시작한 것이 1930년대 중반기 경이었다. 그런데 이 무렵 우리 시단은 대개 서정주나, 오장환, 이용악 등이 화제를 독차지하고 있었다. 그런 서슬 속에서 김북원이 크게 주목될 수 없었던 것이다. 그리고 또 하나의 보기는 그의 작품 수준 자체에도 있었다. 위의 두 작품은 김북원이 이 무렵 쓴 시 가운데는 가장 좋은 경우였다. 다른 작품은 그 질적 수준이 이들보다 밑돌았던 것이다. 그 위에 그는 중앙의 발표 매체와도 밀착되어 있지 않았다. 이런 여건들이 그를 8·15에 이르기까지 군소 시인의 한 사람으로 남게 한 것이다.

문학사 메모

김북원은 8·15 직후와 6·25동란, 그리고 전후 복구기를 거쳐 주체 사상이 본격화된 70년대에 이르기까지 북쪽 문단에서 줄기찬 활동상을 보였다. 그의 초기 작품인 〈나의 조국〉은 체제 찬양의 본보기로 북쪽에서 호평되었다. 참고로 그 일부를 적어보면 다음과 같다.

조국은
고향 마을 정든 집이더라

동구밖 오리나무 숲
그 정겨운 설레임
새벽녘 들가에 피는
녀인들의 웃음소리
송아지떼 풀을 뜯는 언덕을 넘어
지줄대며 흐르는 여울물 소리

조국은
그리운 얼굴이라더라
다심하신 고향 어머니
모래벌 볼에 딩굴던 어릴적 동무
물결치는 이랑속에 벼단을 안고
땀을 씻는 처녀의 그윽한 눈길……

또한 그는 시와 병행해서 시론도 발표한 바 있다. 몇 개 시론에서 그는
북쪽 시인의 한계가 창조적이 못되고 남의 작품을 모방하거나 본따는 것
으로 그친데 있다고 지적했다. 또한 많은 시가 리듬을 지니지 못했다고
비판했는데, 이것은 기능적인 가락과 거기서 이루어지는 흥취를 갖지 못
한채 시가 딱딱한 이데올로기의 주형으로 그친 사실을 지적한 것으로 이
해된다. 다음은 종자의 이론을 곁드린 가운데 펼쳐진 그의 시론 일부다.

　서정시에서 산문화를 극복하고 서정성을 높이기 위해서는 우선 詩의
종자를 쥐는 때부터 서정적으로 파악하는 것이 중요하다.
　시인이 생활을 정서적으로 감수하고 생활 속에서 시대의 호흡과 사회
적 본질을 감수하는 것, 그것은 생활 속에서 우리 黨의 정책을 보게 되는
것이며, 위대한 수령님의 영생 불멸의 주체 사상을 심장에 안게 되는 것
으로, 현실에서 詩의 종자를 잡는다는 것은 바꾸어 말한다면 그것은 시인
이 위대한 수령님의 주체 사상에 대한 당대 사회의 본질과 시대의 호흡
에 대한 서정적 파악인 것이다.
　…… 시의 종자에 대한 서정적 파악은 서정화의 첫 단계로서 서정적으
로 파악한 서정시의 종자는 그 종자만이 가지고 있는 자기의 고유한 감

정을 내포하게 되는 것이다.

이 감정은 서정화의 다음 단계인 형상 과정에서 그가 갖는 양과 질에 의하여 파동을 일으키는 것으로서 여기서 행과 연을 형성하는, 그것을 규정해 주는 내재률, 운율이 발생하고 시의 형태를 규정지어 주는 것이다.

그렇기 때문에 서정시에서 종자에 대한 강렬한 서정적 파악은 서정시를 서정화하고 시행을 연결하면 문장이 되는 것과 같은 그런 폐단을 극복하는 데서 자못 중요한 고리로 되는 것이다. ......사회주의 사실주의 창작 방법에서 전형은 비 반복주의적인 것을 요구한다. 다같이 체험한 생활 속에서도 자기만이 느낀 독창적인 감정 세계가 없이 붓을 든다면 시적 대상에 대한 일반적인 목소리 밖에 나올 수 없으며 경우에 따라 자기에 대한 반복과 남의 시에 대한 반복을 은연중에 하게 될 것이다. 이렇게 되면 창작가로서의 존재 가치가 무의미 한 것으로 참다운 창작적 정열도 가슴에 끓을 수 없다. 때문에 시인은 시인답게 현실 생활 속에서 시를 포착하고 느껴야 한다. 시에서의 유사성 극복은 다양성을 전제로 하는 것인 만큼 시의 생리적 형태와 다양성도 보장해야 한다. 서정시의 종자가 요구하는 본질적인 것으로부터 시의 첫 줄을 떼고 시의 결구가 맺어져야 하며, 따라서 창작가의 무한한 탐색 과정이 요구 되는 것이다.

여기서 나타나는 바와 같이 金北原의 시론은 충실하게 북쪽의 기본 문예이론을 확인하고 있다. 또한 동의 반복식 논리가 지루하게 계속 된다.

참고문헌

『在滿朝鮮人詩集』(예문관, 1942).

제2차 조선작가대회문헌집 (조선작가동맹출판사, 1956).

李喆周, 『北의 藝術人』(계몽사, 1966).

김철수(金哲洙)
(1918 ~)

1930년대 초기부터 작품을 발표. 『동아일보』1930년 9월 2일자에
〈처녀송〉이 게재되었고, 다음 해에는 〈기적아 울지 마라〉, 〈도회의 가로
등〉을 발표했다. 그러나 이후 작품은 간헐적이었고, 어떤 유파에 가담해
서 활동한 바도 없다. 그의 시가 갖는 경향은 전통적인 서정시의 시풍에,
다소간의 감상과 향수의 편에 속하는 정서를 빌려 인생의 외로움을 노래
한 데 있다. 8·15후 조선문학가동맹 참여, 1964년도판 문학가동맹의
『年刊詩集』에는 〈피〉가 실려있다. 그 마지막은 〈보라 여기/ 겨레의 先頭
에/ 찬란히 알리노나/ 피! / 피의 旗발〉이 되어 있다. 문학동맹 시부위원
겸 서울시 지부맹원으로 활약, 6·25 동란 때 행방 불명, 망실 상태가
된 시인이다. 생전에 남긴 유일한 시집으로 『秋風嶺』이 있다. 1949년 산
호장 발간, 국판 106면.

작품 山 비둘기

비둘기
구구 구구
무에라고 저리우노

그리워 우는가
하마 그리워 우는가

窓 가에 턱 고인
五月 山城

저녁 노을은
가슴이 아파

비둘기
山 비둘기
山 비둘기 한 마리

오려마
사랑이여
그리운 곳으로

8·15 이전 김철수의 작품은 이 작품의 예로 나타나는 바와 같이, 감

상적인 가락을 담은 서정 소곡이 주류였다. 김기림은 이를 김소월의 흐름을 이은 것으로 규정한 바 있다. 즉, 이 시기에 그의 시는 다분히 사적인 세계를 가냘픈 음조로 노래한 것이다. 이것은 그가 경향시로 출발하지 않았음을 뜻한다.

작품 푸른 산맥을 타고서

> 푸른 하늘을 나는 간다
> 푸른 山脈을 타고서 나는 핏빛 젊음이
> 사슴처럼 출렁이며 풀숲을 헤쳐간다.
>
> 駐屯軍의 把守兵을 저리 돌아 오르면
> 거기 隊列 저 뻗어나간 山脈
> 케딱지 같은 草家들이 軍號을 기다리듯 엎드려 있다.
> 새떼는 숨어서도 무어라 저리 우짖는 것일까
>
> 열 일곱 나의 소년을 배반하고 돌아선
> 연이란 계집애도 이런 봄에 떠났더란다
> 망건 쓰고 자전차로 노구찌상을 찾아 다니던
> 아버지의 상여도 이런 마을을 갔더란다.
> 자유를 달라! 만세를 부르다가 헌병대에 잡혀 간 아저씨도
> 이런 산에 숨어 싸웠더란다
> 병든 어버이와 굶주린 아내와 철 모르는 자식들을 멀리 생각
> 하면
> 전쟁과 평화와 민족반역자와 먼 날의 빛나는 조국을 생각하면
>
> 山 새야
> 山을 안고 통곡하고 싶으냐

그래도 나는 이렇게 가는게란다.
뜨거운 손길의 믿어운 벗을 찾아
隊列진 山脈을 타고 가는게란다.

山脈을 타고 서면
아 저 넓은 하늘

복사꽃 붉은 언덕에
내가 섰고나

해석 · 비평

1948년 6월 『신천지』에 발표된 작품이다. 여기서 주둔군은 38선 이남
의 진주군인 미군을 가리킨다. 화자는 그 파수병을 피해 산맥을 오르고
있는 것이다. 이 작품의 화자가 미더운 친구를 찾는 것은, 반군정 투쟁의
동지를 찾는 것과 같은 뜻이다. 이는 당시 문학가동맹이 요구한 당파성
과 투쟁의욕에 부합하는 것이다. 여기서 김철수의 시는 생경한 어조만이
아닌, 어느 정도의 예술적 소양을 바닥에 깔고 있다. 여타의 문학가동맹
시인들과 구분된다.

문학사 메모

김철수가 어떻게 문학가동맹에 가담했는지에 대해서는 적실하게 밝혀
진 것이 없다. 그러나 그는 김용호와 함께 서울시 문학가동맹에서 선전
부를 담당하고, 문학 대중화추진위원회에도 위원으로 활약했다. 뿐만 아

니라 『三·一기념시집』, 『해방기념시집』, 『1946년도 연간시집』등에도 빠짐없이 올라 있는 것으로 보아, 꽤 열성적으로 문학가동맹에서 활약한 것으로 보인다. 그러나 1947년 이후 문학가동맹이 전면적인 투쟁단체로 변신하면서, 김철수는 그 대열에서 멀어진다. 그리하여 전향하고 보도연맹에 가입하였다. 6·25 때 다른 전향자와 함께 다시 지상에 나타났는데 그 후의 종족은 감감하다.

참고문헌

시 집, 『추풍령』(산호장, 1949).
金容稷, 『해방기한국시문학사』(민음사, 1989).
蔡洙永, 〈自然合一과 고독한 귀향〉, 『解禁詩人의 精神地理』(느티나무, 1991).

이수형(李琇馨)

   생몰 연대 미상, 문단 등단이 일제 말기로 추정되나 그 경위도 밝혀진 것이 없다. 1942년 만주 간도의 연길에서 발간된『在滿朝鮮詩人集』에 〈人間 나르시스〉, 〈娼婦의 命令的 海洋島〉, 〈未來의 노래〉등 세 편을 발표했다. 〈재만조선인시집〉에는 유치환, 김달진, 김조규, 함윤수, 김북원등의 작품이 함께 수록되어 있다. 이때의 이수형 시는 초현실주의의 영향을 느끼게 하는 모더니즘 풍의 것이었다. 8·15후 문학가동맹에 가담했으나 〈三·一紀念詩集〉이나 〈해방기념시집〉, 1946년도판『年刊詩集』에는 작품이 수록되지 않았다. 1948년 7월호『文學』을 통해 제주도 4·3 폭동을 다룬 〈山 사람들〉을 발표. 6·25 전후해서 월북한 것으로 추정되나 그 후의 작품은 나타나나지 않는 것으로 보아 실종, 망실된 것으로 추정된다.

작품 未明의 노래

오— / 骸骨엔 샤보뎅 뿔—근 꽃피어 나는 밤
오— / 墓穴에 蛆虫이 凱歌가 들리는 밤
꽃피고 노래가 들리고 꽃피고 노래가 들리고
밤이 가고 밤이 오고
밤이 가고 밤이 오는 밤
오— / 흑판엔 蒼白한 공간이 되어 날으고

피어나는 空間엔 太陽처럼 친한 죄꼬만 죄꼬만
胡蝶의 무리 무리 날으고
거미줄 같은 地上엔 太陽을 쪼이든 수많은
慾望과 암담한 애욕이
아름다운 시간으로 昆蟲처럼 사라지고
昆蟲처럼 사라지고

亡靈이 되고 亡靈이 되고
오—
骸骨엔 샤보뎅 하이얀 꽃 피어나는 밤
꽃피고 노래가 들리고
꽃은 永遠을 꽃은 永遠을
凱歌는 忘却의 地圖에서 異邦女의 노래처럼 들리고
오—
꽃은 骸骨에 피어가고, 피어나리라
忘却의 地圖에서 노래는 들리리라

해석 · 비평

초기의 이수형 시가 갖는 경향을 대표하는 작품이다. 이 작품의 작가 이름을 가리고 李箱의 것과 섞어 놓으면 구별이 어려울 것이다. 그 정도로 이 작품은 해사적이다. 좋게 말하면 초현실주의적이며 실험적이라고 할 수 있다. 그러나 두가지 의미에서 이런 실험에는 한계가 있다. 우선 이 작품이 쓰인 것은 1930년대의 막바지에서 였다. 그 무렵 우리 시단에는 이미 李箱이 나타났고 『三四文學』동인들도 등장한 터였다. 그런 시들 다음에 이수형의 이 작품이 쓰여졌다. 그렇다면 이것은 李箱등 시의 아류가 되어 버린다. 또한 이 시의 질적 수준도 문제다 초현실주의 시가 의거한 기법에 자동 기술법이있다. 그런데 무턱댄 자동기술이 시가 되는 것은 아니다. 그를 통해 적어도 의식의 차원에서는 생각될 수 없는 기상천의 세계가 이루어져야 한다. 그런데 이 작품에서는 그런 미학이 성립되지 않는 것이다.

작품 山 사람들

××浦 해풍 속에서 '어머—ㅇ' '어머 — ㅇ' 부르다가 차돌같이 자라나 허벅구덕 지고 물 긷기 바쁘던 비바리도, 海水를 자물러 머흘머흘 살아오던 그 어멍도 끝끝내 "산사람"되었단다

원으로 오르나리며 나무꾼으로 겉늙다가
『왜놈이나 毛色 다른 놈이나 이젠 어림없다』고 두 눈 부릅뜨고 ××××××에 들어갔던 오라방도 어처구니 없어 ××입은 채 ×× 든 채로 ××× 속을 도망질쳤단다.

천길 만길 어굴히 恨 많은 조국의 "山사람"들의 눈물인 듯 피

인 듯 터져버린 火山 구덩에 白鹿潭을 받쳐든 ××× 중허리
봉우리
　모롱이 벌집같은 굴 속에선―

　무얼 먹고 싸우느냐고요
　조밥과 소곰만으로 눈이 어두어지는
　일도 생긴다마는 탕탕 총소리
　들으면서 메―데―를 行事하고
　돌비알 아득히 진달래 꽃사태
　속에선 연기가 어엿이 나불거려
　오른단다.

　情든 부락에선 보리는 익은 채 선 채로
　썩어가고, 밭에서 붙잡혀
　간 외삼춘은 재판도 없이
　간데 온데 없어졌단다.

　"네 아들 내놔라"는 모진 ××에 늙은
　아방은 草屋 자빠진 돌벽 앞에서
　두 눈이 빠진 채 숨넘어 갔단다.
　요지음은 어떠냐구요
　물페기 굼틀거리는 아람도리 통나무 충충한
　山中에서 돌바위 나무닢을 베고 덮고 깔고
　어한을 하면서두, 기관지를 성명서 삐라를 인쇄하고
　감물드린 흙자주 빛 갈중이랑 ××복장이랑 입은
　"산사람"들이 씨뻘건 머리수건 동이고 ××엘 달려 들 땐
　아이구 정말― "주구키여"란 말 한마디도 없었단다.

아— 정월 대보름 때 바닷가 달 아래서 고깔 쓰고
북치고 꽹고리 치곤 놀던 사람들,
지금쯤 어느 바위 틈바귀서 대나무 창 칼을 깎고 있는 것일까.

해석 · 비평

이 작품 허두에 나오는 두 개의 복자 부분은 〈서귀〉다. 따라서 이 제주
도의 작품은 〈서귀포 태풍 속에서〉로 시작한다. 이것으로 우리는 여기
나오는 〈산 사람들〉이 4·3 사태로 한라산에 들어간 무장투쟁 부대가 된
이른바 남로당의 빨치산임을 알수 있다. 1948년에 들어가자 한반도 남
쪽은 통일접부의 희망을 포기한 채 유엔 감시하에 38선 이남만의 정부를
세우기로 했다. 그에 따라서 5월 10일 대한민국 정부 수립을 위한 국회
의원 선거가 예정되어 있었다. 그 무렵 이미 지하로 들어간 남로당이 이
것을 배제, 거부하고 나섰다. 그들은 그것을 단독정부 음모 분쇄투쟁으
로 이름 붙이고 조직원과 산하 단체에 수단. 방법을 가리지 않는 반대 투
쟁을 지령했던 것이다.

이에 호응하여 전국 곳곳에 소요사태가 일어났다. 그 정도가 가장 심
했던 것이 바로 이 작품의 무대가 된 제주도였다. 그 무렵 제주도는 인
구 30만중 약 8할 가량이 좌경되어 있었다. 군정청의 비호를 받은 우익
진영에서는 이들을 제압하는 과정에서 폭력을 썼다. 그 위에 경찰들도
시위, 폭동을 진압할 때 총기를 사용하여 사상자가 나오게 되었다. 특히
1948년 4월 3일에는 치안 유지를 보강하기 위해 투입된 전라남도 경찰
병력을 공격하는 일제 봉기가 남로당에 의해 계획되었다. 이 때 제주도
내의 15개 경찰서중 14개가 제주도 빨치산에 의해 습격되었다. 이에 미
군정청은 좌익의 철저 색출과 토벌작전을 벌이게 되었다. 그러자 남로당
계의 무장세력이 한라산에 들어감으로써 제주도 빨치산이 이루어졌다.

이수형이 이 작품을 쓸 무렵 제주도의 빨치산은 무장공비로 규정되어 그 이름 만 들먹여도 경찰의 검문을 받았을 때다. 그럼에도 이 작품에서는 그들이 그리움의 대상으로 노래되어 있다. 이것으로 이수형은 문학가동맹이 요구한 투쟁시의 최 선봉장이 된 것이다.

작품 아라서 가까운 故鄕

바다가 파랗게 내다뵈이는 故鄕 아라사 가까운 海風에 열기 꽃이 뿔게 피여난 모래밭엔 그렇게도 원통히 죽어간 애비들이 묻혀 있었다.

달겨드는 오랑캐를 무찔러내든 옛적 城壁 둘레둘레 왼통 능금나무 꽃봉오리 무척 못견디게 피여올 때도 豆滿江 江물구비 쳐 흘러가는 西쪽 머ㅡㄴ 長白山脈은 눈빨이 하얗게 얼어붙어 있었다.

까치 둥우리같은 머리카락 속에 파묻힌 귀송의 얼골은 사철 어느 때나 西쪽 머ㅡㄴ 山脈을 향하고 있었다.
"말뚝이 西山을 본다고"들 하였다.
아라사 나들이 하면 무슨 사회주의를 하다가 왜놈들의 매질에 이렇게 되었다.

삼일 만세통에 "이놈의 세상은 그저 아무렇지도 않은 체 살아야 살 수 있다"든, 그러다가도 가막소 만주 아라사로 헤매든 애비의 도끼에 찍혔든 홀어미의 아들 형수는 해방도 되기 전에 끝끝내 자살한 어미도 모르고 귀송의 꼴이 되었다.

"차라리 죽었으면 詩集이래두 내주지 않겠느냐고"들 하였다

어느 他鄕에서두 새벽마다 들리는 故鄕의 바닷소리는 잊혀지질 않드라는 사람들, 어쩐지 귀송의 꼴이 삼삼 거린다든 사람들, 헤어졌다 다시 돌아온 사람들은 이러한 꼬개꼬개 뭉쳐진 궁리가 어슴푸렷이 가슴 속 어득시구렛한 구석을 우굴우굴 오르내리는 것 같았다.

가막소에 끄을려 가도 그것도 "하나님"이 그렇게 한 것이라고 기도만 드리든 전도 부인의 아들 철이랑 人民軍 짙푸른 軍服 입은 싱싱한 젊은이 되었다는데.

어찌하여 시바우라 같은데서 軍隊 잠빵을 썹으며 모군하면서 싸와오든 용악과 너희들 靑春은 또 다시 서울 골목을 쫓겨다니다 진고개나 넓은 길에선 그저 아무렇지도 않은 체 하는 다만 그럴듯한 쥐정뱅이 구실을 해야만 하느냐.

해석 · 비평

이 작품은 『新天池』 1948년 7월호 실렸다. 그 시기로 보면 〈山사람〉의 한 달 뒤에 제작한 것이 된다. 그럼에도 문학가동맹이 요구한 대중의 선동성으로 보면 앞의 작품보다는 상당히 후퇴한 것이다. 여기에는 무장 투쟁 지지, 옹호와 같은 남로당 의식이 직접적으로 드러나는 것은 없다. 그럼에도 이 작품에는 이수형의 개인사를 짐작할 수 있는 부분이 몇군데 포함되어 있다. 이제까지 우리는 이수형의 고향이 어디이며 학력이 어느 정도인지 거의 포착하지 못했다. 그런데 이 작품에 그것을 포착할 수 있

는 단서가 있다. 즉 그의 고향은 아라사 가까운 곳이며 오랑캐를 무찌른 성벽이 남은 곳이다. 거기서 그는 〈귀송〉을 보며 살았다. 또한 그의 친구에 〈형수〉가 있었는데 그는 8·15 전에 자살했다. 이것으로 우리는 〈귀송〉이 朴貴松이며 〈형수〉가 咸亨洙임을 짐작하게 된다. 박귀송은 함경북도 출신으로 동경에 건너가 와세다대학에서 수학했고 사회주의 사상에 물들어 형무소 출입을 거듭했다. 그는 시를 썼는데 咸亨洙가 그 영향을 받아서 혜화전문 때에 서정주와 『시인부락』을 발간했다. 그는 또한 학교를 중퇴하고 만주 연변 쪽을 떠돌다가 국내에 돌아온 후 죽었다. 또한 〈용악〉은 李庸岳이다. 그도 역시 고향이 함경북도로 한때 동경에 건너가 上智大學을 다녔다. 이 시의 마지막에서 이 무렵의 이수형 자신이 가진 생활도 어느 정도 드러난다. 〈서울 골목 쫓겨 다니다〉로 미루어 그는 경찰의 눈길을 피하는 지하운동에 관계한 듯 하다. 그러면서 이 작품은 내용을 가락으로 만들어내기에 어는 정도 성공했다. 그런 점에서 이수형이 마지막에 쓴 가작으로 평가해도 무방할 것이다.

참고문헌

김승환, 신범순, 『해방공간의 문학』(돌베개, 1988).

조남령(曺南嶺)

(1920 ~   )

　본명은 永悶으로 전남 영광에서 출생. 목포상업학교를 졸업하고, 1940년 동경법정대학 고등사범부를 수학. 1939년 12월에 가람 이병기의 추천으로 『문장』에 시조가 발표되었다. 해방 직후 문학가동맹에 가담, 시를 썼고 6·25동란 중 대한민국 정부수립과 함께 구금·투옥되었다. 인민군 진주로 풀려났다. 9·28 수복 때 월북, 그 도중 개성에서 폭사한 것으로 전해진다.

작품 향 수

저기 이름 모를 새 한 마리 울고 가야
바다 건너 불어오는 비 품은 마파람에
나뭇잎 소곤거리는 異域―하루 밤이다.

울타리 쑥나무에 청개고리 비 부를젠
새터 열마지기 하늘 먼저 살피시든
아버지 이 여름 들어 소식 잠잠하시네

방학 때 집에 들면 옥수숫대 매두마다
어머님 아낀 사랑 쪼록쪼록 굵었더니
올에는 한몫이 줄어 작히 섭섭하시리.

올봄 영청에는 어떤 집 지었느냐?
앞마당 빨랫줄에 동생 옷들 걸렸드냐?
제비면 내골서 온양 거지없이 묻습네.

매미 우는 소리 어린 시절 눈에 어려
낮즈막 키 줄이고 나뭇가지 쳐다보니
뒤꼭지 저편 숲에서 꾀꼬리도 우더라.

해석 · 비평

『문장』에 추천이 된 작품이다. 가람은 이에 대해, 〈더러 生되고 치기가 있더라도 차라리 그것이 더 지당한 일〉이며, 자기에게 맞는 소리를 하고 있는 점을 들어 후하게 평하고 있다. 이 작품에서 느껴지는 전체 분위기는 서정적이며 부드럽다. 그러나 작품 수준은 같은 무렵 가람의 추천을 받은 金相沃이나 이호우에 비해 다소간 낮다.

작품 北岳山 산바람, 불어내린 날

시체를 거두는 누나 네 동무
피! 피! 피투성이의 三淸會館에
아무도 오지 않는 三淸會館에
시체를 거두는 누나 네 동무

朝鮮人民共和國 만세와
弱少民族解放 만세를
부르짖고 쓰러진 세 동무의 시체
얼굴박고 엎드린 李동무의 시체
병원에서 怨死한 金동무의 시체
北岳山 산바람 불어내린 날
시체를 거두는 누나 네 동무

朝鮮이 世界로 나아가려는 지음
民主主義 깃발 아래 싸우다가
팟쇼의 毒牙에 참혹하게도 넘어진
우리 學兵 세 동무야 그대들 아느냐?

北岳山 산바람 불어내린 날
한없이 눈물만 흘리면서

그대들 거두어준 누나들을 아느냐?

눈물이 그대들 얼굴에 떨어지면
하얀 손으로 씻어주고
눈물이 눈에 어려 안보이면
힌 사매 깃으로 씻어가면서
그대들 거두어준 누나들을 아느냐?

피투성이 누더기 이불이나마
다독다독 덮어준 누나들을 아느냐?
그것은 婦女同盟 누나 네 동무
머리에 오롯한 後光이 빛나는
오오! 그들이야 天使이었다!
오오! 그들이야 天使이었다!

北岳山 산바람 불어내린 날
한없이 눈물만 흘리면서
시체를 거두는 누나 네 동무
머리에 오롯한 後光이 빛나는
오오! 그들이야 天使이었다!

해석·비평

1946년 2월호 『學兵』에 실린 추도시. 여기서 학병이란 조선학병동맹 맹원 朴晋東, 李達, 金星翼들을 가리킨다. 학병동맹은 일제에 의해 강제 징집을 당하였다가 돌아온 학병들의 조직체였다. 이들이 공산당의 외곽 단체가 되고 일종의 군사 조직이 되자 군정청이 해산 령을 내렸다. 학병 동맹을 수도경찰청의 병력이 습격했다. 이때 진압을 위한 총격으로 박진동 이하 세명이 사망하고 부상자도 생겼다. 이 사건이 있자 공상당과 여러 좌익단체가 항의문을 보내고 군정정과 그 경찰을 격렬하게 비난, 공격했다. 또한 문학가동맹에서는 林和, 權煥, 李源朝, 金台俊등이 총동원되어 조사를 읽고 시를 써서 기관지인 『학병』에 실었다. 조남령의 이 작품은 그 때에 쓴 것이다.

작품 나의 눈물 나의 자랑

중국사람이 나를 물을 때
인도네시아가 나를 물을 때
아프리카며 남아메리카 사람들
파리 사카고 모스크바
세계가 다투며 나를 물을 때
나는 자랑하리라
눈물로 ×해서 자랑하라라
'일천 구백 사십 육년 가을
 항쟁한 영웅들의 겨레이노라!'

항쟁 인민항쟁!
나의 눈물 나의 자랑 나의 영웅들이여!
세계에 잘도 알리었니라
이조 오백년 일제 사십년
짓밝히고 짓눌린 허물이기로
더 한층 짓눌려야만 하는

영원히 짓밟혀야만 하는
그것이 조선인민이 아님을

항쟁 인민항쟁!
나의 눈물 나의 자랑 나의 영웅들아여!
진리를 잘도 알이었너라
압제에의 대답은 굴종이 아님을
유린에의 대답은 항쟁뿐임을

진실로 나의 눈물 나의 자랑
세계가 다투며 나를 물을 때
눈물로 나를 자랑하리라
'일천 구백 사십 육년 가을
항쟁한 영웅들의 겨레이노라'

해석 · 비평

1946년 12월 『문학』에 발표된 작품이다. 대구에서 일어난 10월 폭동, 이른바 문학가동맹측이 인민 항쟁이라고 부른 사건에서 제재를 취한 것이다. 이는 문학가동맹 측의 노선을 강하게 의식한 결과로 보인다. 다만 이 작품에는 초기의 조남령 작품에 검출된 감칠맛 나는 말솜씨가 크게 희석화되어 있다. 말들이 대개 직설적인 형태를 취하고 있는 점도 문제다. 이 무렵 조남령은 경향시가 직설적으로 이데올로기만을 노래하면 된다고 생각 한 듯하다.

문학사 메모

조남령은 서정적인 시조로 등단한 시인이다. 그런 그가 8·15 직후부터는 급선회해서, 강하게 좌파 성향을 드러낸 시를 썼다. 뿐만 아니라 그 조직 활동에도 깊숙이 관계한 것으로 보인다. 조남령은 목포상업을 나온 다음 동경으로 가서 법정대학 고등사법부 야간반에 다니면서 낮에는 서점 점원으로 일했다. 이 때에 그가 좌익 사상에 기울었을 가능성이 있다. 6·25 때 曺南嶺은 서대문 형무소에서 나왔다. 그후 인민군의 패주 대열에 끼어 후퇴하다가 개성 근처에서 폭사한 것으로 전해진다. 그의 죽음은 아름다운 가락을 신장할 가능성을 지닌 시인이 시대 상황에 휩쓸려 비명에 간 아픈 상처다.

참고문헌

오현주, 『해방기의 詩文學』(열사랑, 1988).
김용직, 『해방기 한국 시문학사』(민음사, 1989).

제6편

8 · 15와 새 세대의 경향시

김상훈(金尙勳)

이병철(李秉哲)

박산운(朴散雲)

유진오(兪鎭五)

김상민(金常民)

김상훈(金尚勲)

(1919. 7. 10 ~   )

경상남도 거창군 가조면 일부리에서 출생. 봉건 유풍이 강한 집안이어서 18세까지 서당에서 글을 읽고 신식 교육을 받지 못하다가 중동학교에 편입학. 이때 선발 시험 답안을 한문으로 썼다고 한다. 처음 정식 학생이 아니라 별과에 입학했다고 전한다. 중학 3학년 때부터 문학에 뜻을 두고 습작을 시작, 이때의 동창으로 후에 문학가동맹의 전위 시인이 된 유진오(兪鎭五)가 있었다. 1941년 연희전문학교에 입학, 1944년 연희전문 문과를 졸업. 졸업과 동시에 일제의 학병제가 공포되었으나 이에 불응하고 기피 생활을 하다가 구금되어 강제 징용을 당했다. 원산 철도공장 선반공으로 일하다가 건강이 악화되어 귀향 조치 당함. 1945년 1월경 항일투쟁 조직인 협동당 별동대에 참가 강원도의 발군산으로 김상민(金常民)과 함께 입산.

거기서 동지들과 무장투쟁을 기도하다가 일제 경찰에 피체되어 8·15를 형무소에서 맞았다. 해방과 함께 출옥, 곧 조선공산당의 외곽 단체인 조선학병동맹, 조선문학가동맹에 가입하여 활발한 활동을 벌리기 시작했다. 1945년 11월 30일『民衆朝鮮』을 발간, 그 발행인 겸 편집인, 그 창간호에 〈맹세〉, 〈시위행렬〉등 두 편이 시를 발표. 이때 兪鎭五의 〈피릿소리〉, 金常民의 〈해방〉도 함께였다. 정식 문단 등장은 이 때에 이루어졌다. 1946년 金光現, 朴山雲, 兪鎭五, 李秉哲 등과 함께 공동시집인『전위시인집』을 발간.

이어 다음 해에는 계급의식에 입각한 서사시집 『家族』을 발간. 대한민국정부가 수립되자 전향하여 보도연맹에 가입. 6·25 동란과 함께 월북 남로당계 숙청 때에는 일시 집필이 정지되었으나 그후 복권되어 작품 활동이 계속되었다. 한편 고전 국역 사업에 관계하고 고전 시가를 모아 정리한 사화집도 펴냈다. 다만, 1979년 판 『해방후 서정시선집』에는 그의 작품이 한편도 수록되어 있지 않은 점으로 미루어 창작시 활동분야에서는 거세 당했을 공산이 있다. 1989년 남쪽에서 김상훈 시전집인 『항쟁의 노래』가 신승엽 편저로 발간되어 전위 시인 가운데는 가장 복권이 재빨리 이루어진 경우가 된다.

작품 葬列

바람도 구름도 서름에 젖어
葬列은 자옥마다 눈물이 고이고
요령도 旗도 없어야 하기에
서럽게 서럽게 밀려서 간다.

돌부리마다 낯익은 길을
참아 떠나지 못해 짐짓 망설이건만
볕이 그리워 외치며 죽은 벗을
태양 없는 나라로 보내야 하니

마을 婦人내도 들은 소문에
행주치마로 얼굴 가리는데
무참히 쏘아 죽인 사람들
총 들고 와 멀끄럼이 구경하고
아츰 저녁 함께 부르든

이 노래로 너이들 보낼 줄이야……
찬 방에서 껴안고 잠들든
옛생각 잊을려고 몸부림치며

葬列은 고요히 흘러간다
꿈많은 서울도 아득히 등지고
가면 돌아오지 못하는 길을
무엇이 불러서 어디로 간다고

해석·비평

이 작품은 학병동맹의 기관지로 발간된『學兵』2집에 실린 것이다. 학병동맹은 본래 일제의 강제 징집으로 전선에 끌려갔다가 돌아온 학병 출신자들의 조직이었다. 그런데 이데올로기 상으로 이 단체는 좌파였고, 행동 형태로는 무장투쟁도 불사하는 전위적 청년 조직이었다. 1946년 1월 18일 밤 당시 서울의 치안을 담당한 수도 경찰청의 병력이 삼청동 소재의 학병동맹 회관을 포위 공격했다. 그 과정에서 박진동(朴晉東), 김성익(金星翼), 이달(李達)등 3명이 죽고 상당수의 인원이 부상을 입었으며 경찰에 반항한 다수 동맹원이 구금, 연행되었다. 이것을 좌익에서는 군정청의 민주정치단체에 대한 탄압이라고 하여 대대적인 항의 투쟁을 선언했고, 여러 좌익 단체가 모여 사망 학병들의 장의 행사를 치렀다.

金尙勳의 이 작품은 그들 학병을 애도하여 쓰인 것이다. 김상훈은 그 자신이 학병 거부자로 당시 학병동맹의 맹원이었다. 그의 문단 등장 역시『학병』창간호에 〈박쥐야 슬픈 박쥐〉로 시작하는『蝙蝠』을 발표함으로써 시작된 것이다. 그리고 이 작품에도 김상훈이 그 무렵 갖게 된 계급주의 투쟁의식, 적대세력에 대한 강한 증오가 담긴 〈무참히 쏴죽인 사람들/ 총들고와

멀그럼히 구경하고)와 같은 구절이 포함되어 있다. 그러나 전편으로 보아서
는 죽음을 슬퍼하는 애도의 정이 주조를 이루었다. 이것은 동지요, 후배에
대한 그 나름의 정이 이데올로기보다는 앞선 결과로 보인다. 한편 8·15
후 林和등은 계급문학의 행동 원칙 가운데 하나인 당파성을 인민성으로 고
쳐 표방했다. 이 경우 인민성이 투쟁의욕의 고취에 그 바탕을 둠은 말할 것
도 없는 일이다. 그런데 전위시인의 한 사람으로 일컬어진 김상훈의 이 작
품에 나타나는 것이 그에 앞서는 일종의 감상이다. 이렇게 보면 이 단계의
좌파 시가 이데올로기 면에서는 적지 않게 느슨했음을 알 수 있다.

 ## 기 폭
—전평 세계 노련 가입 축하 대회에서

鎔鑛爐 처럼 끓어 이글거리는 더위에
어깨 맞부비며 그래도 씩씩한 얼골들
이십만명의 시선이 쏘리는 곳에
보라! 높이 세워진 한폭 기빨이 있다

밀가루와 감자로만 살아가도
구리쇠빛 시들 줄 모르는 해바라기처럼
타는 갈망이 정직하게 한 기빨을 노리는 곳에
湖水처럼 밀려와 담기는 벅찬 民主主義가 있다

韓人들이 범의 울음보다도 두려워하는
赤旗歌 부르며 한 기빨 밑으로 모이자
옳은 노선으로 나라 이끄는 信號旗
가슴마다 간직하고 선배들은 죽어갔느니라
우리 모두 하늘보다 푸른 自由를 안고

조상의 피 꿈틀거리는 땅 우에서
힘끝 노동이 자랑스러우며 사는 날까지
모히자! 믿어운 한 기빨 밑으로

해석 · 비평

『전위시인집』김상용 편의 〈葬列〉 바로 다음 자리에 실린 작품이다. 그 부제로 보아서 8 · 15 직후 조직된 全評의 대회장에서 낭독된 것임을 알 수 있다. 이 무렵 좌익들은 기회 있을 때마다 군중 집회를 열었고, 그 자리에는 문학가동맹 소속의 시인들이 나타나 고무 · 선동의 시를 읽는 것이 상례였다. 이 작품도 그런 테두리에 드는 것 가운데 하나다. 이 작품은 발표와 동시에 문학가동맹 내에서 높이 평가된 작품이다. 구체적으로 金東錫은 〈人民의 詩〉란 제목을 단 전위 시인집 평에서 이 작품의 마지막 두 편을 인용한 다음 〈일제의 총 칼이 두려워 떠가는 구름이나 보라보던, 고 뻔세대로 8 · 15 후에도 여전히 대중과 정치를 무서워하는 이른바 순수시인들은 『전위시인집』을 읽고 韓人들이 적기가를 두려워하듯 두려워할 것이다〉라고 적었다.

여기서 韓人이란 당시 좌파들이 미제의 주구로 매도한 우익 진영 인사들을 가리킨다. 김상훈의 작품은 그들이 적기가를 들으며 갖는 충격에 호랑이 울음을 대비시킨 것은 거기에 상당히 강한 계급의식이 담겼음을 뜻한다. 그러나 이런 김동석의 지적에도 불구하고 실제 이 작품은 크게 성공한 것이 아니다. 이 무렵 박헌영계의 재건파가 택한 노선은 광범하게 인민 대중 속에 파고 들기 위해 인민 민주주의 전선을 형성하는 일이었다. 그리고 그 실천 형태로서 그들은 대개 공산주의를 직접적으로 표방하지 않았다. 그럼에도 여기에서는 행동의 한표상으로 〈적기가〉가 나온다. 따라서 이 작품은 계급정당의 전위 시인이 지녀야 할 올바른 상황 파악이 이루어지지 못한 경우다. 뿐만 아니라 이 작품의 말씨 역시 너무 경직되어 있고 의도만이 노출된 채 선동시가 지녀야 할 가락을 빚어내지도 못했다. 결국 이 단계에서 김상훈은 그가 신봉한 이데올로기를 아주 기능적으로 형상화하지는 못한 셈이다.

문학사 메모

김상훈은 6·25 동란의 소용돌이 속에서 월북했다. 거기서 그는 어렵사리 작가동맹의 일원이 된 것같다. 그러나 한때 林和 도당으로 몰리어 집필 정지에 처해졌다. 1960년 중반기에 복권이 이루어지고 나서 김상훈은 시 창작에서 멀어져 간듯하다. 그 대신 그가 택한 것이 한문 국역 사업과 고전 정리사업이 아니었나 짐작된다. 1983년 북쪽에서 발간된 『가요집』은 그 구체적 보기라 할 것이다. 이 책은 그 내용이 〈고가요〉, 〈정치가요〉, 〈로동가요〉, 〈부녀가요〉 등으로 나누어져 있는데 대체로 구비 전승시가들을 모은 것이다. 또한 고가요인 향가나 고려가요 등에 간단한 해제를 달고 주석도 붙인 것을 보면 이 무렵 김상훈이 고전 문학 쪽으로 그 전공을 바꾸지 않았나 하는 추측이 가능하다.

참고문헌

시 집, 『전위시인집』(노동사, 1946).
시 집, 『隊列』(白羽書林, 1947).
시 집, 『家族』(白羽書林,1948).
김상훈시전집, 『항쟁의 노래』(친구, 1989).
신승엽, 해방직후의 전위시인 김상훈, 『김상훈시전집』.
金容稷, 『해방기한국시문학사』(民音社, 1989).
丁英鎭, 『통한의 실종문인』(문이당. 1989).

이병철(李秉哲)

(1918 ~   )

경상북도 영양군 석보면(石保面)에서 출생. 1941년 혜화전문에 입학, 이때의 동기 중에는 조연현이 있었다. 1943년『朝光』에 이원조의 추천으로 〈낙향소식〉을 발표하고 문단에 등장. 이후 동인지 일간지 등에 몇편의 시를 발표했으나, 그 질량은 본격적인 쪽이 아니었다. 8·15와 함께 경북 안동농림중학교 교사로 취임. 이 무렵에 그의 해방 후 첫 작품인 〈새벽〉을 발표. 1946년 2월 전국문학자 대회 참석을 위해 서울에 상경한 것을 계기로 조선문학가동맹에 가입. 이어 강하게 경향시의 색채를 띤 〈葬列〉, 〈울며 따라 가면서〉, 〈거리에서〉, 〈홍수〉 등을 잇달아 발표함. 1946년 10월 유진오, 김상훈, 김광현, 박산훈 등과 함께『前衛詩人集』을 발간.

이때의 전위란 조선문학가동맹의 신진시인인 동시에 의식면에서 가장 예리한 경우를 가리키는 것이었다. 문학가동맹은 이들에 대해 단단히 한몫을 놓는 입장을 취했다. 李秉哲은 그 가운데서도 가장 주목된 시인이다. 그는 한 때 왕십리 밖 한영중학교에서 교편을 잡기 시작하고 문학가동맹 서울시지부에서도 일을 보았다. 1948년 8월 이화여중 교사, 이때는 표면상 좌익 노선을 포기한 듯 가장했으나 실은 남로당의 지령에 따라 대한민국 체제 부정과 혁명을 선동하는 혁명 가요를 만들어 지하 조직망을 통해 전파하는 역할을 담당했다. 1950년 3월 경찰에 의해 체포 · 구금되어 재판을 받는 과정에서 미결수로 서대문 형무소에서 6 · 25를 맞았다. 인민군의 서울 침공으로 석방되어 문학가동맹의 일을 다시 보았다. 인민군의 패퇴와 함께 가족을 데리고 월북. 남쪽에서 비전형자인 경력이 인정되어 한동안 작품 활동을 계속했으나, 남로당계 숙청 때 연루되어 오랫 동안 집필 정지를 당했다. 1988년 9월호『조선문학』에 〈그 목소리 들려온다〉가 실린 것으로 보아 그 후 복권된 듯하며, 아직도 생존해 있을 가능성이 크다. 또한 1979년판『해방 후 서정시선집』에 그의 작품이 없는 것으로 보아 북에서 그의 활동은 극히 제한된 것으로 짐작된다.

직품 새 벽

네
닭아

가만 가만
숨쉬면서
오래 밤을 쉬면서

어스럼
벼달딸이
눈에 삼삼 그리면서
얼마나 이 아침을 기대렸느냐

삿삿치
어둠을 털고 나려와
벼슬

그윽히 목을 뽑아 울어라
하늘까지 울어라
얼마나 이 아침을 기대렸느냐.

해석 · 비평

8 · 15 직후에 쓰여진 것으로 『전위시인집』에도 실린 작품이다. 그리고 다른 시인에 대비시켜 보면 이데올로기의 색깔에서 가장 거리를 가진 작품이기도 하다. 여기서 아침은 말할 것도 없이 일제 암흑기를 벗어난 해방의 순간이다. 그러므로 닭은 민족 광복의 상징이 되어 있다. 그 순간을 〈벼슬 / 그윽히 목을 뽑아 울어라/ 하늘까지 울어라〉라고 함으로써 이 작품은 닭의 심상을 통해서 8 · 15의 감격을 선명하게 노래하고 있는 것이다. 그리고 여기에 다른 전위 시인들과 함께 이병철이 신봉하게 된 이데올로기의 줄기는 들어나지 않는다. 뿐만 아니라 해방을 제재로 한 시로서는 드물게 정서를 저며 넣는 일에 성공하고 있다. 이 무렵에 이르기까지 이병철의 시는 크게 두 가지로 나뉘어진다. 그 하나는 사회의식과 무관하게 서정의 함량만을 노리면서 쓴 작품들이다. 그 유형에 속하는 것으로는 추천작인 〈낙향소기〉과 〈나막신〉 등이 있다. 먼저 〈낙향소식〉이 〈황토 목이를 넘어서야만 보이었다/ 얄팍하게 엎드려서 조을다가/ 한발 기다란 하품을 켜고서는/ 다시 돌아누어버린 마을〉로 되어 있다.

어설프게 목적의식을 앞서우려는 독자 가운데 혹 이런 부분이 식민지적 궁핍의식의 소산이 아닌가 생각할 사람이 있을지 모르겠다. 그러나 이 작품 다음 부분이 그것을 지레짐작으로 돌릴 것이다.

여기가 바로 우리 아배가 어매가
마늘 모만한 누이가

솟작새처럼 살아 있는 곳,
사투리를 잃어버린, 나의 내가,
어째서야만 또하나 다른 나를 물어볼 것인고

아배요, 어매요
하히한 수염수염 속에서
눈물도 아닌 무어 그러한 것이었습니까
누이야 머리 기다란 누이야
물동이에 파아란 하늘을 찰랑찰랑 이고
돌아와

목숨숫자 백힌 복복자 백힌 정한 그릇에
물이나 한목음 베풀어라
두 번 다시사 떠나지 않을란다.
너의 진자주 옷고름으로 맹세를 맺으마

밭갈아 이랑이랑 호미로 김을 매고
내사 애비의 순한 아들이런다

　　이 작품에서 이병철이 살뜰하게 섬기고 있는 곳은 〈아배〉와 〈어매〉, 〈누이〉가 있는 고향이다. 그 고향에서 그는 〈호미로 김을 메고〉 순한 아들로 살고자 한다. 이것은 고향의 미화지 그 현실을 파악하려는 비판의식의 결과가 아니다. 그런 의미에서 이 작품은 경향시라기 보다 순수 서정시의 갈래에 든다. 〈나막신〉에 대해서도 이와 똑같은 이야기가 되풀이될 수 있다.

은하 푸른 물에 머리 좀 감아 빗고
달 뜨걸랑 나는 가련다.
"목숨수"자 박힌 정한 그릇으로
체할라 버들ㅅ 잎 띄워 물 좀 먹고
달 뜨걸랑 나는 가련다.

삽살개 앞세우곤 좀 쓸쓸하다만
고운 밤에 딸그락 딸그락
나막신 신고
달 뜨걸랑 나는 가련다.

―〈나막신〉 전문

　얼핏 보아도 나타나는 바와 같이 이 작품은 동심의 세계를 노래한 것
이다. 따라서 일종의 동시에 해당된다.　그리고 그저 단순하게 달밤에 소
년 소녀가 느낌직한 정감을 노래한 것에 지나지 않는다. 여기에는 정치
적 의도나 당파성의 편린도 찾아 볼 수 없는 것이다. 그리고 다같이 이병
철이 쓴 작품으로 동일 계열에 속하는 것임에도 작품이 〈새벽〉보다는 한
결 더 아름다운 서정시다. 전위 시인인 이병철에게 이런 작품이 있다는
것은 주목할 일이다.

작품 隊列

조금씩 서로 닮은
비슷 비슷한 얼굴들

모두다
해바라기처럼 싱싱한 포기포기

바람에 흔들리면서
이저러질듯 바람에 흔들리면서
붉으레 피좋은 얼굴들

앞을 따라

목소리 가즈런히 萬歲를 부르면서
예사 함께 누릴 즐거움을 살기 위하여
하늘 걷히고 온전한 햇빛 받아 茂盛하기 위하여

앞을 따라
목소리를 가즈런히 萬歲를 부르면서
우리 모두다 함께 간다

작품 뒷 골목이 크일 때까지

또 다시 뒷골목으로 숨어다녀야하는
우리 서로 조심스런 길머리에서
가끔 손에서 퇴비 냄새가 나는 시골친구들을 만난다.

나의 아우와 아우의 어진 동무들과 그리고
끼니때마다 아비를 찾는다는 어린 것의 엄마까지를
삼팔식 보병총으로 앗아갔다는데
아— 나는 불기둥처럼 서서 엉엉 울어야만 하는 것일까

참나무 빗장을 여닫을 때마다 강아지만한 무쇠 자물쇠
여닫는 소리마다
하나씩 이슬처럼 사라지는 사람들 눈망울마다
눈망울마다 감고 간 원수의 모습을 나는 잊지 않으리.

너희들 매운 채찍에 멍들어 절름거리는
젊음을 오히려 시퍼러니 앞세우고
나는 간다 뒷골목이 트일 때까지 나는 간다

해석·비평

《隊列》의 꼬리에는 〈1946. 6월 데모 속에서〉라는 말이 붙어 있다. 1946년 5월달부터 공산당은 이른바 신전술을 채택한 터였다. 정판사 위폐사건으로 폐간이 된 해방일보를 곧 복간시킬 것과 체포령이 내린 박헌영의 옹호투쟁이 그 목적이었다. 그리하여 수단, 방법을 가리지 않는 투쟁이 지령되었고, 여기나오는 데모 역시 그 일환으로 이루어진 것으로 믿어진다. 따라서 이 작품은 그 제재부터가 〈새벽〉과는 다른 유형에 속하게 된다. 적어도 여기서 이병철은 명백하게 계급의식에 입각한 작품을 쓰고 있는 것이다. 이 작품에 대해서 김기림은 허두의 네 줄을 인용한 다음 〈이는 대중 속에서 나누는 생활의 감정에서만 올 수 있는 리리시즘이다. 시인은 자기의 호흡과 맥박에 맞는 자기의 말을 찾기 시작하였다〉는 평을 했다. 사실 앞에서 살핀 바와 같이 8·15직후 이병철은 반드시 경향시의 범주에 드는 작품만 쓴 것이 아니다. 따라서 그의 호흡과 맥박, 곧 말씨나 가락 역시 문학가동맹이 요구하는 인민성에 십이분 부응한 것이 아니다. 그것이 이 작품에서는 본격적으로 경향성을 띠고 있다.

다음 〈뒷골목이 트일 때까지〉는 《隊列》이 발표되고 나서 넉달 다음인 1946년 10월에 쓰인 것이다. 그 고리에는 〈옥에 있는 秉權에게〉라는 말이 붙어 있다. 여기서 병권은 이병철의 종제로 9월 총파업과 그 다음을 이은 대구 폭동에 연루되어 그 무렵에는 영어의 신세가 된 경우였다. 그런 사실을 바닥에 깔면서 이 작품은 문학가동맹에서 요구한 적개심과 투쟁의식을 일종의 설의법으로 읊조리고 있다. 〈끼니때 마다 엄마를 찾는다는 어린 것의 엄마들까지를/ 삼팔식 보병총으로 앗아갔다는데/ 아ㅡ나는 불기둥처럼 서서 엉엉 울어야만하는 것일까〉. 여기서 삼팔식 보병총이란 당시의 군정청 경찰들이 쓴 무기의 하나였다. 그것은 또한 일본군이 패퇴하면서 경찰이 무장 해제해서 보유한 군정청에서 지급받은 것이었다. 이병철은 이런 구절로 당시의 경찰을 일제 잔재의 본보기처럼 생각되게 만든 것이다. 그런 그들이 어린 아기의 엄마까지를 연행한 사실에 대해 그는 울어야만 하는 것일까라고 반문했다. 이것은 말할 것도 없이 마음 속에 일어나는 적개심을 보다 효과적으로 제시하기 위한 기법일 뿐이다. 당시 문학가동맹에 속한 많은 시인들은 마냥 직설적으로 그들의 이데올로기를 노래불렀다. 그러나 이병철은 이처럼 다소간 시적인 기법을 구사한 쪽이다. 『전위시인집』에서 김기림이 유독 그의 시 한편을 인용한 것은 결코 까닭이 없는 일이 아니었다.

문학사 메모

이병철은 남로당계 숙청 때 林和와 인간적으로 가까웠다고 하여 약 10년간 강제 노동을 했다. 그때 문제가 된 작품은 1953년 6월호 『대중문예』에 발표한 〈6월 하늘 아래서〉라는 작품이었다. 이 시의 배경은 모심기를 하는 북한의 농촌이다. 모심기를 하다가 북한의 한 청년이 U.S.A 라는 기호가 박힌 폭탄 파편을 발견했다. 그것을 본 청년은 자신이 전투에 참가하여 미군 탱크를 공격하던 때를 회상한다. 그리고는 새삼스럽게 적개심을 불태우고 당에 대한 충성을 맹세하는 것이다. 그런데 거기에는 주인공이 붉게 물든 저녁 놀 속의 농촌 풍경을 바라보면서 느끼는 감정이 읊조려져 있다. 〈아 아름다운 붉은 놀이여! 조국은 무한히도 아름답구나!〉, 〈조국이여 정녕 번영하라! 아름다운 나의 조국이여!〉. 이 부분을 북쪽의 궁정 비평가들이 비평 공격하여 다음과 같이 단죄했다.

> ……당원들이 자연과 사물을 이해 파악함에 있어서 그 원칙은 변증법적 유물론에 입각하여야 한다. 따라서 자연과 사물을 관찰 묘사하려면 유물론의 4대 특징을 벗어 나서는 안된다.
> 공산당은 새 것이며 자본주의는 낡은 것이다. 그것은 공산주의가 자본주의의 胎內에서 발생하여 성장하고 있는 까닭에 새 것이며 자본주의는

낡은 것이다. 이 새것과 낡은 것과의 투쟁에서 자연 현상에서 새 것이 낡
은 것을 극복하듯이 공산주의는 자본주의를 극복한다. 따라서, 이와 같은
진리에 의해 아침 해는 새 것이며 저녁 놀은 낡은 것이다.

또, 저녁이 되어 밤으로 들어가면 이는 암흑이다. 새 것을 지향하고 낡
은 것을 극복해야 하는 공상주의자들은 저녁놀을 아름답다고 찬양하고,
그 곳에서 조국의 번영을 찾는다면, 이는 곧 마르크스 철학에 역행하는
것이며, 조국을 어둠 속으로 집어 넣어 멸망하는 것을 찬양하는 결과 박
에 되지 않는다…… .

이런 비판 다음 강제 노동에 시달린 이병철이 그나마 집필을 허가 받게
된 것은 1960년대 중반경이다. 그때 남로당계 숙청의 장본인 가운데 하나
인 韓雪野 가 몰락한 것이다. 그러나 복권 후에도 이병철은 옛날과 같은
개성 있는 시를 못썼다. 그가 1970년대 이후에 쓴 〈긍지〉, 〈위대성에 대
한 생각〉, 〈영웅〉등은 모두가 체재 옹호를 내용으로 하고 표현 역시 북쪽
에서 상투적으로 나오는 찬양조가 주류인를 이루었다. 그가 월북하지 않았
을 경우를 우리는 상정할 수 있다. 그랬다면 이병철은 북쪽이 강요하는 체
제옹호 일변도의 작품을 쓰지 않을 수도 있었을 것이다. 저녁노을을 제재
로 삼으면 반동이며 아침에 솟아오르는 해를 노래하는 것만이 올바른 문학
의 길이라는 식의 틀에 박힌 창작지침과도 무관하게 살 수 있었을 법하다.
그를 통해서 우리는 한 전위시인이 어떻게 그 창작능력을 정권의 자의에
의해 파괴될 수 있었던가 하는 각명한 교훈을 읽는다.

참고문헌

李喆周, 『北의 藝術人』(계몽사, 1966).
丁英鎭, 『통한의 실종문인』(문이당, 1989).
한국비평문학회, 『혁명전통의 부산물』(신원문화사, 1989).
金容稷, 『해방기 한국시문학사』(민음사, 1989).

박산운(朴山雲)

(1921. 9~   )

　경상남도 합천 출생. 일본 중앙대 중퇴. 일제 말기 학병에 이끌려 간
다음 귀환. 조선문학가동맹에 가담. 1946년 1월에 창간된 『學兵』에 〈고
향〉, 〈집〉 등을 발표함으로써 시단에 등장했다. 문학가동맹에서는 강하
게 반항적인 시를 써서 각광을 받았고, 1947년 유진오, 이병철, 감상훈,
김광현과 함께 공동 사화집인 『前衛詩人集』을 발간. 같은 무렵에 김기림
이 편집국장인 현대일보에 기자로 일했다. 대한민국 정부 수립 직후인
1948년 9월 이른바 남조선 인민대표의 한 사람으로 월북. 6 · 25 때에는
종군작가로 전선에 섰고, 남로당계 숙청 때는 林和派로 몰려 추방된 바
있다. 그후 1957년에 복권. 김일성의 개인 숭배를 위한 〈항일무장투쟁
참가자들 회상기〉 집필에 참가하여 신임을 얻었다. 1961년 전형적인 북
쪽 체제 선전물인 〈여기도 청산리 저기도 청산리〉, 〈모두다 7개년 계획
에로〉 등을 써서 호평(?)을 받았다.

작품 버드나무

내 또 異域에 流浪하며
맑고 푸른 하늘 아래 순결하고 숙성한 버드나무를
보구 싶었노라
바람에 물리는 구름과 같이
北域으로 흩어지며 쫓겨가던 어려운 역사의 날에도
―버드나무여
그대는 나의 가슴 안에서 落葉지며 바람에 느끼고 있었도다
아침마다 하늘 날세를 살피는 이땅의 떨리는 눈동자들은
그대를 더듬어 올라가고
이땅에 목숨을 받은 작은 것들이
처음으로 익힌 나무의 이름도 그대였도다
실로 둥지를 견뎌야하는 버드나무 가지의 슬픔은
바로 우리의 슬픔이 아니었는가…
어느 때 쯤인가…… 마을엔 즐거운 웃음소리 죽고
시내물 소리 끊어지고
先山 조상들의 말없는 무덤자리만 남기고 어두워지는 해
이윽코 마른 땅이 터지면 금가는 소리 모진 바람소리
쓸쓸한 까마귀 우름 소리 번갈아 들려오고
아아 우리들의 寂寞한 運命의 별이 힘없이 明滅하기 시작하
는 하늘에 야위고 매마른채 오직 마지막 한오라기 希望인 듯 또
祈願인 듯
하늘의 소리에 소소로처 숨살아 있던
슬프고도 씩씩한 우리들의 象徵이여
내 故國을 등지고 어려운 곳을 좇아 걸어왔거니
그것은 그대의 모양이 그곳에 더 가까이 있었던 까닭이었도다

우리들이 몸을 틀며 갈급하던 새날은 오려고
오늘 마을 마을에 그리운 사람소리 일어나
즐거움을 구슬치는 고운 시내물 소리 살아나는데
다시 맑고 푸른 하늘 아래 순결하고 숙성한 버드나무여
그대를 찾아 내가 왔노라
받아 드리라 나의 적은 마음을……
몇해를 이루고 고룬 나의 마음은 뛰고 있도다.

아아 오늘부터 심어두리……
사람 사람 넘치는 물좋은 방방곡곡에 버드나무를 심으리
그러면 바람에 느끼기 쉬운 버드나무 이땅의 거룩한 거문고
처음으로 賦與된 노래의 권리로써
우리들의 고난의 역사를 먼— 옛말 삼아
적고 적은 바람 하나 하나에도 빼지 않고
귀밝게 울릴지로다 울릴지로다.

해석·비평

『전위시인집』朴山雲 편 허두에 실린 작품이다. 여기서는 두 가지 주목될 단면이 내포되어 있다. 그 하나는 이 작품이 말을 축약시키지 않고 진술 형태로 쓴 점이다. 그리고 이 작품에는 서사 문학에 나타나는 이야기 같은 것도 있다. 이것은 박산운이 그의 시를 카프 시대에 경향시인들이 즐겨 쓴 단편 서사시식으로 쓰고자 했음을 뜻한다. 또한 이 작품의 주인공격이 되어 있는 것은 버드나무다. 물론 여기서 버드나무는 식물의 한 종류에 그치지 않았다. 허두에서 이 시의 화자는 그것을 지난날의 신산한 생활과 일체화시키고 있다. 그리고 후반부를 넘으면 그 버드나무는

〈맑고 푸른 하늘〉이 상징하는 바 새 사회의 실현을 다짐하는 객관적 상
관물이 되어 있는 것이다. 이것은 이 무렵에 박산운이 시를 이데올로기
의 앙상한 뼈따귀에서 벗어나게 할 생각이 있었음을 말해준다. 다만 이
무렵 문학가동맹이 그 맹원들에게 요구한 것은 좀 껄센 말씨 속에 대중
을 행동으로 이끌어 낼 詩였다. 그런데 이 작품에는 말들이 너무 완곡하
게 쓰여져 있고, 가락 역시 늘어진 느낌이다. 특히 종결 어미에 자주 쓰
는 〈―노라〉, 〈―도다〉 등 어미는 고어형이어서 진부한 느낌마저 준다.
따라서 전위 시인 시기에 박산운의 시는 아주 뛰어난 경향시로 평가되지
는 못했다.

작/품 秋風嶺

해가 지면 골짜기 물소리만 높아가는
가죽나무 잎사귀 긴 초가 동리

죽은 듯 고요히 밤이 깊어 오면
못견디게 솟아오는 하늘 별빛 따라

어느 곳 내사랑하는 이는 오날도
열세베(麻) 잉아 걸고 몸이 가늘어져……

아아 그곳은 내 노래의 요람 터
진짓 내 노래는 그곳에서 자랐도다

서울이여 소란한 나의 도시
그―는 불인 듯 또 나를 재촉하고

일찍이 땅에 묻힌 큰 할아버지
황홀히 꿈을 안고 넘어선 이 재 우에

숨이 가쁘다 부르는 깊은 피리소리
인제는 나를 다시 또 서게 하느뇨!

―신선한 인민의 깃발에 열리는
바다, 서늘한 바다 속으로

보라 즐거운 새벽에 깨어 소리치며 나르는
나는 한낱 젊은 갈매기와도 같구나

해석 · 비평

  이 작품은 〈버드나무〉와 거의 같은 무렵에 쓴 것이다. 그런 까닭에서인
지 그 발상이나 형태, 구조가 〈버드나무〉와 아주 비슷하다. 〈버드나무〉가
자연에 기탁해서 박산운 자신의 생각을 노래한 것과 동일하게 이 작품 역
시 추풍령을 제재로 하여 그의 마음을 읊은 것이다. 또한 〈버드나무〉가 그
랬던 것처럼 이 작품에도 〈―도다〉〈―느뇨〉등 고어형 종결 어미가 나타난
다. 다만 전자에서는 우회해서 나타난 화자의 이데올로기가 여기서는 〈신
선한 인민의 깃발이래 열리는〉에서 단적으로 들어나는 바와 같이 좀더 직
설적으로 표현되어 있다. 또한 제3연에서 엿보이는 바와 같이 경향시의 전
제가 되는 민중의식 역시 〈버드나무〉의 경우보다는 한결 뚜렷하게 들어나
는 것이다. 그런데 주목되는 것은 이 작품에서도 박산운이 직선적으로 그
의 행동 이념을 노래하지 않은 점이다. 이것은 그가 순탄하게 성장했더라
면 비교적 격을 갖춘 참여시를 쓸 수 있었으리라는 이야기를 성립시킨다.

문학사 메모

박산운이 남로당계 숙청 때 추방되었다가 복권할 때, 북쪽의 당에서는 한 조건을 제시했다. 그것이 〈항일무장투쟁 회상기〉를 쓰는 일에 적극 참여하라는 것이었다. 처음 박산운은 극작가 박태민과 함께 그것을 거절했다고 한다. 그 이유는 〈있지도 않은 일〉을 날조 할 수 없었기 때문이다. 이때 당의 명령을 끝까지 거부했기 때문에 박태민은 숙청되었다. 그리고 박산운은 중도에서 그 태도를 바꾸어 무장투쟁 회상기 제작에 참가했다. 그 덕분으로 그는 복권되어 작품 활동을 재개하게 되었다. 또한 그의 작품이 『조선문학사』에서 〈세상 사람들을 놀래운 천리마 현실의 눈부신 발전 속도를 노래하며 더 큰 비약, 더 큰 전진에로 호소한 작품〉 등으로 평가되었다.

참고문헌

시 집, 『전위시인집』(노동사, 1946).
한국비평문학회, 『혁명전통의 부산물』(신원문화사, 1989).
김용직, 『해방기한국시문학사』(민음사, 1989).
송창우, 경남지역의 계급문학자, 『지역문학연구』(7)(2002.10)

유진오(俞鎭五)

(1922 ~ 1950)

전라북도 완주군 고산면 읍내리에서 출생. 俞致九와 南原梁氏의 4남매 중 막내로 태어났다. 1936년 서울 中東中學校에 입학. 이 때의 급우 가운데 훗날 함께 전위 시인이 된 金尙勳이 있었다. 1941년 중동학교를 졸업하고 일본 동경 문화학원에 입학. 1945년 공산당의 전위 조직 공산청년동맹에 가입하였고, 무헌(無軒)이란 호를 쓴 바 있다. 1946년 2월 25일 학병 추모 행사에 〈눈감으라 고요히〉를 낭독하고 조선문학가동맹에 가입, 이후 격렬한 행동 이념을 담은 시를 차례로 발표한 다음 1946년 9월 1일 국제청년데이 대회장에서 〈누구를 위한 벅차는 우리의 젊은이냐?〉를 낭독, 만여명 청중의 갈채를 받았다고 한다. 그러나 이것이 빌미가 되어 그 이틀 후인 9월 3일 〈미군정 포고령 위반죄〉로 구금되어 1년 실형에 처해져서 영창 살이를 했다. 이것은 8·15후 경향시인이 구속된 첫 사례가 되었다.

1946년 10월 김상훈, 김광현, 이병철, 박산운 등과의 공동 시집 『전위시입집』을 발간. 1947년 5월 약 9개월의 복역 끝에 석방되어 『文學』에 옥중기 〈싸우는 감옥〉을 발표. 1947년 7월 문학가동맹과 文聯의 방침에 따라 문화 공작대 운동에 참가. 그 제1대에 소속되어 경남 지방을 순회하면서 이른바 인민들의 조직·선동을 위한 활동을 전개. 1948년 정음사에서 시집 『창(窓)』을 발간. 1948년 9월에 결혼, 1949년 1월 『학풍(學

風)』에 최후로 활자화된 시 〈조국과 함께〉를 발표. 1949년 2월 지리산 중심의 남로당계 유격대에 문화공작대장으로 입산하라는 지령을 받았다. 곧 지리산으로 갔으며, 거기서 김지회 부대를 만났으나 제반 여건이 허락되지 않아 별반 활동은 벌이지 못한 채 1949년 3월 28일 전북 남원군 내에서 민보단에 피체되었다. 1949년 9월 군법 회의에 회부되어 사형을 선고 받았으나, 가족 친지들의 탄원으로 무기로 감형. 1950년 3월 전주형무소로 이감되었다. 6·25 발발과 함께 행방 불명되었는데 당시 좌익수들 대부분이 긴급 처형된 것으로 미루어 이때에 최후를 맞은 것으로 추정된다.

직(품) 共靑員

웅변은 못하나마
그들은 항상 眞實을 말한다

가난한 사람들을
멕여 살리려는 그들은
몸소 영양부족에 걸려 있다.

움집을 工場을 농가를
끊임없이 드나드는 그들은
눈망울에 정채가 돈다

巡講에 宣傳文에 심부름에
날이 날마다
시간도 고달픔도 그들은 모른다
人民을 위해서는
언제나 충실한 개아미처럼

죽엄도 돌볼 겨를 없이
일하기를 좋아한다

적을 중상하고 욕하기 보담은
오히려 자기를 비판하는
새빨간 피가 그들의 온 血管을 구비쳐 날래다.

호사스럽지 않은 그들은 진정 우리의 벗이니라
우리의 씩씩한 벗들은 궤변에 대항하는 변증법을 알고 있다.

전취하라 우리들의 정열의 투사!
그대들이 웃는 곳에
大衆 또한 따라 웃는다.

작품 누구를 위한 벅차는 우리의 젊음이냐?

눈시울 뜨거워지도록
두 팔에 힘을 주어 버티는 것은
누구를 위한 붉은 마음이냐?

깨어진 꿈족각을
떨리는 손으로 주어 모아
역사가 마련하는 이 국토 위에
옛날을 찾으려는
저승길이 가까운 영감님들이
주책없이 중얼거리는 잠고대를
받아들이자는 우리의 젊음이냐?

왜놈의 씨를 받아
소중히 기르던 무리들이
이제 또한 모양만이 달라진
새로운 ×××의 손님네들 앞에
머리를 숙여
생명과 재산과 명예의 적선을 빌고 있다

누구를 위한
벅차는 우리의 젊음이냐?

서른 여덟해 전 나라와 같이
송두리채 팔리어 피눈물 어려
남의 땅을 헤매이다 맞아 죽은 동족들은
팔리던 그날을 그리고
맞아죽던 오늘 9월 초하루를
목메어 가슴을 치며 잊지 못한다

그러나 오늘날 또한
썩은 강내이에 배탈이 나고
뿌우연 밀가루에 부풀어 오르고도
삼천 오백만불의 빚을 걸머지고
생각만 하여도 이가 갈리는
무리들에게 짓밟혀
가난한 동족들이
여기 눈물과 함께 우리들 앞에 섰다
누구를 위한
벅차는 우리의 젊음이냐?
어느 놈이 우리의

분통을 터트리느냐?

우리들 젊음의 힘은
피보다도 무서웁다

머얼리 바다 건너 저쪽에서도
피끓는 젊은이의

씩씩한 행진과 부르짖음이
가슴과 가슴들 속에 파도처럼 울려온다

젊음이 갈 길은 단 한 길이다
가난한 동족이 우는 곳에
핏발서 날뛰는
외국 ×××들과
망녕한 영감님들에게
저승길로 떠나는 노자를 주어
××으로 쫓아야 한다

해석 · 비평

  유진오의 처녀작은 〈피릿소리〉로 추정되고 있다. 이 작품은 그의 중학
교 동창인 김상훈이 주재한 『民衆朝鮮』에 게재된 것인데 전면을 흐르는
감정은 애조를 띤 것으로 이데올로기와는 전혀 무관한 쪽이었다.

  어둡고 거츨은 이 뜰안에
  불현 듯 들려오는 피릿소리
  맑은 소리 한 없는 향수의 메로디—

그윽한 신비
꿈속 같이 아늑한 품안에서
흘러 나오는 피릿소린가
'운명'처럼 슬픈 곡조는
역사의 골짜구니에서
머나먼 길을 흘러흘러 오는구나……(하략)

8·15를 맞고 나서 문학가동맹에 다수의 신진시인들이 참여했다. 그
런데 그들은 대개 일제 말기에 습작을 한 사람들이었으나 작품 발표는
하지 못했다. 그 무렵에 일제는 우리 말과 글의 사용을 금지했기 때문에
그럴 기회가 우리 문학 지망생들에게는 돌아가지 않았다. 유진오도 물론
그 예외가 아니었다. 그런데 이 무렵 유진오가 쓴 시는 대개 감상에 젖어
있고 이데올로기와는 거리가 있는 것들이었다. 그 증거로 우리는 시집
『窓』을 들어 볼 수 있다. 이 시집은 1947년 말 경에 그 발간이 준비된
것으로 보이는 사화집이다(발행은 1948년 1월). 거기서는 〈窓〉 이하 모
두 21편의 작품이 실려 있는데, 유진오는 그 발문에서 〈나도 어렸을 때
엔 典型的인 小市民이었다. 감상적인 少年이었다.〉라고 적어 놓았다. 실
제 이 시집에도 그의 8·15 이전 의식세계를 들어내는 시가 적지 않게
실려 있는 것이다. 다음은 그 가운데 하나인 〈順伊〉의 전문이다.

그리움이어—
千里 길을 내달었도다

얼굴도 말소리도 모르는
이따끔 날러드는 平凡한 葉書 조각에
홀리운 듯 팔리운 듯 그리웠든 이
꿈결 같은 이야기……
지난날 하고 많은 주림과 슬픔에
목마른 바램의 끝없는 새암 줄기
이제는 새 새악씨 얌전한 안악

도란도란 이야기는 웃음에서 차서……

머얼리 바라만 보듯 듣기만 하고
눈썹하나 까닥이지 못한 채
사뿐히 놓여지지 않는 발길은
千里길을 더 가야 하나니

배운건 한 가지나
잃은 건 열 가지나 되는 듯
절름거리는 마음 무척 서글퍼

안타까움이여—
千里길은 아득하도다

이와 같은 유진오가 그 창작 태도를 크게 바꾸어 문학가동맹의 전위 시인 가운데도 가장 격렬한 구호시를 쓴 것은 대략 1946년 초부터로 추정된다. 그 무렵에 그는 문학가동맹의 지도 시인 가운데 한 사람인 오장환에게 시를 보였다고 한다. 또한 어떤 경로를 통한 것인지는 분명하지 않은 채 공산당에 들어갔다. 그리하여 그는 감상적인 서정시의 습작으로부터 일약 투쟁시의 제작자가 되는 것이다. 〈共靑員〉은 이 무렵 유진오의 정신적 단면을 십분 나타내는 작품이다. 여기서 그는 공청원을 가난하며 핍박 받는 인민의 가장 살뜰한 심부름꾼으로 부각시키려 했다. 또한 그 전문은 모두가 평이한 말로 되어 있어 일반 독자라도 그 뜻을 파악하는데 별로 지장을 주지 않는다. 한 마디로 이민 속에서, 인민이 부담없이 읽을 수 있는 시가 된 것이다. 이들 작품을 고비로 유진오는 급속하게 투쟁시인, 진보적 문학자의 본보기가 된 셈이다.

다음 〈누구를 위한 우리의 벅차는 젊음이냐?〉는 〈共靑員〉에 더욱 투쟁의 열기를 강조한 것과 같은 작품이다. 여기서 〈저승길이 가까운 영감님들〉이란 물론 우파·원로 정치인들을 가리킨다. 또한 왜놈의 씨를 받아 다음에 나오는 복자 부분은 아마도 〈미군정〉을 지칭한 듯 보인다. 이 작품은 그들을 싸잡아 공격함으로써 이른바 반동분자 타도의 기치를 높인 셈이다. 뿐만 아니라 후반부에 접어 들면 그 기세가 더욱 등등해 진다. 여기에 나오는 〈강냉이〉〈밀가루〉는 군정 당국이 부족한 식량을 보충하기 위해 8·15후 남한에 원조로 공급한 것이다. 그를 비판하면서 이 작품은 마지막으로 망령난 영감님에게/ 저승길로 떠나는 노자를 주어/ ××으로 쫓아야 한다)로 글을 맺고 있다. 여기서 복자는 〈지옥〉으로 추정된다. 결국 유진오는 이 시를 통해서 군정과 그들의 협력자인 우파 원로 정치인들을 추방, 타도하라고 외친 셈이다.

　이 작품이 빌미가 되어 유진오가 약 일년정도 영어의 몸이 된 사실은 이미 밝힌 바롸 같다. 그러나 그 자체가 그를 인민의 영웅으로 문학가동맹 측이 떠받들 구실을 주었다. 카프 시대부터 프로문학의 주도자인 林和는 그를 가리켜 인민의 계관 시인이라고 칭예했다. 그런가 하면 1947년 2월에 열린 문화 옹호 남조선 문화예술가 총궐기 대회에서는 오장환이 〈시인의 박해〉라는 제목을 내걸고 유진오의 투옥을 성토한 바 있다. 뿐만 아니라 복역을 마치고 다시 자유의 모이 되자 유진오는 마치 좌익 전위시인의 대명사처럼 되었다. 그리하여 그의 목소리는 더욱더 쇳되게 되면서 투쟁 제일주의로 치달려 간 것이다.

작품 이대로 가자

죽엄인들 대수로우냐
이대로 가자
괴로움이면 차라리
뼈를 앗아라

사나운 바람 속에

눈물 어려 살아왔다
가야만 할 길이다
꽃잎처럼 떨어지자

하나 둘
헤일 수 없이
짓밟혀 간다
아까운 목숨들이
악착스리 짓밟힌다
사나운 발굽 밑에
꽃잎이 있다
번적이는 총칼 밑에
목숨이 있다

꽃같은 목숨이
땅 위에 떨어졌다
떨어진다고
허수히 죽는 게 아니다

땅 속에 흙 속에
다시 피리라
죽어도 떨어져도
꽃은 피고
꽃은 남는다
죽음인들 대수로우냐
이대로 가자
괴로움이면 차라리
뼈를 앗아라

작(품) 조국과 함께

하늘이 있는 곳마다
하늘보다 커다란 원한이
노을보다 붉게 타고

나의 영역하는 여기
한 뼘 땅 위에
조국은 한없이 넓어져
넘실거려 소용되는
하늘과 땅

이대로 선 자리에
나는 불기둥 되어
이글거리는 가슴
분수처럼 뿜어 올리자
견딜 수 없이
자꾸만
악착스리 다가서면
분함이여
총알보다 아픈
나의 정열이여
다시 또
톱날같은 땅 위에
송두리째 하늘을 이고
소리 아닌 소리 천둥처럼 울리며
각각으로

숨결과 함께 넘어져 가는
조국과 함께
나는 여기 눈보라 속에 있다

해석 · 비평

　이들 두 작품은 발표 시기에 상당한 간격이 있다. 〈이대로 가자〉는 시
집 『창』에 수록된 작품이다. 따라서 1947년 초 전에 쓰여진 것이 된다.
그러나 〈조국과 함께〉는 이미 나타난 바와 같이 1949년 1월호 『학풍』에
발표된 것이다. 따라서 두 작품은 적어도 두 해의 상거를 가지고 발표되
었다. 하지만 이런 시간상의 상거에도 불구하고 이들 두 작품은 아주 강
한 유사성을 가진다. 목적의식을 가진 후 유진오의 작품은 대개가 고발
투로 이루어졌고, 또 그 문체가 서사적인 단면을 지니게 되었다. 그것이
이들 작품에서는 자신을 다지는 쪽으로 바귀어져 있는 것이다. 다음 그
의식면에서도 두 작품은 강한 공통분모를 가진다. 〈이대로 가자〉의 주제
가 되고 있는 것은 꽃잎처럼 지는 언저리에 있다. 그리고 그 꽃잎은 〈사
나운 발굽 밑에/ 꽃잎이 있다〉라든가 〈꽃같은 목숨이/ 땅 위에 떨어졌
다.〉 등으로 미루어 폭력을 항거하다가 쓰러지는 희생의 상징이다. 즉,
그 주제는 투쟁을 위해서 죽음을 무릅쓰는 희생인 것이다. 〈조국과 함께〉
에 대해서도 아주 이와 흡사한 이야기가 가능하다. 이 작품의 상황은 〈각
각으로/ 숨결과 함께 넘어져가는/ 조국과 함께/ 나는 여기 눈보라 속에
있다.〉에서 단적으로 들어난다. 여기서도 화자의 조국은 역시 위기에 처
해져 있다. 그리고 〈이글거리는 가슴/ 분수처럼 뿜어 올리자〉로 보아 유
진오는 결사 투쟁의 각오를 피력하고 있는 것이다.
　특히 우리에게 주목되는 것은 〈조국과 함께〉가 지리산에 입산하기 직
전에 유진오가 그의 저항의식을 피력한 작품이라는 점이다. 그는 훗날

법정 진술에서 자신이 지리산으로 들어가기 위해 서울을 떠난 것이
1949년 2월 23일이었다고 밝혔다. 그와 동행한 것은 영화 동맹원인 홍
순학(洪淳鶴)과 음악동맹원인 유호진(劉浩鎭) 등이었다. 그들은 당으로
부터 2만원씩의 돈을 받고 아직도 얼음이 깔린 지리산으로 향했다. 그들
이 지리산에 도착한 것은 2월 28일이었다. 그들이 여순 반란 사건의 주
력인 김지회 부대를 만나 그들의 선동과 전투의욕 고취를 위해 이른바
문화공작을 한 것은 3월초가 되는 셈이다. 그러나 그 무렵 김지회 부대
는 거듭되는 군경들의 포위 공격 속에서 추위와 굶주림에 지친 나머지
유진오 등의 공작 사업에 응할 게제가 아니었다. 그리하여 유진오가 김
지회 부대와 함께 생활한 것은 불과 사흘로 끝났다. 그 후 유진오등 세
문화 공작대원은 빨치산의 대오에서 낙오됐고, 또한 중앙당에서 소환 명
령이 내려왔다. 그리하여 하산하여 서울로 돌아갈 길을 찾던 중 민보단
에 붙잡힌 것이다.

문학사 메모

　유진오가 체포되어 서울로 압송된 다음 정식 재판정에 서게 된 것은
1949년 9월 28일의 일이다. 그러니까 남원에서 민보단에 처포된 뒤 여
섯달을 그는 미결수로 산 셈이다. 9월 30일 그는 김태준, 김지회의 처
조경순 등과 함께 사형 선고를 받았다. 그러나 그의 구명을 위해 가족들
이 동분 서주했다. 그들은 곧 기계유씨(杞溪兪氏) 일족을 움직였고, 그
힘이 대한민국헌법 기초자인 兪鎭午까지에 미쳤다. 그리하여 구명 탄원
서가 제출되었는 데 후에 그 탄원서에는 民世 安在鴻, 海公 申翼熙까지
서명했다는 것이다. 그것이 주효해서 유진오는 감일등으로 무기가 되었
고, 또한 서대문 형무소에서 고향인 전주로 이감했다. 그러나 이것이 또
한 그를 죽음에 이르게 했다. 즉 6·25가 터지자 한강 북쪽에서는 죄수

를 돌볼 겨를도 없이 군경이 후퇴해버렸다. 그러나 금강 남쪽인 전주에
서는 사정이 달랐다. 7월이 되어 대전 함락의 소식이 들려오자 전주 형
무소의 좌익수는 어느날 밤 몰래 어딘가로 옮겨갔다. 그리고는 그 모두
가 행방 불명이 되었다는 것이다.

　전위시인으로서의 유진오는 그 시작 솜씨가 李秉哲과 대비시켜 볼만한
경우였다. 이병철이 계급시인의 단서를 떼어도 시인일 수 있었던 것처럼
유진오 역시 그런 단면을 드러낸 작품을 남겼다. 그러나 그도 이병철처
럼 당의 지령 아래 움직여야 하는 계급주의자였다. 그 나머지 경직된 행
동노선을 택했고, 그 결과가 지리산 입산과 같은 극한 상황으로 그를 치
닫게 했다. 이것은 우리 민족사가 낳은 아픈 상채기가 아닐 수 없다.

참고문헌

시　집, 『窓』(정음사, 1947).
丁英鎭, 肉彈詩人 兪鎭五의 비극, 『통한의 실종문인』(문인당, 1989).
金容稷, 『해방기한국시문학사』(민음사, 1989).
류　만, 『조선문학사』(과학백과종합출판사, 1995).

김상민(金常民)

(1920 ~ ?)

필명을 常民 두자로 쓴다. 경상북도에서 출생. 중학교 때부터 정지용을 사숙하며 서정시를 습작하였다. 또한 후에 전위 시인의 한 사람이 된 金尙勳과는 이 때부터 이미 알고 지낸 사이였다. 1944년 協働黨에 가담. 협동당은 무력으로 일제를 격멸하려는 항일 저항결사였고 별동대는 그 실력 행사 조직이었다. 총책임자 金宗伯을 정점으로 하여 춘천, 포천, 금화, 가평의 접경에 위치한 발군산에 근거지를 설정, 항일 무장 투쟁을 지향했다. 김상민은 바로 그 대원의 한 사람으로 당시 학병 기피자가 되어 징용에 끌려 갔다가 건강을 해친 나머지 귀향한 김상훈을 찾아가 그를 대동 발군산의 조직에 합류하여 활약. 그러나 1945년 1월 일본 경찰이 이들의 본거지를 포위하여 동지들과 함께 체포당했다. 곧 서대문 형무소에 투옥되었고, 옥고를 치르다가 김상민은 심하게 건강을 해치고 그들의 총책인 김종백은 고문을 당하여 옥사하였다.

1945년 8·15와 함께 자유의 몸이 되었는데 이 때의 체험을 노래한 시편들이 그의 시집 『옥문이 열리든 날』에 여러 편 실려 있다. 1945년 11월 김상훈이 주재한 『民衆朝鮮』에 유진오의 〈피릿소리〉, 김상훈의 〈시위행렬〉과 함께 처녀작 〈해방〉이 실림으로써 문단에 등단하였다. 곧 조선문학가동맹에 가담하였다. 또한 그밖의 공산당 외곽 조직에 참여한 듯 보

인다. 그런 낌새가 『옥문이 열리든 날』에 실린 여러 편의 작품에 나타난
다. 1948년 신학사에서 『옥문이 열리든 날』을 출간. 6 · 25 이후의 북쪽
시를 다룬 문학사나 『서정시선집』에 그 이름이 나타나지 않는 것으로 보
아 복권되지 못한 상태에서 생활하고 있거나 사망했을 것으로 추정된다.

작품 해 방

> 거리 위에
> 시뻘건 기폭 기폭이
> 하늘 높이 덮여 휘날려 간다
> '붉은기의 노래' 우렁차게
> 대지에 사모친다
>
> 골목 골목을 헤치며
> 끓어 나오는 만세소리
> 헐벗고 굶주린 군중이
> 터지는 기쁨을 어짜지 못한다
>
> 근로하는 노동자 동무들아
> 음산한 지옥 공장 안에서
> 동무들의 얼굴이 송장빛 같구나
> 열두시간 지나친 노동이였기
> 열손꼬락 사이가 그냥 짓물렀구나
> 바퀴 사이에 손을 찌어가며
> 팔팔이 짜내인 비단이였만
> 치여 떨어진 걸레가 된 옷을

누덕 누덕 이어 입어야 하는 동무들
지나간 고초를 어찌다 헤아리랴

근로하는 농민 동무들아
힘에 넘치는 삽질 괭이질에
동무들의 등꼴은 새우등 같구나
간구한 살림에 사로잡혀
거미줄처럼 엉긴 주름살

땀을 깨물며 깨물며
포기 포기 수많은 곡식을 심궈놓고
늦가을 시절이 좋아도
한톨 입에 씹어보지 못하든 동무들
지나간 고초를 어찌다 헤아리랴

근로하는 대중을 위하여
사랑하든 연인을 결별하고
사랑하든 안해를 버리고
따뜻한 가정의 보금자리를 떠나
몸과 목숨을 아끼지 않든 혁명가 동무들아
망명의 구렁에 얼마나 굴렀든가

굳은 철창에 갇히어
얼마나 답답한 날을 보냈던가
아아 동무들의 고초를 어찌 다 헤아리랴

극성스럽든 일본 제국주의에
짓밟힌 자취가 이렇게 참혹하다

그러나 동무들아
우리는 지금 이렇게 기쁘다
공장에서 밭두럭에서 감옥 안에서

하그리 기다리든 이 날이 왔구나
조선의 겨레의 해방의 날이

이러다간 꼭 죽을 것 같드니
이제 우리는 살았다
아작 아작 씹어 뱉어도 시원치 않을
그놈의 일본이 이제야 물러갔구나

이젠 조선이 우리 것이요
조선 안에 모든 것이 우리의 해다
그러나 동무들아
우리의 앞에 적이 남아 있다
해방된 자유를 빼앗아 가는 적이 남아 있다

우리의 살을 파고 들어
피를 빨아가려는 거머리 떼
우리의 허리를 감고 돌며
날카로운 혓바닥을 넘실거리는 구렁이 떼
머리 위에 독약을 퍼부어
우리의 정신을 빼앗아 가려는 도깨비 떼

우리는 이 무리를 이 국토에서
완전히 영원히 물리쳐야 한다
우리는 한뭉치가 되어

그놈들과 싸우자
높이 들어라 붉은 기빨을
힘차게 불러라 '붉은 기의 노래'를
우리는 우리 손으로 우리의 터를 쌓기 위하여
붉은 기를 지키며 굳게 나간다

해석 · 비평

이 작품 꼬리에는 1945. 9. 11이라는 숫자가 붙어 있다. 이것으로 우리는 이 작품이 8·15 직후에 쓰여진 것임을 알 수 있다. 이 작품을 통해서 우리는 이 무렵 金常民의 시가 지닌 두 가지 단면을 읽을 수 있다. 그 하나가 목적의식을 내세우기에 급급한 나머지 기법에서는 거칠다는 점이다. 이 시는 프롤레타리아를 고무·선동하려는 생각에서 그 기본 계층인 노동자 농민들에게 호소한 것이다. 2,3연이 노동자를 향한 것이며 4,5연이 농민을 향한 것으로 나타난다. 그러나 그 뒤에 온 종합·통괄 부분과 함께 이들 시행 속에는 시에 요구되는 발견의 장이라든가 체험의 재조직, 거기서 빚어지는 정서의 파동이 제대로 형성되지 않고 있다. 엄격하게 말하면 이런 글은 8·15직후 숱하게 나붙은 벽보의 어떤 부분과 별다를 바가 없다.

한편 형태, 의식 양면에서 이 시는 상당히 교조적이다. 본래 카프 이래 한국의 경향시는 길게 늘어지는 말에 서술적인 단면을 들어내었다. 그 단적인 보기가 되는 것이 林和와 權煥 등의 작품이다. 그런데 이 시 역시 그런 유의 시, 곧 단편 서사시의 단면을 드러낸다. 뿐만 아니라 의식면에 있어서 이 시는 잡담 제하는 태도로 적색 혁명 노선을 표방하고 있다. 이런 경우 우리는 이 시가 쓰여진 것이 8·15 후 한 달이 채 못되는 9월임을 감안해야 한다. 그 무렵 林和 등의 문학건설본부는 어떻든 문단의 대동 단결을 표방하고 있었고 문학가동맹의 행동 강령 역시 진보적 민주주의 정도에 그쳤다. 그럼에도 이 작품은 허두부터 〈높이 들어라 붉은 기빨을〉이 나오는 것이다. 이것은 프로예맹 측이 아니면서 계급혁명을 작품의 뼈대로 하고 나타난 경우다. 한 마디로 이 작품은 예술적인 의장을 뒷전으로 돌린 채 목적의식 일체주의에 의해 쓰여진 초기 金常民의 시를 대표한다.

작품 五 月

기름투성이 옷에
사철 함마를 쥐고
너무도 대접을 못받는 종족이
태양과 함께
구릿빛 가슴 화통처럼 이글거리는
오월이 있다

근로자의 캄캄한 길 위에
횃불을 올려주는 초하룻 날
상기한 눈동자들을 향한
캡을 구겨든 손짓과 손짓이
다시 고단한 심장을 불러 일으킨다

호흡이 부풀고
혈관의 더운 피
다람쥐처럼 오르나리는데
음산한 구름
이 땅의 오월은 철이 늦다

자유여
영원히 전설 속에서만
활개치며 나르느냐
동결된 지하실을 벗어나와
초라한 지붕마다 기폭을 달자
훈풍에 펄펄 나부끼게

멀리 딴 나라에도
유린 당한 형제가 있어
산맥과 바다를 넘어
도시와 전원에 굽이치는
우렁찬 함성이 들려온다

행구를 차리는 피서객과
골작을 돌아오는
뻐꾸기의 푸넘겨운 울음과는
아무 아랑곳이 없는
해마다 찾아오는
근로자의 오월이 있다.

작/품 보람의 선물

옛날 이야기에서 듣는 기적처럼
뜻밖에 날라온 비둘기는 아니다
이렇게 다시 당신을 맞아드리기에
우리는 위대한 ××이 있어야 했다
××떼거리 횡행하는 유린 속에

문패 하나 없이 살아온 一年

무수한 생명이 땅에 묻히고
무수한 戰友가 ×× 끌려간채

줄곳 장마와 사태를 벗어나
소나무 뿌리는 뿌리대로 뻗어갔다.

늙은 어머니와 병든 안해와
동생과 누이와 배고픈 어린것과

홋옷 한 벌 남지 않았고
배급쌀이 마조 떨어진 아침

다친 옆구리 미처 아물지 못한대로
몸부림 치듯 당신을 맞노니

목숨 걸어 찾아온 보람의 선물
이것은 송두리째 우리의 것이다

해석 · 비평

〈五月〉은 메이데이를 제재로 한 작품이다. 그리고 〈보람의 선물〉은 8
· 15를 노래한 것으로 보인다. 이 작품들의 제작 시기는 1947년도이다.
그 무렵 김상민이 소속된 공산당과 조선문학가동맹은 이른바 38선 이남
의 극히 불리한 정세에 직면하여 거듭 강경 투쟁노선을 천명하고 그 결

의와 각오를 다지고 있을 때였다. 〈五月〉에는 그런 상황인식이 〈음산한 구름/ 이땅의 오월은 철이 늦다〉로 표상되어 있다. 그리고 〈자유……동 결된 지하실을 벗어 나와/ 초라한 지붕마다 기폭을 달자〉로 그나름의 정 치적 색깔을 선명히 밝히고 있는 것이다. 그런가 하면 〈보람의 선물〉에 는 좀더 강한 이데올로기 지향성이 검출된다. 여기서 넷째 줄 복자 부분 은 〈희생〉으로, 다섯재 줄 것은 〈도적〉, 8행의 것은 〈감옥〉으로 추정된 다. 이 작품에서 김상민은 그 자신의 체험을 중심으로 한 8·15의 의의 를 생각하고 있는 것이다. 그에 따르면 그것은 일제의 패망이며 그 결정 적인 힘이 된 것은 연합국의 승리였다. 그러나 이 작품의 문맥에 따르면 그런 8·15 해석은 피상적인 생각의 결과다. 김상민에 따르면 그 자신이 협동단 사건으로 사선을 넘은 것과 같이 여러 민족 운동자들의 투쟁과 희생이 없었다면 일제의 패망과 그에 따른 해방은 기대될 수 없는 역사 적 사건이었다. 그럼에도 김상민의 판단에 의하면 8·15 후 한반도의 운 명은 미쏘 양대 강국에 맡겨져 있고 38선 남쪽은 다시 궁핍과 빈곤의 메 마른 지역이 되어 있다. 그런 현실을 가슴 아파하면서 8·15의 의의를 그 나름대로 해석, 확인하려 든 것이 이 작품이다.

위의 두 작품 가운데 어느 정도 주목되어야 할 것은 〈五月〉이다. 본래 김상민의 시는 혁명의 방편으로 시작된 것이다. 『옥문이 열리던 날』에 발문을 쓴 김상훈의 기록에 따르면 김상민은 발군산의 근거지에서부터 줄기차게 시를 써서 동지들에게 읽어 주었다고한다. 〈빛나게 죽는 날을 위하여 싸움을 준비하고 있는 이 사람들 속에서 常民은 쉴 줄 모르고 倭 敵打倒의 시를 써서 대원들에게 낭독을 해주고 있었다. 대원들은 불이 붙은 눈알로 시편을 노리며 감격하고 용기를 얻고 있었다. 어느 한 줄이 든 日帝를 저주하고 항쟁의 피가 끓지 않는 것이 없었다. 말의 선택이나 技巧의 巧拙은 어떻든 능히 민족의 반항을 정면으로 표현한 시를 고백하 거니와 나는 生後 처음 보았었다. 포악한 暴雪만 쏟아지는 원수의 하늘 밑에서 이런 종류의 시를 슬 수 있는 그리고 시가 혁명의 추진력이 되는

것을 내 눈으로 볼 수 있었음은 나의 가장 큰 기쁨이거니와 常民의 詩는 여기서 출발하였다.〉

　이런 김상훈의 말로 미루어 보면 8·15 이전 항일 투쟁 선상에서 쓴 김상민의 시는 기법이 뒷전에 돌려졌다고 할 수 있다. 그에게는 일제의 구축과 그를 위한 투쟁만이 일체였던 것이다. 그리고 이런 추세는 8·15 직후에도 그대로 지속되었다. 그 단적인 보기가 되는 것이 〈해방〉인 것 이다. 그러나 8·15 해방과 함께 탄생한 조선문학가동맹이 요구한 것은 투철한 당파성, 인민성에 의거하면서 경향시에 걸맞는 문체, 형태, 가락을 확보하는 문학이었다. 그것이 효과적으로 그들이 원하는 바 대중을 선동, 조직하는 도구로서의 문학임을 문학가동맹은 알고 있었던 것이다. 8·15후에 새롭게 제기된 경향시의 이런 요구에 대해 한 동안 김상민은 별로 기능적인 대처자가 못되었다. 그런데 〈5月〉은 명백하게 한 분기선을 그은 작품이다. 이 작품에는 목적의식의 집접적인 노출이 아니라 그것을 감성화해낸 경향시의 기본 공리가 뚜렷이 원용되어 있다. 동시에 이런 유의 투쟁시가 확보하고 있어야 할 발빠른 호흡도 느껴지는 것이다.

문학사 메모

　8·15 후 김상민의 처녀작이 『민중조선』에 발표된 사실은 이미 밝힌 바와 같다. 거기에는 김상민의 작품과 함께 유진오, 김상훈, 柳葉 등의 시가 함께 실려 있다. 그런데 柳葉과 같은 원로, 선배 시인들의 작품을 뒷전에 돌려놓고, 김상민의 〈해방〉이 그 허두에 놓여 있는 것이다 .이것은 물론 김상민의 작품이 다른 시인의 것에 비해 분량이 많은 대작인 데 말미암았던 것으로 생각될 수 있다. 그 제목부터가 〈해방〉이었던 데도 기인했을 법하다. 그러나 그 가장 큰 사유는 다른 시인의 것에 비해 〈해방〉이 지닌 뚜렷한 경향성에 있지 않았나 생각된다. 『민중조선』에 실린

도 그에 준유진오의 〈피릿소리〉는 그저 감상에 젖은 서정 소곡이었다. 김상훈의 것하는 작품이다. 그런데 김상훈은 등단작에서부터 계급 혁명 지향의 시를 발표했다. 이렇게 보면 8·15 후에 경향시인이 된 여러 시인들 가운데 김상민은 제일 먼저 나타난 목적 의식주의자였다.

참고문헌

시　집, 『獄門이 열리던 날』(신학사, 1948).
오현주 편, 『해방기의 시문학』(열사람, 1988).
김용직, 『해방기한국시문학사』(민음사, 1989).

제7편

인민정권과 경향시

― 북한의 시 ―

조기천(趙基天)

김남인(金嵐人)

백인준(白仁俊)

허남기(許南麒)

김우철(金友哲)

정문향(鄭文鄉)

김 철

오영재

조기천(趙基天)

(1913 ~1951)

북한 최대의 시인으로 조선 문학사에서 대서 특필되고 있는 시인이다. 함경북도 회령이 고향, 빈궁한 가정에서 자라 시베리아 유이민의 후예다. 옴쓰크 사범대학 문학부를 졸업했다. 1931년 처녀작을 현지에서 발행되는 교포신문『선봉』에 발표했다고 한다.(현재 그 작품은 전하지 않는다). 2차 대전 막바지에 어떤 경로를 거친 것인지 알려지지 않은 채 김일성 부대에 편입되었다.

1945년 8월 북쪽에 진주하는 소련군을 따라 평양 입성. 이어 소련군 비호하에 발행된『조선신문』편집국장이 되었다. 신문 발간과 당사업에 관계하는 한편 우리말 시를 발표하기 시작, 그때의 작품들이 〈두만강〉 (1946.3), 〈큰거리〉(1946.4), 〈스딸린 대원수에게 드림〉(1946.4), 〈五・一을 맞으라〉(1946.5) 등이다.

이어 조기천은 1947년 장편 서사시『백두산』을 발표함으로써 일약 북한 시단의 혹성이 되었다. 『백두산』은 그 무렵 북쪽 당과 행정기관의 수뇌로 군림하게 된 김일성 장군의 항일 빨치산 활동을 주제로 한 것이다. 전문 3천여 행에 7장 57절의 부피를 가지는 이 시는 탈고와 동시에 당기관지『로동신문』에 10회에 걸쳐 연재되었다. 이어 단행본 사화집으로 발간되자 이 작품은 각급 학교의 교재가 되었고, 공장, 농촌의 문예조직에서도 필독의 교양 도서가 되었다. 초판 20만 부가 발간 몇 달만에 매진되고 곧 품절이 되는 사태가 빚어졌으며 북쪽이 제정한 제1회 예술축전에서는 1등상이 조기천에게 돌아갔다. 『백두산』으로 그는 북쪽의 계관시인이 된 것이다.

이후 조기천은 줄곧 북쪽의 궁정시인에 해당하는 영예를 누렸다. 그의 작품은 발표와 동시에 예외 없이 공화국의 가장 훌륭한 작품, 아름다운 시로 칭예된 것이다. 6 · 25가 나자 〈불타는 거리에서〉, 〈조선의 어머니〉, 〈죽음을 원쑤에게〉, 〈조선은 싸운다〉, 〈나의 고지〉 등 적개심에 가득 차고 전투의욕 고취를 목적으로 한 시를 잇달아 발표했다. 그 결과 북쪽의 공식적인 작품 평가 창구인 『조선문학사』에서는 조기천의 작품이 전쟁문학의 최고봉으로 격찬되어 있다. 당 중앙 특히, 김일성 수령의 신임이 두터워 전쟁 초기부터 최고사령부 소속으로 인민군과 싸우는 후방 인민의 선동, 전의 고취에 동분서주했다. 1951년 8월 이기영과 함께 최고사령부를 따라 이동중 유엔군의 공습으로 폭사. 그의 죽음에 임해 김일성 자신이 애도의 말을 보내고 문인으로서는 이례적으로 국기훈장이 수여되었다.

 장편서사시 백두산
—이 시편을 영웅적 해방군 쏘련 군대에게 삼가 올리노라

머리시

三천만이여!
오늘은 나도 말하련다!
'백호'의 소리 없는 웃음에도
격파 솟아 구름을 삼킨다는
천지의 푸른 물줄기로
이 땅을 파몰아치던 살풍에

마르고 탄 한 가슴을 추기고
천년 이끼 오른 바위를 벼룻돌 삼아
곰팡이 어였던 이 붓끝을
육박의 창끝인 듯 고루며
이 땅의 이름 없는 시인도
해방의 오늘 말하련다!
첩첩 충암이 창공을 치뚫고
절벽에 눈뿌리 아득해지는 이곳
선녀들이 무지개 타고 내린다는 천지
안개도 오르기 주저하는 이 절정!
세월의 류수에
추억의 배 거슬러 올리라!
어느해 어느 때에
이 나라 빨치산들이 이곳에 올라
천심을 떠받으며
의분에 불질러
해방전의 마지막 봉화 일으켰느냐?

이제 북국의 의로운 전사들이
사선에 올랐던 이 나라에
재생의 백광 가져왔으니
해방사의 혁혁한 대로
두만강 물결을 넘어왔고
백두의 주름주름 바루 꿰여
민주 조선에 줄곧 뻗치노니
또 장백의 곡곡에 얼룩진
지난 날의 싸움의 자취 력력하노니
내 오늘 맘 놓고 여기에 올라

三천리를 손금 같이 굽어보노라!

오오 조상의 땅이여!
五천년 흐르던 그들의 혈통이
일제의 칼에 맞아 끊어졌을 때
떨어져 나간 그 토막 토막
얼마나 원한의 선혈로 딩굴었더냐?
조선의 운명이 칠성판에 올랐을 때
몇만의 지사 밤길 더듬어
백두의 밀림 찾았더냐?
가랑 잎에 쪽잠도 그리웠고
사지를 문턱인 듯 넘나든 이 그 뉘냐?
산아 조종의 산아 말하라 —
해방된 이 땅에서
뉘가 인민을 위해 싸우느냐?
뉘가 민전의 첫머리에 섰느냐?

쉬— 위—
바위 우에 호랑이 나섰다
백다산 호랑이 나섰다
앞발을 거세게 떼며 뻗치고
남쪽 하늘 노려 보다가
"따— 웅—" 산골을 깨친다
그 무엇 쳐부수련 듯 톱을 들어
"따— 웅—"
그리곤 휘파람 속에 감추인다
바위 호올로 솟아
이끼에 바람만 스치여도

호랑이는 그 바위에 서고 있는 듯
내 정신 가다듬어 듣노라—
다시금 휘파람 소리 들릴지
산천을 뒤집어 덮치는
그 노호 소리 다시금 들릴지—

바위! 바위!
내 알 리 없어라!
정녕코 그 바위일 수도 있다
빨치산 용사 이 땅에 해방의 기흐치던
장백에 솟은 이름 모를 그 바위
또 내 가슴 속에도 뿌리 박고 솟았거니
지난 날의 싸움의 자취 더듬으며
가난한 시상을 모으고 엮어
백두의 주인공 삼가 그리며
三천만이여 그대에게
높아도 낮아도 제 목소리로
가슴 헤쳐 마음대로 말하련다.

제 一 장

1

고개 뒤에 또 고개—
몇몇이나 있으련고?
넘어넘어 또 넘어도
기다린 듯 다가만 서라—
한 골짜기 지나면
또 다른 골짜기—

이깔로 백화로 뒤엉켜 앞길 막노니
목도꾼이 고역에 노그라지듯
골짜기는 으슥히 휘늘어져 있어라!
울림으로 뻑뻑하여 몇백리
백설로 아득하여 몇천리—
사나운 짐승도
발길 돌리기 서슴어하고
날새도 고적에 애태우나
날아 날아 떠나고야 마는
장백의 중중 심처 홍산골—
절벽 사이 칼바람에 쌓인 눈 우에
뚜렷이 그려진 이 발자국,
어디론지 북으로 북으로 가버린
가없이 외로운 이 발자국—
어느 뉘의 자취인가?
눈보라에 길 잃었던 포수
절망에 운명 맡긴 자위인가?
어느 뉜지 북으로 웨 갔느뇨?
북에선 백두산이 백발을 휘날리며
한설을 안아 뒤뿌려치는데,
서릿발로 한숨 쉬고 있는데!

2

눈 우에 뚜렷한 이 발자국
눈여겨 살피라—
그 속엔 절망의 흔적 없으리,
지난 밤 흰 두루마기 사람들
설피 신고 이곳 꿰어 북으로 갔으니

사람은 몇백이나 되어도
발자욱은 하나만 남겨 두고—
그런데 오늘은 이 발자국 허물이며
수십의 왜놈의 무리
허리까지 눈무지에 빠지며
토벌의 큰 불 밀림에 지르런다
맨 앞엔 군견 두 마리 날뛰고
그 뒤엔 안경이 번뜩이고
또 그 뒤엔 서리 어린 총부리와 총부리!
"대체 한 사람의 발자욱뿐—
모두 어디로 갔느냐 말이야!"
절벽에 안경을 두리번 두리번—
맨 앞놈의 중얼거림
"글쎄요…… 신출귀몰……"
옆놈의 대답 끝나기도 전에
"땅"— 총 소리
얼어든 대기를 깨뜨린다
'안경'이 눈에서 다리도 못뺀체
경례나 하듯이 꺼꾸러진다

3

그 다음…
그 담엔 홍산골이 터졌다—
총 소리, 작탄 소리, 기관총 소리,
놈들의 아우성 소리!
그 담엔 절벽이 무너졌다
다닥치며 뛰치며 부서지며

바윗돌이 골짜기를 쳐부신다,
"만세!" "만세!"— 골안을 떨치며
산비탈에 숨었던 흰 두루마기들
나는 듯이 달려 내렸다
여기서도 돌격의 "악!"
저기서도 "악!" "악!"
설광과 마주치는 날창
번개 같이 서리찬 하늘을 찢는다,
"동무들!
한놈도 놓치지 말라!"
이것은 작렬되는 육박의 첫 구령 소리,

4

산비탈 바위 우에
청년 하나이 버쩍 올라선다
후리후리한 키꼴에
흰 두루마기 자락이
대공으로 솟아오르며는
거센 나래 같이 퍼덕이는데
온 몸과 팔과 다리—
모두다 약진의 서슬에 불붙고
서릿발 칼날의 시선으로
싸움터를 단번에 쭉— 가르며
"한놈도, 남기지 말라!"
그는 부르짖었다
바른손 싸창을
바위 아래로 번쩍이자

마지막 발악 쓰던 원쑤 두 놈이
미끄러지듯 허적여 뒤여진다—.
"한놈도, 남기지 말라!"
그는 재쳐 부르짖었다,
이는 이름만 들어도
삼도왜적이 치 떠는
조선의 빨치산 김 대장!
이는 장백을 쥐락펴락 하는,
태산을 주름 잡아 한 손에 넣고
동서에 번쩍!
천리허의 대령도 단숨에 넘나드니
축지법을 쓴다고—
북천에 샛별 하나이 솟아
압록의 줄기줄기에
그 유독한 채광을 베푸노니
이 나라에 천명의 장수 났다고
백두산 두메에서 우러러 떠드는
조선의 빨치산 김 대장!

5

육박의 불길 멎었을 때
밀림의 주인공 빨치산들
주섬주섬 원쑤의 무기 거둔다
몇놈이나 복쑤의 칼 맞았느냐?
몇놈이나 빨치산 전법에
'천황폐하'도 산산 줄달음에 팽개치고
'무사도'도 갈데로 가라—

도망치다 엎드러졌느냐?
"한놈도 띄우지 않았수"
정치원 철호의 보고
"놈들은 이번에도
무장 바치러 왔지!"
김 대장의 높은 말 소리
그리곤 호탕한 웃음 소리—
"하… 하… 하…"
함박꽃인양 그 웃음 소리
떨기떨기 내려져 눈 우에 꽂기는 듯—

6

이날 밤에 눈이 내렸다—
하늘도 땅도 바위츠렁도
홍산골 싸움터도
눈 속에 묻히었다
이깔밭만 七월의 꽃 피는 삼밭이 되고
대부동 고목에도 때아닌 꽃이 피다
이 밤 빨찌산 부대
나흘만에 천막에 들다!
내굴 냄새 웨 그리도 구수하고
모닥불도 불꽃채로 품속에 껴안을 듯
이 날 밤 대장이 든 천막엔
새벽까지 등불이 가물가물…
하더니 아침엔 눈보라 치는데
정치원 철호 먼 길 떠났다.
전송하는 대장의 말—

"철호 조심하게! 믿네!"
덥썩 들이쥐는 대장의 손길
심장 속에 햇발을 일으켜라
해는 눈보라 속에 숨어 있어도
추위는 박달 같이 땅을 얼궈도—

7

눈보라… 눈보라…
겨울이 마지막 악을 쓴다
무엇이나 찾는 듯 골짜기에서
이리저리 헤매다가도
잣솔을 뒤잡아 흔들며
잉— 잉 통곡 치누나…
짜작나무 휘여잡고
못살겠다 몸부림 치다가도
노한 짐승 같이 절벽에 달려드누나…
절벽에 달려들어선
쳐부수고 딩굴고 물어 뜯다가는
산등에 올라 미친 듯 아우성 치며
하늘도 땅도 휩쓸어 가지고
동남으로 줄달음 치누나!
눈보라… 눈보라…
네야 산 넘고 골 지나 또 지나
압록강까지 이르리라!
너를 동무 삼아
정치원 철호 저 산 넘으리!
압록을 건너 조상의 땅 밟으리!

눈보라! 눈보라!
듣느냐?
너는야 철호를 도와주거라—
너도 장백의 눈보라 아니냐!
철호는 멀리도 간단다
국경선 H시도 그의 길에 놓였고
성진 함흥도 가야만 되고.
너 장백의 눈보라야!
불어 또 불어 철호를 감추라—
왜놈들을 기절케 하라,
불어 또 불어 철호를 건네우라
압록강을 건네우라!

제 二 장

1

안개 내린다—
산촌에 저녁안개 내린다
어둠을 거느즉이 이끌고
길잡이도 없이 한 자욱 두 자욱
화전골 오솔길을 더듬어
저녁안개 두메로 내린다
안개 내린다—
흰 양의 떼인양 꿈틀거리며
사발봉 츠렁바위에 쓰다듬다가
남몰래 슬며시
솔밭에 슴어들더니
그래도 마을에 내려서

밤이라도 편히나 쉬려는 듯
안개 내린다—
백두산 안개 내린다!

2

"에그! 벌써 저무는데—"
츩뿌리 캐는 꽃분이 말소리,
저물어도 캐야만 될 그 츩뿌리
저녁가마에 맨불이 소품 치려니,
쌀독에 거미줄 천지도 벌써 그 며칠
손꼽아 헤여서는 무엇하리!
"에그! 벌써 저무는데—"
그래도 캐야만 될 꽃분의 신세
저녁도 아침도 츩뿌리로 비제비거니,
어둠이 대지를 덮으려 한다
날새도 솔잎 새에 날아든다
마을이 안개에 잠기였다
그래도 바구니는 채워야 될 꽃분이 신세—

3

아아! 츩뿌리! 츩뿌리!
이 나라의 산기슭에서
봄이면 봄마다 어김도 없이
꽃은 피고 나비는 넘나들어도
터질 듯이 팅팅 부은 두 다리 끄을며
바구니 든 아낙네들이 웨 헤맸느뇨?
백성이 한평생 츩넝쿨에 얽히였거니

이 나라에 츩뿌리 많은 죄이드뇨?
음식 내에 치워 사람은 쓰러져도
크나큰 창고, 널따란 역장과 항구엔
산데미 같이 쌀이 쌓여
현해탄을 바라고 있었으니
실어간 놈 뉘며 먹은 놈 그 뉘냐?
아아, 츩뿌리! 츩뿌리!
백성은 네게도 목숨 못단 때 많았어니
이 나라에 네가 적은 죄이드뇨?

4

가마귀 날아 지난다—
까욱— 까욱—
꽃분이를 굽어보며—
까욱— 까욱—
"에그! 가야지!"
꽃분이 일어선다.
한손으로 이슬에 적신 치맛자락
다른 손엔 어둠이 드러누은 바구니
안개 헤치며 오솔길을 내려온다
솔밭도 어둑어둑
맘속도 무시무시.
이 때 그림자인 듯 언 듯—
솔 밭에서 사나이 나온다
"에구! 웬 사람인가?"
어느덧 꺼멓게 길 막는다
도깝인 듯 꺼멓게 길 막는다

귀신이냐? 사람이냐?

5

"아가씨 김 윤철이라 아시는지?"
가슴 속엔 돌멩이 떨어진 듯
그래도 처녀의 시선은 빨랐으니
햇볕에 타고 탄 사나이의 낯
처녀의 마음 꿰뚫는 그 시선—
"김 윤철? 저의 아버지인데…"
의문에 질린 처녀의 기색
"아 그럼 당신은 꽃분이?"
처녀의 빛나는 두 눈동자
"아, 이것도 천운이라 할까…"
사나이 부르짖으며
휘익 솔밭으로 돌아서더니
난데 없는 뻐꾹 소리 높았다—
잠잠하던 솔밭도 기쁘게 화답한다—
뻐꾹— 뻐꾹—
또 솔밭 속에서 나오는 두 사나이.

6

소나무 뒤에 숨어 앉은 네 사람—
한 사람은 철호였으니—
눈보라 속에 먼먼 길 떠나더니
어느 때 어느 곳에 갔다가
무슨 일 하다가
양지쪽 잔디 언덕마냥

파―란 꿈 속에 포근하고
진달래 가지에 봄 맺히는 이 때
웬 짐짝 짊어지고
솔개골에 왔는고?
산이면 몇이나 넘었고
밤길은 얼마나 걸었던고?
두어라, 물어선 무엇하리,
안 물은들 모르랴!
다른 사람은 중로인―
이 밤으로 약제 걸매고
홍산으로 갈 함흠 로동자―
홍산 속엔 이름 없는 새 마을 있다네
그 마을엔 병원도 있는데
병자도 의사도
"동무"라 서로 부른다네.
또 다른 사람은 철호의 련락원―
이 밤으로 H시로 가야 될
어느 때나 웃음 잘 웃고 노래 잘 하는
어느 때나 '아리랑 고개'넘는다는
영남이란 一六의 소년.

7

"나는 박 철호라 부르우,
얼마나 괴로우시우?"
길 막던 사나이의 첫말,
솔밭은 어둑해져도
꽃분의 뺨엔 붉은 노을―

"이이고! 철호 동무!"
가늘게 속삭일뿐.
처녀는 면목도 모르며
한해나 그의 지도 받았다—
'삐라'도 찍어 보내고
피복도 홍산으로 보내고.
중년은 되리라한 그 이—
그 이는 새파란 청년,
강직하고도 인자스런 모습
호협한 정열에 끓는 눈—
(스물댓이나 되었을까?)
머리 숙이는 처녀의 생각.
떠날 동무들게 마지막 부탁하고
솔개골에 머문다면서
"꽃분 동무,
등사기 멀리 있수?"
철호의 묻는 말
"예, 념려 마옵소!"
꽃분의 대답.
샘터 돌담불에 감춘 등사기
어두워지면 가져오리라—
꽃분이 생각한다
"자, 그러면 동무들!"
철호 일어서며 말한다
마을은 잠든 듯
젖빛 솜을 막 쓰고
오로지 순사 주재소 높다란 대문간만,
우둑히 상 찌푸리고

마을을 흘겨 보는 듯.
화전골 솔밭 속엔
네 사람의 말 없는 리별.
"자, 그러면…"
마음들이 엉성키는 그 악수
그리곤 심장의 벽을 툭 울리는
리별의 첫 발자취 소리!
전우들의 악수—
그것은 싸움의 맹세였다
승리의 신념이었다
우리의 동무들이
그렇게 악수하고
탄우 속으로 뛰여 들었고
사지에 선뜻 들어섰다
그렇게 악수하고
감옥에 뒤몰려 갔고
교수대에 태연히 올라섰다
아아 어린애의 웃음 같이도 깨끗하고
어머니의 사랑 같이 꾸준하고
의의 선혈 같이 빨간
적도의 태양 같이 열렬한
충직한 전우의 그 악수!…

제 三 장

1

머나먼 옛날
백두산 포수막이

잣솔밑에 숨어 있는 곳—
소리개 많다 하여 솔개골,
허나 그렇게 많던 소리개도
그림자까지 찾을 길 없어지고
사발봉 우엔 외가마귀 앉아
두메를 하소연하듯 울고만 있어라!
옛날엔 범 잡는 포수들이
저녁이면 모닥불 옆에 모여 앉아
래일의 희망을 떳떳이 그리며
화성대 닦고 창끝 벼렸으리!
그러나 조상의 녹 쓴 화성대도
귀뿌리 어루만지며 주재소에 바치고
포수의 후손들은
검둥이 화전농이 되었다

2

세상에서 떨어져 나간 솔개골—
이 마을에 김 윤철이 산다
피투성의 '三·一'을 다시 맞은 해 봄
안해도 왜놈들의 뭇매에 죽고
의병들도 두만강 건넜을 제
참나무통에 의의 총 감추고—
품팔이로 이곳저곳—
몇해인가 보내다가
이 솔개골에 화전농이 되었다
혜산에 있는 어린 딸 데려다가
분노도 희망도 두메의 흙 속에 묻고
그 날 그 날 보내더니

지난 해 어느 때부터
새 희망 새 힘 얻었다.
그것은
솔개골에 이런 전설 들던 때—
"백두산" 속엔 크나큰 굴,
해도 달도 있고 별도 반짝이는
넓으나 넓은 굴 있는데
그 속에선 용사 수만이 장검을 간다고
장검을 바윗돌에 갈면서
령 내리기만 기다린다고,
때가 되면, 령이 내리고,
령만 내리면
석문이 쫘악 열리고
석문만 열리면
용사들이 벼락 같이 쓸어나오고
용사들이 쓸어나오면
이 땅에 해방전이 일어난다고
왜놈들을 쳐부시리라고—
이 때부터 꽃분이도
철호의 지도 받았고
이 때부터 백두산을 바라보면
마르고 쪼들린 마음 속에
五월의 대하인양 격랑이 도도

3

백두산! 백두산!
너, 세기의 증견자야!
진기스깐의 들떠우는 말발굽도

풍신수길의 피 묻은 칼도
너의 가슴에 잊히지 않은 상처를 남겼고
五백년 왕업도
사신의 두 어깨에 치욕의 짐이 되어
너의 등골에 모멸의 발자국 치며
해마다 압록을 건너야만 될 때도
인민만은 자유의 햇불을 쳐들고
홍경래의 창기를 뒤따랐고
동학의 싸움을 펼쳤다.
허다가 반만년 다듬기운 이 땅이
왜적의 독아에 을크러질 제
백두야, 너도 가슴 막히여
숙연히 머리 숙이였지!
그러나 인민만은 봉화를 일으켜
칼을 들고 의병이 일어났고
피를 들고 '三·一'이 일어났다
파업의 굴뚝에도 분노 서리우고
'소작'을 안고 주림이 통곡칠 때
또 송화강 물결까지도
왜적의 그림자에 거칠어지고
만리장성도 놈들의 멸시에 맞아
조약돌로 딩굴 때
이 나라의 빨치산들이 일어나
반항의 기치를 피로 물들이거니
아아, 백두야, 네 얼마나
동해의 날뛰는 파도인양
격분에 가슴을 떨면서
바다속 섬나라 저 원쑤를―

하늘 아래 한가지 못살 저 원쑤를
피어린 눈으로 노렸느냐!

4

꽃 같다고 꽃
분 같이 희다고 분—
꽃분의 어린 때는
혜산 어느 마을에서 지났다
솔개골로 온지도 10여년—
학교라는 구경도 못한 꽃분이.
허나 기나긴 겨울밤은 한글의 밤—
아버지의 가르침 받아
손싸래에 때 묻고 모지라진
몇해 전 '신녀성'도 쉽게 보았다
임당수 깊은 물에
심청이를 버린 그 뱃사공들이
한없이 야속하다 눈물도 지었고
드덜기 캐면서도
신관사도 변 학도의 목 버이노라
중동을 찍어 동댕이도 쳤다,
때로는 아버지의 구슬픈 이야기—
그것은 소녀의 가슴 속에
세월은 흘러도 더 희여 오르는
불멸의 불덩이!

5

기미년 토벌에 도라가셨다는 어머니—
그렇게 기다리던 보리밥도 못받고……

어떤 때는 치받치는 어머니 생각
온 마음을 비트는 듯 죄이는 듯—
"어떻게 원쑤 갚을까!"
꽃분이 온 몸 떨었다.
꿈 속에라도 잠꼬대 피하려고
혀 물어 끊어 벙어리 되고
대사의 비밀을 죽음으로 감추며
고문대에 매인채 소리 없이 죽어간
그 이름 모를 청년—
"실루 그런 오빠나 있었으면!"
꽃분이 한숨 지었다.
빨치산 남편을 천정에 감추고
놈들의 창에 찔려 죽으면서도
남편이 알면 뛰여내릴가
한마디 신음도 안낸 그 마을 아낙네—
"아, 나도 그래리라!"
남 몰래 꽃분이 맹세했다!

6

산촌의 밤—
마을 집 이 구석 저 구석에서
지라 빠진 뒤둥박 같은 두메의 삶이
누덕 밑에서 어지러운 꿈자리 펴는
밤에도 四월의 한밤!
물레방아 소리도 그쳤다—
굶주리는 마을을 조상하듯
밤새 개울 물줄기 외로이 부여잡고
목놓아 흐느껴 울던 그 소리……

그래도 두메의 외딴 오막살이 한 채엔
이 밤이 삶의 밤, 투쟁의 밤—
철호와 꽃분이
마지막 선포문 찍는다
이제 백부만 더 찍으면 그만,
래일 아침엔 철호 떠나리
이 때—
밖에서 가벼운 발자취 소리—
온 몸에 바늘이 돋는 듯,
포장 내린 창 밖에서
수직 서던 아버지의 숨겨운 소리—
"꽃분아! 불 꺼라!"
캄캄한 방안,
어느새 철호는 등사기와 선포문 안고—
"꽃분아! 뒷문 여우!"
그러나 벌써 무거운 발자국 소리 들렸다—
가슴을 으스러뜨리는 발자국 소리.
심장이 골풀이치다 기절한 듯—
꽃분이 한자리에 서 있다
"나가면 체포된다!"—머리 속에 언뜻,
"어쩔까?" 순간은 천년인 듯!

7

다음 순간…
신념과 압력에 찬 꽃분의 말—
"철호 이불 쓰고 눕소!
아버지도 정주에!"
어느새에 자리 퍼지고

철호도 등사기도 삐라도
이불 밑에 들었다.
밖에선 건방진 순사의 반말—
"여보 령감! 자나?"
"…"

"이 두상 웬 잠을!"
"그게… 뉘기요?"
꽃분의 목소리 잠내 난다
허면서도 그는 저고리 벗었다
창문에 포장 살짝 벗기며—
"가만 있습소… 불을 켜고…"
"아뿔사, 등잔 쏟았네!"
(등잔은 걸린대로 있었다)
"에그! 식유 냄새야!"
(등사유 냄새엿다)
빤해진 창문에 비친 그림자—
또렷이 나타난 처녀의 젖가슴
그것은 순사의 눈뿌리 뺏다,
능청스런 꽃분의 말—
"가만 있습소… 내 옷 입고…"
주섬주섬 방안에 흩어진 선포문
철호의 이불 속에 들었다
"나리님, 들어오옵소" 꽃분이 문 연다.

8

"에잇! 냄새… 이건 누구야?"
"내… 저의 새서방이오…"
"새서방? 너 시집 가?

계집년이 초저녁부터 끼고 누어…"
"나리님두… 초저녁이라니…"
꽃분이 웃으며 말한다
"잡말 말고 두상에게 일러!
래일 아침 주재소로 오라구"
아니꼽게 방안을 훑어보고
휙 돌아서는 순사,
그 발자취 소리도 사라졌을 때
불붙는 낯을 두 손으로 막으며
꽃분이 주저 앉는다
감격에 말없이 일어선 철호에게
"아이고 참! 용서하옵소!"
머리 숙이고 부엌으로 나간다
방안에 홀로 남은 철호
감격에 떨리는 입술로
"꽃분 동무!"
맘속으로 부르짖고,
맘속으로 합장하고 무릎 꿇고—
"참다운 전우여!
이나라의 귀여운 딸이여!"
밤은 깊어도가누나
창문을 사이 두고
밤은 깊어깊어 한밤에 드누나…
이 한밤
철호 길 떠났다…

제 四 장

1

우둥불이 밤을 태운다—
무쇠 같이 장백을 내려 누루는
캄캄한 밀림의 밤을!
끝없이 몰아 죄여드는 모진 어둠
머리 속에도 흑막이 드리운 듯—
허나 불길은 솟고
불꽃은 튀고
솟아서는 태우고 죽고
죽고는 또 솟거니
이름 모를 결사의 싸움이
이 밀림 속에 벌어진 듯.
빨찌산 우둥불—
어느 때 한번 사람이
그 불길에 두 손을 쬐였다면
어찌 줄달음치는 피 속에서
생을 읊조르는
그 기쁨이 식어질 수 있으랴!
어느 때 한번 사람이
그 불꽃 튀는 소리 들었다면
어찌 그 소리 소리
마음의 줄을 울리며
희망과 신념을 길이 일으키지 않으랴!
빨찌산 우둥불—
그것은 집이었고 밤이었다
그것은 달콤한 잠자리였고

그것은 래일의 투쟁—
하물며 토벌의 철망을 헤치고
사지를 육박으로 지났으니
그것은 승리의 상징,
야반의 노도 속
반짝이는 구원의 등대!

2

초병들도 긴 하품에
눈시울이 아파질 무렵
빨찌산 부대 깊은 잠 들다
이슬 속 고달픈 이 잠자리
몇날만에 발 펴게 되었는고?
어젯날의 상처 아직도 저리지만
나흘째나 굶주렸지만
또 앞날의 길 즐펀하지만
이 밤엔 우둥불이 불거니
깊은 잠 안식의 잠—
그런데 한 사람만 잠 못들고
우둥불 옆에 비스듬히 앉아
'쏘련 빨찌산 략사'에
밤 가는줄 모르네—
이런 밤엔 그는 이 책을 보았다—
봄날의 아지랑인양
희망이 멀리서 어른거리고
기쁨이 마음을 한끝 부퓔 때도
그는 이 책을 보았다.
불안의 구름장이 가슴가에 낮게 떠돌고

어느 구석에선가 절망이 머리 들 때도
그는 이책을 보았다—
그러면 새 힘을 얻고 목적을 보았다
혁대를 남비에 끓이는 냄새
주린 창자를 놀라게 할 때도
이 책을 보았고
먼 옛날 그의 어린 시절이 흘러간
어느 때나 그리운 고향의 옛집—
다박솔에 덮인 뒷산밑
그 쓰러져 가던 옛집이
세월과 망각을 헤치고 또렷이 떠오를 때도
또 어느 봄날 부엌에서
미음드레 가리며 한숨 짓던
수심에 어린 어머니의 모습이
기억의 쪽문을 열고 들어설 때도
그는 이 책을 보았다—
그러면 새 힘을 얻고 목적을 보았다
이 밤에도 글줄을 밟으며
훨— 훨— 걸어가는 생각—
"쏘련의 빨찌산—
차빠예브, 쏠쓰, 라소…
그들은 이렇게 싸웠다!
우리도 비록 적지만
우리 비록 굶으며 피 흘리지만
인민이 우리를 받들거던
또 북에 있는 자유의 나라 정의의 나라
신세의 성벽을 영원에 뻗치며
불의와 침략을 물리치거던

백일하에 빛나 빛나는
그 창조의 휘황한 성진이
누리에 퍼지여 장백에 비치노니
우리의 신념은 크나큰 화염이 되어
캄캄한 조국의 땅 밝히리라!
내 이렇게 마음 조려 기다리는
식량 부대로 돌아오리!
철호의 소식도 내 들으리!"
밤새도록 어둠과 싸우던 우둥불도
휴전인양 수그러졌는데
오로지 그 옆에 앉았던 한 사람만이
가볍게 일어서며—
"어! 날이 밝는구나!"
동편 하늘은
새벽을 이륵이륵 걷어 이고
쉽사리도 일어선다 일어선다!

3

그렇게 기다리던 식량 부대
아침에야 돌아왔다—
얻은 것이란 소 두 마리뿐
나물죽 생각만도
두 가슴을 째는 듯 파내리거니
대장도 알기 전에
소 잡을 차림 서둘렀다—
썩— 썩— 칼도 갈고
모닥불도 푸— 푸 피우고.
대장이 왔을 때는

모여든 빨찌산들 눈살에
소 두 마리도 어둥지둥
정신부터 잃은 듯—
목재소 일본소로는
살도 푸둥 굴레도 호함졌다
"소는 어디서 가져왔수?"
대장의 묻는 말
"삼밭골 목재소 어구에서"
소대장 순신의 대답.
동전을 단 굴레,
수 놓은 굴레… 아낙네의 솜씨,
독특한 코뚜레— 민족의 이색—
어김없이 일본 소는 아니다
"동무들!
우리 빨찌산들이
어느 때부터 마적이 되었는가?
어느 때부터
평민의 재산을 노략했는가?
이 굴레를 보라—
이 소는 조선 농민의 소다
저 소는 중국 농민의 소다"
이렇게 김 대장이 말했다
이것은 소를 돌려 보내라는 명령
이것은 산채를 캐여
아침하라는 명령.
빨찌산들이 산채를 듯보며
산조하듯 퍼졌을 때
살진 소 두 마리

가담가담 풀을 뜯으며
산등 타고 마을로 내려간다
어떤 화를 지날지도 모르며
또 어떤 불행 있을지도 모르며…

4

빙— 둘러선 빨찌산들…
그 앞에 말 없이 선 김 대장…
머리 우에 휘도는 싸늘한 기운
가을 서리 내리듯.
아침 햇발도 눈치 채고
밀림으로 삼가 기여드는 듯—
"뉘가 소를 죽였는가?"
"…"— 군중은 잠잠,
"뉘가 소를 죽였는가?"
낮고도 얼구는 목소리
그래도 대답은 없었다
높다란 침묵이 잉—
빨찌산들 고막을 친다
"대장 동무!
내가 죽였습니다…"
한 걸음 나서며 말하는 청년 빨찌산 최 석준.
"네가?"
빨찌산들이 놀랜다
싸움에서도 대담한,
척후로 이름 있는 석준이…
더 없는 전우라던 석준이…
"네가 어찌?"

빨찌산들이 더 분해한다
새파랗게 고민에 질린
땅에 수그러진 그의 낯—
"대장도 우리도
나흘째나 굶게 되니…"
그러나 군중 속에서 누군지—
"흥, 변명을 하는구나!"
또 누군지—
"너는 명령을 거역했다!"
소대장 순선이 주먹을 들며—
"너는 왜놈들을 도와준다!"
석준이 번쩍 머리 들며—
"왜놈들을 도와준다고?"
"그렇다!"
"내가?"
"그렇다 네가!"
"아니 내가
왜놈들을 도와준다고?"
"그렇다 네가! 네가!"
"그렇다면…"
찰칵— 총 재우는 소리
"자, 나는 죽어 마땅하니…"
석준이 총박죽을 내민다.
"기척!"— 대장의 호령소리
철판으로 밀림을 들부시는 듯
빨찌산들은 선 자리에 붙은 듯
오로지 무거운 침묵만
꽈악 뚜껑인 듯 내려 누르고—

5

"가마 속의 물은 끓다가도 없어진다—
원천이 없거니—
허나 냇물은 대하를 이룬다
동무들!
우리는 대하가 되련다, 바다가 되련다
우리의 근간도 민중 속에,
우리의 힘도 민중 속에 있다!
민중과 혈연을 한가지 한
쏘련 빨찌산을 우리 잊었는가?
우리 이것을 잊고
어찌 대사를 이루랴!"
기척해 선 빨찌산들
쩌엉— 가슴을 가르고
치밀어 솟는 의분!
"이제도 죄책을 모르겠는가?"
석준에게 대장이 하는 말
"압니다!"
석준의 대답.
첫서리 맞은 풀—
그것도 이것보다는 생생하리…
"나는 죄책을 잘 압니다"
석준의 떨리는 목소리…
재가 내여돋은 입술…
허나 이제도 처벌의 고개
어떻게 석준이 그 고개 넘으려나!
빨찌산들은 잘 안다
"총살"

폭풍우 전 짧은 순간…
침묵… 침묵… 침묵…
"임자를 찾아 소값을 주라!"
이렇게 명령하고
대장이 돌아선다.
새파랗던 석준의 낯에 몇줄기 붉은 빛,
빨찌산들의 낯에도
햇발이 비친다
어떠한 커다란 충직과 신념이
빨찌산들의 가슴에 드러누워
툭— 툭 어리광치듯
심장을 쥐여박는다

6

빨찌산 부대 열흘만에
동남으로 길 떠났다
산촌 사람들도 승벽 내여
식량도 걸메 울리고
부상된 전사도 치료하고
소대장을 몇십리 보내여
토벌대도 흘려가고—
허지만 밤마다 밤마다
대장은 잠 못들더니
어느 날인가 약재 질머진
로동복 입은 중로인이 왔을 때
작은 지도 대장의 손에 쥐였더니
그 이튿날 아침
동남으로 길떠났다,
동남의 길—

앞에는 고개, 뒤에 또 고개
골짜기도 많고 멀기도 하련만
어느 뉘가 괴롭다 하랴!
어느 뉘가 뒤서자 하랴!
앞으로! 앞으로!
승냥이도 추위에 얼어 죽는 때
빨찌산들이 이 길을 그리였다—
그러면 새 움이 마음 속에 자라났다
나날이 주림이 모지름 할때도
빨찌산들이 이 길을 그리였다—
그러면 큰 낟가리 가슴 속에 자라났다
돌아갈 길이 잡초에 막히고
마음 한바닥에 재만 무질 때도
빨찌산들이 이 길을 그리였다—
그러면 희망의 모닥불이
앞길을 가리켰다
동남의 길—
자나 깨나 그리던 이 길,
죽어도 한번은 가겠다던
살아서 살아서 못간다면
죽어서라도 가는 길, 싸움의 길—
빨찌산들이 길 떠났다
동남으로 길 떠났다
앞으로! 앞으로!
오오! 앞에는
압록강! 압록강!

제 五 장

1

총소리 난지도 이슥할 제
추격의 마지막 총소리—
철호 걸음 멈춘다
심장이 악쓰며 미지의 길 달리고
목에서도 잿불이 날리고—
그런데 온 삶은 청각에 올랐거니
달빛 아래 휘늘어진 수림 속
나무들만 우중중—
사방은 죽은 듯…
그때에야 껴안은 소년을
땅 우에 삼가 내리우며—
"영남아! 영남아!"
철호 낮게 부르짖는다
달빛에 해쓱한 소년의 낮
괴로운 잠꼬대인양 가느다란 신음…
가슴에서 흐르는 피
저고리섶 적신다…
옷소매 끊어 상처 싸매며—
"영남아! 우리 가자!
우리 솔개골로 가자!"
허나 소년은 눈 감고 말이 없다
어머니 앓는 애를 안아 일으키듯
철호 소년을 안고 일어선다

2

이 밤은 불운의 밤—
이 밤에 마지막 보고 가지고
철호와 영남이 압록강 건너려다
일본 수비대의 추격에 들었다
이 밤은 불행의 밤—
그러나 이 살판치는 불행을
한 사람만 알고 있으니
영남이는 정신 잃어 모르고
철호만 그 불행을 한아름 가득 안고
허둥—지둥
밤길로 동북으로 나간다
솔개골로 가려고…
영남이를 살리려고…
밤길—
밤길에도 산속에 밤길…
뒤에는 감옥과 죽음을 두고
앞에선 이름도 모를 위험이
고양이 같이 모퉁이 지키는데
죽어가는 소년을 안고
터지는 가슴을 눅잦치며
한 걸음, 두 걸음
걸음마다 애끊어지는
산속에 밤길, 철호의 길!
이 나라의 맘 있는 길손들이여,
몇 번이나 그대 이런 밤길 걸었느뇨?
그대 정녕코 철호의 길 모를 리 없거늘
맘속에라도 이곳에 오라—

이곳에 와서 철호를 도와주라
손톱까지 적시는 땀
철호 몰래 씻어주라!
고통의 밤길, 이 밤길
어느 뉘들 그 이름이나 아리오만
그러나 이 나라에 열리고야말
그 생의 대로에 변하여지리
아무도 모르게 이름도 없이…

3

몇리나 걸었는지도 모른다
몇시나 걸었는지도 모른다
오로지 하나의 생각뿐—
솔개골로 빨리 가자!
영남이를 살리자!
새벽을 잡아서
화전골 첫 어구에 들어섰을 때
영남이 정신 차렸다
그의 첫 말—
"보고를… 보고를…"
그 다음 물을 달라고…
철호는 물 얻으려 달려가고
소나무 밑 이름 모를 봄풀 우에
반듯이 누워 있는 소년—
그 크다란 불타는 두 눈 부릅뜨고
검푸른 하늘 노려보다가
벌떡 일어나며
두 주먹 높이 들며—

"끝까지 싸우라!
조선 독립 만세!"
높이 부르짖었다
이렇게 총에 맞은 갈매기
바위에 떨어져 부닥쳐도
꺾어진 나래를 퍼덕이며
생과 투쟁에 부른다
그렇게 마지막 부르짖은 소년
다시 스르르 모으로 쓰러진다
입술로 두 줄기 피 흘러서
풀 잎에 맺힌 밤 이슬에 섞인다…
눈동자에 구름장이 얼른…
바람이 우수수—
소나무를 흔든다…

4

철호 무덤을 판다
소나무 밑에 영남의 무덤을…
파다가는 한숨 쉬고
한숨 쉬고는 또 파고…
어찌 이 곳에 그를 묻을줄 알았으리—
그 생을 즐기던 소년을,
이 나라의 강물인양 그 맑은 마음을,
그 조국애에 끓던 심장을—
철호 무덤을 팠다—
소나무 밑에 전우의 무덤을
"잠자라 동무야!
우리들이 우리들이

원쑤 갚으리라!"
하염없이 흐르는 눈물
누런 흙에 점점이 떨어진다

장백의 높고 낮은 고개고개에
이 무덤이 첫 무덤 아닌 줄이야
우리 어찌 모르랴!
침략의 피 서린 밤이
이 나라에 칭칭 걸치였거니
새 날을 위해 싸우다 죽은 이
헤여보라 몇만이나 되는고?
어느 고개 어느 골짜기에
어느 나무 어느 돌 밑에
이름도 없이 그들이 묻히였노?
이 나라의 초부들이여
부디 삼가 나무를 버이라—
우리 선렬의 령을
그 나무 고이 지키는지 어이 알리,
부디 삼가 길옆에 놓인 돌 차지 말라—
우리 선렬의 해골이
그 돌밑에 잠들었는지 어이 알리!

5

오솔길,
샘터로 올라가는 오솔길.
아침 안개 휘휘 발길에 감기는 오솔길—
꽃분이 물 길으며 올라간다.
올라가노라면 돌담불—

순사 왔던 그날 밤
등사기 감추어 둔 돌담불—
아침이고 저녁이고
이곳을 지날 때면
밤길 떠난 철호의 모습 떠오르니…
"시방은 어느 곳에 계신지?
떠나신 후 소식조차 없으니
무사히나 일하시는지?"
웨 그의 모습이 날 갈수록 더 그리워질까?
웨 이리도 가슴이 안타까울까?
떠지는 걸음걸이…
무엇인지 맘 속에 무겁게 처매운

6

돌담불을 지나면 샘치바위
진달래꽃에 불그스래한
그 밑에는 샘터…
밤새 떨어진 꽃이 샘물을 덮었다
꽃분이 주저 앉아
두 손으로 꽃잎 거둔다
한줌 거두어 돌우에 놓고
두줌 거두어 돌우에 놓고…
산란하고 들뜨는 마음
(만날 수는 있을까?)—
샘물을 바라보는 처녀의 생각,
거울 같은 물속에서
어글어글한 두 눈
수심을 낱낱이 말하는 듯—

"에그! 내 무슨 생각을!"
낯을 붉히는 처녀.
세 번째 줌 거두어 돌우에 놓으려다
처녀 놀래 멈춘다—
바위 옆에 그가 섰어라!
"철호!"— 처녀의 부르짖음
놀라움과 기쁨에 섞인.
쥐었던 꽃뭉치 우수수 떨어져
샘물을 다시 덮는다…
그러나 기진하고 어이 없는 철호의 낯
꽃분의 숨결을 막는다—
"무슨 일에?"
"간밤에 영남이 죽었수…"
"영남이? 아이구 기차기두!…"
처녀의 심장 옆에서
무거운 아픔이 꿈틀 돌아 눕는다
또 둘아 눕는다…
한시 후에 철호 떠나고
꽃분이도 길 떠났다
H시로 간다고,
전에 없이 꽃 팔러 간다고
진달래꽃 한임 이고
몇몇해 정성껏 자래우던
샘터 진달래도 모조리 뜯어
한떨기도 남기지 않고…

제 六 장

1

이 나라 북변의 장강—
七백리 압록강 푸른 물에
저녁 해 비꼈는데
황혼을 담아 싣고
뗏목이 내린다 뗏목이 내린다
뉘의 눈물 겨운 이야기
뗏목 우의 초막에 깃들였느냐?
뉘의 한많은 평생 모닥불에 타서
한줄기 연기로 없어지느냐?
"뿔피리 불며 울며 구을려 갈제
강 건너 천리 길을 이미 떠난 몸
재 넘어 구름 따라 끝없이 간다
에헹 에헤요 끝없이 가요"
웨 저 노래 저다지 슬프단 말가
이 땅의 청청 밀림 찍어내거니
그 노래 어이 슬프지 않으랴!
이 나라의 집집은
대들보 터지고 기둥이 썩어져도
그 미끈한 만년 대목으로는
놈들이 춤 추고 노래 부를 집을 세우고
놈들이 향락의 향연 베풀거니
그 노래 어이 슬프지 않으리!

2

황혼도 깊어지고

물결도 차지고
서늘한 밤바람
강가에 감돌아들 무렵
강 건너 바위 밑에서 휘— 익—
휘파람 소리 나더니
뗏목에서도 모닥불이 번뜩번뜩
내려가던 뗏목이 돌아간다 돌아간다
머리는 저편 강가에
꼬리는 이편 강가에—
삽시간에 이루어진 뗏목다리,
초막에서 나온 두 사람
나는 듯 이편으로 달아온다
한 사람은 뗏목꾼
다른 사람은 철호,
그 다음 강 저편 바위 밑에서
군인들이 달아 나온다
달아 나와선 뗏목으로
압록강을 건너온다—
빨찌산 부대 압록강을 건너온다
산밑에 그들이 숨었을 때
그 뗏목다리도 간데 없고
출렁— 처절썩—
찬 물결만 강가에 깨여지는데
멀리선—
"띄우리라 띄우리라
배를 무어 띄우리라
배를 무어 띄우리라!"

3

빨찌산들이 압록강을 건너왔다—
왜적이 짓밟은 이 땅에
살아서 살 곳 없고
죽어서 누울 곳 없고
모두다 잃고 빼앗겼으니
물어보자 동포여!
가슴 꺼지는 한숨으로
이 강 건너 이방의 거츤 땅에
거지의 서러운 첫 걸음 옮기던 그날—
그 날부터 몇몇해 지났느뇨?
강 우에 밤 안개 젖은 안개 떠돈다—
이 강 넘은 백성의 한숨이나 아닌가
물줄기는 솟아서 부서지고 또 부서지고—
이 강 넘은 백성의 눈물이나 아닌가
오오— 압록강! 압록강!
허나 오늘밤엔 그대 날뛰라
격랑을 일으켜
쾅— 쾅— 강산을 울리라
이 나라의 빨찌산들이
해방전의 불길을 뿌리려
그대를 넘어왔나—
애국의 심장을 태워 앞길 밝히며
의지를 갈아 창검으로 높이 들고
이 나라의 렬사들이
조국 땅에 넘어섰다

압록강! 압록강!

격랑을 치여 들고
쾅— 쾅— 강산을 울리라!
거창한 가슴을 한끝 들먹이며
와— 와— 격전을 부르짖으라!

4

골짜기에 끼여누운 H시에
밤 열한시…
고로에 먼지 찬 하룻나절 지났다고
시민들도 잠자리에 들고
서로 다투고 서로 속이던
가가들도 문 걸어닫고
늦도록 료리집에서 야지러지던
매춘부의 웃음도 끊어지고
소경의 곯아빠진 눈자위 같이
그 창문도 어둑해지고
거리를 휩쓸며
"구사쯔요이또꼬" 부르던 놈도
이층집 문을 차며
"요보야로!" 욕하다 들어가 버리고…
밤 열한시…
영림장 뒤통
빈민굴 어느 구석에선가
뗏목에 치여 죽었다는 사나이들
거적에 싸서 방구석에 놓고
온 저녁 목놓아 울던 녀인이 사설도 끊치고
五,六월 북어인양 벌거숭이 애들
때만 남은 젊은이들

고부라진 늙은이들—
모두다 웅크리고 노그라져
쿨— 쿨— 잠들어버린
밤 열한시…

5

밤 열한시…
거리엔 인적이 끊치고
전등만 누렇게 흐르고—
주재소 교번 순사도
꺼덕꺼덕 조을고 있을 때
어디선가 남녀 두 사람
주재소 문간에 나타났다—
녀인은 사나이를 끌고
사나이는 녀인에게 끌리우고
"이 연석 들어가자!"
녀인의 짜증내는 소리
"하… 어… 찌… 라…고"
사나이의 혀 까부러진 소리
"웬 일이야!』순사 골 낸다
들어선 남녀를 흘기며.
"나리님 저놈이 술 값을…"
"허… 내 우스워서…
허허허… 나리님두 우습지?"
"이놈 어딘줄 알고 웃어?
내 앞에서 감히 웃어?"
순사 단걸음에 다가서며
주먹을 쳐들자

그의 가슴에 총부리 대인다.
소리도 못치고 두 눈 뒤집고
순사 방구석에 까무러질제
녀인은(그는 솔개골 꽃분이)
전신줄을 끊고
사나이는(그는 정치원 철호)
문 열고 손질한다
문 열고 손질하자―
바로 곁에서 신호의 총성
잠든 시가를 깨뜨린다
그 담 련이어 나는 총소리 총소리…
우편국에서도 총소리,
은행에서도 영림창에서도
어지러운 점선을 그으는
따― 따― 따― 따― 기관총 소리
쾅― 쾅― 폭탄치는 소리!

6

적은 반항도 못하고
죽고 도망치고―
류치장 지붕에선
삼단 같은 불길이 일어난다
이곳저곳 관사에서도
왜놈들 집에서도
반역자들 집에서도
불길이 일어난다.
캄캄한 하늘을 산산히 옥물어찢어
쪼박쪼박 태워버리며.

불길이 얼더니
만세 소리 터진다
첨에는 몇곳에서
다음에는 여기저기서—
놀리우고 짓밟힌 이 거리에
반항의 함성 뒤울리거니
암담한 이 거리에 투쟁의 불길 세차거니
흰 옷 입은 무리 쓸어 나온다—
머리 벗은 로인도 발 벗은 녀인도
벌거숭이 애들도.
별천지의 화원인양 화해에
불꽃이 나붓기고
재생의 열망을 휘끗어 올리며
화광이 춤 추는데
밤바다 같이 웅실거리는 군중
높이 올라서 칼 짚고 웨치는 김 대장—
"동포들이여!
저 불길을 보느냐?
조선은 죽지 않았다!
조선의 정신은 살았다!
조선의 심장도 살았다!
불을 지르라—
원쑤의 머리에 불을 지르라!"
만세소리 집도 거리도 떨치고
화염을 따라 오르고 올라
이 나라의 컴컴한 야공을
뒤흔든다 뒤울린다!

7

휘황한 불빛이 온 거리에 차 흐르는데
떨어지는 불꽃을 밟으며
애국가 드높이 부르며
빨찌산 부대 거리를 떠나다.
그들을 전송하는 이고장 사람들—
기막힌 이 거리에
한줄기 생의 빛 가져왔으니
"잘 가라 영웅들이여
어느 때나 승리하라!"
그러나 그들이 떠나면
또 검은 거리, 눈물의 거리,
그러기에 울음으로 전송하누나—
"잘 가라 영웅들이여
언제나 다시 만나리!"
뺨에서 흐르는 눈물
불빛에 핏방울인 듯.
허지만 빨찌산들의 부르짖음—
"잘 있으라 동포여,
싸우라 동포여!
우리 다시 만나자
해방연에 독립연에 다시 만나자!"
휘황한 불빛에 쌔워
빨찌산들이 어둠을 직차며 뚫으며
처억 처억 앞으로 나간다
싸움의 길로—
처억—
처억—
처억—

제 七 장

1

밤은 밑바닥도 없이 깊어 가는데
높은 산 깊은 골 지나
빨찌산들이 압록에 이르다.
뜻 깊고 한 많은 이 물결을
빨찌산들이 또다시 건느련다
그러나 이 길은
가슴 터지는 추방의 길이 아니다
이 길은 승리의 길, 복쑤의 길—
허기에 압록도 기쁘게 중얼거리며
뗏목을 몰아 강가에 붙이고는
밤을 헤치며 늠실늠실
대해로 흘러 흐르누나.
빨찌산들이
뗏목다리
놓으려 할제
어디선가 총소리, 불의의 총소리,
산비탈 어둠 속에서
미친 듯 짖는 기관총 소리—
이것은 토벌대의 추격!
앞에는 밤 안개 자욱한 대하
뒤에는 적군!
"포위!" "포위!"— 번개치는 생각—
누군지 왈칵 물에 뛰여든다
또 누군지 뛰여든다
"땅— 땅—"
번쩍 싸창을 드는 김 대장—

"명령을 들으라!"
아무 기척도 안내는 변절자 두 놈—
어둠과 물결은
수치의 두 시체 삼켜버렸다.

2

철호를 후위 대장으로 삼고
전군은 항전을 베풀어
반격전이 밤을 달구는데
한 분대 데리고
뗏목에 뛰여오른 김 대장!
탄환은 죽음의 비명을 지르며
물결 우에 여기저기 박히는데
하나씩— 둘씩
뗏목을 이여놓는 김 대장!
결사의 몇분이 지나자
뗏목이 건너간다
후위대를 방패로 삼아
안개 속에 본대 강 건넜을제
적은 머리 들어
어두운 산비탈은
억척한 분화구 같이 철화를 내여 뿜는데
본대 내리우는 탄막에 숨어
퇴진하는 후위대의 마지막 전사—
그는 정치원 철호
그의 옆엔 최 석준—
사격하며 뗏목에 오른다.
바로 그때—

철호 말없이 넘어진다
어디선가 떼— 엥—(철호의 생각)
"무슨 소리 나는가?
웨 이리도 어두워지는가?"
철호 그만 정신 잃는다…
……

3

몇보 앞 안개 속에서
발악의 돌격 소리 날제
철호 다시 정신 차리고
온 삶을 한팔에 옮겨
수류탄을 뿌린다—
꽝— 놈들의 아우성…
또 뿌린다
꽝— 놈들의 아우성…
폭발에 끊어진 뗏목
쭈욱 량편으로 갈라진다
그제야 철호 석준이를 보았다—
부러진 총가목을 틀어쥔채
뗏목 우에 쓰러진 석준이를…
그 옆엔 뒤여진 왜놈들의 시체,
철호 마지막 힘 다 잡고서
석준이를 안고 일어선다—
몇걸음 앞으로…
그만 거꾸러진다.
또다시 일어났을 때도
전우의 시체 안고

몇걸음 앞으로…
그만 거꾸러진다.
또다시 일어났을 때도
전우의 시체 안고
몇걸음 앞으로…
서슴 없이 내걷는다.
허다가 철호 그만 우뚝 선다—
불의의 류탄이
전사의 심장을 꿰었다…
"아하!" 우뚝 섰다가
앞으로 거꾸러져…
창— 처절썩—
물결이 두 전사를 감춘다
압록강 찬 물결이…

4

실망한 적도
머슥히 사격을 멈추고
뗏목도 강가에 붙을 무렵
강변에서 여자의 부르는 소리—
"철— 호— 석— 준— 이—"
꽃분의 목소리였다
"철— 호— 철— 호—"
분명히 김 대장의 목소리
허나… 대답은 없었다
물결만 분풀이하듯이
뗏목을 창— 창— 걷어차며
날뛴다 몸부림친다

"철— 호— 석— 준— 이—"
처녀의 애타는 부르짖음
그래도… 대답은 없었다…
압록강만 한 가슴 두드리며
어둠 속에서
쾅— 처절썩— 쾅—

5

산마루 바위에선 빨찌산들—
김 대장이 서고
순선이도 서고
꽃분이도 서고
전사들도 모두 서고…
누구누구 이 대렬에 없느냐?
누구의 자리 비었느냐?
철호 없었다!
석준이 없었다!
토벌대의 총소리 은은한
컴컴한 조국 땅을
분노에 타는 두 눈으로
빨찌산들이 바라본다
"동무들!"
김 대장의 떨리는 목소리—
"몇몇 해 우리 이방에서 싸우다가
새도 나름 없는 수비망을 무찌르고
오늘 밤 조국 땅에서
원쑤를 우리 족쳤다
피 마르는 동포에게

살고 있는 이 나라의 기개를
우리 떳떳이 보였다
그러나 동무들!
적은 아직도 강하다
때문에 우리 오늘 밤
압록강을 두 번 다시 건너게 되었고
우리의 전우들을
철호와 석준이를
시체도 못찾고
한많은 이 압록강 물결에
영영 묻게 되지 않았는가?"
김 대장의 목 메인 말끝,
누군지 주먹으로 눈물 씻는다
꽃분이 느껴 우는 소리…

6

"그러나 동무들!"
대장의 말소리 강천을 울린다.
"우리 비록
작은 거리를 쳤지만
그 거리에 일으킨 불길은
죽어가는 민족의 가슴에
투쟁의 불꽃을 떨구었다!
우리 비록
오늘은 한 거리를 치고 가지만
우리 기어코 오리라!
조선아! 조선아!"
김 대장이 맹세의 칼 높이 든다

전사들도 삼대 같이 총을 든다
"조선아! 우리 오리라!
인민이 살아 있거든
우리의 힘은 크다!
또 우리뿐이 아니다!
피압박 민족의 구호자
쏘련이 세기의 앞장에 섰고
쓰딸린이 지성을 움직이니
우주에 새 륜리 세우니
정의의 검이
침략의 목 우에 내려지리라!
불의를 소탕하리라!
신세기의 태양이 북에서 비치노니
우리 애국의 기개를 살려
해방 투쟁의 불길을 높이리라!
빨찌산들아!
결사의 혈전을 위하여
사격—"
례총 소리 산하를 떨친다
"빨찌산들아!
우리 선렬의 령을 위하여
사격—"
례총 소리 산하를 떨친다
"조선아! 조선아!
너의 해방과 독립을 위하여
너의 민주 행복으로 위하여
사격 사격—"
례총 소리 산하를 떨친다!

三천리를 떨친다!

에피로그

동방의 줄기줄기를
선축인양 한줌에 걷어쥐고
만리 창공에 백발을 휘날리며
아득한 태고로부터
이 나라 풍상의 나날을 낱낱이 굽어
천산 성악아, 백두산!
오늘은 이 땅에 날이 밝아
오늘은 너의 천지에 채운이 서리우고
오늘은 너의 머리 우에
창창한 대공이 열렸거니
너, 백두야! 조선의 산아 말하라—
어떻게 떨어졌던 태양이
이 나라에 솟았느냐?
떨어졌던 태양이 다시 솟는 그 때
네 누구를 맞이했느냐?
세기의 백발을 휘날리며
백두산은 대답한다—
"여봐라!
내 말하노니 들으라!
두만강 물결이
포격에 솟아 구름을 헤치고
준령에 올라선 붉은 별 땅크
치명의 철화를 왜적에게 내뿜을 때
떨어졌던 태양이

이 나라에 다시 솟았다!
내 머리 황홀한 흰 빛에 휩쌔이고
내 가슴 속 갈피에서
푸른 기류 회오리쳐 일 제
내 그때—
동서에서 침략을 뒤부신
온 누리에 빛을 준
포연 탄우를 지나온
쏘베트 해방군을 맞이했다
내 그때—
이 나라 백성이 그렇게 그리던
나의 참된 아들—
나의 량심이고 나의 의지인
나의 신념이고 나의 의지인
나의 빨찌산
김 대장을 맞이했다
순선이도 꽃분이도 맞이했다
내 그때—
골짜기와 골짜기, 집과 집,
거리와 거리, 광장과 광장들이
서로 얼키고 뭉치여 부둥켜 안고
뛰고 춤추고 울고 노래 부를제,
자유의 깃발, 만세 소리, 환호 소리로
넘치는 감격, 타오르는 애국의 백열로
하이얀 바다 같이 뒤끓어 흐를제
나도 만고에 없은 큰 숨으로
눌리웠던 허파에 대기를 한끝 들이긋어
이 땅의 해방을 부르 짖었다!"

그러면 너 백두야
조선의 산아 말하라!
오늘을 무엇을 보느냐?
오늘은 누구를 보느냐?
세기의 백발을 휘날리며
백두산은 대답한다―
"오늘은
무럭무럭 굴뚝에서 솟는
창조의 타는 로격을 본다
풍작에 우거진 자유의 전야를 본다
력사의 대로에 거세게 올라선,
비약의 나래를 펼친
민주의 북조선을 본다
오늘은
독립의 터를 닦는 인민을 본다
민전의 선두에 선 김 대장을 본다
오늘은
푸른 리념을 함빡 걷어 안고
빛나는 민주 미래를 받들며
자라 자라나는 인민의 바위―
모란봉을 본다!
또 저 삼각산 밑에서
반동의 무리 뒤엉켜 욱썰거리여도
테로의 미친 눈이 백주에 희번덕이여도
민전의 싱싱한 웨침에
남산 송백도 더 푸르러 빛나는 것을
내 오늘 력력히 본다!"

백두산은 이렇게 말하면서
의분을 못참는 듯
장군봉에서 한줄기 회오리바람을 휘잡아들어
채광이 어린 천지에 내려 뿌린다
허자 천지는 한가슴을 뒤집어 내치며
하늘을 삼킬 듯 격파를 일으켜
바위를 치며 절벽을 일으켜
바위를 치며 절벽을 들부신다!
천심을 울린다 지축을 떨친다!
세기의 백발을 추켜들고
북으로 찬란한 우랄산을 바라보며
곤륜산 히마라야산 넘어
신생의 중국도 살펴보며
증오에 찬 추상을
태평양 거츤 물과 부사산에 던지며
백두는 웨친다—
"너, 세계야 들으라!
이 땅에 내 나라를 세우리라!
내 천만년 깍아 세운 절벽의 의지로
내 세세로 모은 힘 가다듬어
온갖 불의를 즉쳐 부시고
내 나라를,
민주의 나라를 세우리라!
내 뿌리와 같이 깊으게
내 바위와 같이 튼튼케
내 절정과 같이 높으게
내 천지와 같이 빛나게
세우리라!

자유의 나라!
독립의 나라!
인민의 나라!"
백두산은 이렇게 웨친다!
백성은 이렇게 웨친다!

해석·비평

　　장편 서사시『백두산』은 외형상으로 볼 때부터 주목되는 작품이다. 우
선 이 작품은 그 분량이 3000여 행에 이른다. 우리 현대시사에는 장시의
전통이 아주 약하다. 이 작품 이전에 장시로 쓰인 것은 김동환의『國境의
밤』이나『昇天하는 靑春』이 가장 앞선 것이다. 이 가운데『國境의 밤』은
그 길이가 1000행 미만이다. 이것은 부피에 있어서『백두산』이 세 갑절
우위에 있음을 뜻한다. 또한 서사시라는 점에서도『백두산』은 매우 뚜렷
한 위치를 차지하는 작품이다.『국경의 밤』이나『승천하는 청춘』에는 초
인의 모습으로 부각되는 영웅이 없다. 그런데『백두산』에는 항일 빨찌산
김대장이란 엄연한 영웅이 있다. 이 작품은 그를 주인공으로 한 노래다.
따라서 영웅 서사시의 전통이 약한 우리 시사에서 마땅히 주목되어야 할
작품이다. 그러나 시의 성패를 가름하게 하는 것은 이와 같은 외형이 아
니라 그 작품의 짜임새며 구조일 터이다. 여기서 우리는 이 작품을 차분
하게 검토할 필요를 느낀다.
　　서사시『백두산』의 서두에 놓인 것이『서시』다. 이 부분은 분절 표시
가 없고 다섯 편 78행으로 이루어져 있다. 여기서 趙基天은 백두산의 정
상에 올라 천지를 앞에 두고 항일 빨치산들의 지난날 투쟁을 회상하는 입
장을 취했다. 그런데 여기에〈안개도 오르기 주저하는 절정! / 세월의 류
수에 / 추억의 배 거슬러 올리자! / 어느 해 어느 때에 / 이 나라 빨찌산들

이 이곳에 올라 천심을 떠받으며 / 의분을 불살러 〉란 부분이 있다. 趙基
天이 잘 알고 있었듯이 항일 빨치산의 가슴에는 적개심이 가득했다. 그것
이 일제 구축의 동력원이 된 것이다. 그렇다면 항일 빨치산들이 그것을 불
태웠다면 모르지만 〈불살라〉는 되지 않을 것이다. 여기서 우리는 먼저 이
작품을 쓸 때 趙基天의 우리말 구사 능력을 의심하지 않을 수 없다.

서장에 이은 1장부터 장편서사시 『백두산』은 본론에 접어든다. 우선
그 제1장은 항일 빨치산의 전투를 노래한다. 거기에는 교묘한 매복 작전
으로 토벌대를 이끌어 들이는 항일 유격대의 작전 활동이 노래되어 있
다. 그 무대 배경은 장백산 깊숙이 있는 홍산골이다. 일제의 토벌대는 항
일 유격대를 뒤쫓다가 그들의 매복작전에 걸려든다. 한 발의 총성과 함
께 유격대는 토벌대를 공격한다. 여기에 빨치산의 지휘자인 김대장이
등장한다. 그는 "한 놈도 놓치지 말라"고 대원들에게 소리친다. 그의 익
숙한 지휘로 왜놈 토벌대는 한 사람도 살아남지 못한다. 다음 2장 끝자
리에 정치 공작원 철호가 등장한다. 그는 유격대의 국내 진공을 예고하
는 듯 김대장의 명령으로 국경선을 넘는다.

제 2장과 3장에는 정치공작원 철호의 국내 잠입이 노래되어 있다. 2장
에서 철호는 그의 여성동지이며 애인인 꽃분이를 만난다. 또한 함흥 노
동자와 소년 연락대원 영남과 헤어진다. 3장에서는 꽃분이의 도움으로
감추어 둔 등사기를 찾아내어 선포문을 찍어내는 철호의 활동이 노래되
어 있다. 등사가 거의 끝나갈 무렵 그들은 느닷없이 가택을 수색하는 왜
놈 순사와 맞닥뜨린다. 그 위험한 순간에 꽃분이는 이불속으로 철호와
선전물, 등사판을 끌어 넣고 그것들을 덮어 버린다. 그리고 왜놈 순사에
게는 철호가 그의 서방이라고 말한다. 왜놈 순사는 석유등잔을 엎질러
등사기름 냄새를 눈치채지 못하게 하는 꽃분이의 기지에 속아 넘어간다.
철호는 위기에서 벗어나고 공작문건과 기기들은 차질없이 확보된다.

제 4장에 이르러서는 유격대원들의 숙영지 생활이 노래되었다. 여기서
김대장은 밤에도 책을 읽는 지도자로 등장한다. 그와 대원들은 나흘 째

곡기를 입에 넣지 못했다. 그럼에도 그는 쏘련의 빨치산 투쟁사를 읽으면서 밤을 밝힌다.

여기에는 또한 김대장이 철저하게 인민의 생명, 재산을 보호하는 인간성의 소유자로 나타난다. 그가 뜬눈으로 밤을 밝힌 아침에 보급투쟁을 나간 대원이 소를 끌고 와서 잡는다. 그것을 본 김대장은 그 소가 조선농민의 것임을 알고 격노한다. 유격대의 군률에 따르면 인민의 재산을 약탈한 죄는 총살감이다. 소를 잡은 석준은 전투에 용감한 척후대원이다. 그는 스스로 군률을 어긴 죄로 죽음을 각오한다. 그러나 김대장은 그에게 몇 마디의 훈시를 한 다음 명령한다. "임자를 찾아 소 값을 주라!" 이것으로 김대장은 인민의 편에 설 뿐 아니라 군률에 앞서 동지애를 간직하고 있는 인간으로 부각된다.

제 5장은 유격대원들의 국내 공작활동이 노래된다. 이 장의 서두는 일제가 쏜 총소리로 막을 연다. 그 총알에 철호와 같이 국내에 잠입한 영남이가 쓰러진다. 철호는 그 시체를 안고 복수를 결의하면서 그를 묻는다. 그는 다시 솔개골로 찾아가 꽃분이를 만난다. 두 사람은 하룻밤을 같이 지낸 다음 서로의 임무를 수행하기 위해서 헤어진다.

제 6장은 장편 서사시인 『백두산』의 절정으로 생각되는 부분이다. 그 무대배경은 국내의 한 도시인 H시며 시간은 깊은 밤인 11시다. 먼저 이 장은 압록강에 뗏목이 나타나는 것으로 시작된다. 뗏목은 삽시간에 다리가 된다. 그 다리를 건너서 항일 유격대가 H시를 장악하자 왜놈들 경비대는 유격대의 포화를 맞고 쓰러지고 반역자의 집들에는 불길이 치솟는다. 그 소용돌이 속에 김대장이 등장한다. 그 장면을 이 시는 다음과 같이 그렸다.

> 재생의 열망을 휘끌어 올리며
> 화광이 춤추는데
> 밤바다 웅성거리는 군중
> 높이 올라서 칼짚고 웨치는 김대장—

"동포들이여!
저 불길을 보느냐?
조선은 죽지 않았다!
조선의 정신은 살았다!
조선의 심장도 살았다!
불을 지르라—
원쑤의 머리에 불을 지르라!"
만세 소리 집도 거리도 떨치고
화염을 따라 오르고 올라
이 나라의 껌껌한 야공을
뒤흔단다 뒤울린다.

여기 나타나는 바와 같이 이 부분으로 김대장의 모습이 비로소 구체적인 전투 사령으로 부각되어 나타난다. 그리하여 그가 주인공인 영웅서사시로서의『백두산』이 제대로 그 격식을 갖게 된 것이다.

제 7장은 유격대가 후퇴하는 장이다. H시를 점령한 다음 작전의 성과를 기도대로 올리고 유격대는 다시 국경을 건너간다. 그 과정에서 정찰대장 철호와 또 한 사람의 소대장인 석준이가 토벌대의 추격 화망에 걸려 쓰러진다. 본래 영웅서사시에는 비장미가 깃들어 있어야 한다. 많은 영웅서사시에서 주인공이 죽음에 이르는 까닭이 여기에 있다. 김일성을 전형으로 한『백두산』에서 趙基天이 그의 작중 영웅인 김대장을 그렇게 할 수는 없었을 것이다. 그 나머지 전사자로 그려진 것이 철호와 석준인 셈이다. 이것은 趙基天이 영웅서사시의 양식상 특성을 어느 정도 원용할 줄 알았음을 뜻한다.

서사시『백두산』의 종장은 뒷풀이 또는 대단원의 성격을 띤다. 여기서 趙基天은 백두산이 김대장과 항일 유격대의 정신과 일체화되어 있다. 또한 그에서 빚어지는 감정을 통해 인민의 나라를 세우리라 다짐하는 것이다.

지금 돌이켜 보면 장편 서사시『백두산』이 처음 발표된 것은 반세기를 훨씬 넘긴 시점에서였다. 그 이후 북쪽에서는 항일 유격대의 혁명정신을 형상화하는 것을 문예정책의 최우선 과제로 삼았다. 그런 정책 방향에 따라 수많은 작품들이 항일 유격대의 활동에 초점을 맞추어 제작된 것이다. 그럼에도『백두산』과 趙基天에 대한 칭예는 북쪽에서 잦아들 줄 모른다. 북쪽의 문예비평과, 문학사, 창작방법론은 기회 있을 때마다『백두산』을 성공작의 보기로 든다. 시집『백두산』은 북쪽에서 해를 거치면서 줄기차게 판을 거듭했다. 특히 1985년 9월에는 북쪽에서 정권 창립을 축하하는 대대적 기념 행사가 있었다. 그 행사의 일환으로 사로청의 기관지인『로동청년』에 이 작품이 8회에 걸쳐 분장 재게재 되었다. 많은 맹원들에게 그 전문을 암송하도록 하는 과제를 부여했다는 말도 전한다.

그러나 북쪽 문단과 당의 이런 칭예에도 불구하고 서사시『백두산』에는 그 곳곳에 결함이 나타난다. 앞에서 이미 드러난 바와 같이 서사시『백두산』은 영웅서사시의 갈래에 속하는 작품이다. 영웅서사시에서 여러 요소와 세부는 영웅을 기능적으로 그려내는 데 집중되어야 한다. 그럼에도『백두산』에서 주인공이며 영웅으로 생각되는 김대장의 생동하는 활동상이 묘사된 부분은 별로 많지 못하다. 3000여 행에 달하는 이 작품에서 그를 위해 할애된 부분은 제4장의 2절과 3,4절, 제 6장의 6절과 서시, 뒷풀이 부분의 몇 줄일 뿐이다. 이에 반해서『백두산』에는 상황이나 풍경을 노래한 부분이 상당히 많다. 또한 정치 공작원인 철호와 꽃분이에 할애된 행간도 적지않게 나타난다. 그럼에도 이들은 영웅서사시의 필수 요건으로 생각되는 초인적 행동, 비극의 그림자와 함께 읽는 이를 뒤흔드는 인간상이 되지는 못했다. 단적으로 말해서『백두산』은 영웅서사시의 첫 교의가 제대로 살지 못한 작품이다.

우선『백두산』의 문제로 지적되어야 할 것이 사건처리가 사실에 어긋나고 있는 점이다. 이 작품의 한 주인공인 철호가 유격전의 공작지인 마을로 내려간 시기는 이른 봄이다. 유격대 근거지에서 철호가 떠나는 날 눈보라가 휘날렸음을 趙基天은 앞 장에서 길게 늘어 놓았다. 그렇다면 그가 마을에 내려왔다고 하지만 계절은 아직 여름에 이르지 못한 것이다. 그런데 이

철에 유격대는 동지를 확인하는 암호로 뻐꾹새 소리를 주고받는다.

> 아 이것도 천운이라 할까…
> 사나이 부르짖으며
> 휘익 손만으로 돌아서더니
> 난데 없는 뻐꾹소리 높았다…
> 뻐꾹— 뻐꾹—
> 잠잠하던 솔밭도 기쁘게 화답한다.
> 뻐꾹— 뻐꾹—
> 또 솔밭 속에서 나오는 두 사나이

이 다음에 곧 밝혀지지만 먼저 뻐꾹새 소리를 낸 것은 정찰대원인 철호다. 그는 비밀 연락선을 통해 만나기로 약속된 동지들을 확인하는 암호로 뻐꾹새 울음 소리를 낸 것이다. 이에 대한 확인 암호로 다시 뻐꾹새 소리를 흉내내고 두 사람의 공작원이 나타났다. 이런 군호 교환은 전혀 납득이 가지 않는 행동 설정이다. 본래 뻐꾹새는 남쪽에서 날아와 우리나라에서 여름을 지내는 철새다. 이 새가 우는 시기는 나뭇잎이 무성하게 피어나는 초여름부터다. 국내에서 유격대가 펼치는 정치 공작 활동은 고도의 은폐 전술을 전제로 한다. 그것을 기능적으로 이뤄가기 위해서는 자연적인 상태가 이용되어야 할 것이다. 그런데 분명히 비밀활동을 할 철호가 이른 봄날 암호의 방법으로 뻐꾸기 울음 소리를 냈다면 그 결과가 어떻게 되는가. 무심코 지나가던 일제의 순사나 그 끄나풀들이 곧바로 수상쩍다는 생각을 갖게 된다. 그 다음에 닥쳐올 사태는 너무도 명백하다. 철도 아닌 뻐꾹새 울음을 그들은 유격대의 비밀 신호로 간파하게 된다. 그에 이어 일어날 것은 일제의 수색과 토벌일 것이다. 문학작품이 반드시 사실만에 입각하는 것은 아니다. 그러나 이때 허구의 개념이 전혀 사실에 괴리되는 것은 아니다. 허구의 전제 요건은 사실 이상의 진실성 확보다. 그렇다면 『백두산』의 위와 같은 부분은 명백한 잘못이

다. 북쪽식 비판의 기준에 따르면 이것으로 趙基天은 항일 유격대가 공
작활동에 사용할 암호 하나도 제대로 만들어 쓸 줄 모르는 바보의 집단
으로 만든 것이 된다.

　서사시 『백두산』이 안고 있는 또하나의 한계는 이 작품이 영웅서사시
쓰기에도 투철한 인식이 결여된 점이다. 이미 밝힌 바이지만 영웅서사시
는 영웅의 초인적 모습을 부각시키는데 그 일차적 목표가 있다. 이를 위
해서 인간들의 행동과 사건은 읽는 이에게 인상적으로 부각되어야 한다.
그리고 이때 인상을 강하게 부각시키는 길에 인과감을 살리는 기법이 있
다. 서사시에서 사건과 상황은 등장인물들이 백절불굴, 파란만장한 활동
을 통해서 이루어진 결과여야 한다. 한 사건은 반드시 필연적 상관관계
로 묶여 있어야 한다. 그를 통해서 우리는 작중인물의 행동에 진실성을
느끼고 박진감을 맛볼 수 있다. 그 관계를 가능하게 하는 것이 인과관계
의 설정이다. 그런데 사건과 사건이 인과관계로 묶인다는 것은 그것이
플롯을 가짐을 뜻한다. 여기서 우리는 서사시가 확보하고 있어야 할 구
조적 특성의 하나에 플롯의 감각 확보가 있음을 깨칠 수 있다.

　영웅서사시의 이론이 이처럼 명백함에도 불구하고 『백두산』에는 이런
창작 방법 인식의 자취가 잘 나타나지 않는다. 그 단적인 보기가 되는 것
이 제 6장과 7장이다. 서사시 『백두산』에서 제 6장은 장편서사시 『백두
산』의 절정을 이루는 부분이다. 여기서 항일 유격대는 H시를 해방시켰다.
김대장은 그를 에워싼 군중 앞에서 일제의 박멸을 소리 높이 외친다. 그러
나 그것은 해방된 H시의 군중, 곧 조선의 대중과 일체화된 결과로 보이지
않는다. H시의 승리가 제대로 부각되기 위해서는 유격대의 침공과 함께
봉기해서 왜적을 타도하는 민중이 나타나야 했을 것이다. 그런 경우 북쪽
의 당국과 문단이 되풀이해 주장하는 바와 같이 유격전의 영웅 김대장이
민중에 에워싸이고 그들의 우레와 같은 환영 속에서 조국만세를 부를 수
있었을 것이다. 그럼에도 이 장에서 유격대와 군중은 명백히 시차 또는 거
리를 두고 나타난다.

　　　불길이 일더니
　　　만세소리 터진다.
　　　첨에는 먼 곳에서
　　　다음에는 여기저기서—
　　　눌리우고 짓밟힌 이 거리에
　　　반항의 함성 뒤울리거니
　　　암담한 이 거리에서 투쟁의 불길 세차거니
　　　흰옷 입은 무리 쏠어나온다—
　　　머리 벗은 로인도 발벗은 여인도
　　　벌거숭이 애들도
　　　(방점 필자)

　　여기서 우리가 지나칠 수 없는 것이 '투쟁의 불길 세차니' 다음에 '흰옷 입은 무리'와 '머리 벗은 로인', '벌거숭이 애들'이 나타난 점이다. 그리고 김대장의 투쟁 선동이 그 다음에 이어져 있다. H시 침공과 해방의 주역인 김대장은 대원들이 허기에 지친 나머지 유격대 근거지로 몰고 와서 도살한 황소를 단호하게 배상하라고 명령한 사람이다. 그의 혁명 투쟁이 인민과 거리를 가진 채 이루어질 수는 없다. 그런데 여기서는 유격대의 시가지 장악이 먼저고 민중은 그 다음에 나타난다. 이미 드러난 바와 같이 H시의 해방은 『백두산』의 클라이막스다. 이 절정의 순간을 趙基天이 좀더 기능적으로 노래할 수 있었다면 여기 노래된 것처럼 그것이 유격대의 선공, 민중의 후속 형태로 노래되지는 않았을 것이다. 이 시의 의도는 말할 것도 없이 항일 유격대 활동의 위훈을 높이 선양하려는 데 있었다. 그런데 그것을 성공적으로 부각시켜야 할 자리에서 H시 점령이 항일 유격대에 의해서 이루어지고 민중은 그 다음에 그에 호응한 것으로 되어 있다. 이것은 한 결과로서의 사건이(여기서 H시 해방은 유격대의 가장 빛나는 전적임이 다시 기억되어야 한다) 그에 선행하는 원인의 필연적인 성과라는 플롯 설정에 『백두산』이 둔감했음을 뜻한다. 우리가 이 작품이

근대 서사시의 기본요건의 하니인 구조적 탄력감 확보에 둔탁했다고 보는 까닭이 여기에 있다.

이와 같은 『백두산』에 대해 북쪽의 당과 문예비평가, 문학사가들이 입을 모아 항일 빨치산의 위훈을 잘 형상화한 작품이라고 평가했다.〈서사시는(『백두산』을 가리킴) 일관한 사건 줄거리속에 위대한 수령님의 불멸의 혁명업적과 수령님에 대한 항일 유격대원들과 인민들의 다함 없는 경모의 정과 끝없는 충성심을 깊이있게 형상화하였다.〉(『조선문학사』과학백과종합출판사,1994). 이제 작품의 실제를 본 우리는 북쪽의 이런 평가가 어디에 연유한 것인지 궁금하지 않을 수 없다.

작품 수양버들

아침마다 창문을 열면
봄빛을 줄줄이 드리우며
수양버들이 흐느적 흐느적,
그러면 내 마음의 천장에서도
무엇인지 봄빛을 흘리며
줄줄이 내리네 드리우네
온 하루 일터에서도
머리 속에서 실버들이 흐느적이네
그러면 나도 모를 큰 힘이
가슴 속에 푸르게 자라나네
아침마다 의젓이 푸르러지는 실버들
어쩌면 저리도 내 마음 같으리—

(1947.4)

작품 그 네

버드나무 휘늘어진
5월의 푸른 강변에서
이 마을 처녀들이 그네를 뛰오
츠렁츠렁 기나긴 그네 줄이
소리없이 반달을 그리면
날새같이 사뿐 나래쳐
맑은 하늘에 날아 오르오

한번 구르면
푸른 물이 발밑에서 흘러흘러
두 번 구르면
푸른 산이 눈 아래에 오락가락
세 번 구르면
흰 구름이 머리맡에서 일어나오
붉어진 뺨 웃음을 날리며
처녀는 그 무엇 보련 듯이
하늘가에 높이 날아 오르오
날아 올라선 그 무엇을 찾는 듯이
구름 저편을 넘어다 보오
저 산 넘어 구름 저편에
우리 깃발 날리는 평양성이 있다오
평양성엔 김일성대학—
그 대학에선 그리운이 글 배운다오
한뉘 머슴살이 하리라던
이 마을 총각이라오.

(1947.6)

해석 · 비평

　위의 작품은 趙基天이 『백두산』을 쓴 다음에 발표한 것이다. 이 시기는 북쪽이 민주건설에 매진한 시기다. 이때 북쪽은 사회주의 혁명을 위해서 북쪽을 민주기지로 다지고저 했다. 그리하여 사회주의 사회건설의 영광을 그리는 문학을 요구했다. 趙基天의 이들 시는 그런 당시 북쪽의 요구에 부응한 작품이다. 〈수양버들〉은 얼핏보면 이념상의 의도가 없는 작품으로 생각된다. 그러나 이 작품 바닥에는 화자가 느끼는 생의 보람이 담겨 있다. 그 보람은 민주건설의 영광 속에 살고 있는 인민이 누리는 것이다. 그런 의미에서 이 작품 역시 민주건설기의 북쪽 문예정책의 욕구에 부응한 것이다.

　〈그네〉는 북쪽의 문학사가들이 일찍부터 높이 평가한 작품이다. 여기에는 8.15후에 이룩한 북쪽의 민주교육을 지지, 옹호하는 열정이 담겨 있다. 일제 치하에서 우리 농민들이나 노동자 계층은 대학에 갈 수 없었다. 보통학교조차 월사금이 없어서 배우지 못하는 사람들이 수없이 많았던 것이다. 그런데 1946년 북쪽은 20개 정강을 발표했다. 그 가운데는 사회주의교육, 인민이 고루고루 배울 수 있는 교육이 포함되어 있었다. 1946년부터는 재빨리 평양에 김일성 종합대학이 설립 운영되기 시작했다. 사회주의 체제하에서 모든 교육은 일단 국비로 실시된다. 그 결과 지난 날에는 그 문턱도 넘지 못한 다수의 농민, 노동자 계층 출신이 중학교, 고등학교와 전문대학에 갈 수 있게 되었다. 〈그네〉의 주인공이 〈그리운이〉로 부르는 빈농 출신 총각이 〈평양성〉의 대학에서 배우게 된 것은 북쪽의 선전에 따르면 그런 사회개혁의 혜택에 의한 것이다.

　〈수양버들〉은 그 기법에서 한계가 있는 작품이다. 여기서 화자가 느끼는 생의 보람을 표상하는 상관물이 버들이다. 그런데 그것이 〈흐느적 흐느적〉하는 것은 걸맞지 않는 표현이 된다. 〈흐느적〉이란 의태어는 줏대가 없고 무력증에 걸린 인간의 모습을 가리킨다. 그렇다면 화자가 그것을 보고 〈나도 모를 큰 힘〉을 가슴속에 느낄 수가 없게 된다.

趙基天의 시 가운데서 〈그네〉는 그래도 서정시의 요건이 제법 많이 담긴 작품이다. 여기서는 오월달 강가에서 그네를 타는 처녀의 모습이 그 나름대로 심상화되었다. 본래 서정시는 인간과 세계를 총체적으로 다룰 수 있는 양식이 아니다. 그 출발 자체가 우리 자신이 일상에서 맞고 느끼는 여러 국면을 집약시켜서 노래하는 것이 서정시다. 이때 체험 내용은 집약 형태로 나타난다. 때로 그것은 긴 서사시나 역사시에 비견될 내용을 담을 수도 있다. 어떻든 서정시의 기본 요체는 유의성이 큰 체험내용, 또는 제재의 선택으로 시작된다. 이런 양식의 특성상 서정시는 본질적으로 부피가 제한되는 양식이다.

다른 문학 양식처럼 서정시도 택할 수 있는 소재, 또는 체험내용을 제한하지는 않는다. 그러나 다른 문학양식과 달리 서정시는 단형일 것을 원칙으로 한다. 이런 양식상 특성 때문에 서정시가 소설이나 희곡에 비해서 인간과 세계를 포괄적으로 수용하는데 차질을 일으킬 수도 있다. 그러나 유능한 시인은 이 한계를 오히려 서정시의 자산으로 살릴 줄 안다. 이때 그 방법이 되는 것이 유의성이 가장 큰 제재의 포착이다. 그와 동시에 서정시의 요체는 제재를 집약적으로 제시하면서 읽는 모든 사람들이 그에 매료되도록 만드는 기법을 구사하는 데 있다.

이런 각도에서 보면 〈그네〉는 전면적인 긍정이 가능하지 않은 시다. 이 작품이 교육개혁의 일환으로 이루어진 김일성 대학을 제재로 택한 사실은 이미 밝힌 바와 같다. 사회주의 국가에서 대학은 혁명의 최전위에 서는 지도자를 양성하는 데 그 목적이 있을 것이다. 그 혜택을 받는 것은 지난날 교육의 기회를 전혀 갖지 못한 노동자와 농민들이다. 이 작품이 성공작이 되기 위해서는 거기서 빚어진 보람이 고양된 정서로 노래되어야 했다. 그럼에도 이 작품에서 그것은 매우 단편적이며 사말에 그쳐 있다.

작품 우리는 조선 청년이다

조국 앞에서 인민 앞에서
렬사의 후손들 앞에서
지구의 어느 위도에 사는
어느 사람들 앞에서도
이 나라의 젊은이들은
어리석은 자존도 없이
썩어빠진 자만도 팽개치고
떳떳이 말할 수 있으리라—
우리는 조선 청년이다!
노래 없이는 일을 모르고
웃음 없이는 날을 모르고
피는 꽃이 더디다 근심하며
아름다운 꿈을 그리여
봄밤 새던 마음들이다
그러나 六월의 어느 새벽에
그 꽃과 그 꿈을 가슴에 지닌 채
노래는 총장으로 웃음은 포탄으로
불 속에서 연기 속에서 싸우는
공화국의 자랑—
우리는 조선 청년이다!

구름도 중턱에서 헤매는 고지라네
천년 츩넝클도 주저한 절벽이라네
그런 절벽을 하룻밤새 올랐고
폭격에 집채 같은 바위는 떨어져도

땅도 타고 솔밭은 끼울어져도
진지는 진지체로 초소는 초소대로—
죽음 가운데서도 죽음을 모르는
조국에 바치는 높은 사랑—
조선의 청춘이다!

얼음 속에서 솜옷을 잊어도
주먹밥마저 며칠채 보지 못해도
어느 때나 첫 말은 "탄약』이라 하고
남북 三천리 어느 오솔길엔들
그들의 발자취 안났으련만
어느 때나 첫말은 "좋습니다"대답하는
인민에게 바치는 끓는 마음—
조선의 청춘이다!
한번 이 나라의 젊은이들
이름을 부르면
그 속에서 육박전의 창날도 번개치고
김 장군 만세 소리도 높아진다
복구대의 힘찬 숨소리도 들리고
봄을 풍기는 밭이랑도 솟아오르고
그 속에 거센 흐름이 있어
위대한 힘을 품었거니
세계 청년의 장엄한 발구름도 울리며
민청 행진의 북경거리도 일어서며
공청 대렬의 붉은 광장도 펼쳐지거니

그 날은 오리라! 그 날은!
오 전승의 그 날이 오면

이 나라의 불탄 거리와 재된 마을을
가슴이 터지게 붇안고
수많은 겨레의 성스런 죽음을 받들고
세계 인민 앞에 나가리라
그리하여 야수들에 대한
엄혹한 판결의 마당에서
만민이 부르짖어 원하는 그 마당에서
인민들에겐 믿음 높은 벗으로
원쑤들에겐 폭풍으로 벼락으로!
우리는 조선 청년이다!

직품 조선은 싸운다

1

세계의 정직한 사람들이여!
지도를 펼치라
싸우는 조선을 찾으라
그대들의 뜨거운 마음이 달려오는 이 땅에서
도시와 마을은 찾지 말라
방금 섰던 3층 벽돌집은
아스팔트길에 거꾸러지고
반나마 타버린 가로수들은
허리부러져 길바닥에 딩구노니
과수원도 뿌리 채 간데 없고
박우물바위도 부서지고
무서운 악몽에서 허덕이듯

고향거리도 찾을 길 없으니
이 땅에서 도시와 마을은 찾지 말라
남북 3천리에 잿더미만 남았다.
태양도 검은 연기속에서
피같이 타고있는 조선!
폭격에 참새들마저 없어진 조선!

2

하지만 사람들은 살아 있다,
불 속에서도 연기 속에서도
인민은 살며 싸운다
조선은 싸운다!
캄캄한 밤길!
시한탄에 밤이 튀는 신작로
죽음이 목숨을 틀어잡은 여기서
무슨 그림자이냐 말소리냐
"치기영— 치기영— 치기영"
복구대는 일한다
시한탄을 끌어내친다
그러면 어둠속에서 호각소리 울리고
서리어린 화물차는 박는 듯이 멎고
젊은 운전수의 목소리는
"길이 어떻소?"
그러면 어둠속에서 반기는
"길이 좋아요!"
처녀의 맑은 목소리를 뒤이어
다시 호각소리 출발을 울리는
천리 길 그 많은 굽이굽이에서

밤마다 밤마다 죽음을 이기는
조선의 싸우는 후방!

3

만일 하늘에 "하느님"이 있어
낮과 밤을 내였다면
조선사람을 보고 놀라리라
밤을 모르는 인민을!
컴컴한 거리를 깨뜨리며
검은 번개모양 자동차 날아지난다
그사이로 들려오는 발자국 소리는
땅에서라도 불꽃을 일으키듯
걸음을 재촉하는 행군인가
복구대인가 로력대인가
전동기소리 기대소리 마치소리
어둠을 뚫고 새벽에 뻗치여
낮과 밤을 이어대는
싸우는 조선의 밤 모르는 후방—

4

동틀 무렵 그는 홀로 남았다
눈내리는 고지에
전우들도 죽고 련락도 끊어지고
산밑에 아우성치는 원쑤들에게
"개놈들아 올라오라!
나혼자뿐이다!"
어찌 인민군 전사의 손에서

수류탄이 목표를 모르랴
하늘도 터지고 고지도 떠가는 듯
적은 세 번이나 물러섰다
본대에서 고지를 탈환했을 제
주위엔 적의 시체 너저분한데
쓰러진 전사의 낯에선
아직도 눈송이들이 녹았다
정성껏 삼가 내려지는
조국의 고운 눈송이들은…
조선은 산이 많은 나라
아, 그 많은 령마루 그 많은 바위에서
이 나라의 이름없는 영웅들은
조국의 행복을 부르짖으며
"김일성장군 만세!"를 웨치며
피흘리면서도 죽으면서도
마지막 탄환으로 원쑤를 찾았다.

5

싸우는 조선의 전방아!
휘발유에 돌까지 타는 산에서
어떻게 원쑤를 물리쳤느냐
폭격에 밑바닥까지 뒤집히는 강하는
어떻게 넘었느냐
불붙는 거리와 마을들은
폭격에 컴컴한 진지는
어떻게 지키느냐
누가 수류탄이 되어
적의 땅크 밑에 뛰여들었던가!

철화 속에서 포연 속에서
겨레의 죽음을 넘어
무한한 시련과 고통을 박차며
눈물도 잊어버리고
끝없는 증오에 불타는 눈이
어찌 눈물을 알것인가!
한숨도 없이
끝없는 복수에 불타는 가슴이
어찌 한숨을 알것인가!
모든 것을
생명도 사랑도 청춘도
조국에 바치여
인민은 싸운다!

6

세계의 소박한 사람들이여!
싸우는 조선의 말을 들으라
엄마 잃은 이 나라 애가,
길가에서 울며 가던 그 아기도
피 즐기는 미제 침략자들의 과녁으로
백 여발의 총알을 맞았다.
지금 당신이 안은 아기와 동갑이라고
언젠가 어머니는 그리도 기뻤더란다!
악형에 상처받은 가슴을 붙안고
온갖 릉욕을 피타는 증오로 불사르고
벗은 몸으로 사형장으로 나가는
불덩이같이 나가는 조선의 녀인!
지금 당신을 길이 믿어 쳐다보는

하늘색 눈동자의 련인은 아닌가!
우리의 머리에 떨어지는 폭탄은
당신들의 머리를 겨누거니
사람의 눈을 찌르며 손톱을 뽑으며
미칠 듯 웃어대는 야수들은,
사람의 가슴에 창끝으로
원자탄을 그리는 야수들은
당신들에게 달려가려 날뛰거니

7

불타는 조선
싸우는 조선의 이름으로,
이 나라의 모든 어머니들의 이름으로
세계에 부르짖는다
지구의 인민들을 딸라에 교살하려는
야수들을 막아 일어서라!
투쟁의 대렬을 강철같이 떨치라!
수백만 인민의 성스런 죽음으로써
그들이 흘린 붉은 피로써
세계의 반제전선에
조선은 들어선다!
꽃피는 자유의 땅,
행복의 땅을 위하여
3천만의 봄을 위하여
조선은 싸운다!

(1951)

해석 · 비평

〈우리는 조선 청년이다〉, 〈조선은 싸운다〉 등 두 작품은 조기천이 6.25 동란의 소용돌이 속에서 지은 것이다. 앞의 작품에서 화자는 전선에서 싸우는 인민군의 병사다. 그는 가열한 전투에서 적개심에 불타며 승전을 위해 끓는 마음으로 싸우는 용사다. 이 작품과 함께 〈조선은 싸운다〉를 북쪽의 비평가들은 전쟁시의 최대 걸작으로 평가했다. 〈서정시〈우리는 조선 청년이다〉는 〈죽음가운데서도 죽음을 모르는〉영웅전사 ― 젊은이들의 필승의 신념을 랑만적으로 노래하였다.〉(『조선문학사』). 그러나 실제 이 작품을 읽으면 드러나는 바와 같이 여기에는 목적 또는 의도만이 독주 형태가 되어 나타난다. 이 작품의 말솜씨는 그 의도를 제대로 소화해내지 못하고 있다. 〈구름도 중턱에서 헤매는 고지〉를 〈하룻밤에 올랐고〉정도의 표현으로는 〈죽음 가운데서 죽음〉을 모를 정도로 긍지에 찬 청년 전사의 모습이 기능적으로 떠오르지 않는다.

〈조선은 싸운다〉에 대해서도 북쪽의 문단은 최대의 찬사를 아끼지 않았다.〈시〈조선은 싸운다〉는 조국해방전쟁 시기 조기천의 대표작이며 싸우는 조선의 영웅적 기상을 격조 높이 노래한 것으로 우리 시가문학이 거둔 귀중한 성과중의 하나이다〉(『조선문학사』(11)). 그러나 실제 작품을 검토해보면 이 시에도 여러 가지 난점이 있음을 알게 된다.

〈조선은 싸운다〉는 7장으로 되어 있다. 그 허두는 〈세계의 정직한 사람들이여! / 지도를 펼치라〉로 시작한다. 이어 이 시는 처절한 전화를 입고 폐허가 되어버린 조선을 다음과 같이 노래했다.

> 그대들의 뜨거운 마음이 달려오는 이땅에서
> 도시와 마을을 찾지 말라
> 방금섰던 3층 벽돌집은
> 아스팔트 길에 거꾸러지고
> 반남아 타버린 가로수들은
> 허리부러저 길바닥에 딩구느니

이 부분 다음을 〈남북 三천리에 잿더미만 남았다 / 태양도 연기 속에서 피같이 타고 있는 조선!〉으로 계속했다. 서장에서 이 작품은 엄청난 전화에 철저하게 파괴된 나라를 개괄적으로 제시하려 했다. 이어 2장과 3장은 후방에서 전재복구에 일어선 후방 인민의 모습을 다루었다. 2장의 끝은 〈밤마다 밤마다 죽음을 이기는 / 조선의 싸우는 후방〉으로 되어 있다. 이어 3장에는 〈만약 하늘에 하느님이 있어 / 낮과 밤을 내었다면 / 조선 사람을 보고 놀라리라―〉로 시작한다. 그 까닭을 밝힌 부분에서 趙基天은 〈밤을 모르는 백성을〉이라는 행으로 시작했다. 어떻든 〈조선은 싸운다〉의 본론 두장은 후방에서 싸우는 인민의 모습으로 이루어진 셈이다.

4장은 〈동틀 무렵 그는 홀로 남았다〉로 시작한다. 여기서 홀로 남은 그는 혼자서 고지를 지키며 밀려드는 적을 세 번이나 물리친 한 사람의 전사다. 그가 지킨 고지를 다시 인민군이 탈환했을 때 그는 죽음이 되어 내리는 눈송이를 맞았을 뿐이다. 이것을 趙基天은 〈쓰러진 전사의 낮에선 / 아직도 눈송이들 녹았다.〉라고 노래했다. 5장에서는 이 작품의 목소리가 한층 더 격앙되어 나타난다.

> 싸우는 조선의 전방아!
> 휘발유에 돌까지 타는 산에서
> 어떻게 원쑤를 물리쳤느냐
> 폭격에 밑바닥까지 뒤집히는 강하는
> 어떻게 넘었느냐
> 불붙는 거리와 마을들은
> 폭격에 컴컴한 진지는
> 어떻게 지키느냐
> 누가 수류탄이 되어
> 적의 땅크 밑에 뛰어 들었던가

이런 시행들의 뼈대가 되고 있는 것은 일종의 캐더로킹 기법이다. 주워 섬기기로 바꾸어 말해도 무방한 이 기법의 강점은 한 초점에 맞추어 여러 소재를 열거하는 데 있다. 그것으로 작자가 강조하고자 하는 내용이 기능적으로 부각되고 시의 가락이 고양되는 것이다. 그러나 趙基天이 좀더 유능한 시인이었다면 여기서 몇 개의 문장을 평면적으로 처리하지는 않았을 것이다. 이와 함께 우리가 주목할 것은 이 부분에서 그가 여러 문장을 의문형으로 만든 점이다.

『백두산』이 그랬던 것처럼 〈조선은 싸운다〉도 일종의 서사시다. 서사시는 여러 사건을 차례로 읊는다. 이것이 진술형태로만 처리되면 자칫 읽는 이에게 지루한 느낌을 줄 수 있다. 그 극복을 위해서 한 기법으로 서사시는 서사적 탐색(Epic Inquire)을 사용한다. 서사적 탐색에는 흔히 의문형의 문장이 쓰이는 수가 있다. 의문형을 쓰면 독자들이 그런 화법에 따라 자신도 모르게 문제를 제기한다. 그 다음 사건을 분석하고 이어 독특한 해석을 가하게 된다. 그리고 이때 또 하나 사용되는 기법이 플롯의 원용이다. 본래 서사시적 탐색이란 한 사건과 국면에 대한 해명이다. 그러나 그 해명은 읽는 이의 주의를 환기시키기 위해 물음의 형태를 선행시키며 그에 이어 사건과 사실에 대한 제시가 이루어진다. 이때에 선행한 사건은 결과이다. 그리고 이 경우에도 인과감각이 서사시적 탐색의 요체를 이루는 셈이다. 이런 견지에서 보면 위의 여러 행들은 서사시적 탐색을 이루지 못한다. 여기서는 피상적으로 의문문이 나열되어 있을 뿐 그것이 사건과 국면을 충격적인 의미체계로 이끌어 올리지 못하고 있는 것이다. 작품의 실제가 이런 〈조선은 싸운다〉가 북쪽의 문학사가들에 의해 고평된 이유는 아무래도 수수께끼다.

문학사 메모

쏘련 교포 2세로 태어나서 처음 우리나라에 들어온 다음 얼마동안 趙基天의 시는 거의 주목을 받지 못했다. 그것은 일종의 묵살 상태였다. 이런 소외상태가 하루아침에 불식된 것은 그가 서사시 『백두산』을 발표한 다음부터다. 趙基天이 등장하기 전 북쪽에는 카프계의 원로 사회주의 문학자들이 이미 포진하고 있었다. 朴世永, 朴八陽, 安漠, 李燦과 함께 李箕永, 韓雪野 등의 소설가가 그들이었다. 이들은 그 오랜 전력으로 당시 사회주의 문학 건설의 걸음마를 배우고 있는 북쪽 문단을 주름잡고 있었다. 그것이 장편 서사시 『백두산』의 발표와 함께 일거에 타파된 것이다.

『백두산』으로 趙基天이 북쪽의 최정상급 시인이 된 것은 우연이 아니었다. 돌이켜 보면 그것을 가능케 한 소인이 그에게는 충분히 있었다. 우선 그는 일제치하에 등단한 시인이 아니라 8.15와 함께 38선 이북에 진주한 쏘련군들은 그들이 일제를 한반도에서 구축한 해방군으로 자처했다. 그들은 애초부터 마련해둔 일정에 따라 북한의 사회주의화를 기도했다. 어떤 일이건 그것을 차질없이 수행하려고 할 때 첫째 요건이 되는 것이 그 심부름꾼들이다. 그런데 쏘련군과 그 비호를 받는 김일성부대의 입장에서 보면 일제체제하에서 적지않게 자본주의에 오염된 기성인들은 달갑지 못했다. 당연히 그들에게는 그들의 이데올로기 교육을 받은 사람들이 필요했다. 趙基天은 바로 이 첫째 요건에 100프로 합격인 사람이었다.

뿐만 아니라 김일성부대는 성격상 전투원으로 구성되어 있었다. 전투부대였기 때문에 문학, 예술활동을 담당할 사람들은 드물 수밖에 없었다. 그런데 趙基天은 바로 그런 드문 인재 가운데 하나였고 또한 크게 각광을 받을 여건 또는 토대가 마련되어 있었다. 그는 또한 이밖에도 또 하나의 행운을 타고난 시인이다. 앞에서 살핀 바와 같이 그가 등장하기 전에도 북쪽에는 이미 카프 출신의 원로급 기성시인들이 있었다.

피상적으로 보면 카프의 검증 없이 신인이 등장하는 것은 불가능했다. 더욱이나 그 신인이 문단을 좌우하는 일은 일어날 수 없는 일이다. 그런데 趙基天은 전혀 그 예외가 되었다. 그 까닭은 대충 두 가지로 생각될 수 있다. 그 하나는 그의 정치적 배경으로 추정된다. 이미 밝힌 바와 같이 趙基天은 김일성부대의 일원으로 입북했다. 그에게는 카프 출신들의 기성시인들이 받지 못한 이데올로기 교육 수학의 강점이 있었다. 그 결과 그의 작품 활동에 기성의 간섭이 개입할 여지가 없었을 것이다. 다음 또 하나의 경우에 제기될 수 있는 것이 8.15후 북쪽 문단의 사정이다.
8.15와 함께 38선 북쪽의 문학, 예술의 중심지는 자연스럽게 평양이 되었
다. 그런데 그 무렵 평양은 일개 지방 도시로 대부분의 문학인들이 서울에
서 활동하고 있었다. 사회주의 문학조직기구인 조선문학가동맹도 그 본부
가 서울에 있었다. 그 활동은 지난날의 카프 출신에 다수의 순수문인들을
영입한 상태여서 단연 자타가 공인하는 한국의 대표 문학 조직이었다.

　1946년 봄을 지나서부터 남쪽의 좌익들은 차츰 군정청과 우파의 탄압,
박해를 받기 시작했다. 그런 정세 아래서 상당수의 좌파 문학인들이 38
선을 넘기는 했다. 그러나 그들의 뇌리에는 깊숙이 북쪽 체제가 일시적
인 것이며 부차적인 것이라는 생각이 자리잡고 있었다. 이것은 정치 일
정에 따라 문예조직을 마치고 그 활동을 본격화시키고자 한 북쪽의 문예
정책 담당자들은 우선 평양의 우위론을 펴게 되었다. 또한 그와 표리를
이루는 논리로 서울 문단 부차설을 내세웠다. 이런 경우의 구체적 보기
가 되는 것이 1946년에 발표된 韓雪野의 〈예술운동의 본질적 발전과 방
향에 대하여〉이다. 한설야는 이 글에서 북조선이 실현한 민주개혁은 새
로운 문학예술의 토대를 이룬다고 했다. 그 문학 형태는 일제잔재를 청
산하지 못한 기성의 벽을 허물므로써 가능해졌다는 것이다. 그럼에도 남
쪽에서는 아직 기성 문인들 중심의 문학활동이 전개되고 있다. 기성 문
인들은 일제치하를 눈치 보기로 산 순수문인들까지를 포함한다. 그들의
문학은 그리하여 반동적이 된다. 이런 논리에서 한설야는 서울 중심의
남쪽 문단에 향수를 가지는 경향이 타파될 필요가 있다고 주장했다.

　서울이 해방전까지 좋은 의미에서든 나쁜 의미든 조선문화의 중심지인
것은 사실이다. 그러나 한설야는 여기에 이른바 문화의 거의 전부가 이
조의 봉건문화와 침략자 일제 문화라고 규정했다. 그러므로 오늘 막연히
문화의 중심을 서울이라고 하는 문화에 있어서의 서울 회향주의는 이를
테면 이조나 일제의 문화적 구습, 구래의 시민문화를 그대로 인용하고
답습하고 계승하자는 가장 무서운 반동적인 사상에 젖어 있다는 것이다.

이런 글이 한설야가 대표하는 북쪽 카프계의 서울문단 배제론의 중요 내용이었다. 이것이 북쪽의 낡은 문화에 대한 비판인 것은 사실이다. 그러나 이런 서울 문단 비판이 곧 평양 중심의 북쪽문단의 존재 의의를 확보해내는 것은 아니다. 그 무렵 북쪽이 이루어낸 민주개혁이 평양문단의 사회주의적 건설에 토대를 제공하는 것은 사실일 수 있었다. 그러나 시와 소설은 여건이 아니며 문학 예술이 제도나 체제의 등가물도 아니다. 그 무렵 북쪽 문단의 기성인들은 이런 사실을 알고 있었다. 알고 있었기 때문에 그들 나름의 문학적 성과를 고대하지 않을 수 없었을 것이다.

趙基天의『백두산』은 이런 평양문단의 8.15 직후 요구에 넉넉히 걸맞는 작품으로 생각되었다. 우선 한설야가 지적한 것처럼 문학가동맹으로 집약된 서울의 좌파 문단은 일제 시대에 등장, 활약한 문학인들이 주류를 이룬 조직체였다. 그들은 일찍 항일 무장 투쟁을 내용으로 한 작품을 발표한 적이 없었다. 그런데『백두산』은 그 무대 배경이 항일 유격대의 활동무대인 백두산이다. 그 골자를 이루는 사건도 일제와의 전투들이며 주인공은 항일 유격활동의 전설적 영웅 김일성이었다. 이것은 일찍 서울문단의 그 누구도 손을 대지 못한 인물과 사건, 상황을『백두산』이 가졌음을 뜻한다. 서울문단의 신화는 이것으로 일단 그 막이 내린 셈이다. 이와 같은 여러 여건이 작용하여 북쪽에서 趙基天의 신화가 이루어진 셈이다. 그러나 위에서 살핀 바와 같이 이신화는 문예작품 평가의 논리적 절차라는 밑받침을 받지 못했다. 그 나머지 북쪽의 趙基天 칭예는 허구가 되어버렸다.

참고문헌

『조기천 시집』(조선작가동맹출판사, 1955).

『시월의 해빛』(알마아따 작가출판사, 1970).

『조선문학사』(10), (11) (과학백과종합출판사, 1994).

김용직, 이념과 기법, 조기천론, 『시와 사상』(28) (2001.3).

김남인(金嵐人)

(1910. 1. 11～1951. 6. 14)

　　본명 김익부(金益富). 평안북도 자성군, 장토면 호하동,(자강도 중강
군 호하로 동자구)출생, 빈궁한 농가에서 자라나 1923년 호하영명학교
(4년제)를 졸업, 이어 중강공립보통학교 편입, 1925년부터 1930년까지
평양, 서울, 베이징등을 전전하면서 고학을 했다고 한다. 1930년 고향으
로 돌아와 중강진의 압강 인쇄소에서 근무. 이때부터 인쇄공 일을 보면
서 시를 쓰기 시작. 1936년 11월 시전문지『詩建設』창간. 이때 동인으
로 金海剛, 金昌述등 전주 쪽의 카프출신 시인들과 손을 잡았다. 북쪽에
서는 이 때의 일을 항일무장투쟁의 영향 아래 이루어진 것이라고 말한
다. 1937년 북쪽의 기록에 따르면 〈조국광복회〉에 참가. 〈조국광복회
10대 강령〉 2000부를 인쇄하여 부쳤다고 한다. 1938년 시동인지『貘』
에 참여 〈종다리〉(1호) 〈상장〉(2호), 〈여름밤〉(3호), 〈靑山秋色〉(4호)
등을 차례로 발표했다. 또한 1939년에는 김해강과의 공동시집『靑色集』
을 발행,『朝鮮文學』(1939. 3)에 시전문지『詩建設』발간의 고충을 담
는 〈수공업적 생산의『詩建設』을 발표했다. 1945년 9월 북조선 공산당
에 가입, 1945년 10월부터 1946년 말까지 평안북도 도당 선전부장과
함께 도당기관지『바른 말』의 책임주필, 1947년 5월 인민군의 기관지인

『조선인민군』 창간에 참여, 1950년 6월 25일 6·25 발발과 함께 종군
작가로 참전, 겨울에는 후방침투부대의 일원으로 전선을 누볐다. 이때에
장편 서사시 〈강철 청년 부대〉를 창작한 것이라고 함. 1951년 6월 14일
동부 전선에서 전사. 1988년 7월 8일 김정일 스스로가 그의 인민과 당
에 끼친 충성을 기리면서 작품집 출판을 지시했다고 전한다.

작품 ××안에서 봄을 맞는 님에게

> 님이여 북변의 장강우에 봄빛은 흐릅니다
> 서울에도 봄이 와서 랭랭한 ××의 그늘에 이 봄빛이 찾아왔
> 을 줄 압니다
> 당신이 사랑하는 안해인 나는
> 젖잘 먹고 튼튼히 자라는 영철이를 업고
> 압록강의 세찬 물결에 당신이 보내신 때묻은 옷을 빨고 있습
> 니다
>
> 밤세워가면서라도 정성껏 다듬어 하얗게
> 옷지어드리던 님의 그 옷자락에
> 시커먼 때를 찌들어지게 묻혀놓은 이날의
> 원망스러운 일을 곰곰이 생각하면서
> 님이 가르치신 나의 할 일을 부지런히 합니다
> 빨래방망이에 힘을 주어 눈물 내려흐르는 입술을 악물고
> 그 더러운 때를 두드려 씻었습니다
> ××의 ×방에서 ××× 그 기록을 다시 기록할
> 희여진 옷쪼각을 바위돌 우에 널어 말리울 때
> 태양은 그우에 묵례를 베푸는 듯 내 가슴에

비장한 어느 피의 움직임이 컸던 것입니다

님이여! 당신이 기다리실 옷을 부칩니다
이 옷 꾸레미 속에 압록강의 봄빛을 가득히 넣어보냅니다
찬바람 눈보라 얼음장도 다 사라지고
시퍼런 물결이 흰 사품을 치면서 씩씩히 흐르는 장강의 봄

그날―북만으로 가시던 이 북극의 동지달
추운 밤, 장강의 얼음길을 건느시며 하신 말
―이 얼음장이 풀리면 새 봄이 오고
새 봄이 오면 우리의 소식 있으리라―더니
아마도 내가 보내는 이 옷섶 속에서 찾아내실 우리들의
봄소식이던가 봅니다.
당신이 힘있게 밟고 가신 여울의 얼음장은 꺼져가고
발자국이 남기고 간 힘은 물결 치며 봄빛을 안고 흐릅니다.

장강우에 이 봄이 와서 얼음장 밀어갈 때마다
남아 있는 우리들의 가슴에 새 힘이 돋나이다.

님이여! 보내는 옷속에 당신이 언제나 사랑하시던
국경의 봄빛을 넣어보냅니다.
장강의 끊임없는 흐름과 같이
당신의 젊은 뜻이 타는 붉은 피는
힘있게 이날의 모든 수난의 험한 암초를 차고 흐르소서
××××찾아드는 봄빛을 마음껏 마시고
대지에 그 힘찬 호흡을 뿜어내소서
그렇게 당신의 힘이 커가고 뜻이 자람에서
영철이와 나와 기타 모든 이들에게

참으로 기쁜 봄은 올것입니다.
그러면 건강히 계시소서 당신에게 보내는 옷은
압록강의 여울에서 빨고 바위에 널어 말리워 차돌에
다듬었습니다.
님이여 그처럼 나의 정성을 다하여 지어보내는 옷을 입고
당신의 의지를 새롭게 할 장강의 봄소식을 반갑게 받으소서

해석 · 비평

1989년도에 나온 『김람인 작품집』허두에 실린 작품이다. 작품 꼬리에 1934년도라는 표시가 붙어 있다. 이 무렵에 카프는 빈사 상태를 헤매고 있었다. 경향시도 매우 부진하여 카프의 중핵을 이룬 임화가 〈세월〉. 〈암흑의 정신〉 등 두 편의 시를 발표하는 데 그쳤다. 김람인은 이 무렵까지 중앙에서 전혀 이름이 알려지지 않은 시인이었다. 그런 그가 바닥에 반제의식을 깐 이 작품을 쓰고 있는 것이다. 이 작품의 화자는 압록강변에 사는 아낙네다. 그는 서울의 감옥에 있는 남편에게 옷을 보낸다. 제목에 나오는 복자 부분은 〈감옥〉이나 〈철창〉으로 읽을 수 있다. 그러니까 이 시의 내용은 남편을 서울의 철창에 둔 아낙이 추운 겨울에 옷을 보내면서 그의 감정을 담아 노래한 것이다.

이 시에는 경향시의 전제가 되는 투쟁의 의욕을 다지는 면과 미래에 대한 전망도 지닌 부분이 있다. 〈정강의 끊임없는 흐름과 같이/ 당신의 젊은 뜻이 되는 붉은 피는/ 힘있게 이날의 모든 수난의 험한 암초를 차고 흐르소서〉와 같은 행들이 그 단적인 보기가 된다. 김람인의 연보를 보면 이 무렵에 그는 중강진의 압강인쇄소에서 근무한 것으로 나타난다. 직장에서 일하는 틈틈이 시를 쓴 것으로 짐작되는데 이 때에 이미 상당히 좌경한 것으로 추정이 가능하다. 참고로 밝히면 1989년도판 『김람인 작품

집』에는 해방전 편에 이 작품과 함께 〈여름구름〉. 〈뻬치카〉, 〈청색마〉, 〈독립문〉등 5편의 작품이 실려 있을 뿐이다. 『맥』의 동인으로 김람인은 몇 편의 시를 발표했다. 또한 김해강과의 공동시집인 『靑色馬』에도 적지 않은 시가 실려 있다. 이들을 뺀 것은 그들이 순수시에 속하느 것이어서 북쪽이 요구하는 경향성이 없었던 까닭으로 생각된다.

작품 山莊

소 한 마리 없이도
밭 이랑을 지었소

그래도
파랗게 길자란 보리
山새와 情답게 노나 먹소

저자의 시름을 벗고
내 여기와 사노니
틀목집웅을 덮은
푸른 하늘이 시원하오
밤엔 密林속에 반디불이 반짝
이날을 산과 더부러 살며
靑草 욱어진
情念의 夜火를 헤아려 보오

소낙비 사태에
산막마저 헐이는 세상

雲霧에 소슨 山과 맹세하고
창공이 깃드린 청산녹수에
거듭 산장을 지어 살려오

작품 靑山秋色

秋霜
날카로운 白刃우를
시원히 밟고 서서
蒼天의 思索을 느리는 山
山넘어 향수의 기러기는 난다.

낙엽이 흐터지고
북풍이 휘날려도
내가 막 좋아 하는 靑사과
빨갛게 익는 계절

갈퀴든 아히
조고만 손이 단풍처럼 붉어.
닥쳐오는 한겨울 불ㅅ길을 줍는
한옥큼 푸섶이 몹시 정다웁다.

위의 두 작품은 1938년 6월에 창간된 『貘』 1집과 4집에 실린 것이다.
〈山莊〉은 제목에 문제가 있다. 우리말로 산장이라면 일종의 별장 구실을
하는 집을 가리킨다. 그러나 이 작품에서 산장은 화전민들이 얽는 귀틀
집으로 생각되는 건물이다 .하지만 그런 난점을 접어두면 김람인의 이

시에는 그래도 정서가 다소간 내포되어있다. 특히 마지막 부분인 〈운무에 소슨 산과 맹세하고〉 이하는 제법 가락이 빚어져 있는 것이다. 뿐만 아니라 이 작품에는 해석하기에 따라서 경향시의 밑천인 빙궁의식도 담겨 있다. 허두의 2줄이나 마지막 연의 첫째줄과 둘째줄이 그에 해당된다. 따라서 그의 작품을 두루 모아 강행한 『김람인 작품집』에서 이 시가 제외된 까닭은 이해하기가 어렵다.

　김람인의 유작시집인 『강철청년부대』(금성출판사 ,1989)허두에는 〈…한 편의 시라도 더 찾아내려고 애썼으나 모두 20여편의 작품 밖에 싣지 못하였다.〉라는 말이 있다. 이 무렵까지 북쪽은 김남인의 시집인 『靑色馬』나 시 전문지인 『맥』을 입수하지 못한 것인지도 모른다. 다른 한편으로는 이들 작품이 『맥』에 실려 있어 경향성이 없는 순수시등 속으로 계산되었을 수도 있다. 그 어느 경우라고 할지라도 이른바 공화국의 영웅적 시인으로 떠받든 김람인에 대한 대접으로는 소홀한 경우였다. 다음 〈靑山秋色〉은 김람인의 전작품 가운데서 시다운 단면이 가장 많이 내포된 작품이다. 여기서는 가을 서릿발 속의 산이 〈날카로운 白刃 우를 밟고〉선 것이 되어 있다. 또한 추위 속에서 뗄감을 장만하는 어린 아이의 손을 단풍으로 비유한 것과 다시 그것을 〈불길을 줍는〉이라고 표현한 것은 상당한 솜씨다. 김람인을 시인으로 이야기할 때 이 작품들은 제외될 수가 없는 것들이다.

작품 새 나라의 봄풍치

인민의 새 나라에 봄이 온다.
산골짜기에 두렁밑에
부풀어오르는 꽃망울
봄빛과 바람에 숨결이 높뛴다
산과 들에 따뜻한 숨결이 흐른다

엉성한 판목들이 파아란 물기를 띠고
뭇생명이 나래치는 하늘아래
발돋움하는 새 살림이 뻗어간다

매—마을의 송아지가 엄마를 부른다
싸리바자 열어제낀 김서방네 마당에
모여드는 마을사람들의 불타는 얼굴
이 땅에 세우는 나라의론에 꽃이 핀다

마을마다 글발이 날리고 노래 흘러간다
젊은 가슴마다 불길을 배앝는 연설
마디마디 울리는 진정이요
늙은이도 손벽치는 우리네 선거의 봄이다

매여넹 그슬린 얼굴에 흐르는 눈물
더덕더덕 기운 옷차림들이 한겨울을 박차고
봄의 생산에 노래소리 드높아
새 력사의 수레는 힘차게 돌아간다
공장거리에서 내세운 대표 미더운 사나이
그는 진정 나라를 위하고 인민을 사랑하여
물불을 헤아리지 않고 나아가는 강철같은 사람
거룩한 투지를 갖춘 그의 가슴 산처럼 들먹인다

골방에 처박혔던 여인들이 세상에 나왔다
속박없는 봄의 들판에 머리칼을 날리면서
티없는 마음 새 세기에 출발하는 총명한 눈
수집어하지 말자 인민정치의 의젓한 위원이다
민주의 꽃 무르녹아 열매를 약속하는 땅에

지난날 풍헌이나 면장이나 통수란 것은 없다
오로지 인민의 리로움을 위하여 싸우는
충실한 일군이요 벗인 인민위원이 있을뿐이다

우리의 기 붉은기 날리는 구름속에
천백만 인민들의 목소리 높이높이
새 나라 판도우에 환호의 만세!
위대한 령도자의 영상은 인민의 머리우에 솟는다

(1947 . 2)

해석 · 비평

　이 작품 꼬리에는 1947년 2월의 표시가 있다. 이것으로 우리는 이 시가 김람인이 북쪽의 이른바 평화적 민주건설 시기에 쓴 작품임을 알 수 있다. 이 때 북쪽의 당과 정책 집행자들은 민주건설에 매진하는 인민들의 보람과 기쁨을 작품으로 형성화할 것을 요구했다.

　이에 따라 당시 북쪽 시단에서는 이찬의 〈그날 아침〉, 이정구의 〈로동법령송〉, 백인준 〈여인도〉, 로빈손〈영광에 나부끼는 손〉등이 발표되었다. 이 작품 역시 그런 범주에 든다. 이 작품 전반부는 새 봄에 뻗어나가는 살림을 기뻐하는 농촌풍경이 노래되어 있다. 그리고 후반부에서는 새롭게 서는 민주 정권의 대표를 뽑는 기쁨이 제재가 되어 있는 것이다. 이것은 김람인의 몇 편 안되는 서정 단곡이며 비교적 차분한 목소리를 담은 작품이다.

작(품) 강철청년부대

찬 가

용감한 사람들아
사랑스러운 사람들아
강철청년부대의
전사, 하사관, 군관들이여
그대들의 열화같은 마음
붉게붉게 타오르기만 했다
원쑤를 치려고 조국을 지키려고

가중한 적들의
마지막 명맥을 끊어버리려
뒤설레는 물결 차고 넘던
락동강 도하장에서나

한다리 부러진 미제살인귀
15개국 졸개들을 끌어들일제
놈들을 천백배 복수하기 위하여
전략적 후퇴의 길에 섰을 때에나

그대들은 한몸같이 움직였다
한가지 뜻, 하나의 의지로
부대의 신경과 맥박을
잠시도 끊지 않고 이어왔다

50년 준엄한 겨울

그대들은 적후 제2전선에 있었다
눈보라속에서, 전투의 불길속에서
강철로 뭉쳐진 청년부대

남녘 천리 넓은 전선 넘나들며
원쑤에게 불벼락 안긴 영웅들
그 빛나는 전투 위훈에
축하를 드린다, 영예를 드린다

젊은 가슴가슴에
눈부시게 빛나는
수많은 훈장과 금별이여
이제 그 승리의 기록 노래에 담아
우리 영웅들의 이야기
오고오는 세대에 길이 전하리라

1
원쑤들이 침략의 불을 질렀다
사랑하는 강토를 지키라
38선을 침범하여
미국강도들이 밀려든다

반격의 총창 비껴든 인민군용사들
질풍같이 원쑤를 맞받아나아가고
조국 위해 피끓는 청춘들이
전선으로 전선으로 떠나갔다

잘 있거라 윤나는 기대여

고향 논밭에
푸르러오르는 곡식들이여
잘 있거라
젊은 희망이 내래치던 학창이여
어머니여, 동생이여!
당과 수령이 부르는 성전에서
기어이 승리하고 돌아오리라
씩씩하고 름름한 젊은이들이
넓은 가슴에 꽃다발 받으며
거룩한 싸움의 길로 떠나갔다

동에서 서에서
총메고 나선 젊은이 그 얼마랴
여기 제2민청훈련소
강철청년부대는 그중의 한 부대
오랜 세월 짓밟히며 허덕이던 남녘땅에
해방의 환호성 날로 높아가고
온 나라가 승리의 소식 안고 들끓던
1950년 7월 25일

전투명령이 내렸다
서울, 수원, 대전을 지나
락동강으로, 락동강으로
강철청년부대의 행군이 시작되었다

2
첫 전투
락동강도하전이 벌어졌다

강 건너 동쪽기슭엔
미군 제1기갑사단
미군 제25사단이 무리져있다

《청년부대는 락동강을 건너
129고지 교두보를 빼앗고
신속히 대구에 들어서라
주력은 볼리동계선에서
남으로 공격하여
도천, 고수동을 해방하고
이 지역을 강화하라
오른 편에서는 서울근위 제4사단이
강건너 밀양으로 가고
왼편에서는 땅크사단이 대구로 전진한다》

강물우에 꽂히는 총알
발악하며 울부짖는 적의 포화
허공에 조명탄 걸어놓고
악을 쓰는 적기의 폭음

하늘과 땅이 타번진다
불새마냥 불길 헤치며
노강나루 물결을 가르는
강철청년부대—
김철만련대장이 지휘하는○○련대의 제3대대

적의 세차례 반돌격을 무찌르며
쓰러졌던 전사도 다시 일어나

83.9고지 산정에 오른
××련대의 제3대대

치렬한 전투로 날이 밝았다
몽몽한 포연속에 다시 밀려든
적의 땅크종대
100대의 미군 자동차

아군주력은 아직 뒤에 있고
도하한 두 대대는
락동강을 등에 지고
적의 포위망을 헤친다

통신이 끊어져
포병의 엄호는 받을 수 없지만
우리 전사들은 나아간다
용감한 육박전으로
한치한치 싸움터를 넓히며

어찌 전우들의 죽음을 헛되이 하랴
어찌 틀어쥔 교두보를 빼앗기랴
최후의 피 한방울까지
조국에 바치기를 맹세한
전사들은 모두가 불사신 되었으니

××련대는 409.8고지에서
265고지와 자막동에,
○○련대는 강정동에서

남으로 10리 시례골에서
방어진을 폈다

골짜기며 산판에 쓸어눕힌
적의 시체 천을 넘고
중대와 중대마다
닥쳐올 새 전투로 더욱 바쁘던
8월 25일

격전을 앞둔 전사들앞에
김철만련대장이 나타났다
전호에 앉아도 보고
전사들과 즐거운 이야기도 나누었다

그는 수만리 전선을 걸으며
기나긴 세월을 하루같이 싸운
항일의 투사
대담하고 지혜로운 그와 함께 있으면
전사들은 언제나 마음 든든했다

그가 주는 지시대로
전사들은 일손을 다그쳤다
립사호, 교통호를 파고
완강한 지탱점 형성했다

《락동강 왼쪽 기슭
개포동 지역에
강력한 방어를 조직하라

적의 반돌격을 격파하고
오른편 기슭에 적이 붙지 못하게 하라》

8월 31일 23시 30분
온 사단이 떨쳐나섰다
아군 포병의 믿음직한 포화를 뒤따라
사단주력이 락동강을 건너섰다

9월 1일 새벽
태백산 236.4고지를 차지하고
신작로를 차지한 ○○련대 3대대
평지리에서 기여드는 적땅크들에
맹렬한 타격을 가했다
질겁한 적들 현풍으로 도망

현풍 우측고지를 방어하던
영웅 오춘섭동무의 대오는
쫓겨가는 적땅크들을 마저 녹이고
비득산을 점령하였다
이리하여 사단을 평지리계선데서
대구해방의 길에 들어섰다

3

9월 19일 아침
안현동 뒤에서 원쑤들이 달려들었다
30대의 땅크 40대의 자동차로
또한번 놈들의 반돌격이 있었다

9월 20일
새로운 명령이 내렸다
《락동강을 도하한
○○련대와
××련대는
강좌안으로 건너서라》
상부의 후퇴명령 받은
강철청년부대
달려드는 적들에게 죽음을 안기며
락동강을 되건너섰다

대구의 거리거리에서 욱실거리던 미군 제1기갑사단이며
보병사단이
락동강기슭으로 기어나왔다
현풍 남쪽에서는
놈들의 제5기보련이 쓸어들고
피뢰군과 경찰들은
미국놈의 총알받이로 내몰렸다

××련대는
148고지와 282고지에서
반돌격의 태세 갖추고
락동강 건너서는
적을 때려눕혔다

9월 23일 10시
적들이 현풍거리를 강점
적기는 까마귀모양 떼지어 날고

칠곡, 관하, 신흥 계선에서는
17대의 적 땅크들이 달려오고
성주―김천간의 큰길따라
강철청년부대의 익측에
적들이 나타났다

위급한 정황을 부대에 전할
무거운 임무 지니고
홀몸으로 떠난
영웅 윤태준동무

일각을 다투며 달려가는
그의 길목을 여섯놈의 원쑤가 막아섰다
《서라! 서라!》
놈들이 고래고래 소리지를 때

이미 사격자세를 갖춘
태준동무의 기관단총이 불을 뿜었다
세놈이 꺼꾸러지고
세놈은 도망쳤다

갖은 장애를 뚫고
쏜살같이 내달은 영웅
그는 부대의 전투승리 보장하는
련락임무 끝가지 수행했다

금화, 련천 전투에서도
대담하고 침착한 그는

13대의 자동차를 까부시고
160명의 적을 족치는
놀라운 위훈 세웠다

한 개 련대의 적과 싸우던
가덕산, 모덕산 전투에서는
밭은 거리에 끌어들인
두 개 대대를 중기로 녹였다

미군 해병사단을 무찌르던
고로면 내포리에서는
비행대의 엄호하에
악에 받쳐 덤벼드는
원쑤 무리들에게
복수의 불벼락 들씌웠다

9월 24일
수십키로메터의 넓은 폭으로
이리떼처럼 적들이 밀려왔다
강철청년부대는 굴함없이
적의 땅크 놈들의 포를 뒤엎고
시시각각 죄여드는
적의 포위선을 동강냈다

조국땅 한치라도
원쑤의 발길에 짓밟히는 것은
얼마나 원통한 일이냐
현풍, 성주에 기여드는

가중한 적과 육박전을 거듭하며
××련대는
성주산, 282고지를 사수했다
린접련대도 적 포위를 뚫고
불같이 한덩이되어 싸웠다

린법부대들의 기동을 보장한
강철청년부대
덤벼드는 원쑤들을 짓부시며 짓부시며
어려운 행군 계속하였다

9월 25일
신기, 왜관에서
락동강 넘어서는 적 2개련대와
격전 또 격전이 벌어졌고
이튿날 밤 10시
락도앙 서쪽 좌우로
협천, 거창, 고령, 성주, 김천의
길이란 길은 원쑤들로 메였다

부대는 180.6고지에서
신정, 다시동 계선으로 옮기여
적의 공격로를 잘랐다
군단주력을 엄호하여
고령—거창간의 큰 길을 막고
물한령 지역에 방어선 늘이며
왜관—고령간의 길을 차단했다

후송로는 끊어진지 오래나
식량도 탄약도 보충받을 때 없었다
거창—김천간의 길마저 막혀
가혹한 시간은 닥쳐왔다
허나 굴할줄 모르는 강철의 전사들
서리발 총창 비껴들었다
결전의 길로 내달렸다

사랑하는 포들아, 강철의 전우야!
불을 토하거라, 복수의 불을 토하거라
아끼고아끼던 4천발의 포탄이여!
너는 번개같이 날아가
놈들을 모조리 불태워버리라
전우들의 앞길 열어주자
천지를 뒤흔드는 포성
장엄한 포사격은 시작되었다

김천에 기여든 원쑤들에게 무리죽음을 주며
포들은 세차게 불을 뿜었다
사자처럼 노호하며 노호하며
원쑤들에게 죽음의 불비 들씌웠다

고령—창녕간의 대도로를 차지한
원쑤들을 족쳐버리고
거창으로부터 달려드는
원쑤들과 싸우며
부대는 전진

9월 26일
밤 10시…
창천, 김천 큰 길을 빠진 행군대오
전위는 송두동에 이르렀건만
대전으로 기여드는
또 한무리의 적과 맞다들었다

남은 탄약은 0.6정량
전사들은 지칠대로 지쳤다
그러나 누구도 겁내지 않았다
겹겹이 에워싸는 포위선 끊고 뚫으며
전사들은 굴함없이 싸웠다

적은 곳곳에 '주민' 정찰 세우고
경찰을 동원하였다
허나 원쑤들은 아군의 앞길 막지 못했다
불패의 대오
강철청년부대의 강행군

군단주력을 따라
부대는 걷고 걸었다
추풍령—영동간을 벗어나
문경, 단양을 지났다

제1집합구역 어한리에서
부대는 전투서렬 정돈하고
행군을 방해하던 적 포병 600명과
놈들의 자동차 6대를 족쳤다

적의 후송로를 끊어버렸다

아군의 불의습격에
적들은 혼란에 빠졌으나
그래도 놈들의 수는 많아
항공의 엄호받으며
련이어 부대를 들이밀었다

여기는 적후
후방보급이 끊어진지 벌써 보름
부대는 적의 창고를 기습하고
때로는 인민들의 도움으로
전사들의 량식을 마련했다

부대는 무쇠흐름같이
강철의 규률로 묶어졌다
간고한 행군속에서도
당회의가 소집되고
군무자회의가 있었다
최고사령관의 명령을 목숨바쳐 지키자고
전사들은 불같은 결의로 끓었다

전투와 행군의 나날이 흘러
10월 8일에는 대도리
10월 10일에는 상달리
10월 11일에는 성금리 지점에서
적의 두 번째 포위망을 돌파했다

험준한 산악에서는
하루에 70리 강행군
밤이면 찬서리 내리어
휴식참엔 전사들의 몸이 얼어들었다

10월 12일
123고지를 점령하고
단양, 영주 사이를 넘어
부대는 북으로 진공하는
적의 주력부대를 때렸다
사나운 막바람속에서도
한바탕 싸우고나면
심장이 불덩이처럼 달아오르고
맺혔던 원한이 풀리는 듯
가슴이 후련해졌다

10월 14일 밤
의퐁리 지역에서
강점자들을 항거하여 싸우는
유격대를 만났다
원쑤들의 간담을 얼구며
놈들 소굴에 불지르며 싸우는 그들에게
부대는 귀중한 선물 안겼다
적에게서 로획한
보병총, 기관총, 탄약, 무선기를

《고맙습니다
이 무기로 더 많은 원쑤를 치겠습니다

과감한 투쟁으로 유격구 넓히고
다시 남진하여오는 당신들과 상봉할
그날을 굳게 믿고 싸우리다.》
유격대는 맹세를 다지며
굳게굳게 손을 잡았다

적의 집요한 포위기도를
걸음마다 짓부시며
부대는 행군을 다그쳤다
오대산줄기를 타고
10월 20일 18시
중동에 집결하였다

다른 한 련대는
원쑤들이 도사리고 앉은
면소를 쳤다
피뢰군 경찰 나부랭이는 꽁무니를 빼고
인민들은 지성껏
인민군 전사들을 도와나섰다
《떨끝만치라도 인민의 재산에
해를 끼치지 말라!》

이것은
인민의 행복 위해 싸우는
인민군대의 철칙
행군과 전투로 지친 몸이건만
전사들은 밤깊도록
제손으로 밥을 지었다

밥을 먹고나서
이제는 다리쉼도 하고싶다
그러나 전사들은 길 떠났다
행군 수천리에 피곤타 말라
원쑤들의 더러운 발길이
조국땅을 짓밟고있지 않는가
원쑤를 쳐부수려
한시 한초를 앞당겨가자

전상사들도 간호원들도
높은 산 험한 령으로
전투부대의 뒤를 따랐다

10월 25일
방가리, 새말 등지에
강철청년부대용사들이
언 땅을 울리며 모여들었다.
하지면, 창천면 일대의
놈들 창고를 습격하고
탄약과 피복, 량식을 얻었다
전사들의 사기는 여전히 높았다

늦가을 궂은비 내리는
홍천강, 북한강 찬물결
살을 에이는듯하여도
전사들은 기세차게 강을 건넜다
여기서 38선은 15리
현리면의 적을 소탕하고

또다시 부대는 행군…
10월 30일
부대는 린제골을 공격하여
적들을 소멸하고
무고한 인민들 억울히 갇혀있던
'수용소'의 철문을 열었다

해방된 부모형제들이
전사들을 안고 목메어울었다
고문과 학살, 갖은 행패를 부린
원쑤에 대한 치떨리는 원한과
미덥고 사랑스러운 아들을 맞이한
상봉의 기쁨이 한데 뒤섞여 터졌다

피비린내 나는 반동소굴
원쑤들의 야수같은 만행을 보고들으며
전사들은 분노에 떨었으니
그들의 행군대오는
그대로 증오의 불덩이

어은산 북쪽
금강천이 흐르는
점방리, 두포리 계선에서
강철청년부대의 행군 서렬이 머물렀다

상부의 지휘통신을 이르려
먼저 가던 선발대들이
최고사령관의 명령을 안고

부대의 집결지 점방리로 돌아왔다
기다리고기다리던
새로운 전투명령
수령의 부름!
만세만세 환호로 들끓는
전사들 얼굴에 용기에 투지가 넘쳤다

인민군 주력부대들이 반공격에 나섰고
항미원조의 의로운 기치 휘날리며
중국의 형제들도 왔다
싸우는 조선을 지원하여

전사들아 복수전에 나서자
우리의 조국땅을 불태우고
우리 고향 마을을 더럽히고
우리 인민들을 학살장으로 몰아간
침략자들을 모조리 쳐없애자

그리하여 우리의 인민주권
우리 당의 영광과
우리의 자유 행복을 지키자고
전사들의 피가 끓었다

4
38선을 넘어 청천강을 건너
북쪽 깊이 원쑤가 들어서는곳마다에
검은 구름처럼 불행이 덮이였다
사람의 탈을 벗어던진

미국 승냥이들의 만행이 벌어졌다
천진한 우리의 어린것들에게
인자한 우리의 할아버지, 할머니들에게
착하고 어진 부녀들에게
놈들은 휘발유 뿌리고 불을 질렀다

황소면 황소, 돼지면 돼지
마을의 가축들까지도 닥치는대로
미국 강도배들은 죄다 앗아가고
어제까지 주민들이 살던 마을이
삽시간에 잿더미되었다

인민들은 보았다
친근한 사람들의 죽음을
끝까지 원쑤를 맞서 싸우다 쓰러진
로동당원―애국자들의 용감한 죽음을

어린것의 복수를 위해
부모들의 원쑤를 갚기 위해
애국자들의 뒤를 이어
사람들은 총을 들었다
유격대로 갔다

산에서, 들에서
인민의 이름으로 원쑤를 처단하고
향토를 지키는 성스러운 싸움이
료원의 불길처럼 타올랐다

그리고 인민군부대들과
중국인민지원군 부대들
장진호반, 청천강 류역에서
원쑤격멸의 일대 섬멸전을 전개하던 때

강철청년부대는
양구, 화천, 금화 계선에서
적을 소탕하며
적후에서 싸웠다

다른 한 련대는
해방구역에 복구된
당기관, 인민위원회들의
자유로운 활동을 보위하고

××련대는
철원방향으로
다른 부대들은 화천으로
적의 멱통을 죄며 전진하였다

이 대오속에는
영이라 부르는 소년 있었는데
그는 양구전투때부터 같이 걷는
열두살 어린 나이의 소년전사

그의 아버지, 그의 어머니는
원쑤들의 총칼에 학살되었다
집도 먹을 것, 입을 것도 없이

단 하나의 알몸만이 남은
그는 겨울 벌판을 헤매였다
《치안대》놈들의 눈을 피해
이집저집 찾아다니며
끼니를 에우면서
헤매던 어느날
어머니, 아버지처럼 반갑고 고마운
인민군대의 품에 안겨 떠날줄 몰랐다

영이는 숨어있는 적들의 행처를
부대에 알려주었다
총을 메고 부모의 원쑤갚는
전사가 되고싶노라며
저의 간절한 심정 털어놓기도 했다

영이는 탄우도 겁내지 않고
전선에서 전선으로 따라다니며
정찰로 혹은 련락임무 맡아
힘에 겨운 일 못하는게 없었다

이리하여 영이는
련대의 아들되었다
아버지, 어머니의
원쑤를 갚으며 싸웠다

지금은 새해를 맞아 열세살
카빙총 가벼이 메고
전사들속을 재빨리 걸어간다

그의 가슴에는 군공메달
전사의 영예훈장이 빛나고 있다

11월 8일 밤
××련대는 금화골을 해방하고
련천, 영평으로
포련대는 양구 북쪽에서
내금강 방향으로 나아가고
9일 새벽 ○○련대는
양구를 둘러싸고 적을 섬멸하며
6개 면을 해방하였다

뿔뿔이 흩어진
패잔병들을 소탕하며
기관단총을 틀어잡고 선두에 선
영웅 우종칠동무

그는 구만리 발전소를 노리는
적의 두 개 중대에 돌격하여
적 살상 20명, 포로 12명, 그리고
포위속에 들었단 전우들을 구원했다

유천리에서는
불의에 적을 타격하여
적 살살 140명
포로 100명
엠완보총 200정
탄약 30,000발 로획

포탄과 폭탄을 쏟아부으며
우세한 적이 수십차례 달려들던
38선 진지방어에서
적의 군용렬차를 습격한
매포리 전투며
자천면 전투에서도
영웅 우종칠동무는
언제나 앞장서 용감히 싸웠다

강철청년부대는
총으로만 싸운 것이 아니다
사로잡은 적의 포로에게
누가 원쑤인가를 가르쳐주고
조국을 반역하는 길에서
지체없이, 하루속히 돌아서라
피뢰군 사병들에게 호소하였다

《당신들은 어찌하여
자기의 부모형제에게 총부리 대는가
로동자, 농민의 아들딸인 인민군대는
조국을 위해, 인민을 위해 싸운다
당신들은 누구를 위해 싸우는가
누가 당신들을 대포밥으로 내몰았는가
생각해보라 그것은 미국놈이다

우리 조국을 침략하였고
조선인민을 노예로 만들려는
미제국주의자들을 반대하여

치욕스러운 괴뢰군살이를 벗어던지라
정의의 군대
인민군대에 의거하여오라!》

강철청년부대에 포로된
1400명의 괴뢰군사병들이
눈을 뜨고 똑똑히 알았다
자기들의 원쑤 미제를

의거하여오는 괴뢰군장병들
날로 늘어가고
밖으로 안으로 적들은
날마다 무너져갔다

11월 11일 새벽
청년부대는 양구지역을 해방하고
화천을 지나 춘천으로
눈보라 잦아든 고요한 새벽 3시
눈길을 달린 전투원들
그들의 등골에 물흐르듯 땀이 흘렀다

미군흑인부대와 함께
괴뢰군경찰대 800명
철길따라 북으로 기여든다

푸른 신호탄이 올랐다
논뚝과 다리목에 걸어놓은
중기의 일제사격

기습당한 적은 손쓸새없이
쓰러지고 또 쓰러졌다
영웅 오춘섭동무는 단신
깜둥이 20명을 살상하고
자동차 열대를 까부셨다

창도해방전투때는
위생병들도 화선에 달려나와
총들고 싸웠다

이처럼 용감한 청년부대는
적의 무기, 적의 탄약을 앗아
적의 거점을 치고
적의 식량을 빼앗아
주민들에게 나눠주었다

간고한 적후의 나날
전사들 더욱 굳게 간직한 것은
조국광복의 홰불 높이 받들고 나아간
항일유격대원들의
그 불굴의 혁명정신

그들처럼 원쑤를 증오하자
그들처럼 인민을 사랑하자
그들처럼 백절불굴의 투지로
시련의 고개고개 넘어서자

전사들의 가슴에서 마를줄 모르며

언제나 용솟음친 신념의 샘물
그것은 피로써 이어받은 혁명정신
위대한 선렬들앞에서
부끄럼없이 싸우려는 전사의 자각

련천에서 가평으로 나가는
××련대의 진격으로
괴뢰경찰 800이 녹아나고
서울로 꽁무니빼려던
미군 25보사 24련대
아군의 포위속에 들었다

적의 군용렬차는 증원부대 싣고
련천으로 달려왔으나
그러리라 미리부터 짐작하고 대기하던
아군의 반땅크총이 기관차를 갈겼다

대가리에서 뜨거운 분수가 솟구치며
달리던 렬차가 멎는 순간
경기관총, 기관단총들이
렬차를 향하여 불을 뿜었다

폭풍이 지나간 듯
한바탕 싸움이 끝난 철길가에
너저분히 깔린 적의 시체
300을 넘었다

그날 저녁

적 '백골부대'는
38선을 넘어
북한강 기슭에 기여들었다

놈들은 마을들에 불지르고
사람들을 학살장으로 끌어갔다
놈들은 주민들을 몰아세워
그들을 총알받이로 앞세웠다

화천에 들어선
린접련대와 함께
양구를 해방한 김철만련대장이 지휘하는 련대는
춘천 향해 전진하였다

춘천전투에서 녹아난
놈들의 수는 1800
도망치던 적 제 7대대는
국사봉에서 또다시 얻어맞고
강평역에서 갈팡질팡하다
가평으로 달아났다

××련대가 해방한 가평으로
적들이 밀리였다
서울 ≪특별경찰학교≫
≪치안대≫, ≪학도대≫
≪대한청년단≫
이들 600명과 괴뢰군 31련대

놈들은 먼저 가평을 점령하고
다음은 춘천에 손뻗치려고
쫓기던 패잔부대와 합세하여
장승고개에서
북한강 강가에서 욱실거렸다

강철청년부대는
가평—춘천간 길목을 막고
놈들이 강을 건너서지 못하게
보납산 425고지에
방어선을 늘였다

11월 18일 정오
춘천을 해방
뒤이어 이튿날 이른저녁
원두봉 남쪽에서 치렬한 전투
춘천, 가평 전투에서
적 살상 450명
포로 160명

11월 19일 2시
강철청년부대는
가평으로 적을 끌어들였다
나흘동안 적들이 몰려들었다

기다리던 11월 23일 5시
××련대와 린접련대는
가평시가를 포위!

억센 힘으로 적을 죄여갔다
미국놈의 비행기도 땅크도
이 철의 포위선을 끊지 못했으니
놈들은 2100여의 시체버리고
남으로 도주했다

영웅 리구하동무는
비발치는 총탄에도 아랑곳없이
만세높이 부르며 앞장서 나아갔다
가평 뒤산 425고지를 점령하고
1천의 적을 쓸어눕혔다

그는 춘천전투에서도
홍천 가는 길 차단하고
적 32련대 1대대를 요격하여
80명의 적을 때려잡아
춘천해방의 길 열었다

남으로 남으로 부대가 행군하던
송제동계선에서
리구하가 지휘하는 구분대는
부대의 전위로 행군길 헤쳐나갔고

화북면 죽전리의
넓은 방어선을 지킬 때에도
그는 영웅답게 싸웠다
수류탄을 던지며 적에게 육박하여
적 열한명을 죽이고

엠원보총 열한자루를 걷어왔다

11월 24일 11시
정평산 원창고개에서
적 1개 대대를 포위한
강철청년부대는
적 살상 700명
포로 100명
또 한번 승리의 개가 높이 불렀다

적의 깊은 종심에서는
식량도, 탄약도, 신발도
제힘으로 해결하며 싸워야 했으니
하루도 아닌 기나긴 나날
무슨 일인들 없었으랴

이것은 영웅 김하수동무가
돌고개를 방어하던 때의 일
가평에서 물러나지 않으려
적의 한 련대가 발악하고있었다
적들의 비행기와 포가 증강되어
싸움은 갈수록 치렬해졌다

그러나 우리 전사들에겐 탄약이 없었다
이제는 최후의 육박전이 남았을뿐
모두다 비장한 결의 다질 때
대담하고 침착한 지휘관
김하수영웅 전사들앞에 나섰다

≪우리는 한걸음도 물러설 수 없소.
마지막 피 한방울 남을 때까지
우리는 이 고지를 지켜야 하오.≫

그리하여 전산르은
돌싸움을 준비했다
새벽부터 저녁까지
돌을 모아 돌을 굴리며

적의 공격을 물리쳤다
돌벼락 맞아 자빠지며
놈들이 버리고 도망친
탄약을 주어다 쏘기도 했다

하루 격전이 끝난 고지에서
전사들은 목 터지도록
만세 불렀다
승리의 개가 봉우리마다 메아리쳤다

영웅 김하수동무는
전우들의 상처 싸매주고
얼룩이 간 그들의 얼굴 정답게 닦아주며
끝까지 원쑤를 치자고

새힘 북돋아주었다
12월 1일 미명
××련대는
린접의 형편따라

춘천부근 품안산 지역에서
가평 동북쪽으로 나아가
보납산을 지키었다

다음날에는 북배산, 수덕산에서 전투
적들은 정평산, 촉대봉에서
미칠 듯이 포를 쏘아댔다
○○련대는
춘천 큰 다리를 폭파하고
홍천으로 가는 길 차단했다

거듭되는 참패를 막아보려고
놈들은 서울에서 ≪제2국민병≫을 끌어왔다.
고성리에서
강철청년부대는
춘천, 가평, 홍천을 다시 해방할
공격명령받았다

12월 12일 저녁 7시
××련대는
매봉, 촉대봉의 적을 쳤다
적의 세차례 반돌격을 부시며
홍적령, 모덕산으로―
적 32련대를 격파하고
모덕산기슭에서 싸우는
련대의 방어선에
발악하는 적 포탄 날아오기 시작했다

그러나 전사들은 승리의 일념안고
전호를 팠다
탄약을 아끼고 아끼며
백발백중의 사격솜씨 떨치었다

린접련대도 행동을 같이하여
마장리를 점령하고
480.4고지에서
오월리방향으로
신속한 기동전

김철만련대장이 지휘하는 련대는
적 31련대와 맹렬한 전투
계명산에서부터
3면으로 적을 포위하여
38계선 차지했다

부대의 눈이 되고 귀가 되어
복잡한 적정 생소한 지형 살피는
강철청년부대의 슬기로운 정찰병들
밤에도 새별같은 그들의 눈은
적 4개사단의 병력이 앞길 막았을 때도
부대가 뚫고나아갈 돌파구 찾아냈으니

영웅 송영식동무는
적후에서도 또 적중으로
어려운 정찰의 길 떠났다

정월 초하루
조문리 동남 730고지를 지나
숙영지 찾으러 가던 길
그는 적의 보초 한놈 잡아앞세우고
놈들의 보초 모조리 없애버렸다
이렇게 로획한 무기
엠원보총 일곱자루
카빙총 두자루

밤이면 밤에
낮이면 낮에
그는 쥐도 새도 모르게
적중으로 넘나들었다

놈들의 ≪무장방위대≫며
경찰대와도 마주쳤다.
미국놈 흑인과 토이기놈들
때로는 영국놈, 왜놈들도 끼여들어
온갖 잡동산들이 무리져다니는
적진 속을 종으로 횡으로 헤치며 그는 갔다

놈들의 옷차림, 놈들의 말투로
적을 쥐락펴락 롱락했다
안동─원주간의 큰 길에서는
미국놈 5명과 자동차 두 대를 쳐부수고
그는 수만발의 탄약 걷어왔다

이렇게 벅찬 전투의 길을 거쳐
모든 곤난과 싸우며

더 한층 굳세여진 강철청년부대는
전진전진 계속 전진해갔다

5

부대는 벌써 38선을 넘어
천리도 넘는 멀고 먼 길을
남으로 남으로 행군하며
도처에서 원쑤를 쳤다

안동, 청송, 례천, 단양
부대가 들어서는 고을마다
인민들은 있는 힘, 있는 정성 다 모아
인민군대를 반가이 맞았다

적의 악선전에 속아
집을 버리고 고향 떠났던 사람들이
청도 부근에서 놈들의 총에 맞아죽고
굶어죽고 얼어죽었다는 소식이
마을에서 거리거리로 전해졌다

진정 인민들의 불행을 가슴아파하며
분노에 떠는 인민군전사를 보고
전투에 지친 몸이건만
저보다 먼저 마을 살림 보살펴주는
상냥하고 인정깊은 우리 전사를 보고
사람들은 더욱 인민군대와 친근해졌다

괴뢰군에 끌려간 아들의 운명은

밤낮으로 걱정하던 할아버지 한분이
우리 전사들의 손목잡고 하는 말

≪내 아들 뉘 아들 할것없이
괴뢰군에 잡혀 총을 멘 자식들은
모두 미국놈의 개 되었소
제목숨 하나가 아까와
미국놈이 시키는대로
동족을 죽이고 이웃에 불지르며
그들은 날강도 행세하고있으니
지금 당장 그들에게 달려가
나는 웨치고싶소.

인민군대의 장하고 씩씩한
젊은이들을 보라고
인민을 부모처럼 섬기고 받드는
인민군장병들의 빛나는 얼굴을 보라고
원통하고 원통하오.
내 당신들 같은 아들 못가지고
제 애비 제애미 가슴에
총을 겨누는 그런 아들 가진 것이…≫

압박받던 이야기며
앞으로 살아나갈 이야기
흉금을 털어놓고 말하는 남조선 형제들에게
전사들은 자주자주 해설하고 선전했다

≪인민군대는 원쑤를 몰아내고

원쑤가 앗아간 모든 것을
당신들에게 물려주리다
주권을, 토지를, 공장을
당신들도 북조선에서처럼
자유와 행복을 누리며 살리다≫

하루 아니면 하루밤
잠시 만났다 헤여지건만
맺어진 정은 깊고깊다

마을 사람들에게 작별인사드리고
그들에게 우리의 승리를 약속하며
전사들은 남쪽 길로 내달렸다

영주, 안동, 대구의 큰 길
인민군대의 적후투쟁에 질겁한 놈들이
20메터 간격으로 보초를 세우고
인민들을 얼씬도 못하게 하는
≪유엔군 도로≫를 인민의 도로로 만들며

전사들의 머리우에
눈보라가 하늘을 덮어도
행군기세는 천백배로 높아
멀리멀리 울려퍼졌다
≪김일성장군의 노래≫

6
1950년 12월 26일밤

다시 38선을 돌파한 그때부터
열두차례 싸움을 걸쳐
매포면, 장고면,
대강면, 중평면
장수면, 평운면을 비롯하여
부대는 광활한 해방구 차지했다

녕월—제천간의 길을 지키던 적들이
강원도 남단 주천면일대에서
강철청년부대의 앞길 막아섰다

무릉리 북쪽고지를 점령한
영웅 김운석동무는
강가로 적의 퇴로를 열어
그곳에 몇몇 전사를 매복시키고
무명고지를 공격하였다

공격에 쫓긴 적들이 갈팡질팡
반반한 얼음판에 이르자
매복한 우리 전사들 기관단총 불을 뿜어
적들을 치니
포로 72명
살상 7명
엠원보총 68정
중기 2문 로획

영웅 김운석동무는
중평리전투에서도

적의 공병 2개 대대를 격파하고
311고지를 점령하여
주변 야산의 적을 소탕했다
영웅 오춘섭동무는
아군의 전진 방해하는
인동 앞산의 적 중기화점으로
단신 육박해갔다
≪손들엇!≫

적 중기사수를 위압하는
그의 웨침소리와 함께
≪따발총≫의 련발사격이 울리고
돌격의 선풍이 일었다

고지에 적 한 개 중대를 쓰러눕힌
영웅 오춘섭동무는
대오를 이끌어 인동거리를 쳤다
거리에서는 다시 해방된 인민들이
≪김일성장군 만세≫를 불렀다

강철청년부대의 노도같은 진격으로
춘산면도 해방되었다
미제와 괴뢰군의 총부리에
피흘리며 신음하던 인민들이
가슴에 맺힌 원한 풀고저
증오에 떠는 손에손에
복수의 창검을 잡았다
해방된 향토를 사수하며

원쑤와 싸우기를 맹세했다

51년 1월 22일 2시
의성동쪽의 안동면 대사동, 송사동
고와동, 지소동에 집결하여
부대는 전투행로 총화하고
다시 진공의 길에 올랐다

1월 23일
안동 토일동에 이른 ○○련대는
대구 팔공산 계선에 진출하였다
1월 24일 이 계선 전투에서
적 살상, 1, 588명
포로 460명

영웅 황규찬동무는
빈농의 아들
황해도 벽성군이
그의 고향 땅
그는 학교문전에도 못가본채
8.15 해방을 맞이했다

나라의 법령으로 토지를 분여받아
세상나서 처음 제 땅을 가꾸는
그 기쁨, 그 행복, 그 자유를
다시는 원쑤에게 빼앗기지 않겠다고
남먼저 전설을 탄원한 젊은이
오늘 부대의 모범 전투원 되었다

남으로 성주, 현풍
서쪽으로 련천
동으로는 영월
수많은 고장 해방하는 전투에서
언제나 뛰여나게 싸우더니

1월 26일
그는 사곡면 오류동에서
부대의 근거지를 탈취하려고
발악하는 적을 맞받아나가
놈들 2개 소대를 소멸했다

안동, 영주, 군위, 의성, 김천, 대구로
쫓기다 모인 적의 패잔부대들이
주민들을 채찍으로 몰아치며
락동강 류역에 방어진지 쌓을 때

중심깊이 들어간 ○○련대는
의흥 동쪽의 민봉산
우전, 동대산
덕성산, 팔공산 일대에

다른 한 련대는
기룡산을 타고
추목, 백암
성황 일대에

××련대는

금학산을 중심하여
조락, 락전
대동, 신흥 일대에
발붙이고 싸울 근거지를 잡았다

청송 동쪽 고지를 중심으로
포련대는 열한개 면 지서를 습격했다
그들은 적의 포탄으로
크고 작은 폭발물 만들어
58개소의 도로지점과 10개소의 교량
5개소의 철도 지점을 파괴했다

부락마다에 둥지 틀고 진지를 쌓은
미군 기계와 해병단
괴뢰군 해병단
괴뢰군 제2보사
괴뢰 ≪특공대≫
≪제2국민병≫의 ≪청방단≫
≪방위대≫, 경찰대
철도경찰대

놈들은 강철청년부대의
근거지 없애려고 발광했다
식량봉쇄를 떠벌이며
마을에, 농가집에
쌀을 두지 못하게 했다
거미줄처럼 정보망 늘이고
아군 용사들의 행동을 막으려 했다

그러나 강철청년부대는
동에 서에 번개같이 나타나
폭풍처럼 휩쓸려
적의 전차를 조기고
놈들의 포진지 날려버렸다

아무리 요새를 둘러싼
적의 아성일지라도
기어이 터치고 들어가
원쑤의 숨통에 비수를 박았다

아아한 산발
준령을 넘어넘어
도시와 마을을 해방하던
○○련대에 새 명령 내렸다
도평동과 구산동에서
영천으로 가는 길 차단하라는

해질녘까지
두 대의 땅크와 105미리포 다섯문을 마스고
적 한 개 대대의 침입을 물리쳤을 때
전사들의 옷은 땀에 젖어
온몸에 김이 서렸다

밤이면 땀에 젖은 옷들이 얼어들었다
온몸에 살얼음이 앉는 듯
그러나 불 한덩이 피울수 없었으니
얼어드는 몸 서로 감싸주며

삼동 긴긴 밤을 새웠다
애국의 열정, 사랑의 불길로
서로의 심장 뜨겁게 덥히며

이런 때는 의례히 전사들속에
련대장이 나타났다
젊은 시절 항일유격대에서 싸운
그는 전사들의 심정 속속들이 아는 지휘관

전사들의 고달픔 풀어주며
그는 자주자주 들려주었다
15성상 조국의 광복 위한
고난의 길, 투쟁이 길에서
김일성장군 항일유격대원들이 지녔던
그 정신, 그 힘에 대하여

련대장의 이야기 귀담아 듣는
전사들의 가슴 감격에 후더워져
어느덧 추위도 멀리 사라졌다
영용한 선렬들, 그분들에 대한
다함없는 흠모의 정을 안고
빛나는 아침을 맞이했다

2월 8일
전사들은 훌륭한 선물 마련했다
포항―의성간 도로를 차단하고
하리계선의 적을 추격하여
살상 100명

2월 10일밤
습격명령이 내렸다
≪자천경찰 방위대의
화점을 격파하라!≫
3대대는 영천, 청송 가는 길
2대대는 학성 가는 길 차단했다

적의 화력을 유인하는 아군의 총성이
먼발치에서 울려오기 시작하자
몇차례의 선불에 겁먹은 적들이
화점에서 눈먼 중기사격할 때

다섯명의 습격조는
철조망을 끊고
적화점 벽으로
사닥다리를 놓았다
뒤볶는 적의 총탄 밑으로
날쌔게 기여오른 습격조 용사
난공불락이라 놈들이 장담하던
불아가리를 수류탄으로 틀어막았다

요란한 폭발소리
적화점의 불이 꺼진 순간
용감한 1대대에 소멸된
악질 경찰대 100여명

경찰도 괴뢰군도 모조리 도망치고
거리를 해방한 강철청년부대는
적의 식량창고 점령했다

굶주리고 허덕이던 주민들이
전사들 따라 창고로 모여들었다
모여드는 군중의 머리우에
소리높이 울리는 호소

≪주민들이여
이 창고의 쌀은 당신들의 것이다
원쑤가 당신들의 피땀을 앗아 모은 이 쌀을
인민군대는 당신들에게 돌려주니
어서 저 자물쇠를 까부시라

농민들이여
당신들은 빼앗긴 쌀만이 아니라
토지도 찾아야 한다
지주 놈이 없는 세상에서
당신들은 참된 땅의 주인이 되라≫

군중의 시퍼런 도끼날이
창고의 철문과 자물쇠를 까부셨다
늙은이도 녀성들도 소년들도
쌀을 져날랐다
이고지고 기쁨에 들끓었다

○○련대는 런이어
세대의 전차와
열두문의 105미리포 가진
적 한 개 련대를 쳐부셨다
한 개 무명고지를 공격하여

1천명의 적을 소탕한
강철청년부대의 사기는
충천한 기세

2월 19일
놈들의 제2보사 32련대
두 개 대대가 덤빈 반돌격을 분쇄
송산동을 해방한 부대는
팔공산으로 나아가
신녕—군위간 큰길을 끊어버렸다

청송계선에는
적의 제2보사를 두고
일월산 계선에
적의 제3보사를 두고

놈들은 얻어맞고 물러섰다가는
또다시 덤비며 악을 부렸다
새 명령을 받고 북으로 돌아서는
강철청년부대를 포위하려고

일월한 고요하던 골짜기에
바람이 일어 눈보라는 하늘에 닿을 듯
강철청년부대는
적의 포위망을 헤치며 나섰다
잠시 적후에 자리잡은 근거지에서
상처를 치료받던 부상자며
유열환자들도 더는 누워있을 수 없었다

어찌 한 사람의 전우인들
적후에 남겨둘 수 있으랴
겹겹이 에워싸는 적과의 고된 싸움
중중첩첩한 난관속에서도
부대는 전상자, 환자들을 업고
1951년 2월 24일
북으로 행군을 개시했다

7

2월 26일
일월산을 중심으로
잠갈령지역에 모인
적 31련대의 2개 중대를 소멸

3월 2일 10시
한 영웅은
기관단총수 세명과 함께
횡악산 남쪽 여우내 부락에 숨은
적 1개 중대를 기습하여
적 살상 40명
포로 40명

그는 부대의 앞길이 어려워질수록
스스로 더 많은 일 맡아나선 사람
몇끼채 끼니를 넘기고
장거리행군에 모두가 지친 부대앞에
항공 포화의 엄호받으며
수많은 적이 밀려왔을 때

그는 열두명의 기관단총수와 함께
80명의 적을 쓸어눕혔다
피어린 전투로 적의 추격을 막아
부대의 행군을 보장했다

적의 《팔공산경비대》와 제2보사, 제9보사는
사면으로 포위선을 죄여들었다
영웅 천승준동무는 적병을 잡아
손금같이 적정을 알아냈다
하여 부대는 적의 약한 고리 돌파하고
위급한 정황에서 벗어났다

3월 8일 쌍계령전투에서도
대담하게 괴뢰군 행색으로
그는 적의 보초에 접근했다
놈들의 군호 리용하여
룡수등의 적 보초선을 넘어
놈들의 숙영지에 달려들었다

마을 한복판 기와집 아랫방에
번개같이 수류탄 집어던지고
그는 웃방을 겨누었다
수류탄 폭발소리에 넋을 잃고
방문으로 터져나오는 놈들에게
기관단총 퍼부었다

그리고 마을 뒤로 달려갔다
어둠 속에서 헤매는 놈들의

뺨을 갈기며 그는 호령했다
≪이자식들아!
빨갱이가 왔는데 뭣들 하느냐?≫

빨리 나서라는바람에
적들은 더욱 갈피를 잡지 못했다
이리 뛰고 저리 뛰는 무리 향해
또한번 집중사격 가하여
자동차 5대 파괴
적 300명 살상
적 70명 포로

그는 ≪정보소위≫로 가장하고
적 련대 지휘부에도 들어갔다
막아서는 보초를 순식간에 처리하고
련대장실을 습격하여
적의 련대장 고백규를 쳐갈기고
50명을 포로하였다

괴뢰 수도사단이 지키는
황병산을 돌파할 때
어려운 고비마다 언제나 앞장서는
영웅 천승준동무는
부대의 난관을 타개하기 위해
가대리로 정찰을 떠났다

그는 나흘이나 굶은 몸
그러나 그는 씩씩하게 걸어갔다

여덟명의 정찰병 데리고
가대리의 적을 기습했다

마을에 있던 적 한 개 소대를 소멸하고
다시 전진하던 영웅 천승준동무
멀리서 날아오는 원쑤의 포탄에
그는 장렬한 최후를 마치였다

한 사람의 전우를 잃는 것은
얼마나 뼈아픈 일이냐
가죽처럼 질긴 목숨
강철같이 굳센 뜻으로
원쑤를 소탕해야 한다고
동무들에게 입버릇처럼 외우던 그
그를 잃었다니 믿어지지 않는다

어떤 원쑤도 당하지 못할
억센 투지와 깊은 지혜
그리고 호담한 성미 가졌던 영웅
그의 모습은 전우들 가슴에 새겨져
복수전으로, 복수전으로 전사들을 불렀다

안동의 지소동 계선
아군이 방어하던 3개 고지에
적들이 나타났다
포사격, 포탄, 휘발유통으로
고지는 삽시에 화염속에 휩싸였고
적의 1개 중대는

산머리 향해 기여오르건만
영웅 윤웅섭동무는 태연했다
감쪽같이 전사들은 매복시키고
그는 적의 거동 노리고만 있더니
발밑에 놈들이 다가왔을 때
불같은 명령 내렸다
≪사격!≫
이리하여 40넘는 시체버리고
원쑤는 도망쳐갔다

대담한 전투지휘로
싸우는 전사들의 앞장서는
영웅 윤웅섭동무
봉화군 600고지에서도
그의 이름 온 부대에 떨치었다

만세소리 우렁차게 부르며
그는 600고지에로 단숨에 달렸다
그 기세에 적들이 눌려있을 때
단 70명의 전사와 함께
그는 고지를 점령하였다
적 60명 살상
포로 20명

1월 23일부터
의성, 군위의 동쪽으로 나아가던
련대의 길이 막혔다
경기, 강원, 경북 3도의 괴뢰경찰

미군해병단 1개 련대
괴뢰군해병대들과 마주쳤다

우세한 적을 상대로
부대는 싸우고 또 싸웠다
낮에는 기동방어
밤에는 재빠른 기습

밤에 빼앗은 적의 탄약이
다음날 원쑤와 싸우는 밑천
총탄이 떨어지면 자주 육박전으로
해질 때까지 낮싸움 견지했다

서에서 치고 동으로 가며
하루에도 칠팔십리 눈길을 헤치는
번개같은 기동전에서
환자들까지 업고다녀야 했으니
그것은 참으로 쉬운 일 아니었다

그러나 어떤 난관이라도
뚫고나아가야 한다
강철청년부대의 당원들은
두곱세곱 남보다 어려운 일 맡아
전투에 설 것을 결의했다

어데 한 번 부상자들을
편안히 눕힐곳이 있었으랴
인가없는 심산 골짜기에서

눈보라치는 산상에서
전사들은 제몸으로 바람을 막아
상처받은 전우를 덮어주고
끼니를 넘기고 또 넘기어도
환자들의 때식만은 빠짐없이 끓였다

간호원들도 눈 붙일 새 없었다
전사들이 구해들인 낟알 찧느라
허리는 쑤시고 팔을 떨어지는듯해도
날밝기전에 절구질 끝마치고
눈 녹여 밥을 지어야 했다

행군명령이 내리면
또다시 환자들을 업고
허리까지 눈에 묻히며 걸어야 했다

이름없는 어느 높은 산 넘을 때
업혀오던 환자들속에서
노래소리 들려왔다
≪김일성장군의 노래≫

얼어드는 추위를 물리치려고
참을 수 없는 고통을 이기려고
준엄한 시련의 시각에도
수령에 대한 전사의 충성에
티 한점 앉지 못하게 하려는 그 마음
그 깨끗한 정신에 모두 머리숙여
같이 가던 부대의 전우들만이 아니라

하늘도 땅도 감격에 목메였더란다
그러기에 행군종대가 적을 만나면
간호원들도 화선에 나섰고
환자들마저 수류탄을 안고
원쑤를 무찌르는 싸움에 뛰어들었다

죽어도 살아도
한 대오에서 한길을 가는 기쁨
이것은 우리 전사들이
항일투사들에게서
심장에 이어받은 빛나는 전통
혁명전사들의 동지애

3월 13일
삼척골 중봉산 계선에서
적의 대부대가
아군의 행군 서렬을 막으려 했다
계명산 계선에서 놈들은
우리 부대를 포위하려 했다

헤쳐나갈 돌파구
1114.7고지를 점령할
무거운 임무 지니고 떠난 것은
영웅 박순희동무

발광한 적들은
끊임없이 불질했다
그래도 영웅은 물러서지 않았다

한치한치 전진해나갔다

적의 중기화점 가까이에 이르러
세 전사 숨겨두고
그는 연신 화점으로 기여가더니
련발로 기관단총 갈기며
수류탄을 던졌다
숨었던 세 전사도 질풍같이 일어나
적의 화점을 소멸하였다

이리하여 영웅 박순희동무는
1114.7고지를 점령하고
부대의 돌파구 열었다
이때 적 살상 15명
포로 4명

놈들 2개 대대와 싸우던
홍천 모래고개 전투에서는
실로 그는 기적같은 위훈 세웠다
적 살상 700명
포로 100명

3월 16일 8시
대용수골에 집결한
청년부대의 좌측과 정면으로
적 9보사가 죄여들었다
고지에는 적의 중기
하늘에는 놈들의 비행기

적의 포화도 불길도
우리 용사들을 굽힐 수 없었으니
몸이 그대로
지뢰가 되고 수류탄이 되어
전사들은 결사전에 나섰다
총을 비껴든 용사들이
거센 눈보라 휘감아안고
저주로운 적의 화점 짓부시며 나아갔다

어둠이 깃든 고지에서는
까고 찌르고 쏘는
치렬한 육박전
육박전은 계속되었다
죽어가는 원쑤들의 비명을 누르며
전사들이 웨치는 승리의 함성…

생사를 가르는 격전 끝에
부대는 어려운 고비 넘기었다
서로 부르고 대답하며 모여들고
지휘관은 대오를 점검하였다

적의 최전방선 로인봉을 넘으면서
용감하게 부대를 지휘하던 김철만련대장은
원쑤의 흉탄에 중상을 입었다
언제나 자기보다 지휘관을 먼저 생각하는
련대의 슬기로운 전사들
모포로 만든 담가에 앉혀
원쑤의 총탄을 몸으로 막으며

사랑하는 지휘관을 구원하였다

강릉—평창간 큰길을 건너
로인봉의 완강한 적 방어선을 넘은
강철청년부대의 간고한 행군
주림도 추위도 그 어떤 고난도
이 무쇠같이 억센 전사들을 꺾지 못했으니
그들은 양양, 서면을 지나
김화군 점방리에 돌아왔다

끝까지 임무를 수행한
영예와 긍지도 높이
부대는 다시 원쑤를 소탕하려 나섰다
최고사령관이 부르는
새 전선으로

노도같이 진격하는 대오앞에
불멸의 위훈을 노래하듯
찬란한 군기 힘차게 나붓기고
인민들은 환희에 넘쳐
전사들을 바라보았다

태양도 기쁨에 겨워
눈이 부시도록 빛발을 뿌려주고
새 움이 돋는 푸른 산 푸른 들을 지나
강철청년부대의 승리의 새 소식이
온 세상에 퍼져갔다

해석 · 비평

이 작품을 남기기 전까지 김람인은 북쪽 사단에서 이름이 떨치지 못한 시인이다. 당시 북쪽에는 박세영, 박팔양등 구카프계의 시인이 포진하고 있었고, 새로 시단에 진출한 조기천이 각광을 받았다. 뿐만 아니라 8.15 후 김람인은 작품 활동에 앞서 당의 선전 선동 부분에서 일하고 인민군 신문에 관계했다. 그 나머지 그의 시는 북쪽에서 거의 알려지지 않았던 것이다. 이런 그가 일약 종군작가의 전형이 되었다. 그 계기가 된 것은 김일성의 명령이었다. 이 작품은 그가 전사했을 때 유고로 남은 것이다. 김람인의 이 작품은 1951년 초에 김일성이 읽었다. 그 원고를 보고 김일성 스스로가 이 시를 격찬하고 활자화시키도록 명했다고 한다. 이 부분을 북쪽 문학사는 다음과 같이 쓰고 있다.

1951년 6월초 한 일군으로부터 김람인이 포연을 헤치며 한자 한자 쓰고 다듬은 서사시 <강철청년부대>의 원고를 받아보신 경애하는 수령 김일성 동지께서는 항일유격대의 혁명전통을 이어받은 인민군장병들의 영웅적 기상을 아주 훌륭히 노래하였다고 하시면서 이 동무는 전쟁초기부터 적 후투쟁이 끝나는 마지막 날까지 간고한 시련을 이겨내면서 문필활동을 한 종군작가의 전형이라고 분에 넘치는 평가를 주시였다.

그 사랑, 그 온정에 기어이 보답하기 위하여 헌신분투하던 시인 김람 인은 1951년 6월 14일 전선동부에서 영웅적인 취재활동을 하다가 전사 하였다.

한 일군으로부터 시인이 전사하였다는 비보를 받으신 어버이수령님께서 는 그의 사진을 찾으시여 이윽토록 보시다가 앞으로도 좋은 작품을 더 많이 쓸 사람이 일찍이 희생되었다고 가슴아파하시면서 김람인동무가 서 사시 <강철청년부대>의 원고를 남기고 희생된 것만큼 우리가 그를 대신 하여 세상에 내놓도록 하자고, 작품이 출판되면 그의 유가족에게도 보내 주고 자신께도 한책 보내달라고 절절히 말씀하시였다.

이미 드러난 바와 같이 이 작품은 서장을 비롯하여 8개의 장으로 되어 있다. 첫째인 서장은 강철청년부대 모두를 기리는 것으로 시작된다. 그러나 이것은 이 작품의 표상에 지나지 않는다. 내용이 진행되면서 이 작품의 촛점은 부대장인 김철만에게 맞추어진다. 그는 항일 빨치산 출신이며 전사들에게는 따뜻한 인간성으로 그리고 싸움에는 날쌔고 슬기로운 싸움을 할 줄 아는 부대장이다. 그와 전사들의 싸움 뒤에는 항상 최고 사령관에 대한 충성의 맹세가 있다. 〈부대는 무쇠 흐름같이/ 강철의 규율로 묶어졌다(…)최고 사령관의 명령을 목숨 바쳐 지키자고/전사들은 불 같은 결의로 들끓었다.〉이렇게 보면 이 작품은 『백두산』과 비슷하게 김일성에 대한 믿음을 바닥에 깔고 있는 것이다.

제 1장에서 이 작품은 외형적인 주인공 강철청년부대를 등장시킨다. 그에 따르면 강청청년부대는 제 2청년훈련소에서 탄생한 것으로 나타난다. 그들은 1950년 7월 25일 전선 출동의 명령을 받는다. 서울, 수원, 대전을 지나 낙동강 전선으로 이동한다.

제 2장은 허두에서부터 전투 돌입을 노래한다. 이 때 김철만 부대가 담당한 것은 낙동강 도하작전이다. 그들을 맞은 것은 미 제1기 감사단과 제25사단으로 되어 있다. 그들을 공격하여 대구를 점령하는 것이 청년부대의 계획이었다. 여기서 청년부대의 낙동강 도하와 대구 공격 개시 일시가 나타나지 않는다. 그러나 인민군이 대구, 부산합작을 부르짖으며 총공격을 개시한 것이 8.15직후였다. 특히 청년부대의 공격선에서는 8월 18일에 총공격이 있었다. 그러나 한국군과 유엔군이 완강하게 도하를 막은 듯 하다. 그 결과 이 시에서는 8월 25일에 청년부대가 먼저 현풍 서남방에 잇는 개포동을 점거한 것으로 나타난다. 그 후 8월 31일에 비로소 사단이 낙동강 남쪽에 이른 것으로 되어 있다. 미루어 이 지역 전쟁의 가열찬 양상을 짐작할 수 있게 된다. 이 때의 전투를 이 시는 〈현풍 우측 고지를 방어하던/ 영웅 오춘섭 동무의 대오는/ 쫓겨 가는 적 땅크를 마저 녹이고/ 비득산을 점령하였다〉와 같이 읊었다. 이것은 너무 기

계적이어서 단순한 전투 묘사에 그치는 문장이다.

　제 3장은 유엔군의 맹공을 받고 청년부대와 사단 병력의 인민군이 북으로 퇴각하는 장면이다. 여기서는 후퇴 명령이 9월 20일에 내린 것으로 나타난다. 그렇다면 인민군은 대구 해방은 커녕 낙동강 남쪽의 교두보를 스무날만에 포기한 것이 된다. 그리고 9월 25일에는 신기, 왜란까지 후퇴, 다시 그 다음 날에는 창천, 김천도로가 유엔군에 의해 제압된 것으로 나타난다. 곧 청년부대는 추풍령 영동간을 지나 문경, 단양으로 후퇴했다. 10월 12일 단양, 영주 사이를 넘었다고 되어 있다. 10월 20일 중동집결, 10월 25일 창천면 창고 습격, 10월 30일 인제 습격, 〈무고한 인민들 억울히 갇혀 있던〉 수용소 해방, 이렇게 창황한 후퇴의 대열이 멈춘 것은 이은 산 북쪽 금강천이 흐르는 점방리, 두포리선에서다. 여기서 청년부대는 중공군 참전의 소식, 이른바 항미원조의 보도에 접한다. 이 장에서도 김람인은 강철청년부대와 인민군의 전과를 말하고 전투 수행과정에서 나타난 영웅들은 찬양한다. 그러나 전투내용은 〈포위망을 뚫었다〉〈탄약, 피복, 양식을 얻었다〉 식으로 구체적인 숫자는 제시되지 않았다. 이로 미루어서 이 기간 동안 청년 부대와 다른 인민군은 후퇴의 대오 유지에도 힘일 들었던 것 같다.

　제 4장에는 전선이 북으로 멀어가고 이른바 침략자 미군이 사람의 탈을 쓴 승냥이로 화했음을 규탄했다. 그 사이에 강철청년부대는 양구, 화천, 금화의 언저리에서 작전을 편 것 같다. 여기서부터 다시 11월 8일밤 금화 해방, 9일 새벽 양구를 에워 싼 적 섬멸, 6개면 해방등으로 구체적인 전투 실적이 나타난다. 11월 11일 양구지역 해방. 이어 연천에서 가평으로 나가 한국 경찰 800이 격파되고 미 25사단 24련대 포위, 여기에 이르러 뚜렷한 전투 실적도 나타난다. 춘천의 백골부대를 청년부대와 다른 인민군의 합동으로 공격 1800명이 격파되었다는 것이다. 단 이 전과는 적지 않게 의심스러운 구석이 있다. 6.25첫 해의 11월 중순이면 한국군과 유엔군이 승승장구로 한반국경선을 향해 진격하고 있었을 때다.

백골부대도 그런 전투부대의 하나였다. 그런 백골부대가 그 무렵에 부대 단위의 병력으로 춘천에서 작전을 했다는 것부터가 성빙성이 없다. 이런 정황으로 미루어 보면 경찰 예비병력이나 국민병 정도의 보충 훈련부대가 이 때 피습을 당한 것 같다.

여기서 주의해야 할 것이 이때의 김철만부대가 휴전선 훨씬 남쪽을 뚫고 들어온 점이다. 그 이전에 38선은 이미 없어진 때였다. 한국군과 유엔군은 동으로 청진 홍남에 이르고 있었고 서쪽에서도 청천강 선에 다 달아 있었다. 그러나 매우 불리한 전황 속에서 청년부대는 춘천을 공격하고 가평을 제압했다. 이것은 김람인이 아니라도 영웅적으로 찬양될 수 있는 국면이다. 이 장에서는 몇 사람의 전투 영웅이 노래되었다. 그 구체적 보기가 되는 것이 11월 11일 춘천 근교 전투에서 탄생한 영웅 오춘섭이다. 이 때 청년부대는 북상하는 흑인부대를 습격하여 〈깜둥이 20명을 살상하고/ 자동차 열대를 까부셨다〉고 노래했다.

제 5장은 후방침투 부대인 김만철부대의 모습을 노래하는 것으로 시작된다. 둘째 련에 안동, 청송, 예천, 단양의 이름이 나오는데 그것을 이 시는 〈천리도 넘는 멀고 먼 길〉이라고 노래했다. 춘천 쪽 38선에서 청송은 500리가 넘는 것이다. 그것을 다소 과장하면 천리가 될 수 있다. 그러나 단양은 죽령 북쪽에 있어 안동에서는 200리로 계산한다. 이것은 김람인이 우리나라 지명에 익숙하지 못한 나머지 일으킨 과오일 것이다. 이 장에는 뚜렷한 전투실적이 나타나지 않는다.

제 6장은 〈1950년 12월 26일 밤/ 다시 38선을 돌파한 그 때부터 열두차례 싸움을 걸쳐/ 매포면 장고면, 대강면, 중평면, 장수면, 평운면을 비록하여/ 부대는 광활한 해방구 차지했다.〉로 시작했다. 그리고 이어, 51년 1월 22일 의성 동쪽, 안동선에 진출, 이어 1월 26일 겨에는 의홍 동쪽 민봉산과 유전 동대산 덕성산, 팔공산 일대에 진출 근거지를 마련했다고 기록되어 있다. 단 여기서 팔공산은 의성 훨씬 남쪽이어서 2, 3명의 유격대원이라면 몰라도 소규모라도 부대 병력이 침투할 지역이 못

된다. 이 역시 전선문학이 범하기 쉬운 과대포장으로 짐작된다.

2월 8일 포항 의성간 도로 차단, 2월 10일 밤 자천 경찰서 공격, 2월 19일 한국군 제 2사단 32연대를 치고 팔공산으로 나아가 신영 군위간 도로를 차단했다고 한다. 이 역시 당시의 전황으로 보아 터무니 없는 전적 보고다. 이 전과 보고 직후에 곧 청년부대는 다시 후퇴길에 들어선다. 〈2월 19일 북으로 행군을 시작했다〉로 이장이 끝난다.

제 7장은 다시 청년부대가 후퇴하는 노래다. 2월 26일에 부대는 일월산 집결, 3월 2일 황악산 남쪽 여우내 부락에서 한국군 1개 중대를 기습하여 40명 살상, 40명 포로의 전과를 올렸다는 것이다. 여기서 인민군의 갖가지 영웅적인 투쟁이 노래되어 있다. 그러나 실제는 후퇴를 거듭하여 3월 13일에는 삼척 중본산에 이르렀다. 3월 16일 8시부터 청년부대와 그들을 포위 공격하고자 하는 한국군 9사단 사이에 격전이 벌어졌다. 이 때를 김람인은 다음 몇글로 노래했다.

　　　몸이 그대로/지뢰가 되고 수류탄이 되어
　　　전사들은 결사전에 나섰다/
　　　총을 비껴든 용사들이
　　　거센 눈보라 휘감아 안고
　　　저주로운 저그이 화점 짓부시며 나아갔다.

이것은 제법 싸우는 사람들 모습을 떠올리게 만든다. 이로 보면 김람인은 북쪽의 전선시인 가운데서는 상당한 수준에 이른 것으로 평가 받아야 한다. 이 작품 마지막에 〈김철만련대장〉은 중상을 입은 것으로 나타난다. 이미 밝혀졌지만 그는 이 작품의 주인공이다. 여느 영웅서사시라면 그는 비극적 최후를 맞을 수도 있는 경우다. 그러나 북쪽의 전선문학에서 그것은 있을 수 없는 반인민적 기법이 된다. 그리하여 그는 부하들에 의해 구원되고 보호된다.

언제나 자기보다 지휘관을 먼저 생각하는
런대의 슬기로운 전사들
모포로 만든 담가에 앉혀
원쑤의 총탄을 몸으로 막으며
사랑하는 지휘관을 구원했다

6.25가 일어나자 북쪽은 곧 이 전쟁을 조국전쟁이라고 선언했다. 미국을 두모궁로 한 외세가 한반도를 지배할려는 책동을 분쇄하는 싸움이라는 것이 그 내용이다. 이런 규정과 함께 북쪽 당은 작가들에게 창작 지침을 내렸다. 그 하나는 싸우는 인민군의 영웅적인 모습을 부각하라는 것이었다. 그것으로 전선에 나간 병사들의 사기가 떨칠 것을 기한 것이다. 그리고 후방 인민들에게 백절불굴하는 전투의욕을 심고저 했다. 다음 또 하나의 요구가 미군과 유엔군의 잔학한 모습을 고발, 공격하는 것이었다. 그들에 따르면 미군과 유엔군은 자본주의의 졸도들이며 하수인이다. 그들의 악랄한 모습을 폭로, 고발하라는 데는 이유가 있다. 그것으로 인민군이 무찔러야 할 적이 간악 무도한 도담들이 될 수 있었기 때문이다. 6.25 동란의 전기간 동안 작가들이 이 요구에 부응하지 않고 쓸 자유는 없었다. 한 때 그들에 의해 전선시의 한 본보기로 칭예된 조기천의 〈불타는 거리에서〉, 〈죽음을 운쑤에게〉, 〈조선은 싸운다〉가 이런 맥락에서 제작되었다. 또한 백인준, 안룡만, 김조규등의 전선시 역시 그런 각도에서 제작 발표된 것이다.

김람인의 이 전선시는 북쪽 시단의 일반 수준에 비겨볼 때 어느 정도 성공한 것이다. 우선 이 작품은 청년대가 거친 전투 모습이 어느 정도 구체적으로 들어난다. 여러 사실들이 간결한 가운데 속도감이 있는 말들로 부각된 점도 살만한 일이다. 조기천의 〈조선은 싸운다〉는 중급이 속하는 장시 임에도 구체적으로 떠오르는 전투나 병사의 모습이 나타나지 않는다. 백인준의 시는 처음부터 끝까지 미제에 대한 욕설, 공격이다. 그에 비하면 김람인의 이 작품에는 몇 개의 전투장면이 부각되어 있다. 그 주인공의 싸우는 모습도 사이사이에 나타난다. 이것은 충실하게 실제 전투를 다룬 결과일지도 모른다. 어떻든 이 전선시는 북쪽 전쟁문학의 대표작이다. 북쪽에서 나온 『조선문학사』에서 김남인이 최고의 전쟁시인으로 기술된 까닭이 바로 여기에 있다 할 것이다.

문학사 메모

그 이력 사항으로 보면 김람인은 두 가지 정도 의문부를 달게 하는 점이 있다. 그 하나는 8.15 직후 그가 곧 평양이나 서울에 올라와 문학 일꾼이 되지 않는 점이다. 『詩建設』를 주재하고 『貘』동인으로 참가한 점, 『青色馬』를 낸 점으로 보아 그는 일제시대부터 강하게 시를 쓰고자 하는 열정을 간직하고 있었다. 그런 그가 8 · 15 후에는 당의 일에 더 깊이 빠져들고 시를 부업 비슷하게 발표했다. 이것은 일단 우리에게 납득하기 어려운 일이다.

다음 6.25때 김람인이 종군작가로 낙동강 전선까지 이른 것은 이미 밝힌 바와 같다. 그 다음에 그는 강철청년부대와 행동을 같이 했다. 그러나 그의 시를 통해서 보면 인민군이 총퇴각한 50년 10월 말경 그는 북쪽에 복귀한 것 같다. 그리고 다시 전선으로 나선 것은 1951년 6월이다. 이 동안은 불과 7,8개월이다. 북쪽은 이 시기에 이른바 조국전쟁 수행에 눈코 뜰 사이가 없었다. 이 중요한 시기에 그는 무엇을 한 것인가. 그의 시집 뒤에 붙는 경력으로는 이 수수께끼가 풀리지 않는다.

이 두가지 의문점에 대해서 잠정적인 해답을 마련코자 하면 어떻게 될 것인가? 8. 15직후의 북쪽 문단은 한때 순수문학 출신자들에 의해 주도된 적이 있다. 단층 동인이 중심이 된 평양예술문화협회가 그것이다. 후에 『응향』사건의 과녁이 된 具常등도 역시 그랬다. 이들은 은연중 카프와 결탁한 상태에서 새로운 시대의 문학을 예술적 수준이 확보된 것으로 생각했을 공산이 있다. 그런데 그들의 입장에서 보면 김람인은 예술성 추구와는 거리가 있는 노동자 출신이었다. 8.15 직후 문단에서는 그가 경원된 것 것 같다.

이와 함께 8. 15직후의 북쪽 정치사정도 김람인의 시 쓰기 부업화를 방조한 듯 보인다. 막상 김일성이 정권을 잡기 시작했을 때 그의 힘이 되어 줄 정치 일준은 극 소수였다. 그런데 김람인은 그 전력 속에 김일성의 지하운동과 맥락이 닿은 것이 있었다. 그 나머지 북쪽에서는 그를 시인으로서 보다는 당 일꾼으로 쓰는 것이 더 유용했다.

그리고 막상 그 쪽에 빠져 들고 보니 김람인은 반사적으로 시와 거리를 두지 않을 수 없었다. 이런 해석은 50년 겨울에서 51년 6월달까지 그의 행적에 나타나는 공백과도 연계 설명이 가능하다. 50년 겨울철에 인민군들은 몇 개의 연대 병력 정도도 제대로 38선을 넘어 서지 못했다. 그것을 바로 잡는 길은 군사 활동 경험도 가진 당 일꾼이 새부대 편성을 돌보는 길 밖에 없었다. 그 나머지 김람인은 이 기간동안 시작 발표도 하지 못했고 전선 체험도 갖지 못했다. 그러나 북쪽도 한 차례의 정비, 재편성을 거친 다음 1951년 봄을 맞자 인민군의 재편성이 일단락을 보았다. 그러자 김람인이 다시 원대 복귀하게 된 것이다. 그 나머지 그는 동부전선에 나섰다. 그리고는 전사하기에 이른듯하다. 이것은 모두 추측이다. 그러나 당시 상황으로 보아서는 이런 추측도 가능할 수가 있을 것이다.

참고문헌

김람인 작품집. 『강철청년부대』, (금성출판사, 1989).
『조선문학사』(과학백과종합출판사, 1994).

백인준(白仁俊)

(1919 ~1999)

평안북도 운산 출생. 1938년 평양고보를 졸업, 1943년 윤동주 사건의 연루자로 일시 연행 당하여 문초를 받았으나 곧 무혐의로 석방되었다. 연희전문 2년 중퇴, 이어 동경 立教大學 재학중 학병으로 징집되었으며 1946년 4월 평양에 복귀했다. 그의 작품활동은 1946년 8월호『朝鮮文學』에 〈씨를 뿌린다〉를 시작으로 한다. 이어『문학예술』,『문화전선』등에 이른바 사회주의 리얼리즘에 입각한 시를 발표하고 북쪽의 문예정책에 의거한 평론을 써서 각광을 받았다. 1946년 이후 북쪽 문단 예술계의 지도적 이론분자로 군림, 원산문학가 동맹의 발간 시집『凝香』이 문제되자 그것을 반인민, 반사회적인 것으로 규정, 가차없이 비판하는 입장을 취했다. 1949년 북쪽 당의 추천으로 소련 유학, 6.25동란 중에는 인민 중위 계급장을 달고 낙동강 전선까지 나섰다.

이기영 사망 이후 문예총의 위원장직에 있었고 그 후 북쪽 문학예술에서 막강한 힘을 과시할 수 있는 백두산 창작단 단장, (66년 이후) 1차 남북예술단 교환 방문 때에는 북측의 단장으로 서울에 오기도 했다.

백인준의 북쪽에서의 활약상은 시에 국한되지 않는다. 그는 혁명가극과 영화에도 손을 뻗쳤고 그밖에 북쪽의 독특한 창작형태인 잡체작품 제작에도 빈번하게 관계했다. 또한 혁명가요로 일컬어지는 다수의 북한가요 가사를 지었다. 북쪽의 영화 〈금강산 처녀〉, 〈장군님 따라 싸우는 길〉, 〈백두산〉등 주제가는 모두 그의 작품이다. 1977년도 판 북쪽의 『영화주제 가집』을 보면 전체 수록 작품 128곡 가운데 20퍼센트에 해당되는 25곡을 그가 지은 것으로 나타난다. 80년대 중반 이후 김일성 우상화를 위한 대형 영화 〈민족의 태양〉에 전념, 89년 6월에 이르기까지 3부가 상연되었다.

 그날의 할아버지
　　　　　—토지개혁의 날

　　그 날
　　할아버지는 몸소 소복단장하시고
　　십리 길 고개를 넘어 묘지를 찾으셨다

　　사대를 거느리고 사랑에 앉아
　　장거리에 가본 것이 십년 전이라더니

　　그 날은 한사코 앞장을 서며
　　—내가 가야지
　　—조상님 앞에 내가 가서 고해야지

　　묘 앞에 꿇어 앉아 할아버지는 똑똑이도
　　—아부님 때부터 울며 부쳐 온
　　샘터밭 사흘갈이가 오늘이야…
　　제물에 비감이 넘치어
　　서리진 눈섶 밑에 눈물이 쭈루루

　　돌아오시는 길도
　　—밭을 보고 가자꾸나 밭을 …

부러 샘터로 돌아 들리시더니
밭에 이르자마자 지팡이 후들후들 떨며
―이놈아 샘터야 네가…

땅은 새봄을 재촉하는 듯
질펀히 이랑을 펴고 누워 있었고
할아버지는 아들 손자들의 싫증도 모르시어
돌을 치운다 그루를 뽑는다
언제까지나 언제까지나 밭을 떠나시지 않았다

그날 저녁
우리집에는 오래간만에
닭 잡는 소리 고기국 냄새로
할아버지 생일날보다도 풍성하였다

저녁 후
광 속의 방등 꺼내어 불 밝히고
할아버지 곁에 모여 앉아 심지 돋구며 돋구며
어머니 아버지 형님 새아주머니까지
심으지도 않은 샘터밭 추수얘기
혼사도 안한 누나 시집보낼 얘기
―아니 열섬은 나
―열섬만…확실의 잔치는 떡이나 치구

할아버지는 그런 말 다아 안들으시고
창문만 쳐다보며 혼자 얘기뿐
―허어 땅을? 땅을 가져 허어
―내가 죽거든 샘터에 묻어다오
―허어 땅을? 다 그 어른의 덕이로구나

집안이 잠든 것도 기름이 마른 것도
담뱃불이 꺼진 것도 다아 모르는 듯이
언제까지나 둥얼둥얼 홀로 밤을 깊이어 깊이어

해석 · 비평

　부제로 명맥하 바와 같이 이 작품은 1946년 북쪽이 단행한 토지개혁에
바탕을 둔 것이다. 토지개혁 때의 북쪽 구호가 〈토지는 밭갈이 하는 농민
에게〉였다. 이 작품의 주인공인 〈그날의 할아버지〉역시 그런 농민이며
농민 가운데서도 빈농 출신이다. 그런 그가 사흘 갈이를 할 농토를 얻은
것이다. 그 감격을 노래한 점에서 이 작품은 북쪽의 당이 요구한 문예과업
에는 들어맞는다. 또한 할아버지의 독백 한 부분으로 그 무렵의 정책 수립
자에 대한 배려도 보였다. 〈—허어 땅을 다 그 어른의 덕이로구나〉여기서
〈그 어른〉은 민주개혁을 단행하고 땅을 농민에게 돌린 김일성 장군을 가리
킨다. 그러나 이런 작품이 북쪽이 요구한 그 감동을 노래하고 그것으로 인
민을 혁명의 기치 아래 모이게 할 수 있는가가 문제다.
　북조선이 표방한 토지개혁의 큰 감격을 온몸으로 느낄 사람은 바로 〈할아
버지〉와 같은 농민이다. 그런 그가 땅을 얻은 다음 〈집안이 잠든 것도 기름이
다 마른것도/ 담배 불이 꺼진 것도 다아 모르는 듯이/ 언제까지나 둥얼둥얼
홀로 밤을 깊이어 깊이어〉에 그치는 행동을 할 것인가. 이것은 형상화, 또는
기법이 이 작품의 의도를 뒤따르지 못했음을 뜻한다. 이런 그가 具常등의 시
집 〈凝香〉에 대해서는 퇴폐, 향락적이며 반인민적이라고 혹독한 비판을 가했
다. 참고로 이때 문제가 된 具常의 작품 하나를 들어보면 다음과 같다.

동이 트는 하늘에
가마귀 날아
밤과 새벽이 갈릴 무렵이면
'카쓰바'마냥 수상한 이 거리는

기인 그림자 배회하는 무서운
골목…

이윽고
북이 울자
원한에 이끼낀 성문이 뻐개지고
구렁이 잔등같이 독이 서린 한길
위를

횃불을 '시빌'이
깨어라!
외치면 白馬를 날려

말굽 소리
말굽 소리
창칼 부닥치어
살기를 띠고
백성들의 아우성
또한 처연한다

터오는 태양과 함께
피 토하고

죽어가는 사나희의 미소가
곱다

—⟨여명도⟩ 전문

　白仁俊이 이 때 비판, 공격한 작품은 위의 具常이 쓴 작품 5편과 함께
康鴻運, 朴庚宇등의 것이었다. 그는 ⟨문학예술은 인민에게 부무하여야
할 것이다⟩를 통해서 『응향』의 시인들이 ⟨오늘날 대체 무엇 때문에 과거
를 애착하고 돌아오지 않는 몰락한 옛날에 대하여 향수를 느끼는가?⟩하
고 반문하면서 몰아부쳤다. 결국 이 무렵 북한에서 필요한 것이 사회주

의 사회건설을 위한 선전, 선동이지 과거를 돌아오는 일이 아니라는 것이다. 본래 시와 문학은 매우 빈번하게 지난날을 소재로 다룰 수 있다. 그런 속에서도 얼마든지 혁명문학은 탄생되기 때문이다. 그 좋은 보기가 되는 것이 꼬리끼의 〈어머니〉일 것이며 쇼호릅의 〈고요한 돈〉이다 .조기천의 『백두산』역시 일제 치하라는 지난 날 활동한 항일 빨치산을 노래한 것이다. 그렇다면 백인준은 그의 『응향』비판을 비판에 그친 것이 아니었다. 어떻게 형상화 하는 것이 과거에 집착하지 않는 작품을 쓸 수 있는가도 제시할 필요가 있었다. 그럼에도 그의 『응향』비판은 비판에 그친 비판으로 되었다. 그리고 같은 무렵에 쓴 그의 시는 위에서 본 바와 같이 지극히 서툴다. 이것은 백인준 뿐이 아니라 당시의 북쪽 문단 전체가 목소리만 앞세웠을 뿐 솜씨가 그에 따라라지 못했음을 뜻한다.

작품 저주의 노래

저주가 어찌 노래로 되랴
그것은 칼날이며 폭풍
차고 매서운 서리발
그것은 마음속에 지니기조차
힘들고 괴로운 것
그러나 내 저주하노라
만신의 힘을 다해 저주하노라
미국놈과 그의 머슴들을
아침저녁 저주하노라

이럴 때면
나의 팔다리와 머리와

위와 심장도
그리고 크고작은
열손가락 마디마디도
모두 오직
증오로써만 만들어진 듯
나의 몸 200억의
매개 세포로부터 저주하노라

우쭐한 미국 ≪신사≫들의
그 싱거운 낯바닥을 향하여
나의 입가에 떠오르는 이 비웃음의
실핏 지나가는 그림자만 잡아서
태평양 한가운데 던진다 해도
온 바닷물이 쓰거워지며
내 백년동안 ≪도≫를 닦아
≪부처님≫의 서른세배나 더
≪자비≫하고 ≪인자≫해진다 하라
그래도 내
아메리카 ≪문명≫만은 저주하리라
내 혹시 지나치게 ≪덕≫이 높아서
놈들에 대한 증오까지 잊어버린다면
그런다면 내 소리치며 일부러
≪덕≫없는 자로 굴러떨어져서라도
증오하리라, 미제침략자들을
내 놈들에게는
오직 저주하기 위하여서만 태어난 사람
이렇게 나의 온몸에 지닌 저주로 하여
나의 혈액마저 걸어진다 하라

높아 걱정인 나의 혈압이 더 높아지고
나의 수명에도 해롭다 하라

그래도 내
우리 땅을 짓밟은
아메리카 파렴치한들을 증오하리라
그로 하여 나의 아름다운 노래소리
사납고 거칠어진다 하라
그래도 내
저주의 목소리 멈추지 않으리라

나도 좀더
아름다운 노래
향기 그윽하고
깊은 사색에 가슴 뿌듯한 시
이 세상에서 제국주의가 없어진
그날에 가서도 읽을 맛 있는
그런 노래 쓰기를 배우고 싶노라
내 스스로 보기에도
무뚝뚝하고 향기 없는
나의 증오의 시편들을 어루만지며
내 때때로 펜대를 부르쥐고
괴로운 밤을 지새우기도 하노니
싫어서가 아니노라 결코!
저주의 시를 쓰기도,
사랑의 노래를 쓰기보다
그리 헐하지는 않는 일

내 차라리 제국주의의 배때기에
저주의 단도를 석자나 박아
호박속 우벼내듯 왁왁 우벼낸다면
또는 나의 이 증오의 주먹으로
미제의 턱주가리를 답새워
단매에 차뭇게 찌개듯 찌개머린다면
나의 이 만신의 증오 풀릴수도 있으리
그러나 나는
칼과 주먹으로써가 아니라
나의 시행들로써
눈물의 턱주가리를 쳐야 할 사람
그렇다면 너무도 온순하고 부드럽구나
내가 알고 있는 모든 어휘들은

그러나 나의 저주의 창기병들아
나의 멸시의 기마병들아
나의 증오의 돌격대들아
달려나가자 고함지르며
찌르며 짓이기며 밟아버리며
지기 원쑤들이 구불거리는
우리들의 결전장으로!

거기서 너희들
무명의 전사로 쓰러지고
그 옛날 석전에 씌여진
한날 돌맹이같이 묻혀버려도
후세의 사람들은 알아주리라
이런 싸움의 시대를 지나

공산주의의 노래소리가
아름답게 지구우에 가득찬 것을

작품 벌거 벗은 아메리카

쭉 벌거벗었구나 아메리카는
인류의 면전에서 그의 문명앞에서
홀딱 벗고 나섰다 《자유》아메리카는
그 구린내나는 알몸뚱이를…

완력 사나운 강도들이 말려들어
연약한 여인을 벌거벗겼으니
어찌하랴 수난을 당할 수밖에
뻥끼를 온몸에 묻히우고 녀인은
맨몸으로 거리에 내쫓기었다

그러나 오늘 과연
누가 벌거벗었나 인류의 량심앞에서?
남조선의 한 녀인인가 아니면
《거룩》한 아메리카의 신사들인가?
온 세게 사람들이 대답하누나,
《그것은 아메리카! 바로 아메리카 자신!》
그의 문화 그의 도덕은
20세기 60년대도 바로 정월초하루날에
쭉 벗고 나섰다, 인류의 면전에서

우리는 그 누구도
억지로 그들을 벗기지 않았건만
스스로 홀딱 드러내놓았구나,
그 구리고 구린 제국주의의 썩은 몸뚱아리를
(나는 시인
수천수만의 말가운데서도
가장 아름다운 언어들만을 골라
그우에 또 운과 억양을 붙이는 사람,
두꺼비를 보고도 점잖게
≪개구리의 사촌≫이라 불러주기 좋아하는 사람
그러나 이번만은
아무리 좋은 말 다 골라봐도
할수 없구나 달리 말할 수는…)

시인의 상상력이 아니라도
눈에 선히 보인다, 아메리카 ≪신사≫들이
쭉 벌거벗고 워싱톤 네거리로
≪문화≫를 떠돌며 분주히 오고감이
라체에 중절모는 어울리지 않건만
그래도 승용차에 폭신히 앉아
쭉 벌거벗은 미국의 은행가들,

나는 상상하노라 ≪라체의 왕국≫을
모든 위선과 가면마저 벗어 동댕이친 나라.
쭉 벗고 앉은 대통령이며
쭉 벗고 일어선 국무장관이며…
그들의 밑에서 징그러운지
나무로 만든 의자도 마루바닥도 삐걱거린다

내 온 세계 사람들에게 권고하노니
미국놈들이 당신앞에 온다면
그놈이 제아무리 ≪신사≫같이 입었어도
벌거벗은 놈이라고만 생각하시라
그렇다, 사실 그렇다!
바로 아메리카는
인류의 면전에서 벗고 날친다

인류의 문화와 량심에 대한
이 흉측한 도전자들에게
나는 이렇게 웨친다, 고함친다
≪애 이 께끈한 새끼들아!
우리는 너희들을 내쫓을테다,
조선의 밖으로
지구의 밖으로!≫

해석 · 비평

6. 25동란에 백인준이 종군문인으로 낙동강전선에 나간 것은 이미 들
어난 바와 같다. 그러나 그가 전선체험을 담은 시는 북쪽 문학사에 나오
지 않는다. 다만 이른바 미제에 대한 적개심, 증오심을 들어낸 작품으로
〈얼굴을 붉히라 아메리카여〉가 이 무렵에 쓴 것으로 나타난다. 이들 두
작품은 6. 25가 끝나고 전후복구사업의 소용돌이가 일어난 1960년대의
작품이다. 북쪽의 문학사는 이 무렵에 쓴 그의 시에 대해서 거듭 훌륭한
작품이라는 평가를 내렸다.

> 백인준은 이미 평화적 민주 건설시기부터 위대한 수령님을 칭송한 시를 비롯하여 해방된 인민의 환희와 감격을 노래한 다양한 주제의 시들을 창작하였다. 그는 전쟁시기 남다른 생활체험에 기초하여 여러편의 풍자시를 썼는데 그의 높은 사상예술성으로 하여 우리나라 풍자시 발전에 이바지하였다.
> 시들에서 독특하게 표현되는 사상의 포괄성과 생활의 본질에 분석적으로 파고드는 서정적 침투력, 고도의 비약과 함축에 의한 시적 탄력성, 예리한 정론적 기백 등은 그의 풍자시들에 그대로 반영하여 있다.

이런 북쪽의 평가를 그대로 받아들이면 우선 백인준의 이 무렵 시는 풍자시가 된다. 그들은 또한 사랑의 포괄성과 생활의 본질에 파고 드는 서정적 침투력, 고도의 비약과 함축에 의한 시적 탄력성, 예리한 정론적 기백등을 지니고 있어 훌륭하다는 것이다.

〈저주의 노래〉는 〈미국놈과 그 머슴〉들을 욕하고 공격한 시다. 그리고 그런 욕설과 공격은 거의가 직접적인 진술 형태가 되어 있다. 따라서 거기에 사상의 포괄성, 서정적 침투력, 비약과 함축은 찾아 볼 수가 없다. 본래 풍자가 대상을 비틀고 꼬집어서 왜곡시키기는 한다. 그러나 그 왜곡을 통해서 인생의 진실이 옹호되고 함양될 수가 있어야 한다. 그러나 〈저주의 노래〉는 전편이 직접적인 저주의 말로 그쳐 있는 뿐 제대로 풍자가 이루어진 부분은 없다.

〈벌거 벗은 아메리카〉에는 풍자의 단면이 내포될 낌새가 보이기는 한다. 여기서 아메리카를 〈신사〉라고 말해 놓았다. 그런 아메리카가 인류 앞에 벌거벗고 알몸뚱이를 들어냈다면 망신도 이만저만이 아니다. 이것은 대상을 교묘하게 왜곡, 꼬집은 것으로 풍자가 되는 것이다. 그러나 이런 풍자가 제대로 성립되기 위해서는 그렇게 말할 수 있는 근거가 마련되어야 한다. 백인준도 그런 감각을 가진 자취가 있다. 그가 두꺼비를 〈개구리 사촌〉이라고 말해 본 것이 그것이다. 그러나 아메리카가 벌거숭이로 노래된 때는 전혀 그런 솜씨가 포착되지 않는다. 이것은 백인준의 〈벌거벗은 아메리카〉가 기능적인 풍자시일 수 없음을 뜻한다. 이 작품 역시 비약과 함축이 발견되지 않으며 사상의 포괄성, 서정적 침투력도 포착되지 않는다. 정론적 기백이 무엇을 뜻하는지는 불분명하다. 그러나 이 말은 북쪽이 문예 일꾼에게 요구하는 당파성, 인민성에 기초한 사상성의 강도를 가리키는 것으로 짐작된다. 그런데 백인준의 이 작품에서 아메리카에 대한 적개심은 넘칠 정도다. 그러나 풍자시를 만들 기법이 그에 뒤따르지 못했다. 이것은 이 작품이 의도만 앞세웠을 뿐 형상화의 수단에 맹목이었음을 뜻한다.

문학사 메모

60년대에 접어들면서 백인준은 김일성 우상화의 선봉을 담당하고 나섰다. 그에 해당되는 것이 〈큰손〉, 〈대동강에 흐르는 이야기〉, 〈조국에 대한 생각〉, 〈시대에 대한 이야기〉등이다. 이밖에 백인준은 시나리오에도 손을 대었는데 그런 갈래에 드는 작품이 〈성장의 길에서〉, 〈할아버지의 심정〉,〈마을 사람들 속에서〉, 〈포화의 수림 속에서〉, 〈최학신 일가〉등이다. 북쪽의 문학사는 이 가운데 〈마을 사람들 속에서〉를 다음과 같이 평가했다.

> 이 작품은 위대한 수령님께서 주신 혁명임무를 받고 파견된 유격대 녀공작원—일녀의 간고하고도 어려운 적구에서의 영웅적 투쟁을 통하여 조선인민혁명군 대원들의 수령님에 대한 흠모와 충성심은 얼마나 열렬하고 숭고한 것이였으며, 수령님께서 안겨주신 고귀한 신념을 가지고 싸웠는가를 심오하게 형상화했다.

참고문헌

김용직, 『해방기 한국시문학사』(한국문연, 1999).
한국비평문학회, 『혁명전통의 부산물』(신원문화사, 1989).

허남기(許南麒)

<u>(1918 ~1998. 11. 17)</u>

경상남도 동래 출생, 부산상업학교를 거쳐서 도일, 동경의 일본대학 예술학부 영화학과와 중앙대학 법과에서 수학했다. 재일교포로 조총련에 일찍부터 관계, 한때 神奈川縣 소재 조선인 중학교 교원 생활을 했으며 그 후에도 조직 활동에 꾸준히 힘썼다. 특히 1980년대 이후 많은 지식계 층 출신 좌파 재일교포가 전향하는 가운데 교조적으로 제자리를 지켰다. 재일본 조선문학예술가동맹 중앙위원회 위원장, 조선인민공화국 최고인 민회의대의원 역임 마지막 직책은 조총련 부의장, 모국어와 일본어로 된 시집. 번역서들이 있는데 장평 서사리 〈火繩銃의 노래〉, 〈서정시집〉과 〈 조선은 지금 싸우고 있다.〉와 번역시집 『백두산』이 있다 .또한 그 서문에 1947. 8년의 한국현실을 노래한 것이라고 한 『朝鮮冬物語』가 있는데 여 기에는 당시 한반도 남쪽을 빈궁과 비리가 판을 치며 자유가 없는 땅으 로 본 시각이 뼈대로 나타난다.

작품 박우물

샘우물이
솟는다네,

언덕아래 바위밑
차돌깔린 길가에
맑고맑은 박우물이
사시장철 쉬지 않고
솟는다네,

강반석어머님께서
봄, 가을, 여름 없이
길으시던 이 우물,
사랑하신 이 우물이
지금도 말없이
솟는다네

수령님께서 나라를
찾아주셔서
이젠 날마다 찾아오면
독립운동하는 이들에게
이 샘물로
밥 지어드리지 않아도
되었건만,
샘물은
찾아오는 손님을 기다려

오늘도
밤을 새워 솟는다네,

김형직선생님께서 하시는
혁명위업 도와드리며,
이 마을 녀인들을
여기에 모아
나라 뺏은 왜놈들의 죄행
이야기하시던
그날마냥
오늘도 밤을 새워
솟는다네,

시어머님께
드릴 찰떡
열흘이나 이 물로 건사해 두셨다는
강반석 어머님의 지극하신 정성은
지금도 어려있어
사람들의 가슴을
뜨겁게 하네,

샘물이
솟는다네
박우물이
솟는다네,

봉화산기슭 찾아
일편단심 나라 위한

원대한 뜻 품으리고
쌓아올리신

김형직선생님의 그 업적
찾는 사람들에게
시원하고 맑은 물
길어주기 위함인가,

강반석어머님의 지극하신
그 심정 우러나는
박우물이 솟는다네,
솟고솟아
그칠줄 모르고
흐른다네,

나라의 만년대업
보들이 되라고
오늘도 흘러내려
그칠줄 모른다네

해석 · 비평

　1979년도 판 『해방후 서정시집』은 북쪽에서 간행된 서정시집으로는 그 부피가 가장 듬직한 것 가운데 하나다. 이 시집에 허남기의 작품이 〈찬가〉, 〈박우물〉, 〈내 조국을 찾아 가게 되면〉, 〈봄의 노래〉 등 네 편이 수록되어 있다. 이 가운데 〈찬가〉, 〈박우물〉, 〈내 조국을 찾아 가게 되면〉,

은 김일성 수령에 대한 찬가의 성격을 띤 작품이다. 이것으로 우리는 재일교포인 허남기의 시가 네편이나 북쪽의 대표적 서정시집에 실린 까닭을 알 수 있다.

조총련의 열성적인 일꾼으로서 허남기는 몇차례 평양을 방문했다. 그 일정속에 포함된 만경대 견학을 했을 것임은 말할 필요가 없다. 시 〈박우물〉의 제재가 된 박우물은 바로 만경대에 있는 우물을 뜻한다. 허남기는 이 우물에의 김일성 수령의 어머니인 강반석 여사를 겹치게 한다. 그녀는 남편 김형직의 〈혁명 위업〉을 도와드린 사람이며 그 자신이 사람들에게 왜놈들 구축을 일깨운 여인이다. 뿐만 아니라 〈시어머님께/ 드릴 찰떡/ 열흘이나 이물로 건사〉해 둔 호부이며 모든 독립운동자를 보살핀 열부이기도 하다.

이 작품을 효과적으로 이해하기 위해서는 1970년대의 조총련과 북쪽의 상관관계를 살필 필요가 있다. 60년대를 지나면서 북쪽에서는 김일성 유일주체사상이 제나름의 기반을 확고히 했다. 당의 문예정책도 혁명위업 예찬 일변도로 치달리기 시작했다. 그 물결은 조총련에도 그대로 밀려 들었다. 그러나 조총련을 자유세계의 일각에서 움직이는 조직이었다. 그 나머지 북쪽의 유일주체체제가 개인숭배이며 반계급적이라는 생각을 품은 조직원도 나타났다. 그 가운데 상당수가 조총련을 이탈하는 이른바 전향자가 되었다. 그러나 허남기의 이 작품에는 그런 낌새가 조금도 나타나지 않는다. 그에게 김일성과 그의 혁명위업은 여전히 예찬의 대상이다. 이것으로 우리는 그가 마지막까지 공화국의 신임을 차지한 까닭을 읽을 수 있다.

작품 봄의 노래

봄아
물러가라
남녘땅의 산과 들을 물들이는
개나리야 진달래야
나무 웃초리를 치장하는
새 잎들아 자취를 감추어라,
가지를 설레이며 속삭이듯
불어오고 불어가는 새 철아
너의 옛 깃으로 돌아가라
나라를 팔고 무슨 봄이 있고
겨레를 팔고 무슨 새 철이 있으며
눈과 귀를 틀어막고
차디찬 바람만이 부는
하늘아래
무슨 훈풍이 나뭇가지를 건너야 하며
새 잎은 무엇 때문에
숲이란 숲을 연두빛으로
물들여야 한단말인가

봄아
너의 고장으로 돌아가라
진달래야 개나리야
너의 옛 깃으로 물러가라
지금 남녘 땅을 치장하기엔
땅을 뒤집고 바위라도 날리는

회오리바람만이 어울린다
폭풍만이 알맞다
봄아 물러가라
훈풍아 자취를 감추어라

리볼버 스미스 앤 웻손식 권총과
카빙총이 세도를 쓰는 남녘땅
매국노와 그의 앞잡이들이
판을 치는 남녘땅
나라를 사랑하고
조선의 산을 사랑하고 물을 사랑하고
같은 말을 쓰고 같은 흙에서 자란
가난한 겨레들을 사랑하는
그것이 죄가 되어
옥에 갇히지 않으면 안되고
맞아죽고 찔려죽고 갖은 악형 끝에
학살 당하지 않으면 안되는 남녘땅

나라를 이중으로 팔고
겨레를 이중의 종으로 만들려는
박정희의 음모를 분쇄하고
민족의 자유를 찾고
나라의 통일을 요구하는
그것이 죄가 되어
총탄을 비 맞듯 맞고
미제의 군화에 짓밟히지 않으면 안되고
아까운 젊은 청춘을
빼앗기지 않으면 안되는 남녘땅

이 땅우에
아, 봄은 무엇하러 찾아오며
봄바람은 무엇 때문에 나뭇가지를
건너는거냐
봄아, 물러가라
복사꽃아
네 고장으로 돌아가라

어제
숱한 젊은이의 피가
스며든 그 땅에
오늘 또
나라를 사랑하고
겨레를 사랑한 것이 죄가 되어
목숨을 빼앗긴
젊은이의 시체가 묻히고

어제
총탄으로도 막을 수 없던
투쟁의 노래가
오늘 이 상여를 메는
젊은이들에 의해 복수의 노래로 불리우는
남녘땅에
봄아, 너는 무엇을 속삭이며
무엇을 치장하려는거냐
훈풍아
너의 옛깃에 돌아가라
봄아

너의 고장으로 물러가라

지금은 천지를 휩쓰는
회오리바람만이 불 때
가슴을 태우고 용기를 북돋게 하는
폭풍만이 칠 때

봄아
이제 남녘땅의 모든 젊은이들의 가슴에
오늘 떠나가는 이 젊은이의 분노가 들끓고
이제 남녘땅의 모든 청춘들이
오늘 불리우는 이 복수의 노래를
부르는 그날
우리의 노래가
모든 리불버 스미스엔 웼손을 억누르고
모든 카빙총과
땅크와 놈들의 무기를 억누를 그때
나라를 이중으로 팔고
겨레를 이중의 종으로 하려는
가지가지의 음모를 깨뜨리고
우리 겨레의 오랜 넘원인
조국의 자주적통일이 이룩된 그때

봄아
그때에사 찾아오라

봄아 그때에사 나뭇가지를 설레게 하라
남녘 땅의 나무란 나무

풀이란 풀에
모조리 꽃을 피우고
연두빛 새잎이 돋게 하라
그리고 속삭여라
이제 정말
새봄이 왔다고
이제 정말

새날이 왔다고
봄아, 지금은 아직
살을 베는 삭풍의 시절
지금은 아직
땅을 뒤지고 바위라도 날릴
회오리바람의 시절
폭풍의 시절
가슴을 해불처럼 태우고
눈물을 거두고 싸워야 할
투쟁, 투쟁의
시절이다.

해석 · 비평

이 작품 꼬리에는 1971년이라는 제작연도가 붙어 있다. 이 연도는 박정희 정권이 기반을 굳히고 국토건설, 경제적 토대 닦기가 남쪽에서 어느 정도 진행되었을 때다. 이 무렵 남쪽의 사회상은 한일국교 반대, 경제적인 평등, 정치적으로 보다 많은 자유가 요구되기 시작해서 반체제 운동도 고개를 쳐들고 있었다. 이 작품은 그런 남쪽을 제재로 삼아서 허남기 나름대로 강하게 공격, 비판의 화살을 날린 내용이 뼈대가 되어 있다. 이 작품은 크게 세 부분으로 나누어 보는 것이 편리하다. 그 첫째 단락은 자연의 계절인 봄을 남녘 땅에서는 오지 말라고 웨친 부분이다. 여기서 봄은 개나리 진달래로 표상되며 훈풍으로 상징된다. 그런데 남쪽은 〈나라〉가 팔린 곳이며 〈겨레〉가 노예화된 곳이다. 그런 반역의 땅에 꽃과 훈풍은 걸맞지 않는다. 그리하여 북풍이 몰아닥칠 것을 바라는 것이 이 부분이다.

이 작품의 제 2단락은 3연에 6연까지다. 여기서 남녘땅은 리볼버 시리즈식 권총과 카빙총이 세도를 휘두르는 곳이다. 곧 허남기와 그가 속한 이른바 진보세력의 탄압자인 아메리카의 군대가 군림하는 지역이다. 또한 남녘땅은 박정희가 〈나라를 이중으로 팔고/ 겨레를 이중의 종으로 만들려는〉땅이다. 거기서 〈민족의 자유〉〈나라의 통일〉을 위한 움직임은 총탄을 맞고 〈미제의 군화에 짓밟히지 않으면〉 안된다. 그러니까 봄은 결코 와서는 안된다. 여기서 허남기가 이렇게 말한 것은 그와 그가 속한 세력이 나라 겨레를 사랑하며 역사의 편에 서 있음을 부각시키기 위한 것이다.

제 3단락을 통해서 허남기는 아메리카와 그 앞잡이 들이 패망, 타도될 때를 상정한다. 그는 그때를 〈우리 겨레의 오랜 염원인/ 조국의 자주 통일이 이룩된 그 때〉라고 했다. 그 때 봄이 〈남녘 땅의 나무 나무/ 풀이란 풀에/ 모조리 꽃을 피우고/ 연두빛 꽃〉을 피우게 해도 좋다는 것이다. 허남기는 여기서 자연의 한 현상인 봄을 역사의 한국면인 투쟁의 장과 일체화시키고 있다. 그 토대가 되고 있는 것은 일종의 반어법이다. 그가 이 작품을 발표한 같은 무렵, 북쪽의 대부분 시인들은 이 정도의 기법도 터득하지 못한 상태에서 시를 썼다. 그런 각도에서 보면 허남기는 북쪽의 전후시에서 한 좌표가 설정되는 시인이라고 할 것이다.

문학사 메모

허남기의 일본어시집 가운데 하나가 『朝鮮冬物語』이다. 이 시집을 우리말로 옮기면 〈조선의 겨울 이야기〉가 될 것이다. 여기서 겨울은 허남기가 규정하는 바 반식민지 상태에 있는 남한의 냉엄한 현실을 상징한다. 그런 제목과 함께 이 시집에는 〈상처 투성이의 詩에 바치는 노래〉, 〈望鄕詩集〉, 〈釜山詩集〉, 〈慶州詩集〉, 〈大邱詩集〉, 〈서울시집〉, 〈春窮詩集〉, 〈扶餘詩集〉, 〈十月詩集〉, 〈山脈詩集〉등 대제목 아래 4. 5편식의 시가 수록되어 있다. 이 시집 전편에 흐르는 것은 강한 적개심, 비판적 정서다. 참고로 들면 대구의 〈달성공원〉을 다룬 시 마지막은 다음과 같이 되어 있다.

> 황량한 落日속에 소리도 없이 늘어선 초가집웅의 풀과
> 그것을 에워싸고 있는
> 형무소와 경찰서와 복심법원의 건물과
> 그 위의/ 대구 80련대의 兵舍다.

참고문헌

許南麒, 『朝鮮冬物詩』(청목서점, 1952).
『해방후서정시선집』(문예출판사, 1979).

김우철(金友哲)

(1915. 9. 20 ~)

　　평안북도 의주 출생, 신의주 고보를 1929년에 중퇴했다. 처음 문단 등
장은 아동문학 활동으로 이루어졌으며, 『별나라』, 『신소년』등에 작품을
발표했다. 1934년 신건설사 사건에 연루되어 1년간 옥고를 치루었다.
출옥후에는 유물변증법적 세계관에 따른 경직된 창작방법론의 극복을 모
색하여 새로운 계급문학이 취할길을 새로운 리얼리즘이라고 규정했다.
그는 사회주의적 사실주의에 더하여 〈낭만적 인간탐조〉를 주정했는데 이
때 낭만주의는 부르주아 미학의 그것이 아니다. 부르주아 리알리즘이 낭
만파를 수용하면 심리주의 리얼리즘이 된다. 또한 팟쇼가 낭만주의와 결
합하면 국수주의로 치달린다. 김우철은 이것을 극복하면서 사회주의적
사실주의의 바탕 위에 꿈을 가지고 미래를 설계하는 것이 앞으로 지향할
문학이라고 보았다.

　　그의 주장은 임화가 같은 무렵에 모색을 시도한 것으로 킬포틴의 이론
을 원용한 것이다. 킬포틴에 따르면 꿈이 미래이며 미래에 좌표를 두는
열의가 낭만정신이다. 이런 의식 속에 사회의식을 곁드린 사실주의를 지
향하자는 것이 킬포틴의 이론적 바탕이었다. 김우철이 이런 이론을 제창
했을 때 쏘비에트 러시아에서는 현실을 그리는 문학이 전면화될 수 있었
다. 그러나 식민지적 질곡에 허덕이는 당시 한국이 필요로 하는 것은 꿈

의 창조를 이루려는 낭마적 정신의 문학이었다. 김우철은 이런 각도에서 카프의 교조적인 창작이론을 수정하려고 든 것이다. 8.15직후 북조선 문예총의 평북 위원장을 했다. 이어 6.25때는 참전, 그 후에도 몇 번의 정치적 소용돌이에서 끈질기게 작품 활동을 하고 있다.

작품 농촌위원회의 밤

두메 산골
풀섶에서 자라
바위처럼 살아왔더란다.

등잔불을 끄고
눈을 감으면
산비탈 둘짝 발머리
오솔길이 눈앞에 선하다.

한평생 화전을 캐먹고 살아온
쿠쉐먹은 어매 아배는
가난에 허리 굽고
시름에 쪼들려
산과 같이 늙었고

산에서 산으로 자리뜸 하며
두더지마냥
북데기를 파뒤지기 서른해,
녀편네와 조마구니 자식을 거느려
구름보다 높은 마을에 쫓겨왔고

하늘도 좁은 골짜기에 초막을 쳤더니라.

눈꽃이 흩날리는
북쪽의 3월달
얼음밑에 숨쉬는 실개천이
해방의 봄노래를 돌돌…굴려
산기슭을 굽이 돌아 씻어내릴 무렵,
땅은 밭갈이하는 농민에게—
토지개혁의 우람찬 환성은
등을 넘고 비탈길을 감돌아
두메산골에까지 산울림해왔다.

—나라를 찾은건만 해두 고마운데
땅까지 차지하게 되다니…
—이거 모두 꿈 인가, 생시인가
눈은 뜨이고 귀는 열리어
곰처럼 느린 산 사람들은
금시 줄달음쳐
그악한 산비탈을 타고넘어 왔고
약수터가 자리잡은 마을의 글방에
불을 밝혀 밤으로 모이었다.

농사군들끼리 한자리에 모여
살아나갈 앞일을 의논해본적이
어느 한당대 꿈엔들 있었던가
어느 세월 하향 상놈이 어울려
하고 싶은 말 뇌여본적 있던가,

―땅은 밭갈이하는 농민에게!
칠판에 굵다랗게 쓴 토필글씨를
한자한자 더듬어 읽는 돌쇠는
야학에서 이태나 익혀 유식하다는
머슴살이에 잔뼈가 굵은 로총각이었다.

―올봄부턴 제땅 갈아 장가밑천 장만하겠수…
돌쇠의 입김은 능청맞고
―출출하고 일 잘하는
마을처녀를 중매서주리!
박첨지의 대꾸는 너털웃음에 흥겨워
이처럼 오가는 잡담속에서도
기쁨이 샘물마냥 솟는다.

눈오는 봄도 3월달,
약수터를 에워싼 농촌위원회의 밤은
산 사람들의 새로운 꿈을 걸고
밤을 밝혀 심지를 돋우며
호박꽃처럼 빨갛게 익었다.

이제 첫닭이 홰를 치면
산발을 타고 초막에 돌아가
어메 아베 앞에 무릎을 꿇고
이 꿈같은 소식을 전하리라
…등살을 쳐먹던 지주들을 내몰고
우리들 농사군이 땅의 주인이라고―
이 기쁜 소식, 어엿이 사뢰리라―

해석 · 비평

1946년 북쪽이 역사적 대과업으로 선전한 토지개혁에 바탕을 둔 작품
이다. 북쪽에 인민정권 체제를 구축한 다음 김일성은 곧 작가들에게 사
회주의적 사실주의에 입각한 작품을 쓰도록 요구했다. 그리고 그 전제로
인민대중의 현실에 들어가서 그들을 혁명의 기치 아래 묶는 시와 소설을
써야 한다고 했다. 〈사실주의적 문학예술작품을 창작하기 위하여서는 작
가, 예술인들이 현실에 깊이 들어가야 합니다. 현실에 들어가지 않고서
는 인민대중의 사상 감정, 그들의 지향을 옳게 반영향 작품을 창작할 수
없습니다. 작가, 예술인들은 현실에 들어가 우리 인민이 새 조국 건설에
서 달성한 성과를 생동한 자료로 하여 창작사업을 하여야 합니다.〉여기
서 〈생동하는 자료〉란 토지개혁과 같은 혁명과업을 말한다. 김우철은 재
빨리 그것을 소재로 한 것이다. 그 결과 북쪽의 문학사는 이것을 평가하
여 〈력사적인 토지 개혁에 관한 소식에 접한 농민들의 감정과 기쁨은 서
정시 〈농촌위원회의 밤〉(1946. 김우철)에서 깊이 있게 노래되었다〉고
말했다.

공산주의자
—리재순동지를 추모함

산으로 가는 길 발자국을 묻으며
함박눈 내린다, 내려와 쌓인다.
그는 철창안에 갇히운 몸 되었으나
사랑하는 대원들은 밀영지에 닿았으리

해산경찰서 스산한 취조실—

형사의 독사 눈은 그를 노리는데
공산주의자 리재순동지는
문턱에 쌓이는 흰눈을 바라본다.

숫눈길 해치고 밀영지에 찾아가면
송진내 향기로운 우등불가에
아, 오매에도 그리운 우리의 장군님께서
두손으로, 이끌어 얼싸안으시리.

순간이 백년인 듯 환상이 나래칠 때
'비행기 고문'의 바줄은 헤기운다
─유격대의 사령부가 어디냐말이다…
그러나 완강히 그는 머리들고
심장으로 대답한다
─나는 모른다!

봄은 돌아와 38년 5월말
함남도 경찰부로 끌려가던 날─
사랑하는 안해와 처음이자 마지막
리별의 순간은 다가왔어라.

어린 딸 한번 품에 안아보자!
내여민 두손에 수갑은 옥죄여
입술을 깨물던 착한 아버지,
말은 없어도 불타는 눈길에서
안해는 들었노라
─싸우라! 용감히!

함흥감방 취조실 창밖에
록음이 우거져 그늘을 드리울 때
형사놈은 다시 그를 끌어내였다.
눈살을 좁히고 간살웃음 비꼬며
―기다리는 처자가 그립지 않은가?
자백만 하라, 보석으로 놓아주마…
담배 연기 사이로 속심을 떠보는데
가슴을 치는 그의 목소리
―나는 모른다!

두손목에 수갑 채우고
두발목에 쇠고랑 채웠건만
원쑤들은 그의 입에 자갈을 못물린다.
행여나 자백을 들어볼가 하고―
그러나 야밤중 놈들이 들은 것은
굴복이 아니라 혁명의 노래
고문을 받으면서도 그는 노래불렀노라
―나가자, 나가자, 싸우러 나가자!
감방에 울려퍼진 우렁찬 노래여

공산주의자들의 그 입이 무서워
그들은 그의 이 몸을 짓조겼다.
그러나 서대문감방들에선
동지들의 노래소리 뒤를 이었노라.
9년 악형에도 굽힐줄 모르는
공산주의자의 눈매에 겁이 질려
그들은 그의 눈에 흙을 덮었다.
그러나 보라, 반년도 못되어

그의 피 스며든 이 땅우에는
해방의 노래 끓어 번졌나니

불굴의 투사 리재순동지여
그대는 오늘을 내다보았기에
나가자, 나가자! 노래하지 않았던가!
동지들의 개선을 눈앞에 그리며
원쑤를 맞받아 일어선 그대여
우리도 함께 목소리 합친다.
—나가자, 나가자,
싸우러 나가자—

해석 · 비평

60년대 후반부터 북쪽은 주체사상을 강조하고 김일성 유일체제 구축
에 열을 올리기 시작했다. 그런 정책의 일환으로 시인과 작가들에게 항
일 빨치산의 활동을 부각하도록 요구했다. 김우철의 이 작품은 그런 당
의 요구에 응해서 쓴 것 가운데 하나다. 이 이전에 김우철은 이미 〈경애
하는 수령〉을 쓴 바 있다. 이 작품은 1951년 여름 어느날 김일성이 인민
군 전상자를 뜻하는 영예군인 학교를 시찰했을 때 일을 소재로 한 것이
다. 작품 허두에 김우철은 〈—김일성 장군님께서는 지난 여름 어느날 후
방전선을 돌아보시는 길에 영예군인학교를 찾으셨다. 그날의 감격을 학
생들은 일생 두고 잊지 못할 것이다.〉라고 적었다.

작품 〈공산주의자〉는 김일성 장군의 직접적인 예찬이 아니라 그의 충
실한 옛날의 동지를 노래한 것이다. 이 작품의 주인공인 리재순은 항일
빨치산의 국내 조직원으로 생각되는 사람이다. 김일성의 혜산진 습격은
1937년 한 겨울에 있었던 일이다. 리재순은 그때 현지에 남아 있다가 일

제에게 피체, 투옥된 것이다. 그는 1938년 5월에 함흥 경찰부로 이송되어 취조를 받았다. 일제의경찰은 항일 유격대의 기밀을 말하라고 악형을 다한 것 같다. 그러나 그는 끝내 함구로 일관했다. 그리고 서대문 형무소로 이송되어 해방의 날을 맞기 전에 옥사를 한 것이다. 이 작품은 내용에 있어서 매우 비극적이다. 김우철은 그런 혁명투사를 노래함으로써 이중의 효과를 기대한 것 같다. 하나는 빨치산의 혁명 전통을 노래하여 당의 요구에 기능적으로 부응하자는 것이다. 다른 하나가 혁명문학의 요체를 이루는 박진감을 살린 점이다. 실제 작품을 보면 전자에 속하는 성과는 있었다. 그러나 후자의 관점에서 보면 이야기는 달라진다. 이 작품은 혁명문학이 요구하는 박진감을 살리기에는 그 말이 너무 소박하고 서투르다. 특히 마지막 마무리는 도무지 요령 부득으로 생각된다.

문학사 메모

북쪽에서는 자유세계와 달라서 문학의 양식에 대한 순위가 독특하다. 우리는 문학이라면 시, 소설을 생각하며 그 다음이 희곡, 평론, 수필등이다. 그러나 북쪽에서는 시에 앞서 혁명가곡의 가사를 손꼽는다. 이것은 북쪽과 같이 혁명과업수행을 첫째 목표로 하는 체제의 속성에서 빚어진 일이다. 혁명을 달성하기 위해서는 대중을 조직, 선동한 것이 요구된다. 그를 위해서는 말이 까다로운 현대시 보다는 가곡의 노랫말이 더 효과적이기 때문이다. 김우철도 이런 북쪽의 정책적 요구에 호응한 바가 있다. 그 구체적 보기가 되는 것이 〈공화국 선포의 노래〉를 그가 쓴 점이다.

백두산 천지에서 제주도 끝까지
새 기발 높이여 삼천만은 나섰다
산천도 노래하라 이날의 감격을

조선은 빛나는 인민의 나라다
아—자유조선 인민공화국
해와 별 빛나라 조국의 앞길에

북쪽의 무학사는 이 가사가 박세영의 〈애국가〉와 함께 〈인민의 열렬한 시대적 지향이 진실하게 노래〉한 것이라고 평가하고 있다. 한편 〈공산주의자〉에 실린 ≪해방후 서정시선집≫에는 또 하나의 김우철의 작품으로 〈경애하는 수령〉이 실려 있다. 그 머리에 이 작품은 〈—김일성 장군께서는 지난 여름 어느 날 후방전선을 돌아보시는 길에 영예군인학교를 찾아오셨다. 그 날의 감격을 학생들은 일생 두고 잊지 못할 것이다.〉라고 적어 놓았다. 이로 미루어 보아도 이 시인은 북쪽 당이 요구하느느 창작이넘에 매우 충실한 경우이다. 이것이 그가 몇 차례의 정치파동 소용돌이 속에서도 살아남은 비밀일 것이다.

참고문헌

『해방 후 서정시선집』(문예출판사, 1979).
『조선문학사(8)』(사회과학출판사, 1992).

정문향(鄭文鄕)

(1919. 11. 1 ~)

　함경북도 무산군 서호리 태생, 빈농 출신으로 보통학교도 마치지 못했다고 한다. 1938년까지 고향에서 소작농일을 했으며 그후 중국 동북지방을 전전하면서 막일과 하급 사무원으로 살았다. 8.15와 함께 귀국, 막시작된 사회주의 사회 건설에 적극 참여하는 한편 문학을 익히고 시를 쓰게 되었다. 정문향이 속하는 세대 이전의 경향시인으로 북한문단에서 활동한 사람들은 대개 일제시대부터 시를 쓴 사람들이다. 그러나 조기천과 함께 정문향은 8·15 후 북한 문단에 등장한 시인이다. 북한의 입장에서 보면 순수 인민 정권이 탄생시킨 시인이 되는 셈이다. 1955년 처녀시집 『승리의 길에서』를 출판, 1957년 체코슬로바키아와 북쪽의 문화협정이 맺어지자 그 시찰단의 일원으로 체코 여행, 주로 신문기자로 활동했으며 작가동맹 함북 지부장 역임, 1956년에는 인민회의 대의원으로 피선, 1959년 제 2시집 『조국에 대한 생각』 출간, 거기서는 서시 〈나의 노래〉 이하 41편의 시가 실려 있다. 창작 성과와 인민에 봉사한 열성을 평가 받아 1951년에 공로 메달, 1958년 국기훈장 3급을 받았다.

작품 대의원이 나서는 구내

분수를 뿜어올리는
뜨락 한가운데
우리는 푸른 잔디를 깔았다

은행나무 비낀
둥그린 야외 무대의 높은 정면
우리 앞에는
새 공화국의 국기가 휘날리고 있다

높은 자랑이
가슴마다 넘쳐흐르는 구내의 광장
우리는 공화국의 최고주권에 나설
우리의 첫 대의원을 여기서 뽑는다

머리우에 휘날리는 람홍색 기폭
붉게 타는 오각별
구내는 우리의 모든 생각과 행동 속에 놓여있다

구부러진 철근이 녹아내린 잿더미속에서
먼지와 독한 냄새
내려쪼이는 불볕아래
보이라의 잔해를 모으며
터져나간 류산탕크를 찾으며
우리는 일제가 불태운 이 공장을 세운 사람들

쿵쿵 울려오는
저 기관의 무거운 동력도
날쌔게 돌아치는 조그마한 전동기도
모두다 우리의 뜨거운 숨결이다

널따란 폭을 울리며 돌아치는 피대
전류를 뿜으며 바람이 푸른 그늘을 스쳐오는
이 구내의 한복판에서
우리는 들먹이는 가슴으로
귀를 모은다

숱한 눈동자와 입술과 손길들이
하나로 고동치는 정숙을 누르며
기압을 높이는 어느 보이라의
묵직한 동음이 울려오는속에
우리의 립후보는 나섰다
'리진근이!'
누가 웨쳤다
바로 보이라와 함께 살아온 그 이름을,
허물어진 공장을 추켜세운 그 이름을

흘러내리는 땀에 젖으며
저 높은 철탑, 녹쓸은 철탑에 낯을 비비며
그는 이 공장을 추켜세운
로동당원의 한사람,

수천수만의 동지들속에서 그의 이름은
언제나 도표의 높은 위치에

조국을 위하여 뻗쳤고
짜내는 실오리마다에
뜨거운 체온을 담아 인민에게 옷감을 주었다

이글이글 타번지는 불길에
고통의 지난날을 태우는
그의 분노와 증오는
지금 터지는 저 동력이 내뿜는 소리

조국의 남쪽 원쑤의 폭압에 시달리는
수만 동포들을 가슴에 안으며
솟아치는 기압에 심장을 대이고
그는 저 철판에 김을 뿜는다

원쑤에게 천백배의 복수를 위하여!
다시는 옛날처럼 살지 않기 위하여!
로동자, 농민의 혁명주권을 위하여!
우리는 두손을 추켜들며
그를 내세운다
우리 공화국 최고 주권에 나설
우리의 첫 대의원 립후보로

공화국의 영예로운 공민의 권리로
싸워온 우리의 자랑과 결의로
우리는 우리의 로동자의 한사람인
그 이름앞에 구내가 울리는 박수를 보낸다
우리 인민주권의 광휘로운 앞날을 위하여!

해석 · 비평

〈대의원이 나서는 구내〉는 제목이 좀 적절하지 않다. 우리 말로 〈나선
다〉는 동사는 행동의 주체가 갖는 자의가 더 많이 포함되어 있다. 일상 생
활에서도 〈집을 나선다〉, 〈마을을 나선다〉라는 문장은 어떤 사람이 스스로
의 생각 따라 하는 움직임을 가리킨다. 특히 공적인 일에 이 말이 쓰이면
거기에는 다소간 비판적인 느낌이 포함된다. 구체적으로 어떤 조직, 회의
의 임원이나 대의원으로 출마하는 경우를 생각해 볼 수 있다. 이때 우리는
한 사람이 다른 사람의 추대에 의해 움직이는 것을 생각할 수 있다. 그리
고 스스로의 결정에 따라 출마를 하는 경우도 있다. 우리는 〈나선다〉를 후
자의 입장을 취한 사람에게 쓴다. 그런데 이 작품을 읽어보면 노동자 〈리
진근〉은 그가 일하는 공장에서 모두의 의견에 따라 대의원에 입후보한 것
이다. 그렇다면 〈리진근〉은 대의원에 나선 것이 아니라 〈추대〉된 것이다.
　이 작품의 주인공 격인 리진근은 일제가 버리고 간 공장을 세우는 때 영웅
적인 역할을 한 노력 공훈자다. 북쪽에서 첫 대의원을 뽑은 것은 1948년의
정권창립 때였다. 이 해 9월 9일날 인민공화국이 수립되었다. 정부를 세우
기 전에 그들은 대의원을 뽑았다. 북조선은 처음 발족 때부터 사회주의 국가
이며 노동자, 농민의 나라로 선언되었다. 노동자 농민의 나라에서 대의원은
그 가운데서 나오고 뽑히는 것이 당연하다. 그런데 리진근은 당시 북조선의
기간 산업인 대공장의 노동영웅이다. 그렇다면 그가 스스로 나서서 선거운
동을 할 필요도 없었다. 구체적으로 이 작품을 읽어보면 그런 상황이 〈수천
수만의 동지들 속에서 그의 이름은/ 언제나 도표의 높은 위치에/ 조국을 위
하여 뻗쳤고/ 짜내는 실오리마다에/ 뜨거운 체온을 담아 인민에게 옷감을
주었다.〉로 노래되어 있다. 한 작품에서 제목이 적절한가 여부는 사소한 문
제일 수가 있다. 그러나 시는 언제나 빈틈 없는 정서의 교직이다. 그런데 이
시는 그 말씨가 북조선의 이 무렵 시 가운데는 무난하게 생각되는 것이다.
그러나 이 작품이 이런 결함을 내포한 것은 지나쳐 볼수가 없는 일이다.

작품 두만강반에서

물찬 나래를 서로 솟구치며
떠도는 물새의 울음 소리—
취한 듯 바람에 흐느적이는 버들 숲
은빛 그늘 아래 나는 서 있노라

고향 땅이여, 기슭에 사품치는 흰 물굽이여!
보는가, 알겠는가!
그대의 높뛰는 물결로
단 입술 축이며 자라난 그대의 아들을,

흰옷 소매로 눈물 닦으며
가난에 몰려 향방 없이
길을 떠나던 안개 낀 이른 새벽
그 리별을 기억하는가?

목놓아 울던 선창가의 울음 소리,
철걱이던 쇠장 소리—
이제는 영영 없으리라…
네 기슭에 슬픈 눈빛도, 한숨도,

나는 떠났노라 치여들 수 없는
무거운 멍에에 눌리우며
두 눈에 불이 이는 무서운 고통을 견디며
세상 끝을 헤매며 나는 알았노라!

아 땀에 젖은 온몸에 언제나
푸른 물줄기 대어 주던 강이여!
솔개미 떠도는 천동빛 바위 우에
맨발로 오르내리던 지름길이여!

너는 영원히 잊지 못하리라!
리별의 그 날에 사무치던 그리움을
배고픔에 잠들지 못하던 기나긴 밤을
별빛 아래 칼을 갈던 이 나라 빨찌산들의 가고한 싸움을,

나는 서 있노라 두만강이여!
그 눈물로, 고난으로, 피어린 자국으로,
오늘의 기쁨을 끌어 안은 네 기슭에서
나는 노래하노라!

온 하늘이 깃발로 나붓기는
너의 세찬 심장 소리를,
영원한 인민의 자유와 평화로
맥박치는 네 높뛰는 푸른 물결을 마시며…

작품　상륙 지점

오랜 날을 두고 그리웁게 만난 듯
뜨겁게 뜨겁게 생각에 잠겨라
많은 말을 가슴에
할 말을 못 찾는 안타까움이여!

물결 설레는 백사장 우에
눅눅히 내리는 안개비
비에 젖은 화강암 표말 앞에
그는 서 있구나

마치 듣는 듯 여기를 달려 가던
병사들—고향 사람들 발자국 소리—
첫 상륙의 붉은 깃발이 스치던 땅 우에
바로 그 모래를 밟으며

나는 모른다, 그가 그 날에
이곳에 달려 오른
그 많은 병사들 속에
한 병사였는지도,

아니면 그 누구를 이 곳에 보내고
먼곳의 소식을 기다리던
그 어느 병사의
친구인지, 형인지, 아우인지도…

나는 모른다,
어찌하여 안개비에 얼굴을 적시며
낯선 곳 비 오는 바닷가에
그가 오래도록 발을 못 떼고 있는지…

기슭에 출렁이는
망망한 바다의 물결 소리—
떠도는 흰 갈매기 부드럽게 흔드는 날개 소리—

쏘베르의 벗이여! 내 어찌 모르랴!

이 모든 것 그 날로부터 있은 것,
내 어찌 모르랴!
처음 만나는 그대 낯선 나그네여도
나는 느끼노라! 오랜 날을 두고두고 그리웁게 만나듯,

이토록 끝도 없고 헤아릴 수도 없는
깊은 생각에 잠기며
나는 이야기하노라 가슴 뜨겁게
쏘베트 벗이여 나는 그대와 말없이 이야기하고 있노라

해석·비평

이들 두 작품은 정문향의 제 2시집 『조국에 대한 생각』에 실려 있다.
이 가운데 〈두만강반에서〉는 화자가 시인 자신이다. 시인은 두만강가에
서 태어나 얼마동안을 그 언저리에서 자랐다. 그러나 그의 그 무렵 생활
은 궁핍하기 그지 없었다. 지금 화자는 〈인민의 자유와 평화〉를 두만강
의 푸른 물결로 일체화시킨 가운데 그 옛날의 강을 본다. 피상적으로 보
면 이 시는 과업수행과 거리가 있는 듯 보인다. 그러나 현재를 〈자유〉와
〈평화〉의 시기로 보고 지난날을 질곡으로 노래한 점에서 이 작품 역시
이념을 바닥에 깔고 있는 것이다.
〈상륙 지점〉은 시인이 제 3자를 제재로 삼은 작품이다. 여기서 그는 〈
물결 설레는 백사장〉, 〈비에 젖은 화강암 표말 앞에〉 서 있다. 여기서 그
가 그 곁에선 표말이 궁금해진다. 그런데 〈쏘베트의 벗이여!〉로 그런 궁
금증은 곧 풀린다. 표말 옆에 선 사람은 쏘비엘 사람이며 그는 바닷가에

서서 지난날의 전투를 회상하고 있는 것이다. 본래 서정시는 감정이나 의도를 직접적으로 들어내지 않는 것이 좋다. 그런데 이 시는 그런 자격을 어느 정도 갖추었다. 이런 작품을 북쪽의 문학사가가 전혀 거론하지 않은 것은 무슨 까닭인지 모를 일이다.

문학사 메모

정문향은 북쪽이 말하는 기본계층 출신이다. 그는 또한 당이 요구한 과업을 열성적으로 수행한 것 같다. 그의 제 2시집 『조국에 대한 생각』의 마지막은 〈당신이 지키시던 불빛을 가슴에/ 불빛을 뿜기 위해 세차게 타번지던 모닥불처럼/ 나는 시를 쓰나이다.〉로 되어 있다. 여기서 당신은 김일성 장군이다. 이것으로 우리는 정문향이 철저하게 북쪽의 정책적 요구에 부응한 시인임을 알 수 있다. 그 결과로 공로 메달과 국기 훈장을 탈 수 있었다. 그는 북쪽 체제에 철저하게 호응한 시를 썼고 그로 인하여 당과 정부의 혜택을 가장 많이 받은 시인인 셈이다.

참고문헌

정문향 시집 『승리의 길에서』(조선작가동맹출판사, 1955).
정문향 제 2시집 『조국에 대한 생각』(작가동맹출판사, 1959).
『해방후 서정시집』(문예출판사, 1979).
『조선문학사』 11(과학백과종합출판사, 1994).

김 철

(1933 ~   )

 함경북도 성진 출생, 본명 김영철, 6.25 동란 때는 고등중학교 학생으로 참전, 이때 전선을 따라 수원, 평택까지 이른 것으로 전해진다. 동란 첫해에 가족과 헤어져 현재 그의 형인 김한은 남쪽에서 활약중이며 미주에서도 그 이름이 알려질 정도로 국제적인 화가이다. 김철의 시는 북쪽의 해방 15주년 기념 시집인 『8월의 태양』에 〈봄비가 온다〉가 실려 있다. 이로 미루어 보아 이 무렵 이미 그는 북쪽의 대표적 시인이 된 것으로 보인다. 북쪽에서는 지방에서 직장 단위로 시를 쓰는 많은 수의 시인이 있다. 그 가운데 중앙에서 발간되는 시집에 작품이 수록되는 시인은 매우 제한되어 있다. 80년대에 과오를 범하여 16년간 집필 금지 처분을 받았다. 그 후 다시 당의 신임을 얻어 1990년도 『로동신문』에는 신년송 시를 실을 정도로 복권이 되었다. 남북 1차 이산가족 상봉때는 평양에서 남쪽의 형인 김한과 극적인 상봉을 했다. 그에게는 『갈매기』(1958), 『철의 도시에서』(1961), 『어머니』(1989), 서사시 『끝나지 않는 담화』(1992)등이 있다.

작품 압록강에서

군복은 찢어지고 군화는 닳았구나
전우들이여 지금 우리는 어디까지 왔느냐
우리앞에 쩡쩡 얼음장이 갈라지는 강이 보이느니
그대들은 저것이 조국의 국경 압록강임을 아느냐

슬픔도 많았다 리별의 압록강
피도 많이 보았다 항일의 압록강…
그러나 압록강, 우리의 추억의 강은
'김일성 장군의 노래'에 흐르는 해방된 조국의 강!

오오, 차라리 압록강 언덕에 뼈를 묻을지언정
조국 앞에 선서한 우리 더는 물러 못선다!
강물도 얼음장 들어올리며 절벽을 치거니
저 강물 한모금씩 퍼마시고 전사들이여 가자!
다시 남으로! 원쑤를 몰아 남해로 가자!

해석·비평

　이 시는 김철의 시집 한 부분인 〈병사의 시첩〉 허두에 실려 있는 것이
다. 그 내용으로 보면 이 시는 전쟁시다. 그러나 수많은 북쪽의 전선시가
갖는 도식성에서 이 시는 벗어나 있다. 북쪽의 전선시는 천편일률로 미
제를 원쑤라고 몰아 부친다. 그리고 그들을 한반도에서 구축하여 승리의
만세를 부르자고 하는 것이다. 그러나 이 시는 먼저 찢어진 군복과 닳아
버린 군화를 매체로 썼다. 그것으로 가고한 전투를 거친 전사의 모습을

심상화 했다. 그러면서 이 시는 들끓는 적개심, 강한 나라 사랑의 기개를 그 바닥에 깔았다. 뿐만 아니라 무대 배경이 된 압록강까지를 전투 맹세와 북쪽이 요구한 수령에의 충성심으로 바꾸어 놓았다. 마지막 연은 평범한 듯 생각하면서 강한 전투의욕에 차 있다. 〈강물도 얼음장 들어 올리며 절벽을 치거니/ 저 강물 한 모금씩 퍼 마시고 전사들이어 가자/ 다시 남으로 원쑤를 몰아 남해로 가자!〉

　6.25가 발발하자 북쪽 당은 거의 모든 작가들을 전선으로 내몰았다. 그들에게는 과업으로 전투체험을 작품으로 만들 것이 부과되었다. 그런데 많은 작가들이 도식적으로 전쟁을 노래했고 그것으로 책임을 벗어나려했다. 그러자 김정일이 그것을 비판하여 작가들은 〈당이 제시한 주체적 창조체계, 창작원칙에 철저해야 한다.〉 그저 그에 그쳐서는 안되고 개성적 특성을 옳게 살려야 한다.〉고 선언했다. 이것은 1980년에 열린 작가 회의 때의 일이다. 그 이전 북쪽의 작가들이 염전사상의 전파나 퇴폐적, 향락적이라는 비판이 있을까 전전긍긍했다. 그 부작용이 앵무새처럼 당의 창작원칙을 뇌이는 시를 쓰게 한 것이다. 그런데 이 무렵 아직도 습작 시인에 지나지 않는 김철이 이처럼 도식성을 극복하고 있다. 훗날 그가 김정일에 의해 복권된 까닭이 이로써 짐작이 된다.

작품 더 쓰지는 못한 시

　　나의 구리 단추를 젖꼭진줄 알고
　　틀어쥔채 놓지 않는 나어린 아기
　　폭격의 연기속 엄마는 어디?
　　아! 군복 입은 사나이 엄마될 순 없는가!

　　　　　　　　　　　— 1953. 5 사리원에서

작품 전사에게

폭격에 무너진 거리, 불에 탄 거리
아직도 더운 잿더미우에
후둑후둑 떨어지는 굵은 비방울…

전사는 비옷으로 천막을 쳤다

쪼크리고 앉은 오누이의 머리우에
누이는 아홉 살, 죽을 끓이고
동생은 여섯 살, 건빵을 깨물고

가마니 한 장 깐 작은 〈집〉에나마
더는 아린 빗물이 흘러들지 말라
도랑을 쳐주고 전사는 떠나갔다…

앞에는 원쑤, 뒤에는 오랍누이
이슬 젖은 눈동자들 그를 바래주거니

돌아보지 말라, 그대 전사여
복수하기전에는…복수하기전에는!
수난의 날에 조국이 맡기였다
그대 이 땅우에서 생을 수호하라고!

(1952~1957)

해석 · 비평

〈압록강에서〉에 이은 〈병사 시첩〉수록 작품이다. 꼬리에 붙은 시기를 보면 이 무렵 김철은 아직 전사로 있었을 때다. 실제 그는 행군 배낭 속에 탄약, 비상미와 함께 항상 시를 쓰기 위한 노우트를 간직하고 다녔다고 한다. 이 두 작품에는 그런 전선 체험으로 매우 생생하게 담겨 있다. 〈더는 쓰지 못한 시〉는 순수나 참여, 평화나 전쟁의 범주를 넘어선 작품이다. 이 작품의 주인공은 전쟁으로 엄마를 잃어버린 어린 아기다. 그는 몹시 지쳐 있고 또 배가 고픈 것이다. 그러니까 병사인 화자가 입고 있는 군복 단추를 젖꼭지인줄 알고 빨려 든다. 병사인 화자는 그것을 보면서 가슴이 아파 〈군복 입은 사나이 엄마 될 순 없는가!〉라고 웨친다. 이 시는 북한 시 치고는 이례적이라고 할 정도로 짧다. 그럼에도 병사의 입을 통해 토로된 휴메니즘의 함량에 있어서 다른 장편 소설들을 뒷전으로 돌릴 정도다.

다음 〈전사에게〉도 거의 비슷한 이야기가 가능하다. 이 작품의 주인공 역시 전선으로 가는 병사다. 병사는 잠깐 옛날 집이 있는 거리에 들른 듯하다. 그러나 거기에는 폭격으로 집은 없었다. 그 대신 부모가 없는(전화로 죽었거나 생이별한 것 같다.) 아홉 살 누이 동생과 여섯 살 짜리 남동생이 집터를 지키고 있었다. 그 날 따라 하늘은 비를 뿌렸다. 병사는 들어갈 집도 없는 오누이를 위해서 비옷을 이용해서 움막집을 만들었다. 그리고는 거기서 누이동생이 끓여 주는 죽을 먹고는 전선으로 떠나갔다. 이 작품에는 마지막 북쪽이 요구하는 적개심을 담은 부분이 나온다. 그러나 그런 군더더기 전에 앞 두 연으로도 우리는 가슴 가득 밀려드는 인간의 정을 느낄 것이다. 다시 되풀이 되지만 이 무렵 북쪽은 이런 류의 정경 묘사도 감상주의며 부르주아식 염전사상의 전파로 엄금했다. 그런데도 김철은 습작시대에 이미 이런 시를 썼다. 그리고 여기 담긴 것은 교조적으로 이데올로기의 앵무새가 되어 있는 북쪽의 문학으로 보면 이례적이라고 할 정도로 담긴 정서의 함량이 크다. 그가 월남자 가족이라든

가 당의 문예정책에 십분 충실하지 않은 작품을 썼음에도 숙청되지 않고
살아 남은 비밀의 일단이 여기에 있었던 것이다.

작품 고산진 도리깨

에헤 여차 도리깨야
여차 여하 도리깨로다
동서남북에 벼락치듯
이리 번쩍 저리 번쩍

　아니 여보 주인령감
　저기 저분이 누구시오?
　우리 동네에 농군이 없소
　우리 이웃에 일손이 없소
　양코배기 미제놈들
　온 나라를 먹자고 덤비는 때에
　김일성장군님께서
　마당질이 웬말이요

　마소 마소 그런 말 마소
　난들 어찌 그걸 몰라
　만류하지 못했겠소

사람이란 일을 해야
밥맛도 있다 하시지만
그것만이 장군님께서
도리깨 잡으신 뜻이겠소?

이 낟알 빨리 털어
인민군대에 보내고지고!
이 낟알 총알되여
미국놈들 치고지고

　　에헤 여차 도리깨야
　　여차 여하 도리깨로다
　　장군님 모시고 하는 마당질
　　이 아니 경사인가

　　여보 로친 내 말 듣소
　　두부콩 얼른 갈라구요
　　에구 령감 걱정 마소
　　농마국수도 누릅네다

　　며느리들 땀을 철철
　　망 갈고 분틀 누르고
　　로친네는 허둥지둥
　　닭무리를 쫓아갈제
　　뒤집 적은이 내달아오며
　　손을 홰홰 젓는구나

　　마오 마오 그러지 마오
　　장군님께서 아시며는
　　크게 책망하시리라
　　순경이 아버지가
　　암탉 한 마리 잡으려 할 때
　　장군님께서 한사코
　　말리신줄 모르나요

날 밝으면 마당 쓰시고
닭을 불러 모이를 주시고
고놈의 닭이 철이 없어
꼬꼬댁꼬꼬 높이 울면
붉은 연필 드신채로
닭우리에 가시는 장군님
따끈따끈한 알을 받아
손수 들고오신다오

그 닭알 물로 씻나
눈물로 씻는다오
그 닭알 행주로 닦나
볼에 비벼 닦는다오
한알 두알 모은 닭알
바구니에 가득차면
장군님 분부대로
군대병원에 보내고지고!

하 여차 도리깨야
여차 여하 도리깨로다

내사 어째 저 말 들으니
선창소리가 막히는고
선창소리가 막혔으면
받는 소리나 말아주소
장군님 모시고 하는 마당질
참말로 경사 아니오

하 여차 도리깨야
도리깨날엔 해가 번쩍
여차 여하 도리깨로다
복데기속에는 불이 번쩍

　저기 저 알봉너머
　쌕쌔기떼 날아와도
　걱정 없이 그깐놈들
　하늘에서도 마당질하네
　구라망—머저리—돼지바우
　파리잡듯하는 법도
　위대한 장군님께서
　가르치신것이라네

　여차 야 도리깨야
　장군님께서 나가신다
　여차 여 도리깨로다
　인민군대가 나간다
　하늘에 윙 땅에 탕
　탕탕 철썩 펑펑 철썩

　창천강 장진호에
　빳빳해진 양코배기
　이리 치면 코대 댕강
　저리 치면 대가리 댕강

좋다 좋지 도리깨야
장군님께서 후리신다
좋다 좋아 도리깨로다

전체 인민이 후리친다

도리깨
도리깨
도리깨
도리깨
미국놈 치는 도리깨
고산진 도리깨 좋―다!

해석 · 비평

8. 15이후 북쪽 문예정책 가운데 하나가 민족적 형식에 사회주의 사상 담기였다. 그 맥락 위에서 박연암의 소설이 논의 되고 〈장화홍련전〉, 〈춘향전〉에서 배우라는 논의도 일어났다. 그러나 시단에서는 그것이 구체적으로 어떻게 가능한지 모르는 상태였다. 그리하여 앵무새 식으로 사회주의 주체사상을 뇌이며 딱닥한 구호시만 발표한 것이 북한 시단이었다.

이 시에서는 그런 민족적 문체 가락에 대한 야맹증이 상당히 기능적으로 극복되어 있다. 이 작품은 그 허두가 〈에헤여차〉로 시작했다. 이것은 이 시가 우리 서민들의 양식인 잡가의 가락을 수용했음을 뜻한다. 그와 함께 이 작품은 도리깨에 이중의 내포를 갖게 하는 기법을 썼다. 앞에서 도리깨는 새나라를 사는 보람의 상징이다. 농민들은 그것으로 타작을 하면서 김일성수령을 높이 받들기도 한다. 이것은 북쪽이 모든 예술인에게 요구하는 과제였다. 그런데 그 과제가 여느 시인 작가의 경우처럼 생경하게 떠오르지 않고 어느 정도 육화되어 있다. 다음 도리깨는 적기를 격추하는 무기와 일체화가 된다. 현실적으로 이런 일은 불가능하다. 그러나 한창 도리깨질에 신이 나면 타작 마당에서 일어나는 소리가 적기를 격추하는 기관포로 전이 될 수도 있을 것이다. 그 나머지 이 시에서는 도리깨가 적의 코를 닐리고 목을 베이기까지 한다. 더욱 묘한 것은 이것으로 사람을 죽이는 일까지가 민속극의 한 장면처럼 구경거리로 화한다. 이것은 김철이 북한문학에서 서민문학의 유산을 작품으로 만들 수 있는 기능 보유자임을 뜻한다.

문학사 메모

김철의 연보를 보면 1964년에서 1980년까지 16년간을 그는 탄광 노동자로 일했다. 그 이유가 된 것이 외국인 여성과의 사랑이다. 그 전에 이미 그에게는 결혼한 여자가 있었다. 그러나 문학 창작 과정에서 번역을 담당한 러시아 연인과 사랑에 빠지기 시작했다. 그리하여 북한 체제에서 용서가 되지 않는 조선족 여인을 버리고 당성의 검증도 없이 러시아 여자와 살기 시작했다. 이것이 당의 노여움을 부른 것이다. 그리하여 그는 16년간을 가냘픈 몸으로 탄광 노동을 감당했다. 이 때 그가 쓴 글들이 훗날 〈광부의 말〉에 묶인 몇편의 시가 되었다. 그 가운데 〈저 하늘 아래〉는 〈땅밑으로 간다/ 더 깊이깊이/수직갱을 누르며 내려간다〉를 끝자리를 마감된다. 이것은 역경 속에서도 조금도 어두운 그림자가 없는 낙관의 세계다. 이런 밝은 색조가 그의 재기를 가능케 한 것으로 보인다.

참고문헌

김철시집, 『어머니』(문예출판사, 1989).
홍용희, 『동상의 제국과 시인의 운명』.
김철론, 『문학동네』(2000. 9).

오영재

(1935. 11 ~   )

　　전라남도 장성출생, 장흥고등학교 재학중 6.25동란 발발, 인민군이 들어오자 참전하여 북행했다. 남쪽의 의용군세대인데 53년에 이미 〈갱도는 깊어 간다〉를 발표, 1960년 작가 학원을 마치고 북쪽이 요구하는 체제 옹호의 작품을 잇달아 발표하여 문단에서 위치를 튼튼하게 굳혔다. 특히 1970년대부터 시작된 김정일 옹호 예찬체제 수립에 선두주자로 나타났고 이후 당중앙과 문단의 깊은 신임을 획득한 것으로 알려져 있다. 시집 『행복한 땅에서』가 있다. 거기에는 장시 〈수령님께 드리는 송가〉가 허두에 실려 있는데 〈가장 즐거운 날에 노래를 부르라면/ 우리수령님의 노래를 부리리라/ 가장 어려운 날에 노래를 부르라면/ 우리 수령님의 노래를 부르리라.〉로 시작한다. 2000년도에 이루어진 남북이산가족 상봉 사업 때는 북측의 대표적인 일원으로 서울에 왔다. 그 때 남쪽 가족과 상봉하는 장면은 특히 극적이었다. 남쪽 시인으로는 고은과 친하며 1차 상봉 때 합작 시 〈만나고 싶었습니다〉를 읽은 바도 있는 북쪽의 대표적 시인이다.

작품 초병들이 부르는 노래

려도를 지키는 병사들에겐
사랑하는 노래 하나 있다.
부르고부를수록
새힘 솟구쳐 넘치는 노래

　　동해의 앞바다에 솟은 려도는
　　병사들이 지켜선 철벽의 초소
　　불타죽은 어부들의 원한을 안고
　　천백배 복수로 피가 끓는다.

초소에 나가는 어느 병사에게
이 노래 제목을 물으면
기관단총 한탄창 재우며 대답하네
'동해초병의 노래'라고,
전투훈련 끝내고 무기를 닦는
어느 한 병사에게 제목을 물으면
어줍은 미소로 그는 말하네
힘이 나서 부르는 노래이라고.

　　가사도 곡도 소박한 이 노래
　　초소의 깊은 밤에 훈련의 쉴참에
　　전사들의 심장에서 솟구쳐나와
　　가슴에서 가슴에로 옮겨진 노래
　　부르고싶어서 불려지는 노래.

미제원쑤 이 섬에서 쫓겨가던 날
살육의 불길로 섬마을을 덮었거니,
박넝쿨 한줄기, 고양이 한 마리
그것마저 성한채로 남아 있지 않던 섬

원한의 피자욱이 력력한
느티나무 그밑을 지날 때마다
섬마을 어린이들이 억울히 죽은
분노의 철조망가 지날 때마다
누가 먼저 터뜨렸는지
발구름 세차게 부르는 노래

초소에 저녁노을 곱게 비끼여
조국땅 몹시 그리울 때마다
철썩이는 파도에 장단 맞춰
가슴속 굳세게 웨쳐보는 노래…

노래여 울려가라 조국땅 멀리
살진 땅에 씨뿌리는 조합벌우로
압록강 류벌부의 떼목우로
수령님 계시는 평양의 하늘높이

수령님의 전사들이 지켜선 초소
원쑤들아, 다시는 이 땅을 못다친다
불타죽은 어부들의 원한을 안고
천백배 복수로 피가 끓는다.

해석 · 비평

이 작품 말미에는 (1957년 4월)의 표시가 붙어 있다. 오영재가 막 북쪽 시단에서 각광을 받기 시작했을 때 쓴 작품임을 이것으로 짐작할 수 있다. 오영재의 시집 『행복한 땅에서』는 1973년도 문예출판사에서 간행되었다. 이 작품은 그 가운데서 제 6부에 해당되는 〈사수의 비밀〉에 포함되어 있다. 참고로 밝히면 〈사수의 비밀〉에는 작품명이 〈사수의 비밀〉인 작품을 머리로 하고 〈해돋이에〉, 〈초병들이 부르는 노래〉, 〈고지의 나무그루〉, 〈수령님의 전사들은 일당백이다〉, 〈1951년의 어느 가을에〉, 〈그날의 노래소리 가슴에 울려온다.〉, 〈새별〉, 〈그의 나이는 열여덟〉, 〈객일포〉등의 3편의 시로 이루어진 〈초소 방문시 3편〉등이 수록되어 있다. 이들 작품들 내용은 모두가 전선의 병사들 감정을 노래한 것들이다. 이것으로 우리는 이들 작품이 일종의 전선시에 속함을 알 수 있다.

이 작품의 무대가 되고 있는 곳은 함경남도 바닷가에 있는 여도다. 이 섬은 6.25동란, 특히 흥남철수 때 엄청난 전화를 입은 곳이다. 1950년 한 겨울 유엔군은 흥남철수를 하지 않을 수 없었다. 무서운 추위 속에서 한국군과 미군이 전선을 철수한 것은 인해전술로 밀려드는 중공군의 공격을 막을 길이 없었다. 그리하여 흥남부두를 거점으로 병력과 피난민들을 철수시키기에 사력을 다했다. 그리고 일단 그 작전이 끝나자 해안선과 인근의 섬들의 남은 군수물자를 폭파하지 않을 수 없었다. 그 작전의 일환으로 여도에도 폭파가 이루어진 듯 하다. 오영재의 이 작품은 그때의 일을 바닥에 깔고 병사들의 적개심을 고취하는 내용으로 되어 있다. 그리고 그런 의도는 비교적 간결한 말들을 통해 어느 정도 가락이 되어 있다.

작품 끝없는 동뚝길(연시)

첫눈 내릴 이른 새벽에

눈을 뜨니
(어마나
창문이 왜 이리도 환할가
벌써 날이 밝았나보지)
나는 급히 일차비를 서둘렀네

아침전에 두어시간
벌판에 두엄무지 함께 쌓자고
남몰래 약속한 그 청년
어쩌나
기다리다 먼저 갔으면…

시계를 보니
날 밝기는 아직도 이른데
문을 열고 보니
아니 글쎄 첫눈이 나를 놀리였네
마당에 길우에 온 들판에
깨끗한 숫눈이 곱게 깔렸네

상쾌한 마음에
나래가 돋쳐
숫눈길우로 나는 날았네
아무렴 시간이야
내가 어길가

큰길에서 벌판으로 꺾어든 길
우리 함께 만나자 정해둔 곳
그 청년의 모습은 보이지 않고
발자욱만 길게 동뚝우에 남겼네

서운한 가슴에 야속한 생각
속히운 약속에 마음 언짢았어도
나는 따라 걸었네
그 청년이 이 동뚝길을 걸어갔기에

앞서간 발자욱을 따라 걸으며
나는 물었네
―왜 좀더 기다리지 못했나요?
그리고는 스스로 대답했네
―일욕심이야 좋지만
우리의 약속이야 지켜야 하잖나요

발자국 발자욱을 내려다보며
나는 또 물었네
―우리 둘이 가는걸
그 누가 볼가봐서요?

그리고는 스스로 얼굴 붉혔네
―저 새벽별이나 보겠는지요
날이 새면 스러지고 마는건데요

그런데 웬일인가
나는 그 자리에 우뚝 서고 말았네

발자욱이 여기서 끊어지고 말았으니…
왼쪽에는 아직도 잠에 든 벌
바른쪽엔 얼음 밑에 흐르는 시내

나는 뒤를 돌아보았네
그러자 그만 가슴이 울렁거렸네
어디에 숨었다가 불쑥 나타났는지
희붐히 밝아오는 새벽빛을 안고
청년은 웃으며 등뒤에 서있었네

―아이 놀랐네
어쩌문 그래요
그러나 마음은 청년을 나무라고싶지 않았네
이 모든 것
행복한 이 해에 나를 시샘한
첫눈의 귀여운 장난같에서
설레이는 하루의 첫새벽부터
나를 찾아주는 기쁨같애서

우리는 이렇게 함께 있었네

자리에 누웠으나
밤새워 써레를 치는
그 청년의 뜨락또르소리에
잠못드네

어제밤도…그제밤도…
모내기 철이면 잠을 모르는 청년

옆에서 말동무나 해달라느냐면
모내기 기계 타느라 피곤할텐데
어서 가서 쉬라네

그만 깜빡 잠이 들었는데
꿈을 꾸었네
깨끗한 옷차림으로
그 청년이 어데로낙 뜨락또르 몰고가는 꿈

모를 나르던 동뚝에 우두커니 서서
순녀 아주머니는 말하네
일 잘하는 저 젊은이가
먼 학림리의 부반장으로 간다고

모내기기계우에 모를 싣던 손을
더는 움직일 수 없었네
(어쩌면 간다는 말 한마디도 없이…)
나는 막 울고싶었네

해빛이 눈부신 흰 길우로
빨간 뜨락또르는 멀어져가는데
웬일인지 멀어지면 멀어질수록
발동소리는 더 크게 울려왔네

그러더니 마침내
안간힘을 쓰는 새된 소리로 귀청을 찌르며
나의 꿈을 깨웠네
…밤은 퍽 깊은 듯 싶은데

물써레치던 청년의 뜨락또르
수렁에 빠진 듯
괴롭게 몸부림치더니
그만 발동마저 꺼져 버렸네

나는 일어나 달려갔네
들판에 한점 불빛을 찾아
초여름밤 논물은 차거웠지만
헤쳐갔네 그 청년의 뜨락또르곁으로

그 청년을 있었네
우리 마을, 우리 논에…
나는 조용히 물었네
―사람들을 불러올까요?

때아닌 목소리에
그 청년이 몸을 돌렸을 때
나는 언뜻 보았네, 전조등 불빛속에
반가움과 기쁨으로 빛나는
정다운 그 눈길을

청년이 앞에 서고 나는 뒤에 서서
우리는 통나무를 날라왔네
한 대…또 한 대…
그것을 바퀴밑에 나란히 깔고
발동을 걸었네

차는 또다시 힘을 쓰며

통나무를 힘겨이 롫고
그것이 안타까와 나도 밀었네
나 하나 작은 힘이 무슨 보탬되련만…
그래선지 마지막 통나무를 힘있게 차며
뜨락또르는 마침내 빠져나왔네

온몸을 흙탕으로 뒤집어쓴
서로의 모습을 불빛아래 바라보며
웃음을 못 참고…
그 청년은 말했네

―명희동무 작업복을 내가 빨아주가
그리고 또 웃었네
그리고 행복했네

방금 꾼 꿈이야기
하마터면 그 청년에게 말할뻔했네

하나 나는 참아버렸네
새벽이 가까운 한밤중
우리 마을, 우리 논판에
우리는 이렇게 함께 있기에

해석 · 비평

　오영재의 이 작품은 1980년에 나온 12기 『조선문학』에 실린 것이다. 이 작품 바닥에도 시인이 지니고 있는 주체사상 창작의식이 명백하게 자리잡고 있다. 여기서 화자로 등장하고 있는 것은 농장에서 사회주의 농

업에 참여하고 있는 여성이다. 그녀는 같은 농장에서 일하고 있는 청년
을 좋아 한다. 그 청년은 〈뜨락 또르〉를 운전하며 남이 아직 잠에서 깨어
나지 않는 신새벽에 일터로 나가는 주체농업의 기수인 모범청년이다. 화
자는 그를 마음 속 깊이 좋아 하며 그와 함께 할 행복한 미래를 꿈꾼다.
북쪽에서는 김일성 수령이 농작물 증산을 독려하기 위해 몇 번이고 현지
지도에 임했다. 그는 또한 〈쌀은 공산주의다〉라는 구호를 내걸게 하고
인민의 식량증산에 농촌일꾼들의 궐기를 호소했다. 이 작품은 그런 농촌
일군이 스스로 나서서 농작일을 하는 정경을 노래했다. 그런 의미에서
이 작품은 북쪽의 당과 정부가 요구하는 과제에 충실히 부응하고 있는
셈이다.

　이 작품은 두가지 점에서 북쪽 시로서는 이색적이다. 우선 북쪽의 시
에는 남녀간의 사랑이 작품의 제재로 등장하지 않는다. 그런데 이 작품
에는 화자인 여성이 모범 노동 청년을 마음 속에서 사랑하는 감정을 바
닥에 깔고 있다. 이와 함께 지적될 수 있는 것이 이 시에 포함된 정서의
함량이다. 대부분 '북쪽의' 서정시는 이념이나 의도를 앞세운다. 노동을
주제로 잡은 경우에도 인민을 위해서라든가 사회주의 조국의 빛나는 미
래를 위해서 땀흘리자, 천리마의 기치아래 총진군하자 식의 사상이 앞선
다. 그리고 모든 시행이 그런 주제를 고창하는 것으로 시종한다. 그리하
여 많은 경우 북쪽의 서정시는 서사시 보다 짧은 것일뿐 막대기 식인 줄
글로 끝나는 것이다. 그러나 이 작품은 그 예외적으로 시에서 요구하는
최저의 환정적 말들이 쓰여 있다.

　　나는 일어나 달려갔네
　　들판에 한점 불빛을 찾아
　　초여름밤 눈물은 차거웠지만
　　헤쳐갔네 그 청년의 뜨락또르 곁으로

이것은 청년이 모는 트랙터가 진흙탕에 빠져 시동이 꺼져버리자 놀란

처녀가 달려간 모양을 노래한 부분이다. 여기서 〈한점 불빛〉은 청년이 모는 트랙터를 가리킨다. 명백히 이것은 진술형태의 말대신 비유가 쓰이고 심상이 제시된 부분이다. 오영재의 이 작품은 이런 점에서도 전단문귀와 같은 문장이 난무하는 북쪽 시의 현상으로 보아 이색적이다.

이 작품 이전의 오영재 시도 역시 북쪽의 시가 갖는 테두리에서 별로 벗어나지 못했다. 참고로 1979년도판 『해방후 서정시집』을 보면 거기에는 〈어버이 수령님께 드리는 시〉, 〈인민의 태양〉, 〈조국이 사랑하는 청년〉, 〈복수자의 선언〉 등 4편의 오영재 작이 실려 있다. 그런데 이 가운데 앞의 두 편은 김일성 수상에 대한 예찬이다. 〈인민의 태양〉의 마지막은 〈위대한 수령 김일성 동지!/ 그이는 새 세계/ 그이는 우주의 중심. (…)그이는 우리의 수령님/ 그이는 주체의 태양〉으로 끝난다. 〈조국이 사랑하는 청년〉은 1964년도에 나온 『천리마나라』에 실린 것이다. 이 작품은 〈어느 고장에서나 흔히 보는 /너는 수수한 농장의 처녀/ 일이 힘들지 않는가고 사람들이 물으면/ 설레설레 고개 저으며/ 너는 언제나 웃어보였다〉로 시작된다. 이것은 행만 바꾸었을 뿐 그대로 산문이다. 그러나 문제는 여기에 그치지 않는다. 우리말에서 〈설레설레〉란 말은 화자의 거부감을 나타내는 첩어이며 의태어다. 그것을 천리마 운동에 보람을 느끼는 농장의 처녀가 했을리 없다. 이렇게 보면 오영재 역시 말에 익숙하지 못한채 시를 경우가 있었다. 이것이 극복된 시기에 나온 것이 이 작품이다.

작품 비도덕인을 데려가는 집

이것은
어느 한 공장에서 있은
한 젊은 현장기사가 체험한 일

하나의 중대한 연구과제를 안고
3년…
풀리지 않는 매듭을 안고
고심하며 또 3년

제 힘으로 이제 더 풀수 없어
그만 손맥이 풀리고말았을 때
마침 현장에 내려왔던
모교의 관록있는 한 교수
성심으로 제자를 도와
드디어 성공의 열쇠를 쥐여주었네

공장에 경사가 생겼네
온 나라의 과학계에까지
파문은 크게 일어
취재수첩을 펼쳐들고
촬영기를 번쩍이며
날마다 기자들이 그를 둘러쌌네

성공에 도취된 그 현장기사
그만 그를 도와준 교수마저 밀어던지고 말았네
공정하게 교수의 공로를 말하기에는
차례진 영예가 너무 황홀한 것이기에

사진과 함께
신문에 그 이름이 크게 나고
만나는 사람마다 보내오는 열렬한 축하에
손이 아프기까지 한 그날 밤

그는 꿈을 꾸었네

…정갈한 은발에
근엄한 눈길을 지닌 한 로인이
문득 그앞에 나타났으니
그는 자기를 소개하기를
〈량심의 상징〉이라고 했네

불현 듯 자기 몸이 자유롭지 못함을 느끼며
〈량심의 상징〉을 따라
어느 문앞에 이르니
문패에 쓴 검은 글자가 띄였네
〈비도덕인들의 집〉

이 세상의 한줄기 빛도 흘러들지 않는 집
거기엔 있었네
뢰물을 바친 사람, 받은 사람
나라에 울리는 통계보고에
공을 하나 더 친 공명주의자
웃사람에게 마구 대들고
녀성을 심히 모욕한 젊은이들
식당의 뒤방만 체면없이 출입한 사람들
등등…

둔중한 음향을 울리며
문이 닫기는 소리에
그날 밤의 꿈은
다행이도 여기서 깨였네

백발로인의 방문은
다음날 밤에도 있었고
그다음날에도 어김없이 꿈속에 〈출근〉하여
또다시 끌어내갈 때
그는 막 울고싶었네

낯익은 문이 또 열리고
거기에 있는 〈동료〉들의 눈길이 그에게 쏠리는데
그에는 아랑곳없이
머리를 박은 채
무릎꿇고 앉아있는 한사람이 있었네

그만 놀라움에 소리칠뻔했으니
그는 분명 자기를 도와준
모교의 그 교수였네
그도 무슨 죄를 범했기에
이런 집에 끌려왔단말인가

못박힌 듯 방안에 선채
의아함에 두리번거리는데
량심의 상징인 그 할아버지의 말이
반울림하느듯한 웅글한 목소리를 울렸네

―명심해 들으라, 그 사람은
수천명의 훌륭한 제자를 키워낸 이름높은 교수였지만
그중에 한사람
몹쓸 제자가 끼워있는 그것으로
그도 너와 함께 〈죄인〉이 되었다

해석 · 비평

1987년 12호 『조선문학』에 실린 작품이다. 북쪽 시로서는 보기 드물게 일종의 풍유에 속하는 기법이 사용되어 있다. 여기서 〈비도덕인을 데려가는 집〉이란 이 세상에는 실재하지 않는 것으로 연옥이나 지옥에 해당되는 곳이다. 그곳의 신판관은 〈량심의 상징〉인 노인이다. 이 노인의 심판에 따라 그곳에 끌려간 자가 이 작품의 주인공이다. 그는 한 공장의 현장기사다. 그는 매우 어려운 과제를 풀어야 했고 혼자 힘으로는 그것이 불가능했다. 그런데 뜻밖의 행운으로 모교의 스승이 그 공장에 내려왔고 그의 정성스러운 지도로 이 기자는 그 어려운 과제를 풀 수 있었다. 졸지에 그는 영웅이 되어 보도매체에서 각광을 받기 시작했다. 그러자 그는 욕심이 생겨 자기를 도와준 교수를 뒷전으로 모든 영광을 독차지해버렸다. 그러자 어느날 그는 〈백발로인〉의 박문을 받았고 그에 의해 〈비도덕인을 데려가는 집〉에 끌려갔다. 거기서 현장 기사는 사회주의건설의 도덕에서 일탈한 여러 유형의 사람을 만났다. 그리고 어느 날 뜻밖에도 자기를 도와준 모교의 교수를 거기서 보았다. 영문을 몰라하는 그에게 〈량심의 상징〉인 노인이 말한다.

> ―명심해 들으라, 그 사람은
> 수천명의 훌륭한 제자를 키워낸 이름높은
> 교수였지만
> 그 중에 한 사람
> 몹쓸 제자가 끼워 있는 그것으로
> 그도 너와 함께 〈죄인〉이 되었다.

은유 가운데서 인간의 도덕적 감각을 바닥에 깐 것을 우리는 풍유라고 한다. 풍유는 도덕적 측면을 지닌 것이기 때문에 비판, 배제되는 것이 있다. 많은 경우 그것은 악을 행한 자다. 반대로 풍유에서 선한자 도덕적인 자는 칭예되고 제 나름의 보상을 받게 된다. 오영재의 이 작품은 사회주의 사회의 도덕률을 다룬 점으로 보아 우유에 그치는 것이 아니라 풍유의 단면도 지닌다. 그런데 이런 관점에서 보면 이 작품은 구조적인 모순을 지닌다. 새삼스레 밝힐 것도 없이 여기서 반도덕적인 행위를 한 자는 현장기사인 교수의 제자다. 그가 지옥에 떨어지는 것은 사회주의 사회의 도덕률로 보다 당연하다. 그러나 아무런 잘못이 없는 교수가 그렇게 되는 것은 문제가 된다. 이런 경우 우리는 이솝우화에서 거짓말로 〈늑대가 왔다〉고 마을 사람을 놀라게 한 소년의 이야기를 들어 볼 수 있을 것이다. 이 때 소년은 사람들에게 거짓말이라는 비도덕적 행위를 했다. 그 때문에 사람들은 몇 번인가 속았다. 그 나머지 정작 늑대가 소년을 습격할 때 사람들은 그의 외침을 묵살해버렸다. 그 결과 소년은 늑대에 물려서 죽는 것이다.

이런 이솝 우화가 초점을 엉뚱한 데에 맞추면 어떻게 된 것인가. 그 때 늑대는 마을 사람들도 습격하게 된다. 〈이 시에서 교수가 당하듯〉 그렇게 되면 오늘까지 이솝의 우화가 고전으로 읽힐 리가 없다. 무엇이 이런 차이를 나게 한 것인가. 이솝에게는 적어도 풍유, 우의를 가능하게 하는 지적인 조작 능력이 있었다. 이 시의 경우에는 그것이 실종되어 있는 것이다. 단순한 서정의 노래라면 풍자적 기법의 개입은 극소량이어도 무방하다. 이미 예정된 창작지침에 따라 작품을 쓰는 경우에 그 농도는 더욱 희석화될 수도 있을 것이다. 그러나 일단 지적일 필요가 있는 자리에서 그것이 적당히 호도될 수는 없다. 이 작품은 명백히 실패작이다. 그러나 이 작품을 통해 우리는 매우 유익한 교훈을 얻을 수 있다.

 문학사 메모

북쪽 문단에서 오재영은 6.25후의 세대에 속한다. 북족 시단에서 제 2

세대는 박세영, 박팔양과 함께 조기천, 김우철, 김상오등이다. 이들은
8.15직후에 곧 문예조직을 만들고 북쪽 시단을 주도해 나갔다. 다음 여
기에 임화, 오장황, 이용악, 등과 함께 다수의 월북시인들이 가세했다.
이들이 북쪽 시단을 주도한 것은 6. 25후 까지다. 이때가 되면 임화 등
의 월북 시인들이 숙청되거나 집필 정지에 처해진다. 그 후 대부분이 복
권되기는 했다. 그러나 체제의 힘을 실감한 다음 한풀이 꺾여서 이내 문
단의 주도권을 잡을 수가 없었다. 오영재는 이 틈서리를 타고 나타난 전
후 세대 가운데 한 사람이다.

  이미 나타난 바와 같이 오영재는 50년대 중반에 등단을 했다. 그러나
60년대 초반까지 그의 시는 북쪽에서 제대로 평가를 받지 못했다. 구체적
보기로 들 수 있는 것이 『8월의 태양』이다. 이 시집은 해방 15주년을 기념
하기 위하여 1960년에 발행되었다. 그런데 거기에는 정문향, 김철, 백하,
동승태, 김귀련 등 북쪽의 제 3세대 시인들의 이름이 여럿 나타난다. 그러
나 오영재의 이름은 나타나 있지 않다. 이런 오영재가 그 후에 급부상했
다. 그리하여 남북 이산가족 상봉의 제 1진으로 서울에 나타나서 북쪽의
대표시인으로 통일염원을 내용으로 한 시를 발표한 바 있다.

참고문헌

오영재 시집, 『행복한 땅에서』(문예출판사, 1973).
『북한의 대표적 서정시』(한빛, 1996).
『조선문학사』 11(과학백과종합출판사, 1994).

국학현대문학 연구총서①

한국 현대 경향시의 형성/전개

인쇄일 초판 1쇄 2002년 06월 27일
        2쇄 2015년 05월 03일
발행일 초판 1쇄 2002년 07월 06일
        2쇄 2015년 05월 04일

지은이 김 용 직
발행인 정 찬 용
발행처 국학자료원
등록일 1987.12.21, 제17-270호

서울시 강동구 성내동 447-11 현영빌딩 2층
Tel : 442-4623~4 Fax : 6499-3082
www. kookhak.co.kr
E- mail : kookhak2001@hanmail.net
ISBN : 978-89-8206-967-3 *93800
가 격 40,000원

*저자와의 협의 하에 인지는 생략합니다.